U0907786

玉手定乾坤

孝庄太后

雾满拦江 著

台海出版社

图书在版编目（CIP）数据

玉手定乾坤：孝庄太后 / 雾满拦江著. -- 北京：台海出版社，2020.5

ISBN 978-7-5168-2343-9

Ⅰ. ①玉… Ⅱ. ①雾… Ⅲ. ①长篇小说—中国—当代 Ⅳ. ①I247.5

中国版本图书馆CIP数据核字（2019）第076691号

玉手定乾坤：孝庄太后
YUSHOU DING QIANKUN XIAOZHUANG TAIHOU

著　　者　雾满拦江

出 版 人　蔡　旭
责任编辑　曹任云
策划编辑　仪雪燕
封面设计　异一设计
板式设计　马宇飞

出　　版　台海出版社
地　　址　北京市东城区景山东街20号
邮　　编　100007
电　　话　010-64041652（发行，邮购）
传　　真　010-84045799（总编室）
网　　址　www.taimeng.org.cn/thcbs/default.htm
电子邮箱　thcbs@126.com

发　　行　全国各地新华书店
印　　刷　三河市嵩川印刷有限公司

开　　本　710mm × 1000mm　1/16
字　　数　608千字
印　　张　26
版　　次　2020 年 5 月第 1 版
印　　次　2020 年 5 月第 1 次印刷

书　　号　ISBN 978-7-5168-2343-9
定　　价　59. 80元

目　录

开章　帝王算

幽室。

孤灯。

两个对坐的身影。一老一少。

少年英姿玉立，老者却有些古怪。

鸟羽花翎，似鸟而非鸟，似人而非人。

而他的声音，听起来也是冷飕飕阴恻恻，不带丝毫人间烟火气。

“世间算法有四，一曰升斗算。

“升斗小民，锱铢必较。日盈三升，月损五斗。从生到死，迭算无休，从日而夜，盘覆无穷。逢人说：‘我不算，亦不争。’实则争算不止，吵闹不停。获者少，付者巨。这是最低等的算者。

“二曰商贾算。

“行商四方，足遍天下。见人辄笑，忍气吞声。磨木成珠，响动如铃，长柜短台，匠心工成。见人言富贵，实则心力瘁。无利不起早，有利起纷争。苦算终年日，到老两手空。这是次低等的算者。

“三曰谋臣算。

“天下为局，四海作盘，羽扇纶巾衣，纵横刀兵。大江东流去，长留万世名，读书破万卷，笔落起罡风。乌亭侧西，谋陵道东，暗呜叱咤千人废，终不免狡兔尽死走狗烹，为他人作嫁衣裳。这是二等的算者。

“四曰帝王算。

“三界唯心，万法唯识。雁过无痕，花落无声。水落鱼梁浅，波撼岳阳城。上者算人心，人心最不平。心静云雾散，智敛见本性。万千法门尽归宗，天地空明日月行。大德不德，太上无情，不劳而获，不为而成。此之为帝王算。

“凡人世间，无有不算。

“俗夫算钱米，妇人算子嗣。达者算功名，落拓算时机。榻上几旁虽娴静，实则心中起波峰。算其长者获其短，算其暗者得其明。算其大者得之小，算其小者常动容。最是人生逃不过，机关算尽误性命。

第一章　府库失材，京城异动

01

出事的那天，叶初春在家门口遇到个术士，瘦骨嶙峋，面带饥容。身后背个大葫芦，单手执一星月幡，粗手大脚，瑟立雪中。

正要上轿，叶初春心念一转，踱过去对那术士说：“给本官算一算，值此新朝鼎立，万象更新之际，是不是要加官晋爵，飞黄腾达了。”

术士回答说：“爷，小人师出玉清门下，吃饭事小，祖师爷招牌事大，所以小人占测，向来是有一说一，有二说二，只说实言，决不为了几个赏钱，说那些口不由心的吉利话。实告这位爷，你这辈子不会有什么福爵之运。睡时床板塌，走路脚下滑。吃饭碗扎嘴，喝水也磣牙。”

“呸呸呸，会不会说人话？会不会?”

叶初春怒气冲冲，一脚踹倒术士的星月幡，转身上轿，向乾清门九卿房方向而去。

“真是晦气，青天白日的，竟被个算命的诅咒。”坐在轿子里，叶初春翻着白眼，抱怨道。

“老爷，您甭听那算命的胡说，甭往心里去。”老家人五福跟在轿子边，脚不沾地地边跑边说，“这段日子，北京城发生的事儿太多了。谁能料得到呢，三月十九，好端端的大明天子崇祯帝，放着龙椅不坐，竟然在煤山自缢。慈眉善目的一个囫囵人，说吊死就吊死了，这是怎么说的？四月二十九，大顺朝天子李自成登基，可屁股还没把龙椅暖热，就尽焚宫室西走。然后大家都说大明天子回来了，百官赶紧去迎驾，可迎到的是摄政王多尔衮。眨巴下眼睛的工夫，这就算大清朝了，你说这是怎么说的?”

叶初春心里烦躁，斥道：“少说两句!”

“是，是，”五福应诺，但继续说下去，“依我说老爷，咱就甭管那么多。好歹老爷您还是工部左侍郎不是？好歹那摄政王多尔衮还拿咱当个人物不是？好歹皇宫都烧没了，宫里部府全都得来老爷您这儿度支钱银、领取石材木料，好歹得再把宫府修建起来不是？好歹……"

"好歹好歹，你还有完没完！"

叶初春骂完，掀开轿帘，向前方张望着："不对，好像有什么地方不对。"

老家人五福："老爷，哪儿不对了？"

叶初春："哪儿都不对。这天不对，这地不对，这天空飘起的小雪花不对，这风刮的方向不对。

"感觉这世界，没一样东西对头。

"肯定要出事。

"出大事！"

说完出大事这三个字，轿子正好行至南宫府门前停下。

叶初春的眼前是一扇破败的宫门，门里是一望无际白茫茫的大地。

大地尽头，隐约可见红墙绿瓦，于风雪之中，显衬出几分诡异与不安。

那边聚集着一大群负责度支账目的吏员，看到他全都奔跑过来："叶大人，叶大人，你可算来了。出事了，出大事了！"

不理会纷乱的吏属，叶初春缓缓下轿，再看看那片苍茫无际的大地，脱口问出一句："堆在这里的石板建材呢？

"才一夜工夫，这么快就被领走了？

"哪家宫府领走的？"

在场吏员回答："大人，没人领取那些建材。"

昨天夜里，那些建材还堆放在这里，按码编号，堆得跟小山一样高。

叶初春："没人来领取，那堆如小山一样的建材，怎么会没了呢？"

吏员："大人，那些建材，是在昨夜里被人盗走了！"

盗走？叶初春一拍大腿，扭身对老家人说："怎么着，老爷我没说错吧？"

难怪一路行来，心里总感觉怪怪的，总感觉要出事。因为那小山一样高耸的建材，来的路上应该能看到的。可咱们一路行来，始终没看到建材，只看到灰蒙蒙的天，只看到纷纷扬扬的雪。所以心里才会七上八下，惶悚不安。

大冷天的，偷点什么不好，偏要偷石头。

而且偷走的那些石材板料，足以建成一座皇宫、几家王府。搬走这么多的板料，工程量之大，不啻搬走一座山。

这一夜，来了多少贼？

02

叶初春探头探脑，走进九卿房。

迎面正遇到兵部右侍郎金之俊。

"老叶，你不在货料现场盯着点，怎么跑这儿来了？"

金之俊手中捏着厚厚一卷文书：“不过老叶你来得正好，刚才摄政王大人来过，陛下此时已经到了通州行宫，择日入京。现在最要紧的是整修通州至皇宫的道路，还得再修缮出百余套能住人的宫室，总不能让陛下和太后睡在残墙断壁中是不是？你赶紧吩咐下去，按这些材料单出货，千万别耽误工期。”

“不急，这个不急。”叶初春不接金之俊手中的货单，后退几步，“老金，刑部那边好像还没人是不是？”

“谁说没人？人有的是！”金之俊叹息道，“但你要想找出个干活的人来，那可就难了。”

叶初春：“如果这时候有什么案子……”

金之俊：“有案子太正常了。现在是什么时候？三朝易替，万象更新，什么都缺，就不缺杀人放火的案子。”

叶初春：“可如果遇到非破不可的案子……”

金之俊：“废话，天下还有可破可不破的案子吗？”

也对……忽然之间，叶初春看到几个仍着明服衣冠的官员，正搀扶一个头戴顶戴花翎的官员迈过门槛，他大叫一声：“洪大人，洪承畴大人，你可来了。

“洪大人，昨夜宫里发生蹊跷怪事，堆放在南宫库府空地的所有石板建材，一夜之间不翼而飞。那可是堆如小山般的石材啊，断非人力所能盗走的。没有石材，这禁城皇宫的修缮又当如何？下官脑子极乱，但相信大人能够听明白下官在说些什么。”

“本官还真听懂了，”洪承畴为难地搔搔头，“可你跟本官说这些有什么用？现在京郊数十万饥民涌入城中，这种节骨眼上，难道你想让本官丢下饥民不管，飞天遁地，替你把石材找回来不成？”

叶初春：“下官岂敢。下官只求大人指点迷津。”

“迷津这东西……伤脑筋。”洪承畴叹息道，“不就是找个能破案的人来吗？看你这个弯给绕的。总之不过是桩刑案，大理寺破得，刑部破得，顺天府也破得。

“虽然三朝交替，变乱无常，多半官员逸逃无踪。

“但留下来的，多是凭真本事吃饭的人。

“只看你叶初春想要哪个部门来破。”

叶初春：“该当如何，请大人指条明路。”

洪承畴凑近过来，低语道：“去翰林院找编修高尔俨，此人天赋异禀，诗书双绝，二十三岁金榜题名，摘取探花。

“备最好的酒，请他去案发现场。

“如果他诗兴大发，你命或可有救。”

03

“叶大人你这酒……真的比你人品好许多。”

探花郎高尔俨喝得心花怒放，尽兴之至。

“酒喝尽兴了，那就跟我去南宫府库看看吧。”叶初春强拉着探花郎高尔俨出门。

高尔俨身材高瘦，唇下一抹滑稽的小胡须。他跌跌撞撞几步，忽然停了下来：“老叶，你看那边。”

叶初春仔细一看，顿时气不打一处来：“就是个算命骗子，今儿一大早我就遇到了他。连句人话都不会讲，竟说我……”

高尔俨猛捣了叶初春一下：“别作声，你好好看看。”

叶初春强忍不快，停下脚步，看着一个满脸焦灼的妇人向术士走过去。

早晨时叶初春见到的那个术士脸上多出几记淤青，分明是拳头揍出来的，衣衫上多出几道口子，那根星月幡的杆也被人折断，被术士顺手插在身后的葫芦上。

见那妇人走近，术士紧张惊恐，不停后退。

妇人：“算命的，听人说你算得极准。”

术士：“准又如何？不准又如何？”

妇人：“先生既然算得准，那快一点帮我算算。”

“止步！”术士平掌推出，示意妇人不要上前，“那妇人你听好了，小可长白人氏，本是个砍柴为生的樵子，无意间于山中遇到仙人清修之所。仙人鸟头人身，五彩羽翼，长喙花翎。于山中千年，练气成卵。是我不该贪嘴，偷食了仙人的卵蛋，断了仙人千年之修。仙人气败之下，对我施以恶咒。咒我当为天下第一神算，随口所言，字字天机。但有一点，无论小可占算得有多灵验，都不会拿到酬报，反而会遭到痛打。算得越灵验，打得就越狠。是以小可入京师以来，连算十几桩，也连挨了十几顿打，你看小可这张脸，已经被打得没了人形。”

妇人：“……先生，我懂你的意思，但我决不会打你的。我请你算算我儿子在哪里，儿子是我的心头肉，可是我儿子丢了……”

术士：“不算，别说你儿子丢了，就是你亲爹丢了也不给算。”

妇人踏前一步：“先生，你到底算，还是不算？”

术士：“……你你你想干啥？”

妇人轻抚手中粗棍：“先生最好想清楚了，你这一卦，可是反过来的。帮我算出儿子在哪里，让我找回儿子，我就不打你。可如果你不给算，儿子没了我也不活了，临死之前，打死你算个垫背的！”

“你这妇人，好不晓事……”术士撒腿想逃，却被妇人用力扭住：“算不算？不算真的打了！”

“别打，别打。”术士气得流泪，“那我就给你算好了，你由此向东，行四十五步，有一石牌坊。你爬到石牌坊上去，撩开衣襟抖开裤裆，向四面喊：‘天灵灵，地灵灵，老娘裤下有股风，向东刮到金銮殿，向西吹入三清宫。三清子弟闻到味，急急起行如律令。乾坤万里轻如羽，母子亲情终究空……’你就照这样喊三遍，肯定就能找到儿子。”

那妇人丢了手中木棍，默念几遍，转身向东边跑去。

站在近前观看的高尔俨，推了推叶初春：“看到了没有？”

叶初春："……我怎么听这术士，分明是在信口胡说。"

高尔俨："对，他就是胡说。"

叶初春："啥意思？莫非高兄是在说，这术士哪怕是胡说，也会灵验?"

高尔俨："灵验不灵验，何不亲眼看?"

"唉，这都火烧眉毛了，高兄你还……算了。"叶初春长叹一声，"干脆趁这工夫，容我跟高兄好好说说被盗的板材吧。"

叶初春开始述说南宫库府的空地上那些不翼而飞的石料板材，但还没说几句，忽见适才那算命的妇人，手里牵着个半大孩子，欢天喜地地疾奔而来："先生算得真准，我儿子真的找回来了。先生教给我的话，我爬到牌坊上才刚喊到第二遍，儿子就看到了我，自己跑回来了。"

术士长松了一口气："那你不会打我，是吧?"

一个声音接道："她不打，我打。"

"是谁……"术士猛抬头，见一个粗壮男子，正满脸怒气地冲过来，只一拳，就把个术士打得翻飞出去。

术士痛得惨叫："你是哪个？凭什么打我?"

那男人不回答，只管狠踹术士的脑袋。

那妇人有点尴尬，向路人解释道："这个人是我丈夫，平时挺老实的。如果刚才我不是听了算命先生的话，爬到牌坊上，就不会正好看到他躲在西胡同里，搂住个女人亲嘴……呃，也许我不该告诉他，是算命先生让我爬到牌坊上去，才发现此事的。如果我不说，可能算命先生就不会挨这顿打吧。"

高尔俨看了看叶初春。

叶初春看得呆了："这事奇了。

"看来这北京城，各地的妖物来了不少。"

04

南宫府库的门前，聚拢了几十人。

皇宫里来的宫监，各家王府的府监，全都是来领取板料，准备修缮宫室的。现如今面对眼前白茫茫的雪地，每个人脸上都极度困惑，不停摇头。

"不可能，这不可能……这么多的石料，怎么会一夜就全没了呢?"

"邪门，邪门，真是太邪门了。"

高尔俨挤过去，入神地盯着那空地，看了好长时间，脱口长吟道：

深院寂无人，
繁花开自落。
众鸟不啼花，
惊飞响寥廓。

听到高尔俨吟诗，叶初春面有得意之色。

高尔俨忽然走回来：“老叶，走!”

“去哪里?”

“当然是户部!”

“户部？莫非这盗走无数板料的妖贼，就在户部?”叶初春问了句，未得回应。就跟随高尔俨匆忙上轿，返折回九卿房。

到得九卿房，高尔俨在前面匆匆走，叶初春在后紧追慢赶。拐过一条长长的雪廊，走进一间冰冷的房间。

高尔俨：“哈哈，就知道会在这里找到你。”

厚厚的文案卷宗中，抬起一张紧锁眉头的脸。

高尔俨：“老叶，你认得这个人吧?”

叶初春闷闷不乐地回答：“不认得才怪，刑部左侍郎党崇雅。不过在我的印象中，好像天地开辟之后，党崇雅就在这间屋子里，没人看到他出去过，也没人看到他进来过。”

高尔俨拍了拍叶初春：“知道就好。”

然后高尔俨转向党崇雅：“老党，你还蹲在这里编纂《大清律》呢？知道不，南宫府库那边，出大事儿了。”

“再大的事儿，也得等我把这些律条编纂好了。”党崇雅闷闷不乐地回答。

“你先歇歇吧!”高尔俨把书案上的卷宗顺手推开，一屁股坐上去，“老党，你搜集万案千款，不如听听眼前这一桩。这可是大清开朝第一案!”

党崇雅仍然是张苦瓜脸：“那你说来听听。”

高尔俨：“陛下自关外而来，已经到达通州行宫。所以眼下最紧要不过，就是火速修缮被焚毁的宫室。就在此时，禁宫府监，数十人等，各自拿了货料报领单据，于南宫府库门外，等候这位叶初春叶大人，给大家分领板料。可是叶初春大人却躲到了你这里。”

“他为什么不给大家度支板料，却躲藏于此?”

“因为昨夜皇城发生怪案，那堆如小山般的板料石材竟然不翼而飞。现场无痕迹，无脚踪。”

高尔俨说得激动，顺手抓起黄铜镇纸，哐的一声拍在桌子上：“党崇雅，你知道是什么样的江洋大盗，竟能一夜间盗走如此之多的板料石材吗?”

党崇雅：“……这我哪里晓得。”

高尔俨：“连这你都不晓得，还写个什么《大清律》?”

党崇雅：“我是不懂得，可……可是我可以请出五弦先生，若他肯出山，无论什么样的大盗妖贼，难逃影踪。”

叶初春听出门道来了：“五弦先生又是哪个?”

高尔俨：“便是闲居京城的、前明三边总督李化熙。”

叶初春：“李化熙？他又有何本事?”

高尔俨："这就要请党大人替你说个明白了。"

党崇雅来了情绪，起身道："这个事儿啊，说起来就有意思了。那五弦先生李化熙，祖辈世代以务农为生，上溯祖谱一百二十四代，竟没出过一个有出息的人。尤其是到了一百二十五代李讶春，穷到了连老鼠都不入门。

"可是有一天，那乡农李讶春，下田去耕种，忽见远处有一道长，皓齿明眸，眉目如画，御风而行，翩若飞仙。李讶春就留了神，急忙藏身于林间，凝神细看。

"那道人将一根上大下小、金黄色的橛子钉于土中，然后飘飞出百步之遥，念动咒语，就见那黄金橛柱从土中冉冉升起。

"李讶春看到这异事，心里突然生出顽劣之念，冷不丁地扑过去，用身体将那根金黄橛柱用力压下。

"立于远方的异道人连声念咒，不见效果，遂咦了一声：'原来如此，原来如此。'并不回头，翩然而去。

"那日李讶春抱了黄金橛柱回家，是夜妻子有孕。

"那婆娘肚皮一日大似一日，十个月后，却始终不见临产的征象。如此又过了八个月，忽然间电闪雷鸣，飞沙走石，四野间乌云密合，顷刻间将那婆娘裹于其中。但见乌云中有一异兽，四目铜铃，披鳞挂角，径向那婆娘扑过去。那婆娘一惊之下，跌坐于地，就听哇的一声，腹中十八个月的怪异胎儿，终于生下来了。"

叶初春听得头大，插进来问："如此说来，那孩子便是大明三边总督李化熙了？听这意思，李化熙是天上的星宿下凡？"

党崇雅："非也，非也，那孩子并非是李化熙，他的名字叫李梦凤。盖因婆娘临产之时，见乌云中有异兽扑至，是以生产，家人猜测那异兽多半是凤凰，故有此名。"

叶初春："后来呢？"

党崇雅："后来那李梦凤渐长成人。虽然生具异相，却实在是个寻乎其常的普通人。成年后娶妻生子，是为李家一百二十七代李化熙。这孩子五岁能诗，七岁知礼，年十二就中了秀才。万历年间入京赶考，进士及第，光耀门楣。此后他连放外官，风评如潮。再后来，有关他的传说，在当地越来越多，据说其母曾夜梦与黑色的蛟龙交媾，有孕生下了他。传说李化熙打生下来，就有条长长的黑色尾巴，所行之地，必风雨如晦，巨浪滔天。其母厌之，趁其夜睡，一斧剁下了他的尾巴，李化熙痛叫而醒，从此再不见妖异之事。只不过，这些神异之说，让他落下个绰号'秃尾巴老李'。前朝天子闻其贤，以其为三边总督，剿平贼寇。"

叶初春："原来你们说的是秃尾巴老李……可他最终未能挡住流寇之脚步，不是吗？"

党崇雅："李化熙是没能挡住流寇脚步，但他在三边总督任上，连破当地十四起神秘大案。

"他只会断狱破案，根本不懂得带兵打仗。"

高尔俨摇头晃脑，做最后总结："怪只怪前朝的天子，所用非人。"

05

高尔俨、党崇雅、叶初春三人拉拉扯扯，去找李化熙。

风雪交加，三人的轿杖跌跌撞撞，艰难前行。

行至一个路口，有家卖老豆腐的小铺。铺门前停了六匹马，一个马夫正蹲在地上修理一匹马的马镫。

叶初春的轿子过来，他呵斥马夫："让开点，眼睛瞎了吗？竟敢挡着本官的路！"

马夫带着马，向路边挪了挪。

叶初春："再挪！"

马夫再挪。

叶初春仍然不肯罢休："路还不够宽，你给老子连人带马，躲到胡同里去，听见了没有。"

马夫无奈，转过身来："工部左侍郎叶大人，真有必要这么霸道吗？"

"嘿，你个不知死的贱奴还敢蹬鼻子上脸……哎哟，我的天……"叶初春扑通一声，从轿子里栽出来，扑倒在马夫的脚下，"王爷，摄政王大人，是下官眼瞎了。下官不是有意的，只是急于……急于破获今天的大案，替王爷分忧呀。"

那马夫幽幽叹息道："本王用人过急，用了你叶大人，才知你在任的名声极不好，适才巡视的灾民，十成倒有七成来自你当年的辖区，都在骂你，那骂得要多难听就有多难听。叶大人以区区一个侍郎，名头竟然盖过大顺李自成。要我说，叶大人何必非要跟自己为难，把名声弄得如此地步？"

说着话，那马夫慢慢抬起头来。

是个模样奇怪的青年男子。

此人正是初入关的大清摄政王多尔衮，这一年他才三十三岁。

他并不看伏跪于地的叶初春，而是看着自己手中的一只马镫。

多尔衮的声音，平静而又温和："叶大人，你看这只小小的马镫，长七寸五，宽四寸三。出自盛京最有名的韩家炉，看似简单，尺寸上却不可有丝毫的马虎。若是宽一分，足下不稳，行远必乱。若是少一分，足下局促，动辄得咎。

"为政为官，岂不也是如此？

"待民以宽，亦须宽猛相济。

"处政要严，也需张弛有道。

"叶大人哪，你也曾读书万卷，你也曾游学千里。如何不知你之至圣先师，是如何叮嘱于你的？即便是从这只小小的马镫之上，也可以见到天地之理，明了治世之道。缘何这简单的道理你都明白，却非要贪恋钱财之物，把自己弄得声名狼藉呢？

党崇雅、高尔俨出了轿子，伏地附和道："摄政王大人明识。正如老子所言：'不出户，知天下；不窥牖，见天道。其出弥远，其知弥少。是以圣人不行而知，不见而明，不为而成。'大概说的就是王爷那番话的意思。"

多尔衮转过来，露出惊喜之色："原来是两位先生，两位满腹经纶，饱读圣贤书，小王班门弄斧，实在是惭愧。"

说着话，多尔衮走过来，将高尔俨与党崇雅搀扶起来："两位报国之意，济民之心，小王感怀于心。这大冷天的，心意尽到则可，礼数上嘛……待得陛下回宫，金殿临朝时再细细地讲究，未为晚也。"

说话间，几个人从老豆腐店铺走出来。

先是两个少年。十三四岁模样，瓜皮小帽，五福棉袄，大而明亮的眼睛，看上去煞是可爱。

两个少年身后，是一个幼童，虽然年幼，但气势华贵夺人。

幼童的身后，跟着两个相貌沉静、虎臂猿腰的武士。

06

多尔衮上前，与两个华服少年，侍候年龄最小的幼童上马。

幼童坐于马上，乌溜溜的大眼睛转动着，打量着几人。

多尔衮瞥了一眼跪伏于地的叶初春："几位大人，这寒冬腊月的，不在衙司烤火，是去哪里呀？"

叶初春："王爷，我们是……呃，是去找个人。"

多尔衮："是哪个，如此大的排场，竟劳得几位一起出动？"

叶初春："……呃，这个这个……王爷，我们是去找秃尾巴老李……呃，前明的三边总督李化熙。"

"李化熙？秃尾巴老李？这人是……"多尔衮的目光，转向两名武士。

一名武士上前一步："禀王爷，那三边总督李化熙，据说是蛟龙淫污其母所生，所以人号秃尾巴老李。此人是崇祯帝派了镇守榆林，遏止李闯北上，拱卫京师的。可结果是前朝长年拖欠兵饷，李化熙的兵众全都投贼跟了李闯，反过来攻下了北京城。听说李化熙孤身一个人，光脚板星夜狂奔，一口气竟从榆林跑回了北京城。跑回了自己的府中，从此闭门不出。"

多尔衮面有失望之色："如此说来，这秃尾巴李化熙光脚板跑路倒是有一套，脚程之速，怕是小王甘拜下风。这么个人儿，何以劳动三位一起出动，去找他呢？"

叶初春："……呃，王爷，那李化熙，他打仗是真的不行，但是他……"

多尔衮："他能做什么？"

高尔俨插进来："李化熙能做什么，说不上来。可如果他不出来，怕是天子只能留驻通州行宫了。"

"什么话？"多尔衮佛然变色。

叶初春："王爷莫怪，高尔俨这样说话是有原因的。王爷可知道南宫府库那边堆积如小山的板材石料？"

多尔衮："小王昨日还去看过，怎么了？"

叶初春："禀王爷，那些石料板材统统失盗了。"

“失盗了?”多尔衮哈哈大笑起来，“老叶，听人说你只喜贪污，生平不爱开玩笑，可你开起玩笑来，连自己都会逗笑。那些板材石料如此沉重，又值不了几个钱，谁会瞎了眼偷这东西?”

高尔俨：“王爷，这是真的。下官亲去南宫府库看过的。此时那里一无所有，只有一片白茫茫的大地。”

党崇雅补了一句：“听他们说，现场未曾留下丝毫痕迹。”

“不可能，不可能，这怎么可能。”多尔衮一边摇头，一边笑，“几位大人，是在同小王开玩笑，是不是?”

说罢，多尔衮仔细瞧瞧三人的面孔，笑容渐渐敛去：“你们说的是真的？小王愚钝，但也知道要搬走那些板材石头，其工程量怕是得一支军队才行……札都合!”

“奴才在!”那名回话的武士，大吼一声。

“马上去南宫府库那边，勘验一下。”

“喳!”札都合应诺一声，翻身上马，蹄声急促，消失于风雪之中。

高尔俨、党崇雅及叶初春，三人呆立在多尔衮面前，任马背上的少年幼童好奇端详，都感觉有点手足无措。

多尔衮却极沉静，一动不动。单凭这手静气的功夫，三名前明官员就自愧不如。

尴尬之际，突听风雪中有人呻吟一声，跌跌撞撞走出个人来。

是个术士。

是那个替妇人算命，让她找回儿子，却反遭妇人的丈夫殴打的奇怪术士。

07

术士跌跌撞撞走过来，他的额头又多了一块淤青，一只眼圈红肿，左脚上的鞋子不见了，黑黝黝的脚底板上鲜血都冻成了黑痂块。

显然就在不久前，他又挨了几顿揍。

每顿打得都不轻。

术士走过来，就吸引了所有人的注意力。连摄政王多尔衮，都饶有趣味地盯着他看。

紧追在术士之后，跟过来一个老农，拎支锄头。

老头：“喂，算命的，别跑呀，我又不打你。你跑什么跑?

“我就是让你给我算算我的牛跑哪儿去了。

“算命的，实话告诉你吧。别看我是乡下人，有来头的。大兴黄村，谁个不知道我赵老四。今儿个我牵牛进城，本意是找个兽医，替我那牛看看消化不良的病。可是畜生终究是畜生，就这边一转眼的工夫，牛竟不知跑哪儿去了。

“算命的，听说你算得最准，给我算算牛跑哪儿去了。你别怕成这样，我只算牛，不打人的。”

术士：“……我可以不算吗?”

老头端起手中的锄头：“你自己觉得呢?”

术士哭了："小可今天……挨打的次数有点多，疼得受不了，真的不想再挨打了。"

老头："横竖你也挨了不少打，又不差我这一顿。"

术士："……你看，你还是要打我。"

老头："我在我家灶王爷面前发誓，只要你给我算出牛在哪儿，铁定不打你。"

术士："小可真的不能再算了……"

老头："算命的，你听好了。今儿个如果你懂事儿，乖乖替我把牛算出来，别人会不会打你，我不知道，但我肯定不会打你。可如果你不给算，哼哼，你可知道顺天府的通判赵二拐是我侄子，今天打死你，不用吃官司的。"

术士别无选择，大哭道："你往北边走，边走边吟唱这首歌：'富贵无米煮，药铺卖黄土。失牛不算苦，天下失其主。'记好了，就是这四句话，千万别念错。念错了，牛回不来，可别怪我。"

"不怪你不怪你。"老农念叨着那四句话，选准向北的方向，真的去了。

术士匆忙想要离开："我得赶紧走，万一这卦再算准，怕得被人打死。"

这时几个无聊路人上前拦住："算卦的，别走呀。等等，看你算得准不准。"

术士："……千万千万别算准……"

正说着，忽听风雪中一声疾吼，那老农竟然逃了回来，逃过术士时，反手一锄头："打死你个算命的，咋就算得那么准呢……"骂声中，老农已经逃远。

术士正待爬起，后面又冲上来一群人："在哪里？那老农逃到哪里去了？"乱脚齐下，把个术士脸朝下，踩得趴在雪地中。

多尔衮显然看得呆了，叫了声："詹岱！"

留下来的武士闻声上前："别吵，你们这群人别吵，到底什么事儿，慢慢说。"

"还能有什么事儿？"一个胖掌柜模样的人，牵着头牛出现，并举起手中的一截东西，"你们看清楚，看清楚这是什么？"

多尔衮："是人参。"

胖掌柜："没错，这可是千年人参啊。今儿个有家王爷，指名要我这棵千年人参。我就命人取了，先用戥子称量，然后转身去拿纸包。可我再转身回来，看到这头牛，不知何时走进我的药铺，正自嚼着这棵人参。这棵参可值八百两银子啊！诸位看官，你说我一个开药铺的，又能怎么办？只能想办法找到这头牛的主人，让牛主人还我人参钱，诸位说是不是？"

詹岱："掌柜的，你说得有理。不过这事……好像跟人家算卦的没关系吧？"

胖掌柜："我说了这事跟算卦的有关系了吗？说过吗？"

詹岱："你是没说过，可你干吗还要用脚踩着人家术士呢？"

"我踩……"胖掌柜急忙走开，"我哪知道脚下竟是个活人，都怪他一声不吭，我还以为是根木头呢。"

胖掌柜不依不饶，带着几个伙计，去追逃走的老农。

詹岱返回来，对多尔衮说："王爷，这个术士，几日间在京城名声大噪，据说他算得极准。只是算准之后，必是一顿痛打，不解此系何故。"

多尔衮："……这天底下，怪事总是不少的。"

说话间，蹄声响起，札都合回来了。他跳下马："王爷，这几位大人所言不虚，那堆如小山般的板料石材，真的全被盗了。"

多尔衮："……可这事……怎么会？"

札都合："王爷，奴才适才在南宫府库门前，见有几个吏员俱被已革豫亲王的家奴打伤，因为他们急着索要石材，可是石材被盗一空，但那些人说死不肯信，所以出手打人。奴才已经喝止了他们。"

多尔衮："叶初春，看来本王有必要跟你们同去，瞧瞧这个秃尾巴老李，究竟有何神通。"

08

众人来到西城门，转入一片低矮破败的民居。

前面有个门楣，有点气势，但年久失修，已然是破烂不堪。

党崇雅："王爷，就是这里了。"

多尔衮下马，咦了一声。

只见那扇破败门楣之上，插了枝白色的梅花。

大门之内，古树之下，立着一个妇人。端庄秀婉，神清若水，虽然布衣荆钗，但气华高贵。

多尔衮是北地英豪，何曾见过如此美色，看得呆了。就听党崇雅拍了拍门，叫道："嫂夫人？"

那女子正于结满了雪花的树下淘米，闻声转过来，笑道："是党大人啊。依我说大人你不要再费心神了，你也知道我夫君可是败兵之将，从榆林城一口气跑回来的，回家那日两腿都是血。党大人也替我疼疼他，就先别迫他出仕了，让他养养身子可好？"

寒陋居室，布衣荆钗，竟有国色天香般的民间女子。诸人在女子面前，都感觉气血不畅，呼吸滞涨，竟无人说出话来。

这时候，随多尔衮前来的几人中，那个年龄最小的幼童，翻身跃下马背，跑进门里，站在女人面前，仰脸看着，不说话，只是笑着看。

女人笑了："哎哟，失敬，党大人，你给我家带了贵客是不是？"

多尔衮赶紧上前一步："小王多尔衮有礼了。"

女人盈盈道了个万福："妾身李朱氏，闺名微寒，不可入王爷之耳，请王爷恕罪。"

多尔衮后退一步，手一挥。

侍卫札都合与詹岱上前，呈上路上临时买的礼物："微末之物，聊表王爷敬崇之意。"

所有人的眼睛都盯着女人，看她如何应对。

高尔俨轻声对党崇雅耳语："要知道，多尔衮虽然入京，但此时京城之中，仍视他为异族。他送的礼物，若然不接，那就意味着敌对，搞不好就是你死我活。可如果接了，又亏于节义气骨。所以今日之礼，接也不对，不接也不对，只怕这女人应付不来。”

党崇雅低语：“不妨，你只管睁大眼睛看好了。”

但见那女人轻然一笑：“摄政王大人之礼，让小女子与夫君如何敢当？”说着，她放下淘米的小簸箕，顺手从衣袖中取出一方粗线棉帕，上绣工笔花鸟，把这方棉帕顺手戴在面前那幼童的颈上，“天气冷寒，一定要穿得暖暖的才好。”

声音轻柔，充满关切。

叶初春看得张开大嘴，低声对高尔俨说：“这小娘们儿厉害，随手一方自绣棉帕，以礼还礼，就化解了尴尬之局。那秃尾巴老李竟有如此贤美之妻。”

幼童戴上棉帕之后，低头嗅了嗅，很开心的样子，仍然不作声，以目光转向另外两个少年。

一个少年上前，以清朗的声音道：“夫人，我家主子说了，谢过夫人厚赠。”

那女人挽起簸箕，意味深长地看了棉帕幼童一眼：“各位大人稍候，待小女子叫夫君出来。”

女人进了房间。

片刻，一个粗手大脚，头上缠白肚巾的男子，趿拉着鞋子，出现在门前：“陛下，这北京城里尚未安定，以真龙之姿化为凡鲤，身边只带这么几个人，这要冒多大风险？”

09

站在后排的叶初春诧异地转向党崇雅：“老党，这农夫就是李化熙？怎么说话神经兮兮的？这里只有摄政王爷，哪里有什么陛下？”

多尔衮的两名侍卫，札都合和詹岱也在交头接耳。

札都合：“现今前明有本事有名望的官员都不肯出来替本朝做事，这个秃尾巴老李分明也是此类。”

詹岱：“猜猜王爷要用几招，才能拿下李化熙？”

札都合：“秃尾巴老李应该不是浪得虚名。王爷的前两招都不会奏效，必须要祭出皇太后教给的第三招，才会有效果。”

詹岱：“我看你是高估了这李化熙，我赌王爷最多一招就能拿下他。”

札都合：“赌了！”

10

看着农夫模样的男人，多尔衮的眼睛一亮。

他掸了一下甲衣，先伸出一只手，摘下插在门上的一瓣白梅，笑道：“李先生，崇祯帝于煤山归天，先生家里以白梅为祭，此举可是夫人的意思？”

农夫模样的男子，就是前明三边总督李化熙。他满脸郁闷地看着多尔衮：“王爷为何会有如此想法?"

多尔衮踱至李化熙身边，低语道:"李化熙，凭你那三脚猫的本事，断无可能知道陛下来此。承认了吧，是你夫人看出来了，告诉你的！是不是?"

李化熙:"这么简单的事儿，用得着我夫人出场吗？王爷带来两个少年，分明都是贵家之子。可他们二人，却称这个幼童叫主子。能役使贵家之子，甚至役使摄政王大人的主子，若非是陛下，还能是谁?"

多尔衮:"看来本王低估你了。"

顿了顿，多尔衮又道:"对了李化熙，有个事儿想请教……"

李化熙打断多尔衮的话:"山野逸民，不敢冒渎王爷之听。"

多尔衮怒了:"什么意思？矢志不肯出仕，只顾自己的清名，不管天下苍生了？枉读无数圣贤书，就这样置生民饥苦于不顾!"

李化熙:"苍生自有苍生来救。我李化熙多大点本事儿，哪敢说什么拯救苍生之语?"

多尔衮好奇地端详李化熙。

突然间多尔衮满脸坏笑:"李化熙，要不要本王告诉你个秘密？本王当年在盛京，于公府女眷之中，名声可不大好。而且你夫人又是如此美貌聪慧……"

李化熙:"……王爷，以如此下作手段胁迫于本官……胁迫于我，这要是传出去，不会有损于王爷的清誉吗?"

多尔衮满脸坏笑:"可是李化熙，除了咱们俩，谁又知道本王在打你夫人的主意呢?"

李化熙扭过脸:"王爷，咱的确是惹不起你。可躲，还是躲得起的。"

11

门外，札都合指着詹岱:"两招已过。"

只剩下皇太后秘传的第三招了。

多尔衮连续碰了两个钉子，显得有点悻悻然。

他转向叶初春:"叶初春，听说你最近有个奏本?"

叶初春:"……啊，王爷，那是小臣表白自己的竭忠之心。"

多尔衮:"叶初春，说说你的奏本里，都讲了些啥呀。"

叶初春:"……王爷，在这种地方……不合适吧?"

多尔衮:"这地方怎么不合适？再没比这更合适的地方了，叶初春你尽管说。"

叶初春:"……王爷，下官的奏本，意思就是说呢，这个咱们大清国呢，即开万世之基，当以摧枯拉朽，万象俱新，才是道理。"

多尔衮:"然后呢?"

叶初春:"然后就是具体的措施，比如说那些还在监狱里的囚徒，或奸或盗或不孝，须得先行清理个干干净净，全部杀掉。京城之内，只允许旗人居住。"

一边的李化熙气炸了:"叶初春，你个有奶就是娘的混蛋！老百姓招你惹你了？”

李化熙一说话，多尔衮转向札都合与詹岱，三人遥遥示意击掌。

札都合：“太后秘传，出手必杀。”

屋里的李化熙妻子摇头叹息：“完了，这个多尔衮一眼就窥破我夫君的弱点。”

叶初春吵起架来，如只炸了毛的公鸡，脸红脖子粗地冲上来，和李化熙不依不饶：“秃尾巴老李，当着摄政王大人之面，你敢言说谋逆之论吗？”

多尔衮急忙劝架：“李先生消消气，你先消消气。如果你不同意杀掉狱中囚徒，那应该如何处理呢？”

李化熙：“第一个，王爷须得下令，改善监狱的条件，不能再让犯人不明不白死于狱中。”

多尔衮：“此举仁善，准奏。”

“第二个，委派专职抚恤官员，查缉涉狱不法之事。”

多尔衮：“这是慈悲，也准奏。”

李化熙：“还有第三个条件……”

多尔衮：“说。”

李化熙竖起手指，突然间炸了：“多尔衮，你放出叶初春这等败类，带我入套，诱我出仕。”

多尔衮：“本王不明李大人所言所指，不过本王拿性命对你担保，本王就是喜欢你这种脾气。”

李化熙叹了口气：“今个儿来了这么多的人，到底是什么事儿？”

第二章　术士忙占卜，太后巧驯马

01

走出李化熙家门前的那条幽深胡同，侍卫詹岱低声问多尔衮：“王爷，想不到那李化熙的妻子竟能识出陛下。为安全之见，是不是应该送陛下回通州行宫。”

多尔衮看了看天：“詹岱呀，你可知道什么叫忠心？”

詹岱：“奴才无知，请王爷训诫。”

多尔衮：“训诫就免了，今儿个让这几个人陪同陛下随意走走，那么陛下所收获到的，就是此后汉臣的竭忠效死之心。”

说罢，多尔衮打马过去：“李化熙，你家的轿子也太破了，不嫌丢脸吗？”

李化熙：“王爷，我家根本买不起轿子，这是临时在街上租来的。”

多尔衮：“好，好，本王就喜欢你这种清官。”

四顶轿子六匹马，浩浩荡荡地来到南宫府库的那块空地上。

雪地里，一伙人正在厮打。

打人的，显系各家王府的府监奴才。挨揍的，理所当然是负责支取板料石材的吏员。

看到多尔衮一行到来，各府监奴发出一声惊呼，四散狂逃。

多尔衮下马上前，亲自替李化熙掀开轿帘：“李化熙，赶紧给本王露一手吧。实话告诉你，本王的府邸也在等这些材料修缮呢。”

李化熙落轿，站在雪地里，抬头看看天，再看看板料石材消失后的空茫大地，若有所思地站在那里，好长时间不发一语。

然后他开始绕着宫墙走动，走得极慢，每行至宫墙缺口处，就停下来，拿鼻子四处嗅个不停。

就这样，他在前面慢慢地走，众人一声不响地在后面跟着。

走了多半个时辰，从宫墙缺口对面的胡同里，气喘吁吁跑出一个人来。

看到此人，除了李化熙，所有人发出了一声惊奇的吁声。

是那个术士。

02

此时那术士神情更加狼狈，葫芦被敲破了，星月幡被撕成一条条，他的脸上除了泪水，就是血水，被冲刷得脏污不堪，留下一道道沟纹。

术士出来后，从斜侧对面迎上来几个人。

打头的，是个旗人胖子，裘皮大衣与脚上的鞋子不配套。他一边缓步踱过来，一边掂量着手中的铁棍："算卦的，不是我心狠，非要拣在这大冷天的结果你性命，这一切全都是你自己找的，你说是不是？"

术士哭着哀求："你非要打死我，我也无话可说。但苍天在上，你自己摸着良心问一问，可是我追着非要给你算命的？还是你强迫我给你算的？"

胖子回道："你之所言，似乎也有道理。确是我强迫你替我算命的，但你也有你的取死之道，算命你就算命，好好算你不会吗？干吗非要算得那么准？"

术士："人家算得准，难道也错了？"

"错不错，咱们好好说道说道，也好让你死得明白。"胖子慢条斯理地道，"一个时辰前，我在街上找到你，让你替我算算财运，是不是？"

术士："没错，可我当时说不能算，算必准，准了你就会揍我。你看这不是……"

胖子："对，你当时不想算的，被我结结实实地打了一顿，打老实了，你才给算的。当时你给我算的是，让我疾步东行，一边走一边唱支歌子，歌曰：'庚子三春，日照重阴。君非桀纣，奈有匪人……'你当时算到，我只要走出一百四十八步，就会遇到财运，是也不是？"

术士："没错，我当时是这么算的。"

胖子一拍大腿："这就对了。我正是走出一百四十八步，就看到地上有只囊袋，拿起来一看，哈哈，里边有足足两大锭黄金。"

术士："……你看，你都得到了金子，发了横财，干吗还要打死我？"

胖子："你听我说呀。当时我捡了那金子，飞跑回家，拿给老婆看，我老婆也是欢天喜地，寻思再找到你多算几卦。谁料得就在我和老婆欢欣之际，我们家那刚刚三岁的孩子却爬过去抓起金子，塞进嘴里吞下了肚。

"你听明白了没有？"

术士："明白倒是明白了，不过……"

胖子："不过个屁，你算得准是准，但你为啥就没算出来，我的财运要用儿子的性命来换？你说，今天打死你，你冤还是不冤？"

术士："我……"

胖子举起手中的铁棍，当头就要击下。

这时候，李化熙一个箭步冲上来，架住胖子的手臂："且慢，你这个胖子好不晓事。明明是你强迫人家术士替你算命，事后你又责怪人家算得太准。合着这天下全都是你一个人的理儿，你还要脸不？”

胖子不忿：“是他算掉了我儿子的性命，我打死他有错吗？”

“错！”党崇雅看不下去了，纵身跳过来，“情出自愿，事过无悔。既然你非要强迫人家替你算命，那就是无论何种结果，你都得一个人担着。岂有算出来金子是你的，算出了人命倒要人家赔偿？如此蛮横之行，本官断断不允。”

胖子抬眼，看到对方人多势众，个个都是有品阶之人，顿时气馁，说了声：“我也不是非要打死他不可，我只是想让他知道，天地玄机，就不该瞎算。他再这样不分好歹只顾乱算，只恐小命不会久长。”

嘀咕着，胖子的脚不停向后挪动，越挪越远，迅速转身走掉了。

叶初春走过来，看着术士说了句：“老兄，今天本官看到你好几次了，次次都见你算得极准……今儿咱们赶巧了，你看这宫墙里边，恰好发生了一桩蹊跷怪案。你能不能随口说上一说，不是算卦，就是随口那么一说，准或不准，全当个笑话让大家乐乐，总之我们不会打你，你放心好了。”

术士揩了揩脸上的血水：“这位大人，咱早晨不是给你算过的吗？”

叶初春：“你记性倒是蛮好，大早晨的事儿，挨了这么多顿揍，居然还能记得。早上的事儿咱们就不说了，你就随口说说宫墙里边的事儿。说得准或不准，本官都会请你到府中，好茶好饭，不容任何人再殴打你。如何？”

茶饭……只听术士小声嘟囔道：“从早晨到现在，我光顾着挨打了，根本就没吃上口热乎饭。如果……”他的眼神转向宫墙，明显动了心。

所有人清楚地看到，当术士的眼神转向宫墙后，恐惧的神情渐渐浮现出来。他的脸慢慢扭曲，好像看到了什么极可怕的事情。突然间他尖叫一声，掉头就跑，结果身体失去平衡，脚下一滑，哧溜一声跌了个大马趴。

众人茫然地看着宫墙，看着墙壁上方那灰蒙蒙的天。

天上，阴郁的云毫无缝隙。但每个人都有一种强烈的感觉，在那铁锅底一样的阴空里面，仿佛有什么可怕的东西，正在缓慢蠕动盘桓。

叶初春呆了一呆，冲过去抓住术士：“呸，你个王八蛋跑什么跑？纵然是天地之间真的有什么可怕的邪魅，但本官在这里，还有几位红鸾星照的王爷，这么大的福运，满天的星宿都在拱卫我们，你还怕什么？”

术士哭道：“大人，你们福大命大，可是小的天生贱命，福薄缘浅。”

多尔衮走过来说：“先生你赶紧起来，给这位大人算一算，免得争执不休，岂不是好？”

见多尔衮衣衫华贵，气势不凡，那术士神色稍定，在叶初春的搀扶下爬了起来，指向宫墙的地基下面：“各位大人，只要把这里的地基掘开来，就知道了。”

03

听术士让大家掘开地基，众人的目光一起转向叶初春。

党崇雅反应最快：“老叶，干这活需要人手。这是你工部的差事，还不赶紧去找些人来？”

叶初春有些犹豫，看了看多尔衮，突然转身，疾奔了去找人。

李化熙茫然地看着叶初春的背影，问大家：“你们真的信这术士的胡言乱语？真要掘开宫墙地基？”

多尔衮：“依你之见呢？”

李化熙：“依我吗……看那边。”

远处有个胡同口，几个小孩子正在胡同口的一个大磨盘上，跳下爬上，玩耍开心。

李化熙匆匆走过去，多尔衮等几人快步地跟在他后面，满脸都是迷惑之色。

走到那些小孩子面前，李化熙停下，出神地看着孩子们玩。好半晌，他才拍拍手掌，问个头上梳着抓髻的小男孩：“小孩儿，你叫什么？”

小孩儿：“我叫狗剩。”

李化熙：“哦，你叫狗剩，你爹叫什么？”

小孩儿：“俺爹叫狗嫌弃。”

李化熙：“那你娘呢？”

小孩儿：“俺爹姓苟，俺娘姓卜，人家都叫她狗不理。”

“狗不理？是苟卜氏吧？”李化熙嘀咕了一声，“狗剩，你手里拿的是什么？”

狗剩把手中的纸片举起来：“是纸铰出来的人和马。”

李化熙：“这些纸人纸马，是谁铰出来的？”

小孩儿：“不是谁铰出来的，是在地上捡到的。”

李化熙与孩子攀谈良久，站起来对多尔衮说：“王爷，暂时查问到的结果，是这样的，昨夜子时，大雾弥天，阴风怒号，有无数形状怪异的力士，各自背负石材而行。还有护送甲士，策马持鞭随行。突不意间，有人自路边的楼上，泼下盆洗脚水下来，正淋在几个持鞭护送甲士身上。那些甲士们发出惊呼，但见风来，转瞬间竟化为纸人纸马，飘忽不定，落于街心。”

李化熙把从孩子手中讨来的纸人纸马递过去：“王爷请看，这就是被洗脚水浇到之后，化为原形的纸人纸马，被这几个孩子捡到了。”

多尔衮：“……这听起来……本王心里好生困惑。”

李化熙：“王爷感到困惑，那就对了。”

说罢，他转身负手，走进胡同里。

多尔衮追上来：“李化熙，你要去哪里？”

李化熙：“当然是要查清楚昨夜这条街上，可曾有过一盆洗脚水泼下来？又是哪个泼的？”

多尔衮回头看看侍卫詹岱：“追查洗脚水……真是新鲜。”

詹岱立即悄无声息地跑开，而诸人跟在李化熙身后，在胡同里游荡。好久，等到侍卫詹岱回返，才找到一座二层阁楼。

李化熙：“这是胡同里的唯一阁楼，如果昨夜有人泼过洗脚水，必是此楼之上。”

李化熙开始在胡同里询问，小半个时辰后，向多尔衮禀报：“王爷，查清楚了。此楼虽然破旧，名声却雅，当地人称醉天楼，楼上住着的是一个姓李的寡妇。那李寡妇，与街坊赵二蛋有一腿。昨夜赵二蛋潜来幽会，不想二蛋妻率人追至，刀殴杖击，打得奸夫淫妇哭作一团。二蛋妻犹不解恨，命人将一盆水端来，自己洗过脚，端起来要泼在奸夫淫妇身上。不意脚下一滑，那盆洗脚水竟洒出楼外，淋到了长街夜行的甲士身上。夜行甲士化为纸人纸马后，许多人都听到了诡异的笑声，就见一道士飘飞于半空之际，朗声长吟：‘蛾眉心事在长安，北去功名久未还。任是并头成一梦，但留烟月照幽兰。’

“吟罢，道士与那无数的甲士力士，并及背负的石材，倏忽不见。”

多尔衮听得目瞪口呆，脱口叫出：“难道这便是五鬼搬运，六丁六甲之奇术？”

李化熙：“是或不是，时下还不能得出结论。”

多尔衮：“所以我们赶紧先回去，看看那宫墙地基之内，究竟有何神异法器。”

04

诸人再回到宫墙根下，正见叶初春指挥着许多民夫已经将地基挖开。

多尔衮凑上前去，漫不经意地看着。

忽然间他的脸色大变：“札都合、詹岱何在？”

“奴才在！”两名武士突然间长刀出鞘，护卫在多尔衮并华衣少年及幼童之前。这事突如其来，惊得那些役夫工人，忙不迭地四散逃开，伏跪于地，不敢抬头。

多尔衮抬起一只手，示意札都合与詹岱止住诸人。

就见多尔衮跳入坑中，在里边掏抠了一番，然后探头上来：“你们快过来看。”

李化熙、叶初春、党崇雅及高尔俨，四人急忙来到坑前，向里边望去，顿时呆若木鸡。

坑穴之中，是役夫们挖开来的地基。

地基之上，有个四四方方的洞龛。

洞龛之内，放着个东西。

是一个纸扎出来的小人，推着一辆纸扎的车子，保持着推车行进的姿势。

小人行进的方向，冲着墙壁之外。

高尔俨最先看懂了，呢喃道：“原来茅山五鬼搬运秘术，是这样子的。”

叶初春分析道：“那需要懂得邪术的妖道，事先买通役夫，建筑地基时，先行凿出个洞龛。放这施过秘术的纸人纸车入内，到得妖人施术之际，只需要念动咒语，就能够让纸人纸车纸马，化形为真，将墙壁之内的物事，统统地搬运出来。”

高尔俨听了才懂，低喃道：“原来如此。”

看着这诡异的一幕，多尔衮沉吟半晌，“小王倒不信这邪鬼异说。只不过……”转向李化熙，“此案可有端倪？”

李化熙：“毫无头绪。”

多尔衮失笑："你又在说笑，纵然小王不爱读书，也知道那午夜道人的奇吟，自有玄妙之处。莫非以你李化熙之大才，竟想不到铁狮子胡同吗？"

李化熙震骇至极，面有死色。

多尔衮转向东方，喃喃道："天下才情，集于秦淮。

"秦淮八艳陈圆圆、柳如是、卞玉京、董小宛、寇白门、马湘兰、李香君、顾横波，俱是国色天香，才情无双。

"午夜异道人所吟，是秦淮八艳中马湘兰的名句，京师无人不知。

"而铁狮子胡同，则是秦淮八艳顾横波的居所。

"秦淮八艳，与眼前这桩盗案，究系何关？"

05

黄昏之际，多尔衮六骑不疾不徐驶向通州行宫。

到高碑店，斜刺里冲出来几辆马车，车上一个眉眼精怪的漂亮女孩掀起轿帘："陛下？"

六骑之中，年龄最小的幼童欢叫一声："苏茉儿，朕今天跟叔王玩得好开心。"

说罢，被称为陛下的幼童，下马上车，接过女孩递过来的一碗奶皮子。

这个眉眼精怪的漂亮女孩，正是宫中皇太后的贴身侍女，苏茉儿。

她让少年坐在身边，转向马背上的两名少年："锡翰、富尔敦，今儿个你们俩陪陛下，费心了。"

两名少年急忙躬身："苏姑娘说的哪里话，陪伴主子，这是奴才的荣耀。"

苏茉儿回过身，好奇地捻着幼童脖颈上的棉帕："这刺绣好生精致，绝非普通人家所有。陛下，今天没让人看出来吧？"

听到这句问话，外边的五骑赶紧离马车远远的，生怕被问到。

被称为陛下的幼童见无人帮腔，只好翻了个大白眼："朕……有被人识破。"

啪的一声，苏茉儿竟照幼童后颈重重拍了一巴掌："我不是告诉过你的，出去后不要开口说话，你汉话说得嚼舌头，别人一听就知道古怪，你怎么就忍不住？"

那幼童，就是当今皇帝，登基才一年的顺治。

登基时，他才六岁。

今年七岁。

被苏茉儿训斥，福临不敢高声，嗫嗫道："朕出门后根本就没开过口。"

"没开口说话，人家能认出你来？"

"真的，朕一言未发，仍然被人识出。"福临解释说，"是个女人认出来的，她是前明三边总督李化熙的夫人。这棉帕，就是她给朕的。"

"哎哟，"苏茉儿不爱听了，"北京城中，竟然有这样的野女人？她要是敢惹我，信不信我把她卖到草原上放羊？"

小福临："姐姐说笑了，她怎么敢惹你？"

略一沉吟，苏茉儿突然大怒："既然陛下未露痕迹，那就是锡翰和富尔敦他们两个出问题了。那女人一定是从他们身上看出的端倪。你等我教训教训他们……”

小福临急忙拉住苏茉儿：“这也不能怪锡翰、富尔敦，你就别难为他们两个了。要不以后就更没人敢陪朕玩了。”

苏茉儿哼了一声：“去见太后吧，你额娘担心你呢。”

到了通州行宫，门前一堆官员跪地迎接，苏茉儿的车马不停，疾驶而入。

06

多尔衮大步走入通州行宫。

行至一个庭院，见一株古树，一个端庄妇人，正于树下的池塘边，专心致志地喂金鱼。

见那美妇人，多尔衮眼神一亮，疾步走过去。

忽然间，树影中转出一个女人，满脸狞恶，手中提一柄长长的弯刀，斜睨着多尔衮。

多尔衮急忙止步，恢复冷肃模样：“太后?”

妇人叫了声：“苏茉儿，让你去拿鱼食，怎么要这许久?”

“来了来了。”苏茉儿跑出来，递给那妇人一小碗鱼食。

妇人接过碗，开始喂鱼：“喂鱼这种事儿，看似小，却关乎鱼儿的性命。喂得过多，会污染水质，让鱼儿难以存活；喂量不足，更会影响鱼儿的生长。治大国者，如烹小鲜，要用心。如果鱼儿大小体型差异悬殊，表明鱼儿经常处于饥饿状态。又或是鱼儿头大尾小背脊窄，游动无力，也是饥饿的表现。

“再或是水质混浊泥黄，必是饥饿所致。深水无声，吃饱的鱼儿，会钻入水下。倘如成群结队，沿池周边疯狂游转，表明鱼儿处于严重饥饿状态，必须立即投食，堵截狂游，否则鱼儿会大批死亡。”

一边的苏茉儿，悚然心惊：“太后说的是鱼，可听起来分明是治世之理。你看那前朝大明，不就是流寇四窜，饥民嗷嗷？那前明崇祯，不就是投放失策，连带自己也成为釜底游鱼?”

那美妇人，就是顺治帝的生母，皇太后。

只见皇太后照苏茉儿头上敲了一记：“就你话多，又不是说给你听。”

侍立一边的多尔衮，想回答句小王谨记，又感觉不应该说，手足无措，唯有局促。

皇太后两眼凝视着池中游鱼，续道：“君王易替，生民不安。试问今日之域中，竟是何人之天下？万古千秋帝王流转，唯一不变的，始终是万千百姓构成的万里江山。天下之大，终不过如眼前这座鱼池。失去了鱼儿，就变成了污池臭水。要让这池中惊乱的小鱼儿安定，须得先让中大的鱼儿安定。若要让中大的鱼儿安定，须得先让大鱼安定下来。”

说到这里，皇太后小心地拍了拍手掌，入神地看着自己的掌心：“多尔衮，听说你想要李化熙的夫人?”

07

皇太后，是年三十二岁，是个丰盈美艳的年轻女子。

宫中嫔妃，最善保养。看起来不过是个二十岁出头的姑娘，却比年轻姑娘更灵动。

顺治帝福临的生母，天下权柄，实际上执掌于她的手中。

此时，这双执掌天下权柄的纤纤玉掌，却捧着只静花粗瓷鱼食碗。

“谁……哪里有？”多尔衮，“太后你甭听别人瞎嚼舌头。”

皇太后：“那你去李化熙家里做什么？”

“小王是带着陛下巡游的途中，遇到几个汉臣去找李化熙破案，小王心想左右无正事，不如跟着去瞧瞧。呃，就是这么回事。”

皇太后：“这就对了。如果这天下是座大鱼池，那些被前明遗弃的臣属，就是池水里中号的鱼。安定了他们，就安定了百姓。”

多尔衮：“可是那些人……太后，你也知道，前明的官员臣子，个个都是性子执拗到了极点的人。说什么好马不配二鞍、烈女不事二夫……”

皇太后开始玩手中的花瓣：“这话说得，全然不过脑子。好马怎么就不配二鞍？哪匹好马，不是有十个八个好鞍预备着？烈女如何事不得二夫？名花天下逐，好女世间追，岂有一棵歪脖子树上吊死的道理？再说前明这些臣属吧，他们的帝王何曾是崇祯？而是天下百姓啊！

“食君之禄，忠君之事。但他们所食，全都是生民之禄！是百姓供给他们衣食，养活了他们。若然不为天下百姓着想，就枉披了一张人皮。多尔衮，你要把这个道理，讲给那些人听，但要讲究方法。

“这个李化熙，”皇太后转过身来，“哀家曾有耳闻，虽然号称秃尾巴老李，实则不过是一介庸官。昔者此人在三边总督任上，随众皆叛，导致京师失守，大明天子自缢。这么个废物，杀之都嫌污手，竟然这么多的人，陛下连同摄政王，同去他的府中聘请。多尔衮，你说你是不是昏了头？”

多尔衮悄抬眼皮，偷看了一眼那纤丽的手掌：“……太后所言极是，现在想来，今日这事儿，确是有点鲁莽了。”

皇太后：“若这李化熙有什么贪渎不法之事，就与哀家杀了他。”

多尔衮：“小王……谨遵太后懿旨。”

皇太后：“摄政王，哀家还不知道你，见了漂亮女人就挪不动步。杀李化熙应该是你内心深处的愿望，何以接旨时竟有几分犹豫？”

多尔衮：“太后，小王的一颗心早就归属了太后……小王仔细地瞧过李化熙，正如太后所言，此人就是个地道的废物点心。只不过……”

皇太后：“只不过什么？”

多尔衮：“不过小王心里总觉得什么有地方不对，今日之行，处处诡异，分明是小王疏漏了什么，事情绝不会这么简单。”

皇太后："会不会是你自己多虑了呢？你这辈子就这样，该算的不算，不该算的瞎算！"

多尔衮："……也有可能。"

皇太后："还有什么事儿吗？"

多尔衮："有，有关抚恤入城灾民的事儿。"

08

皇太后："灾民的情形如何？"

多尔衮："小王亲自带陛下出城看过了，灾民数十万人，分布于东南和西北几个不同地点。他们的家乡都饱受战争蹂躏，才被迫流离失所。打从家乡逃出来，沿途就倒毙了多半，现在这些人还在不断地死去，如不快点想到解决办法，只恐怕……只恐怕咱们大清国，就没有百姓可以治理了。"

皇太后："如此急迫，你还在李化熙这个欺世盗名之人的身上浪费时间？"

多尔衮："小王已经吩咐过朝中的洪承畴、范文程，让他们立即筹策出个方案来。"

皇太后："要用多久？"

多尔衮："四方征粮策令已下达，但道路不畅，沿途匪患滋生，就算是一路平平安安，第一批赈济粮到得京城，至少也得十天。"

皇太后面有忧色："而这些饥民，却是一日也等不得。"

转过头，皇太后问苏茉儿："这京城附近，最有钱的人是哪个？"

苏茉儿："回太后的话，是焦曰白。"

皇太后："焦曰白？"

苏茉儿："没错，据说京师每十幢宅子，就有九幢是他的。"

皇太后："如此说来，此人是生财有道了？"

苏茉儿："具体情形，另有隐情。"

皇太后："什么隐情？"

苏茉儿："太后，这个焦曰白，并没什么生财之道。早在一年前，他还穷得叮当响，全身上下披着张烂麻袋片，连件衣服都没有。但是李自成大破潼关，百万大军进逼京师，京城居民惊恐逃散，逃走时只能带些金银细软，房产土地一钱不值。是以焦曰白用了一点点的钱，买下了几套房产，还有几亩地。嗣后李自成在北京登基，称国号大顺。北京城恢复正常，土地房产价格上扬。焦曰白将手中地产抛出，获利万倍。然而李自成未能坐稳天下，星夜西逃。北京城中再次大乱，房产土地价格再次跌落谷底。焦曰白趁机用他手中的钱，买下京城并京郊的无数房产土地。到得今日，我们才行至通州，京师再次恢复正常。而焦曰白，此时已成天下首富，娇妻美妾满堂，奴仆无数，屯粮更是无以数计。"

皇太后："摄政王？"

多尔衮："小王在。"

皇太后："如果向焦曰白借点粮，暂活灾民，此策可行否？"

多尔衮："……这个，洪承畴他们试过的。"

皇太后："结果如何？"

多尔衮："根本行不通。"

皇太后："哦？"

多尔衮："那焦曰白的家，太大太大。听说这人穷怕了，房宅务求其大。大到什么程度呢？不夸张地说，他如果从卧房去茅厕，路上就要花费几个时辰。"

皇太后："……这话是什么意思？"

多尔衮："意思是说，焦曰白的家太大了，大到了离谱的程度。纵然他在家中，奴仆无数，可是谁也找不到他，听说焦曰白是在去茅厕的路上走丢了。是以洪承畴和范文程，几次派人去焦府，可就是找不到人。"

皇太后和苏茉儿对视了一眼，突然一起笑了起来。

多尔衮摸不着头脑："苏茉儿，你和太后在笑什么？"

苏茉儿："摄政王啊，既然这焦曰白在自己家里走丢了。派人进去找，是无济于事的，只能想办法让他自己出来。"

多尔衮："想办法……嗯，太后，明白了，小王知道该怎么办了。"

皇太后拿起茶盏："摄政王，你还不算太笨。"

09

多尔衮走后好久，皇太后依然侍立于原地。

一动不动，目光注视着多尔衮离开的方向。

苏茉儿的声音："太后，淑太后来了。"

"哎哟。"随着这一声，后面走来一个装束奇怪的女人。

与皇太后相若的年龄，容貌极美，劲装长靴，挎一柄装饰华丽的蒙古刀。

她走过来，在皇太后身上嗅着："啧啧，好浓烈的男人味！"

皇太后："都这么一大把年纪了……"

淑太后就势坐在石凳上："我说你是怎么回事儿？太宗在世时，你可不是这样。那时候的你，每次偷偷溜出宫去，都是我替你打掩护。太宗在时，你是出了名的不安于室，现在怎么规矩起来了？"

皇太后："此前必须这样做，现在不可再为之。"

淑太后："理由？"

皇太后："太祖难时，国中惊变。太宗为了保护年方十五的摄政王，将他和十三岁的弟弟多铎藏于行宫。时我刚刚下嫁一年，只比摄政王小一岁，青春少年，心无旁骛，值此情义所在，圣上慧眼如炬，何惧人言？然则今日，孤儿寡母，纵行无差池，无愧于心，难免身后议论。"

淑太后："可你越是不允，只恐摄政王心中情欲愈炽。"

皇太后："那也没办法。"

淑太后："若不应之，何不杀之?"

皇太后："臣僚之属，非止这两个用处。"

淑太后："男人嘛，除此二者，还能有什么用?"

皇太后："可记得你当年盛妆入帐，携女求嫁之时?"

淑太后悠然神往："遥忆那年，太祖努尔哈赤为君临天下，先行平蒙古各部。蒙古诸部，势力最大的是林丹汗。而我本是昔年林丹汗帐中八大福晋之一，只因林丹汗败于努尔哈赤，被迫以女眷相献。我和我的七个姐妹，悉数盛装入京。那一年我有心入宫，只恐你不相容。至今记得太宗惊惧的脸色，他在世上好生怕你。当时以为那是我生命中最后一日，是夜盛妆艳容，独对孤灯，等你差人取我性命。可我等到天亮，却等到你亲来接我入宫。追此姐妹之情，为时恰好十年矣。"

皇太后："十年如水，物是人非。"

那时不可杀你，此时不可杀他。

最烈的马，奔行愈疾，奔出越远。

只要驯服它!

第三章　天下首富，高枕也难眠

01

黎明。

明亮的流星划过。

无数灯笼火把，聚集于一幢高大的门楼前。

门楼上有块巨大的牌匾：焦府。

这座焦府，宛如一座城池。塔楼之上，一排气势汹汹的黑衣家丁，各执长刀火把。

门口是黑压压的饥民，用力在砸门："焦曰白，你一个人把天下粮食买断了，想让我们全都饿死吗？"

"开门，开开门！"

"开门，赈灾放粮！"

"眼看这么多人在你门外饿死，你焦曰白就没点人性吗？"

"焦曰白，你为富不仁，不得好死！"

"放火，烧了这幢焦府！"

多尔衮策马而来，身后依然是侍卫札都合与詹岱。另有十几个精壮侍从，保护着易装为富家公子的福临与扮成男装的苏茉儿。

多尔衮："苏茉儿，还是你的主意管用。让这么多的灾民挤在门外，那暴发户焦曰白，不会没有丝毫心理压力吧？"

苏茉儿："但他的府门，却始终是紧闭着。"

多尔衮："看来这个暴发户，是铁了心置之不理了。"

苏茉儿怒道："若然如此，那就让饥民烧了他的府邸。"

多尔衮："与其闹到天怒人怨，不如我们进去催催他。"

侍卫詹岱突然探头过来："王爷，你看那边。"

顺着詹岱指的方向，多尔衮仔细一看，顿时惊讶了一声：“咦，那个比任何一个饥民更像饥民的家伙，不是李化熙吗？”

詹岱：“王爷，你说这半夜三更的，这厮来此何为？”

多尔衮：“你过去问问，不就清楚了。”

詹岱纵马过去，照混在饥民之中的李化熙屁股抽了一鞭子。

不想李化熙反应极快，鞭子未至，已经嗖的一声跳开，一扭头：“何人大胆，竟然敢惹老子？”

詹岱高踞马上。

李化熙偏过头，仔细地打量詹岱：“咦，你不是摄政王爷身边的侍卫詹岱吗？怎么会星夜来此？”

詹岱：“你为何在这里？”

李化熙：“我为何来此，这要问你们王爷了。”

多尔衮策马过来：“李化熙，你的意思是说，禁宫石料飞失，与这焦府有关？”

李化熙：“这个不能确定。但这北京城中，只有两家需要石材，也只有两家买得起那么多的石材：皇家和焦家。王爷请想，我要是不先来此看看，能放心吗？”

多尔衮：“若然如此，少刻本王要见见焦曰白，李化熙你跟本王一道进去好了。”

李化熙：“谢过王爷了。”

多尔衮：“詹岱，给李化熙一匹马。办事之人，没个脚程是不行的。”

詹岱满脸不乐意，让人牵匹马过来，交给李化熙。

侍卫札都合大声道：“大家打起精神来，保护好王爷身边的两位公子，让前面的饥民闪开条道，容我们进入焦府。”

侍从分列两侧，饥民纷纷让开道路，一行人行至焦府大门之前。

侍卫詹岱纵马上前：“门里的人听着，此乃国朝摄政王爷，闻知此地饥民惊乱，围困焦府，所以星夜来此。”

少顷，就听大门轰隆隆响动，终于打开了。

02

一个衣衫华丽的汉子率众迎出，跪伏于地：“小民无知，不知摄政王爷大驾光临，请恕小民迟迎之罪。”

多尔衮：“你便是焦曰白？”

华衫汉子：“回王爷的话，小人不是焦曰白，只是焦府的大门管事，贱名张大号。”

张大号？多尔衮瞧了苏茉儿一眼。

苏茉儿道：“这张大号是前明崇祯年间的北京城有名富户，一掷千金，声名显赫。想不到他现在……呃，居然给暴发户焦曰白看门来了。”

多尔衮：“但你得承认，这个张大号真的很适合看大门。”

李化熙极吃惊地看着苏茉儿。

多尔衮在李化熙的肩上重重一拍："李化熙，眼珠子别瞪那么大。苏茉儿读书万卷，过目不忘，京城的人和事，她比你知道的都多。你以后慢慢学吧。"

诸人翻身下马，随张大号进入焦府。

03

焦府入门，竟是一片森林。

山高林密，沟壑纵横，瀑布飞湍，溪流潺潺。

众人上马，沿山径而行。行不及远，见一高耸塔门，一名黑衣男子，不怒而威，目光凌厉，率了一群衣衫与张大号同样华丽的下人，立于门前。

见到多尔衮一行，威严男子急率众人跪倒。

多尔衮失笑道："这焦曰白，模样倒是蛮不赖。"

就听威严男子沉声道："小人何经天，替焦家看守二门，何幸如此，竟亲睹王爷之尊。"

多尔衮瞪大了眼睛："原来他也不是焦曰白。"

李化熙看了看苏茉儿。

就听苏茉儿道："这个何经天，是前明的一名守备将军，作战极猛的。他之所以侍奉焦曰白，是因为他母亲在逃兵难时，为焦曰白所救，是以铭感于心，甘愿投效。"

多尔衮看了眼何经天："这是个孝子，本朝不该失了这个人才。"

何经天引路，带众人进入焦府第二道门。

04

第二道门前，是一片花海。

十几种颜色的月季，红色、粉色、白色，紫色，争奇斗艳，品种也应有尽有。众人纵马穿行花海，顿生出飘遥迷离之感。

多尔衮看着花海，对身边易装为富家公子的小福临低声道："陛下，你看到了什么?"

小福临："这焦曰白，虽说是天下首富，终不过是个暴发户而已。竟然摆出如此阵势，只恐其是有为而来。"

多尔衮："陛下莫急，待我等看看再说。那焦曰白不过一介草民，又能掀起多大的风浪?"

行过花海，前方见一片无边的水域，一群衣饰与何经天一般无二的仆从，皆跪于地。只有一位须发如银的老者，昂首挺立于花舫之侧。

多尔衮摇头："本王已经出过两次糗，所以猜测这人还不是焦曰白。"

苏茉儿却道："我对中原人物只是闻其名，知其事，但从未见过真人。所以这个人不说出他的名字，我也不知道他是谁。"

李化熙只好说话："这人是昔日北京城中声望最隆的车帮帮主初闻道。"

苏茉儿："原来他就是初闻道？听说他的车帮弟子遍布天下，江湖之事，尽于其人之心。想不到，他也被焦曰白所网罗。"

多尔衮的脸，冷沉如冰："这焦曰白不过是个暴发户，竟然网罗如此之多的奇人异士，他想干什么呢？"

初闻道上前，抱拳行江湖礼："小人初闻道，为我家主人恭迎摄政王爷。请王爷上船。"

詹岱明显有点紧张："王爷，不可……当心宵小暗算。"

多尔衮漫不经心，一摆手，下马率先登舟。

众侍卫保护着小福临，与苏茉儿、李化熙等人登船。就见初闻道一挥手，数十条桨同时划动，舟如飞，穿越无尽的芦苇丛。

多尔衮有些烦躁，走到初闻道身边："老先生？"

初闻道急忙躬身："王爷请吩咐。"

多尔衮："这焦府似乎比北京城还要大啊。"

初闻道急忙道："王爷多心了，其实就是个障眼法，那焦府前门，是个入口。进前门就出后门，后门连通着我家主人的私林山产。王爷这一路上行来，就是行走在京郊的一条山路上。再行不远，我家主人正在前方恭候。"

多尔衮目视李化熙，笑道："小王无知，但也听说初老所言的障眼法，还有个名称叫奇门遁甲，可以缩地千里，咫尺到达，可以驱策六丁六甲，一夜之间搬走一座小山吧？"

初闻道哈哈大笑："王爷多虑了，那都是人云亦云，道听途说，没那么夸张。"

多尔衮冷哼一声："但愿如此。"

05

舟行至一座土山停了下来。

多尔衮一众下船，就见一个淡妆女子，只是双眉之间点了朱红，于岸边趋身伏拜："奴家冰雪儿，原是梨园之人，然乱世无以残生，幸得焦爷垂怜，苟活至今，是以代焦爷在此恭迎王爷一众，请王爷移步。"

苏茉儿低声道："这冰雪儿原是北京名伶，当年连崇祯帝想要听到她的歌喉都要三礼而请……"

众人面面相觑："这焦曰白，势力之大，超出了所有人的想象。"

多尔衮下了船，看看那条登山石径，笑道："这很好玩是不是？本王每日要料理的国务，何啻万千？之所以亲来焦府，无非是担心饥民为乱，祸至尔等。不承想你们却是如此冥顽，忽山忽水，忽花忽海，搞偌大个迷宫逗本王来消遣。

"本王的耐性，尽了。

"让焦曰白来见本王。

"现在！"

呛的一声，众侍卫齐掣长刀在手，目视冰雪儿等人。

不想那冰雪儿毫不动容，回答道："王爷错怪妾身了，妾身何胆？我家主人说到底不过是白丁布衣，即使侥幸有几个小钱，又岂敢在王爷面前炫耀？若非有天大的难言之隐，又怎会在王爷面前这般难堪？"

多尔衮："你家主人有何难言之隐？"

冰雪儿："王爷只管登山便知。"

多尔衮再次看了看那条山路，道："也罢，看看你们到底在玩什么把戏。"

06

众人随冰雪儿登山，山坡极缓，走来毫不费力。四周景色，也是自然而然，并无什么稀奇之处。

正行之间，隐隐约约听到一阵哭声，呜呜咽咽，似乎带有无尽的哀怨。

再向前走，哭声越是清晰。

前方，是一片荆棘丛。

荆棘丛之中，铺着张肮脏的席子，席边放着一只缺了边的粗瓷碗，半块咬了几口的红薯硬馍。硬馍边上，还有根摩挲得光洁溜净的打狗棍。

一个乞丐，全身肮脏，厚泥都渗进了黝黑的皮肤里。正坐于席上，撕扯着肮脏的头发，哭得昏天暗地。

多尔衮惊讶地问："这乞丐是谁？"

冰雪儿回答："这便是我家老爷，天下首富焦曰白。"

什么？众人无不震惊："真的假的？他那么有钱，为何要把自己弄成乞丐模样，蹲在荆棘丛中哭？"

多尔衮心思缜密："李化熙，你应该见过焦曰白，快看清楚，这到底是不是他。"

李化熙点头："此人千真万确，就是焦曰白。"

多尔衮："那你替本王问问，他这个样子，到底是搞什么名堂。"

07

李化熙沉喝道："焦曰白？"

破席子上的乞丐止住哭声，抬起头："是谁叫我？"

李化熙："不认得本官吗？本官乃三边总督李化熙。"

乞丐："老爷叫小人何事儿？"

李化熙："问问你在这里做什么。"

此话问出，乞丐发出一声长恸，大声号啕，没完没了地哭了起来。

李化熙皱眉："来人，这厮竟敢不答本官问话，再如此聒噪不止，与吾斩了。"

"别别别……"乞丐瞬间止住哭声，跪爬过来，"老爷，老爷你听小人说，小人岂敢冒犯大人虎威，之所以长恸不止，是因为小人遇到了桩极尽离奇之事，是为困惑莫名，感伤之至。求老爷恕过小人无心之过，莫要杀小人。”

李化熙：“杀你这事儿，暂且不急。先回答本官，你究竟遇到了什么离奇的怪事?”

乞丐：“回老爷的话，小民焦曰白，打小就是个孤儿，生于皇城根下，乞讨为生。一张草席睡天下，打狗棍下度残生。虽说是食无温饱，睡则颠倒，但是老爷呀，小人虽然生来贫贱，但也乐天知命，单等哪一天风寒之夜，冻死于冰雪之间，这一生终落得个复归黄土无忧无怨。

“可是老爷呀，记得前朝崇祯十六年的一天夜里。小人正自蜷缩于一个破败的门洞之中，忽见门外立有一物，鸟羽花翎，似人又非人，似鸟却长了个人身。当时小人如在梦中，听那东西说：‘焦曰白，你想不想要荣华富贵？想不想穿绫罗绸缎？想不想吃山珍海味？想不想要绝世美姝，夜夜与你同榻共眠？’

“当时小人说：‘那当然要得了。只是小人生来就是乞丐，命里合该没有这些。’

“就听那东西笑道：‘焦曰白，你所言不错，你命中确实没有这些。但我可以让你想要什么，就得到什么。’

“小人回答说：‘你所言可真？若然如此，我现在就想要一锭五十两的大银子。’

“万万没想到，那奇怪的东西，居然真的掷过来一锭五十两的大银子，并说道：‘焦曰白，你收好了这锭银子，再想办法多讨要些。过些日子，待得李自成冲出潼关来攻打这北京城时，北京城里的所有房屋地产都会一钱不值。到时候你能买多少，就买多少，买得越多越好。’

“当时小人失笑道：‘你以为小人脑子有病吗？遇到兵乱，小人跑还嫌慢，要多缺心眼，买那些一文不值的干什么?’

“不想那东西却道：‘焦曰白，你有多傻？岂不闻富贵险中求？兵乱时房屋田产一文不值，等到太平时日，房屋田产价钱再涨上来，你岂不是一夜之间就富可敌国了?’

“正所谓一言惊醒梦中人。当时小人恍然大悟，那怪东西无论是什么，他都告诉了小人一个绝对值钱的大道理。乱世于富人来说，绝对是件坏事，因为他们有太多的东西怕失去。但对于我这等只有烂命一条的乞丐来说，却是个千载难逢的好机会。如果小人照那东西的话去做了，倘不成，最多丢条命，这跟饿死沟壕有何区别？如果成了，那小人岂不就可以得偿所愿了吗?

“想到就做，于是小人怀揣银子，手拄打狗棍，开始在北京城中观察徘徊。果不其然，李自成兵来，京城居民惊恐逃窜，小人趁机买进大量房屋田产。等到李自成登基，田产价格上涨，小人再行抛出。嗣后李自成西走，小人二次囤田，只是短短几个月的时间，小人忽然间发现，这天底下竟然没有比小人更有钱的人了。”

焦曰白说完，舔舔干裂的嘴唇，端起地下的脏碗来喝水。

李化熙道：“焦曰白，你这不是蛮好的吗？甭管你遇到的东西是人还是鬼，毕竟你现在有钱了，为何还要把自己弄成这个鬼样子?”

焦曰白：“老爷呀，你听小人说。”

李化熙：“你说。”

08

焦曰白道：“老爷呀，小人自打发了横财，就想应该享受一下了。于是小人就睡到舒适的软榻上，身边再抱个百般温柔千般娇嫩的姑娘。当时躺在榻上，那感觉果然不一样。是以小人哭得泪水涟涟，感觉要了一辈子的饭，总算才活成了个人样。

“可是老爷呀，等小人入睡之后，怪事就来了。

“什么怪事呢？小人入睡之后，就会做梦。在梦里，小人仍然是个乞丐，拄着打狗棍，赤脚行走在冰天雪地中，风那叫一个冷，雪那叫一个寒。还有汪汪叫的狗，突然不知从什么地方窜出来，凶狠地一口咬在小人的脚上。当时小人痛得惨叫一声，扑棱棱从榻上跳了起来。”

说到这里，焦曰白声音呜咽：“老爷……老爷应该能明白，小人究竟在说什么吧？”

李化熙哈哈大笑起来：“还真听明白了。而且老爷我，能够治好你的心病。”

“真的吗？”焦曰白满脸惊喜，“老爷，老爷，这个心病，如何一个治法儿？”

李化熙：“庄周晓梦迷蝴蝶，望帝春心托杜鹃。幻化虚无两不知，真实虚幻是非间。听本官说来，焦曰白，你本乞丐，有钱之后睡进舒适的房间榻上，却夜夜做噩梦，梦到自己仍然一贫如洗。梦到你仍然在风雪交加中，被恶狗追咬。最后你实在受不了梦中的苦难折磨，干脆逃到荆棘丛中，恢复自己的乞丐模样。这时候你躺在烂席子上，喝着没滋没味的水，啃着冰冷的馍，反而会梦到自己发了横财，梦到自己穿绫罗绸缎，梦到自己吃山珍海味，甚至会幸福地在梦中笑醒，对吧？”

焦曰白：“对对对！”

李化熙：“你这种情况，并非什么妖祟祸患，而是生活变化太大。从乞丐的席地幕天，到富豪的奢侈极欲，环境变化让你的身体根本没有做好准备接受这些。所以你的人虽然睡在香帐软榻之上，但整个身体仍然是乞丐状态。是以你要适应现在的人生，就需要个调节过程。

“就从你现在这样开始，把你身边的东西，一样样地慢慢换下。先用张干净点的席子换下这张破烂的，再让人建间小屋，睡在硬榻上。然后屋子里逐渐添加饰品，不知不觉慢慢来，三五十天，你的身体就适应了现在的状况，梦境也不再盘桓于旧时的乞丐日子。到那时，你就可以做个正常的暴发户了。”

“小人谢过老爷。”焦曰白对李化熙磕头如捣蒜。

李化熙：“焦曰白，你这头磕错了，摄政王大人可是忍你好久了。”

焦曰白爬向多尔衮：“王爷，小人实在卑贱，求王爷不要与小人计较。”

多尔衮百无聊赖地看着天：“李化熙，焦府今夜开仓放粮的事儿，就由你来负责了。若是有一个饥民未得安置，本王拿你是问。”

说完，多尔衮率众下山。

李化熙茫然：“喂喂喂王爷，什么开仓放粮啊？事先没人跟我说过这事儿啊！”

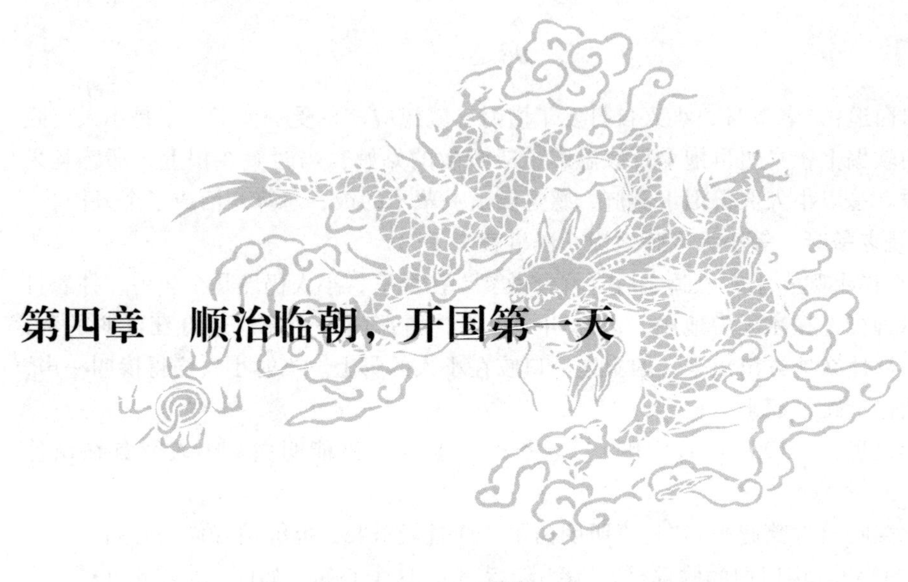

第四章　顺治临朝，开国第一天

01

穿越阴暗的长廊，多尔衮衣冠齐整，走入府中一间偏房："涂先生，小王要上朝去了。"

"哦。"

房间里，坐着一个面容苍白的书生。

长发覆肩，眼神里温静平和中透着说不出来的忧伤。

只有一条腿，行走不便。

只听他叹息一声，低语道："王爷，小可本是锦州城中的一介书生，早年王爷攻克锦州，收小可入府，并不以奴隶视之。我涂远谋有心回报王爷大恩，但别无所长。若是王爷不嫌弃，小可倒是愿意替王爷讲讲古往今来的占算策谋。"

多尔衮："先生过谦了，时下小王心中确是疑惑不明，烦请先生指教。"

涂远谋："王爷所言，莫非是近日京师嚷动的那个神异术士吗？"

多尔衮："然。"

涂远谋："我听说了。这个术士道名知非子，自称原是长白山的樵子，只因偷食了鸟羽花翎仙人的卵蛋，被仙人诅咒，从此成为天下第一神算。据说此人随口所言，必有天地人事相应。但算准之后，并无酬报，反而会遭受到殴打凌辱，是否？"

多尔衮："小王就曾亲睹那术士两次测占。一次是大兴黄村的赵姓老农，占算他走失的牛，果被术士给算准了。但那牛却偷食了药铺的千年人参，结果老农遭到药铺追赶，逃走时打了术士一锄头，怪他算得太准。另一次是有个旗人占测财运，也算准了，岂料那旗人捡得黄金回家，却被三岁的孩子吞食，丢了性命。旗人怒极，当时就要打死术士。唯此两桩，为小王亲眼所见。"

涂远谋："王爷可曾想过，这北京城如此之大，何以这术士连占两卦，偏偏都占算在王爷的眼皮子底下？"

多尔衮：“先生是说，这术士不过是故弄玄虚？”

涂远谋：“王爷，小可只需问一句话，古往今来数百帝王，哪一个是靠算命登上的帝位？”

多尔衮：“先生一言，醍醐灌顶。”

涂远谋：“王爷久在军中，生性光明磊落，不知道江湖鬼蜮伎俩最是诡诈。”

多尔衮：“先生的意思……是说小王遇到的那些占筮者，其实都是术士的同党？”

涂远谋：“如果事情只剩下一种解释，纵然是再不合理，也必然是正确的。”

多尔衮：“让小王想想，确有这种可能。假如这名术士，想要迅速在京师打开局面，让人人都知道他占筮灵验，单靠空口白说，是不会有人信的。但如果他与同党合谋演出这一场场的戏，明明算准了，还要被打得极惨。这当然会给人留下极深的印象，所以……”

涂远谋：“所以王爷就动了心？”

多尔衮：“多谢先生提点，否则小王必中圈套。”

涂远谋：“王爷睿智，天纵英武，这些宵小手段，于王爷无伤。只是希望王爷记得，这天下占算，不过四法，低者为升斗之算，略高为商贾之算，再者是谋臣算，最高是帝王算。诸法所算，无非人心。只不过，算法越低级，越是只计算自己心里的得失，越是为人所算。算法越是高级，越是有余暇计算天下人的心机。小可既然谋食于王爷之府，当然希望王爷能有更高明的算法。”

多尔衮：“小王知之矣。但这天下之算，至难者莫过于势。一旦势成，如黄口孺子，执其牛耳，虽然蛮牛力大无穷，也唯有俯首帖耳，任其驱策宰割。”

涂远谋：“天下之算，无非法术势。算法易，算术易，算势固然难，但时局纷繁，变数无尽。请王爷细思，昔者大唐高祖，可是生而为天子者？非也，大唐高祖李渊，不过是隋帝之臣属。昔者宋太祖赵匡胤，可是生而为天子者？非也，其人力争一世，不过是后周的一介武将。昔者大明开基朱元璋，可是生而为帝？非也，朱元璋不过是一个游僧乞儿，只是奉了小明王旗号，才开始并争天下。其诸人也，基业起始都没有势，或是居于劣势。若上者诸人，不懂得换势占算，这天下又何来唐宗宋祖、大明朱家？”

多尔衮：“先生今日把话说透，小王的心里，宛如一块石头落了地。”

涂远谋俯首：“前行路长，王爷须千谨万慎才好。”

多尔衮：“小王知道了，谢过先生提醒。”

02

辞别涂先生，多尔衮走出内府。迎面，侍卫詹岱迎上来。

多尔衮：“看你的脸色，好像不是什么好消息。”

詹岱：“王爷，奴才亲自去查问过了。那日风雪之中，找术士算牛的老农，家在大兴黄村，名叫赵老四，已经在大兴居住三代了，妻子赵韩氏，儿子赵闲皮，还有个女儿叫赵小囡。而那家药铺的胖掌柜，名叫罗思元，家住永安里，一妻两妾，三子四女。那支千年人参，是他五年前从一个关东行商手中买到的。昨天奴才到大兴时，恰逢罗掌柜也找到大兴，正堵在赵老四的门口，要求赔偿人参。吵动得很是厉害，全村人都跑出来围观。”

有这事儿？多尔衮呆了：“如此说来，涂先生认为那占篮之人全都是同谋，好像没说对……还有，那个儿子吞金的旗人呢？”

詹岱：“王爷，此人也查清楚了，他叫班格赖，以前曾在镶黄旗效力。但此人手脚不干净，总是偷军营中其他士兵的东西，所以被逐出。此番天子入关，班格赖也带着老婆孩子跑到京师碰运气。恃仗自己是旗人，欺负汉人，抢夺财物。那一日他确曾捡到了两锭黄金，却被他三岁的儿子吞食一锭，当场身死，死后尸体送到了义庄。王爷请看，这是那孩子尸体停厝义庄的棺材编号。”

多尔衮：“如此说来，从盛京来的班格赖、居住永安里的药铺掌柜及大兴黄村的老农，是无论如何也扯不上关系的。”

詹岱：“王爷，这只是奴才的调查结果，至于结论，奴才也不知该怎么说。”

多尔衮：“还有什么事儿？”

詹岱：“王爷，奴才的一个族亲，那个叫穆昆的，王爷可曾听说？”

多尔衮：“记得，他可是有求于本王？”

詹岱：“穆昆那人，性子极拗，奴才都不爱理他，他更不敢来见王爷。不过他五日前曾找到那术士占算自己的官运。”

多尔衮：“结果如何？”

詹岱：“那术士吩咐穆昆于夜半时分敲击门前老槐树，一边敲一边唱：‘天地遥遥，星月飘飘。澜干瀚海，百丈冰消。嗟尔远道之人胡为乎来哉？不过是荒草驼铃夜雨西风道。’穆昆照吩咐连唱了三遍。及至早晨，就接到衙司授其为正六品蓝翎侍卫的任命。”

多尔衮：“为什么会授他这么个官职？”

詹岱：“因为我的大舅哥，穆昆的兄长，近日在军前战死。所以衙司按条则抚恤，有此任命。”

多尔衮：“如此说来，穆昆的官运是兄长的性命换来的。所以他多半也不会饶过算命术士？”

詹岱：“王爷所言极是，听说那术士已经被打得逃无踪影。”

多尔衮想笑，却无论如何也笑不出来。郁闷半晌，才道：“上朝去吧，今天是开国第一天，有的咱们折腾的。”

03

武英殿，顺治临朝。

诸臣分列而入，衣冠杂乱。有人顶戴长袍，有人旧明冠衣，多数汉臣，光头草鞋。

顺治端居御座，多尔衮一袭甲衣侍立于侧。

远宫一角，苏茉儿侍立，皇太后和淑太妃坐在残垣之外。墙壁上有烟熏火燎的痕迹，还被捣了个大洞。

透过这个大洞，三人恰好看到武英殿顺治临朝的情况。

苏茉儿："这是陛下第一天临朝，史官会记下来吗？"

皇太后叹息："百废俱兴，诸事待举。要记的事儿，委实太多。"

淑太后："李自成西走时，把皇宫烧成这般惨样。要我说呀，这样就挺好，何必劳民伤财，费心枉力地修缮呢？"

皇太后笑："姐姐可知道，我是什么事儿都依你的。"

淑太后："算我什么都没说！"

武英殿中，顺治身后的屏风处，几个太监争成一团，都想抢到司礼太监的肥差。

一个小太监从几个太监的缝隙中钻出来，冲到顺治御座边，大喊："风干物燥，小心烛火！"

多尔衮和顺治惊讶回头，看着太监。

殿中众官，目瞪口呆。

小太监哎哟一声，狠抽自己一嘴巴："……不是，喊岔了，那啥，咱们重喊：百官有事奏本，无事退朝。"

一名武将上前跪倒："奴才谭泰，有本上奏。"

顺治正欲开口，多尔衮话已经说完："爱卿速速奏来。"

谭泰："奴才要举荐一名国士。"

顺治刚要开口，多尔衮又抢在前面："不知爱卿举荐何人？"

顺治翻了个白眼。

谭泰："奴才所荐之人，知天地，洞万机，明义理，识……识什么来着？"

谭泰打开手中的奏本，看着说："陛下，奴才曾与此人秉烛夜谈，果然是字字珠玑，吐气如兰……呃，总之呢陛下，我朝新开天地之局，正需要广纳天下智士。所以奴才斗胆，代天子表白求贤之心，终于说得此人随吾前来。"

顺治抢先道："那位先生来了吗？快让他上前来，让朕瞧瞧。"

谭泰："呃……先生倒是来了，可是……可是……可是……"

多尔衮："可是什么？"

谭泰："先生说，虽则天命有归，苍生有福，天子龙兴于北，仗剑入关，以拯万民苍生于水火。但是读书人，讲究的是为天地立心，为生民立命。所以他说，他可以入朝，但不可出仕。还有，他想让陛下答应他一个条件。"

多尔衮怫然变色："什么条件？"

04

残垣断壁处，眉目狞悍的中年宫女端着奶茶出来，抱怨道："娘娘们又跑出来，这天寒地冻的，冻病了可怎么说？快喝杯奶茶热热身子，早点回屋。"

苏茉儿叹息："大布吉，你还能再糊涂点吗？哪里还有什么娘娘？现在是太后，这都提醒你几次了？总是记不住。"

皇太后摆手："罢了，都是家里的老人，哪来那么多讲究。"

淑太后却好奇地看着武英殿门外负手而立的那个书生："这个人，有点目空一切的意思。"

皇太后："姐姐的眼神果然犀利，毕竟人家是有备而来。"

淑太后："假意屈顺，实怀异心。失势时要多软就有多软，得势后要多硬就有多硬。一旦达到目的，立即翻脸不认人。我们这一生啊，始终是在和这样的男人打交道。"

皇太后："若得百炼钢，终须绕指柔。"

苏茉儿："就如太后此前所说：驯猪不如驯狗，驯狗不如驯虎，驯虎不如驯才智烈士。正如咱们这位大布吉，昔年她可是怀了必死之心，誓杀太后不顾身。现在呢？只怕是谁敢碰陛下和太后一根指头，就要掂量掂量自己的脖子，是否硬得过大布吉的弯刀。"

大布吉："苏茉儿，娘娘待我一如亲人，你却几次三番撩拨往昔旧事，究系何心，是何用意？"

苏茉儿："还能有什么用意？无非是追思二十年前，你于科尔沁大草原上，打得年轻力壮的卓礼克图亲王满脸溅血，复仗刀策马，追杀我和太后的车驾旧事罢了。忘了你当时凶神恶煞一般，打得我在车底下边哭边爬了？"

大布吉对苏茉儿怒目而视："再说，把你腿打断。"

淑太后："嘘，不要吵了，那狂生已入殿。"

05

书生芒鞋布衣，短绦系发，昂然而入，立而不跪："草民陈名夏，见过陛下。"

顺治抢道："请问先生有何指教于朕？"

陈名夏："陛下，草民入宫，是为天下苍生请命，斗胆请求陛下一事儿。"

顺治："先生请说。"

陈名夏："请天子剑，以诛国贼。"

此言一出，满朝皆惊。顺治更是怔愣，目光转向摄政王多尔衮。

多尔衮："先生所请，甚是合理。不过烦请先生告之，这国贼究系何人？"

陈名夏："此人位列朝班，名在殿堂，假意屈顺，实则机心诡诈，欲在朝中掀起腥风血雨，滔天巨浪。若不诛除此人，则国无宁日矣！"

众臣："此人是谁？"

"各位大人身在朝中，岂知民间疾苦？大人们可曾听闻：霜降遭风，四野难容老叶。元宵遇雨，万民皆怨初春。此贼便是……"陈名夏猛一个转身，"百姓恨不能剥其皮、食其肉的工部左侍郎叶初春！"

06

多尔衮的亲随札都合，牵马立于无人的长街。

皇太后身边的中年宫女大布吉，满洲男人装束，从烧得破败的后宫走出，看了一眼札都合，再环顾四周，见无异样，向里边招了招手。

三人牵马走出。

是苏茉儿，郑亲王济尔哈朗的长子富尔敦，以及福临。

五人上马，向南池子疾奔，路上行人闪避不迭。

至南池子，五人从后角门进入多尔衮的睿亲王府。

富丽堂皇，华丽至极。

进入厅堂，多尔衮迎出，福临飞奔过去："叔父，今天真的要教我骑马吗？"

多尔衮："那是当然。不过陛下既然来了，看看叔父的这亲王府比之于皇宫如何？"

福临："叔王想听真话？"

多尔衮："当然。"

福临："相比于叔王的亲王府，那烧得一塌糊涂的皇宫简直就是个猪窝。"

多尔衮哈哈大笑："然则陛下，今天于朝殿之上，我屡次无视君威，抢在陛下前面发号施令，陛下可曾有所感受？"

福临："是很不开心。但朕回宫后，额娘说了，叔王此举必有深意。"

多尔衮跪下，垂泪："陛下如此圣明，不枉本王一片苦心。"

福临扶起多尔衮："朕虽不知叔王此举之用意，但知叔王一心为国。"

多尔衮："小王何德，蒙陛下如此信任。请陛下来这边，不要出声，少顷小王要教陛下驾驭烈马之道。"

福临："让我进屋子里学骑马？这倒新鲜。"

福临等四人进入一间密室，隔着壁屏，可以看到外边是间空荡荡的屋子。一扇小门之外，是多尔衮的背影，正端坐阅读各地送来的兵事奏报。

07

侍卫札都合禀报："王爷，陈先生来了。"

多尔衮悚然长立："小王何德何福，竟蒙先生亲临……快快有请。"

布衣芒鞋，陈名夏昂然而入："王爷请了。"

多尔衮下阶："先生请，快来烤烤火，这大冷的天。"

陈名夏："请王爷屏退左右，小民有秘事奏报。"

多尔衮："啊，先生有话但讲无妨，这些人都是追随小王多年……小王明白了，全部退下。"

诸人纷纷退下。

退到密室后门，与顺治帝挤在一起，偷听偷看。

多尔衮："请先生随我来。"

两人进入密室，恰在福临等人的视线之内。

多尔衮亲手拿起几上茶壶："先生才智无双，请容小王替先生斟茶。"

陈名夏："王爷打算什么时候谋反？"

多尔衮惊呼一声，茶壶落地："先生想要吓死小王吗？"

陈名夏失笑："王爷，你军中死生，何啻百战？怎么会这般胆小，听不得一句真话吗？"

多尔衮："先生可知道自己在说些什么？谋反……苍天可鉴，小王心里从不敢有这种想法的。"

陈名夏："王爷错了，天予不取，必受其咎。正如秦失其鹿，天下共争。前朝自四十年前德政不修，阉权入政，气数衰微，遂有无数英雄崛起于草莽之地。想那李自成，不过是一个驿承，也曾于金銮殿上接受过百官朝拜。想那张献忠，不过是个见短识浅的乡下愚夫，却也敢剑鸣川蜀，号大西王。王爷天纵英武，神威无双，更兼堂堂贵胄血脉，又如何坐不得天下？"

多尔衮："先生说笑了，小王不过是承父兄遗泽，勉为其难罢了。何况如今圣明天子在位……"

陈名夏哈哈大笑起来："王爷，今日小民至金殿，正是想要亲睹一下取李自成而代之，坐于金銮殿上的小皇帝。"

多尔衮截断陈名夏："既然先生已看过天子威严，又何来勇气说出谋反这种愚不可及的话呢？"

陈名夏："正因为我看过，所以才有此一言。吾观殿上陛下，不过是个懵懂少年罢了，心智未开。单从相法上来看，这孩子是个千古不遇的情种，相比于如画江山、百世之基，恐怕他更喜欢的是软玉温香、柔美情肠。"

08

躲于密室后门，正在俯窥的小福临惊讶抬头，自语："好厉害的眼神，陈先生竟然一语道破朕心。

"朕当以为师矣。"

09

密室内，多尔衮讪讪赔笑："说笑了，先生说笑了。今日之言，出先生之口，入小王之耳，就此收住吧。"

陈名夏："既然法不入六耳，王爷再多听两句，又何妨？"

多尔衮："先生还要说？"

陈名夏："当然要说，王爷之所以躲躲闪闪，那是因为心里没有胜算。毕竟殿堂上的小皇帝终是主君，取而代之之事，虽然有心，又该从何处着手才能够顺理成章，众望所归，兹事体大，不可不察呀。"

多尔衮：“你看先生，这你都知道，又何必多此一言？”

陈名夏：“王爷畏惧，不是无心，而是无策。”

多尔衮：“先生……真的有办法？”

陈名夏：“不然我来府上做什么？”

多尔衮：“愿闻其详。”

陈名夏：“复上国衣冠，承华夏正统，则天下归心矣。”

多尔衮：“呃……先生说的，到底是什么意思？”

10

恭恭敬敬送走陈名夏，多尔衮回来。

福临已然落座，眼望着他。

多尔衮：“陛下全都看到了，这匹野马如何？”

福临：“最多不过三品，脚力尚可。虽不足以行千里，但用来输草拉磨，想来是没什么问题的。”

多尔衮哈哈大笑：“正是，陛下如此慧敏，实是天下之福啊。”

福临：“叔王，今天的课，快结束了吗？”

多尔衮：“十八年前，国中惊变，太祖蒙难。时年我十五岁，兄弟三人，悬于刀口。至今记得危难之际，皇兄恐我遭人暗算，送我入贝勒行宫，交由太后保护。时年太后也只不过十四岁，那一夜我们坐于灯前，耳听得狂风怒吼，似无数濒死者的惨厉呼号，动魄惊心。我偷窥太后之容，但见她仪态悠然。让我这个昂藏七尺汉，顿生出无限羞愧之心。

“见我局促不安，十四岁的太后对我说了一番话。

“太后说：‘多尔衮，你不需要害怕。你是满洲男儿，终将率雄师铁骑，纵横于血海杀场。相比于日后的无数险关，今日之境实算不了什么。’

“太后又说：‘多尔衮，你天生是带将之人，可曾知兵？’

“我回答说：‘不知。’

“当时太后笑了，说：‘那我教给你好了。我生于科尔沁大草原，自幼长于马上，酷爱烈马雄风。每一年，部落都要于苍茫草原，捕捉最烈的野马。草原之上，有一匹最美丽、性子最野的白马。人们管这匹只闻其声不见其形、只见其影难获其踪的白马，叫布木布泰，意思是天赐之福。传说，谁若是能捕到布木布泰，必然君临天下，掌宰四方。但是无人能够捕到布木布泰，没有人能够做到。’

“年方十二的太后，却对这匹美丽的马，生出了好奇之心。可布木布泰的性子如此之野，如何找到它？如何捉住它？又如何驯服它呢？太后想了几日，来到自己家的马场。发现马场四周为木栏所围，部族豢养的无数名马就在偌大的马场中奔驰、食草。需要的时候，打开栅栏门，无数匹名马疾奔而出，蹄声烈烈，动地惊天。马场极大，太后策马疾奔了整整一天，才堪堪绕行马场一周。然后太后挥鞭下令：‘把马场后面的栅栏，拆开一段。’手下人大为惊诧：‘这样做，家里的马会逃掉的。’

太后说：‘逃掉的马，终究会回来的。因为它们已经习惯了这种生活。滴水不漏的栅栏，固然安全，却也让我们失去了更多的机会。相比于安全，机会更重要。我们需要机会，需要布木布泰。’仆人不敢抗令，动手拆开了栅栏。果如仆人所说，栅栏拆开一个口子之后，时常有家里的马逃逸出去。但过不多久，逃逸的马又会回到栅栏缺口处。正如太后所断，它们已经习惯了。又过了段日子，栅栏缺口处，慢慢聚起一群马。有逃出来的驯服马，也有野马。这时候，太后就于栅栏缺口附近策马徜徉。马群越来越多，渐成科尔沁草原上最大的一群马。群马会疾奔出几天，再伴随着烈烈的蹄声，绕返到栅栏缺口附近。终于有一天，马群在疾奔十余日后，返回来了。当先的，是皮毛如雪一样洁白的布木布泰。又过了十几天，布木布泰随着几匹温顺的马儿踏入了马场。至此，太后这才下令：封闭栅栏缺口。

“三日后，十二岁的太后，一袭白衣，赤足骑着雪白的布木布泰冲出马场，后面是疾奔如雷、数量无尽的家马和野马。

“那一日，科尔沁草原上一片欢呼之声：‘布木布泰，布木布泰！’

“天命有归，天降贵女！”

11

多尔衮讲述到皇太后十二岁是如何捕到草原上最美丽、最野性的野马时，停了下来。

静静地看着福临。

福临笑了：“懂了。额娘十二岁时，就知道越是安全的屏护，就越是没有机会。所以打开栅栏缺口，露出破绽，才捕得了最美丽的布木布泰。现在我们也如此。之所以在朝堂之上，争抢话头，无视君威；之所以在朝臣面前，嚣张跋扈，欺君罔上；之所以把你这睿亲王府，修缮得富丽堂皇，突显得皇宫几如猪窝，只是为了打开栅栏上的缺口。之所以允许狂生陈名夏肆意妄言，逆行不轨，却不予追究，仍授予其高官显禄，只是为了让这些人看到机会。一旦他们认为朕与叔父之间有隙，就会渴望寻隙而入，渴望灭我大清。他们以为，身在朝中，心存二意，可以成全他们的志向与狼子之心。可是他们想不到的是，一旦他们身入朝中，就再也身不由己。一如布木布泰，他们仍想着驰奔于自己的道路，仍想着驰奔向自己的目标，可是我们会以马刺与鞭子驱策着他们，不断调整他们的目标和方向，让他们无论如何选择，都只是在为我们做事。”

多尔衮：“陛下果然聪慧。想那前朝自朱洪武始，至今已有三百余年。但正因为他们不懂得驱策之术，不懂得如何统御人心，纵然是人才济济，却是每况愈下，流寇四起。就连最后的崇祯皇帝，都不得不把自己吊死于煤山。失国，因失人。失人，因失心。于今陛下奉行天命，济拯苍生，就是要撒一张大大的网，尽揽天下英雄。篱笆不可扎牢，渔网须得有洞。只要你来，就再也由不得你。”

福临：“朕知道了。”

12

从睿亲王府中出来，大布吉、苏茉儿和福临悄然返回皇宫。

用过膳后，大布吉又端来一碗奶皮子，福临硬着头皮喝下。

由那个早朝时的司礼小太监引路，走向右顺门方向的殿室。

福临边走边问："你多大了？"

小太监："回万岁爷，小奴才已经十岁了。"

福临："你叫什么？"

小太监："回禀万岁爷，大家都叫小人小狗子。"

福临："那么你没有名字了？"

小太监："万岁爷明察，奴才不满三周岁时，被人贩子拐走，几番倒卖，最后入宫为奴。万岁爷，你要是不嫌奴才话多，就让奴才留在你身边吧。"

福临："小狗子，你这个名字宫里私下叫一叫无妨，可日后如果有什么机缘，还不如叫小扣子更好些。"

小太监大喜："奴才谢过万岁爷赐名，从现在开始，奴才就是小扣子了。"

福临："今天朝班时，内阁已经商量过了，午饭之后朕不再上朝，百官就在右顺门侧的殿室里见朕，有事内阁商量，无事回衙办公。虽然你小扣子嗓音不赖，只是以后再也用不着了。"

小扣子："只要能在万岁爷身边，无论做什么，奴才都是喜欢的。"

顺治："那你快跑两步，看看谁在外边候着，等朕到时，可向朕禀报。"

小扣子疾奔如飞去了。

13

顺治在便殿的御座前坐下，拿起奏折翻阅。

小扣子进来："启奏陛下，来了个白胡子老爷爷，还带着一个少年。说是翻译什么书的事儿，要见陛下。"

顺治急忙站起来："那是文馆八大巴克什之首萨巴海岱，和他的孙子内弘文院的启心郎穆布硕，快请。"

八十六岁的萨巴海岱，在孙子穆布硕的搀扶下，颤巍巍地进来："小狼王，奴才给你老人家请安了。"

听对方称自己狼王，而非陛下或天子，顺治面色明显不悦。

强忍着气："给老萨巴赐座。"

萨巴海岱喘息着坐下："奴才此来，是为了翻译汉人图书一事，向狼王禀报。"

顺治："老萨巴，你可是我大清国之重宝，虽然六十年来埋头译书，从不过问人间事务，但就在这座宫里，却是人人都听过你的传说啊。"

萨巴海岱："惭愧，惭愧，那都是少年旧事了……"

顺治："正因为少年青春，才充满了激情和血性。朕不止一次听说，老萨巴年少之时，因与太祖宫中的侍女私相往来，激怒太祖，将老萨巴缚于宫柱之上。不料老萨巴身体虚弱，在柱子上捆了一会儿，竟尔昏迷过去。太祖见之大惊，亲手解缚，叫来宫医，又在老萨巴榻前照顾许久，下令将那位侍女许配给老萨巴。不知道这些旧事，朕说的可有差池，老萨巴是否记得？”

萨巴海岱跪下：“老奴铭感老狼王知遇之恩，世代铭记，绝不敢忘。”

顺治变了脸色，举起手中茶盏：“老萨巴，你入觐以来，口口声声，不称天子，不称太祖，只称狼王。莫非你老萨巴今日此来，要倚老卖老不成？”

忽然间一声轻笑，就见皇太后、淑太后及苏茉儿、大布吉四人从屏风后的侧门走出：“自打入宫以来，日日听人说起老萨巴，这一听就是二十多年，却是只闻其声，未见其人。今日可是开了眼了。”

萨巴海岱急忙跪下：“老臣子见过四福晋、五福晋。”

苏茉儿长叹一声，对身边的大布吉低声道：“来了来了，我们的对手终于来了。这声福晋道出，老萨巴的来意是明摆着了。他根本就不认什么天子太后，而是认为爱新觉罗皇室没有资格承袭华夏正统，只配在穷乡僻壤做蛮族的狼王。既然他敢入宫，敢当面说这些逆君之言，必有所恃。”

皇太后不动声色：“老萨巴请起。”

老萨巴：“谢过五福晋。”

皇太后：“老萨巴乃国之重臣，星夜入宫，所为何事？”

老萨巴：“向小狼王禀报译书之事。”

皇太后：“所译何书？”

老萨巴：“昔者老狼王瞩目天下，建内弘文院，命最具智慧的达海，率十大巴克什，将那汉书翻译成满文。老萨巴幸何如之，共襄此事。此后十五年，我等恪尽职守，夙夜不殆，终将汉人的《刑部会典》《素书》《三略》《万宝全书》《资治通鉴》《六韬》《孟子》等翻译了出来，此外，还翻译了全本的辽金宋元四代史书，今日携至，请小狼王与两位福晋阅览。”

皇太后：“就这些？”

老萨巴：“还翻译了《三国志》。”

皇太后：“《三国志》？”

老萨巴：“《三国志》。”

皇太后：“老萨巴可有要说的？”

老萨巴：“有。”

皇太后：“说。”

老萨巴：“《三国志》一书，与小狼王并五福晋，现今的情势完全一样。”

皇太后：“如何一样法？”

老萨巴：“昔者，汉家无德，失落天下。然献帝一介孺子，不从天命，与妇人蜷缩宫中，全不顾当时的情势，曹刘崛起，孙吴并争，已是天下三分矣！

“再看看今天，确也是这般情形，睿亲王天纵英武，喝断金殿，百官慑服，莫敢不从。左膀长兄英亲王，右臂贤弟豫亲王，各统雄兵，四海纵横。

“李闯西行，终不日会走湖北九宫，入巴蜀，与张献忠合流。休说贼是贼，草头也称王。天下英雄事，平地起罡风。此二人若得相会，必得龙虎风云，重演昔年刘备崛起蜀川之故事。

“前朝虽亡，余孽仍存，现有南明之弘光，更有无数前朝宗室弟子。宁南侯左良玉，八十万雄师隔断大江，岂不是昔时旧年东吴孙权之基业？

“莫非这金銮殿上，要重演大顺天子昙花一现？”

“够了，”顺治气得脸皮青紫，跳了起来，“老萨巴，你今夜所来，竟系受了何人指使？可是欺我年幼，欲行不轨乎？”

老萨巴笑：“老奴岂敢，只是实话实说罢了。”

“来人啊，给我拖出去，杀了他！杀了他全家！”

顺治号叫了起来。

皇太后的声音柔婉平静：“且慢！”

14

当着老萨巴的面，皇太后平静地说道：“皇帝，可记得登基之日，额娘对你的教诲？”

顺治：“记得。”

皇太后：“额娘说过什么来着？”

顺治站好，背诵道：“天子，非凡物也。不可以凡理视之。

“天子无怒，怒则地动天惊。

“天子无威，威则倒海排山。

“天子无喜，然遇奸诈鼠辈、宵小之行，则剑鸣匣中，喜形于色矣。

“天子无欢，虽有杀伐手段，酷烈机锋，难忍恻隐之心。

“天子之道，与凡人不同。

“凡人遵自然之道，损有余，而补不足。举凡言者，我是人非。

“天子奉天地之道，奉不足，以进有余。举凡言者，人是我非。”

皇太后：“皇儿记得就好。于今承继大宝，济民解危，时局危殆，步步惊心。

“若一言忤之则怒，一语辱之则忿，则天子圣明，又在何处？”

顺治跪谢：“谢额娘教诲，儿子记下了。”

皇太后：“好，听了番《三国志》，额娘也有些乏了。回宫。”

顺治：“送额娘回宫。”

转过身来，顺治笑吟吟面对老萨巴：“老萨巴，切莫如此拘谨，也不要担心说错话。

“正如老萨巴所言，如今天下纷纷，英雄四起，叔父多尔衮、大顺李自成、吴三桂、张献忠，以及前朝所余，这些人等，哪一个不是盖世英雄？哪一个不是杀戮万方？如我和额娘，孤儿寡母，蜷缩于这龙椅御座，其间凶险，何人不知？

“烦请老萨巴教朕。

“朕要如何做，才能于这凶险世间残活苟存?

“请直抒胸臆，朕绝不会错怪。”

老萨巴惊讶地看着顺治，脸上渐渐浮现出恐惧之色，一头伏于地：“陛下，陛下，饶了老奴吧，是老奴寻思差了，只以为陛下与太后柔弱无助，必死于……觊觎宵小之手，所以冒死出言警示，却不知陛下虽然年幼，竟圣明如此，老奴言者，字字欺君，言言犯上，求陛下饶命啊。”

顺治笑了：“老萨巴这是做什么？小扣子，还不快点给老萨巴上碗奶皮子。

“老萨巴慢慢吃，你从太祖朝始，侍奉我朝已是三世。忠正之心，可谓天表。朕是诚心诚意地请教。”

老萨巴端着奶皮，哭得像个孩子：“陛下，陛下，饶了老奴才吧，都怪老奴才书读得太多，读糊涂了，寻思差了。”

顺治：“哪差了?”

老萨巴哭得满脸都是鼻涕，磕头不止。

顺治：“老萨巴，你这是干什么呀，朕是真心的，等着你的指点。”

老萨巴：“陛下饶了奴才吧，奴才一把子年纪，都活到了狗身上。”

顺治：“老萨巴，你入宫之前，可曾见到什么人?”

老萨巴的脸上浮现出极度恐惧的表情：“陛下饶了奴才吧。”

顺治叹息，扶起老萨巴：“老萨巴，朕虽孺子，挟恨之心却是不敢稍有。请老萨巴留宿宫中，稍事休息。待明日，朕亲自派人送老萨巴回家。”

两个宫女进来，将萨巴扶到侧殿静室。

顺治站起，转向小扣子：“传旨，凡漏夜入宫者，无论王公贵戚、各府女眷，俱各锁于冷殿之间。朕与太后不想听到有一人一语为老萨巴缓颊说项。

“还有，朕饿了。”

15

皇太后身边侍女苏茉儿自屏风后悄然转回，将后续事情禀告皇太后和淑太后。

皇太后宽慰：“皇儿大了。

“知道此夜宫中，已是我母子待死之地。

“老萨巴此来，分明是受人指使。

“巴克什乃国之重宝，老萨巴更是久孚人望。幕后人精心布局，骗得有名无实的老萨巴金殿辱君。若天子不敢相责，则再进一步，挫我君威，夺我皇权，将我孤儿寡母，困于哭救无地之境。任其步步紧逼，则吾皇儿恐怕欲做汉献帝而不可得矣。

“若龙颜震怒，是夜盘桓于宫中的皇室贵眷就会齐齐站出来，众口一词，俱为老萨巴说项。若从之，反暴露出了天子气短，懦弱无策。若不从，就把事情闹大，终究是吾儿缺威少严，驭下无方。

“一箭三矢，一矢三鸟。

“幕后主事之人，可谓费尽心机。

“非常时期，非常手段。

“对汉贼要忍，对满贼要狠！

“所谓治国治政，不外如此。”

16

黑夜，深宫。

小扣子率持刃宫监冲到一间间宫室门前，长呼道：“传太后懿旨，今夜禁门，朝官、王公与留宿宫中的宗室福晋不得踏出房门半步。

“逾令者，立斩！”

十二名衮服朝官、五名王公、七家留于宫中的宗室福晋，震惊失神。

数十骑飞马出禁中，远方火把大起，一个威严的声音遥呼道：“传两宫太后懿旨：老萨巴欺君罔上，立斩。隶其子嗣，没其家。”

第五章　妖人何在，玺宝不翼而飞

01

“先生请了。”

摄政王府，密室之中，多尔衮对面坐着涂先生：“想向先生请教谋算之策。”

涂先生：“谋算之策，首在谋局。

“与其算利，莫如算人；与其算人，莫如算心；与其算心，莫如算天下之势。

“千秋名利，万古基业，不过是漂浮在海面上的财物，纵随浪潮飘忽不定，但终归要聚集于风平浪静之地。只要心如止水，波澜不起，静立于风口之地，就能够得到所希望的一切。”

多尔衮：“唉，小王多么希望能如先生所言，让自己的心静一静。”

涂先生：“王爷，只要你愿意，就能够。”

多尔衮：“唉，今天要举行迎玺大典，这是国朝立基以来头桩大事儿。唉，小王的心里，不知为何总是七上八下，唉。”

涂先生：“今日所言有句话，王爷须记牢。”

多尔衮：“哪一句？”

涂先生：“螳螂捕蝉，黄雀在后。雀儿捕虫，弹丸随之。”

多尔衮：“小王谨记先生之言。”

02

呜，呜，滴滴呜。

三声异角长鸣。

乾清宫门，百官肃立。

摄政王多尔衮，顶戴花翎，身披祥兽官服，神情肃穆。

身后立有满臣二，郑亲王济尔哈朗、和硕豫亲王多铎；蒙臣二，科尔沁王爷吴克善、达尔罕亲王满珠习礼，前者是皇太后的大哥，后者是皇太后的四哥；汉臣二，内阁大学士鲍承先、武将智顺王尚可喜。

多尔衮缓步向前，六臣以同样的节奏，徐徐推进。

后面是三十四名满洲王爷、三十四名蒙古王公，以及三十四名汉家降臣。

总计一百零八位满蒙汉官员，十倍于官员数目的贝勒贝子、固山额真、巴牙喇纛章京，以及同等数量级的随从侍卫。

浩荡的队伍，以蚂蚁般的速度，缓慢推进。

走了足足一个时辰，才抵达宫前。

入宫花的时间更长。

金銮殿上，小福临端居御座，身后一道珠帘，遮住其生母皇太后。

黄门官上前，宣布典仪开始。而后号角再起，锣鼓喧天。一满洲萨满，赤足白衣，身上挂满符文，歌舞于殿。少顷是一蒙古萨满，手持木剑，伴随着沙哑的马头琴，唱了支苍凉的曲子。

再后是一排汉人歌姬，舞动翩跹。

咚咚咚，三声简捷的鼓点，多尔衮率一百零八名官员，跪拜于地。

福临立起，皇太后出现，侍女苏茉儿手捧一奇特的匣盒。

七十二岁的汉臣鲍承先喘着粗气，吃力地向前挪动。

福临以目示意，太监小扣子急忙下阶，搀扶住鲍承先。

鲍承先喘息着，开口了："昔者，天命有归，秦王扫六合，诸侯尽西来。刘项逐中原，汉家天地开。从此朝纲立，今由万古传。然传国者，何也？天子之令，诏书玺宝。是故从汉家开始，皇朝用印，承自于天，以一方制诰之宝，永世相袭。

"正是这枚制诰之宝，由汉家，而唐。由唐，而宋。由宋，而元。

"元末年间，天下失道，洪武朱元璋率天下英雄，鼎立大明。顺帝孛尔只斤，携玺宝归返荒漠。从此明天子用印，失其章法。

"前明两百年后，太祖太宗风云之间，于我朝土默特部萨拉齐地，有一牧人多日来见一奇事，羊群不肯吃草，只是聚之于地，不停用蹄子刨击地面。牧人异之，挖开地面，发现一只汉家匣盒，盒中再现这枚失落了两百多年的制诰之宝。

"是以太宗欣喜，亲率众贝勒迎至盛京城外南冈，设香案拜天受之。此宝乃天所授，非摄政王与陛下齐天洪福，不可得也。"

鲍承先老迈，口齿不清。他每说一句，太监小扣子就重复一句。

大家终于明白了。

李化熙排在队伍末尾，听旁边的党崇雅对他耳语："原来是大明立朝时，元顺帝携了汉家至宝逃遁沙漠，导致明室失所纲鼎，终致失去天下。"

这枚汉家制诰之宝，原来是归了当今的福临，或是摄政王多尔衮。

可这枚汉家制诰之宝，是什么样子的？

李化熙好奇心大起，不由自主地伸长了脖子。

03

乐声中，皇太后自帘后转出，盛妆高髻，眉宇庄严。

从苏茉儿手中接过玺匣。

苏茉儿庄严肃穆，慢慢打开匣子。

百官拼命地伸长脖子。

匣中，果是一方玺玉，年代古久，玺上蟠龙已经磨得形状模糊，并缺失了一只角。

党崇雅耳语李化熙："如此说来，这真的是传说中的汉家制诰之宝？值此天命有归，这江山就该人家来坐？"

摄政王多尔衮跪下，双手举过头顶，从皇太后手中接过玺宝。

慢慢转身，以疾趋小步，率百官向朝中而行。一百零八百名官员急急跟上，发出了牛一样的急促喘息。

养心殿前早已搭好了高台，铺陈红毯黄绸，金瓜力士立于两侧，气象森严。

多尔衮始终保持着将玺宝举过头顶的姿势，缓步登台，将玺宝缓置于案几。

然后多尔衮脖子僵硬，吃力地转动着。

好像在寻找什么。

百官平心静气，一动也不敢动。

多尔衮用手轻轻地打开玺宝匣盖，向里边看了一眼。

砰的一声，他用力是那样地大，迅速地盖上匣盖。

黄豆粒般大的汗珠从多尔衮额间流淌聚集，悬于鼻尖之下。

然后他再次扭头，东张西望。

队尾的党崇雅看出端倪，"喂，老李，摄政王大人好像遇到了什么麻烦。"

"三边总督李……化熙何在？"多尔衮的声音，好像要哭出来了。

官员们诧异地看着他，纷纷询问："谁叫李化熙？我朝何时有了三边总督？"

队伍最末尾的李化熙被推了出来。距离遥远，他只能用喊的："启禀王爷，老子在这……呃，小臣在这里，呃，在这里。"

"没……本王没叫你……"多尔衮眼神迷离，他仍然在寻找，终于找到了要找的人，"札都合，是你吗？你适才向本王禀报说，有重大军情是不是？"

"哪里有……"亲随札都合蒙了，"王爷，打大早晨起，您就带队走正步，咱们始终就没说过话，哪来的什么重大军情啊？"

"你看，果然是有重大军情。"多尔衮转身，"郑亲王济尔哈朗，烦请先代小王主持典仪，军情如火，本王去去就来。"

"不是你这……"郑亲王济尔哈朗急了，"多尔衮，这大典整个仪程全是你跟皇太后操办的，咱哪知道怎么回事？这时候你叫我替你主持，我主持什么呀？"

多尔衮听而不闻，只顾发足狂奔。

跑到队伍末尾，向茫茫然不知所措仍然跪地的李化熙看了一眼。

党崇雅急踢李化熙一脚，“还愣着干什么，赶紧跟上摄政王啊。”

李化熙爬起来，匆匆跟在多尔衮后面跑。

朝臣急问党崇雅：“摄政王大人这是怎么了？为什么突然不顾大典，神经兮兮狂奔起来？”

党崇雅一摊手，“鬼才知道。”

04

多尔衮跑至宫门前，李化熙紧跟着。

多尔衮冲进宫里。

李化熙犹豫了一下，看看侍立门前的宫卫，一咬牙，也低头冲进去。

跑过长长的阶梯，跑过一间又一间宫室，跑至一座花池旁边，听到几个女人说笑的声音。

多尔衮一头冲过去：“太后，不得了了，出事了。”

皇太后呆了呆，转向多尔衮：“到底是什么事？”

多尔衮：“太后，制诰玺宝被盗走了。”

皇太后：“说笑是不是？”

多尔衮：“是真的。”

皇太后立起，“典仪未完，在场的官员数百，侍从数千，扈从甲士何啻万人。本宫刚刚交给你的玺宝，多尔衮你说被盗了？”

多尔衮：“没错。”

皇太后：“怎么个被盗法？”

多尔衮：“小王适才双手举过头，从太后手中接过玺宝，不敢怠慢，保持这个姿势，率百官向典仪现场行进。嗯，然而走着走着，本王就感觉好像有什么地方不对。”

皇太后：“到底是哪里不对？”

多尔衮：“捧于小王之手的玺宝匣盒，突然之间变轻了。”

皇太后：“什么时候变轻的？”

多尔衮：“就在小王登上典仪台时。”

皇太后：“当时你身边都有什么人？”

多尔衮：“满蒙汉大臣各二，但按礼仪，他们始终与小王保持五步的距离，合天地五行之数。不得远一步，也不得近一步。这个距离已经排练过了，没出丝毫差错。”

皇太后：“然后呢？”

多尔衮：“然后小王惊心不定，百官环卫，甲士如云，根本无人近得小王身边。可捧在手中的玺盒，如何竟会变轻呢？”

皇太后：“然后你就失态了，不顾礼仪规程，私自打开匣盒看了？”

多尔衮：“然。”

皇太后："你看到了什么?"

多尔衮："玺匣空空，受命于天的汉家制诰竟不翼而飞。"

皇太后："猜猜哀家信还是不信?"

多尔衮："太后，这不是信不信的事儿。按规程，稍刻小王就要将玺印于众官眼前献给陛下，由陛下取出玺印向百官展示，再倾听百官齐呼万岁之声。可现在玺匣已空，这大典……"

皇太后："李化熙?"

李化熙急道："小臣在。"

皇太后："你一路跟随摄政王入宫，途中可曾与人接触?"

李化熙："回太后的话，没有。"

皇太后："没撒谎?"

李化熙："太后，摄政王在前我在后，一路奔行，所有人都按规程站立在自己的位置上，不曾有人近得我或摄政王大人半步。"

皇太后坐下，开始剔精致的指甲，"与哀家搜身。"

"谨遵太后懿旨。"大布吉过来，喝令多尔衮站起来，将他衣服一件一件地除掉。

不见玉玺。

再搜李化熙。

也一样，剥除了所有衣服，赤条条地高举双臂，立于当地。

就听大布吉禀报："太后，除了破烂的内衣裤，没搜出什么来。分明是此二人合谋，众目睽睽之下盗走玉玺，在来宫中的路上随意地藏在了什么地方。若太后信我，尽管把此二人交给我，保证他们在变成零碎之前，交代出玺宝所藏之地。"

多尔衮："太后，别听大布吉乱讲，没事儿净出馊主意，唯恐天下不乱。"

皇太后戟指多尔衮，"那枚玺玉，太宗承自天命，给了哀家以定情之好。我皇儿初学识字，先自认识上面的四个汉篆：制诰之宝。

"虽然非战国年间卞和得之于荆山下的和氏璧，但汉家传承，始终在此。

"可是多尔衮，你现在竟敢来告诉哀家，你把玺玉给弄丢了?

"你，对得起哀家对你的情义和信任吗?"

"太后，请恕小王无能。"

皇太后转身，落座："传哀家懿旨，尽搜典仪居前六大臣。"

05

"放肆!"

"大胆!"

"休得无理!"

"本王要看到圣旨，圣旨！陛下和太后不可能有如此荒谬旨意，多尔衮他更不敢。你们究竟是谁派来的?"

济尔哈朗、多铎、鲍承先、尚可喜、吴克善及满珠习礼六重臣，被一群穷凶极恶的太监强行搜身。

体面的官服被剥除，六大臣拼了老命反抗，盛年的尚可喜最凶猛，接连打趴下十几个宫监。

几乎被他夺宫而走，堪堪逃奔宫门口，最终还是被宫监们群拥而上，七手八脚强行按倒。

少顷，搜身完毕。

一无所获。

小扣子施然踏入，露出震惊的神情，“你们在干什么？这几位王爷都是国之干城，见万岁爷都不跪拜的。你们竟然敢把他们按倒搜身，敢是不要命了？”

宫监急忙停手：“咱们奴才哪敢惹人家王爷？这不是圣命难违吗？”

“不可能！”小扣子怒了，“把圣命拿给我看。”

“今儿个只有口谕……”

小扣子：“那更不可能，我始终未离万岁爷身边分毫，与万岁爷同在迎玺大典上，怎么就没听到这个口谕？”

“那，今儿这事弄差了？”

小扣子：“报上你们的名字，马上去慎刑司领罚！”

说话的工夫，六大臣悻悻然急忙把官服穿上。

小扣子带六大臣出来，“几位王爷，这到底是怎么回事？”

“谁知道。本王看这皇宫真的该整治整治了。”尚可喜骂不绝口，“单只是假传圣旨、羞辱国勋，那几个奴才就该灭门。”

“几位王爷，这事全都怪奴才。”小扣子解释道，“王爷们大智大慧，肯定比奴才更明白。这皇宫本是前朝的明宫，宫里的奴才们多是前朝旧人，他们中有些人表面顺从，内心实则充满怨毒与不轨，一旦有机会，就会出阴招，企图损及万岁爷的圣明。几位王爷，你们今天是中招了。”

小扣子这么一解释，六王公顿时悻悻。

但仍掩不住怒气。

06

突听远方有人呐喊，就见所有人都探头探脑，向典仪大礼现场方向观望。

“怎么回事？”多尔衮问了一句，急忙走过去观看。

议政殿门前的广场上，不少于两百人的官员正在相互殴打。

骂声不绝，痛呼不断。

“崇祯在时，你们阉党何其逞凶，如今还想再搅乱朝纲，残害忠良不成？”

“打，打死他，这厮表面上是阉党，实则与东林党人暗通曲款。”

“东林不是什么好东西，睚眦必报，国家就是被你们害惨了！”

“你们东林必须要为崇祯皇帝的死负责！”

“除恶务尽，阉党余孽一个也不要留，统统打死。”

两百多名官员相互殴击，场面混乱不堪。

多尔衮走近了，问亲随札都合：“这，这是怎么回事？”

“没啥大事，王爷。”札都合禀报，“就是那啥，迎玺大典时间太长，王爷又莫名其妙地离开现场，久而不归。这文武百官站得无聊，他们好像是分派的，一派是东林，另一派叫什么阉党，是东林向阉党挑战，先是按江湖规矩单挑，然后群殴，双方就这么打起来了。”

“……不是，”多尔衮气急败坏，“东林阉党之争是前朝汉官的事儿，这跟咱们满人王公有什么关系？跟蒙古王爷更没关系。可你看，那些来自大草原的王爷贝勒打得比汉官还投入。”

札都合：“这事奴才还真看出端倪了。满蒙王爷不通汉语，听见汉官厮打呐喊，以为这跟草原那达慕一样，要百官摔跤助兴的，就全都掺和进来了。”

“什么呀这是，乱七八糟的。”多尔衮气到要哭，“别打了，都别打了，再打本王将你们统统罚俸！”

甲士持戈，疾步而入，将殴斗中的官员一个个隔开。

07

多尔衮斥骂官员们：“不成体统！你们以为自己谁？市井走卒？街头小贩？遇事不懂得讲个道理，抡起拳头就招呼。这究竟是什么地方？是气象森严的朝廷中枢，还是寻衅滋事的闹市街头？”

狠狠地发过一番脾气，把打架官员骂了一顿，多尔衮怒气冲冲，再入内宫。

李化熙抬腿要溜走，太监小扣子却抓住了他，“喂，你就是那个秃尾巴老李是不是？你要去哪儿？两宫太后那边还等你回个结果呢。”

“本官……唉。”李化熙无奈，跟在多尔衮后面，再度回到禁宫。

绕过假山，穿越水榭，到得林中一片空地，就见皇太后与淑太后各自坐在一张颜色鲜艳的垫榻上，四周围着一群宫女太监。

空地正中，两只斗鸡斗得正酣。

多尔衮走过来，“太后，适才典礼官员失去耐性打了起来，被小王骂了一顿，如今已经消停了。”

皇太后：“消停？怎么会。

“世间之人，皆有如斗鸡者。

“本事不大，脾气不小。

“怒则拔剑，遇事争吵。

“一语之罹，一事之仇，往往是挟恨难忘。

“一旦有机会，就会流露出满满恶意，狠狠地斗起来。

“斗鸡之所以为斗鸡，就是因为它们失去理性。没有原因，不问情由，只要看到对方，本能地就是攻击。

“一旦开始，就不眠不休，不饮不食，激斗到死，犹自不肯放手。

“不是因为对方做了什么事儿，所以斗。

“而是斗意弥心，就会把任何事情都理解为斗争的开始。

“摄政王啊，听哀家跟你说，前朝崇祯之失，就在于此。朝中官员陷入非理性的疯狂之中，不问情由，不分好坏，只要是对立派官员的建议，一概阻挠争斗。崇祯终未能解开朝臣的这个心结，终致国家在无休无止的攻讦之中破亡。

“前朝官员之派系与眼下这斗鸡，又有何区别？

“你看这斗鸡眼睛圆瞪，如要喷出火来，嘴啄掌击，恨不能置对方于死地。

“翎羽狂舞，血肉淋漓，斗到筋疲力尽，奄奄一息。

“但你只要往这快要累死的斗鸡身上泼一瓢凉水，斗鸡又会恢复斗志，复爬起来，再次斗个不死不休。

“不过是顺应了天性，唯斗而已。

“正如尔等适才在迎玺大典上之所见。”

皇太后说到这里，略抬眸，“事情，就这样解决吧。”

多尔衮低声回答：“是。”

皇太后继续道：“迎玺大典的最高潮，是摄政王于礼台之上取出印玺跪献天子。

“可现在，制诰之宝，就在众目睽睽之下，不翼而飞。

“若然是让官员们看到，必然吃惊不小。届时传言纷纷，谤讯四起，只恐不利于我新鼎国朝。

“中止迎玺大典，还要把责任推到参与典仪的官员们身上，也只能这样了。”

多尔衮点头，“幸得太后出手，利用汉臣们的斗鸡心理，让他们自己打成一团。今天这个尴尬之局，总算是圆过去了。”

皇太后：“多尔衮，这话你不说出来会憋死吗？”

多尔衮：“太后教导的是。”

08

皇太后接过苏茉儿递过的茶盏，呷了一口，放下，“多尔衮，这许久了，你可曾想到玺玉失踪之前有何异兆？”

多尔衮：“异兆？”

皇太后：“对。”

多尔衮：“是有异兆，只是这事太诡异。本王手捧匣盒向仪台缓行过程中，耳边好似听到有人在说话，当时还以为是本王耳朵不好，可是，当本王放置匣盒时，分明见匣盒上有什么东西在移动。”

皇太后：“什么东西？”

多尔衮：“是一个金甲骑士。”

皇太后：“金甲骑士？”

多尔衮：“对，骑士胯下的马如蚂蚁那般大小，骑士只有半只蚂蚁大。本王看到这东西时，金甲骑士明显略有慌张，正欲逃开，被本王顺手用食指和拇指夹住了。”

皇太后：“离奇……那金甲骑士此时何在?”

多尔衮：“在这里。”

多尔衮打开手，露出一幅拇指大小、黄表纸剪成的纸人纸马。

皇太后若有所思地看着这东西，半晌道：“李化熙，你有什么想法?”

李化熙：“这事太不正常了，实为小臣生平未见之诡奇。”

皇太后：“嗯?

“哀家听闻，道家千年传有秘法，六丁六甲力士搬山，或于众目睽睽之下，驱策金甲骑士搬走一枚玺印，也非什么难事儿。

“终是妖法。

“是妖法。”

沉吟着，皇太后抬起头来，望向李化熙，“爱卿可知此系何方妖人?”

李化熙：“这个……要待小臣查缉过后，才能下结论。”

皇太后：“那好，此事就交由你李化熙，速速捕获妖人，寻回玺印，不得有误。”

“惨了。”

李化熙一屁股坐在地上。

“这等奇怪的案子，让下官如何措手?”

09

中书阁。顺治端坐御座。

多尔衮长立在侧，报告道：“迎玺大典沦为一场闹剧，多名大臣被打伤。陛下，太后已于宫中传出懿旨，传盛京神探、刑部承政额尔格图星夜奔行，火速来京。”

顺治：“太好了。若额尔格图至此，眼前迷乱的两案必然须臾间水落石出。”

多尔衮：“没错。”

顺治：“既然如此，那于禁宫失材案上未得丝毫进展的李化熙，还要再留他吗?”

多尔衮：“两宫太后的意思……虽然案情并无进展，但不排除李化熙不肯尽力。本王查证过的，李化熙在三边总督任上连破数桩离奇大案，这说明他其实有真才实学，只是不情愿为本朝效力罢了。何况国朝新政，当以宽和为体。是以那李化熙，于工部右侍郎的任命上，再授其工部左侍郎。”

顺治：“李化熙什么事也没干，却不停地加官晋爵。朕怎么感觉……这是不是有点赏罚不明?”

多尔衮：“陛下，正如太后所言，用人如养狗，驯士如饲鹰。开始须粮足水清，梳毛理窝，让其乐不思蜀。待到他退路断绝，再多饿几顿，就可以随意驱策了。”

顺治：“额娘总有她的道理，那就这样吧。”

10

小扣子带几名宫监，立于李化熙院中。

先宣旨，授李化熙以工部右侍郎。

再宣旨，授李化熙以工部左侍郎。

宣旨过后，小扣子斜睨跪在脚下的李化熙夫妇。

“老李，不是咱家说你，去别家府中宣旨，金子银子贿赂什么的，总要奉上几锭的。再不济，也得上盏好茶吧？可咱看你这里穷的，老鼠都待不下去吧？你就拿这穷酸模样，回报万岁爷的恩典？”

李化熙脸不红不白，“怪本官不好，治生无策。公公您就委屈点吧。”

小扣子哼了一声，扬长而去。

小扣子率宫监走出李府大门，登轿而去。眉眼精怪的苏茉儿从墙角出现，走到一个豆腐脑的摊前，坐下，“老板，来碗豆腐脑。”

胖老板：“来了。”

苏茉儿：“老板你看，这长街之上，远远近近，一顶又一顶的轿杖，都是去什么地方的呀？”

胖老板：“这事儿，说起来话长。这些轿杖，都是前明降官来拜访秃尾巴老李，拉关系套交情来了。”

苏茉儿：“那秃尾巴老李，来头很大吗？”

胖老板：“姑娘你不知道，鞑子爷顺治入关，接掌天下，等于是朝中文武重新洗牌。许多人都想趁这个机会，抢占个制高点。这些人祖宗脸皮是不要了的，削尖了脑袋想和满蒙王公拉关系，奈何没有门路。不承想最不起眼的李化熙一日之间连授两官，反应再慢的官员也意识到李化熙不可小觑，人家在朝中多半有靠山，所以纷纷登门结交。”

苏茉儿：“老板，你家这摊，正挨着李大人府上，生意肯定很兴隆。”

胖老板：“兴隆什么啊，那秃尾巴老李天生穷命，听说已经穷了一百二十七世。摊子支在他们家门口，真真前世不修，连只老鼠都不肯打他家府门前过的。这是李化熙府前，第一遭有客人拜访。而且照他那臭脾气，最多不过三天两日，客人又会散尽，再也不会登他的门。”

苏末儿：“厉害。可是我看那李大人的内眷，虽然布衣荆钗，可是干干净净，皮细肉白，可不像普通人家的姑娘。”

胖老板：“姑娘你哪里晓得，李夫人是有来历的。”

苏茉儿：“什么来历？”

胖老板：“听说过前朝的抚宁侯朱国弼吧？”

苏茉儿：“似曾耳熟。”

胖老板：“那朱国弼，是八世承袭的爵位。祖上替大明天子守边关，立下赫赫功业。到了朱国弼这一世，王爷自己只是个顽劣之徒，不惜千金以求，迎娶秦淮八艳的寇白门。但朱国弼的妹子，却是心思玲珑，诗书女红无不精通。朱国弼原想把这么个美貌温柔的妹子，攀个高枝。可谁承想，王爷的妹妹不慕荣华，却喜欢上了穷得叮当响的李大人，暗中遣人飞书表述爱慕之情。那李大人也狠，竟于暗夜之间，潜入侯府，接上姑娘，两人翻墙出逃，双栖双飞了。那侯爷的妹妹，与父兄秉质不同，常怀忧惧之心。自打私奔而后，布衣荆钗，操持家务，唯愿与李化熙白头到老。”

苏茉儿：“哦，世上竟有如此不凡女子。”

苏茉儿听得钦羡至极。

11

李化熙探头出来，看看门外的轿杖。

缩头关上门，对妻子说：“夫人，只管把门关好，谁来都不要开。”

李朱氏：“夫君，你要去哪里？”

李化熙：“不想见这些王八蛋，我要从后门溜走。”

李朱氏：“咱家有后门吗？”

李化熙：“那堵墙壁不就是吗？”

李朱氏看着丈夫翻墙，“咱们不能这一辈子老是翻墙吧？”

李化熙：“夫人啊，岂不闻太白居士诗云：‘大道如青天，我独不得出。’所以这翻墙之事呢，夫人你习惯了就行。”

说罢，李化熙跳过墙头，来到街上。忽见翰林编修高尔俨与户部侍郎党崇雅正结伴步行，李化熙急忙迎上，将二人拉到路边。

李化熙：“都怪你们两个，非要找我出来破那离奇的怪案。如今案子毫无头绪，我的家门却被趋炎附势之徒踏破。”

党崇雅：“案子破不得，还真不能怪你。毕竟那茅山道术，六丁六甲，实在是脱出于常理之外。”

高尔俨：“我倒是觉得吧，前者那个失材案，虽然未破，也算结了。毕竟板材石料丢失之后，宫室府邸的修缮也未耽误，这不是陛下和太后已经搬入宫中了吗？何况那叶初春又被贬官，逐出京师，所以我估摸这事多半就算了。”

李化熙仰天长叹：“要真是说算就算了，那感情好。”

党崇雅：“怎么？叶初春被贬官，难道那案子的责任真的落在你身上了？”

李化熙：“不是这桩事，是……唉，跟你们说不清。”

三人正在闲聊，忽然听到半空之中，一个充满了邪气的声音缓缓传来：

“九九数尽，黄河水清。

“山崩帝星现，花落子收成。

“收劫在眉前，才见骄矜性。

“千经万典为凭证，铜浇罗汉也心惊。

“世间几见父杀子？夫妻儿女冷如冰。

“人死九层，遍地刀兵。

“八百蛮雷声，震地起罡风。

“三残四伤皇家种，最是遥叹古佛灯。

“血光明灭劫缘在，装聋作哑不知情。”

李化熙惊骇之下，仰头望云，正见飞檐之上，立一异装道人。

当时李化熙惊骇之下，大叫一声：“兀那妖人，休走!”

抬腿追了过去。

12

见李化熙追过来，飞檐上的异道人轻笑一声，飘飞而走。

李化熙穿街绕巷，在地面穷追不舍。

高尔俨和党崇雅气喘吁吁，满脸惊讶地追在后面。

三人追入一条胡同。

胡同口冲出来一群旗人，“哪里来的逃奴？与吾拿下，带回府中。”

李化熙大骇，急忙后退。

后面高尔俨和党崇雅追上来，“怎么了，前面是什么人?”

李化熙：“这是正于京城之中，四下里掳人为奴的旗人贵族。虽然摄政王和皇帝接连发布了几道诏旨，勒令旗人不得随意掳汉人为奴。但在旗人眼中，这几纸诏书不比擦屁股的纸更有约束力，仍然是肆意横行，公然掳人。

“一旦被掳走，多半会卖到奴隶市场，就如人间蒸发，再无消息。

“纵诉之于御前，也未必救得了你。

“所以咱们三个，得赶紧逃，逃逃逃。”

李化熙疾速转头，发足狂奔。

身后遥遥传来上了年纪的高尔俨和逃速过慢的党崇雅的惊叫声，“放开我，放开本官，本官是朝中大臣……”

声音止息，恢复平静。

13

逃入一条僻静胡同，李化熙停下脚步，稍事喘息。

忽见檐上飞影掠过，竟然是异道人。

李化熙平心静气，慢慢缀在后面，不声不响地追踪着。

追入一条巷子，忽然之间鼻子酸疼，竟然撞在一个人身上。

李化熙后退，细看当面之人。

眉目狡黠，一双贼兮兮的怪眼，上上下下地打量李化熙。

那眼神让李化熙不由自主地急忙敛好衣襟，感觉自己就好似裸露于饿狼之前的人。

对方淡淡拱手，“李大人，请了。”

李化熙拱身，“龚先生，请了。”

对方：“何必叫我先生?”

李化熙：“不过一句先生，当得起。”

对方：“莫非是大人知我?”

李化熙：“不然呢?”

对方：“哈哈哈，倒是新鲜，请先生说来听听。”

李化熙笑道：“日前曾有言官上书，言称新朝开辟，谁都可以入仕，唯独龚鼎孳不可。因为龚鼎孳不仅气节全无，明在仕明，闯在仕闯。于今新朝鼎立，又跑到新朝殿上屈膝卖身。此犹罢了，毕竟大家都是如此，大哥莫说二哥。然则让人忍无可忍的是，人皆曰北京城中，纵然是块石头，见到龚先生都吓得四处躲藏，唯恐被先生强暴淫污。”

“哈哈哈，”龚鼎孳淫邪地扫视李化熙，“李大人莫非怕了?”

李化熙：“或许这天下诸人，唯我知先生之心。”

龚鼎孳：“我也有心?”

李化熙：“有!”

龚鼎孳：“我有何心，说来听听。”

李化熙：“先生有颗慧心。

“先生少时，随父赶考，因为身材矮小，父亲将先生驮于肩头。考官见之，脱口而出：‘小学生将父作马。’先生随口应道：‘老大人望子成龙。’考官异之，遂取《中庸》之句：‘以左右望。’幼年时的先生随口道以中庸之句：‘与天地参。’先生少年神童，不世之才，岂是浮浪之人?

“先生有颗慈心。

“先生出仕，居于合肥的家人，却遭邻居肆意欺负。邻人筑宅，侵入先生私地。家人羞怒已极，传信先生，希望先生告之地方官，替龚家主持公道。可是先生知天下变，大势去矣，值此风雨飘摇，又何吝一宅一地之失?所以先生千里寄书，叮嘱家人：‘千里来信只为墙，让他三尺又何妨?万里长城今还在，不见当年秦始皇。’但只是这封家信，就足以传名千古，万世犹铭。有此言，有此心，纵万古千秋，也有人知先生之心，又岂是无骨之奴所能替代?

“先生有颗兰心。

“先生恶游天下，讥谤自己，世人懵懂，也以为先生不堪入目。然在秦淮河上，惊鸿一瞥，立被秦淮八艳之一的顾横波看破先生本心。虽无数豪门公子、达官权贵，掷千金唯求一笑，顾横波却置之不理，布衣荆钗，千里相随。驱之不去，辱之无悔，唯愿奉帚于先生榻侧，如此人间情义，颊齿留香。有此事，有此情，纵千秋百世，难掩先生之名，是以知先生有颗兰心。

“先生有颗仁心。

“天下士子，无不恶先生之名，闻先生之形而走，不齿与先生为伍。然京畿城郊，赶考道上，不知几多士子曾陷困境，饥无食，寒无衣，奄奄一息，行将待毙。

却往往于山穷水尽之际，总是遇到一个无名之人，一言不发，奉上银两，翩然而去，再不复踪影。士子膜天顶拜，以为天不绝人。却不知这怜惜士子、赠银救命之德，皆是出于先生之手。行善而无迹，救人不叙功，是以我知先生有颗仁心。

“有慧心，有慈心，有兰心，有仁心。难道我还怕先生在这里把我推倒不成?”

龚鼎孳：“听起来好生顺耳，可是李大人，你从什么地方听来的，这些全然不着边际的诳言蜚语?”

李化熙：“先生忘了吗？我妻子乃抚宁侯朱国弼的胞妹。与顾横波齐名的秦淮八艳之寇白门，却是在抚宁侯的府中。她们两个可是情同姐妹，无话不谈。”

龚鼎孳沉下脸。“李大人的话，太多了。

“乱世不祥，多言贾祸。

“万句金言，不如善藏。

“告辞。”

第六章　书生入帐，帝国危急时刻

01

谭泰与鳌拜，大踏步走向中军帐。

鳌拜："老谭，听说你打了报告申请转旗，归于阿济格帐下？"

谭泰："没错。"

鳌拜："为什么？我们都是陛下的家将，为什么要抛弃陛下？难道陛下待你不好吗？"

谭泰："陛下待我如何这事另说，但我更喜欢阿济格。"

鳌拜："喜欢他什么？"

谭泰："喜欢他丑到怕人，满脸麻子。"

鳌拜："哈哈哈。我听人说，阿济格始终坚信自己有一双温柔、和善的眼睛，母鹿一样充满了仁慈与关爱。"

谭泰："但实际上，他那双眼睛鼓得大大的，如愤怒的牛蛙，似乎随时会喷出火来。"

鳌拜："总之他模样极吓人，却自我感觉良好，坚信自己是天下第一美男。"

谭泰："没人敢告诉他，毕竟他封和硕英亲王，授靖远大将军。敢跟大将军说实话，除非你不想活了。"

鳌拜："他是个没脑子的人，所以口头禅是：本王是个有智慧的人。"

说到这里，两人相视大笑："哈哈哈，哈哈哈哈。"

汉将吴三桂和尚可喜走过来，"两位将军，什么事儿高兴成这模样？"

谭泰："我们两人正在聊，说大将军是个生性好客的人。"

尚可喜："巧了，我们也正说这事，显然咱们观念相同。两位将军请。"

谭泰、鳌拜："还是二位先请。"

“请请请。”

四人推推让让，步入中军大帐。麻脸阿济格坐在露天的主座上，举盏长呼：“几位兄弟，本王是个有智慧的人，不弄那么多虚礼，赶紧自己挑地方坐下，坐慢了罚酒三杯。”

四人急忙落座。

阿济格手持酒壶，遥对吴三桂，“老吴，你幼年得遇奇人传授，有一身惊人的武功，所以本王最喜欢你。但自打入关以来，本王就没见你笑过。是不是陈圆圆还没找回来？”

吴三桂笑脸变冷，哼了一声：“有劳王爷过问，算是吧。”

阿济格把酒壶一撂，“老吴你莫急，我阿济格是个有智慧的人，说话直来直去。今天我把话给你撂这儿，你是我兄弟，我是你大哥，你的事儿就是我的事儿，只要陈圆圆她还活着，就是上天入地，我也要替你把她找回来。”

吴三桂站起来：“三桂谢过王爷，不过此事无须烦劳王爷，近日本座已得到消息。”

阿济格眼睛瞪圆，“噢，说说看。”

吴三桂：“听说陈圆圆的秦淮姐妹侠女卞玉京冒死入李自成大营将圆圆救走了。”

阿济格：“侠女卞玉京？这个名字头一次听说。一个女人有胆气闯入百万军中，居然还能救了人活着出来，这让本王万难置信。”

吴三桂道：“本座武人，对中原人物也说不大清。只听说这个卞玉京交游广阔，智计无双。听闻卞玉京独闯李自成大营，确无生还可能。可是她很机灵，闯入了李自成皇后高桂英的女营。得高桂英相助，这才平安脱险。总之卞玉京这女人心智过人，何止李自成军中之人，中原乃至江南名士，最有名的诸如龚鼎孳、陈名夏都与她情交莫逆，愿听她驱使。”

阿济格摇摇头，“龚鼎孳？莫不是住在铁狮子胡同的那一个？还有那什么陈名夏，他不正是由谭泰引荐给摄政王的吗？”

亲随晋珠在一边证实：“是他，听说他还当面劝说摄政王复上国衣冠，归华夏正统，满口胡言乱语，感觉不想再活了的样子。”

尚可喜叹息道：“这也不足为奇。是个秀才皆书呆，荒丘古坟是感怀。他们读到的本本书，书中的行行字，都是教人怎么去死，无一字教人如何活。”

阿济格转向侍从晋珠，“本王在这里喝酒，你站一边不嫌碍眼吗？”

晋珠赔笑道：“禀王爷，外边有个白衣秀士求见。”

阿济格：“谁呀？”

晋珠：“他自称百史先生，陈名夏。”

阿济格顿时兴奋起来，“嘿，说曹操，曹操就到，快让这书呆子进来。大家把剑磨得敞亮些，待会儿说不定用得到。”

02

晋珠退下，少顷，陈名夏高冠巍峨，大袖飘飘，昂然而入。

“王爷请了，几位将军请了。”

阿济格斜着眼，“请先生就座。”

陈名夏谢过王爷，坦然坐下。

阿济格：“先生不去吟风赏月，诗酒唱和，却来本王这杀气腾腾的军帐之中。所为何来？”

陈名夏：“小可游历天下，什么地方好玩，就去什么地方，并不挑挑拣拣。”

阿济格：“莫不成本王座下，有什么让先生动心的吗？”

阿名夏：“当然有。”

阿济格：“说来听听。”

陈名夏：“小可在来的路上，听人说起一个好玩的故事，忍不住要跟几位将军说道说道。

“话说十六年前，辽东战火日炽，几乎是无日不战，炮弓石矢，杀喊连天。时大明太傅兼尚书孙承宗围田滦州，人称四大贝勒之一的爱新觉罗 · 阿敏怯不敢战，遂杀良冒功，斩杀平民首级数千而归。

“阿敏此举，本无人得知。不承想被他杀害的数千人中，有一个叫愉春仁的猎户。猎户有个十一岁的孩子当时下山玩耍，回来时见房屋被烧，父亲的首级被割走。少年怒火于心，誓血父仇。遂单身追踪阿敏之军，追至盛京。

“那少年好不聪慧，他进了盛京之后，一不击鼓，二不鸣冤，而是挑了个王公贵戚的宅院，在门口卖艺。恰好那王公出门巡视，见少年武艺不凡，面目清秀，遂叫上前询问。少年称孤身丧父，欲求一饭糊口足矣。那王公便收下少年，做了个亲随。

“过了段时间，太宗皇太极寿辰，王公命人写好贺表，以大红缎面包了，由少年亲随并几人捧了入宫面圣。

“听闻那天皇太极坐于殿上，喜笑颜开，接受百官朝拜。一封又一封的贺表打开，多不过吉利之言，没甚区别。

“但到打开王公的贺表时，众人却变了脸色。

“锦缎封裹之下的贺表，竟不见了。取而代之的，是一幅字迹娟秀、含泪泣血的状纸，指控二贝勒阿敏杀良冒功。

“在这封血书写就的状纸之上，还声称此事自有人证。

“太宗皇太极怒喝：‘人证何在？’

“王公的少年亲随上前跪倒，‘禀陛下，小民就是人证。’

“太宗喝问：‘朕又如何知道，你所说的不是诳言妄语。’

“就见那少年站起来，说：‘小女子识得字，读得书，懂廉耻，知黑白，如今立于王公贵戚之间，若非是奇冤大耻，难道是小女子疯疯癫癫？’

"'这个……原来你是个清白女儿家，为雪父仇，女扮男装，义胆奇行，男儿不如。'当时太宗再无怀疑，'来呀，传满汉蒙各旗诸贝勒、诸固山额真并各府王公，让这姑娘与阿敏当面对质。'

"对质的结果是贝勒阿敏罪名属实，幽囚下狱，不久身死。

"事后，太宗单独问姑娘：'姑娘，如今你大仇得报，冤屈已雪。但你终究是个女儿家，可否让朕替你保个媒，给你找个好人家嫁了？'

"那姑娘回答：'宁为英雄妾，不做庸人妻。我跟随的男人，须是顶天立地的奇男儿。'

"太宗问：'咱们满洲有这样的奇男子吗？'

"姑娘回答：'陛下，你猜猜看。'"

说到这里，陈名夏左顾右盼，"酒呢？王爷为何吝啬至此，酒竟也无得一盏？"

阿济格急声叫："上酒，给先生斟酒。"

吴三桂、尚可喜却有点急，"快说下去呀，后来怎么了？"

"后来怎么了，小可如何得知？"陈名夏道，"毕竟与姑娘同入销魂帐的是英亲王，又不是小可。"

吴三桂与尚可喜大吃一惊，"什么？那奇女子所嫁之人，竟然是大麻脸……不是，竟然是英亲王？"

"咳咳，喝酒，大家喝酒。"阿济格欢喜不尽，"本王是个有智慧的人，治家不严，闺房里的一点点乐趣，竟都被陈先生抖搂出来了，先生你委实不厚道。"

两名汉将站起来，"早知道王爷是我满洲第一奇男子，果然不虚，我等敬王爷一杯。"

陈名夏："那愉姑娘虽然嫁给了英亲王，但终究是所嫁非人。"

"陈名夏大胆！"

03

吴三桂、尚可喜惊愕地看着陈名夏，"兀那书呆，你在胡言乱语些什么？"

陈名夏微笑举盏，"诸位，愉姑娘何等情义，所嫁之人寄望者重。其夫君必是雄才大略，睥睨四方。明时机，知进退。平安不失富贵，乱时建功立业。可是英亲王阿济格，你在这里干什么？"

阿济格跳起来，"大胆，本王是奉了陛下圣旨，征剿李闯。你什么东西，也敢多此一问？"

陈名夏："小可是什么东西，这个暂先撂下。请问王爷麾下，有几多兵将？"

阿济格："十万虎狼雄师，个个身经百战。"

陈名夏："然则李闯那边有多少人？"

阿济格犹豫了一下，"……保守估计，精锐者不下三十万，再加上前明各路降将，五六十万总不止吧？"

陈名夏："由此向西，是何人故乡？"

阿济格："呃，那是李自成坐大的陕西。"

陈名夏掷盏于地，长立而起，"你看，王爷以微末兵力，击六倍己之强敌，更兼不占天时，不得地利，更无人和。此犹罢了。诸位回首京师，难道看不见京畿上空那不断升腾起的诡异妖气？盘踞宫阙中者何人也？宫墙内外尽皆诡异之人，利刃藏身，机心各怀，若得号令，凶险莫测。

"王爷若引兵击李闯，胜负咱们先甭说，但宫闱之变，近在眼前。若一夜之间警讯传至，臣君易位，重置尊卑。试问王爷进退之机，何以自处？

"是时也，王爷若进，后方牵掣而不能剿李闯。若退，京枢之机哪里还有王爷的位子？等到了那一步，王爷下对不起身边的十万死士；中间对不起的是吴将军与尚将军，对不起满脸期望看着王爷的谭泰与鳌拜；上对不起父母妻儿。"

说到这里，陈名夏悠然落座，"小可的话已说完，王爷的刀可曾磨到锋利？小可的这脖颈，可是酥痒得紧哪。"

阿济格呆呆地望着陈名夏，竟不知所措。

这时候谭泰与鳌拜站起，走到阿济格身边。吴三桂与尚可喜两人四目望向陈名夏，满是钦服与讶异，也凑到阿济格身边。

五将嘀嘀咕咕，说着说着还相互推搡，竟然是差点要打起来，旋即五人哈哈大笑。

然后五将归座，一起举盏，"陈先生，请。"

陈名夏："小可的杯盏刚才掷在地上了，几位还是先上刀子更好。"

阿济格哈哈大笑，"什么刀不刀的，先生这是说的哪里话？本王是个有智慧的人，听得出个是非好歹。只不过这眼下的时局，进不得退亦不得，先生可有什么良策？"

陈名夏笑道：

"进不得，那就不进。

"退不得，那就不退。"

阿济格："先生怎么又把话绕回来了？进退失据，进退两难，到底咋办？"

陈名夏："不进不退，岂非是此时最优的选择？"

阿济格茫然的目光转向在座诸将，"呃，本王是个有智慧的人，可听不懂陈先生在说什么？"

这时候亲随晋珠进来，"禀王爷，三军整齐完备，帐外诸将请问王爷何时出发？"

阿济格呆了一呆，旋即醒悟，猛地把杯盏掷出，"本王是个有智慧的人，传本王军令，马卸鞍，人解甲，不进也不退。咱们就在这块风水宝地，好好地享受一下人生。"

晋珠："这这这这……得令。"

04

南池子。

摄政王多尔衮府邸。

数十名佐领级别的将士排列两侧，挎刀而立。

远处一骑如飞而来，蹄声急促。甫到门前，马不停蹄，径直闯入门户。

门前的将佐们大骇，“反了反了，竟敢擅闯摄政王府，你不想活……哎哟哟。”马上骑士鞭子挥出，十数名将佐跌成一团。

骑士闯入门来。

迎面是多尔衮身边最亲信的卫士詹岱，持刀而立，阻于门前，“何人大胆，咦，怎么是个小孩儿……”一语未止，马上的孩子挥鞭，就听詹岱惨嘶一声，身体竟如断线风筝遥飞出去。

前面的台阶上，勇士札都合冲上来，震骇大叫：“劳亲，你要干什么？”

马上骑者一个鹞子翻身，拜于札都合脚下，“札都合，速速引我见叔叔。”

那是一个少年，身材细长，五官灵动，最多不过十二三岁的年纪。只是这少年脸色苍白，缺少了点阳光气息，看在人眼中，隐隐透出阴森的杀气。

就听札都合道：“劳亲，你虽年弱，却自幼长于军中，眼里还有没有王法军律？纵然摄政王是你的叔叔，你也不该擅闯。”

少年踏前一步，“札都合，我父亲意欲谋反。”

札都合神色大变，“劳亲，这可不是开玩笑的事儿，千万别瞎说。”

少年劳亲：“札都合，你知我劳亲平生不说诳语。”

札都合呆了呆，掉头向室内狂奔。

05

“什么？你是说阿济格要谋反？”

摄政王多尔衮满脸震愕，扭头看看密室中涂先生那张平和的脸。

室中的涂先生声音平和，“王爷，小可提醒过你的，螳螂捕蝉，黄雀在后。黄雀捕虫，弹丸随之。

“凡算者，必为人算。

“你算人，人必算你。

“王爷缘何就是不肯听？”

“是……小王寻思差了。”多尔衮鼻尖淌汗，向着室中长揖为礼。

涂远谋不再言语，慢慢掩上密室房门。

06

多尔衮退出密室。

两眼空茫地走过长廊，到得座前，伸手去拿茶盏，突然间踉跄后退，一屁股跌坐在椅子上，“我大哥阿济格，他竟敢违抗君令，拒不出征？”

侍立于札都合身边的少年劳亲，“禀王爷，此事属实。我是随父出征途中，于营帐之外亲耳听到父亲的逆令。”

多尔衮垂下头，低声呢喃道：“怪本王托大，又让涂先生料中了。”

札都合踏步上前，“王爷，你看门口那个宫监。”

多尔衮：“他又是谁？”

那宫监头脸都是血，哭着爬进来，“王爷，王爷，奴才是打阿济格大营而来。是劳亲贝勒救下的奴才，不然的话，奴才就要被阿济格于造反之时，先行祭旗了。”

多尔衮脸色呆滞而绝望，“可如今，军权尽在阿济格之手。太阿倒持，受制于人……太后那边怎么说？”

“太后……奴才先去的皇宫，两宫太后都……此时宫里头还在找呢……”宫监面有难色。

多尔衮坐下来草拟了一封书信，“札都合，你过来。”

亲随札都合上前，“王爷有何吩咐？”

多尔衮道：“札都合，你是知道我大哥的，他那人什么都好，就是心眼不够用。此番必是听了奸人撺掇，竟然想入非非地琢磨起谋反来了。谋反那是要用到脑子的，阿济格他有脑子吗？你是我满洲第一巴图鲁，我大哥恃勇蛮力之蠢人，平时对你比对本王还要尊重。大哥多次向本王要你，本王顾及你的前程，何曾舍得？”

札都合：“王爷爱重之心，札都合铭感于心。”

多尔衮：“你拿本王这封函书去军中见阿济洛。相比于摇唇鼓舌的书生，他其实更听得进武人的话。替我劝他听从陛下圣令，速速进剿李闯。此事若成，本王当为你记一大功。”

札都合：“谢王爷抬爱，小人此行，必不负王爷所望。”

多尔衮转向少年劳亲，“劳亲，若非是你，你父必铸大错。不过此事发生，你父亲多半会责怨于你。你就暂时不要再回军营了。”

少年劳亲躬身，“孩儿虽不认可叔叔的见解，但身在军中，唯令是遵。”

07

山路上，札都合纵鞭疾马。

驾，驾驾。

拐过一个弯，战马突然长嘶一声，人立而起。

前方，一个黑衣蒙面人单手拄刀，拦于路上。

蒙面人：“札都合，此欲何往？”

札都合惊讶地看着对方，“尔何人？”

蒙面人：“将军请了，小姓严，名王耶。”

札都合：“哦，你原来是阎王爷，小将失礼……大胆！竟敢戏弄本座。”

蒙面人笑道：“回去吧札都合，族人还等你建立功业，就这样悄无声息地死在这里，未免可惜。”

札都合失笑，“说这种大话，也不怕风大闪了舌头。凭你能杀得了我？”

蒙面人：“若你迷途不返，那就试试看了。”

札都合看看前方路口，不敢掉以轻心，“你到底是什么人，想干什么？”

蒙面人：“问题就是答案。”

札都合：“这算什么回答？”

蒙面人笑道：“多此一言，让我看到了你的愚蠢。”

札都合耐性到了头，“去死吧！”

纵马杀向对方。

黑衣人疾身速退，但听蹄声烈烈，五十余骑冲出，马上人各执奇门兵刃，迎着札都合杀过来。

札都合挥起长戟，打得一众黑衣人满天狂舞。

战斗很快结束，挥戟磕飞最后一个对手。札都合立马持戟，威风凛凛，状若天神。

观战的黑衣人，“哈哈哈，不愧是满洲第一巴图鲁，六十四斤的长戟挥起，天下无人可御。”

札都合正要说话，突然间后背剧痛，是一支悄无声息射来的冷箭。

札都合反手拔出箭，无动于衷地转视对手，“还有什么伎俩？”

黑衣人脸上的笑，如一只看到肥母鸡的狐狸。

这就够了。

策马掉头，黑衣人瞬间遁走。

札都合持戟侍立，心中茫然不解，“这就算完事了？

“未免虎头蛇尾。”

08

身上带伤，札都合在军营外面下马。

对营门前的士兵说：“烦请通报英亲王爷，本将摄政王座下札都合，也是王爷的好友，奉命来此。”

“将军稍候。”军士急忙入内禀报。

奔出不远，阿济格的亲随晋珠阻住了军士，“军营之内，慌里慌张乱跑什么？”

士兵报告：“是札都合来了，要见王爷。”

晋珠失笑，“我道是谁，原来是札都合，本将等他非止一日了。

“不用禀报了，待我过去看看。”

士兵：“是。”

晋珠走出营来，“札都合，识得我吗？”

札都合：“原来是晋珠将军。”

晋珠：“满洲第一巴图鲁居然识得我晋珠，本将祖宗脸上都有光啊。”

札都合："晋珠将军说笑了。什么满洲第一巴图鲁，那是摄政王大人随口乱说的，当不得真。"

晋珠："摄政王大人是不知轻重随口乱说之人吗？怎么这随口乱说的好事，就落不到我晋珠身上，都让你札都合摊上了。"

札都合忍着气，"晋珠将军看这名号不过眼，那就让给你好了。"

晋珠大怒按剑，"你在污辱我吗？"

札都合无奈摇头，"是将军一直阻着小将的路，小将何曾羞辱将军？"

晋珠踏前一步，"札都合将军的意思，莫不是由无关之人，在这军营重地乱跑乱撞，小将不闻不问才是正理？"

札都合暗暗叹息一声，"将军但有所问，札都合知无不言。"

晋珠："札都合，你毫无缘由突然出现在军营重地，在你身上的通敌嫌疑洗清之前，弃械束手，乖乖合作，还算是明智的。"

札都合气急，"谁人都知道我奉摄政王大人之命而来，莫非晋珠将军的敌人，是摄政王大人不成？"

晋珠跳了起来，"札都合大胆，你屡次三番挑起事端，本座为大将军安全为计，不得不出手将你拿下。"

到此札都合知道避无可避，"晋珠，你总是变着法子向我挑战，欲争满洲第一巴图鲁这么个虚名。行行行，今天我就成全了你。"

晋珠早已是急不可耐，"看剑！纵身跃起，当头一剑击下。"

乒乒乓乓，两人激战在一起。

札都合的身手远在晋珠之上，十数招后，将晋珠压制在下。晋珠咬紧牙关，强行挺住札都合压下的力量。

札都合不想太过分，下面飞起一脚，想要踹飞晋珠，快点结束战斗。

不承想，后背箭伤处突然一阵剧疼，札都合心里吃惊，"那原是支毒箭，此时毒发……"这一脚踢出，有气而无力。

被晋珠返手抄住札都合的脚，顺势甩出。

两人再战，札都合三次将晋珠压制。三次因身上的伤痛发作，都让晋珠挣脱出来。

晋珠久战无功，屡屡受制，终于红了眼。

趁札都合身上的伤势又一次发作，突然猱身而入，一剑没入札都合的小腹。

札都合慢慢滑坐于地，低语了一声："王爷，咱们好像有点托大了。"

札都合身死。

晋珠收剑，"大家都看到了，是他不断向我挑战，本将不得已还手自卫。

"满洲第一巴图鲁，不过如是。"

09

顺治帝福临，走向听书阁。

汉臣金之俊冲进来，“陛下，陛下呀，老臣冒死进言。”

福临停下脚步：“啥事呀，让老爱卿失态至此？”

金之俊声嘶力竭，“陛下身负天下苍生所望，若有所学，须得明诏天下，尽择鸿儒名师，万不可让宵小匪人混入，耽误陛下所学，贻误天下苍生啊。”

福临笑道：“朕知矣。额娘已为朕编制课程，明日就可亲聆先生教诲，朕愚昧不才，幸何如之，竟能得先生教导。”

金之俊还待再谏，“可是陛下，您今日竟择了阉党之人为师，可那阉党之人各怀机心，叵险莫测，万不可……”

福临岔开话题，“睿亲王以先生不世之才，委先生以重任，修筑大道，再造宫室。先生若有不及，朕必为先生缓颊。”

仿佛当头一棒，金之俊的身形顿时瘪下，不敢再说，黯然退下。

福临进入听书阁。

阉党旧臣冯铨跪于下首，头上有道明显的伤疤，系迎印大典之时为东林党官员群殴所致。

福临关切地问：“先生的伤好些了吗？”

冯铨：“臣有罪，惊扰陛下，请赦臣之不敬。”

福临笑吟吟地道：“朕愚昧，不知道党争究系何理。然则新朝鼎立，吐故纳新，朕之所用，先生不世才学而已，所以朕断无理由穷索前朝旧事，只望先生今天的课能够讲得有趣些。”

冯铨长松一口气，“好，老臣就为陛下讲个天子寻剑的故事吧。”

福临：“天子寻剑？听起来蛮好玩。”

冯铨道：“昔年汉宣帝生长于民间，嗣大宝后，群臣建议选王室之女为皇后，宣帝遂发诏旨，寻找他失落于民间的幼年玩耍的一把木剑。”

福临：“什么？群臣建议选皇后，汉宣帝却说要寻找幼时木剑？”

冯铨：“没错。”

福临：“人家说选皇后，他却说找木剑……朕明白了，额娘曾教过朕，人心难测，说话要讲究点艺术，避免语言不当激起人心的对抗。所以这汉宣帝，应该是个暗示吧？朕猜测应该是。”

冯铨：“陛下果然圣聪。却说群臣见了宣帝诏旨，议论纷纷，然后恍然大悟，知道宣帝这道诏旨是说他不敢忘记旧事，不敢舍情旧人。于是群臣议决，迎宣帝幼年时青梅竹马的许平君为皇后。”

福临长长叹息一声，“朕听懂了，纵汉宣帝有帝王之尊，仍不得自由，受群臣挟持，不能立心上人为后。

“不得已发布求剑之诏，表白心迹。

“可知这世上，哪里有什么自由之说？

“朕也听懂了爱卿的弦外之音。

“卿在旧朝，何曾是卿本意？

“卿何辜？十九岁中进士，少年聪颖，不世之才，却无故受父牵连，大好人生，就此蹉跎。若不是魏忠贤涿州进香，时已三十岁的先生跪于道旁，诉说委屈，一生所学，只恐就此湮没无闻。”

冯铨号啕，伏地，“陛下知臣之心，老臣可是……委屈了一辈子呀！”

10

多尔衮匆匆冲进内阁，看到满屋子紧张的表情。

汉臣洪承畴、范文程、冯铨，满臣郑亲王济尔哈朗、礼亲王代善，还有蒙古王爷吴克善、满珠习礼等人。

众人簇拥着坐于当中的小福临。

福临：“叔王终于来了，英亲王阿济格对朕怀不臣之心久矣。叔王可曾为此做过什么吗？”

多尔衮：“陛下，阿济格哪敢对陛下不敬。小王得知阿济格又犯了糊涂，已经派了侍卫札都合前往。只是目前尚无消息回来。”

洪承畴与范文程对视了一眼，同时摇头。

郑亲王济尔哈朗道：“今天这事，此前也非止一桩两件了。处理好了，就不是个事儿。若处理不好，那就是天大的事儿。”

福临：“郑亲王此言，如何一个说法？”

礼亲王代善也是见多识广之人，替济尔哈朗解释道：“陛下，是这么个情形，阿济格这个人，是一等一的帅才。但他的脑子好像……就这么说吧，虽然阿济格深得军中人心，但三军将士未必会跟着他胡闹，毕竟其麾下将士，家人都在北京或盛京，此番出征俱怀有报国之心，指望封妻荫子。所以当下之事，只需一纸诏书到得军中，就能够立即挽回局势。”

福临转向多尔衮。多尔衮点头证实：“没错，陛下，就是这样。”

福临：“然则这诏书应该如何发？万一阿济格接诏之后，压根就不晓谕三军，岂不是全然白搭？”

“这个……”多尔衮沉吟道，“为今之计，确如陛下所言，诏书就……就不要颁给阿济格了。”

福临：“那应该颁给谁？”

洪承畴走上前来，“陛下，诏书颁给军中的鳌拜与谭泰两位将军。此二人者，原是陛下的家将，对陛下的赤胆忠心不会有问题。”

福临：“可这诏书上到底该怎么说呢？”

范文程走过来，“陛下，诏书可颁，但断不可明示英亲王之罪。一来，英亲王并未见谋反痕迹，让谭泰、鳌拜如何处置？二来，就算是谭泰、鳌拜二将领旨，处置了英亲王，可此番西征，有可替代阿济格的吗？”

济尔哈朗和代善相顾摇头，“阿济格就没让人省心过。可现下除了他，还真找不到能够统军西征的帅才。”

福临的目光转向躲在后面的冯铨，“那今日这事，只能用冯先生的建言了。”

“什么？”诸人愕然，“这老冯他……他可是一个字也没说呀。”

福临目光一转，声音狠厉，“传旨，令谭泰与鳌拜执两黄旗晓谕三军，英亲王阿济格为将不尊，竟称圣上为孺子，命阿济格好生反省，当众认错……再踅摸踅摸诏书用词，尽量让文雅中透着威严，柔和中不失刚猛。诸位爱卿以为如何？”

众人齐声赞叹：“陛下，果然是陛下圣明，这封诏书绝了。”

济尔哈朗：“有隐晦，有暗示，但当事人一听就明白。”

洪承畴：“含而不露，面面俱到。”

范文程：“不温不火，恰到好处。”

在众人的称颂声中，福临站起来，走到门前，突然转身，“小扣子，这事你要走一遭。

“别人去，朕信不过。”

“喳。”

太监小扣子感动不已，抹了把鼻涕泪水。

11

太监小扣子身边带着两个宫监，在多尔衮派来的数名铁卫护送下，抵达阿济格军营。

守营门的军士好奇地看着这些人，“干啥的呀？穿得奇形怪状，告你说这里可是军营，走远点。”

一名铁卫上前，“大胆，这是宫里传圣旨的公公，你是怎么说话呢？报上姓名来！”

军士笑道：“哎哟，如何证明你是公公？这几日冒充公公来军营的人太多了，信了你才怪！”

“看好了，”小扣子气急，“看咱家手里拿的是什么？圣旨！圣旨两个字儿识得吧？”

守门军士，“不好意思，打小爷娘没教过识字，真不认识。”

小扣子大怒，“护送铁卫，与咱家冲进去。”

军士不以为然，“凭你们几头蒜，倒是冲冲给咱看啊。摄政王亲随札都合狠吧？满洲第一巴图鲁，结果怎么样呢？他的尸身丢在那边，现在还软着呢！”

“什么？札都合死了？”护送铁卫大骇，“你们你们……怎么敢……”

守门军士，“有什么敢不敢的？告你说这里是军营，军营懂吗？”

顿了顿，守营军士又道：“军营中人什么都怕，就不怕蛮横不讲道理之人。那札都合自恃勇武，想要硬闯，结果在英亲王亲随晋珠手下，竟未走过三招。尔等听明白了没有？”

小扣子呆了一呆，“听明白了，你要如何才肯相信我们是传旨而来，替我们通报呢？”

守营军士嬉笑道："你怎么也得，嗯，让我们看看，知道你们是真的公公，不是假的吧！哈哈哈。"

小扣子回头，看看护送铁卫。

铁卫后退两步，嗫嗫地道："公公，咱们是来传旨的，不是打架的，何况……总之，咱们得想办法把事情办成，对吧，公公？"

见所谓的铁卫尿成如此模样，小扣子气急，好在他脑子也快，顺手揪过来一个小宫监，"你，就在这里褪下裤子，让他们瞧清楚。"

……

趁门前混乱之际，小扣子心念一动，悄悄地挪动步子进了军营，瞀准半空中猎猎飘舞的两黄旗，向着谭泰、鳌拜的营帐方向疾奔而去。

正奔行际，突然间脚下被人一绊，小扣子哎哟一声，脸朝下直杵向前。眼看那坚硬的地面直迎上来，却被个布口袋迎脸一兜，小扣子发出声含混不清的呜咽，竟尔被兜进只布口袋中。

"放咱家出来，咱家是来传旨的！"小扣子双腿够不到地面，拼命挣扎喊叫。

兜起他的人听若无闻，只管嘻嘻哈哈地笑成一团，"把这个东西丢吊在这里，待得王爷号令三军杀回京师之前，先行割了这货上面的脑壳祭我三军，岂不妙哉。"

"哈哈哈。"

耳边听得那充满野性的大笑声，小扣子哭了起来，"陛下，大事不妙。"

12

阿济格筵饮三军。

军帐之外扔着十几只空酒桶，所有将佐俱是大醉醺醺。

陈名夏、吴三桂、尚可喜、谭泰并鳌拜，把臂连环，踏足高歌。

陈名夏："停，停，咱们来个无向辽东浪死歌，又名知世郎。预备，唱！"

众将借着酒力，齐声狂吼：

"长白山前知世郎，纯着红罗锦背裆。

"长槊侵天半，轮刀耀日光。

"上山吃獐鹿，下山吃牛羊。

"忽闻官军至，提刀向前荡。

"譬如辽东死，斩头何所伤。"

晋珠喝大了，纵身跳到案几之上，猛力重复最后一句歌词：

"譬如辽东死，斩头何所伤！

"譬如辽东死，斩头何所伤！

"何所伤！"

陈名夏、阿济格、吴三桂、尚可喜、鳌拜并谭泰，也跳到高处，诸将相互搂抱，长声厉吼：

"泽国江山入战图，

“生民何计乐樵苏！

“凭君莫话封侯事，

“一将功成万骨枯！

“万！骨！枯!!!”

三军汹汹，旌帜翻飞，回望京都。

“反！

“杀孺子，逐淫后，立新君。

“尽扫妖氛，再鼎新朝！”

13

多尔衮与福临入内宫急寻太后，谋求解危之策。

福临道：“叔王，当年父皇在位时，封盛京五宫，清宁宫大皇后哲哲、关雎宫二皇后海兰珠、麟趾宫三皇后娜木钟、衍庆宫是淑皇后、永福宫是朕的额娘庄皇后。

“虽然早已事过境迁，而且关雎宫海兰珠，父皇在时就去世了。但宫里这些女人恋旧，从盛京迁至北京，内宫格局仍如此前格设。

“二额娘海兰珠虽死，但她的宫室还在，宫中所有东西依然照原来位置摆好，平日里也没个人来，阴森森极是可怕。

“咱们已经找过了额娘的坤宁宫，只有几个小宫女，苏茉儿及大布吉俱不在。又找了淑额娘处，也自不见人影。

“已经找过两宫，未见一个人影。现在该当如何？”

多尔衮：“那就去找你的三额娘。”

三太后是个蒙古人，闺名娜木钟。她长了张娃娃脸，有点婴儿肥，滴溜溜转个不停的眼睛奇大，好似半边脸上都是眼睛。

见到她，多尔衮明显有些发怵，“小王多尔衮，给太后请安。”

“是你，多尔衮？”娜木钟翻身坐起，一双大眼睛几乎要喷出火来，“摄政王，你瘦了，有多少日子了，你都不说来看看哀家。”

多尔衮：“太后……陛下在一边……呃，看着呢。”

娜木钟：“怕什么？你好歹也是个爷们儿，怎么越活胆儿越小。”

多尔衮：“太后，现在情势有点不妙，我大哥阿济格居然抗命不前，隐隐约似见回军反噬京都之状。”

娜木钟走到多尔衮身前，怜爱非常，“睿亲王还记得吗？十年前，我们姐妹八人，原是林丹汗帐下八大福晋，知天命，顺人心，携众归来。

“京师人头涌动，争睹为快。

“朝中贵戚，更因为争夺我们姐妹八人，打得不可开交。

“听说在皇上的御座前，竟动了刀子。

“老二斯图琴，给了林丹汗的部将。

“老三苏泰，家财万贯，富可敌国，更兼软玉温香，貌美如花。郑亲王济尔哈朗和大贝勒代善，为争夺她出动了家将，眼看就要厮杀。幸亏庄皇后有主意，建议把苏泰给了郑亲王，另外把林丹汗的妹妹泰松公主赔给大贝勒。

“老四早一年就进了京，甜言蜜语说动庄皇后，竟然接她入宫，位置居然在庄皇后之上。不过她极领太后的情，两人成了最要好的姐妹。

“老五苏巴海，享受了宫中最高规格的宴请之后，出宫即被掳走，从此下落不明。

“老六乌云娜，归来途中遭遇神秘人劫杀，被掳走后再无消息。

“老七俄尔哲图，给了多罗饶余郡王阿巴泰。现在郡王老矣，两人仍恩爱一如往常。

“老八苔丝娜，给了现已削爵的肃亲王豪格。

“只有我，老大娜木钟，竟然无人要，你说这多让人难堪？

“我相中的人儿啊，却视我如弃履，一片深情付诸东流，思之可悲！

“幸好四妹淑妃、五妹庄妃看我可怜，接我入宫，做了她们的三姐。终究是姐妹情深，不像某些薄情寡义之人，往日里好话说尽，事后就不认账了。”

多尔衮：“太后，时下情境危急，你怎么突然倒腾起陈年旧谷子？以前的事儿，不是我不想要你，是……总之……皇太后和淑太后她们……到底去了哪里？”

娜木钟：“只闻新人笑，不闻旧人哭，睿亲王你真的薄凉如此，竟然连我说几句话，都不肯听吗？”

多尔衮：“好，好，你说，你说！”

娜木钟：“其实也没什么好说的，只是这宫里太乏了。老四和老五她们两个可是从来不肯亏待自己的，太宗在时都看不住她们俩，如今谁又管得了她们？早就溜了出去。”

多尔衮：“小王失礼，告退！”

14

多尔衮气冲冲出来，对紧追上来的福临说：“她现在还恨我呢。”

福临：“三额娘恨叔王什么？”

多尔衮：“十年前，蒙古林丹汗部落臣服，八大福晋归来，娜木钟想入我帐。但我知道，八大福晋入盛京，分明是一个可怕的布局，各福晋分入王公权门控制朝政。所以我再三推阻，让她衔恨于心。”

15

看着多尔衮大步离开，三太后叹息摇头，“如果睿亲王稍有耐心，就会听我说道：四妹、五妹，她们是约了英亲王的女眷，一同去见英亲王了。

“多尔衮这一辈子也改不了毛躁的性子。

“此前倒还罢了。值此群敌环伺，杀机四伏之时，他竟毫无知觉。

“哀家仿佛已经看到了他那置于沟壕中的冰冷尸体！

“乱世危局，不长脑子的男人，凭什么获得一席之地？”

语罢，娜木钟掷盏于地，长立而起，脱下罩在外边的大氅，露出里边的一身甲衣。

她转身，问身边侍女：“都记下来了？”

侍女：“记下了。”

16

娜木钟点头：“与我打起精神，若午夜子时，不见四妹、五妹回宫，必是英亲王大军已然失控，京城危在旦夕。届时诸府六旗同时发动，尽起家将劲卒登城拱卫，守护天子。

“若有不从者，遑论丈夫、骨血亲子，杀无赦！”

第七章　玉手点兵，英雄无奈多情

01

宫墙上，探出一颗脑袋。左顾右盼，形迹鬼祟。

是工部左侍郎、秃尾巴老李李化熙。

四顾无人，李化熙翻过墙头，落地时单手撑地，狗一样警觉，倾听着四周的动静。

四周悄寂无声。

李化熙闪到门侧，屏住呼吸，仰脸看了看头上的牌匾：交泰殿。

这是皇家用来收放玺宝的所在。

突然间李化熙破门而入。

房间里空无一人，只有用来搁放玺宝的檀木架精致大气，华贵非凡。

李化熙闪到玺匣前，动作飞快地把玺匣挟在腋下，冲到门前，作势欲逃。

然后他停下来，想了想，摇摇头，打开玺匣看了看。

李化熙自言自语："这只玺匣就是摄政王多尔衮在迎玺大典上时，从皇太后手中接过，一直捧到大典现场的。"

此时，正如多尔衮所说，匣中空空如也。

那出土于土默特部萨拉齐的汉家制诰玺宝，就这样莫名其妙地不翼而飞了。

李化熙唉声叹气，坐在椅子上，将玺匣举起来仔细地看。

玺匣底部有一排小孔。

李化熙把鼻子凑上去嗅了嗅。

阿嚏，他打了个大大的喷嚏。

他的神色变得很紧张，喃喃地说了句："不会吧？要是这么个搞法，那未免……也太惊世骇俗了，对吧？"

他又把玺匣拿在手上，用力地摇晃着，还放在耳边倾听。

他的神色再次发生变化，动作缓慢地把玺匣倒过来，只听窸窣的声音，一些颗粒状的东西落在桌子上。李化熙把这些颗粒用手指拈起来，拿到眼前细看，拿到鼻子前用力地嗅。

阿嚏！……他又打了几个大喷嚏。

一个人在交泰殿里忙了小半个时辰，李化熙把玺匣放回，掩上门，走出来。

经过九卿房，和几个官员打过招呼，他继续低着头，一径向前走。

忽然间脑后风声大起，李化熙反应何其神速，迅速地向前一扑。却不料前方一只布口袋正迎面罩过来，瞬间将李化熙的头部罩住。

惊恐挣扎之中，砰的一声，脑袋上挨了重重一击，李化熙的意识陷入森冷的黑暗之中。

02

多尔衮神情肃穆，端坐榻上。

对面是脸色苍白的涂远谋。

涂先生说：“那阿济格，不过是条没脑子的狗，给他指明一个猎物，他会异常之凶猛。但如果他想要回军反噬京城，那他就想得岔了，这方面并非是他之所长。”

多尔衮：“先生所言极是，只不过，现今天下时局，犹自未稳。江南尚未安抚，李闯死灰复燃，此番本欲以阿济格、多铎各统一军，击李闯，下江淮。但让阿济格这么一折腾，是谓时机尽失，太阿倒持，纵然此变局如先生所言，不过是芥癣之患，但对小王的声誉与人望，影响却是致命的。”

涂先生道：“然而王爷要怎么做？”

多尔衮：“小王在考虑，让多铎引军逼近阿济格，迫其就范。”

涂先生摇头，“不可，万万不可。”

多尔衮：“为何？”

涂先生：“王爷，阿济格此举，说大了是谋反，说小了不过是耍脾气闹个性。原本谁都知道他就是这么个性子，属于有能力没脑子的人。当小事处理，那就是小事；当大事处理，那就是大事。试问王爷，如果派多铎引军与之对峙，这岂不是酿成了天大的祸端？再者，难道王爷就没有想过，万一多铎被阿济格说动，两军合为一军，届时王爷又何以自处？”

多尔衮：“你说多铎？不会吧。”

涂先生：“为什么不会，说到底，阿济格是你和多铎的兄长。”

多尔衮：“他的确是我兄长，只不过……”

涂先生：“不过什么？”

多尔衮：“不过正是因为他是我兄长，所以老是想要和我比一比……算了，难不成按先生的意思，一动不如一静？”

涂先生：“没错。”

多尔衮：“若是阿济格引军回噬，如之奈何？”

涂先生：“不会有这样子的事儿。”

多尔衮：“为什么？”

涂先生站了起来，“王爷，你没有感觉到吗？近些时间所发生的事情，一桩桩一件件，正布成一个精密之局，其意难明。若王爷肯安心勿躁，静待几日，就会看到那谋局之人于这混乱之中的沉静身影。”

多尔衮大骇，“什么？先生你是说，有人在谋天下？”

涂先生：“王爷以为呢？”

多尔衮：“先生以为……此人究竟是谁？”

涂先生不再作声，只是神情冷肃。

03

阿济格仍于军中筵饮，振酒高歌。

只是连醉多日，诸将都有些疲，都有点麻木了。

忽然间营中士兵鼓噪起来，就见一顶三马流苏车轿疾速穿营而至。

吴三桂等将急忙跳起来，“谁人如此大胆！怎么可以在军营中长驱直突？”

众将正待上前阻拦，阿济格突然大叫一声：“不要拦那辆车，车上的人是……”

阿济格丢了酒盏，奔向前去，大叫道：“爱妃，真的是你吗？”

吴三桂、尚可喜诸将面面相觑，急忙坐起。

吴三桂问：“听大将军的意思，这驾车前来闯入军营的，莫不成是大将军留在京师府中的汉人妾室愉氏？”

尚可喜：“不会吧？几日前，大家刚刚听陈名夏讲过她的传奇故事。猎户的女儿，易男装见到太宗皇太极，替父雪仇的汉家姑娘。”

谭泰：“想不到她竟然自己来了。”

鳌拜：“她来做什么？”

众将立于营帐之前，手拄长刀，好奇地观看着。

马车上的女子带了几分刚劲的柔媚，眉如远山，目如秋水，开阖之际摄人心魄，与往日里所见女子全然不同。看到她，阿济格的脸都笑歪了，奔跑着迎上前，身后跟着侍卫晋珠，“爱妃，爱妃你怎么来了？”

愉氏坐于马车之上，怀中抱有一个婴儿，众人听到她清冷冷的声音：“和硕英亲王阿济格，太后有懿旨。”

阿济格愕然止步，“什么？爱妃你说什么？”

车轿中，突然滚出一团花影，径扑阿济格帐下第一猛士晋珠。

突如其来，晋珠猝不及防。

营帐前站立的诸将，只看到漫天的刀影，势如狂风骤雨，顷刻间将晋珠裹在中间。

晋珠也是数一数二的满洲武士，身手不凡。但事发突然，他毫无防范，更兼此时是在主子的家眷面前，他该不该抵抗？只是这么个念头闪动之际，突觉咽喉说不出的冷寒。

他万难置信地捂住咽喉，踉跄后退。

鲜红的血从他的指缝中喷溅出来。

无力地跪倒，晋珠以头抵地，就此丧命。

但见大布吉满脸冷肃，脚踏晋珠尸体，以一方雪白的丝巾缓拭弯刀利锋。

丝白，血红。

众将骇得魂飞魄散。

吴三桂震骇已极，转向尚可喜，“满洲士兵最崇拜勇士，此前札都合号满洲第一巴图鲁，于军营中意味着神一般的存在。然而札都合入营，却死于晋珠之手，在将士心中，晋珠能杀掉札都合，那他就是神。”

尚可喜：“可是士兵们心目中的战神，未走过三招，就丧命于他人之手。”

吴三桂：“而且对方还是个女人。”

两人同时摇头，“这叫军中将士如何敢相信自己所看到的?”

轿帐掀起，现出皇太后、戎装长刀的淑太后及眉眼精怪的苏茉儿。

04

车上的三名女子，慢慢立起。

皇太后开始说话：“妇人孺子，识短见浅。今日所来，只为家事。

“睿亲王帐下亲随札都合，其族自太祖时代侍奉，至今已历三朝。

“然而日前，札都合于途中遭伏，复被晋珠挑衅，不敌身死。

“其族人诉于御前，言称晋珠不该乘人之危，在札都合重伤的情形下挑战。此事殊为不公，陛下不悦。

“是日陛下有旨，晋珠之举，尽失光明磊落之意，非英雄所为，旌帜蒙羞，将士受辱。是以赐晋珠自裁，有爵削爵，无爵夺产，子孙为奴，世代无已。借此以警三军，以告将士，以传天下，以慰人心。

“三军请思!

“此行前路漫漫，李闯在西，残明江东，征途莫测凶险。诸军或有荣归者，或有死于杀战中。然，无论是将军百战死，抑或是壮士十年归，终不负男儿烈血，千古豪情，封爵晋侯，荫及乡族子孙。

“或如晋珠一般，畏敌如虎，止足不敢前。狼子野心，乘人于危难。虽死埋百草，可悲复可叹。

“执戟明光，封爵余荫，在尔。

“滞足骞垣，世代蒙羞，亦在尔。

“于今哀家孤儿寡母，凄苦无依，伫立于此。伏望将士并诸军统领，给哀家一个出自将士内心的答案。”

皇太后语速极慢。她每说一句，大布吉就高声重复一遍，要让营中更多的士兵听得见，听清楚。

皇太后言讫，悠然坐下，苏茉儿奉上茶盏。

大布吉满脸狞恶，走到阿济格妾室愉氏前，接过愉氏怀中婴孩，“英亲王，小郡主伶俐可爱，是王爷你来亲手掐死她?还是我来?”

阿济格一个冷战，扑地长跪，“大布吉你别乱讲话，我阿济格当然要谨遵太后懿旨，即刻出征，定取得李闯首级来见，不负太后及陛下所望。还望太后陛下，赦免小王行军迟缓之罪。”

说罢，阿济格纵身上马，长刀挥起，“烈血儿郎们，功名富贵，世代余荫，就在前方，尔等有意乎？”

军士们长声回应：“除李闯，荡寇贼，誓报天子与太后隆恩。”

05

阿济格的军队浩浩荡荡出征。

蹄声渐远，旌帜遥遥。

吴三桂和尚可喜两名汉将疾奔到自己的坐骑之前，上马之前，相互对视了一眼。

吴三桂：“咱们就他娘的是两匹马！”

尚可喜：“以为自己是自由的。”

吴三桂：“实则尽在人家的驱策之下。”

尚可喜：“人家马刺一蹬，鞭子一挥。”

吴三桂：“让你往东就往东，让你往西就往西。”

两人同声叹息，“唉，看来只能找李自成的晦气，要不然真得活活憋屈死。”

二将策马奔行，烟尘起处，士兵匆匆跟上。

陈名夏想混入军旅之中，但士兵行军迅捷，终究是追赶不上。

尴尬地立于当场，看着神色肃穆的皇太后和淑太后。

皇太后似笑非笑，“先生可好？”

陈名夏脸皮抽搐。

皇太后：“与哀家一道回城吧，先生学贯古今，若肯指导陛下，哀家感激不尽。”

陈名夏：“太后，你不杀我？”

皇太后：“为什么要杀你？”

陈名夏：“我可是撺掇英亲王……徘徊不前，狼顾京师的。”

皇太后叹息一声，“此地若非有你，难道不是别人？”

陈名夏：“但我终是有罪之人，杀之可立威，留之有何益？”

皇太后走到陈名夏身后，揪着他高冠上的绦带，做骑马纵奔姿势，“先生精读经史，岂不知战国年间，燕昭王欲求千里之马，却苦寻无觅。他的老师郭隗指点他，欲得千里名驹，须得千金市骨。千里马的骨头都肯出上千金，岂会没有千里马的到来？”

陈名夏：“莫不成，我就是那块招揽贤才的骨头？”

皇太后笑道：“骨头虽是骨头，但上面还有多少肉，够哀家啃几口，这取决于先生。”

陈名夏跪倒，“太后不杀之恩，倒还罢了。唯有这统御之德与无尽心胸，恐罪臣终难免三姓家奴之谤矣。”

皇太后低头瞧了瞧，“相信先生会习惯的。反正你以前的名誉，也没好到哪儿去。”

嗷嗷嗷，陈名夏发出三声长恸。

此三声恸，一还大明天子重用之恩，二谢大顺皇帝李自成不杀之德，三哭自己再世为人。

“从前种种，譬如昨日死。

“从后种种，譬如今日生。

“小臣侍奉太后起驾。”

劲装弯刀，淑太后打了个哈欠，“妹妹，日子怎么这般无聊呀。”

苏茉儿笑道：“几千万人齐御甲，更无一个是男儿。”

06

从阿济格军营回来，入城之后，愉氏怀抱婴儿与两宫太后辞别：“太后，奴婢此番再回英亲王府，需要提点之处，尚请太后训示。”

皇太后：“愉儿，你很好，只凭一己之力，守护住英亲王府，让妖人无隙可入。”

愉氏：“这是奴婢的本分。”

皇太后：“你不在哀家身边，不知道哀家是多么替你担忧。但你有此番成就，也总算让哀家稍感安慰。若有机缘，看看豪格的肃亲王府那边，哀家派了苔丝娜等五个人，仍然对抗不了妖人的攻势，眼看着一座好端端的王府被攻陷，整个正蓝旗都被渗透。哀家只恐祸起萧墙，妖人大举来袭之日，近在眼前矣。”

愉氏：“婢子身负国恩，自当为太后分忧。”

皇太后：“去吧，谁也不知道这安和快乐的日子还能再持续多久。”

愉氏长拜，抱着孩子回返英亲王府。

感觉气氛有点压抑，苏茉儿看看四周，感叹道：“这满城的百姓安居乐业，浑不知他们刚刚在生死道上走了一遭。”

皇太后叹息，“哀家唯愿天下永不起刀兵。”

淑太后：“可惜一辈子的人，做不得两辈子的事儿。”

皇太后四人坐在马车上聊天，在京城不紧不慢地走着。

行至宣武门，忽然皇太后叫了声：“大布吉，前方那是什么？”

大布吉向前看了看：“娘娘，那是一座洋人的教堂，里边住着个叫汤若望的黄毛鬼。”

“好玩吗？”淑太后伸出头来问。

大布吉想了想：“娘娘，那里阴气森森，你们不会喜欢的。”

皇太后道：“停车，一路行来，也够闷的，下来走动走动。”

皇太后下了车，大布吉与苏茉儿一左一右搀扶着，淑太后跟在后面。

行至教堂之前，苏茉儿突然捏了一下皇太后的手臂，“太后，看那边。”

皇太后漫不经意地看了看，眼神立即被吸引住了，“北京城里，果然多出色人物。那是谁家的女人？虽然布衣荆钗，但看起来气质华贵，丝毫不亚于愉氏。”

苏茉儿：“她就是那个什么什么，李化熙的妻子。”

原来是她！皇太后讶然止步，“你不是说，这个女人出自王公贵室，却独对李化熙情有独钟，安于粗茶淡饭吗？”

苏茉儿：“对呀。”

皇太后：“那她怎么不在家里待着相夫教子，抛头露面跑出来干什么？”

苏茉儿：“说不上来。”

皇太后：“去瞧个清楚。”

苏茉儿立即跑过去，跟在李化熙妻子身后，进了教堂。过了大半晌，她快步返回，“太后，那女人是来找黄毛鬼汤若望的，说的话极古怪。”

皇太后：“如何一个古怪法？”

苏茉儿：“她请求汤若望去找郑亲王济尔哈朗或是礼亲王代善，请他们放了李化熙。”

放了李化熙？皇太后满脸迷惘，“如此说来，李化熙出事了？”

苏茉儿看了皇太后一眼，两人都是脑子飞快之人，瞬间皇太后醒悟过来，“看起来这女人还真是爱着李化熙，如果她来宫里找哀家……”

苏茉儿接道：“那李化熙就死定了。”

淑太后没听太懂：“你们俩在说什么？”

苏茉儿解释道：“那李化熙追查两大疑案，必然有人对他的行踪极为关切。如果有谁不希望案子真相大白，就会对李化熙下手。可如果他们杀了李化熙，朝中必然会有其他高手出来继续侦破案子。所以最好的办法莫过于将李化熙掳走，看情形再做决定。但如果陛下或太后下旨追查，对方一定会杀人灭口。”

皇太后接道：“是以李化熙的女人，不入宫来找哀家，而是来找黄毛鬼汤若望。不管人是郑亲王掳走的，还是礼亲王掳走的，他们都不怕人，但就怕鬼。多半会给汤若望这个面子，放回李化熙。”

淑太后茫然不解，“瞧不出来呀，这女人居然对李化熙一片真情。可我们也没瞧出李化熙有何过人之处呀。”

皇太后道：“我们干脆进教堂去问一下这个女人。”

几人兴致大起，昂昂然而入。

07

李化熙的妻子李朱氏低着头，走过吃惊地看着她的一排教民，准备回返府中。

前面一个人拦住了她。

李朱氏抬头，看到一个面目凶恶的女人。

李朱氏吃惊地看着对方，让开道路。

对方冷冷地看着她，“李朱氏，我家主子想要见你。

“传两宫太后懿旨，宣李朱氏觐见。”

李朱氏惊呆：“这……这里不是教堂吗？怎么会……有两宫太后？”

08

李朱氏被大布吉与苏茉儿强行挟持到教堂里的塔楼上。

皇太后和淑太后正围着一台天文望远镜好奇地摸来看去。

皇太后："这东西好似西夷的红毛大炮。"

淑太后："对呀，当年太祖努尔哈赤就是在宁远城下，被袁崇焕用葡萄牙的红毛大炮挫败。"

皇太后："这个黄毛鬼汤若望不会向着宫里打炮吧？"

淑太后："最好是真的打，要不宫里的时日，寂寞也把人闷死了。"

突然间皇太后一歪头，"你觉得这东西是什么？"

大布吉撞了李朱氏一下，"太后问你话呢？"

"啊？问我？"李朱氏脑子一片混乱，她怎么也不会想到，竟然会在教堂里遇到两宫太后，心里又紧张，又担心，回答道，"禀太后，这东西叫天文望远镜，是用来看星宿的。"

淑太后脸色不好看了，"李朱氏，你对教堂很熟啊，看来没少来这里。"

李朱氏："不敢，小女子足不出户，只是丈夫失踪之前，曾留下一句话：'我若三日不归返，必是身陷不得已之境，可去宣武门教堂找黄毛鬼汤若望，让他去诸王府以寻找被掳的家奴为名，方可救我出险。'因为丈夫有此言，且已超过三日未归，是以小女子不得不先弄清楚教堂里的究竟原委，冒险前来。"

皇太后脸色一沉，"掌嘴！"

大布吉闻言立即一个耳光抽过去，打得李朱氏一个踉跄，栽倒在地。

皇太后柔声问："知道为啥打你吧？"

李朱氏手抚伤颊，偷瞟了大布吉一眼，低声道："是小女子不该欺君。"

皇太后笑了，"够聪明，聪明的人少挨打。你瞪俩眼珠子欺瞒哀家，说什么李化熙离家之前有三日嘱托之言。这谎话说给别人听，或许有人信。但哀家眼里不容沙子，那李化熙若有这种见识，何致于崇祯时在三边总督的任上兵败榆林，光脚板奔逃多日才逃得性命？"

转过身来，皇太后续道："是你李朱氏早就知道李化熙朝不保夕，所以你一直苦思救他之策。你知道，如果他多日不返家，必是遭人掳走。要想救他，恰恰不能来找哀家，或是找摄政王，否则李化熙必遭灭口。也亏了你这女人精明，居然想到来找黄毛鬼汤若望，可你大概想不到，哀家正在这里等着你吧。"

李朱氏茫然摇头，"太后，小女子实在是惶恐至极，不知该说什么了。"

09

站在教堂的塔楼上，看着李朱氏上了轿子，皇太后和淑太后四目相对。

淑太后："李朱氏这个女人，实在是聪明得可怕，反应也胜过寻常人。"

皇太后："没错，若然不是在教堂巧遇，哀家也没几分把握拿下她。不过有了今天这次交手，哀家就决不会再允许他李化熙仍如前朝那样隐藏才干，污名自保。哀家非要让他把眼前两桩案子破了，再让他替皇家查找出那藏匿了四十年之久的心腹大患!”

10

汤若望两脚拖地，骑着一头驴，夹在数十骑中，跟在一顶轿子后面。

一名骑士策马过来，“汤大人，前面就是房山县的坡峰岭。”

汤若望仰头看，但见半山腰的峡谷口黑压压的全都是人，全都裸着脊背、光着脚，脚踝上系着粗大的铁链，正在军士们的皮鞭驱赶之下，吃力地搬运石头。

轿杖落下，下来一个满脸晦气的中年男子，“老汤，看到了没有？这里正在修建坡峰岭水库，稍带疏通水道。否则的话，等来年开春，一旦遭逢雨季，这山坡上下来的滚滚洪流，必会经由大峡谷冲入北京城。”

顿了顿，男子又道：“老汤你不知道这北京城啊，也不知是谁选的址，不偏不倚，恰好是在一只碗底。所以这疏水筑坝，就是治政的头桩大事儿。”

汤若望向山坡上望去，发出一声呻吟，“上帝呀，这里好多受苦受难的人，上帝是不会抛弃他们的。肃亲王豪格先生，我以上帝的名义，请求你对他们仁义一些。”

男子摇头，“老汤，别老是肃亲王肃亲王的，本王还没来北京前，就已经被削爵了。你老是称呼肃亲王，那可是在打本王的脸。”

是这样吗？汤若望困惑不已，“然则，你既已被削爵，为何还自称本王呢?”

“你……”男子气结，“老汤，本王好歹也是太宗的长子，是现在小皇帝的大哥，面子总是要的吧?”

男子手指山坡，“这山坡上的旗丁逃奴，你看这些人可怜，却不知道这不过是罪有应得。坡顶上这些人，或是做奴才却欺凌主家、羞辱主妇；或是逃为无主旗丁，拦路打闷棍，杯中置迷药，迷杀壮男，强夺弱女。真的是把个好端端的北京城，弄得乌烟瘴气。是以负责京畿治安的五城兵马司，每天四处捕捉这些害虫，带到这里来疏水筑坝，也算是让他们为自己的恶行，赎回一点点生机吧。”

汤若望：“亲王大人所言，果然有几分道理。但我的仆人却是无辜的，上帝可以做证，他们什么坏事也没做，却被掳了来。”

中年男子笑道：“老汤，不是本王笑话你，五城兵马司拿人呢，不看你有无恶行劣迹，单看你眉眼正经不正经。感觉不正经，拿也就拿了，哪有那么多废话?”

汤若望：“照王爷这意思，这事还要怪我的仆人自己?”

中年男子：“老汤你这话说的，不怪他自己，难道要怪到本王身上不成?”

汤若望：“好吧好吧，王爷你智慧过人，词锋犀利，上帝知道，我来中国多年，中国话总是说不好。先让我去把那惹事的仆人找回来，王爷那边，上帝会谢谢你的。”

中年男子：“要谢你老汤自己谢，别凡事都推到没影子的上帝身上。”

汤若望不再接话，手脚并用，向山坡上爬去。

他爬上山坡，负责监管的士兵迎上来，“老汤，你又来要人？你到底有多少仆人?”

汤若望在胸口画了个十字，“上帝知道，我们都是上帝的仆人。”

士兵们赶紧闪开，“老汤你找人就找人，别再整这个，快点去吧，找到后先到我们这里报个备。”

汤若望答应一声，钻进人群中寻找。他一边在囚徒中行走，一边口中念叨：“李化熙，哪个是没有尾巴的李化熙？你妻子在家里等你呢。”

多数囚徒毫无反应，但当他走过一个干瘦老头身边时，那老头突然间两眼放光，“李化熙？你是说李化熙李大人？我是翰林高尔俨。”

汤若望大喜，“那么你也是一名官员了？”

高尔俨：“那当然，探花郎就是我。”

汤若望把十字架往前一戳，“罪人啊，你忏悔吧！”

高尔俨立即转身，一声不响地搬石头。汤若望绕到他面前，“喂，你不愿意忏悔倒也罢了，只要日后你允许我到你府上做客，我就捎带脚救你出来。”

高尔俨摇头，“我府中还真不行，你这全身钢针似的黄毛，会吓到我的内眷的……咦，”他眼神突然一亮，“要不，你救我出去，我带你去党崇雅的府上做客？”

汤若望：“党崇雅又是……”

高尔俨：“他也是朝中高官，户部侍郎，连摄政王都高看他一眼的。”

11

汤若望带着李化熙、高尔俨并党崇雅三人回来。

山脚下的中年男子瞧了瞧李化熙诸人，厌恶地扭过目光，“老汤，你这几个仆人可真够瞧的。让他们以后出门小心点，别再生事了。”

李化熙三人急忙拜倒，“小人谢过王爷搭救，回教堂后，一定为王爷在上帝面前烧香磕头，保佑王爷多子多孙，多福多寿。”

“别，别别，小王何辜，要你们几个奴才添乱。”中年男子把汤若望揪到一边，“老汤，本王已经帮过你了，现在有个事儿，你要帮帮本王。”

汤若望：“啥事呀？”

中年男子想了想，道：“老汤，你可听说长白山上，有个樵子，终年在山中砍柴。可是有一天，他在山中迷了路，就一直翻山越岭向前走，忽然间看到前面奇光缭绕，百鸟云集，樵子心知有异，悄悄走近了观看。就见不远处的山谷中，端坐一上古仙人，鸟羽人形，花翎长喙，正于山中吸日月之精华，采天地之灵气。俄顷，就见那仙人撅起屁股，下了一枚五彩斑斓的蛋卵。那仙人看着蛋卵，极尽欢畅，发出了奇异的鸣啾之声。

“少顷，仙人振起羽翼，飞向不知何方。那樵子得机，立即窜入山谷，抱起五彩蛋卵就跑。他逃到无人之处，拿鼻子嗅了嗅蛋卵，但觉扑鼻之异香，顿时心旷神怡。忽然间他感觉到腹中一阵鸣响，原来是多日未曾进食，此时大感饥饿。

“饥饿之际，樵子抱起蛋卵，凑到嘴边，情不自禁地一口咬下。但觉甘香流溢，柔嫩可口，那樵子不知好歹，竟尔把这枚仙人之卵，顷刻间吞食得干干净净。值此意犹未尽，樵子还依恋不舍地舔舐起自己的手掌。

“突然之间，樵子听到一声怒鸣，惊抬头，正见那仙人立于眼前。

“眼见得自家辛辛苦苦下的蛋卵，竟尔被个樵子吞吃光光，那仙人气得羽翼抖颤，长喙乱点。就听他发出奇异的鸣啾声，斥责道：‘兀那不知好歹的凡夫俗子，怎么可以如此不要脸，偷食了我下的蛋卵？你毁了我在山中三千年的清修，何其可恶！你必须为自己的愚劣之行付出代价，我在此诅咒你，诅咒你成为天下第一术士，此后你但有所言，必有天地人事相应。算无不准，测无不灵。但是，你不会因为自己的测算获得丝毫报酬，反而会每占一卦都遭到痛打，打到你后悔你爷娘把你生到世间。除非你遇到福缘奇大之人，才能避过悲哀的命运。’”

中年男子说完了，目视汤若望，“老汤，你明白本王的意思吗？”

“这个……”饶是汤若望脑子过人，也被这么个神异故事弄糊涂了。他茫然地回头，看李化熙三人。三人也是一派茫然，不解中年男子在说些什么。

顿了顿，中年男子忍着气，解释道：“老汤，小王的意思是说，你和那来自长白山偷食仙人卵蛋的术士知非子，都是一路人，应该是熟识的。若然有机缘，要记得引那术士与本王一见。”

汤若望总算听明白了，但脸都气紫了。

匆匆在胸前画了个十字，汤若望喃喃道：“上帝呀，原谅这些罪人吧，他们沉迷在自己罪恶的心中，拿我这个上帝的仆人当江湖道上的普通骗子了，还认为我和骗子都是一路人……我可是上帝最虔诚的仆人。祈祷上帝给我勇气，让我战胜愚昧吧。

“阿门。

“告辞。”

汤若望怒气冲冲上驴，带着李化熙三人回城。

12

走了大半天的路，汤若望等人在天黑时进了城。

城门口有辆马车，一个少年抱拳，“工部左侍郎李化熙大人，还认得我吗？”

“你……”李化熙裸着骨瘦如柴的身板，双手抱在胸前，仔细打量这少年，“想起来了，那一日风雪交加，你不是和多尔衮还有陛下去过我家吗？”

“大人好记性。”少年道，“我是郑亲王的长子富尔敦，那一日与贝子锡翰陪伴陛下去过大人府中。”

李化熙：“那你今日这是……”

富尔敦：“奉父之命，接大人入府，有事相商。”

“那好吧，”李化熙三人急忙爬上马车，“总算有个代步的了，从房山光脚板走回京城，累死本官了。”

马车行至郑亲王府，李化熙三人光着脊背，赤着满是泥泞和鲜血的双脚从车上下来。

黑灯瞎火中，前面迎上来一个人，“几位大人，缘何这般狼狈模样？”

“你……”李化熙三人仔细看对方，一张白白胖胖的脸，华丽非凡的衣衫，身后背一个大葫芦，葫芦上插支星月幡。

“阁下是……”

“三位大人不认识了？小可知非子。”

三人同声惊叫起来：“怎么会是你？”

13

看着术士知非子，高尔俨诧异地道：“你不就是那个受到了鸟羽花翎仙人的诅咒，是为天下第一神算，占无不准，测无不验，只是占筮之后必无报酬，反而会遭到狠狠暴打的术士吗？”

党崇雅：“一别多日，想不到你时来运转，吃得又白又胖。”

高尔俨：“原来你入了郑亲王济尔哈朗府。”

李化熙：“总算明白了，事情应该是这个过程，自打咱们仨分别被掳走，我妻子找到了汤若望，央求汤若望来找郑亲王济尔哈朗，寻访解救咱们出来。郑亲王显然猜到掳人之事是已革肃亲王豪格家奴所为，建议汤若望去找豪格。

“所以房山县坡峰岭山脚下，豪格对汤若望讲了番樵子偷食仙卵的事情。意思是想暗示汤若望，替他在郑亲王济尔哈朗面前说个情，发起一场王公皇族会议，讨论给他恢复肃亲王爵位。说到底他是皇帝的长兄，又是知兵之人，老是把他这么不明不白地晾着，很尴尬的。

“但汤若望是洋人，长了根直肠子，听不懂咱中国人这种含而不露的说话方式。

“所以已革肃亲王豪格的这个暗示呢，恐怕就落空了。”

14

李化熙、高尔俨与党崇雅，三人被带到一间厅堂。

厅堂辽阔，大到能装下几百人。

明烛高燃，人头涌动。

许多人行色匆匆，奔来走去，每张大桌子上都有一张张铺展开的水舆图形，一群群的人围在水舆图前紧锁眉头，苦苦思索的模样。

李化熙三人被带到前面，两张舒适的椅子上并排坐着两个上了年纪的王爷。

胖的是此间主人，郑亲王济尔哈朗。

瘦的是国朝重枢，礼亲王代善。

两王爷并不看李化熙，心平气和地相对饮茶，“不是说就一个秃尾巴老李吗？怎么这里多出两个来？”

李化熙：“王爷，这一个是翰林院探花郎高尔俨，另一个是户部侍郎党崇雅。他们是受了下官的牵连，随下官勘案的途中被掳往房山坡峰岭的。”

代善皱起眉头，“你叫李化熙？这名字难听死了，知道啥叫丢人吧？”

李化熙：“回王爷，按《说文解字》的说法，丢者，从人从去，意思是一去不返。”

代善的表情更加厌恶，“顽劣。”放下茶盏，扭转头，不再理会李化熙。

郑亲王神色如常，道：“前者，本王听闻京师之地，出现一个神奇术士，号知非子，占无不准，筮无不验。本王断定此多半是妖人为祟，遂命人拿了来。那术士被拿来后，本王喝令道：‘你既先知天地玄机，但有所言，必有人事相应，那就与本王说说这国朝治政，应先从何处开始？’

“那术士神色略有惘然，一口气说出十几个住址及名姓。

“本王好奇，遂令人去那些地方将那些不明身份的人请来府中。

“诸人请到，本王细问，惊发现这些人竟全都是前朝负责修缮水利的匠人。只是国朝连战，世道不靖，没有人理会这些匠人而已。

“本王与这些匠人细谈，才知道京城正积酿着一场天大的祸事。由于前朝弊政，积年无为，房山坡峰岭处水患一年比一年加剧。若得今年雨季到来，洪水势必冲入北京城，满城军民俱为鱼鳖矣。

“是以本王在王公会议上提出建议，拨付银两，征集夫役，重修坡峰岭水坝，疏通水道。五城兵马司也将那些在京师横行不法的人拿获，一并押往坡峰岭。这个过程中，难免有些不明不白的人也被拿了去。”

说到这里，郑亲王济尔哈朗抬头，“李化熙呀，不是本王抱怨你，太后与陛下何以连授你工部左右两侍郎？那是对你寄予了厚望的。多少用点心思，拿出点手段，如何可以把自己弄成这般狼狈，裸身赤足，血污泥垢？你们三个，莫非是以此羞辱两宫太后及陛下吗？”

李化熙三人羞愧无地，急忙跪下，“王爷厚爱，下官铭感于心，从此……”

“回去吧。”郑亲王说，“明天本王想知道点以前不知道的，就这样。”

“是。”三人诺诺而退。

15

术士知非子送他们出府，一路上极尽兴奋。

“三位大人，想不到小可也会时来运转吧。这也出乎小可自己的意料。现在小可终于明白了，小可身怀异术，随口所言俱是天地玄机，这本事一定要用到正道上，用到治国为政上来。之所以以前所占必挨揍，那是因为所占非人，说的尽是些无关痛痒的鸡毛蒜皮。现而今，小可口占国事，帮助王爷们治政抚民，这天大的功德压过了小可的霉运，是以小可如今有得吃有得喝，再也不会平白挨打了。”

听术士这番言谈，李化熙三人面面相觑，唯有无言。

出得郑亲王府，李化熙三人正待离开，忽然间黑暗中走出个小小人影。

三人急忙止步，看着郑亲王十二岁的长子富尔敦站在面前。

富尔敦：“李大人？”

李化熙：“小王爷。”

富尔敦：“知道为何是我亲于城门迎接你们？”

李化熙：“本官等小王爷解释。”

富尔敦：“我想知道，你是否就是那个我父亲等待了四十年，能够救我父亲并我性命之人。”

李化熙：“此言从何说起呀？”

富尔敦："大人今天见到肃亲王豪格了？"

李化熙："有见到。就是他带着汤若望把我们三人从坡峰岭救出来的。"

富尔敦："大人以为肃亲王豪格是何许人也？"

李化熙："皇族贵胄，龙子龙孙，姿仪不凡，脑子……呃，本官就知道这么多。"

富尔敦走过来，叹息道："然而那豪格，曾是最接近帝王宝座的人啊。他是太宗的长子，是嫡出，太宗归天，豪格自然拥有皇家两黄旗，又自己执掌正蓝旗，执掌镶蓝旗的我父王济尔哈朗，对由他继位也无不同见解。"

高尔俨探过头来，"如此说来，豪格一度拥有四旗的支持？这已经占了八旗的半数，那他就应该登基称帝……何以会是现在这种情形呢？"

富尔敦："或许，是有什么东西不喜欢他。"

党崇雅插嘴："小王爷的意思，莫不是有什么人不喜欢他？"

富尔敦："到底是东西，还是人，谁又能说得清。"

李化熙："小王爷明识，本官其实……就是个混日子的癞疤官。无非想拿几文俸禄，饿不死，没本事参与这国政立储大事的。"

富尔敦："李大人，不觉得此时才想起说这番话，未免太晚了吗？"

李化熙："小王爷此言何意？"

富尔敦上前一步，"李大人莫非耳朵聋了，听不到这夜空之中隐约传来妖异歌子？"

李化熙："妖异歌子？"

三人悚然驻足，果然听到了夜空之中遥遥传来的邪魅歌声。

似有无数鬼影，正在京城上空飘行。

"九九数尽，黄河水清。

"山崩帝星现，花落子收成。

"收劫在眉前，才见骄矜性。

"千经万典为凭证，铜浇罗汉也心惊。

"世间几见父杀子？夫妻儿女冷如冰。

"人死九层，遍地刀兵。

"八百蛮雷声，震地起罡风。

"三残四伤皇家种，最是遥叹古佛灯。

"血光明灭劫缘在，装聋作哑不知情。"

须臾歌尽，阴风惨惨，悲鸣缕缕，似唱似说，含糊不清。李化熙的眼前似乎掠过那奇怪的异道人。

这京师的夜空之中，到底翻飞着多少不明来历的鬼魅之属？

富尔敦踏前一步，两眼放出骇人的光，"李大人救我！"

16

看到郑亲王的血亲之子突然跪于自己脚下，李化熙手足无措，"小王爷，你这是何故？"

富尔敦："李大人，尽管我才十二岁，但知道这支妖歌自打太祖时代的建州起，就已经在我们族人头上徘徊了整整四十年，我爷爷是太祖的亲弟弟，就是死于这首歌。我大伯阿尔通阿，神勇无敌的大力士，就是死于这首歌。我二伯，昔年的二贝勒阿敏，一度主掌国政，却遭不明来历的女人愉氏暗算，幽囚而死。二伯死前的一夜，这妖歌在我家府邸上空整整响了一夜。我三伯扎萨克图，文武双全，辅国理政，也是死于这首妖歌。唯我父亲，一生战战兢兢，如履薄冰，侥幸才走到今天，但那妖歌如蛆附骨，始终追逐在我们族人的身后。

"李大人，我们家族被人诅咒了。

"凡中此巫咒，幸运者惨死。

"悲哀者，父子残杀，母子为仇。

"一如此前的四十年。"

说到这里，富尔敦抬起头来，"李大人，我知道自己活不过十八岁。

"我的生命，最多还有六年。"

富尔敦仰头，"李大人可愿意救我？"

富尔敦的凄楚眼神，看得高尔俨与党崇雅心有不忍，急忙走上前用力搀扶富尔敦起来，"小王爷果是慧眼如炬，叵耐李化熙这厮，他真的是一直藏私，其实那几桩案子根本就难不住他，只是他不肯说出来，就怕让人知道他真有本事，摊上更多的事儿。你等我们说说他……咦，李化熙他人呢？

"哪里去了？"

17

此时，李化熙正在长街赤足飞奔。

一如他在榆林兵败之后，于荒野中向着北京城狂奔的旧年时日。

他的眼前闪过兵荒马乱，闪过一座座坟茔，闪过一张张绝望、哭泣、濒死的脸。

夜空中爆竹突然响起，年关已至。

李化熙继续飞奔，一口气逃到自家府门之前。

用力敲门，"夫人哪，是我，你夫君回来了。"

门开，李朱氏柔软的身躯投入李化熙冰冷的怀中。

紧紧地搂着妻子，李化熙仰头看着夜空中绽放的礼花。

"大敌已至，无处藏身。

"怕是这窗下描眉的温暖时日，不会再有了。"

第八章　魅影妖行，弹指间天下定

01

太和殿上，摇摇摆摆走出太监小扣子。

他一边走，一边和几个宫监闲聊。

小扣子：“这座太和殿，最早叫奉天殿，后叫皇极殿。此殿位于紫禁城的中轴线上，最大的特点是——每隔一段时间，这座大殿都会被大火烧得光光。”

宫监：“但此处位置显要，所以每次焚毁都会重建。”

小扣子：“是以这座大殿，今日是第一次投入使用。要宣召之人，也是极尽诡异的。不信你们瞧着好了。”

说罢，小扣子清清嗓子，长声道：“圣上有旨，宣秃尾巴……不是，宣工部左侍郎李化熙，入内觐见。”

身着破烂官衣的李化熙，低着头，一声不吭上殿。小扣子生气地瞅着他那身烂衣裳，“李化熙，你这模样，是寒碜咱家，还是寒碜皇上呢？”

李化熙：“逮谁寒碜谁，本官不拣不拣。”

“你……真个是死猪不怕开水烫！”小扣子赌气走开，任李化熙自己趋步入内。

殿内，小福临居中，皇太后与淑太后分坐两侧。

摄政王多尔衮坐于一边，下首是郑亲王济尔哈朗、礼亲王代善、卓礼克图亲王吴克善、满珠习礼等几名花白胡子王公。

李化熙跪下，“小臣李化熙，皇上万岁万岁万万岁，太后吉祥，摄政王康壮，王爷们肥胖。”

顺治笑吟吟地道：“爱卿辛苦多日，可有眉目？”

李化熙：“托陛下洪福，不能说没有。”

淑太后探身过来，“六丁六甲，五鬼搬运，盗我石材者，究系何方妖人？”

李化熙欠身跪起，“回太后的话，此妖物便是这位摄政王多尔衮大人。”

众人愕然，“你说是谁?”

李化熙：“臣确信自己口齿清晰，并无含糊之处。”

皇太后疾喝道：“李化熙，你有什么证据?”

李化熙：“回太后，宫室修缮，虽说是正值三朝之乱，崇祯新死，李闯西奔，摄政王盖世英武，统师入京，恢复朝纲。由是内务采购，仍行明宫之故事，石材找的是山西杜字号，木材选的是河北肖老四商号。这两户人家，各自经营自己的行业已经几百年了，为防宵小假冒，所有的石材与木材都留有自家的暗号。此事只有两家掌柜的知道，就连伙计都一无所知。

“臣在缉案期间，让翰林高尔俨去查了杜家石材的记号，复让户部侍郎党崇雅去问过肖家的石材记号。得知杜家是以数字为记，每售出一块石材，都在隐秘处悄悄刻下数字，标明这是自家卖掉的第多少块石头。肖家的木材，也是类似。

“杜家卖给内务府，复失踪的石材，编号是从四万七千六百九十二始，至五万三千四百整。

“臣不才，好歹爷娘也曾教过识数。臣在摄政王府邸的修筑工地上，见到两块杜家售出的石材，一块编号是四万九千六百八十五，另一块是五万零两百四十七。”

两宫太后、小福临齐齐把目光转向多尔衮。

多尔衮的表情如八月的骤雨天，瞬间闪过无数个变化，突然他惊叫一声：“竟有此事？莫非那妖人驱使六丁六甲、五鬼搬运，当夜把那两块石材搬到本王府上不成?”

李化熙：“回王爷，小臣已经查过，此事确非六丁六甲、五鬼搬运。而是石材失踪的前一天，有近千名旗丁于京畿城区四处捕掳百姓充做家奴。王爷座下的一名将官，不知是什么章京还是牙都，率兵赶去弹压，将那些不法的旗丁全部捉住，原说是施以鞭刑，后来不知怎的，改罚他们漏夜做苦工。在兵士的押送下，让他们将用来修缮皇宫的木材石材连夜搬到了摄政王府。所以那一夜，有许多人看到甲士夜行、力士负重。这一幕，原本是真真切切的现实。”

多尔衮惊呆了，“呃……竟会有这样的事儿？如此隐秘之事，你如何查得出来?”

李化熙：“王爷，参与此事的多达数千人，岂是一道军令就能封得住口的？是以为了验证此事，小臣任由肃亲王豪格的家奴将小臣掳往房山县坡峰岭。就在这些服苦役的日子里，小臣听到无数服苦役的旗丁抱怨，说在那一夜搬石头时扭到了腰。也曾亲耳听到看管的兵士抱怨说那一夜在押运的过程中，磨破了脚上的鞋子。摄政王大人，你以为把这些参与劫案的当事人全都弄到坡峰岭水库藏匿起来，就能够彻底封锁消息吗?”

多尔衮眼珠子极力外鼓，“两宫太后，本王对陛下和太后的一片赤诚之心，唯天可表。”

皇太后笑道：“摄政王不要见怪，编排你闲话的人多了去，不差一个李化熙。”

多尔衮：“这可是本王摄政以来，头一遭被人指着鼻头骂。”

淑太后笑道：“哀家也为摄政王不值，这李化熙敢于如此欺君罔上，背后必有主使。然则哀家也有点好奇，摄政王大人坐在这里，凭任这个李化熙胡言乱语，竟无一字一句为自己辩白的吗？”

怎么会没有？多尔衮怒气冲冲地站起来，“李化熙，纵你胡言乱语，如何污得本王清白？本王问你，那日雪中查案，你曾亲眼看见，于那至少百年的宫墙之下，掘出妖法禁制、纸人纸车。这难道不是妖人妖术所为？”

李化熙笑道：“王爷，你别闹了。那日雪中查案，下官查问醉天楼时，王爷的亲随詹岱曾跑开过一段时间。后来詹岱回来，悄悄把什么东西交给了王爷。等到宫城墙下，王爷忽然驱散泥坑中人，自己跳进去抠抠摸摸，从地基中掏出个龛洞来，放入詹岱买来的纸人纸车，然后声称是地基中原有的。如此手脚，虽众目睽睽，谁又敢指摘王爷？”

小福临听不下去了，用力一拍御案，“李化熙，你欺君犯上，竟至如斯。朕来问你，你有何证据，竟敢诬指宫墙地基中的妖术器具是摄政王叔亲手放的？”

李化熙从怀中掏出纸人纸车，“陛下请看，这就是王爷雪中那日从地基中掏出来的妖物。下官详细追查过了，这妖具用纸乃山西韩家老字号制造，造出来未及三天，大雪之日，下官与摄政王爷缉案之时，为王府的亲随詹岱买走。那詹岱笨手笨脚，自己不会折纸，是央求了掌柜替他折好的纸人纸马。”

李化熙：“才造出来三天的纸，掌柜刚刚折出的纸人纸车，却出现在封存百年的地基下，这岂是妖术？只能用戏法来解释。”

多尔衮脸上的惊骇已经到了极点，他站起来，复又坐下，手指李化熙，却说不出话来。

皇太后走过去，道：“他李化熙不知轻重，随便说说。你摄政王大人大量，随便听听，摄政王你可千万别为此置气。如果你气伤了身体，让哀家和可怜的陛下，还能指望谁呢？”

猛然转身，皇太后神色狞厉，“李化熙，你胡言乱语，到此为止吧。

“失材案不再用你了，那典仪飞玺案又如何？”

02

李化熙：“失材案破破倒也无妨，但典仪飞失案，却是万万破不得。”

皇太后：“为何破不得？”

李化熙：“因为小臣无德无能无才无胆无略无策无方，一无是处。”

皇太后：“你到底在胡言乱语些什么？”

李化熙：“伏望太后开恩，容罪臣告老还乡。”

皇太后怒而掷盏，“传哀家懿旨，接李化熙之妻李朱氏入宫。哀家要跟她聊聊何谓教子相夫，何谓人臣之属。

“李化熙滚出去！

“即刻启程。

“归乡返家，不得有误。”

03

李化熙悻悻爬起，翩然出宫。

两名甲士迎了上来：“李大人，在下国欢，在下费雅塔。”

李化熙：“什么……意思？”

国欢：“我二人奉了皇命，送大人即刻出京。”

李化熙：“不是，这怎么玩起真的来了？本官想回家看老婆。”

费雅塔：“此时夫人已被接入宫内，大人就不用费心思了。”

李化熙：“那我怎么回乡？就这么一路用走的吗？”

国欢：“大人莫急，太后吩咐过了，给大人一头脚程快的驴子。”

李化熙看了看那头瘦弱跛驴，忽然间大起疑心，“你二人……本官可否问一下，你们的家世如何？”

两人板起脸，“这与大人无关。”

李化熙：“不问也罢，那咱们就走吧。”

李化熙上驴，两名侍卫骑马，三骑出城。

出城之后，李化熙扭头回望，忽见异道长，似笑非笑，立于城头。

身后立一人，长袖飘飘，冠带巍峨，仿佛龚鼎孳。

04

到了八里桥，路上行人渐稀。

与李化熙相同方向，前面有辆车，后面有两辆，马车边跟着零零星星的骑者，看穿戴打扮，模样像是行商。

李化熙越看越不对劲，招呼骑在马上的国欢，“喂，你看这些人，个个虎背熊腰，面目精悍，与你和费雅塔并无区别。这明显是受过严格骑射训练的八旗皇族子弟，对不对？”

国欢听若无闻。

李化熙又叫了一声，“喂，国欢和费雅塔，你们两个快看，后面的马车上适才车帘被风掀动，坐在车里的人怎么感觉是个熟人。”

国欢和费雅塔把马拨得离李化熙远点，不予回答。

李化熙：“嘿，这是怎么了，居然陪本官说句话都不肯，真是邪门。”

又行不久，李化熙叫道：“喂喂喂，你们看前面，那是通县的大光楼。再往前走就是通县了，本官肚子好饿，你们不会要饿死本官吧？”

国欢和费雅塔怒气冲冲过来，拉着李化熙骑的驴，将他带到个食家铺子前，“自己进去吃点，好好吃饭，别想着逃跑。”

开玩笑，我老婆还在宫里呢，本官又能往哪跑？

李化熙进了铺子，要了两个驴肉火烧、一碗放了多多辣子的羊汤，狼吞虎咽地吃起来。

正吃着，国欢与费雅塔回来，把李化熙强拉出去，带到路边的树后。

李化熙很紧张，“喂喂，你们两个想干什么？这里可是人来人往，不是那么容易杀人灭口的。”

两侍卫：“大人这是说的什么话，什么杀人灭口的，此类事件岂是我等所为？听说大人破获了年关之前的南宫板料飞失案？”

有这事儿？李化熙自己反倒拿不准，“本官倒是有个推断，但太后和陛下，还有摄政王，一听就恼了。这不，本官现在被弄成这般模样，连自家老婆都不让见。”

突然间两人齐齐跪下，“大人，我们的父亲冤枉啊，求大人主持公道。”

李化熙吓了一跳，“你二人的父亲是哪个？”

国欢道：“我叫国欢，是太祖嫡长子褚英的儿子。他叫费雅塔，是太祖第十子德格类的儿子。”

李化熙绝望地闭上眼睛，“来了来了，你们两个是地地道道的龙孙，父亲是太宗皇太极的兄弟，你们自己则是陛下的堂兄。纵有什么冤屈，去找宗人府啊，去找陛下啊，本官……人微言轻，哪有这分量替你们皇家平反昭雪？”

国欢道：“可是我们的父亲，确是冤枉至极。我父褚英，原本是国朝太子。早年在建州，妖人入城，竟然公开售卖我父的太子之位。原以为只是江湖妄人之语，岂料事后一切发生俱如市井之言。费雅塔的父亲德格类也是如此，都成了妖人疯狂大会上的拍卖品，尽于不明不白的晦涩中身死名灭。大人，我们虽是龙孙，但活得憋屈，心中不忿，肯请大人费心，帮我们查明旧案，还我家族清名。”

李化熙：“两位先起来，别这么吓人。不是本官推托，真心问你们一句，你们真以为本官有这本事？”

两人笑道：“李大人，我们已经知道了，你查出来失材案是摄政王多尔衮所为。于今摄政王权柄在握，谁敢犯其严威？当今天下，敢跟摄政王叫板的，大概只你李大人一个，而且全身而退。是故我们二人看好你。”

还真猜到了。李化熙伸长脖子往路上看，“那几辆车上，果然是宫里的人，这没错吧？”

两人笑而不答。

05

行至通州行宫，就见负责督修盛京至北京城道路及宫室的兵部右侍郎金之俊，立于路边。

李化熙吃了一惊，“金大人，你为何在这里？”

金之俊：“如若能选择，本官宁肯在别处。”

李化熙狂抽座下驴子，“老金，没什么要事的话，本官先走一步啦……”

前面的一辆马车突然打横，拦住李化熙去路，太监小扣子从车上跳下来。

“圣上有旨，工部左侍郎、右侍郎李化熙接旨。”

李化熙仰天无语，你们这些人给本官一头烂驴，自己却坐着舒适的马车，一路跟到这里，然后才宣旨。

如此戏弄本官，真那么好玩吗？

无奈何，只好跪下，“臣，李化熙接旨。”

“奉天承运，皇帝诏……呃，”小扣子收起圣旨，探头向李化熙问道，“老李，你凭良心说，咱家一直以来对你不错吧？”

李化熙：“是不错，又如何？”

小扣子：“那……这次咱家因为出来心急，拿错了圣旨，拟好盖有玺宝的圣旨落在宫里了，错拿了个空白的，这事你不会跟皇上告状吧？”

“你……我……”李化熙实在是无语。

小扣子把空白圣旨塞给李化熙，“那，咱家就把旨意传到了，说句话吧，咱家还要把你接旨后的话带给陛下呢。”

“这个……”李化熙茫然地看着空白圣旨，“小扣子公公，本官可以骂人吗？”

小扣子：“最好不要。”

李化熙：“那本官，就无话可说了。”

金之俊走过来，“老李，圣旨上都跟你说明白了吧？”

李化熙：“算是吧。”

金之俊：“那你开始吧。”

李化熙：“开……什么始？”

然后他注意到那顶轿子，静悄悄地，停在河边树下。

他满脸狐疑地走过去，掀起轿帘，向里边张望了一眼。

立即闭上了眼睛。

终于来了！

06

轿杖里，坐有一人。

长眉入鬓，须发虬髯，不怒自威，气势凌人。

看花白的胡子，应在五十岁左右。

脸上手上，俱无风霜痕迹，显系富贵中人。

心窝处，赫然有一大洞。

他的心脏不见了。

洞穿胸背，血尽而亡。

李化熙看清楚后，缩头回去，就听金之俊叹息道：“这个人，大名鼎鼎，太祖努尔哈赤时代的左膀右臂，太宗皇太极时，以其为刑部承政。昔年在盛京，但听得额尔格图大名，宵小匪类就会吓得夜半哀号。

“其人在盛京时，路不拾遗，夜不闭户，无人敢于犯案。

“人誉为神。

“刑部神捕额尔格图，是奉了太后懿旨，火速入京，侦破失材怪案。听说还有一起更神秘、更离奇的案子。

“他带了麾下三十六名弟子，俱是一等一的刑案高手，星夜驱驰，抵达通州行宫。

“然后他就死在了这里。”

原来是这样，李化熙总算弄明白了，仰天长叹道：“皇太后之所以质押我妻，令本官即刻出城，不是贬黜，是让本官秘密侦破眼前这桩杀神案。这就意味着，失材案并没出什么差错。就是多尔衮干的。”

“可是……”他想起一桩事来，问道，“金大人，神捕额尔格图死在这里了，他那三十六名身手不凡的弟子呢？”

金之俊：“就在轿子后面的树林里。”

树林里？李化熙抬目望去。

树林中，夕阳如残血，照着一排平静的尸体。

一个挨一个并排躺着，似乎躺下前精确地测量过，躺得齐齐整整。

每个人的手中，都握有长刀一柄。

锋利的刀刃，割开了自己的喉咙。

07

金之俊递过来一块布。

“这是在血案现场发现的，三十六弟子自杀之前，撕下衣襟用鲜血写下的遗书。大致所发生的事情，你自己看吧。”

李化熙展开那幅血染的帛书，变得褐色的文字勾勒出曾经在这里所发生过的恐怖事件。

李化熙把那血染帛书合上，“老金，帮帮忙，我想从你的角度，听听这起案子的因由过程。”

金之俊：“这个……那本官就说给你听。

“刑部承政额尔格图，原在盛京。接旨后率手下三十六弟子，奔赴京师，处置让你都束手无策的神秘刑案。

“行至通州，诸人暂停，让奔马轿夫歇口气，吃点东西再赶路。

“弟子们聚到河边，脱下鞋袜，把脚踏入河水中，让清凉的河水抚慰一下胀肿的双足。

“值此之时，但见遥远天际，飘来朵奇异的云彩。

“伴随着奇云而起的，是缥缈不定的邪魅歌声。

“似乎有个什么东西在歌唱，似人而非人，似兽绝非兽。

“细辨这诡异的歌声，唱的似乎是：

“‘九九数尽，黄河水清。

“‘山崩帝星现，花落子收成。

“‘收劫在眉前，才见骄矜性。

“‘千经万典为凭证，铜浇罗汉也心惊。

"'世间几见父杀子？夫妻儿女冷如冰。

"'人死九层，遍地刀兵。

"'八百蛮雷声，震地起罡风。

"'三残四伤皇家种，最是遥叹古佛灯。

"'血光明灭劫缘在，装聋作哑不知情。'

"歌毕，就见半空之际，飘来一异装道人。

"诸人惊骇之余，就见异道人长袖舒卷，漫天是迷魅般的笑声：'额尔格图，你哪里去？'

"额尔格图厉喝道：'尔是何物？白昼现身，莫非是怕本座手中的天子剑，斩不得你吗？'

"却听半空中那东西笑道：'额尔格图，你独霸盛京近二十年，为非作歹，伤我族类。于今离开老巢，还有机会再见天日吗？'

"邪魅的笑声中，半空那物长袖翻卷，但见愁云大起，黑雾弥天。

"黑雾之中，杀出无数金铠银甲的武士，各执刀戟，迅猛杀至。

"额尔格图何许人也？

"他疾声下令：'孩子们，杀了咱们随身携带来的黑狗，以狗血喷之。这类妖物，最是怕黑狗血。'

"三十六名弟子齐声奉令，一边与妖物搏斗，一边宰杀黑狗。

"将黑狗血放出以盆盏接了，向半空的妖物泼洒过去。

"血泼出，妖法立破，但见地面上黄糊糊一片，尽是黄表纸剪成的纸人纸马，缓慢飘坠于地。

"众弟子长舒一口气，妖物终是妖物，见不得真章。

"突然间有人尖叫起来，惊回头，却见那条已经杀掉的黑狗，正自精神抖擞，汪汪狂吠。

"狗在这里。

"那刚才杀掉的东西是什么？

"惊回首，方见老神探额尔格图端坐轿中，面带诡异微笑，胸前赫然多出个大血洞。

"莫非适才杀掉的，竟是师尊额尔格图不成？

"半空中，异道人发出骇人的笑声，如午夜魔铃，摄魂夺魄，须臾飘散不见。

"眼望师尊尸体，三十六名弟子失声惨号，齐齐自刎当场，追随师尊而去。"

听罢金之俊绘声绘色的讲述，李化熙道："金大人，多尔衮说本官该去天桥说书。依本官看，该去天桥说书的是你！这般绘声绘色，添油加醋，你可真不嫌累……这里有酒吗？"

金之俊："要酒做什么？"

"须得喝上几杯，才能确信这天地仍然是人类的世界。"

08

扬州城下，豫亲王多铎军营。

长风猎猎，旌帜翻舞。

三等昂邦章京、镶黄旗固山额真拜音图，匆匆入章京图赖营帐，进门就大叫一声：“大事不好！”

章京图赖一副很无奈的表情，“拜音图呀，看你整天这么一惊一乍的，你不嫌累，我还嫌烦呢。”

拜音图：“图赖，你说话注意着点。你可是国勋费英东的儿子，当年你爹最擅断事，怎么到了你这辈，就变得这么情绪化，不待人开口，就妄下结论呢？”

图赖：“好好好，你有理，说吧，到底什么事儿？”

拜音图：“到底什么事，这还用我说吗？扬州城久攻不克，南京城下又见八十万明军麇集。那左良玉可不是李自成，听说此人崛起于贫寒，用兵如神，更兼对大明天子忠贞不贰，若此人回师一击，你我俱为齑粉矣。”

图赖：“可我能有什么办法？你是知道豫亲王多铎的，你我打小和他玩到大，何曾见他听懂过一句人话？”

拜音图：“没有办法，也得想办法。”

图赖：“可现在军情紧急，豫亲王再这样拖延迟缓，那左良玉一旦八十万大军合围，你我俱无力抵抗。”

拜音图：“那你赶紧报啊。”

图赖：“可我……远离京师，如何上达天听啊！”

拜音图：“想想你京师故友吧，有谁可以帮你？”

图赖：“明白了。”

09

图赖写好军情奏报，封上口，叫来亲随塞尔特。

“塞尔特，你火速回京，将这封信交给吏部启心郎索尼。他是我朝十大巴克什硕色的儿子。他会想办法把军中情况报告给摄政王的。”

“遵命。”塞尔特带好书信，快马加鞭，向京师疾奔。

正行之际，忽见愁云惨雾，四围而来，霎时间天地之间一片昏沉。

晦涩昏冥之中，塞尔特听到一阵飘忽不定的诡异歌声，如刀入骨，如蛇入腹。

“九九数尽，黄河水清。

“山崩帝星现，花落子收成。

“收劫在眉前，才见骄矜性。

“千经万典为凭证，铜浇罗汉也心惊。

“世间几见父杀子？夫妻儿女冷如冰。

“人死九层，遍地刀兵。

“八百蛮雷声，震地起罡风。

“三残四伤皇家种，最是遥叹古佛灯。

“血光明灭劫缘在，装聋作哑不知情。”

歌毕，就见乱石丛中，转出一异装道人，“塞尔特，你欲何往?”

呃……塞尔特心惊胆战，“你是仙还是妖？如何知吾名字?”

异道人：“你可是正赶往京师，为图赖给吏部启心郎索尼送一封信?”

塞尔特：“然也。”

异道人：“此信不可送，若送达，尔必死无葬身之地。”

塞尔特：“为何?”

异道人：“可以告诉你，只要你敢听。”

塞尔特：“仙长……莫要吓我。”

异道人：“不是吓你，而是为你指点一条生路。”

塞尔特：“请仙长直言。”

异道人：“此信若达，则豫亲王必死。临阵易帅，军战大忌。一旦变生肘腋，错失良机，则天下局势不复此日，万众喋血，千人赴死，兹事体大，关乎社稷，岂是你塞尔特能够担负得起的?”

塞尔特：“听不明白仙长的话。”

异道人：“就是说这封信不能送。”

塞尔特：“可不送怎么办?”

异道人：“沉信于水，回去!”

“好咯。”

他真的这么干了。

塞尔特沉信于水，回返之后，那异道人摘下头冠，现出苏茉儿本相，匆匆奔进山谷。

谷中，大布吉牵着两匹马，手持弯刀。

战马旁侧，燃着几堆牛粪。

熏烟升起，远远望去确有几分愁云惨雾的样子。

见苏茉儿气喘吁吁地奔过来，嘟囔了一句：“真没用儿，一点屁事都要这么久，养你还不如养头猪!”

苏茉儿在皇太后面前，最喜欢欺负大布吉。但皇太后不在时，她却是怕大布吉怕得要死，听大布吉斥责，一声也不敢吭，纵身上马。

“走吧。”

10

史可法立于扬州城头。

看着城下那蚁虫一样奔行的清兵。

城下清兵大营中，陈名夏额系绦带，大袖飘飘，宛如神仙中人，御风而行。

身后跟着三辆轻车，帘低垂，风不动，只有栀子花的清香随车飘逸。

多铎率汉将孔有德、耿仲明迎上，满脸狐疑地打量陈名夏："你是谁？"

陈名夏："翰林编修、侍读学士、户部给事中、兵部给事中、吏部左侍郎陈名夏，见过王爷。"

多铎："本王知你的来意。"

陈名夏："哦？"

多铎："你们这些书呆子，真是读书读到傻。杀了一个又来一个，杀了两个再来一双。且看我中军帐外，已经悬了一长串食古不化的腐儒首级。从翰林院到兵部、户部、吏部，居然都有职位在身，可知先生本事不小。可你本事再大，脑壳砍下来，也不过是轻飘飘，未必有多起眼。"

陈名夏："王爷何故杀我？"

多铎："你此来，岂不是想翻动三寸不烂之舌，如游说我哥哥英亲王阿济格一般，游说我停止攻城，转而长驱北京城叛乱夺位，好为你们这些前朝余孽赢得机会和喘息吗？"

陈名夏："王爷错了，本官前来是替人传句话。"

多铎："那不是一样吗？"

陈名夏："王爷稳重之人，今日何以如此急切，不问个清楚就妄下结论？"

多铎："那你是替何人传话？"

陈名夏："两宫太后。"

多铎："真的假的？谁不知道你们这些读书人，人人心怀故主，明奉天禄，暗怀机心。唯恐天下不乱，一心以为……"

陈名夏神色一敛，"定国大将军、豫亲王多铎跪下，接太后懿旨。"

多铎语速极快，"本王膝盖酥痒，暂跪不得，先生只管把太后的旨意说来听听。"

陈名夏朗声宣旨："定国大将军、豫亲王多铎，奉旨平定江南，却于扬州城下拥兵不前，狼子反顾。其不臣之心，路人皆知。圣上怒极，着新任翰林院大学士陈名夏持诏饬之。摄政王加语：'多铎，你不速速扫平南京，克复扬州，贻误战机，可是脑子犯浑，活腻了不成？'"

多铎困惑地挠头，"真的假的？还真有点像太后和大哥的语气……"

这时候车帘掀起，传来一个清脆的声音："多铎，还不奉诏。"

多铎大骇，"太后，您怎么来了……"

皇太后："多铎，本宫问你，你屯师于扬州城下止步不前，究系何意？莫非是真的生出反心？"

多铎叫起撞天屈，"太后明鉴啊，小王这辈子就是个口无遮拦的性子。至于说到不臣之心、谋反之意，这个小王真的不敢有。况小王非忘恩负义之人，十五年前宫中惊变，母妃惨死，若非太后不避嫌疑，将我和二哥漏夜接入宫中妥密保护，小王只怕是连骨头都烂掉了。恩不敢言报，情不敢有负，小王对太后与陛下的赤胆忠心，唯天可表呀！"

皇太后："既如此，何以这小小扬州城久攻不下？"

多铎："太后有所不知，这守扬州城的是史可法。其人虽是书呆子，不知兵，奈何磊落光明，最得民心军心。其人守护此城，扬州就宛如石板铁桶，纵我八旗子弟神勇，也撼之不动。"

皇太后笑道："这是什么话？史可法再得人心，终究只是一个人。

"传懿旨，哀家要借你多铎这张嘴，与史可法对话。"

11

城下士兵齐喊："定国大将军、豫亲王多铎，有话要对史阁部讲。"

史可法匆匆登城，"鞑子黔驴久矣，无计谋我城池，如今又有什么花样？"

城下多铎："史阁部请了。"

城上史可法："将军请了。"

多铎："史阁部，你让左懋第、陈洪范与马绍愉带到京城写给皇帝、摄政王的书信，我有看过。"

史可法心中大为戒凛，不敢轻慢，"既然看过，你又为何来到这里，不回到你那腥膻熏天的塞外之所？"

多铎："本王是奉了天命，为解救生民于倒悬，复大明崇祯天子之仇而来。"

史可法："满嘴胡言，现今圣明天子已然登基南京，尔等宵小鞑子岂是妄言天命就可以欺瞒天下的？"

多铎："既然说到南京，史阁部大人，你知罪否？"

史可法："本官何罪？"

多铎："朱由崧尽数采买民间女子，以为淫乐。就连秦淮八艳之一的李香君，都被强行掳入宫中。史可法，你枉为人臣，可曾进献过一名歌伎？强掳过一名女子？不说残民以逞，只为天下虑，史可法，你算得上什么贞烈之士？"

史可法："你……一派胡言。"

多铎："还有，李闯破城，明帝自缢。朱慈烺千辛万苦逃往南京，却被尔等当场斩杀。你史可法身为明家臣子，坐视崇祯嫡长子被杀，不发一语，可曾对得起为人臣者的良知？

"还有，于今南京城中，党争再起，宁南侯左良玉驱雄师八十万，沿江而下，为东林党执言，欲克南京而清君侧。史阁部为阉党张目而诛东林。亦不肯往左良玉军中，为东林同党谋一语一言。史阁部为何于这扬州城中，徘徊不去？

"不掳民女以奉淫君，是为不忠。只顾天下，不能慈母膝下随时拂照，是为不孝。坐视崇祯嫡长子被杀，亦不能为东林党辩之只言片语，是为不义。拒奉南京之诏，是为不臣。徒困扬州，无计可施，是为不明。不能解南京之危，是为不智。

"值此不忠不孝不义不臣不明不智，史阁部更有何话可说？"

史可法仰天长叹："吾不知多铎军帐之内，那个人是谁。

"但不过只言片语，就瓦解了我扬州军民的抵抗信心。"

12

江南驿路，传送消息的骑士策马狂奔。

马蹄声声，信使的喊叫声嘶力竭："豫亲王多铎，率清军攻破扬州城！

"史阁部殉国！

"千秋忠烈！

"天地同悲！"

路边行人纷纷立起，一张张震骇的脸。

13

江面上，旌帜蔽天，帆橹无尽。

八十万大军，皆白衣白甲，顺江而下，进逼南京。

血红战旗，上书三个大字：清君侧。

南京城中，一片死寂。长江两岸，空寂无人。

烈焰浓烟，伴随着濒死者的哀号，遥遥从九江方向传来。

主帅船上，二十一岁的左梦庚左臂夹盔，身后跟着左军四大帅："混十万"马进忠，"王杂毛"王德仁，"一斗粟"金声恒，"混天星"惠登相。五人大步走进左良玉的帅舱。

左良玉躺于榻上，脸色灰白，气若游丝，舱室里弥漫着浓烈的药味。

青衣文士柳敬亭肤色黝黑，满脸疙瘩，正手执药碗伺候在侧。

左梦庚小心翼翼地走过去："父帅？"

榻上的左良玉发出声音："孩儿过来，爹有话要对你说。"

左梦庚急忙走过去，"父帅请吩咐。"

左良玉："孩子啊，为父我戎马一生，于生死二字，是看得极开的。我活着，你自然不用操心。但我若死，尔等八十万众，何去何从？所以为父有几句要紧的话，说与你听。

"为父生平，血战何啻数百？一次次从沙场上险死生还，对人世间的鸡零狗碎，早已失去感觉。唯有一件事，让为父念念不忘。

"这一生之中，与为父交手最多的敌手，不是鞑子，不是李闯，而是八大王张献忠。为父曾与张献忠于关洛道上，缠战数年。

"还记得，初与张献忠交手，为父倚仗手下四员战将。

"而张献忠，也同样依赖四员战将。

"双方势力均衡，我与张献忠对垒，手下四人各找对手，捉对儿厮杀。

"如此缠战，几年过去。忽一日我登中军帐，抬头看了一眼帐下四名将官，猛地打了个寒战。

"猜猜为父看到了什么？"

左梦庚："看到了什么？"

左良玉："为父看到，我帐下仍然是四员战将，但却不是初时我带的那四个人。"

左梦庚："可是新人崛起，老将战死沙场了吗？"

左良玉："错！名将不死，只是叛逃。

"当初我倚重的四员战将，全都投靠了张献忠，沦为寇贼，反过来与我为敌。而张献忠手下的四员大将，却全体投奔到我这里。

"仍然是我与张献忠对垒，仍然是八员战将捉对厮杀。

"只不过，大家所立身的，再不复昔年旧阵营。

"孩子，这就是为父一生最重要的话。人世间的所有秘密，都藏在父亲所说的这件事里。只要你把内中的道理想明白，孩儿你此后的一生，再不复瓦罐悬井，颠沛流离矣。"

左梦庚："父帅……父帅刚才说的故事，儿子听不太懂，孩儿斗胆，请父帅再解释明白点。

"父帅？父帅……父帅你不要死，不要弃孩儿而去呀。

"父帅，父帅……"

匍匐于左良玉尸身，左梦庚发出无助的惨叫声。

14

左良玉死亡，八十万大军顿陷迷茫。

少帅左梦庚与帐下四将商量，于江心船上为父亲办理丧事。

悲迷之际，手下人来报："少帅，江边上有条小船靠拢而来。船上有位书生携几名女子家眷，自称故友百史先生，特来求见。"

百史先生？左梦庚愕然，"这人是哪个？有人听说过他吗？"

柳敬亭突然激动起来，"快请，快请。少帅，此来者，就是探花郎陈名夏啊。此人铮铮铁骨，天下无双，年前听闻他入京城当面说多尔衮，言称复上国衣冠，还华夏正统，则天下太平。多尔衮心中羞恼，杀机凛然，但畏其才名，竟不敢碰先生一指。

"近日听闻，陈先生入鞑子英亲王阿济格帐险些说反阿济格。虽大事未成，但先生全身而退，毫发无伤。

"若得先生来矣，则我八十万失孤大军有主心骨矣！"

左梦庚听得精神大振，"有请，有请百史先生。"

陈名夏登船，身后跟着四个女人。

一个气质华贵，是皇太后。一个劲装长刀，是淑太后。一个面目冷悍，是弯刀大布吉。一个美貌精怪，是侍女苏茉儿。

战船之上，都是精壮男人，一双双惊奇的眼睛偷偷扫视着四个女人。

四女若无其事，悠然自在。

陈名夏："少帅请了，几位将军请了，柳先生请了。"

左梦庚："久仰先生大名，先生身边之人，眉宇不凡，定非泛属之辈。是先生的家眷，还是复国同道？”

陈名夏神态倨傲，“烦请少帅备一洁净舱室，入内叙话。”

“请。”

左梦庚、柳敬亭引五人入一净舱。

陈名夏：“太后有懿旨，左梦庚还不跪下接旨？”

什么？左梦庚茫然大骇，惊回首，看到皇太后居中落座，大布吉手执弯刀已经封住门口，“太后？……哪来的太后？莫非是来自于明宫？”

话音未落，大布吉一脚踢在左梦庚膝窝处，“太后面前，岂容你胡言乱语？”

左梦庚被踢得扑通一声，栽跪在皇太后脚下。

“可怜的孩子，哀家来得太晚了。”皇太后眼眶湿润，怜爱地抚摸着左梦庚的脸颊，“哀家这一生，最受不得少年的泪。左将军英雄一世，却突然身死，终让孩子你，成为萍飘无依的孤儿。让哀家的心，疼伤碎裂竟至如此。”

皇太后温柔的抚摸，让左梦庚泪如雨下。嗅到太后身体上那浓郁的女人香，左梦庚脑子一片迷乱，竟不知置身何地。恍惚如置身于慈母怀抱，左梦庚外在的矜持再也无法把持，无尽委屈尽浮心头，竟如一个婴儿失声号啕起来。

“好了，好了，”皇太后将左梦庚的头置于膝上，抚拍其背，“有我在，孩子你以后再也无须害怕，再也无须把无尽的心事儿咽进肚子里。”

左梦庚的哭声渐渐止歇，似乎是睡着了。

皇太后的声音如梦似幻：“左将军死前，可有遗言？”

左梦庚：“遗言……父帅弥留之际，给我讲了个……奇怪的故事。”

皇太后：“什么故事？说来听听。”

左梦庚：“父帅自述，他曾与流寇张献忠积年缠战。初始，他手下有四员大将，张献忠手下也有四员大将，可是缠战几年之后，张献忠手下的四大将全都归附了父帅，而父帅麾下的四人却沦落为贼归附了张献忠……父帅说，人生的全部秘密，尽在这个故事中。可孩儿……小臣左思右想，也想不明白其中的端倪。”

皇太后笑了：“孩子，你是带兵之人，如何悟不透左将军苦心？天下之事，唯缠战最耗资源。连绵不休，日夜交兵，隔三岔五，手下人就给你立个不世之功。有罪未必罚，有功却须赏，可是在上位者，哪来那么多金银财帛无休无止地赏下去？赏赐不起，唯有鸡蛋里挑骨头，寻出功臣的小错来，借以省下赏赐。可为君者这样做，下人又如何心服？所以缠战过久，久而久之，左将军对麾下四将苛责太过，四人心中有怨，欲不利于主帅，事败只能逃亡从贼。而张献忠那边也是一样，四将各有无数救主之功，却偏偏主子赏赐不起，一味苛责。所以座下人脱袍换位，终至投奔到敌方阵营。”

左梦庚：“这个道理我懂，可是父帅临终前，为何偏挑这件事儿说？”

皇太后道：“左将军是在告诉你：人世之间，根本没有什么立场阵营！

“阵营是假的。

“人与人之间的冲突，才是真实的！

“不是有了阵营，才彼此为敌，相互冲突。

“而是有了冲突，才强划阵营，严明立场。

“既然冲突不可避免，那就选择最强大的庇护，让自己成为赢家。”

左梦庚恍然大悟：“原来如此。”

皇太后：“哀家累了，小憩片刻。稍后爱卿安排一下，送哀家靠岸。”

“左梦庚，谨遵太后懿旨。”

15

左梦庚退出门外。皇太后的冰冷目光，转向青衣文士柳敬亭。

“你就是柳敬亭？”

柳敬亭：“便是在下。”

皇太后：“你原姓曹，十五岁时因为蛮横泼赖不讲道理，犯下死罪，只身逃往盱眙城，指堤上柳树为姓，从此说书为生，是否？”

柳敬亭：“太后，这……你……也知道？”

皇太后：“说书不是挺好的吗，哪就委屈你了？”

柳敬亭：“呃。”

皇太后：“以后回你老家苏州去，半块惊木，一生衣食，别再弄得满地鲜血，生民涂炭。”

柳敬亭：“呃……”

他的脑子已经麻木，浑然无法理解眼前所发生的事情。

16

江南驿道，快马奔驰。

信使的声音遥遥传来：

“宁南侯左良玉，死于舟中。

“其子左梦庚，引八十万大军降清。”

南京城破，弘光无存。

从此江南无战事。

书生柳敬亭背着笠箱行走在泥泞的路上，看着疾奔而过的信使，泪水纵横。

“小可此生，只能重归返苏州说书了吗？

“八十万虎狼之师，竟被皇太后那个女人玩弄于股掌之上。”

第九章　烟雨江南，美人遁入画

01

涂先生长发白衣，短绦束额，端坐筝前。

苍白的十指，轻掠过筝弦，如夜雨击檐，风铃暗颤；如幽花深谷，迷津大千。

多尔衮束甲长跪，听得眉宇时而皱起，时而舒展，似无尽的铁骑于他心中疾掠而过，杀伐的嘶喊远去，只留下烽火残痕，万里狼烟。

涂先生收指："王爷动心了。"

多尔衮："是的，小王的心里……恰如井中浮桶，被根绳子牵动着。"

涂先生："王爷可知为何动心？"

多尔衮："莫不是先生的筝声？"

涂先生："然。"

涂先生续道："端居正无绪，那复发秦筝。纤指传新意，繁弦起怨情。悠扬思欲绝，掩抑态还生。岂是声能感，人心自不平。

"王爷，适才小可所弹，正是唐人张九龄这首《听筝》所化。不是筝声唤得心境，而是繁杂无复的内心自然而然生出的悲愤之情。须知这世间，心有智愚，位见尊卑，有人坐享其成，平白居于帝王御位，有人苦心孤诣，却猪狗一样疲死于军中。这世道何曾公平？是以人心不平，怨愤心中。"

言讫，涂先生指落筝上，走指如飞，筝声大作。听得多尔衮精神大振，身体不由自主地前倾，跃跃欲试有拔剑而起之意。

指收，涂先生道："烽火照西京，心中自不平。牙璋辞凤阙，铁骑绕龙城。雪暗凋旗画，风多杂鼓声。宁为百夫长，胜作一书生。

"此番王爷所听到的，是从初唐四杰之一的杨炯之《从军行》所化，文字化声，就是这般光景。"

顿了顿，涂先生又道："王爷可曾听明白小可之意？"

多尔衮："小王明白。先生是在说军前之事，先是我大哥阿济格西征，不明原因地盘桓滞蹇，却于突然间收敛狼子心志，径击李闯，一战功成。接下来是江南多铎之军，也是这般光景，先是黏滞不前，而后突然间下扬州，克南京。前后比较起来，让人心中困惑莫名。"

涂先生："王爷可查到因由？"

多尔衮："没什么缘由，这两人打小就这般德行。"

涂先生："嗯？"

多尔衮："他们两个本事有，能力强，就是性子太暴，有事无事总要闹上一番，闹过就好了。"

涂先生："未见人为插手的痕迹？"

多尔衮："莫非先生以为我这两个兄弟是听得进人话的人吗？"

想了想，多尔衮又道："陕西与江南两军，情形经过正如先生的琴声。三军出行，人心自不平，所以起初总是要喧闹一番。等到闹得乏了，无法收场，自然就打起精神，硬起头皮，做他们该做之事。是以先生以两首古诗化为琴声，倒是生动形象地刻画了出征军士的心境。"

涂先生一动不动。

多尔衮："先生？先生？"

涂先生："若王爷有心，还是派人查问一下吧。"

多尔衮："查问什么？"

涂先生："问一问阿济格与多铎两军之中，在他们心志变化之前，是不是发生了什么事儿。"

多尔衮："谢先生提醒，小王这就派人去勘问。"

02

多尔衮出了密室，侍卫詹岱迎上前来。

多尔衮："探问过了？"

詹岱："禀王爷，奴才奉了王爷之命，先后问过军中学士祁允格、固山额真何洛会和贝子巩阿岱、锡翰、屯齐，以及侍卫廊步棱等十几个人。诸人的回答异口同声：'英亲王并豫亲王两军之中，未曾发生任何可说之事。'"

多尔衮："可是涂先生认为此二军形迹过于反常，似有人操纵之迹象。"

詹岱："涂先生为当世智者，他既然这样认为，那肯定错不了。待奴才再扩大范围，直接问问英亲王与豫亲王身边的人吧。"

多尔衮摇头，"不需要了，他们都不是沉得住气的人，倘有反常，会自己说出来的。"

詹岱："如此说来，那奴才岂不是没事做了？"

多尔衮："说什么昏话？少顷到了朱国弼的府上，只怕有得你忙。"

二人出府，多尔衮少见地乘坐轿子，詹岱骑马，带几个侍从径往城西方向。

一路行来，人烟渐稠，多尔衮的轿杖夹杂入许多王公轿杖之中，丝毫也不起眼。拐过一个弯，詹岱探头向前指，“王爷，看那堵墙。”

多尔衮掀开轿帘，看了看那苔藓满布的青灰色砖瓦墙壁，“此墙有何稀奇之处？”

詹岱道：“王爷莫不是忘了，这堵墙壁就是抚宁侯的妹子翻跳出来，与杂碎官李化熙携手私奔的那堵墙壁。”

李化熙的女人……多尔衮突然间心中一荡，但觉一种异样情怀泛将上来，由不得多看了詹岱两眼。

詹岱摊了摊手，“王爷莫怪奴才无能，奴才带人去了李化熙府上几次，当然都是假扮了无赖旗人的，不会让人知道来历。可是他的家中空空荡荡，连只老鼠都找不到。听说李化熙被贬回老家了，他的妻子被两宫太后传令入宫，从此杳无消息。”

太后插手了此事……多尔衮神情困惑。

詹岱凑近过来，“王爷是人中龙凤，人人称羡。但只有一样，被英亲王阿济格比了下去，那就是他拥有着无双愉氏。依奴才看来，这李朱氏论姿容气质，都在愉氏之上。她嫁给李化熙，实乃明珠投暗，好比是潘金莲嫁给了武大郎。”

多尔衮：“少在这里胡说八道，你哪里晓得，如李朱氏这类绝色名姝都是智计无双……咦，快看那边。”

詹岱扭头一看，气不打一处来，“嘿，竟然是李化熙，这人真是奇了，刚才还说他被贬回老家了，怎么又冒出来了？王爷，要不要让奴才出手，教训教训他？”

多尔衮：“詹岱，你少犯浑，若这般滋事生非，传到宫里，别说本王护不了你。”

詹岱不敢再吭声，纵马从一个人身边经过。

轿外那人极尽狼狈，官衣破烂得露出半张屁股，光头草鞋，一只裤腿高高挽起，露出小腿。

这种丢人现眼模样常有，但大大咧咧招摇过市者，朝中唯李化熙而已。

03

李化熙抬腿欲迈入抚宁侯府，一个家丁看他衣衫破烂，上前阻拦。

一支长剑出现在家丁鼻尖前，侍卫国欢厉叱道：“大胆，竟敢阻拦李化熙李大人。你有几颗脑袋？”

“李大人……”那家丁的表情好不尴尬，忍不住脱口冒出一句，“李大人，你好歹也是个大人，还是咱家的姑爷，还能再丢人点吗？”

李化熙没皮没臊，昂然而入。

进门，就见风流才子龚鼎孳迎上来，“哈哈哈，李大人，想不到你也会来凑这个热闹，让嫂夫人知道了，会不会揪断你的小尾巴？”

李化熙把龚鼎孳拉到一边，“朱国弼这是在搞什么？”

龚鼎孳一摊手，“你大舅哥的事，不回家问夫人，竟然来问我？”

“我夫人……”李化熙不想说出李朱氏被皇太后幽囚之事，推了一把龚鼎孳，“今天北京城中，差不多是个有头有脸的王公贵戚都请来了。要说你没掺和这事，我是不信的。”

龚鼎孳压低声音：“你大舅哥这也是没办法，要知道他可是前朝重臣。他这段日子，过得堪称是油锅打滚，生不如死呀。听说他每天至少会接到几家王公的胁迫，强迫他将秦淮八艳寇白门让出。他何曾敢不让？可是向他索迫寇白门的王爷非止十个八个，他给谁不给谁？不管把寇白门给了哪一家，都意味着对其余王公们的羞辱，信不信那些王公会群拥而上，活活掐死你大舅哥？”

李化熙：“所以他就自作聪明，摆出这么个阵仗来？”

突然间一个人走过来，发出阴阳怪气的声音：“李大人，认得咱家吧？”

李化熙扭头，“小扣子公公……陛下他……”

小扣子截断李化熙的话，“咱家的公子爷也来了，李大人不说来见见吗？”

“见，见见见。”李化熙急忙跟着太监小扣子过去。走过热热闹闹的人群，就见一张桌儿，上面放着一碟瓜子，几盏粗茶，顺治小皇帝披了件花里胡哨的裘皮大氅，假装成暴发户公子爷。为了让自己入戏，他把一条腿架到桌上，一边嗑着瓜子，一边拿眼睛斜睨着李化熙，“李化熙，今天就看你的了，若然是拿下寇白门，让本公子收她入帐，公子爷有重赏。”

李化熙哭笑不得，“公子爷，你就甭跟着添乱了，那寇白门虽然美艳无双，可是她比你整整大了十四岁，今年二十有二。”

小福临瞪圆了眼睛，“李化熙你果然是深藏不露，恐怕秦淮八艳每个人的详细情况你全摸得透透的吧？这事你得好好地跟朕……不是，跟本公子说一说。”

“哪里有，哪里有。”李化熙解释也不是，不解释也不对。

幸好这时候突闻三声弦乐，在场黑压压的人头循声而静。

一个声音响起：“诸位落座，本王有话说。”

众人纷纷归座，才现出这间厅堂呈长方形，两排长桌分列两边。每张桌子上立着一个牌子，上写号码。

接到邀请的王公贵戚、豪富之家，请柬上都有自己的号码，自行找到号码落座。

众人落座之后，就见两个人自门外向内走来。

李化熙落座于小福临身边，耳听得旁人议论纷纷：

“咦，这两个人是谁？”

“这你都不认得？前一个是汉臣，早年追随太祖努尔哈赤，资历极老的宁完我。这厮是个赌徒，逢赌必输。他一赌输就怒而上奏，就会有人倒霉。

“另一人是科尔沁卓礼克图亲王吴克善，他是皇太后的亲大哥，也是夺得朱国弼府上绝世名姝寇白门的最热门人选。”

两人并排前行，一直走到最前端的主座，落座。

然后吴克善说话了：“咳咳，今儿个本王有幸在这里主持一个赌局……不是，本王的意思是说，这里是朱国弼的府邸。这朱国弼呢，大家都见过的，就是个实在人儿。可这年月，实在人不好混呀，朱国弼他是匹夫无罪，怀璧其罪，得秦淮八艳之一的寇白门之顾，将其纳为妻室。

“大家都是性情中人，当知秦淮八艳，自马湘兰殁后，仅余七人。此七人者，陈圆圆占了个柔字，柳如是占了个香字，顾横波占了个软字，董小宛占了个玉字，卞玉京占了个娇字，寇白门占了个婉字，还有个李香君，最是心眼不够用，见到没钱的穷书生就投怀送抱，傻透多情。”

宁完我立起，“诸位，本官与卓礼克图亲王受朱国弼所托，在这里主持一场名花会。到场之人，有意也好，无心也罢，你们的桌子上都有一个号码，号码旁边是一个囊袋。

“怎么个情况呢？朱国弼告诉本官，自打国朝开政，万象更新，他就没得混了。所以呢，他终日蜷缩府中，用度日窘，家里没钱了，没米下锅了。

“所以朱国弼打算出让寇白门。诸君若有意者，须得先将五百两的银票，放入囊袋之中。何以如此？盖因朱国弼穷惨了，所以这五百两银子是诸位今日的用度。但无意于淮上名姝寇白门者，就可以免了这点银子，白吃白喝，就是吃相难看。

“随同这五百两银子，还要开个价码。为了名姝寇白门，你愿意出多少银子。

“见银交人，价高者得。”

哐的一声，吴克善操起鼓槌，重击在旁边的鼓上，“国色绝艳，惊世名姝!”

朱府的家丁疯狂地敲锣打鼓，在场诸人受到鼓点的激催，霎时间陷入狂热之中。

04

吩咐小扣子，先行取出五百两银票，置于囊袋之中。

小福临手提粗笔，沉吟不决，“李化熙，给个建议，出价多少才不会被人比下去?”

李化熙伸出两根手指。

小福临：“两万两?”

李化熙冷冰冰，“公子爷，两万不过是开盘价。”

小福临吐吐舌头，“那咱们就一掷千金，二十万两银子如何?”

李化熙：“公子爷，你如此挥霍，不怕太后……我的意思是说，不怕你娘亲骂死你吗?”

小福临：“还娘亲呢，她把我扔在宫里……不是，扔在府中，强迫我跟一群蒙古姑娘们摔跤，本公子细胳膊小腿，哪摔得过那些野丫头？实说吧，我娘亲已经十多天没踪影了，早就不知跑哪儿去了。”

李化熙惊呆了，“那我夫人她……”

小福临：“放心吧，你夫人天天跟三太后……不是，跟我三娘亲娜木钟下棋、猜谜语聊天，吃得白白胖胖。她曾赠帕于本公子，算是对本公子有恩。有本公子照拂，不会有事的。”

说罢，小福临把写好的价码封入囊袋，交给小扣子，“拿下寇白门，到时候再看我娘亲那张脸，绝对有得瞧。"

"不是你这……"李化熙惊叫一声，"陛下……不是，公子爷，你存心跟娘亲对着干，这这这……这也可以吗？"

小福临："怎么，不可以吗？"

李化熙扭过脸，"公子爷的家事，咱不敢瞎掺和。"

诸桌王爷公卿，纷纷将自家的出价封好，送到前台。

几百个囊袋，堆如一座小山。

吴克善干咳了一声："老宁，这一盘你输了，所有的王爷全都开价了，一个也没少，掏钱吧你。"

宁完我愤怒至极，"本官明儿个就上奏，从京师到江南，各地旗兵无法无天，骚扰百姓，竟有人下令将禁城内的百姓统统逐出，只容旗人居住。这简直是岂有此理。"

众人看得摇头，原来这两人嗜赌如狂，连开价几人之事都要赌上一赌。

吴克善赢得第一盘，心情大悦，"现在我们请出三位德品端庄的王公监场，再请两位名士开盘。"

当场请出吴克善的二弟察罕、巴克什之一的阔贝，以及已革肃亲王豪格监场。

请出两位开盘的名士，一个是风流客龚鼎孳，另一个是吏部启心郎索尼。

开盘的方式极简单，龚鼎孳负责打开一个囊袋，取出里边的开价交由索尼。

索尼高声报出号码及价格，由三名监场王公验过无误。

然后再打开一个囊袋，与前一个比较开价高低。价格高的留下，价格低的当场烧掉开价纸据，五百两银票扔进朱国弼家的一只筐里。

就这么不断比较，最后只剩下开价最高的那一家。

那只筐子里，堆积的银票越来越多，各桌宾客议论纷纷："这个朱国弼，卖个寇白门，还没有交货，他这儿先收到十数万两银子。"

诸人开价，有高有低。

低者几万两银子，高者十万出头。

终于开到一张，出价二十万两白银。

众人顿时气馁。

这厮是哪个？好大的手笔。

众人的目光向小福临的桌上望去。李化熙急忙起立，用身体挡住小福临，"本官，呃，李化熙，代我家公子爷谢过诸位大人。"

众人看得又气又恼，这个李化熙，跟个泥腿子似的，他的主家是谁呀？

这时候，一个七岁模样的伶俐小女孩，头上梳了两个小抓髻，从内府悄悄走出来，不引人注目地来到小福临身边，"这位公子爷，贵姓啊。"

啊，小福临惊讶地看着小女孩儿，"这个小妹妹，本公子瞧着你……好像见过。"

那小女孩抿嘴一乐，"公子爷，想知道人家的名字吗？跟我来。"

小女孩牵起福临的手。但见福临两眼痴迷，犹如中邪一般，跟在小女孩身后，走向朱邸内府。

05

见小皇帝被个不明来历的小姑娘牵走，李化熙和小扣子大骇，急忙追上去。

追进一个花廊，但见小姑娘转身，两只胖胖的小手轻嘟小福临脸颊，“公子爷，还没告诉我你的名字呢。”

小福临嘴巴被挤扁，急速抽动，“本公子姓……天，嗯，姓天。”

小姑娘：“好像没听说过有这个姓哦。”

小福临：“很快你就会经常听到。”一抬手，指着小扣子和李化熙，“你看好了，这两个，一个是我的府监，另一个是我的亲信。他们可以替本公子做证，我没有诳你。”

顿了顿，福临又道：“你不相信我，总得相信我的亲信吧？看他那两脚泥，还有那张寡绝的脸，就知道他是个性子倔强，但非欺君说谎之人。”

小姑娘看看李化熙，哧哧地笑起来。

李化熙赶紧扭过头，对太监小扣子低语道：“这丫头这么小小年纪，就会勾人魂魄，长大了还了得。”

小扣子：“管那多干什么？只要公子爷开心就好。”

李化熙：“也是。”

就听小姑娘道：“实告公子爷，婢子董鄂，是秦淮八艳董小宛的同胞妹妹。”

小福临何等聪明，顿时明白过来，“哦，秦淮八艳，性命之交。你是说，你也相当于寇白门的妹妹，对吧？”

小姑娘柔声道：“公子爷，婢子向你求个情，请你答应可否？”

小福临非常霸气，“说。”

小姑娘：“婢子要这次拔得头筹的主家之席。”

小福临：“寇白门是你的了……不对，是她自己的。”

小姑娘：“公子爷爱护之心，小婢无以为报，只待……”

小福临：“回报不急，不急不急，等你长大了，做朕的皇后……不是，我的意思是说，我要娶你，做我的大福晋。”

转瞬之际，两个孩子手拉着手，蹦蹦跳跳回去了。

李化熙摇头，“这小丫头，一句话就要了公子爷二十万两银子。”

小扣子：“李化熙你忒小气，公子爷的话你听到了？二十万两银子算什么？”

急急跟进来，正见到启心郎索尼冲他吼叫：“那个光脚板的秃尾巴李化熙，你跑哪儿去了。这火烧眉毛的还乱跑，你的主家到底是谁？”

小姑娘腾的一声，跳上桌子，双手掐腰，圆瞪双眼，“是本姑娘，谁个不服？”

满屋公卿，诧异莫名，“这谁家丫头？赶紧把她轰出去，她掏得出二十万两银子吗？”

李化熙大声道："诸位大人，莫急，莫急，听她说。"

众人息声，就听小姑娘大声道："我是替自家姐姐出面，区区二十万两银子，算得了什么？"

吴克善站起来，"小丫头，你姐姐是哪个？"

小姑娘："我姐姐就是寇白门。"

轰的一声，满堂公卿气得跳起来。这是搞什么？合着大家出了半天的价，竟然让寇白门自己把自己给买走了。

"不行，这是作弊！"

"违背规则，重新来过！"

众人大喊："吴克善、宁完我，你们两个哑巴啦？说句公道话吧！"

"这个……"吴克善与宁完我面面相觑，"这确是出乎意料……要不，"两人转向心眼最不够用的已革肃亲王豪格，"肃亲王你来说说？"

豪格沉吟道："本王以为，这次名花会要卖的就是寇白门。她是卖品，怎么可以也跟着出价呢？此乃违规之举，应该作废。本王的意思，废掉寇白门的出价，以余人最高出价为胜家。"

"好，肃亲王明识高见。"众亲贵王爷，一心渴望得到寇白门，想要把这次拍卖推倒重来，闻言齐齐赞同鼓掌。

这时多尔衮站起来，"本王以为，已革肃亲王所言不公。能怪人家寇白门自己买走自己吗？你们这么多的人，出了半天的价，竟无一人高过寇白门自己。至少在你们心里，严重低估了寇白门的身价。此番空手而归，能怨人家吗？"

听了多尔衮的话，李化熙一桌急忙鼓掌。余人想了想，也跟上掌声，纷纷道："摄政王大人所言合情合理。欲得万金姝，却连二十万两银子都不肯出，怪得了谁？"

见事情圆满解决，李化熙松了口气，正要说句什么，忽然眼角间一瞥，急忙抬头，正见异道人从远处疾掠而过，看得清清晰晰。

仿佛魅歌猝起，热闹的厅堂霎时间冷气森寒。

李化熙大骇，急忙追过去。

忽然一人拦在前面，"李大人，名花会就要结束了，干吗还慌里慌张的？"

李化熙抬头，是龚鼎孳那张似笑非笑的脸。

06

皇太后和淑太后落座，说了声："起来吧。"

"喳。"小扣子爬起来，又道，"太后，就这么个情形，没什么大事，总之那名花会好多王爷志在必得，却都是乘兴而去，败兴而归。"

淑太后道："这事就怪了，既然是朱国弼要卖掉寇白门，何以寇白门自己也跟着出价，而且还是最高价呢？"

皇太后笑道："四姐太善良了，却不知人心的奸诈。将两百多名国朝重枢、名臣王公玩弄于股掌之上，大概除了秦淮八艳，这世上也没谁了。”

淑太后：“愿闻详情。”

皇太后道：“四姐试想，日前参加朱国弼名花会的王公名臣，不少于两百人吧？”

小扣子插嘴：“比这要多得多，还有些有钱的豪富之家也来了。”

皇太后：“看看，咱们就按两百人计，每家五百两银子，那是多少？”

淑太后：“我的天，朱国弼这一下子就收到十万两，可谓治生有方。”

皇太后：“是了，你盯上人家的女人，可人家只要你的预付金。”

顿了顿，皇太后又道：“听明白了，皇上？那二十万两银子，咱们不掏。”

福临：“额娘……”

皇太后：“皇帝，怕是宫里寂寞，额娘多给你找几个伴吧。”

福临：“额娘要给朕找来谁？”

皇太后：“你妹妹，博尔济吉特·孟古青。”

福临：“唉。”

皇太后：“还有绰尔济博尔济吉特。也是你的表妹。”

福临：“她这个博尔济吉特，怎么放在后面了？”

皇太后：“还有一个，也叫博尔济吉特·绰尔济。”

福临：“不是……”

皇太后：“再有就是博尔济吉特·曼珠锡礼。”

福临：“额娘，怎么全都是博尔济吉特？”

皇太后：“以及博尔济吉特·浩齐特。”

福临：“天哪……”

皇太后：“再就是博尔济吉特·阿霸亥。”

福临：“救命！”

07

小福临一个人蹲在台阶下面哭，哭得极是伤心。

小扣子战战兢兢地走过去，“万岁爷……”

小福临跳起来，“小扣子，你救救朕，救救朕。”

小扣子：“万岁爷……太后也是一片好心。”

小福临：“那么多的博尔济吉特，都是喝着奶茶、吃手扒肉长大的。朕身上这点肉，哪里够她们啃的。”

小扣子：“万岁爷莫急。”

小福临：“对了，你马上去找李化熙，传朕密旨，让他火速救朕出火坑。”

小扣子：“陛下，依奴才看，那李化熙……比任何人更害怕太后，须知连他的老婆都被太后带入宫中。如果奴才去求他，说不定他会把陛下打包论捆卖给太后，换回他老婆的。”

小福临："也有道理，李化熙确是干得出这事的人。那此事，须得从长计议。"

小扣子："如何一个计议法？"

小福临："你先行去朱国弼的府上，去找董鄂，朕只信她。无论多少人欺负朕，她肯定不会的。"

小扣子："然后呢？"

小福临："然后……你把朕的情形告诉她，让她替朕想个法子，马上就去。"

"喳。"

突然听到脚步声，小扣子急忙跳起，站在小福临身后。

苏茉儿走了过来，"福临，又四处乱跑。"

小福临翻了个白眼，脚步一高一低，走到苏茉儿面前，"又有什么事吗？"

把小福临拉到身边，苏茉儿替他整了整裘领，柔声道："知道陛下不开心，可你是皇上呀，此时太后正和摄政王议事，须得过去听听才好。"

"朕什么事都听苏姐姐的，在这宫里，唯苏姐姐待朕最好。"小福临说罢，跟随苏茉儿来到了保和殿。

看着小福临走过来，皇太后焦虑的眼神一直盯在他身上。等福临落座，道："摄政王，可以说了。"

多尔衮站起来道："陛下，两宫太后，现下江南平定，只剩下点扫尾工作，待豫亲王改南京为江南省，奏疏完成官员建制，以南京为中心，各重镇要道派驻八旗重兵，他就可以得胜回朝，向陛下报功了。但眼下之事，朝中六部，工部户部兵部刑部及吏部，全都正常运转起来，唯有一个礼部，这是负责教化的部门。官员们也想干出点名堂，却又无处下手，是以与陛下太后商量此事。"

皇太后心烦，看向苏茉儿，"苏茉儿，你鬼点子多，有建议没有？"

"这个……"苏茉儿略一沉吟，回答道，"礼部嘛，老实说往日也是个闲部，不过是封个孝子烈妇，或是一品诰命……"

多尔衮眼睛顿时亮了，"苏茉儿，你这主意还真出对了。礼部形同废驰，就是找不到个好的切入点，如果这时候封个诰命夫人出来，绝对是个好的开端。"

淑太后笑了起来，"别的事儿哀家不知道，但这诰命夫人嘛，听着事小，实则于民间尊荣无比，那意味着女眷们中的公侯伯子男，此议若出，必是天下震动。"

苏茉儿心花怒放，"陛下、太后，还有摄政王，这国朝第一封关乎重大，若不然你们每个人写个名字，看看大家意见是不是一致？"

小扣子奔走如飞，给每个人奉上笔墨。大家各写一个名字封好，交到苏茉儿这来。

然后，大家眼巴巴地瞧着苏茉儿，看她一张张地看过来。

少顷，苏茉儿抬头，"陛下、两宫太后，以及摄政王四人，写下的是同一个名字。"

"是谁？"

08

九卿房内，六部中心，多尔衮身束软甲，长身而立。

“诸位王公大臣，你们这里已经争吵了两个多时辰，始终是争执不下。

“每个人都有自己的提名，但都得不到别人的支持。

“把个好端端的殿前议事弄成了个蛤蟆坑。

“既然如此，那就由本王开始，给你们个推荐如何？”

众臣充满期待地看着他，“摄政王大人，你要推举哪家？”

多尔衮：“石狮子胡同，顾横波。”

哐的一声，至少有七八个年迈重臣失惊之下跌摔于地。

片刻震骇，然后是同声一词的暴吼：“王爷万万不可！”

多尔衮：“为何不可？”

半数的汉臣号啕起来，“王爷，那顾横波，她她她……她是风尘中人啊。”

09

殿后花室，皇太后和淑太后一边弈棋，一边笑，“这群汉官有多缺心眼？正因为顾横波是风尘女子，所以才要从她开始册封。

“出自烟花的顾横波都可以获封诰命夫人，你们这些贰臣的家室内眷以后才会有机会。

“如此简单的道理，竟然不懂。

“你们可不是在反对顾横波，是在堵死自己的路！”

淑太后笑道：“估计群臣之中，或只有洪承畴、范文程明白这个道理。”

皇太后：“要不要打个赌？洪承畴一定会找个转圜的法子解决问题，而范文程八成会躲起来。”

10

汉臣们哭着抗议：“王爷，那顾横波是名妓！”

多尔衮：“名妓又如何？”

汉臣：“名妓……那啥，生张熟魏，均可入幕。”

多尔衮：“干吗要说得这么难听？那顾横波本王时常有所耳闻，听说她风度超群，工于诗画，尤善画兰。更兼无数读书士子、落拓书生，饥困之际得顾横波、龚鼎孳救济。这等慈心才情，竟受不得本朝一个诰封吗？”

洪承畴站起来，“诸位别吵，别再吵。本官大概能够明白王爷的意思，这个册封形式重于内容，为的是给以后的眷属划条标线。若这条标线划得太高，会让日后的诰封越来越僵化，反倒成了个折磨人的陷阱。对吧老范……咦，范文程呢？”

这老范怎么回事？一说正事就找不到他？

群臣讥笑道：“老洪，甭找了，老范鬼精鬼精的，早就躲得没影了。”

洪承畴悻悻，“老范可真是的，这事躲什么躲？诸位，这事这么办好了，这个册封呢，先别封给顾横波，毕竟那龚鼎孳家里还有正妻不是？咱们呢，把这个册封给龚鼎孳的正妻，再派个人点醒一下，让龚鼎孳的正妻不要接。如此一来，这个诰命就顺理成章转给了顾横波，诸位看如何？”

汉臣们痛苦不堪地呻吟，“老洪，你就知道和稀泥，没是非没原则。”

洪承畴：“这可不是和稀泥，是为了你们好。摄政王大人的苦心，过段时间你们就会明白。”

坐在后面的李化熙悄悄退到殿外，想自己的心事。

11

李化熙正在沉吟，突然眼前多出一个人来，“秃尾巴老李？”

李化熙吓了一跳，“范大人，你从哪儿冒出来的？”

范文程满脸神秘，将李化熙拉到墙后，“老李，听说你最近，嗯，时常见到两宫太后？”

李化熙：“也不算时常，但确是见过。”

范文程：“见到太后时，摄政王大人可在场？”

李化熙：“有时在，有时不在。”

范文程凑得更近，“那么老李你感觉……嗯？”

李化熙茫然，“范大人，你满脸神秘兮兮，到底想说什么？”

范文程换了个角度，“老李，你见皇太后时，可曾听到她与摄政王意见有何不同吗？”

李化熙脱口骂道：“他们俩怎么会有不同意见？倒是下官跟摄政王时常争吵，但皇太后支持哪个，你用脚趾头想，都会知道答案。”

范文程眼睛倏然瞪大，“此言当真？”

李化熙才反应过来，惊恐地捂住嘴巴，“范大人，下官刚才什么都没说，真的什么都没说。”

范文程好奇地看着他，“知道知道，你是看到了什么不该看的，知道了些不该知道的，因此妻子被太后掳入宫中幽囚为质，胁迫你不许说出去对不？”

“不不不，根本没这事！”李化熙掉头，疾走如飞。

看着李化熙走逃的背影，范文程慢慢点头，“是了，这就是多尔衮和太后力主诰封顾横波的因由了。”

册封顾横波，是为了拉低道德认知线。

让大家理解太后也是人，也有七情六欲。

凭什么那些王公大臣动辄妻妾满堂，福晋数十？

而当今天子的生母，权柄最炽的太后，却要独守空房？

凭什么？

对吧？

让空虚寂寞冷的皇太后，嫁给羡慕嫉妒恨的多尔衮。

就这么办！

可这个……奏折该怎么说呢？

从长计议，须得从长计议。

范文程感觉，自己是今日会议中唯一抓住重点之人，兴冲冲地离开了。

12

那边李化熙正匆匆疾行，因为说错了话而懊恼，突然间小扣子拦在面前。

“李化熙，圣上有密旨。”

声音极低，满脸神秘。

13

李化熙上了马，前面看看，有一辆车。后面看看，有两辆车。

数十个骑士假扮客商，三三两两地隔开。

他惊叫一声：“怎么今儿个跟去通州那次一样？”

连路上的行商，都是同一拨人。

侍卫国欢凑近过来，“李大人，刑部承政额尔格图那桩案子，想不到要向南方追查了。”

另一名侍卫费雅塔道：“闻听那害了额尔格图的异道人，近日在官道上频繁现身，倘我们能够捉住她，或可得知额尔格图大人遇害真相。”

两少年纵马而过，一个是郑亲王济尔哈朗的儿子富尔敦，另一个是贝子锡翰。

“李大人，快点走吧。”

真相这事……李化熙看看那两个少年，“诸位，此次之行，可比不得通州那次去去就来，这次可是千山万水，在前面等着我们的不知有几多困厄。”

众人出城，向着南方行进。

14

身后城堞上，慢慢转出郑亲王济尔哈朗一张痛苦的脸。

他的身边，是年迈的礼亲王代善。

面对代善，济尔哈朗缓声道：“本王儿子富尔敦，才刚刚十三岁，就踏上了凶险之程。

“那孩子太聪明，只怕福慧难全啊。

“但是本王拦不住他，此番上路的，又有几多皇孙龙脉？

“四十年前的诅咒，却让多少人，纵然是皇家血系，至今生活于恐惧之中？

“那可怕的妖人让我们知道人力的卑微，知道在这个世间还有着比皇家权势更值得敬畏的力量。

“本王心中担忧的是，大家都把宝押在这个人身上，可这人到底行不行呀？

“英武如太祖努尔哈赤，圣明如太宗皇太极，都为之无可奈何，大家却寄望于李化熙能够与之抗衡。

“这会不会是表错了情呀？”

停顿良久，礼亲王代善低语道：“无法可想。

“死马权充活马医。

“总得找个事由，先看看这秃尾巴老李，到底行还是不行。

“要不还能怎么办？”

济尔哈朗双手掩脸，长恸而立。

15

疾行七日，侍卫国欢纵马上前，“李大人，看那峰峦叠起，便是茅山北支。”

李化熙：“到南京了，前面就是栖霞山。

“本官已经累到脱力，这一路行来，每一日都有人报说异道人在前方现身。可本官拼了老命追赶，也始终未能见到异道人的踪影。”

国欢：“李大人快看，山上有人下来了。”

山上奔下之人，赫然是太监小扣子，“李化熙，赶紧的，那异道人就在前面，大家已经捉住她了。”

真的假的？李化熙翻个白眼，“现在听你们说话，本官是半个字都不敢信。”

小扣子：“老李你再哼哼唧唧，那可是抗旨！”

又花费了小半日，李化熙爬至溪涧，触目一座极大的建筑，竟是修建在悬崖峭壁的边缘。

黑沉沉的牌匾，上书“绝崖寺”三个大字。

悠扬的弦竹之声，从寺中遥遥传来，一个清秀的声音在唱：

“九九数尽，黄河水清。

“山崩帝星现，花落子收成。

“收劫在眉前，才见骄矜性。

“千经万典为凭证，铜浇罗汉也心惊。

“世间几见父杀子？夫妻儿女冷如冰。

“人死九层，遍地刀兵。

“八百蛮雷声，震地起罡风。

“三残四伤皇家种，最是遥叹古佛灯。

“血光明灭劫缘在，装聋作哑不知情。”

歌止，寺中响起悠扬的钟磬之音。

李化熙把脚放在台阶上，对小扣子说：“这应该是最后一次听到这首歌了吧？”

小扣子：“又让你说对了，进去吧。”

进门，就见小福临由小女孩董鄂陪同，正端坐在一株老槐树下，喝着碗南京名吃，鸭血粉丝汤。他的身后，立着俏媚的苏茉儿，及满脸不怀好意的大布吉。

看到李化熙，小福临很开心地一扬手，“李化熙，给朕拿出你的绝活，要是再敢藏藏掖掖不卖力，朕就跟太后说，是你把朕拐到南京来的。”

李化熙：“陛下……咱要不要这么坑呀？”

殿门前，走出两个人。

龚鼎孳，异道人。

龚鼎孳此时满脸沉肃，再无半分狎淫之色。而异道人则向李化熙盈盈拜倒，“李大人请了，秦淮卞玉京这厢有礼。”

李化熙：“知道是你，可到底是什么事呢？”

龚鼎孳：“李大人里边请，秦淮诸女，在此等候多时了。”

16

李化熙进入大殿，由龚鼎孳与素有侠女之称的卞玉京引路，穿过一条长长的木廊。木廊悬空修建，下面是翻滚无复的烟岚瘴气。每踏出一步，脚下都嘎吱作响，似乎这古老的栈道，随时都会断裂。

木廊栈道尽头是一座大殿似的阁亭，空空荡荡，一面是门，两侧开窗。

后墙壁上有幅古色古香的画，画下跪有一人，蜷缩一团，喃喃不止，身前供奉着几炷香。

李化熙看了那人一眼，问了声：“这人莫非是个疯子？怎么会跪在幅壁画之前？”

无人回答他的话。

转视大殿，但觉清香扑鼻，一排绝美女子齐整整向李化熙施礼。

一名白衣红缘、腰盈如握的女子略有几分紧张地迎上前，“寇白门见过姊夫。”

李化熙：“寇白门，你是率达之人，无须如此拘泥。想来你应该听我妻子说起过，我李化熙并非那种食古不化的腐儒。”

寇白门：“姊夫说的是，是寇白门多心了。”

龚鼎孳走过来，“容小可为李大人引荐，这位是占了柔字的陈圆圆，这位是占了香字的柳如是。旁边是内人顾横波，占个软字。董小宛，占个玉字，旁边的小丫头是她妹子董鄂，你们熟。卞玉京，你见过多次了。寇白门，你们是一家人，不说两家话。还有这位，最是多情的李香君，李大人好好看看她。”

李香……李化熙茫然地看着龚鼎孳，“人呢，人在哪里？”

龚鼎孳：“在这里呀，李大人如何看不到？”

李化熙顺着龚鼎孳的手指方向，仔细再三地看，“龚兄，没看到什么李香君，本官只看到一幅画。”

龚鼎孳：“没错，李香君就是在这幅妖画里。”

妖画……李化熙彻底糊涂了，“龚兄，你到底什么意思？”

龚鼎孳道：“侯兄，人已经给你请来了，起来说句话吧。”

蜷伏于后壁古画下的书生，抽泣立起，向李化熙施礼，“小可归德府侯方域，于此泣血请命，伏望先生怜及小可一片痴情，救香君出来。”

救李香君……李化熙费力地眨巴眼睛，“你们这许多人……让本官去哪里救？”

“这里，就在这里。”龚鼎孳指着壁上古画，“李香君在众目睽睽之下，被掳入这幅妖画之中。”

17

立于绝崖寺后殿，李化熙听龚鼎孳细说究竟。

秦淮八艳，唯李香君最用情。她一旦认准了谁，就会剖肝沥胆，把身家性命尽付于你。至于你够不够那个分量，此事再议。

所以李香君的命，也比别人更苦些。

无数豪门达官、巨富商贾，李香君视若无睹，单单喜欢少年才子侯方域。

那侯方域既为少年，当然没什么根基，连日常饮食都是依附门楣啃老。

更何况，侯氏满门俱为旧明东林党人。南明弘光政权建立，阉党中人挑选了最不成气候的福王朱由崧，推他上位，是为弘光帝。就因为朱由崧望之不似人君，所以阉党才要力推他，到得朱由崧坐了帝位，自然要回报阉党，大肆报复东林。

报复之狠，至快意者杀父夺妻。侯方域家人不在近前，但李香君却在秦淮。是以宫中派出一队太监，抬了轿杖，不由分说抢到李香君，强行掳其入宫。从此就成了朱由崧的歌姬。

朱由崧任性胡闹，左良玉引军八十万，浩荡东下，以清君侧。但左良玉途中猝死舟中，八十万大军中有六十万人逃逸至湖广，余下的二十万随左良玉之子左梦庚投降了大清。

是以南京城破，礼部尚书钱谦益及王铎开城门以迎清军。

城中宫中，机诈之人趁机啸起，持杖结伴，剽掠秀女。李香君终究是见过世面之人，被她逃过歹人觊觎，逃至秦淮河畔长板桥，无意中遇到了正在寻找她的侯方域。两人患难相扶，本欲逃往苏州，奈何沿途乱兵结群，袭扰不断。两人为避乱兵，不知不觉逃到了栖霞山。

本欲去山上的葆光寺暂避，奈何寺中已经挤满了逃难的人群，侯方域与李香君竟无法靠近葆光寺。

这时候，他们听人说起龙山与虎山相对峙的桃花涧上有一座绝崖寺。此寺年代古久，筑于绝崖断壁之上，参天造化，鬼斧神工。

侯方域就带着李香君，找到了这座绝崖寺。

出乎意料，这座绝崖寺中避难的人极少，只有零星数人。进到空荡荡的寺中，侯方域感觉处处不对。这座寺庙竟无火工道人，或是僧侣方丈。但寺中香火极盛，许多人在这里祭祀一位什么殿君大人。侯方域细看那殿君的塑像却是个面目狰狞的虬髯男子，浑不知此系何方怪神。

寺中有个香客告诉侯方域，他带有女眷，最好沿栈道木廊避往绝崖壁边的后殿。侯方域未及多想，就带了李香君走过栈道，来到后殿。

后殿空空荡荡，只有临崖的墙壁上有幅古怪的古画。

画面上是个虬髯男子，衮袍冠带，坐于龙车之上。男子身后立着几名抹了胭脂的侍女，个个姿容绝代。

正当侯方域细看那壁画之际，画中的虬髯男子突然间向他张望过来，目光中竟有惊喜之色。

然后，绝无可能的事情发生了。

壁画中的虬髯男子竟然凌空跃出画面，拦腰抱起毫无防范的李香君，哈哈大笑一声："美人，与吾去也。"怪笑声中，惊呼的李香君竟被抱入画中。

当时侯方域惊骇之下，本能地扑上前，要冲入画中救出李香君。此时身后突然间号啕声大作，一群香客涌来，不由分说将侯方域踩于脚下。而后香客们跪倒，冲着壁画不停磕头，大喊："殿君大人显圣，殿君大人显圣了！"

18

那一夜，侯方域原本已经是奔走多日，筋疲力尽。绝崖寺中，再目睹怪事，眼见得李香君被画妖掳走，而后被一群香客不由分说地践踏，把个文弱的书生踩得头脸都是脚印，当场昏迷不醒。

不知过了多久，侯方域昏昏沉沉醒来，发现自己仍然在绝崖寺的后殿。身边有几个香客不停地磕头烧香，见他醒来，如见鬼魅。

侯方域再细看那幅壁画，惊恐地发现壁画上那殿君大人身后的侍女，分明是多出一个来。

多出来的，正是此前还活色生香的李香君。

遭此怪事，侯方域万难理解。他仔细抚摸壁画，发现此画是绘于后殿壁板之上，壁板极薄，一旦捅破，外边就是万丈悬崖，断无密室或是夹壁墙之类可能。

他无法把掳入画中的李香君唤回来，只好走出绝崖寺向人求助。

这时候侯方域才知道，这座绝崖寺为祟已久。山民无不知殿君大人称号，但却无人敢于提起。

山民说，这座绝崖寺不知何年所建，亦不知何人所建。寺中更无方丈僧侣，但附近山民必须要按时定期来寺中上香。否则的话，山民家中就会突然燃起不明山火，动辄全家人烧死。

除此之外，这座绝崖寺也不见有什么怪异。唯独一件事，漂亮女子不可涉近，但有美貌女子出现，后殿壁画中的虬髯男子就会自画中跳出，掳了女子重新入画。这事情每年都会发生四五桩，但不可说破。

侯方域与李香君走过如此艰难的路，却不料在这古寺中生离死别。

侯方域心中一片迷乱，就在秦淮河上往复徘徊，希望得遇八艳中人。因其八艳心意相通，向来是相互扶助。幸好他遇到了侠女卞玉京。卞玉京初听此事，不肯相信，想亲往寺中一看。却被侯方域力阻，他是害怕卞玉京的美貌不在李香君之下，到时也被鬼魅掳走。

侯方域央求卞玉京去找名声丑恶、实则侠骨柔肠的龚鼎孳，让他想想办法。

而龚鼎孳则认为，欲斗败妖鬼殿主，救出李香君，非秃尾巴老李这种怪奇人类不可。

打听到李化熙被两宫太后及摄政王多尔衮授命侦破南宫库府板材石料飞失案，案情涉及茅山道法及邪魅异道人，龚鼎孳心生一计，让侠女卞玉京假扮异道人，唱着邪魅的歌子，时常在李化熙附近出没。

不承想弄巧成拙，卞玉京装神弄鬼，害得李化熙跌跌撞撞追赶，反而被不法旗人掳走，押送到了房山坡峰岭疏水筑坝。到得李化熙脱困，朱国弼府中的寇白门献计卖掉她自己，凑足盘缠路费，合秦淮诸女之力，齐至栖霞山绝崖寺。

凑巧小福临受不了皇太后给他的太多博尔济吉特，派小扣子去找董小宛的妹妹董鄂求助。于是诸女利用这个机会，借小皇帝之力，强迫李化熙随行。最终诸人齐至栖霞山，来到这幅妖气森森的古画前。

李化熙听了之后，以手抚画壁，问龚鼎孳："龚兄，听这位侯兄说的，现在秦淮八艳全数到此，按说那殿君大人该跳出画来，抱走三五个呀，可是他怎么就不见跳呢？"

"这个……"侯方域解释道，"小可也是想了良久，才终于想到答案。"

李化熙："什么答案？"

侯方域："这不是天子来了吗？天子是何等的洪福？这所谓的殿君大人，说到底不过是个不成气候的妖神，微末道行，岂敢在天子面前现形？"

"也有……道理。"李化熙诧异地看着侯方域，不再说什么。

转过身，李化熙悄悄问龚鼎孳："那李香君，几时瞎掉的？"

龚鼎孳："李大人何出此言？"

李化熙："若是长了眼睛，如何会看上侯方域这种呆人？"

龚鼎孳："李大人这话说差了。须知北京城中，不知多少人在背后议论大人，俱言那抚宁侯的妹妹国色天香，莫不是瞎了吗？竟死心塌地跟着你这秃尾巴老李。若是你不能入得画中救出李香君，连小可也会这样说你的。"

李化熙悻悻，"嘿……算本官刚才的话没说。"

19

一行人从后殿出来，来到古寺前院。

老槐树下，小福临席地而坐。

李化熙坐下，就听小福临低声道："李爱卿，给朕个准话吧，到底有谱没谱？"

李化熙扭过头，"陛下，有谱如何？没谱又如何？

"那李香君心眼如此不够用，又被掳走这许久日子，臣只是担心她……早就没命了。"

小福临道："董鄂说了，李香君只是用情专一，但脑子却是最聪明的，知道如何保护自己。说不定她现在还活着。"

这样的话……李化熙站起来，负手于庭中踱步，边走边说："这个栖霞山的殿君大人，诸位可能极是陌生，不知其为何方修炼化气的妖人，对吧？但世间的事儿，就这么巧，这个妖仙，恰是本官的老熟人。"

"什么？"庭中人闻言无不震骇，"李大人，你快说来听听。"

"是这样，"李化熙道，"前朝崇祯七年，天下饥馑，流民四起，遂有三十五路流寇聚于荥阳，推老龙头王嘉胤为首，谋划祸乱江山。但三十五这个数字，不够响亮，差一路才合得天罡三十六之数。于是诸人把极弱小的一股流寇李自成，也算为一路。遂有三十六路会荥阳这么个说法。

"如此十年过去，最弱小的李自成成了气候，打破京城，南面称王。而余者三十五路，虽然昔年声名赫赫，俱各湮灭，不复为人所知。

"但本官昔为前朝的三边总督，是以精心研究过这三十五路人马的下落。发现其中有十九路，在长年征战中或为官兵所杀，或为别部吞灭，或是亡于疾伤。

"另有十六路，其中四路归入李自成旗下，五路在南京城下归入英亲王阿济格旗下，六路窜往湖广，仍自嚣闹不休。

"却有一路闹着闹着，如水滴汇入大海，悄无声息地消失了。

"这一路，就是当年荥阳三十六路中，排第二十七路的油里滑，李殿君。"

说到这里，李化熙一个转身，"猜猜那油里滑李殿君，长什么模样？"

诸人："什么模样？"

李化熙："你们很熟的，铜铃大眼，满脸虬髯。

"正是寺中后壁上画中的那一位。"

20

听了李化熙的话，龚鼎孳沉吟道："莫非那油里滑李殿君……逃到了这里？"

李化熙接道："没错，据本官查证，前朝崇祯十一年，以杨嗣昌为督师抚臣，行十面张网之策，擒高迎祥，击李自成。是时李自成部众皆溃，仅率十八骑逃入商洛山。油里滑李殿君也在这次战役中尽失其众，率了不足三十名亲兵，逃往栖霞山方向，从此再无消息。"

苏茉儿恍然大悟，"是了，定然是那李殿君于这山中有了奇遇，竟尔修炼成妖仙。从此藏身壁画，为祸人间。"

侍卫国欢插嘴道："既然如此，何不拆毁古寺，烧掉那妖人藏匿的壁画？"

苏茉儿看看小福临，摇头道："此非不可为，但须得等到将李香君救出画来再说。"

小福临道："李爱卿，那油里滑说到底不过是个贼人，何以有此机缘修炼成妖仙呢？"

李化熙没接话，侍卫国欢却道："陛下，这妖异之事，最是反乎常理。常理是常人看机缘，善者得福缘，但妖异之事恰好相反。正如太祖当年于乌褐岩所见，全无半点道理可言的。"

小福临的眼睛倏然睁大："太祖在乌褐岩？那是怎么回事？快说来听听。"

国欢慌了神，"陛下，这个这个……"满脸懊悔的样子。

国欢的父亲，是早年间的太子褚英。如果褚英没有被废，现在的皇帝应该是国欢。然而事不由人，阴差阳错，最终国欢只是个侍卫，而小福临却成为当今的皇帝。是以君臣尊卑，位置摆在这里，小福临既然说了要听，国欢就得正儿八经地讲，否则就成抗旨了。

是以国欢脸皮不停抽搐着，紧张地组织词句。

"陛下，奴才也是听人之言，凭据未足。据说五十年前，太祖努尔哈赤以不世英武崛起于白山黑水之间。

"太祖起于建州，忽的河、法胡河、卓儿河、海剌河的四河交汇之地，转战于乌拉、辉发、哈达与叶赫各部。眼见得太祖仁德广泽，得众之望，人心归附。各部宵小暗合，勾连结盟，以九部之势攻我太祖。古勒山一战，太祖纵横驰骋，势若破竹，九部联军顿如齑粉，支离四散。

"时太祖诸将追杀九部，擒获了乌拉部国主布占泰。

"那布占泰是个无骨之徒，伏地哀求，乞命不已。

"太祖慈悲，释其起兵来攻之罪，收其为养子，并将四公主穆库什嫁与布占泰。

"然狼子野心，终难释赎。那乌拉国主布占泰得太祖恩德，非但不思回报，邪恶之欲反而大炽。

"但太祖受命于天，雄视天下，智广慈深。虽布占泰觊觎良久，终不得下手之机。是以这厮心思狡诈，竟出奸计。

"布占泰对太祖说：'图们江畔，乌褐之岩有条栈道，通往一扇秘门。门内乃上古仙人居所，非得机缘者，纵立于门前，也无所见，只看到一座乌褐岩壁。若得机缘者，则可入此门，见仙人，获知天地之秘，子孙昌胜无期。'

"太祖听了，一笑置之，说：'纵得仙缘，莫如人心。方今我承天之命，仁慈待众，持公执义，护我子民。此之谓上德之德，自然积下大福祉。如你所言不过是村夫之议，尔何须如此在意？'

"但那布占泰既生邪恶之念，如何肯罢休？再三再四地撺掇，久而久之，太祖对于乌褐岩的石室仙居，就不再是那么排斥。

"有一天，太祖率了布占泰并几个亲随去山中打猎归来，看看天色将晚，欲寻一个落宿之所。布占泰挥鞭遥指，'老狼王，此前不足五里，就是乌褐之岩，左右不过随缘，不如往那山中一探。若然是仙居石室洞开，我等岂不是暂有下榻之地？'

"太祖雄浑气烈，闻言说：'那好吧，倒是要看看你常说的仙居石室到底是真是假。'

"众人策马，不一时抵达乌褐岩。果见山上有一条古远的栈道，岩板破烂，乌云漫卷，弯弯曲曲的时续时断。太祖策马而上，沿栈道径前而行，不多时到得栈道尽头，果见一扇石门，古色古青，遍布苔藓。

"到此太祖不能不好奇，遂下马，拿手试推那石门。就听吱嘎声起，石门渐渐开启，不尽的霉腐气味从门里漫无际涯地卷了出来。

“当时太祖咦了一声。若然这山间石洞久已在此，何以自己从未听闻？再闻这熏天的霉腐之气，可知此洞已久无人居。

“当下太祖心生警觉。

“这古洞，太过诡异。”

21

“虽然疑虑万般，但是太祖终究是天生豪气。

“于是率众入洞。

“洞内是条长长的甬道，两壁光滑，宛如打磨出来的一般。在这山间打磨如此一条甬道，那得需要何等庞大的人力？但古洞久成，竟无人知，可知这确是仙居之所，断非人力所为。

“太祖沿甬道向前，进入一座大殿。

“殿中是无数奇怪的石雕之物，有的类于人，却更接近于兽。有的似太古佳人，却生了鸟爪兽翼。有的分明是兽，却有一颗人心。有的介于禽兽之间，不明缘由地泪水涟涟。

“看到这些石雕怪物，太祖心里隐隐发毛。

“这些石雕太细腻，太逼真。

“细腻逼真到每一片羽毛、每一片鳞甲兀自微微颤动。

“其精工之细，已经超出了人力所为。

“似乎这些怪物原本是活的，却突然间被一个邪恶的咒语化为冰冷岩石。

“这里到底是什么地方？

“仙人居所为何会是这般诡异？

“太祖转身想叫来布占泰询问，却只见到随侧的几个侍卫，那布占泰竟尔是不见踪影。

“‘布占泰哪里去了？’

“太祖问。

“侍卫回答：‘他没有进来，说是留在外边替老狼主牵马。’

“太祖心怀宽厚，从不疑人。听后嗯了一声，继续用火把照路，循路前行。

“穿越那诡异的石雕群，太祖来到一座殿堂。

“殿堂极大，却空无所有。

“只有一幅巨大的壁画，是活灵活现的一个东西。

“只能称之为东西，类人而非人，似鸟亦非鸟，花翎长喙，圆圆的脑壳上，猫头鹰一样巨大的眼睛，隐约泛着妖异的黄光。

“当时太祖就有种不祥的感觉，‘这壁画上的东西，分明不是画出来的。而是种超出了人类理解的事物：是个活物。’

“当时太祖心知有异，但既然已经来此，当然是凛然不惧。于是太祖抽出剑来，试着用剑尖去挑壁画上的东西。

“剑尖触碰之下，隐约发出奇异的声响。然后太祖眼睁睁地看到壁画上的怪物巨眼突然间一睁一眨，霎时间殿中卷起狂烈的腥风，画中怪物振翅而起，飞到了半空。

“那可怕的怪物悬浮于半空，居高临下俯瞰太祖，发出磨砂一般可怖的声音：‘努尔哈赤，你终于来了。哈哈哈，无怪你不识我，我乃太古年间，生于天地之前的混沌之仙。三千年前，本仙厌腻了尘世的景致，遂于此洞之中卧睡高眠。沉睡之际，时常于梦中看到洞外人世喧闹祭拜的缭绕云烟，知有红尘中人希望用咒语唤得本仙醒转。但那呼唤之人福缘忒浅，难入本仙法眼。唯大智大慧、大福大贵的帝王足音，才能引动本仙那积满千年尘灰的枯寂心田。是以你今天来此，便是你我有缘。’

“太祖听得半懂不懂，喝问道：‘兀那怪物，你之所言，是为何意？’

“却见那怪物羽翼一振，诡笑道：‘休要多言，几日后建州城下皮家老店，你便知这天地之间，何谓生杀予夺，何谓境随心转。’

“言讫，那怪物凌空旋起，如疾空利箭，瞬息穿入岩中消失不见。

“太祖但觉汗湿如雨，遍体生寒，仿佛身陷可怕的噩梦万难醒转。”

22

国欢继续讲道：“那一日太祖从洞中出来，走出几步，突然间再回头，却见身后只有一堵严丝合缝的石壁，全不见半点石门痕迹。竟不知适才所见，是真抑或是幻？

“下得山来，太祖找当地人询问。

“才知那山中悬空的栈道，原是乌拉部的一个恶咒祭祀之所。乌拉部积数百年，于此间焚烧祭品牺牲，祭祀一个花翎盖顶、鸟头人身的妖神。但逢强仇大敌或是心中憎恨之人，就于此地请萨满念咒，希冀以妖神之力降灾祸于仇家。

“那奸诈的布占泰，正是将太祖诱入自家部落的施咒之所，以此算计太祖。到得太祖发现中计，再找布占泰，那厮早就逃得踪影全无。

“神鬼之见，在各个部落中都有，太祖一向是敬而远之。但太祖心细如发，虽不可信，但亦不全然不信。回到建州，立即命人打听建州城中是否有家皮家老店。

“得到的回报，让太祖悚然心惊。

“确实有。

“而且，就是太祖归来的路上，那皮家老店到了许多奇怪的客人，举办了一场诡异的拍卖大会。拍卖会以售出一双男女少年奴隶为开端，接连售出七桩物事。”

国欢讲到这时，停了下来，好长时间不再说话。

福临催促道：“哪七桩物事？你倒是说下去呀。”

国欢：“这七桩物事，尽人皆知。”

苏茉儿突然惊叫一声：“莫非便是……”才堪堪说出四个字，便惊恐地掩住嘴巴。

李化熙在一边看得惊诧，苏茉儿是多智之人，模样柔弱，但胆气实超男人，轻易不会失态。那皮家老店到底拍卖了什么物事，竟让她吓成如此模样，连说都不敢说出来？

而弯刀侍立的大布吉表现更是不可理喻，只见她面目狰狞，手中弯刀长挥，“都闭嘴！

“不得再说下去！

“传四宫太后懿旨：任何人等，但有人敢言及昔年建州皮家老店者，斩立决！”

23

好端端地在这里说着事，大布吉突然亮刀。在场诸人，不只是小福临惊呆，就连苏茉儿都不知所措。

沉默良久，龚鼎孳干咳了一声，“呃，那什么，陈年旧事咱不提了。可这李香君……跟什么建州皮家老店，当无关联。李大人可有什么主意？”

主意？李化熙转向眼神呆滞的侯方域，“喂，你莫非这辈子非李香君不娶吗？”

侯方域：“李大人此言何意？”

李化熙：“本官怕你耽误了人家李香君。”

侯方域：“不是……小可曾与香君妹妹发过毒誓：在天愿为比翼鸟，在地愿为连理枝。若是大人无策救出香君妹妹，那就让小可也入画中，此生誓要与香君在一起。”

李化熙摇了摇头，“侯公子，你可曾习得《易经》？”

侯方域：“略通一二。”

李化熙：“易中遁卦何解，你应该知道吧？”

苏茉儿听出端倪，“李大人，遁卦有逃避之象。莫非你的意思是说，这侯公子人品其实……不怎么样，所以李香君自行遁入画中，只为逃避与他在一起？”

“不可能！”侯方域站起来，“小生对香君之心，唯天可表！”

龚鼎孳明显有点犹豫，“李大人，你与侯公子初次见面，对其一无所知，这个指控未免太过于严厉。”

侯方域嘶吼道：“若然救出香君，必能证明小生清白。”

李化熙无力地以手搓脸，“看这事闹的，不把李香君叫出来，万一这姓侯的一头撞死，本官算是说不清了。可如果叫李香君出画，本官……说不定造了更大的孽。”

小福临与小董鄂耳语了几句，吩咐道：“李爱卿，想来事情不像你想的如此严重。若然有可能救出李香君，还是试一试吧。”

“既然陛下有旨，本官只能勉为其难了。”

李化熙站起来。

24

李化熙问国欢：“此番随陛下上山，你带了多少人手？”

国欢：“除了在场的之外，计有身手敏捷的侍卫三十六人。”

李化熙吩咐道：“从现在开始，让你的人在寺外山路上躲着，但凡有香客经过，无论是入寺烧香还愿者，还是正要下山者，悄悄地捉了，捆住手脚，脱下他们的袜子堵住嘴巴，丢在山坡那边。动作一定要干脆利索，不可发出声响，不可让人看破行藏。”

捉拿香客……国欢满脸迷惘，看了看小福临，“喳。”

国欢与费雅塔出寺院去暗中布置。龚鼎孳在一边又道：“此时天色已晚……”

李化熙：“你不是想要找回李香君吗？稍候片刻如何？”

龚鼎孳：“好，好，都听你李大人的。”

此后诸人不再说话，看着不时有香客从寺中离开，但再也不见新的香客进来。就这样过了两个时辰，堪堪半夜，国欢悄悄踅回来，“李大人，那边已经拿了五十多人，看模样都是老实巴交的山民。”

五十多人，应该差不多了。李化熙道：“油里滑当初身边的亲信侍从，最多不会超出这个数。

“点起火把，把那些人统统押上来，让侯方域好生地辨认着，看看能否看出点什么来。”

国欢领命，跟随小福临的少年富尔敦、锡翰及龚鼎孳诸人，急急于寺中燃起冲天火把，照耀得寺中一片光明。

少顷，国欢带一众侍卫从外边押进来五十多个模样憨厚的山民村妇，嘴里都被塞进了自己的袜子，双手双足反缚，一双双茫然的眼睛看着李化熙等人。

李化熙道：“侯方域，你一个一个地看过来。若是有所异常，一定要说清楚。”

连看了几个，走到一个村妇面前，侯方域咦了一声，停下脚步。

李化熙走过来，“看出什么来了？”

侯方域：“这个村妇……好生面熟，对了，那日我带香君登上栖霞山，于葆光寺外见到过她。

“正是她指点了小可和香君来此绝崖寺的道路。”

李化熙乐了，“认出一个就好，来人，把这女人再加一道绳索，捆成粽子模样最好。”

侯方域继续辨认，“咦，这张脸也熟悉……是了，那日就是他，在此绝崖寺中，指点小可与香君去后殿歇息。”

李化熙：“给这人也加道绳索。”

少顷，侯方域又认出几个香客，是李香君被掳入画中那日，踩到他头脸是血，昏厥当场的。

然后李化熙接过一支火把，走到被反缚手脚的诸人面前，说了声：“侯方域认过了，该轮到本官了。”

他大踏步，走到一个模样最蠢呆的村妇面前，“李殿君阁下安好，若许时日，故人可曾入梦？”

25

突听李化熙叫出李殿君的名字，诸人无不大惊，齐齐望过去。

就见李化熙称呼的那人是个地地道道的村妇，大手大脚大脸盘。她茫然地看着李化熙，满口乡音道："这位官爷，你说的是什么？奴家听不懂。"

听不懂才怪，李化熙招了招手，"大布吉，搜女人的身，男女授受不亲，这事本官不好动手。"

大布吉一声不吭地走过来，用腋下夹着弯刀，在农妇的身上搜了搜，搜出一个极精致的小袋子。

金丝刺绣，蟠龙飞凤，断非民间所有。

村妇的神色大变，显得极是懊恼。

大布吉打开袋子看看，打了个喷嚏，"好像是猪鬃……或是马尾。"

李化熙："让苏茉儿来，这些她最熟。"

苏茉儿跑过来，将袋子里的东西一桩桩取出，贴在村妇那张宽宽的脸盘上。少顷，蠢呆的乡野村妇竟尔变成了一个凶恶的大汉，目如铜铃，虬髯满脸。

众人齐齐地发出一声吁叹。

想不到昔年比李自成更凶的悍匪流寇，竟然是个女人。

看到这一幕，龚鼎孳极是惊讶，一声不响地走开了。

李化熙叹息一声，"说说吧，到底是怎么回事呀？"

被易装为虬髯大汉的乡妇尴尬地抽动着嘴角，"那个……我等昔年确是流寇，但那是饥馑荒年，若不聚众自保，就会被人杀掉。于今我们已在这栖霞山上，务农焚香，不问世事十多年之久，莫不成各位官爷还不肯放过我们吗？"

小福临终于看明白了，斥问道："然则尔等何以掳走李香君？"

乡妇李殿君似有犹豫之色，半晌道："这个是小的不该，虽然我率手下于十多年前隐于此山之中务农砍柴。但是有一桩，我之部众男子居多，女子极少。兼此山上环境艰苦，我们又与外边不通消息，是以婚嫁之事最是麻烦，所以……"

福临喝道："所以就盘踞寺中，装神弄鬼，强掳民女吗？"

"这个……"乡妇李殿君尴尬地说，"各位官爷，就放过我们吧，以后我们不再掳。"

李化熙凑过来，"这本是李香君自己的主意，对吧？"

李殿君垂着头，半晌道："是这样，那香君妹子她……唉，这该怎么跟你们说呢？"

李化熙："有什么不好说的？李香君有眼无珠，错识侯方域。经此南京弘光宫中的遭遇，更对侯方域死了心。本想趁南京城破之际，只身逃走，不想又被侯方域找到。无奈之下，她带侯方域来此，让你们把她带走，从此彻底撇开侯方域，改名换姓。却不想你们这些人偏要多事，非要再把她找出来。"

小福临看看虬髯农妇李殿君，再瞅瞅四周，"爱卿所言，甚合朕意……不过眼下这事，须得听听李香君怎么说，才做数吧。"

李化熙低语："她还能怎么说？

"只能是顺着你们的愿望说，拿自己的一生幸福，成全你们才子佳人的糊涂梦。"

26

众人举着火把跟在虬髯村妇李殿君身后，走向后殿。

来到那条悬空的栈道上，李殿君拿根木棍在一根板柱上重击了三下。

俄顷，又是三下。

木制机关的辘轱声起，虽然夜半，但借着火把的照耀，可清晰看到一座木制转梯，在机关操纵之下，发出吱呀呀的声响，贴近了栈道。

指着这条秘道，李殿君小声说："十几年前，我们来到这里，发现峭崖下时常有体型极大的鹰隼飞起。判定这陡崖之上，必有洞窟。于是凿木筑桥，铺阶而下。原本是想找个安全的地方躲起来，但过了段时间，发现无人追至，于是我们又从洞中出来，散布四方，从此耕樵为业。为了不失联系，相互扶助，又命手下匠人修建了这悬空寺。因为不喜打搅，所以时常散布些怕人的消息，避免让人来此。"

说罢，李殿君当先而下。

诸人一个接一个，小心翼翼地扶着梯沿，下到峭崖之侧。

那活动的楼梯拐过一个弯，转入陡壁上的一个硕大洞窟。

诸人鱼贯而入，迎面是一座粗木扎制的平台，上面立有一幅壁画。

画的正是妖仙殿君大人驾驭龙车，由几名绝美侍女陪伴，纵横九天。

与头顶悬空寺中的那幅壁画毫无区别。

看到这幅画，众人恍然大悟：是了，原来机关是这个样子的。这幅画与头顶上那幅一般无二，所以若待李殿君掳人之时，只需先行将人骗入悬空寺，再操纵机关将这座平台升上，替换下头顶上那一幅。届时李殿君假做魔怪突然冲出来，将人掳入平台之上，经由机关旋转，带到这里。

上面之人如何知道这等玄妙？眼睁睁地看着壁画中的妖物显灵，将人掳入画中。再仔细验看，只会看到壁画后面的万丈深渊。这让他们如何不信是妖物作祟，掳走了活人？

若非是秃尾巴老李这等怪物，此处机妙，只恐永世无人猜透。

弄明白事情原委，小福临吃惊地问道："此机关设计如此神奇，爱卿是如何识破的呢?"

李化熙叹息，"陛下呀，这机关固然巧妙，但有一个大大的前提。"

小福临："什么前提?"

李化熙："你至少要相信妖鬼神异之说，相信这世间真的有来无踪、去无影的邪魔妖怪。

"可如果你压根就不信呢?"

福临："如果压根不信……那就只能猜测是人力所为。"

李化熙："没错。但凡世间妖鬼之说，目的只有一个，就是终止追寻者的探究。你信了，你接受了，就只能伏地膜拜。若是你压根不信，断得此乃人力所为，那么此地必有机关。机关是何人所设？因由如何？就可以展开推断。最终的结论哪怕是再不可能，也恐怕是唯一正确的答案。”

苏茉儿听得欢欣鼓舞，叫道：“我就知道，李朱氏那绝顶聪明的人，是不会看错人的。秃尾巴老李虽然模样好丑，但一定不会让我们失望的。”

李化熙摇头，“本官是丑，但恐怕也丑不过咱们今天干的这桩烂事。

“本官是没有让你们失望。

“只恐怕，我们要让李香君失望了。”

言讫，众人转过身来，但见洞中钟乳悬布，疑真似幻。

那悬垂的钟乳，若仙子，似蟠龙，跃跃欲动，栩栩如生。看得诸人惊讶不止，再向里走行不远，见一石室，温泉水雾袅袅升起，滴咚有声。一高髻女子，姿媚天成，正于石桌前凝神作画。

见众人来到，女子转身，盈盈拜倒，“小女子李香君，因与侯公子情缘断尽，避世于此。

“累各位费心找寻，是小女子所料不及。

“万请恕罪。”

福临见此事已了，便跟随苏茉儿等人回宫了。

第十章 太后说爱，朱门情事纷纷

01

秋风起处，乱叶狂舞。

京城门外，笳鼓齐鸣。

涂远谋坐于窗前，长发被风吹得猎猎飘舞。

起风了。

他沉声低语："有人在收网，有人在布局。

"若是宫中太后阵营仍找不到得力大援，必中暗算。

"或可帝业倾覆，未得而知。"

02

京城之中，驿站疾马，长呼声遥遥不断："江南平，定国大将军多铎班师。"

顺治帝出皇城亲迎，行郊劳礼，晋封多铎为和硕德豫亲王。

并有厚赐。

多铎谢恩御甲，入城归府。

多铎骑于马上，经安定门入城。正行之际，忽见前方人头涌动，原来是市井小民在吵架，观者无数，堵塞了道路。

扈从厉声呵斥，多铎急止："太后和陛下对本王都有过吩咐的。这里可是北京城，立下不世功勋的王公贵戚比乌拉尔河的鱼子都多。本王不过平定一个小小江南而已，于这京畿之间，算得了什么？

"所以本王不可以横行无忌，要听陛下和太后的吩咐，要亲民。"

于是多铎下马，走过去看人群争执。

原来是一个卖糕饼的，手托糕饼疾行，被个肥胖路人迎面相撞，糕饼俱落于地。卖糕饼者揪住路人，要求赔偿。路人自知有错，答应赔付。

但路人认为，落地下摔碎的糕饼最多也就十枚，所以他只愿意出十枚糕饼的钱。

卖糕者却说，这些糕饼总计四十枚，必须要赔四十枚的钱。

一方只愿意赔十枚，另一方却要求赔付四十枚，数量差异较大，所以争执不休。

多铎正自背负着手，看得津津有味，旁边突有一人拱身行礼，“是豫亲王，小将给王爷请安。”

扭头看时，原来是三等昂邦章京拜音图，身后跟着他的弟弟贝子锡翰。

此二人是昔年太祖努尔哈赤最小的弟弟巴雅喇的儿子，正宗的皇家血脉，龙子龙孙。拜音图是曾于军中追随多铎平定江南的部属，而贝子锡翰只比顺治帝大几岁，打小就与郑亲王济尔哈朗的儿子富尔敦陪着顺治读书。

都是一家，都是熟人。多铎漫不经意地摆手，“罢了，不是军中，又非战时，不必那么多的虚礼。”

拜音图：“谢过王爷。想不到王爷也是性情中人，爱民之心，实为王公之楷模。”

多铎：“哪里哪里，本王不过是……算了算了，这里吵得跟个驴棚一样。让那两人过来，本王替他们调解一下。”

贝子锡翰急忙招手，“你们两人，过来过来。”

两个百姓走过来，多铎亲切和蔼地微笑，“小王，豫亲王多铎是也，刚刚平定江南……这事咱先不急说，想为你们二人调解一下，你们可愿意？”

两百姓：“小人何敢烦劳王爷。”

多铎：“那就好，你说这些糕饼，只有十枚，你却说不少于四十枚，所以相争至此。

“本王认为，这些糕饼并非十枚，也非四十枚。

“而是六十枚。”

没头没脑地说罢，多铎命手下人拿出几串铜板递给卖糕饼的，“这是六十枚糕饼的钱，本王全部买了。”

众人惊叹：“王爷果然大度，自己掏腰包赔付这两个百姓，实乃贵戚王公之德范。”

万万没想到，卖糕者却连连摇头，“王爷啊，小人虽然家穷，又何曾把几枚糕饼钱放在眼中？王爷要买六十枚糕饼，小人稍候奉上。只不过眼前这事，不是这么个事儿。”

多铎呆了，“呃……咋就不是这么个事呢？”

卖糕者：“王爷，小人要的是个理。明明是四十枚糕饼，他却说只有十枚。世间欺人之甚，莫过于如此。是可忍，孰不可忍。小人之所以聒噪不休，岂是为了几个小钱儿？所求不过是人间正理罢了。”

拜音图：“你这糕饼皆已摔碎，无法弄清数目，但再多也不会超过你所说的四十个，于今王爷一枚糕饼也未曾得，却付你六十枚糕饼的钱，你还想怎的？”

卖糕者不甘示弱，“王爷有钱，又有势，但小人只要一个理字，王爷何故执意阻挠？”

阻挠……拜音图也跟着气糊涂了，“这到底是什么人啊，好赖不分、油盐不进是不是？王爷何时阻挠过你讨取公道？”

卖糕者：“若非阻挠，又何以拦在小人面前？”

多铎：“拦在你面前，那不是……唉，明明本王好有道理，怎么被这人一说，道理全都没了呢？”

旁边突然跳出来个小女孩，“别吵了，蛤蟆坑似的呱呱呱烦死了，你这人，把两位大老爷都气坏了，到底想怎样？”

卖糕者梗着脖子，“摔碎了多少枚糕饼，就必须赔付多少钱。多一枚铜板，小人不拿。少一枚铜板，小人不依。”

小女孩道：“那你等等，让我家夫人算算你这里到底摔碎了几枚糕饼。”

咦，这已经摔碎的糕饼，如何一个算法？众人大惑不解。

就见小女孩跑入路边一家店铺，少顷出来，将所有糕饼渣子收拾起。店铺里走出一个蒙面女子，体态婀娜。在众人关注之下，蒙面女子执起一枚小秤，先称了一枚糕饼的分量，说道：“一枚糕饼重三两二钱。”再称摔碎的糕饼渣，又道，“糕饼渣的分量是四十一两七钱，由于每枚糕饼的分量都相差无几，约是十三之数。

“所以，现在这些饼渣可制十三枚糕饼。

“也就是说，摔碎的糕饼个数不多不少十三枚。

“对不对？”

呃……卖糕者听得两眼发直。

蒙面女声音娇媚，但气势凌人，“如果你说不对，定是你缺斤短两。”

卖糕者：“呃……没错没错！”

蒙面女：“铃儿，给他十三枚糕饼的钱，让他们别吵了。”

小丫鬟把一串铜钱丢过去，“别再让我看到你。”

卖糕者瞠目口呆，捡起地上的钱急忙溜走了。

蒙面夫人带小丫鬟转身走开。

多铎疾追了两步，“拜音图，这女人……是谁家的福晋，有智慧。”

一边的贝子锡翰急忙上前，“回王爷，此女乃汉臣范文程的正室金氏，她可是给范文程生了六个儿子，身边的小丫鬟是金铃。”

多铎意乱情迷，“呃。”

生了六个儿子，身材仍是这么婀娜曼妙，风韵迷人。

03

豫亲王府，一个家奴正在刷洗马厩，听到传唤：“你，过来，王爷要亲见你。”

“哎哟……”马奴缩着脖子，跟在来人身后，穿过长亭水榭，到了一间花厅。

豫亲王多铎，若有所思，倚桌而坐。

“叫什么名字？”

马奴跪下："回王爷，奴才硕浑。"

多铎："在本王府中多久了？"

马奴硕浑："从前年时起，奴才一家追随王爷从盛京来到北京。"

多铎："你全家都在本王府中吗？"

马奴硕浑："只是老奴有这个幸运，小儿萨克布在肃亲王府中为奴。嗣后肃亲王遭削爵……老奴已经很久没听到儿子的消息了。"说罢，揩了揩肮脏眼角上的泪水。

多铎探身过来，"你原也是亲贵之家，何故贬斥为奴？"

硕浑哭了，"奴才是代主子受过。老奴原是大贝勒代善府中的家将，昔年也曾是十大铁卫之一，锦州城下替太宗陛下挡过箭矢的。后来大贝勒把奴才给了最疼爱的三子萨哈廉，萨哈廉最是贤明，昔年深得太宗欢心。然贤者命短，萨哈廉虽有忠君之心，奈何死得太快。老奴又随了萨哈廉的儿子阿达礼。但就在前年，太宗龙驾归天，摄政王与如今被削爵的肃亲王争位。后王公议计，以太宗嫡子为帝，就是如今的皇上了。"

停了一会儿，硕浑续道，"公议已下，但主子阿达礼心中不忿，遂与大贝勒代善次子硕托商议，游说王公，改立多尔衮为帝。当时老奴亲率铁卫死士护送主子阿达礼至睿亲王多尔衮府上，对多尔衮说：'内大臣图尔格及御前侍卫等，都赞成我的谋划，王可自立为君。'

"然后我又护送主子前往主子的祖父、大贝勒代善家，借口探视足疾，私下里对大贝勒说：'今立幼儿，国事可知，请速做决断。'主子还附在代善耳边，低语曰，'众人已决定立和硕睿亲王多尔衮，王爷为何还默不作声？'

"不承想，一向优柔寡断的大贝勒代善却说道：'既然已经对天立誓，为什么又说这样子的话？请不要再改变主意了。'

"主子无策，率我等退出。再来找……呃，来敲王爷的府门。可是王爷闭门不纳，百敲不开。

"那时候，连奴才都感觉到气氛不对了。可是主子懵懂无察，竟然又退回了礼亲王府，仍想说服大贝勒代善。但大贝勒这一次动了气，至今我仍然听得到他那嘶哑的怒吼：'为什么还胡说八道？听任你们闹下去，一定会招来大祸。'

"王爷你是知道的，大贝勒代善是出了名的胆小如鼠，他遇事最善推托，早在太祖时代，就因为受责，曾六次跪请杀了二儿子硕托。此番恐惧之下，他连夜跑到睿亲王府，向多尔衮举报了自己的儿子硕托、孙子阿达礼。

"也是奇怪了，睿亲王与大贝勒此二人将事情公开，恰逢主子的旗下有大学士刚林，也出来举报主子——其实老奴心里最清楚，这个刚林，他是屁也不知道，只不过他身后有人，奉命而已。

"最后结果，主子阿达礼和硕托被大贝勒代善押至多尔衮府中，以扰乱国政之名议罪处死。

"主子死了，正红旗下惊恐万状。奴才以主子贴身亲随之罪，褫夺爵位，贬为奴隶，家产抄没，妻子同罪……是以奴才有此幸运，能够在这马厩里边再遇明主。

“伏请主子看在奴才忠贞不贰的分上，照拂老奴，老奴万死不辞。”

说到这里，硕浑磕头不止。

多铎啜着茶，沉吟良久，“硕浑，两年过去了，你不觉得自己的遭遇，有些奇怪吗?”

硕浑：“老奴愚笨，请主子指点。”

多铎：“当年的阿达礼执掌正红旗，因其祸乱国政被诛。正红旗中，个个受到连累，如你这般横行沙场的猛士，竟落得个到本王府中为马奴。可是，那正红旗中，是否人人下场都如你这般呢?”

硕浑：“人的命，天注定。老奴只是没脑子，才落得只身为奴，妻子儿女近在咫尺却不得相逢。但当年正红旗中人，并非都如老奴这般，也有人仍然风光的。”

多铎：“谁呀，说来听听。”

硕浑：“唉，现下最风光的，莫过于议政大臣，大学士范文程了。他虽然不过是汉臣，但在朝中地位，只怕不比主子低多少。”

多铎瞪大了牛眼，“原来范文程也曾卷入阿达礼与硕托的谋逆案，可是他又如何脱身的呢?”

硕浑：“范文程能够脱身，是因为他有一个智计过人的妻子，人称金氏。”

有这事?

这一次的多铎，是真正被惊到了。

“到底是怎么回事?快说来听听。”

04

马奴硕浑道：“王爷，事情是这个样子的。两年前，我与范文程同在正红旗下，我为郡王阿达礼身边铁卫，而范文程只是个小小的文官。虽然太宗在时，朝中大小之事，悉以咨之，但他终究是个汉人，地位天生低下，并无人把他放在眼里。他自己更是小心翼翼，见谁都赔着满脸的笑，连说话都不敢大声。

“可是，就在阿达礼与硕托合谋的当日，范文程的声音突然大了起来，不明原因地变得尖利高亢，动辄与人争论。

“我可是亲耳听到的，他当众说什么睿亲王英明神武，王公大臣计议的小皇帝必为开拓万世基业之明主。这话他说说也就罢了，偏生非要抻长了脖子吼，其声如驴，刺耳异常。当时阿达礼正为新君年幼而不满，听到范文程如此喧闹，勃然大怒，下令将范文程缚于马廊柱上。

“以阿达礼之意，将犯上的范文程略加惩治也就罢了。岂料那范文程被缚之后，竟然尖吼如故，说什么要面圣见君，与阿达礼论理。可当时圣上才不过六岁，真让人怀疑范文程的脑子是否正常，说这种话有何意义?

“可当阿达礼、硕托伏诛之日，我们才猛然明白过来，不是人家范文程脑子不正常，而是我们后知后觉，死到临头犹不自知。”

多铎听呆了，“这事本王还真是头一次听说，那范文程竟有如此先见之明?”

硕浑气道："他哪来的什么先见之明？有先见之明的是他的妻子金氏！"

多铎："到底是怎么回事儿？"

硕浑："老奴也是事后才听说，阿达礼与硕托二人愚而妄言。

"但是范文程脑子却是清醒得狠。他自知大祸将近，就苦思避祸之法。可百般筹谋，仍无一计可施。听说他走投无路，就在夜间跪在妻子的脚下，乞求金氏指条明路。

"再说那金氏，本是不世出的奇女，听闻她三岁知诗，五岁成文。年十三，出落得桃花一般，更兼天下诗书，娴熟于心。咱们满人是马上打天下，对于诗书一窍不通。唯那范文程有心，备下厚礼求亲，得金氏贤内之助。

"听说那天夜里，金氏指点夫君避祸之途就是于阿达礼府中任性胡闹，让阿达礼惩治他。果不其然，待阿达礼事发，正红旗下人人追究，无一人能自证清白。只有那范文程，却一直被缚于马厩之中，所言所语字字都切合睿亲王多尔衮的心思。结果他非但没有受到阿达礼的株连，反而因此得皇太后及陛下的亲自嘉许，委以重任。"

多铎听呆了，"硕浑……你刚才说，范文程为求妻子筹谋，跪于金氏脚下，此事是真是假？"

硕浑："王爷……岂不闻古人云：闺房之乐，有甚于下跪者。"

多铎大笑，"哈哈哈，硕浑，怪本王有眼不识大才，竟让你打扫马粪，真的是委屈你了。"

硕浑叩头捣蒜，话风极稳，"奴才满门，世代愿为王爷效忠。"

几句话就拿住多铎，不只日后起用他，也要赎回他的家眷儿子。

05

笼中鸟儿，是只百灵。

啪的一声，一枚弹丸击入笼内，鸟儿翎毛炸起，疯狂乱窜。

一副闷闷不乐的表情，已革肃亲王豪格手执弹弓还要再射。

这时候家奴禀报："王爷，来了个人，说是豫亲王多铎的亲随，叫什么硕浑，求见王爷。"

豫亲王？豪格眼珠急转：此番豫亲王平定江南，朝中地位如日中天。同是皇家血孙，人家在九天，咱们在九渊，他派人来干什么？

"有请。"

硕浑已不再是马奴，身着干净体面的衣裳，上前跪倒，"小人给王爷请安。"

豪格懒洋洋的，"本王削爵日久，庶人而已。你有话请讲。"

硕浑："豫亲王吩咐小人来，想赎回一个奴才。"

豪格："是哪个？"

硕浑："他叫吴世祖，如今在王爷的府中照管些花花草草。"

豪格："豫亲王风光得意，为何偏要赎回这么个奴才？"

硕浑："是这样，这个吴世祖两年前在正红旗阿达礼帐下，因为阿达礼乱政被诛，吴世祖受此株连，贬为家奴。但吴世祖的父亲，曾在战场上替豫亲王挡过箭，救过豫亲王的命。豫亲王感怀情恩，有心提携故人之子，故派小人前来。"

豪格眼睛一亮，"这样啊，小事一桩。你不妨先回去，待本王命人查查，如果确有吴世祖这么个人，小王亲自替豫亲王送过去。"

硕浑："小人谢过王爷。"

硕浑退下。

豪格沉吟了片刻，叫过管家索不丹，"本王削爵了这么久，却仍不见复爵之意。叵耐多尔衮那王八蛋，他想让本王烂在这里吗？"

索不丹："王爷息怒，现今天下局势，乱如麻团。那小皇帝就如同坐在一口烧开了沸水的铁锅上。或迟或早，他得求着王爷，复王爷之爵，让王爷再掌兵权。"

豪格叹道："依本王说，这事啊，赶早不赶晚。刚才多铎府里派来个人，说是想赎回去个奴隶，叫什么吴世祖。因其父亲在战场上救过豫亲王的命，所以豫亲王想提携此人。你去问问，是不是咱们府中真的有这么个人。如果有，把他带来，本王亲自送他去豫亲王府，给豫亲王留下点好印象，顺便说两句好话。这对恢复本王的爵位，应该有点好处。"

索不丹："请王爷稍待，小人这就去查。"

索不丹退下，叫来几个有身份的家奴，"你们听好了，查问一下府中有没有个吴世祖，如果有的话，那他可是转运了。豫亲王点名要他，以后人家可就抖起来喽，出有车，食有鱼，羡慕不死你们才怪。如果你们有谁曾欺负过吴世祖，哼哼，那就赶紧洗洗脖子，等挨刀吧！"

"是，是，我们查查看。"几个家奴退出，紧张地商议起来，"坏了，这个吴世祖，原本在府中伺候下花草、打扫茅厕，地位最低。偏他老婆，生得有点姿色。咱们几个，可都欺负过吴世祖的老婆，有几次还故意把他缚在柱子上，让他看着我们如何蹂躏他老婆。他当时咬牙切齿，恨得眼里都喷出火来。可谁叫他地位低呢？再愤怒也只能忍着。"

"可是现在，豫亲王要提携他……"

"如果他真的时来运转抖起来，咱们几个还有活命机会吗？"

"怎么办呢？"

"除非……"

几个人携了棍棒，转入府中。不久回来，向管家索不丹报告："管家老爷，吴世祖这个人，还真的在咱们府上。可是他福缘太薄，这边豫亲王刚刚有心提携，他却自己不争气，竟然失足跌入茅厕，灌了一肚皮尿水，活活被呛死了。"

索不丹把情形报告给豪格，"王爷，府中奴丁，确有吴世祖其人。只不过此时已经浸死在粪坑里了。"

豪格茫然，"这是怎么说的？怎么会这么巧？本王这段时间的运气，真是背得不能再背。前者老汤汤若望，想让他传个话给郑亲王，可老汤连句人话都听不懂。好不容易可以施惠给多铎，不想这个吴世祖，却把自己淹死在粪坑里了。你说本王咋就这么倒霉呢?”

没得办法，只有把这个坏消息告诉多铎了。

06

闻知吴世祖死了，豫亲王多铎府中来了几个人。

这几个人都是硕浑从府中挑选出来，曾有过刑部验尸经验的。

几个人在吴世祖的尸体之上用些奇怪的锐器捅来捅去，然后报告说：“硕浑大人，吴世祖不是淹死的，他是被人暴力打死后，抛尸到茅坑的。”

不可能吧？豪格一惊，此事非同小可，“本王府中怎么会有如此之事，一定是你们弄错了。”

“王爷勿急，”硕浑道，“且容小人问问，这吴世祖生前是否有仇家呢?”

豪格：“仇家……这事本王哪里晓得?”

硕浑带来的一个人，上前说道：“大人，小人听说这吴世祖与一个叫萨克布的素来不睦，而且听说这个萨克布也是在肃亲王爷的府中。”

有这事？豪格半信半疑，“萨克布嫉恨吴世祖得豫亲王青眼，暗中害死了吴世祖不成?”

硕浑：“是与不是，小人也不得而知。但请王爷开恩，容小人带回这具尸体并萨克布本人到豫亲王座前对质。无论此事是不是萨克布所为，豫亲王那里一定会给王爷一个交代的。”

豪格：“那……就依你吧。”

豪格的管家索不丹找到家奴萨克布，一条索子捆了，交由硕浑。

硕浑带萨克布出了豪格府，到无人处，萨克布扑通一声跪倒，“儿子给爹爹磕头，两年不得见爹爹之面，儿子想死爹爹了。”

硕浑叹息，“这个豪格，出了名的浑。他府中所用之人，无一不是阴险奸诈之辈。如果我向王爷点名要你，你断无可能活着走出肃亲王府。只能用这个办法，拐个弯子，才能救出你来。”

萨布克：“爹爹的计策太高明了，不仅救出了儿子，还除掉了咱们家的仇人吴世祖。”

硕浑：“走吧儿子，以后你我的富贵，全系于豫亲王一身。若是王爷有所嘱托，你我父子赴汤蹈火，万死不辞。”

“那是自然。”

07

范文程散朝回府，轿杖在距府门一箭之遥停了下来。

他缓步走过一个花园。

这是范文程的老习惯了，每次回府之前，一定要在府门前的小花园里走走，放松心情，暂时忘了朝政上那些乌七八糟的烂事。

他一边走，一边自言自语：

“就在今天，朝中一些厚颜无耻的官员，竟然裱了块大大的匾牌，上书一品夫人，吹吹打打地送去了铁狮子胡同。平心而论，我范文程对秦淮八艳之一的顾横波并无恶感。但无论如何这么一块匾牌，未免也太……不像话了吧？

“皇太后到底是搞些什么？”

郁闷之际，忽然听到一个生涩的读书声。

范文程心念一动，自语道：“咦，这是本官一生中最得意不过的《上摄政王启》，是分析天下时局，建议多尔衮入关夺取中原的建议书。如今每前行一步，虽然免不了鸡飞狗跳，连秦淮八艳顾横波都成了一品夫人。但建议书上的条条方策，正在变成现实。”

读书人最喜欢的，莫过于别人欣赏自己的文字。范文程虽然久历宦海，终不能免俗，遂驻足倾听。

岂知那边的读书声，只读了几句却撂下了，又读起《大学》来：“大学之道，在明明德，在亲民，在止于至善。知止而后有定，定而后能静，静而后能安，安而后能虑，虑而后能得。物有本末，事有始终。知所先后，则近道矣。”

范文程心里不悦，信步走过去。

就见一满族少年，衣衫破烂，面容憔悴，正摆弄手中一堆破纸片，拿起这张念几句，再拿起另一张念几句。

噢，明白了，范文程继续习惯性自语：“这是个满人旗丁，虽是旗人，但没什么地位，普通平民而已。难得这普通旗丁之中，竟然也有喜欢读书之人。”

只不过，这孩子太穷了，分明是请不起先生，买不起书。只能从地上捡来带字的纸片，自己学着读。

难怪自己那篇《上摄政王启》，他只能读出那么几句。就因为他太穷，读不起自己的文章。

他走到少年面前，“你叫什么名字？”

“回大人的话，小人萨克布。”

08

范文程带着新收的弟子萨克布，走在前面。

夫人金氏在丫鬟金铃的搀扶下，慢慢跟在后面。

范文程：“萨克布，古人书典，浩如烟海。夫读书者，最忌不分主次，毫无章法，那纵然读书多年，也是无有进益的。所以今天为师暂先给你捋条纲线出来，你照这个书目，纵然无成，终究不会差得太远。”

萨克布：“谢恩师教诲。”

范文程：“老师先给一个纲线，第一篇是《尚书·盘庚》、第二篇是《禹鼎铭》、第三篇是商鞅的《方升铭》、第四篇是李斯的《谏逐客书》、第五篇是司马相如的《难蜀父老》、第六篇是曹操的《求贤令》、第七篇是诸葛亮的《出师表》、第八篇是杨广的《征高丽诏》。杨广虽然是个昏君，但万不可因人废言，这篇文章是极好的。第九篇是李世民的《大唐三藏圣教序》……"

正说着，忽然间前面涌来一群衣衫破烂的旗人，公然上前调戏金氏，"小娘子好生美貌，要不要陪哥哥耍子？"

范文程惊诧之际，萨克布已经怒吼一声，疾冲上前，护在夫人面前，"大胆，这是内大臣、大学士的亲眷，天子脚下，京畿之地，尔等竟视王法为无物，可是不想活了？"

"滚开！"几个旗人上前将萨克布围在中间殴打起来。

萨克布被打倒在地，头脸皆血。

范文程跌跌撞撞冲过来，一并被旗人打趴下。

萨克布爬起来，被打倒，再爬起来，再被打倒……虽然有他拼死保护，但夫人仍然在范文程的凄声惨嘶中，眼睁睁地被掳走了。

突然之间，路边跳出一条大汉，"尔等何人，竟敢于天子脚下掳人？"

大汉好生勇武，拳脚齐下之际，打得那些旗人狼狈不堪，丢下夫人仓皇逃散。

大汉搀扶起夫人，"夫人莫怕，这北京城终是……哎呀，原来是大学士夫人，本王……本座冒犯。"

大汉不明缘由地脸红了，急忙把夫人交还给金铃，揖礼后退，匆匆走开了。

金夫人茫然问："这人是谁？"

丫鬟金铃道："他就是豫亲王多铎呀。听说王爷最喜亲民，时常在北京城里闲人一样四处乱逛。幸亏咱们今天遇到了他。"

夫人呆呆地望着多铎远去的方向。

09

金氏以手支颐，坐于窗前读书。

吩咐侍婢金铃："铃儿，去崔豆腐那里买几块豆腐来。"

金铃："中午只有豆腐，会不会太素了？"

金夫人声音冷冷："整天大鱼大肉，只恐老爷吃腻了，反倒会在外边吃别人的豆腐了。"

铃儿好尴尬，"夫人真是会说笑。"

铃儿蹦跳出门，逛街去了。

萨克布匆匆跑进门，"夫人，夫人，不得了了，老师他，他他他……"

金夫人抬头，"他怎么了？"

萨克布："老师今天去三观寺，正在寺中上香之际，突然发了急病……"

金夫人站起来，"好端端地不说去上朝，去三观寺干什么？"

萨克布："夫人，学生怎么知道这个，老师带学生去哪里，学生就去哪里了。"

金夫人："快带我去看看，叫大夫了没有？"

萨克布："已经叫了。"

金氏出门，匆匆入轿。

轿子经过豪格府门，豪格带着管家索不丹立于门前，纳闷地看着。

10

看着金夫人的轿杖走远，豪格困惑地道："豫亲王在闹腾些什么？"

索不丹失笑，"王爷，不是什么大事儿，就是豫亲王多铎想要范文程的老婆。"

豪格："他正在风头上，想要哪个要不到？干吗要搞到这么轰轰烈烈？"

索不丹："王爷，豫亲王可比不了您。别看大家都是王爷，那也要看女人缘的。王爷气宇非凡，格格福晋什么的，见到王爷就两腿绵软。再瞧瞧豫亲王他那模样，不是小人妄议国政，实在是豫亲王想要个女人，难逾登天。"

豪格斥道："别老是王爷王爷地叫，咱现在是个庶人。"

索不丹一摊手，"可是王爷，你瞧豫亲王连要个女人都这么费力，如此才德，王爷复爵还会久吗？"

豪格心烦，"唉，可惜本王终究是德薄……"

转身回到内府，恰见几个福晋正坐在一起说说笑笑。

大福晋和小福晋是对姊妹花，都是皇太后的堂妹。侧福晋苔丝娜原是蒙古林丹汗八大福晋的老八，另外两个福晋，一个与郑亲王济尔哈朗府上的女眷交好，另一个常去英亲王阿济格府串门。

豪格过来时，五个福晋一起转向他，"王爷从哪儿来？"

豪格："随便转转，大家说什么呢，这么热闹。"

众福晋："当然是说王爷复爵之事了。"

复爵……豪格心里满是热切，"几位福晋，你们几个是府中最有主意的，看你们眼神笑意，莫非是有法子可想了？"

众福晋："王爷难道没注意近日的邸报吗？李闯残部可以算是剿尽，但余部窜入湖广，而西贼张献忠却是声势愈大。我们姐妹断定，左近不出二十日，朝中必然会讨论靖远大将军人选。"

豪格激动起来，"靖远大将军？夫人们啊，这分明是给本王量身打造的。"

苔丝娜站起来，"那王爷，就让妾身入宫一趟，把这事给王爷料理妥当可否？"

豪格目光躲躲闪闪，"唉，你们虽然远胜须眉，但终是女流。出门次数多了，难免会惹来闲话的。况且朝中，从中书到内阁，都是些龌龊男人，那也太……"

苔丝娜一叉腰，"王爷还怕我们几个跑了不成？"

豪格："那倒不是，夫人真会说笑。"

大福晋道："要是王爷放心不下，那就派个亲信跟着我们。看看我们是真心实意地为给王爷复爵转圜说项呢，还是借此机会红杏出墙呢？"

豪格："哪的话？你们这是说的哪的话？索不丹，叫上几个可靠的人，跟在福晋们的身边。听清楚了啊，这可不是让奴才们看住你们，是侍候照料你们，嗯，侍候照料。"

"谢王爷恩典。"五女同时施礼，"我等一定竭尽心智，不负王爷所望。"

11

索不丹带了十几个府丁，排于五顶轿子两旁，一路小跑疾行。

忽然间五顶轿子摇晃起来，“停一下，索不丹，去把那边卖豆汁的叫过来，让我们尝尝味道。”

“福晋不可，”索不丹急忙阻止，“王爷有吩咐，福晋们花容月貌，不可以让外边的男人看到，免生出觊觎之心。”

小福晋怒了，“胡说，就是隔着轿子递进杯豆汁，我们五个大活人就会被人拐跑吗？”

“那倒不至于……”索不丹无法阻止，只好由那卖豆汁的过来，把豆汁递进轿里。

稍待，福晋们又停轿，这次是买面茶。

少顷，又要买炸糕。

就这样停停走走，走走停停。路上的人又多，挤得索不丹心里发慌，侧头看五顶轿子一顶也没少，这才放下心来。

轿杖拐进一条人流稀少的街道，速度变快，索不丹跟在轿子后面小跑，渐渐有些跟不上，忍不住大叫起来：“慢一些，福晋们慢一些，奴才跟不上了。”

轿夫们放慢脚步，但未见轿中回答。

突然之间索不丹心里凛戒，心说要糟，疾声叫停，冲过去猛地掀开大福晋的轿帘。

轿里空空，根本没有人影。

啊，索不丹鼻尖淌汗，接连把几顶轿子全掀开，五顶轿子竟然全都是空轿。

人呢？

福晋们怎么全飞走了？

索不丹满脸惊骇，慢慢转向路边的一家驴杂店。

从店门里，慢慢地踱出一个东西。

鼻子尖尖，目光凶鸷。

那个可怕的东西向索不丹走过来，“本仙要的人呢？”

索不丹：“呃，仙爷，奴才一时没有看住，被她们几个……私自逃走了。”

私逃？那东西走过去，掀起轿帘，看看空荡荡的轿子，笑了，“有意思。

“本仙最喜欢这种聪明知趣的女子。

“她们逃不掉的。”

12

金氏的轿子摇摇晃晃进了三观寺。

落轿，萨克布引金氏进了一间禅室。

一张床，落着帷帐，能够模模糊糊看到床上躺着一男子。

床上男子当然不是大学士范文程。

而是多情豫亲王多铎。

13

多铎精赤身体，躺于榻上。

心脏疯狂地跳动。

他双手抱在胸前，闭着眼睛嘟囔："小王喜欢的人儿来了，该怎么跟她说？该怎么跟她说？

"清江一曲柳千条，二十年前旧板桥。曾与美人桥上别，恨无消息到今朝。这首如何？会不会打动她？

"要不换这首：无情不似多情苦，一寸还成千万缕。天涯地角有穷时，只有相思无尽处？"

啪的一声，多铎给了自己一耳光，"我是大将军耶，衣服都脱了，还整什么诗啊情啊的，直奔主题了！"

脚步声越来越近，如花瓣坠地。

床帘掀起，多铎如疯狂的猛虎，一下子将来人搂于怀中。

然后多铎听到那个他再熟悉不过的声音："十几年过去了，你还是这么莽撞。"

14

多铎一惊，非同小可。

噌的一声，他看到自己赤裸的身体闪电般窜了出去。终究是身经百战的人，敏捷反应已是本能，顺手抄过棉被遮住身体，"太后，太后，怎么……会是你？"

金氏呢？

下意识地向门口望去，没看到金氏。

门口只有男人婆大布吉。

到底发生了什么事儿？自己是在噩梦里吗？此时多铎心里无数个疑问，不知从何问起。

皇太后："二十年前，宫中惊变，你母妃阿巴亥与太祖同时归天。太宗恐你有难，把当时正洗澡的你以条棉被裹了带到我的房间。那夜你就是这个样子的，两只眼睛充满恐惧，期望着保护和垂怜。

"记得那夜我大声说：不要怕，只要你听本宫的话，时刻想着自己是个顶天立地的好男儿，就不会让人伤害到你。

"事隔二十年，多铎，莫不成你还要让本宫再一次说这句话？"

大布吉弯刀直指，"大胆多铎，竟敢抗旨，还不速速拿开棉被。"

多铎彻底崩溃了，大声号啕起来："大布吉你别跟着添乱。太后，太后，这到底是怎么一回事呀？"

15

“与哀家老实跪在地上。”

多铎吓惨了，依言光身子跪下，一动也不敢动。

皇太后慢慢踱出房间，苏茉儿搀扶，大布吉在侧。

范文程与妻子金氏跪于庭中一株树下。

见太后走过来，范文程悲声道：“臣妻何辜，无端受辱，伏请太后做主。”

皇太后：“掌嘴！”

大布吉跳过去，一个大嘴巴抽得范文程跌飞出去。

扑通，范文程栽入泥尘。

金氏大骇，“太后，我夫君何罪？”

皇太后：“这个也掌嘴！”

大布吉巴掌扇过来，金氏飞出，与范文程跌成一团。

皇太后走过来，“金氏，听哀家跟你讲讲道理。”

被打迷糊的金氏，被大布吉拖到太后脚下。

皇太后：“金氏，都说你是个聪明女人，哀家看却未必。

“女人一生，有三蠢。情蠢，人家无意你有心。意蠢，人家有意，你却得便宜卖乖。心蠢，知情重义，却不能保护自己，如章台柳，任人折攀。

“此三蠢者，你全占了。”

金氏悲愤喘息，不语。

皇太后：“且听哀家说来，前朝的崇祯，满打满算才在龙椅上坐了十七年。在位时他日夜操劳，治国理政，经常十余日也不进后宫一趟。哀家问你，崇祯如此的德品行操，与明国的破亡有关吗？”

金氏：“或可说无。”

皇太后：“再听哀家说，那李闯，原本是一介驿卒，崛起草莽，杀戮万方，攻破北京城，逼死崇祯，自称大顺皇帝。此后他横征暴敛，拷掳前朝官员，财迷心窍，淫欲无度，京师妇人女子不知几多横遭玷污。哀家想问你，李闯如此倒行逆施，与其败亡有关系吗？”

金氏：“不能说有。”

皇太后：“再说说这南明弘光，那朱由崧有七大恶，贪、淫、酗酒、不孝、虐下、无知、专横。哀家想问你，朱由崧这般德行，与其败亡可有关系？”

金氏：“介于有无！”

皇太后：“嗯？”

金氏昂头道：“若朱由崧不是这般不堪，而是用心治理，虽不过萤烛之光，但未必败亡如此之快。”

皇太后：“那金氏你来说说，我们孤儿寡母，拳柔力弱，面对的是无数凶狠男人，凭什么端坐这金殿之中，接受四方伏拜？”

金氏："太后……仁慈，陛下圣明。"

皇太后声音疾速："仁慈圣明，又体现在何处？"

金氏："终是太后御下有方，令无数枭健儿郎俯首帖耳，唯命是从。"

皇太后："看看，哀家总算把你这句话给逼出来了。金氏，哀家的意思，别人可能听不懂，但依你之智，是心知肚明的。正如统御天下，所谓德泽广厚，无非是混乱中统御人心的能力。崇祯自缢，那是他缺乏御众之德。李闯败亡，那是无力号令三军。朱由崧更不堪提起，有贤臣如史阁部不能用，有精兵八十万不能使。就是他们只有小聪明，而无大智慧。"

金氏大声道："小女子不才，敢冒天渎，断不能认同太后之语。太后是在告诉小女子，唯小聪明之人，才会计较贞操节烈，才会从一而终。大智慧者视此为无益之物，只问目的，不择手段。照这么个道理，既然豫亲王青眼有加，看中了小女子，那么小女子就应该宽衣解带。"

说到激愤处，金氏长立而起，"然小女子之所以为小女子者也，正是从无与男人并争天下之野心。只望能与夫君和睦，夫唱妇随，窗前描眉，榻间绸缪，生同榻，死同穴，唯此不做第二之想。所以小女子不懂得，这样微小的要求，要大智慧何用？"

皇太后呆呆地望着金氏，一副不知说什么的表情。

大布吉以指甲弹响弯刀，"太后，这丫头鬼迷心窍，听不进人话去。要不要我来开导开导她。"

皇太后摇头，"让范文程过来。

"哀家想听听他临死之前，有何善言。"

16

范文程被拖过来，金氏扶立于侧，夫妻二人俱是一脸悲绝。

皇太后斜睨着范文程，"若哀家今日杀了你，将金氏赐予多铎为奴，你是不是不服？"

范文程气极反笑："小臣死又何惜？唯有一事不明，太后向来行事公正，何以今日如此偏袒？"

皇太后大喝："因为你们夫妻太可恶，竟处心积虑欲陷死哀家所倚重的豫亲王。

"欺君罔上，陷死王藩，你还有机会活命吗？"

金氏与范文程满脸惊骇。

皇太后踏前一步，"范文程，哀家岂是不讲道理之人？今日打你杀你，不是袒护于谁，而是你们夫妻犯下了欺君死罪！

"你太小看哀家了，哀家三岁就打死了部落里的疯狗，五岁杀死了闯入帐中欲对女眷不轨的成年男子，十二岁驯服草原上最烈的野马布木布泰。

"哀家自幼驯马出身，入得太宗之宫，如何不知道先找出脾气最蛮的劣马？

"你范文程初入太宗宫府，我就注意到了你。旗人王公之中，多少凶悍之徒曾打过夺占金氏的主意？

“所以太宗在时，你依附太宗，不时献上奇谋妙计，让太宗倚你为国之干城。有太宗宠溺，满蒙旗公纵有贼心，也不敢再打金氏的主意。

“但太宗御驾归天，你二人开始寻找新的庇护。初时你们选定了摄政王多尔衮，但不知为何放弃。而且你最不相信的就是哀家，认为哀家与皇帝孤儿寡母自保堪虞，根本没有能力照拂于你。

“是以你们夫妻秘议，此后再不依靠别人，只靠自己。

“靠自己，那就杀掉一只鸡，吓退所有觊觎金氏美色的王公贵戚。

“多铎德寡名高，被你夫妻视为最佳猎杀目标。

“由是你二人精心布局，先以金氏涂脂抹粉在豫亲王附近转来绕去。奈何多铎天生是个麻木之人，对美色竟无知觉。于是你们再以智计诱之，果然诱得多铎一步一步地按你们的算计，一直走到今天。

“走到这里。

“然后你再通过儿子范承烈，将多铎设计霸占其母之事透露给陛下，捎带着透露到哀家这里。

“让哀家替你将色迷心窍的多铎当场拿获，明正其罪。

“你夫妻阴险布局，巧妙猎杀，欲达成兵不血刃吓退觊觎金氏的王公贵戚之目的。

“范文程、金氏二人，回答哀家的话，哀家可有说错？”

17

福临立于三观寺门外的山坡上，怅望山下的京城。

范文程与金氏所生的第五个儿子范承烈，跪于福临脚下。

小福临声音冰冷，“承烈，相信朕好了，你父母不会有事。

“朕知道母后的手法，无非是揪住你父母的小尾巴，也好驱策，任意东西。”

说完，小福临慢慢坐下，接过小扣子递过来的奶皮子，“相比你父母，那秃尾巴老李李化熙，可就难缠多了。

“还是帮朕想想主意，啃下这块滚刀肉吧。”

18

见苏茉儿走过来，李化熙急忙施礼，“栖霞山一别，苏姑娘愈发漂亮了。”

苏茉儿白了他一眼，“跟我贫嘴，有用吗？

“还是留点心思，哄好太后吧。”

李化熙跟在苏茉儿身后入宫，于寒风中穿行柳堤，到得一个空荡的场地上。

摄政王多尔衮束甲长立，身边是数不清的王公福晋、名臣家眷，人手各执一门乐器，笙竹弦乐、箫笛筝琴、二胡琵琶、锣鼓磬钲。各吹各的号，各唱各的调，场面热闹非凡。

场地上，皇太后红衣劲装，带着一队宫女。淑太后长发猎猎，也带着一队宫女。双方分成两队，正在紧张地蹴鞠。

皇太后带鞠抢入。

淑太后身法极美，疾速拦截。

但皇太后这边配合有度，长腿轻挑，满场都是叫好之声，那团如炸了毛翅的羽鞠长传到一个宫女脚下。

淑太后惊叫着再去扑抢。

彩鞠又传到皇太后脚下。

皇太后已到对手近前，作势传送，却凌空一脚，眼见那只七彩斑斓的鞠团，已经没入淑太后阵营最后方。

淑太后气得跺脚，“奇了怪了，本宫这边个个都是高手，怎么还会落败？”

皇太后接过宫女递过来的汗巾，先拂拭脸上的汗渍，说道：“蹴鞠，兵势也。昔者北宋太祖赵匡胤，向以此术训练部卒。”

说到这里，皇太后转视淑太后，续道：“是以蹴鞠之道，比的非止个人实力，要看大家彼此之间配合的默契度。倘配合得好，一群庸者也不会输。倘配合失策，纵高手组队，该输还是要输。”

皇太后停下来，“李爱卿未曾奉旨，私请入宫，可是有要紧的事儿？”

李化熙：“太后，太后，我爱妻她……她真的什么也不知道。”

多尔衮在一边插话道：“李化熙，你以一人之力，兼了工部左右两侍郎，陛下待你，恩不谓不厚，情不谓不深。可是你俸禄也拿了，官饷也吃了，本王和太后指望你的案子呢？莫不是还要再一次地故技重演，羞辱本王不成？”

李化熙：“不敢不敢，小臣……求摄政王和太后，赦了小臣，让小臣告老还乡吧。”

皇太后冰森森的声音：“哀家要是不许呢？”

李化熙：“臣，固所请尔。”

多尔衮讥笑：“怎么着，两年的查缉，飞玺案还是毫无头绪？”

李化熙：“小臣福薄，无德无能。”

皇太后不高兴了，“怕是你拿着天家俸禄，每日里只知和女人打情骂俏吧？依哀家说你娶的真有点够呛，在家不能相夫教子，在朝不能贤助夫君。要不要让哀家替你看看，把她发配给哪家王府的马奴，更合适些呢？”

李化熙大急，“太后，千万别……小臣以后，一定用心。”

皇太后：“真的要等到以后吗？就不怕你那娇滴滴的李朱氏，她再也等不起？”

李化熙看看四周，“好吧太后，小臣一字一句，全部说出来，还不行吗？”

皇太后：“哀家勉为其难，带听不听吧。”

李化熙：“是这样，太后，迎玺大典那一日，太后于朝殿之上将玺匣授予摄政王，苏茉儿于朝官之前打开玺匣，所有人都看到了那枚汉家制造之宝。

“但当摄政王端捧匣盒行至典仪台上，准备将玺取出献于陛下时，玺匣却已是空空如也。此事涉及国运，摄政王不敢声张，更不敢再启玺匣，恰逢有人鼓动朝中文武，以前朝东林党和阉党之名，当场喧闹起来。

“这一闹，就再也无人过问玺匣之事。

“那一夜玺匣置于中书，四周有数百名甲士看守，人不得近。

“次日，小臣到达案发现场，打开玺匣，果见匣中空空，并无玺印。

“但小臣于空匣之中，嗅到了一种奇怪的味道。”

多尔衮：“什么味道？”

李化熙：“菜油味。

“当时小臣心中，疑云大起。

“烦请太后猜一下，菜油味道最容易招惹什么东西？”

淑太后听得入神，“招惹什么东西？”

李化熙：“老鼠！”

19

李化熙站起来，大声说道：“玺印汉传，国之重器。

“必须要用心保护，玺匣之中怎么可能会有菜油味道呢？

“小臣想了三天三夜，才猛然醒悟。

“是玺匣盒中的油腥味引来了老鼠，把那枚制诰之宝，给吃掉了。”

在场众人惊呆，“啥……你说啥？”

李化熙：“太后、陛下、摄政王，是老鼠，把制诰之宝给吃了。”

20

李化熙的话已说完。

风起，黄叶飘零。

福临、皇太后与多尔衮面面相觑。

半晌，多尔衮拿起身上佩戴的玉，“李化熙。”

李化熙：“小臣在。”

多尔衮：“过来，把这块玉吃掉。”

李化熙：“小臣齿钝，啃之不动矣。”

多尔衮炸了，“李化熙，你胡言乱语够了吧？你咬不动玉石，难道老鼠就咬得动？”

李化熙：“可是摄政王大人，如果那方玺玉是菜油和面做成的呢？”

多尔衮：“什么意思？……”

李化熙：“当时小臣想到这里，也曾生出与摄政王一般无二的困惑。为了弄明真相，小臣在家里用菜油和面自己做了个玺印，虽然模样不太像，但好歹有那个意思。

“夜晚，小臣把菜油和面做成的玺印放在桌上。

“早晨起来，桌上已是空无一物，唯留下一片淡淡的菜油气味。

“由是小臣终于明白了。迎玺之日，太后当着百官文武之面，交到摄政王之手的匣中之玺，原本就是块面砣子。当摄政王声称玺玉不翼而飞之时，其实面砣子仍在匣子里，但无人敢打开来看。经朝臣殴斗之后，玺匣置于中书交泰殿，足足一夜工夫，让宫中的老鼠确曾有过一顿美餐。”

多尔衮笑吟吟地转动着手中杯盏，“疯了，这李化熙疯至极矣。上一次失材案，他诬陷说是本王干的，这一次，他的矛头直指朝枢，从太后到陛下，那是一个也不肯放过呀。”

李化熙狂跳起来，“小臣既已开口，那咱就把话说完。何以陛下、太后、摄政王，好端端地无事生非，闹出这么一出呢？只有一种可能，那就是十年之前，传说被元顺帝带入大漠，出世于土默特萨拉齐、由太宗亲迎的所谓汉家制诰之宝，原本就是个骗局。

“当是太后得意之作，只为鼓舞军心士气，以示天命有归之意。太宗皇太极当年所迎假玺，九成是拿根大萝卜刻的。当时事情闹过也就算了。但陛下入关后，不时有王公大臣要求在新朝文书上加盖玺印。如何与王公大臣们解释，这真的是个难题。也亏了太后机智，摄政王机敏，陛下胆大，最终竟让你们想出这么一招。

“虽说是玺印失盗，关乎国运，但好歹胜过出面对大家解释说：这事从头到尾，始终是个骗局。解释太累，不如就此再折腾一番算了。”

李化熙闭上眼睛，“小臣言尽于此，话已说完。是杀是剐，太后随意。”

现场死寂，听不到半点呼吸。

太后眼睛一眨也不眨，看着李化熙。

良久。

皇太后说话了：“传哀家懿旨。

“送李朱氏并李化熙，出宫去吧。

“哀家乏了。”

21

轿杖到得门前，李化熙小心翼翼掀开轿帘。

“爱妻小心，别跌倒了。”

李朱氏俯入丈夫怀中，笑道：“哪有这么紧张，太后接我入宫只是和几家福晋格格组织一个诗社罢了。”

那敢情好。李化熙长松一口气。

李朱氏：“可是我的夫君，你全身衣服竟为汗水湿透。可知你适才宫中一行，是于生死道上走一遭。”

李化熙：“都过去了。只要我们夫妻在一起，天大的难题，也不过如此。”

两人一边长拥，一边向门里退去。忽然间李朱氏好像踩到了什么，“嗯，地下是什么东西？”

李化熙：“好像是个活人。”

就听一个稚嫩的声音："小女子奇冤在身，因而冲撞大人，还请大人赦过小女子之罪。"

李化熙急道："惨了，本官什么也没听到，夫人快点走。"

李朱氏瞪了他一眼，"夫君，人家不过是一个柔弱的小女孩而已，夫君何以吓成这个模样?"

李化熙跺脚不止，"爱妻你不知道呀，这世道不对劲，倘你夫君是个聋子瞎子，可能日子会更平和些。"

李朱氏："夫君不要说泄气的话，你看这孩子满身泥垢，遍体伤痕，且容妾身带她入内换身干净衣服，吃顿饱饭。若夫君不想管她的事，送她去大理寺、顺天府、御史台，都由得你，又何必害怕成这个样子?"

李化熙仰天叹息，"夫人不肯听我之言，只恐事到临头，悔之不迭呀。"

22

朱李氏带女孩入内，给女孩洗了澡，换了身衣服，再带出来。

女孩跪倒，"小女子身负奇耻大冤，跪请大人主持公道。"

李化熙扭过头去，"不是本官心狠，问题是本官活了一辈子，从未见过公道长什么模样。

"本官都未曾见过公道，又如何替你主持?

"赶紧吃口热乎饭，吃饱了快走!"

李朱氏气道："夫君你这是干什么？冲个小孩子耍威风。"

李化熙："哼。"

李朱氏："小妹妹你过来，先吃点东西，有什么委屈，说出来便是。"

那小女孩跪下，振声道："求夫人救我，我本旗人王公贵戚，算起来也是个郡主格格，与皇家更是骨血相连。我生父是位王爷，生母是王府正室大福晋，血统纯正出自太祖。但就在我母亲怀上我的那一年，父王从外边带来一个异道人，父亲不知听了何人撺掇，竟容那道人于府中做起妖法。那日王府笼罩于一片恐怖的血雾之中，无数人亲眼得见那异道人竟然脱出自己的形骸，飘忽无定，如一团有生命的烟云，缓慢地渗入了父王身体里。据说那一夜，有人亲睹两团人影挤在父王的身体里交战。俄顷风定，无数人听到父王濒死之前的惨厉嘶叫。而后父王突然间活转，露出诡异之色，哈哈大笑。

"那笑声，阴诡无尽，再不复父王昔日之色。

"嗣后，父王变得邪恶狰狞，竟然要手刃我母。

"母亲被父王砍了十几刀，家中奴仆不忍，谎称母亲已死，父王命将母亲丢入马棚。母亲在马棚里煎熬了上百个夜晚，直到生下我而后，才阖目而逝。

"我出生后，府中奴仆不敢报之父王，谎称是奴才们相互私通生下来的，小女子则是在马厩里长大。直到半年之前，一直保护我的奴仆吴世祖，被府中奸奴暗算打死。临死之前，告诉了小女子的身世。

“小女子知道了身世，这才逃出王府，求李大人并夫人，看在苍天的分上，可怜可怜小女子吧，替我及生母洗雪奇冤大辱。”

听了小女孩的话，李夫人腾的一声站起来，“你究竟是谁?”

小女孩泪流满面，跪下来磕头，“实告夫人，小女子的生母就是太祖努尔哈赤的孙女儿，哈达纳喇氏。手刃我母者，便是我生父，已革肃亲王豪格!”

抬起头，“小女子已经打听过了，那异道人所施妖法是邪中之邪，恶中之恶，名之为夺舍。我父王就是中了邪术，被妖人占了躯体。”

“出去!”李朱氏突然尖叫一声，猛冲过去一把揪住小女孩的发髻将她强拖出门外，砰的一声关上了门。

“夫人，夫人。”门外是小女孩凄苦的哀求声，“夫人大慈大悲，救救我吧，小女子冤啊。”

李夫人以背抵门，转过身来，看着丈夫。

李化熙一摊手，“你看夫人，跟你说了你还不肯听。

“现在后悔了吧?

“听门外的孩子，叫声凄苦可怜。

“可她是来要咱全家性命的。

“从太祖努尔哈赤、太宗皇太极、皇太后到多尔衮，哪一个不是人中龙凤?

“可这些人合起来，都挡不了对手随意一击。

“你夫君我，又算得了什么?”

23

小女孩跪在李化熙府门之外，声声乞求。

李化熙夫妻关门掩窗，不敢出去。

李化熙对妻子说：“这个女孩，是真正的金枝玉叶。

“父亲是太宗皇太极的庶出长子，已革肃亲王豪格。

“母亲是皇太极异母姐姐哈达公主的二女儿。

“哈达公主是太祖努尔哈赤的亲生女，但闻听她被妖人下咒，死得极惨。那是十年前最恐怖的血案，哈达公主被杀，连累到正蓝旗被连根拔除，数千人头落地，血光弥天，至今未散。

“哈达公主惨死，但二女儿嫁给豪格，是为大福晋，好歹未受牵连。岂料肃亲王突然心性大变，手刃了发妻嫡福晋。此事让豪格名望受损，所以太宗死后，虽然豪格有心争逐君位，但终与御座失之交臂。究其原因，与此事不无关系。

“就是这样一团乱麻，敏感之至，尽是皇家隐秘。

“哪怕听到半句，都嫌命太长。

“可如今我家门外，却跪着豪格的亲生女儿，口口声声要让我主持公道。

“也不掂量掂量，我李化熙有这个分量吗?

“唉。”

李朱氏却犹豫起来，“可是夫君，若让这孩子在门前跪求不止，只恐后果更可怕。

“来往行人，看到就会好奇，就会围观询问。

“皇家私隐，就会尽人皆知。

“到时候朝廷恼怒，后宫寻仇，咱们两口子铁定是第一个挨刀的。”

李化熙：“夫人所言极是。为今之计，如之奈何？”

李朱氏：“只能让小格格进来。

“好茶好饭，只要让她安生下来，就阿弥陀佛。”

李化熙：“只能如此。那就依夫人好了。”

第十一章　绝代佳人，外边有相好了

01

新建成的宗人府。

隐秘的鼓点揪扯着人心，一排主宰皇族生杀之权的人，鱼贯而出。

典仪官头顶高冠，身披大氅，侍列高声宣布宗职要员名单：

大宗令，由郑亲王济尔哈朗担任。

左宗正礼亲王代善，右宗正达尔罕亲王满珠习礼，后者是皇太后的四哥。

左宗人敬谨亲王尼堪，右宗人二等伯都类。

脖子最硬的汉官宁完我，担任府丞。余者满汉堂主事、理事官、经历司经历、笔帖式数十人，一言不发，冷脸沉肃，各自落座。

大堂之下，满蒙亲贵、王公大臣、固山额真、贝勒贝子，数百人齐至。

多铎光头赤足，耷拉着脑袋，立于阶下。

济尔哈朗合上卷宗，抬头平视，“豫亲王多铎，马奴硕浑可是你府中人？”

多铎：“是的。”

济尔哈朗：“硕浑之子萨克布，可是你从豪格府中要来的？”

多铎：“是的。”

济尔哈朗：“你要萨克布做什么？”

多铎：“派他去……呃，给范文程做学生。”

济尔哈朗：“为什么派他去给范文程做学生？”

多铎：“为的是让范文程妻子金氏熟悉他。”

济尔哈朗：“目的何在？”

多铎：“是为了让萨克布把金氏诓到三观寺的禅室中。”

济尔哈朗：“这又是为什么？”

多铎：“因为本王，呃，心仪金氏貌美心慧，想和她，呃，交个朋友。”

济尔哈朗："只是交个朋友这么简单？"

多铎："小王对天发誓，对金氏唯有敬重，绝无半点亵渎之心、伤害之意。"

济尔哈朗："然则，你在三观寺是如何等待金氏的？"

多铎："呃，小王在床上。"

济尔哈朗："就这些？"

多铎："呃，小王当时……身上没得衣服。"

济尔哈朗："那你身上的官服呢？"

多铎："被范文程家的坏小子范承烈抱走了，至今不肯还回来。"

济尔哈朗："和硕德豫亲王多铎，你是说，你赤身裸体在三观寺禅室的床上，等待金氏的到来？"

多铎："差不多。"

济尔哈朗："这是金氏的意思吗？"

多铎："呃，金氏并不知情。呃，小王这样做，并无恶意，只是想表白赤诚之心、坦诚之意。"

济尔哈朗："那么你赤裸在床，可曾等到金氏？"

多铎："没有等到。"

济尔哈朗："那等来的是谁？"

多铎："呃，是太后带着大布吉。"

济尔哈朗："哦，那当时太后对你说什么了？"

多铎："太后说：'大布吉，咱们阉了这厮可好？'"

济尔哈朗愤怒地一拍桌子，"粗俗！"

多铎一副豁出去的表情，"粗俗也没办法，当时太后确实是这么说的。"

济尔哈朗："好了，都问清楚了。"

济尔哈朗转向诸王公，"诸位，事情已经勘得明白。豫亲王多铎，为上不尊，行品差劣，若不严加惩治，无以儆效尤。此外，已革肃亲王豪格，涉知此事，但未向有司报告。烦请大家议一议，此事该当如何处置？"

众王公同声开口说话，激烈争论。

嗡嗡嗡，宗人府如万只苍蝇同时齐舞。

02

巍峨保和殿，一名宫监长立，大声宣旨："豫亲王多铎，谋夺大学士范文程妻。下诸王、贝勒、大臣鞠讯，得状。多铎罚银一千两，并夺十五牛录。肃亲王豪格坐知不发，罚银三千两。"

03

涂远谋立于窗前，一动不动。

多尔衮坐在几前喝茶，满脸懊恼，"事情发生得太突然，小王一点防备都没有。

待得知道，宗人府那边已经做出裁决。”

已经走到人生至高峰，如日中天的多铎，仿佛被只无形的巴掌，突然间拍成零碎，委顿于地。

事前一点预兆都没有。

一点点预兆都没有！

涂远谋：“两宫太后，可曾说了什么？”

多尔衮：“两宫太后，并不知情。是临到多铎于三观寺设伏，淫辱金氏之时，皇太后这边才得到金氏第五子范承烈的报信。”

涂远谋：“王爷，小可是在问，这段时间太后都说了些什么？”

多尔衮：“太后……就是那天蹴鞠之时，汉官李化熙突然入宫，吵闹着要他的妻子回家，当时太后就蹴鞠之事，说了点有的没的。”

顿了顿，多尔衮又道：“不过那日太后兴致颇高，竟亲钹歌舞，说了番蹴鞠团队相互配合的道理。不过你知道，这女人终究是女人，什么事情都说不到点子上。”

涂远涂：“小可斗胆，请王爷详述。”

多尔衮：“是这样，那日里皇太后以男女情事暗喻配合，这岂不是荒唐？”

涂远谋：“王爷呀，你聪明一世，糊涂一时。难道这时候王爷还认为，皇太后与豫亲王的事儿无关吗？”

多尔衮：“可这……”

涂远谋：“王爷若有心，可听见这天地之间，那罗网密合之声？

“自太祖于建州蒙七大恨之羞，时已四十年矣。四十年来，桩桩件件，血泪斑斑，皇族至亲逃得罗网剿杀者，几无一人。是时七大恨悉以应验，旧时残花，珠苞再绽。于今京城妖风渐浓，鬼影幢幢，若不能于危难之际，拔刀奋起，明心见性，小可恐王爷重蹈昔年太子褚英之旧辙，届时黄钟毁弃，明宫空泪，悔之晚矣！”

多尔衮沉默良久，“先生累了。

“歇着吧。”

04

皇太后寿辰，宫中大肆庆祝。

诸王府福晋、汉家名臣女眷络绎入宫庆贺。

李朱氏排在等候觐见的长队中，身边多了个满脸伤痕的小女孩，侍女扮相。

苏茉儿走过来，“哟，夫人终于肯听太后的劝，身边也自带上侍女了。”

李朱氏很怕宫里这些人，急忙施礼，“苏姑娘说笑了，我夫君的俸禄实不够买几本书。这孩子名叫格儿，父母俱亡，孤苦无依，看这孩子可怜，所以带在身边。”

大布吉走过来，阴沉可怕的眼睛盯在格儿的脸上，“苏茉儿你看，这女孩的模样，像极了一个人。”

“像谁？”李朱氏紧张地问。

大布吉冷哼一声，不答走开。

苏茉儿笑道：“李夫人无须理她，大布吉喜欢让人讨厌。

“跟我来吧，太后一直在问你。”

李朱氏紧张万分，跟在苏茉儿身后，进入一间花厅。正坐着与皇太后、淑太后聊天的范文程妻子金氏，急忙站起来，“这位便是李夫人？”

李朱氏急忙施礼，“范夫人好。”

皇太后盛妆宫容，“好了，都坐下吧。前几天，宗人府已经勘过多铎的案子，金氏你也别嫌哀家偏心，说到底多铎也算是哀家的弟弟，十几岁时就在宫里，当着太宗的面与哀家摔跤的。纵他对你有所不敬，哀家的心里，还是难免有些许偏袒之意。”

金氏：“臣妾谢过太后照拂之恩。说到底都要怪臣妾不好，就不该不顾体面抛头露面，惹来麻烦让太后操心。”

皇太后：“你又来了，哀家最不喜欢你的就是这一点，心眼太多。”

“太后……教训的是。”

“哀家再跟你说一遍，你和文程固是智略无双，但差就差在格局上。格局决定着一个人的视野，如雄鹰在空，俯视周天皆是猎食之物。若格局过小，如汉家女子裹的小脚，就算堆一座金山在眼前，你爬都爬不过去。非大格局无大器宇，非大器宇无大名功。你要是帮文程稍微用上一点心，哀家就欣慰了。”

金氏与李朱氏并排行礼，“臣妾敬聆太后教诲。”

淑太后好像看到了稀罕玩意儿，“咦，这小姑娘好生可爱，李夫人从哪儿找来的？”

李朱氏禀道：“这是我夫君近日收留的孤女，叫格儿。”

皇太后声音阴冷，“格儿，格儿。李夫人，你用心良苦啊。”

李朱氏：“臣妾惶恐，不知太后何指。”

皇太后：“这个格儿有冤在身是不是？看她那张小小年纪却充满狠绝怨毒的小脸，不是心中有大不平，有决死意，她根本不可能活到现在。”

李朱氏吓呆了，“太后……太后。”

皇太后开始把玩一盏精致的宫灯，“你们的闲事儿，哀家不想管，也没能力管。但有一点哀家要告诉你们，古往今来万千血仇，归结起来无非四个字：霸女夺产！既然格儿找上了你们，可见她的事儿是衙司所不敢问的。

“此类事最大的为难，就是你在明处，奸人在暗。你须得有证据，才能让奸人伏法。但涉事之证尽在私隐之地，所以仍是要看格局。局在外，取其大。格在内，取其细。局大密细，方能布控盘局，致奸人于罗网之中。由是密细之局，唯心而已，纵有百万雄兵、狼枭之师，不能用也。

“所以密细之局，须得密细之人，方能于对方私隐之地拿到证据，全身而退。

“李朱氏，哀家问你，你可为你夫君安危寻觅这样一个人了吗？”

李朱氏：“啊……这个，小女子愚钝，伏望太后指点。”

皇太后丢开宫灯，“人，哀家早就给你了。

“奈何你与金氏一般无二，心局太小，自立禁制。”

李朱氏：“太后……”

皇太后：“去吧，哀家的姐妹来了，容哀家与她们话话家常。”

05

“万岁爷!”

“满蒙汉!”

“嗷!”

焦曰白喝得面红耳赤，高举巨大酒觥，“太平盛世，天子承恩，才让吾有这等舒坦的日子，来干啦。”

“焦爷请，干干干。”满堂高朋，与宴宾众，纷纷举杯。

把那只太古年代的酒觥放下，焦曰白慢慢吐出一口气：

“人这辈子，说透了就一个字儿：

“贱!

“什么叫贱呢?

“就拿焦爷我来说，某家本是北京城郊一介朝生夕灭的乞丐。忽一日得遇仙缘，遇到个鸟羽花翎、鸟头人身的仙人指点迷津，学得了于这兵乱年间逆势操盘。

“越是兵荒马乱，田产越不值钱。某家低价介入，买得了京郊十数万亩田产，待得贼迹灭踪，生活安定，这些田产的价格渐至回升。忽一日某家回头看时，才发现不好意思，某家竟成为天下第一大富豪。

“然后呢，某家就疯掉了。

“那段日子啊，某家堪称是生不如死。每夜卧睡于牙床锦帐之内，就会梦到自己仍然是个乞丐，行走于冰天雪地之间，被疯狗追咬。那噩梦竟比现实更可怕，迫得某家居然不敢睡于房中，仍如乞丐模样，于荆棘丛中的烂席子之上，才能睡个安生觉。

“倒也奇了，当富可敌国的某家恢复成乞丐模样，睡于荆棘丛中的烂席之上时，反倒夜夜梦到自己卧睡于牙床锦帐中。只是醒时见到那荆棘丛，不由得悲从心来，这梦境与现实的颠倒，委实会让人疯掉。

“幸亏呀，某家遇到个善心的官爷，便是如今的刑部尚书李化熙李大人。李大人指点了某家一个秘诀，某家照其而行，嘿，诸位呀，某家的心病真的慢慢调剂好了，终于能够坐在这里与诸位畅饮。”

众宾朋齐齐举杯，“恭贺焦爷医得心病，这个叫福气，别人羡慕不来的。”

“彼此，彼此。”焦曰白幸福地举杯，一饮而尽。

饮罢，焦曰白拿衣袖抹了抹嘴唇，“所以某家跟你们说呀，这世上之人，一切都是命中注定。某家虽然生为乞丐，但命中注定有此洪福。某家生于贫贱，就遇到花翎仙人。某家有了心病，就遇到官爷李大人。为什么某家总是遇到贵人?

“因为某家命里该有这些!”

几个相熟的宾客举杯，“焦老爷，您甭叽歪了行吗？赶紧把那几个盛京歌伎叫出来，给大家助助兴。再把你那花了三十万金买来的格格，带出来给大家开开眼。”

焦曰白咧开大嘴，“盛京的歌伎倒还罢了，诸位，格格的事儿就不要提了。富贵人家的享受，并不是什么都可以拿给你看的。哈哈哈。”

几个宾朋齐声冷笑，“焦曰白，吹牛这事儿，咱理解。毕竟花几个铜板，买个放羊的旗家柴火妞，把脚丫子缝里的泥巴洗吧洗吧，抱上床假装是个公主，这本是稍有两个小钱的暴发户最常干的事儿。焦兄性情中人，终究不能免俗，理解，理解。”

“啥意思你？”焦曰白是个暴发户，最恨别人说他是暴发户，最气别人瞧不起他，“告你说，我花了三十万金买到的货，绝非是下三旗的柴火妞。那可是地地道道的……嗯，不跟你们说了，总之那香肌玉骨，岂是你等粗人所能知晓？”

“哈哈哈！”席间诸人，疯狂嘲笑起来。

焦曰白终于沉不住气了，“冰雪儿，把老爷的花婢带来，让这些乡下人见识见识。”

焦曰白的管家，是个名叫冰雪儿的优伶。听了焦曰白的话，她神情不安，推了推二管家，昔年京城的车帮帮主初闻道，想让初闻道劝止焦曰白。

但是焦曰白眼睛一立，“咋啦？耳朵聋了？不想干啦？”

“喳，谨遵老爷之命。”冰雪儿和初闻道虽然昔年大名鼎鼎，但却早已过气，如今只能仰承焦曰白的鼻息。两人相顾无言，抹了把晦气的脸退下。少顷，带进来一个妙龄女子。

此女入内，霎时间满室悄无声息。纵然在座之人无有见识，但出自贵室之门的优雅与含而不露的御下尊威，势无可挡地涌至，令在场之人个个自惭形秽，不敢妄语高声。

只是，那贵室之女，虽然风华绝代，却在焦曰白面前无限惊恐。她战战兢兢地跪倒，“婢子低贱，伏惟老爷之恩。”

“哈哈哈。”焦曰白一边把手探入女子怀中，一边大大咧咧地安慰在场宾客，“尔等无须吓成这般模样，此女虽出自贵室，但却是落魄之门，更兼获罪于摄政王，是在册的下等婢妾，由官府督卖，公开出售，某家买来也。”

原来如此，诸人释然，“焦兄好福气，竟然能买到这般极品货色。果然是豪阔非凡，福运当头啊。”

焦曰白心花怒放，“客气，客气……咦，尔等何人，拿那么粗的铁链子做何事？”

哗啦一声，焦曰白的脖子上，已经被铁链牢牢锁紧。

两排衙捕持刀列队而入，一名官员衮带兽冠，缓步踱出，“本官，刑部尚书李化熙是也。

“焦曰白，你暗通匪人，私买被掳贵室，以下犯上，以卑凌尊。怕你再有十条命，也不够死的。”

然后李化熙的眼光，落在那战栗婢女身上。

“刑部承政额尔格图最宠爱的长女，宓塔东珠格格。

“你还好吧？

“本官终于找到你了。”

06

看着豪格府中的大福晋小福晋，以及侧福晋苔丝娜走进坤宁宫，一群人姐姐妹妹地乱叫，李朱氏牵着格儿的手，和金氏避到门外的花池边。

李朱氏小心翼翼地问：“范夫人，你有听明白太后的意思吗？”

金氏很尴尬的样子，“呃，还在想。”

李朱氏：“听太后说，她已经替我夫找了个护他安危的人，可是我不见于相容……这事从何说起呀？”

金氏：“莫非是你夫君，外边有相好了？”

李朱氏：“有相好……姐姐说话好风趣，可他从未跟我说起呀。”

金氏：“那就是他不敢说呗。毕竟你们夫妻情义，尽人皆知。若他生出二心，恐怕就连他自己，都不敢面对，又如何敢告之于你？”

李朱氏突然跪倒，“求夫人救我。”

金氏慌乱跳起，“你这是干什么？快起来。我自身尚且难保……”

李朱氏指着格儿道：“正如适才太后所说，这个格儿确是身负血海奇冤。如今这孩子缠上了我，就是我夫妻必死之日了。夫人蕙心兰质，必有指教之处。”

金氏：“夫人何以当局者迷？难道忘了李化熙年前下江南之事？”

李朱氏：“莫非是铁狮子胡同？”

金氏：“多半便是。”

07

暴发户焦曰白的筵堂上，突听李化熙叫出刑部承政额尔格图的名字，那气质华贵的婢女身形激颤起来。

李化熙正待说话，焦曰白突然大叫起来：“李大人，李老爷，是我，我是焦曰白。老爷救过我的。”

李化熙转过去，“本官知道你是焦曰白。上次救你，这次捉你，有什么不妥吗？”

焦曰白：“老爷，缘何要捉拿于我？”

“因为你不该买她。”李化熙指着那气质华贵的婢女。

“不不不，大人你弄错了。”突然之间，气质华贵的婢女尖叫起来，“小婢家世低贱，不识得什么额尔格图，也不是什么格格。”

李化熙呆怔了一下，道：“姑娘是不是格格，这个不重要。

“重要的是，本官在此，担保再也不会有人伤害于你。

“请姑娘相信本官。”

那女子抬起苍白的脸，“大人，你要把我如何？”

李化熙：“当然是先行带离这里。

“姑娘被掳，却是通过完全合法的官家牒册公开出售，卖给这焦曰白的。可知刑部承政大人的案子，从六部到顺天府、大理寺，怕是找不出个没有嫌疑的官儿。所以本官会将姑娘安置在最妥善的地方，再待本官彻底查明，将强掳姑娘的贼伙尽数捉拿归案。”

那女子恐惧之情稍退，站了起来，“如此，我便与大人一同回去。”

李化熙一躬身，“如此，下官谢过格……咦，你干什么？”

只是李化熙一躬身的刹那，他面前的女子身形疾掠，势如闪电，疾扑至一名衙捕身边，呛啷一声，将那缉捕的佩刀抽出，然后长刀横颈，惨笑了一声，“大人劳苦费心，小女子这厢谢过。”

霎时间桃花开万朵，只见满天残血激飞，那姑娘已经踉跄栽倒。

李化熙看得惊心震骇，失叫一声：“拦住她，快点把她救活！”

众衙捕围上去，又站起来，向李化熙摇摇头。

“大人，太迟了。

“这姑娘死志极绝，一刀夺命，回天无力。”

“怎么会这样？”李化熙茫然。

08

出宫以后，李朱氏在格儿的搀扶下在铁狮子胡同下了轿。

她第一眼就看到一个人。

她的大哥。

朱国弼。

正跪于胡同口，四周是指指点点的围观闲人。

朱国弼在悲声呼唤，声音有节有奏，一板一眼，“门儿，回来吧。

“回来吧，你知道，我是爱你的。

“日日想你，夜夜念你。

“悔不该，为夫我悔不该见短识浅，把门儿你以二十万金的价格卖掉。

“如今为夫知罪了，回来吧，不要让为夫再活在孤独与悔恨里。”

围观人群指指点点，嘲笑不断。有人大喊：“老朱，你是把卖掉寇白门的钱花完了吧？”

“所以想把她找回来，缺钱时再卖一次？”

“哈哈哈。”

又有人喊道：“你太小看人家老朱了，他是听说那寇白门，买下自己后与秦淮姐妹径奔南京栖霞山，于桃花涧绝崖寺坐佛说法。香客云集，一日间敛香火银三十万。人家老朱，是看上这笔钱了。”

“哈哈哈。”

李朱氏气恼地走过去，“哥哥，你闹够了没有？

“怎的这般不知羞耻？”

朱国弼抬起头，貌似威严地道：“你是哥哥的一母同胞妹子，怎么可以这样不知尊卑，羞辱长兄？

“以前门儿在家时，与你最谈得来，你快帮长兄劝劝她，让她早点回来吧。

“终不能这么狠心，看长兄为难是不是？”

李朱氏气恨，一跺脚，“真的受够了，朱门八世，皆王者之尊，怎么会出了你这样一个没出息的？”

仍然长跪的朱国弼，长喝道：“不得对长兄无礼。”

李朱氏气急败坏，走到胡同尽头敲门。

朱漆大门敞开，就见恶名昭彰的龚鼎孳正与顾横波等几名女子饮酒赋诗。

李朱氏斥道：“龚鼎孳，你也够了，一定要这样羞辱我们朱家吗？”

“哈哈哈，”龚鼎孳大笑，“小郡主，你虽然聪明，但比你那一母同胞的哥哥，还差得远。”

李朱氏：“什么？

“你是说……”

龚鼎孳笑道：“还不明白吗？你兄长朱国弼，本事太小名头太大，堂堂前朝抚宁侯，在北京城中，这名头过于刺耳扎眼。恐怕每一天，不知道有多少人想落井下石，随意捏个小罪名，朱家满门就得缧绁系狱。在朝无权，在野无势，恐怕连死时都不会有人听闻一声。

“但他前者以二十万金拍卖寇白门，现在又恬不知耻地哀求合好。

“如此这般，他已成为北京城中主要的闲聊话题。

“这情形下如果有人敢动他，就立即朝野关注，成为众矢之的。

“有此之智，可知抚宁侯的后人，终究不是白给的。”

李朱氏：“原来如此……”

龚鼎孳：“小郡主今日此来，所为何事？”

李朱氏：“龚大哥，你应该能猜得到。”

龚鼎孳哈哈大笑，“莫不是想从秦淮八艳中，替你那秃尾巴夫君，找个贴身保镖不成？哈哈哈。”

李朱氏：“龚大哥，你还真说对了。”

龚鼎孳呆了呆，“小郡主，你既有此意，难道不怕你家的秃尾巴假戏真做，顺杆爬上来？”

李朱氏：“相比于我夫君的人身安全，假戏真做又算得了什么？”

龚鼎孳：“稀罕，小郡主有此见识，不知秃尾巴老李修了几世，才有此福缘。”

第十二章　宫怨喋血，最恐怖的存在

01

肃亲王府，爆竹声起，人声鼎沸。

豪格那张柿饼子脸，笑开了一朵又一朵的花。

管家索不丹带家奴跪拜朝贺：“恭喜王爷，贺喜王爷，奴才早就说过的，王爷天纵英武，洪福齐天，复爵是迟早的事儿。看看，奴才没有说错吧？”

豪格红光满面，“本王今日复爵，大喜之事。赏，大家统统有赏。”

家奴纵情欢呼，“现在的靖远大将军，也归了王爷喽。”

豪格：“本王就要出征了，索不丹，你去集合家奴仆丁，替本王挑选出一支精锐队伍来。至少不能比阿济格，或是多铎的府兵更差。”

索不丹：“是，王爷。”

豪格：“还有，本王的五个福晋呢？索不丹，是本王命你护送她们去宫里的，时至今日，怎么一个也不见回返？”

索不丹：“奴才已经命人去宫里催了，福晋们说是太后留她们闲话，左不过是三两日就会回来的。”

豪格：“你亲自去催。本王出征之日，要见到自己的福晋。”

索不丹：“是，奴才这就去。”

安排好府中一应事宜，索不丹出了肃亲王府，去催请离府不归的五个福晋。

他行色匆匆，走过一条又一条幽深的胡同，沿一条河径向前行。河心处停有一艘花舫，美妙的乐声于河面之上飘拂，若有似无。

索不丹跳到一条小船上，未发一言。船夫一声不响摇橹，驶向花舫。

他攀住悬梯，登上了花舫，弦乐之声突然间变得刺耳，他就在这嘈杂的乐声中进入花舫舱中，伏地跪倒，“小人索不丹，见过仙驾。”

榻上，几个美貌侍女环绕之下，转过一张脸来。

鼻子尖尖，目光阴鸷。

分明是人形。

但索不丹知道，他真的不是人。

02

第一次见到这个鼻子尖厉、人形而非人的东西，是在一个美丽的黄昏。

那天夕阳残照，和风拂面，索不丹独自一人在长街闲逛。一边走，一边随意取来路边的小吃，若有敢不识趣要钱者，当即一脚将摊子踹翻。

肃亲王府的家奴，要的就是这个气势。

不服去死！

那天索不丹一路行来，不知不觉来到一座街口牌坊，前面忽然出现了一个东西。

鼻头尖尖，目光阴鸷。

乍看起来，绝对是个人。

当时他就是这么想的，呵斥道："大胆，竟敢拦在肃亲王府中人的前面，嫌命长了吗？"

那东西呆呆地看着他，忽然笑了笑。

很可怕地笑，"索不丹，你够了。"

索不丹喝问："尔何物？何以会说人话？还知道我的名字？"

那东西笑道："我何止知道你的姓名。

"我知道你的一切，知道你自己都不知道的前生今世、情孽因由。

"索不丹，你母亲原是建州苏克素浒河部图伦城的公主，只因所部尽为努尔哈赤吞并，男丁俱死，你生母被掳，配与新贵之府为奴。因你母亲性子倔强，不甘顺从，被主家严惩，叱令于外府灶上帮厨。那绝对是个女人的地狱，每日里无数丑恶的男人来来往往，污浊不堪。这样的日子久了，饱受凌辱的公主就怀了身孕。在一个寒冬腊月，于柴棚中生下了你。你是在奴仆们的脚下爬着长大，接连换过几个主子，十七岁时来到了豪格的亲王府。

"你的生存环境，太过于险恶。

"因此你索不丹，必须要变得绝对聪明，甚至诡诈。

"诡诈是你存活下来的根本。虽然只是个奴才，但主子的一举一动，你都看得明白。从见到主子豪格那天起，你就知道自己的机会来了。

"豪格此人，生性豪烈，推心置腹，哪儿都不错。

"就是心眼不够用。

"很快你就在府中纠集了几个手下，对你言听计从。你将后府一片荒凉的宅屋，当作自己的领地，从府中偷出许多器具床褥，布置成销金窟的样子。

"然后你就带手下兄弟时常外出转悠，看到衣衫破烂的漂亮姑娘就径直走过去，'我等是肃亲王爷豪格的家奴，你家时来运转了，王爷命我将你家姑娘接入府中，此后就是福晋奶奶了。请福晋上轿。'

"平民小户，谁敢跟王爷的势力抗争？纵哭天抢地，也只能眼睁睁地看着你们把女儿抬走。

“抬进王爷府，轿子却一直来到你索不丹的销金窟。

“贫家女儿，见短识浅，哪里知道王爷长什么模样？当你索不丹进来时，还以为你就是肃亲王，唯有任你扯辱，忍泪泣声。

“如此过段时间，待你腻了这女人，再用一顶小轿抬回家，‘你女儿好不知礼，数次忤怒王爷，若非我等看她可怜，王爷早连你全家都抄斩了！’

“一番威胁恐吓，姑娘的父母非但不敢追究，还得再乖乖给你奉上金银。

“从此豪格的肃亲王府声名狼藉，连有司都几次在御前敲打告状，说豪格品恶行劣，公然抢男霸女。陛下愤懑，四宫生怨，又不好当面指责，说到底豪格也是当今皇上的大哥。只好找了不是理由的理由，将豪格削爵，有事无事，斥责敲打。就连豫亲王多铎谋夺大学士范文程的妻子，都无端要罚豪格三千金。唯豪格懵懂，始终被蒙在鼓里。不明事出何处，只怨自家命苦。

“而你索不丹，却是享尽尊荣。

“看着主子豪格那张自怨命苦阴郁的脸，听说你就连睡觉都会笑醒。

“没办法，世间人玩的是智力。豪格虽是主子，但智力不够用。你虽不过一介奴才，但智力过人。纵是玩死豪格，谅他都死得懵懂。

“这应该是你内心真实的想法吧？

“索不丹？”

突然间被一个不相识的人，或不相识的东西，一语道破行藏。索不丹骇得魂飞天外，“胡说八道，尔何许人也，敢栽诬老子，信不信老子杀了你。”

那东西失笑道：“索不丹，你杀不了我的。”

索不丹：“是人就可以被杀死。

“可我偏巧不是人。”那东西笑道。

索不丹只以为对方是故意打岔，想也不想，抽刀向前疾冲。

一刀劈下，忽听耳边风起，索不丹竟尔扑了一个空。

疾转身，索不丹震骇地看到，那鼻头尖利之物竟然飘浮于半空之中。

“看看，跟你说过了的，我真的不是人。”

浮在半空的声音，阴森森，凄恻恻，说不出地吓人。

索不丹呆了，“你……到底是什么怪物？”

“当然是神。”

那东西说：“我便是于图们江畔乌褐岩中，沉睡三千年之久的混沌之神。

“是盖世帝王努尔哈赤的足音，把我从虚空之界唤醒。

“是以再入世间，畅饮皇族子脉那甘冽纯净的血浆。

“我啜饮过太子褚英的生命，我啜饮过哈达公主的美艳。我坐视一家又一家的皇族门楣破败，杂草丛生。我是最接近于帝王宝座的大贝勒代善终生的梦魇，我是惊恐不定的郑亲王府济尔哈朗心中那驱之不散的阴寒。

“我爱死了这人世间的冷寒和残酷。

“以及那弥天的血腥。

“我在所有人心中。

“包括你。”

骇人的魔音，宛如阴鬼夜唱。索不丹眼见那空中的魅影，缓缓溢入黑暗之中。

仿佛消解。

只有那可怖的魔音，络绎不绝。

“索不丹，本仙看你骨骼清奇，堪称可造之才。

“若有思，欲享富贵，明日此刻来此。”

03

索不丹真的又去了那里。

昏涩之中的牌坊街。

恰是昨日那物消失之时，听到了阴森森的怪笑声。

“索不丹，你来了。”

那东西如黑色枭鸟，渐从空中飘落。

索不丹呼吸凝重，后退一步，差点跌坐在地。

妖物嗔道：“为何不说话?”

索不丹：“妖仙，你昨个说，要收我为徒，是真是假?”

妖物笑得好开心，“当然是假的，骗你呢。”

索不丹：“你……”

妖物：“确切地说，本仙是想要收你为奴，这岂不是更适合你?”

索不丹：“我本来就是个奴才，再给你这怪物为奴，有何好处?”

妖物：“你要什么，我可以给你什么。”

索不丹：“我要什么，你就给什么?”

妖物：“没错。”

索不丹：“如果我要的，你根本给不了呢?”

妖物耸耸肩，“不试试，又怎么知道?”

索不丹：“那我要……我要……跟你实说了吧，虽然我只是个奴才，可这只是表面。我在肃亲王府形成势力，日子真真比王爷更滋润。假肃亲王爷之名，这北京城里，但凡好吃的好玩的好看的，包括漂亮姑娘，只要我想，说一声奉王爷之命，那就归我了。喜欢我就留着，不喜欢就扔出去。就算是东窗事发，自有蠢货王爷顶缸，谁也找不到我头上来。老实说，即使你真的是妖仙，也未必知道我这种快乐。嗯，我的意思是说，虽然活在这世上只有几十年，但我的生命，真的没什么缺憾。”

妖物：“真的没有?”

索不丹坚定地说：“没有。”

妖物：“你确信?”

索不丹：“确信。”

妖物道：“再想想，可好?”

索不丹：“嗯，如果一定说有……倒是……”

妖物：“倒是什么？”

索不丹笑了起来，“倒是怕你纵为妖仙，也自为难。”

妖物绕着索不丹盘旋，“说说看。”

索不丹：“昨个儿遇到了你，吓得我魂不守舍。回府的路上，不留神冲撞了镇国将军福晋的轿杖。那婆娘好不凶悍，立命我跪于地，当众用鞋底抽了我的脸。我本奴才，挨打已惯，但那婆娘的姿色，当时倒让我神魂颠倒。”

妖物：“索不丹，你想要什么？”

索不丹高叫起来：“妖仙啊，这镇国将军非同一般。他本是太祖努尔哈赤的第十一子，算起来是太宗皇太极的弟弟，当下小皇帝的叔王，那婆娘好歹也是王妃。”

妖物：“哪来这许多废话？但说你要什么。”

索不丹：“我要软玉温香的王妃陪我一晚，能做到吗？”

妖物：“好，你由此向前行七十步，有一座门楼。门楼森冷，里外无人。你可径直入内，绕过花池，沿水榭而行，见一双层阁房，房中有烛火黯淡。自管推门而入，此时王妃正在里边，自会宽衣解带，辗转承欢，伴你同赴云雨巫山。”

索不丹发出咯咯怪笑，“妖仙大人，你猜我会信吗？”

妖物道：“试试看，又死不了。”

索不丹：“也对。”

04

那天夜里，索不丹按照那东西的吩咐，前行七十步，果见门楼一座，阴森森的好似鬼宅，四周并无一个人影。进入宅中，就是一座花池，拐过花池，果然是一条水榭。一直前行，忽见黑暗中有烛火晃动，竟尔真的是一幢二层阁房。

这是什么妖法？

半信半疑，忐忑不安，索不丹推开那扇门。

灯下，一个宫妆高髻美妇神态娇羞，“奴家宗室之女，夫为太祖第十一子巴布海是也。今夜为君持帚侍寝，何幸如之。”

“你……”索不丹惊得呆了，伸出粗糙的手用力捏住妇人滑嫩的脸颊，“你真的是努尔哈赤的儿媳妇？你男人真的是努尔哈赤的儿子，镇国将军巴布海？”

“是。”妇人娇羞点头。

索不丹：“那你认得我吧？”

妇人：“阁下是……”

索不丹：“如果你认出我来，我才信你真是努尔哈赤儿媳。认不出来的话，左右不过是障眼邪法罢了。”

妇人抬起桃花眼，仔细地看了半晌，忽然醒悟，“是了，昨日就是你，你在长街冲撞了我的轿杖，我有命人打过你的脸颊……”

“真的是你！”索不丹猛地将妇人压在身下，发出狼般的嗥叫，“你是努尔哈赤的儿媳就了不起吗？你是镇国将军福晋就了不起吗？你是贵室之女就了不起？你是龙家血脉就了不起？今天老子就要告诉你，世上真正了不起的，唯吾索不丹而已。

老子想干什么，就干什么……”

“眉黛羞频聚，唇朱暖更融。气清兰蕊馥，肤润玉肌丰。”

在妇人的娇婉声中，大字不识、从未读过书的索不丹，不明原因地，脑子里浮现出这几句诗。

然后他颓瘫在一边，呜呜咽咽地哭了起来。

白活了。

以前全都白活了。

今天才知道什么叫女人。

什么叫王公贵女、玉叶金枝。

可这是为什么呀？

那鼻头尖尖的东西，真的是妖仙吗？

如果不是，谁又能令得皇家枝叶在他面前曲意承欢？

05

隔日，索不丹再次见到了那个鼻头尖尖的东西，“我想通了。”

妖物：“想通什么了？”

索不丹长叹道：“想来贵室之女、豪家千金，也不过如此。”

妖物：“你想说什么？”

索不丹续道：“纵皇族至尊，也有七情六欲，也自鸡飞狗跳。我为奴久矣，确曾听说有主妇淫贱，难耐寂寞，肆行不端。想不到赫赫镇国将军的福晋，竟也是这般。啧啧。”

妖物：“所以，为了防止镇国将军报复，就先除掉他？”

索不丹：“不愧是妖仙，你很聪明。”

妖物悻悻：“依你好了。”

索不丹：“且慢，我还有条件。”

妖物：“说。”

索不丹：“我要看到镇国将军明正刑典，不许玩阴招。若你玩了阴招，有司缉捕一眼就会识破这个局，不消一日三刻，说不定就会把我找出来，那可就是你害了我。”

妖物：“可要是把镇国将军明正刑典，好歹他也得有点罪呀。”

索不丹：“废话是不是？他要是有罪，我还用你？”

妖物：“好好好，那就让他们无罪而明正刑典好了。”

索不丹：“等等，还要把他儿子带上。黄泉路上，同行共伴。”

妖物：“咋这么毒呢？人家儿子招你惹你了？你连他也不放过？”

索不丹：“还真招我了。七八年前，我在盛京街上走，镇国将军的儿子阿喀喇曾抽过我一鞭子。”

妖物：“服了你，这么久的事儿还记得。”

索不丹：“睚眦必报没听说过吗？”

妖物：“好好好。

“依你，都依你。

“谁让本仙宠你来着。”

06

妖物承诺之后，未隔三日，索不丹立于长街，无比震恐地看到数百名军士疾步包抄了镇国大将军府邸。

宗人府宗官核案宣布：“皇朝太祖努尔哈赤第十一子、镇国将军巴布海及其妻，并子阿喀喇，斩首弃市。

“籍其家。”

索不丹震骇已极：“这样的事儿居然会发生。”

居然真的会发生！

他对自己说：“如果有谁告诉我，说那鼻头尖利的东西是个人，我绝不会相信。”

人力，岂能自由操纵他人意志与生死？

07

努尔哈赤第十一子巴布海冤死案，在当时传得沸沸扬扬。

就连素以迟钝著称的肃亲王豪格，都看不下去了。

那天夜里，豪格坐在桌前饮酒，索不丹侍候在侧。

豪格说：

“世间至冤者，巴布海也。

“不公至极者，十一叔也。

“从一开始，就是一点家事。

“本王十一叔巴布海呢，没什么雄心大志，也没什么本事。同是太祖子嗣，别人家好点的封个亲王，差的也是贝勒。偏他，只是个镇国将军。

“十一叔憨厚呆谆，人生最大的愿望就是遇到个天香国色，与之携手相伴一生。

“这个妇人还真找到了。

“就是总兵官扬古利家的大姐，舒穆禄氏。

“自打两人成婚，就恩爱非常。十一叔爱他的妻子，时常在上朝的空当悄悄跑回家。按说两人关起门来，夫唱妇随，举案齐眉，也蛮好的。可是扬古利大叔家里，除了大姐，还有个小弟塔瞻。

“塔瞻的姐姐嫁了十一叔，他是十一叔的小舅子。

“不明何故，塔瞻极其憎恨姐姐和姐夫，不止一次在朝堂上说：‘我姐自打嫁给姐夫，就经常躲在帐子里不出来，天天娇声浪语。如此不知廉耻为何物的女人，大家何不杀了她呢？’

“这话，怎么听都神经。

“但朝中诸官却都点头不已，好像塔瞻说得极有道理。

“正因为塔瞻此话全无逻辑，众人才不怀好意，推波助澜。一个个巴不得事情闹大，好看别人家的笑话。

“不怕没好事，就怕没好人。

“人心坏了，十一叔这种夫妻相爱、与世无争的生活方式，变得极度危险。

“前几日，塔瞻突然拿出封匿名举报信，明摆着是他自己写的，却到宗人府说：‘这是我们家的一个朝鲜女婢发现的，信中举报固山额真谭泰有不法行为。’

“有司立即派兵丁奔扑塔瞻家。那朝鲜婢女好不伶俐，听到抓捕声，就跳窗户跑了。

“猜猜兵丁们干了件什么事儿？

“他们居然把塔瞻的妈妈抓来了，以放走朝鲜婢女的罪名杀掉了。

“朝鲜婢女最终也未能逃掉，抓到衙司，询其举报信所来。那婢女回答说：‘来自皇十一子巴布海家里的一个太监。’

“兵丁就这样抄了十一叔的家，抓来那个太监。

“太监说：‘此事咱家不知道。’

“于是就把太监杀了，罪名是：他不知道。

“再之后，十一叔妻子儿子，全家被拖到刑场上。临砍头前十一叔拼了命地尖叫：‘我和老婆关起门来过个小日子，咋就让你们看不过眼呢？你们往死里逼我们，偷走我夫妻的诗赋说是谤讥时政，说我们诅咒陛下和摄政王，以此逼我爱妻任奴才蹂躏，还强逼着我在旁边侍奉。忍气吞声，全都依了你们，你们还要闹哪样……’说的都是些好奇怪的话。

“但言未讫，三枚人头落地。

“十一叔全家被杀的罪名是：他们不知道太监不知道的事。

“听听，你们大家来听听，天底下有这么断案的吗？”

当豪格愤愤不平述说巴布海奇冤时，侍立于侧的索不丹却是骇得魂飞天外。

他借口去茅房，躲到无人的黑暗中，自言自语：“没错，我曾对那怪东西说过，要把巴布海全家明正刑典，之所以这样说那是因为这根本不可能。毕竟巴布海是皇家骨血，什么错也没有，凭什么明正刑典呢？

“可真的明正刑典了。

“那鼻头尖尖的怪东西能做成想做的任何事儿，太可怕了。

“这东西绝不可以拂逆，绝不可招惹。

“他说什么，我就干什么好了。”

索不丹用颤抖的手拿出了怀中的一个纸包。

是那东西交给他的，命他放置于豪格的酒盏中。

他做了。

那一夜，豪格喝了酒，突发癫狂，杀死了嫡福晋。

事先毫无预兆。

08

豪格手刃结发福晋之后，索不丹去向那妖物禀报。

当时妖物端坐于香山碧云寺的蒲团上，听了索不丹的禀报，咻咻地笑了。

说："索不丹呀，是不是现在才感觉游戏更加好玩了呢？"

索不丹："仙爷所言极是，奴才确系发自内心地喜欢。"

"喜欢，那咱们就慢慢地玩，"妖物说，"下个游戏猎杀天龙，需要更长时间的布局，需要耐心。"

索不丹："猎天龙，呃，听起来好生刺激。仙爷，奴才别的没有，耐心是不缺的。"

妖物："好，本仙再交给你个差使。"

索不丹："奴才敬聆仙爷吩咐。"

妖物："去年，本仙在长白山上，遇到个傻傻的樵子，名叫苏不爨。当时本仙一听他的名字就有气，爨这个字，好生复杂。你说他一介樵子，起这么古怪的名字，他想干啥？欺负本仙不识字吗？是以本仙一气之下，告诉他可于冬日前入京，本仙将让他成为天下第一术士，道号知非子，但有所占，必破天机，但有所言，必有天地人事相应。"

索不丹："仙爷，此何意耶？"

妖物："这知非子，重要程度不亚于你，是本仙猎龙游戏至关紧要的一环。"

索不丹："哦。"

妖物："所以他踏入京师，必为天下第一神算。"

索不丹："那这知非子……他有这本事吗？"

妖物转过来，"他当然没有。

"但是你有。

"索不丹，这岂不正是你最拿手的本事？"

索不丹咧嘴乐了，"放心吧仙爷，管叫那知非子不日间大名鼎鼎，京师轰动。"

09

河面上的画舫之上，索不丹收回思绪，看了看灰寂寂的长天，耷拉着脑袋进入舱室。

舱室极大，地面铺着波斯国进贡的长绒地毯，七个歌伎装扮的女孩正循着节奏激烈的鼓点，绕着几个锦凳奔行。

女孩有七个，锦凳只有六个。

妖物瘫坐在一张舒适的软榻上，吃着波斯进贡来的水晶葡萄，一只手拿着铜钹，边吃边咯咯怪笑，看着七个女孩奔行。

突然间呛的一声巨响。

妖物击钹。

钹声未止，女孩们争先恐后地抢锦凳来坐。有个女孩肢体僵硬动作迟缓，眼睁睁看那六人各抢了锦凳，她失神跌坐在地，呜咽起来，"仙爷，仙爷，饶过婢子吧，婢子愿为您做任何事儿，任何事儿。"

呜咽声中，她的人已经被拖下。

接着传来一声凄厉的惨叫。

索不丹无动于衷地跪下，“仙爷，豪格复爵，已经在筹备征西事宜了。”

妖物：“你觉得他还会回来吗？”

索不丹：“此事仙爷一言而决。”

怪物的可怕眼神转向他，“索不丹，你似乎想说什么的样子。”

索不丹：“回仙爷，奴才无能，肃亲王府私逃的五个福晋，一个也没找到。”

妖物：“是你没去找。”

索不丹：“奴才请仙爷责罚。”

妖物：“倒是说说看，你是如何让她们几个逃掉的？”

索不丹：“仙爷，这事儿确怪小的呆钝。仙爷可知，那肃亲王府大小福晋，再加上侍寝的小妾，不下二十人。那些人个个机诡，奴才以一介下人，要从中暗暗控制，殊是不易。单说这次逃走的五个福晋，大小福晋皆多智之人，都是宫里皇太后的妹子。至难缠者是那个苔丝娜，那娘们儿原是蒙古林丹汗的八大福晋之一，和宫里的三太后、四太后都是姐妹，而且还有武艺在身。这五个福晋抱团结党，最是难以下手。”

索不丹续道：“奴才苦思冥想，秘密调集人手，原本打算那天夜里发动，先给豪格饮下麻饮之药，让他睡去。而后派人于府中放火，再群拥而入，分别控制五个势力最强的福晋，剥光她们身上的衣衫，当众羞辱，羞辱到让她们不敢对人说的地步。再夺走她们的孩子，胁迫五人就范。计划是由仙爷审核过的，应无任何问题，可谁料那日五大福晋突然说要去宫里，奴才撺掇豪格阻止，但豪格那厮，一听复爵有望，就把什么都抛脑后去了，当即允许五福晋出府。奴才……又如何能阻止？”

妖人眼神凌厉，“索不丹，到底是哪个走漏了风声，让这五人知机而遁？”

索不丹：“奴才查过的，毫无迹象。”

妖物沉吟道：“定是有人告诉了她们，并让她们以私逃的方式将行踪隐匿起来，目的是让本仙找不到她们。”

索不丹急道：“终究是怕了仙爷，害怕到这种地步。”

妖物失笑起来，说道：“她们不能不怕。郑亲王济尔哈朗知道不？他父亲是努尔哈赤的亲弟弟，独领一军叱咤风云，他不怕我，结果怎样呢？本仙心意动下，长兄努尔哈赤杀其长子阿尔通阿、三子扎萨克图。留下老六济尔哈朗，这么多年来胆战心惊，宛如活于刀口之上。

“太子知道不？就是努尔哈赤的嫡长子褚英，作战勇猛、智计无双。他不怕我，结果如何呢？本仙略施小惩，就让太子失位，幽囚至死。

“大贝勒代善知道不？他是太子褚英的同母弟弟，太子死后，居四大贝勒之首，权势显赫，谁人可当？他不怕我。本仙稍加调剂，使其长子岳托死于济南，使其亲斩次子硕托并孙儿阿达礼。三儿子萨哈廉，不要脸皮地献媚于皇太极，以图自保，但终是满门扫清，宗室除名。

“正宫娘娘你知道不？就是太祖努尔哈赤的大福晋富察氏，国色天香独宠六宫，生下三公主、皇五子并皇十子。她不怕我，结果如何？本仙屈指轻弹，富察氏灰飞烟灭，自己被儿子所杀，公主活剐，两子暴死。

“二任正宫娘娘你知道不？就是努尔哈赤的继福晋阿巴亥，她给太祖生下阿济格、多尔衮并多铎三个儿子，个个英雄，人人了得。她不怕我。本仙如何开心？遂以无双心智，让阿巴亥最信任的皇太极以弓弦绞死了她。

“相比这些风云人物，肃亲王府的五个福晋算什么？不过是贱婢而已。

“所以她们怕呀，怕到了骨头打战打散了架的程度。”

索不丹高呼：“仙爷法力，世间无敌。”

妖物问道：“知道五大福晋逃走之后会做什么吗？”

索不丹：“做什么？”

妖物笑道：“她们在纠集人手，俟机反扑。此番豪格复爵，带军入川，实际上是宫中太后之计，目的是将豪格调开，以五大福晋接管肃亲王府。然后大举搜府，想要找出本仙存在的蛛丝马迹。”

索不丹：“呃，不信几个娘们儿会是仙爷对手。”

妖物欠身起来，“说对了。

“本仙已为她们布下天罗地网，将那肃亲王府打造成龙潭虎穴。

“闻者伤，入者死。

“不怕她们来。

“就怕她们不来。”

10

李化熙伏于阶下，“小臣，刑部尚书李化熙，两年前奉旨查缉刑部承政额尔格图神杀案，于今略有眉目，特此向太后禀报。”

三太后娜木钟正对着镜子画眉，听到声音，问侍女：“门外是谁呀？”

侍女道：“太后，就是那个秃尾巴老李，他妻子在宫里盘桓好久的那个。”

三太后娜木钟：“有事去找老五啊，哀家智商不够，哪里懂得这些鸡飞狗跳？”

李化熙急道：“太后，皇太后她……出宫去了，找不到人。”

三太后叹息道：“唉，这是怎么说的，这男人哪，老寻思往宫里边钻。这女人呢，老琢磨往宫外跑。过来吧李化熙，你来找哀家，却不去找摄政王，想是你妻子吩咐过的吧。”

李化熙：“然。”

三太后：“说吧，你妻子素来端庄，哀家视她如姐妹。”

李化熙：“小臣谢过太后。两年前，皇城禁宫接连发生了两起诡异奇案，一是用来修缮宫室的板料石材不翼而飞，二是迎玺大典之日，百官环绕之中，众目睽睽之下，汉家制诰之宝竟然莫名其妙消失。时皇太后、陛下并摄政王大人，以小臣查缉不力，斥责之后，飞檄盛京，传刑部承政额尔格图火速入京破此二案。”

三太后：“哀家记得，额尔格图大人率三十六名精干弟子行至通州行宫附近，却悉数遭杀。额尔格图大人胸前有一硕大血洞，三十六弟子尽皆自刎。”

李化熙：“当时传言，额尔格图大人及弟子是于通州遇到了妖人，正是那妖人使用邪法，让弟子们亲手掏出了师尊的心，事后弟子发现真相，悲绝自刎。”

三太后："啧啧，好可怕。这些都是真的假的？"

李化熙："小臣查缉过了，此事千真万确，半点不假。"

三太后："既然今日来禀报，可是已经拿获了害死额尔格图的妖人？"

李化熙："不曾。"

三太后："那你来这里说道什么？"

李化熙："小臣之所以来禀，是因为小臣发现，案发现场极尽诡异，有些该书于刑部案牍之事，竟然一无所载。"

三太后："哪些事？"

李化熙："刑部承政额尔格图在来京的路上不只带了三十六名弟子，此外还带了两个福晋、两个格格、一个儿子。可这些家眷在案发现场却毫无踪迹。"

三太后："呃，那么额尔格图的家眷，都哪儿去了？"

李化熙："小臣日前在暴发户焦曰白的家中，找到了失踪的额尔格图大格格。"

三太后欠起身，满脸关切，"那孩子还好吗？"

李化熙摇头，"不好，小臣低估了此案的凶险。大格格获救之后，非但毫无喜色，反而趁本官不备，突然之间夺下衙捕的刀当场自刎了。"

三太后目中有泪光，"可怜的孩子，她究竟遭遇了什么，让她宁肯死，都不敢把自己的遭遇说出来。"

李化熙："小臣处置无方，请太后责罚。"

三太后："责罚这事，嗣后再议。李化熙，本宫对你只有一道懿旨，找到额尔格图的家眷尤其是孩子们，别让他们再受到伤害了。纵然宫怨喋血，杀伐连天，但这些孩子们是无辜的。"

"小臣领旨。"

第十三章　叛乱再起，乃知兵者是凶器

01

德胜门外，长风猎猎。

旌帜招展，鼓角惊天。

小扣子摇摇晃晃，于狂风中搀扶着顺治落轿。

三名统帅王公，戎甲簪缨，单膝点地，以军礼相迎。

居中是靖远大将军肃亲王豪格，左边是敬谨亲王尼堪，右边是个肥矮的胖子，五官带有明显损伤，衍禧郡王罗洛浑。

顺治上前，先行挽起罗洛浑的手，“老将军，你是我朝最有名的福将，有你在，再加上诸军协力，朕高枕无忧矣。”

小扣子的嗓门异常洪亮：“陛下亲出，为靖远大将军饯行。”

司礼太监上前，黄绸缎包裹的托盘上，放着三只青瓷白花碗。

顺治将酒分敬三人。

豪格意气风发，酣饮之后，以酒祭天，悲烈高歌。

歌曰：“万里江山皆风火，十年胸中尽怒潮。拼将一腔义士血，直向云天逞英豪。”

歌罢，不跪揖行。

登程上马，再不回头。

只有壮行诗悲烈地响于天地之间：

“师出德胜门，壮士誓不归。

“花落英名在，微雨燕双飞。”

正行之际，突闻蹄声猝起，十余骑迎面奔至，“哈哈哈，还以为你烂死在发霉的肃亲王府中了呢。”

见此人，豪格精神大振，“何洛会，你个王八蛋还活得精神的，本王如何肯死?”

马上来人，长眉寒目，身材健匀，一张极富雄性魅力的脸，带棱带角。

正是牛录额真、巴牙喇甲喇章京，何洛会。

豪格下马，与何洛会抱在一起，相互拍打对方肩膀。

豪格："老何呀，还是你会做人，咱们大清国，所有人都是皇上的奴才，每个人都有个主子。偏偏你，朝中诸枢，谁都不是你的主子，但谁都不拿你当外人。郑亲王喜欢你，礼亲王喜欢你，那多尔衮更是拿你当亲生的。"

何洛会："王爷你这玩笑开大了，我怎么就没主子？是个人就是我的主子。早年我不是镶白旗的奴才吗？摄政王一纸调令，我就到了正黄旗。再一纸调令，又调去正白旗。"

豪格："哈哈哈。看看你这张天然具有亲和力的脸，那叫见之倾心，谁见了你，都下意识地拿你当自己人。"

何洛会拉着豪格，"王爷过来，过来过来，这边都是熟人，驴脸贝子巩阿岱、眯缝眼贝子锡翰。这两人是镶黄旗固山额真拜音图的弟弟。再看这个拜音图，他是一会精一会傻，说精谁也没他心眼多，说傻谁也蠢不过他。王爷这次西征，就全指着这帮人了。"

这个锡翰……豪格明显有点犹豫，"他还是个孩子，小鸡崽子似的，上了战场分分钟让人家掐死。"

何洛会："哈哈哈，王爷呀，你这可小看锡翰了。别看人家年纪小，随豫亲王多铎下扬州、克南京、平江南，人家可是立下显赫战功的。本朝最优秀的孩子就两个，武的是英亲王阿济格家的劳亲，文的是郑亲王济尔哈朗家的富尔敦。可是锡翰，他武不亚于劳亲，文不弱于富尔敦，王爷还有什么不满意的？"

"这就好。"豪格放下心来，"这位是……"他终于注意到后面那个奇怪的人。

尖鼻如喙，目光凶鸷，一袭黑衣，状如大鸟。

"这位是冷先生，"何洛会简单地介绍了一下，"国朝名士。"

豪格："国朝名士？"

何洛会："对呀，就如陈名夏、冯铨、李化熙那类人，满嘴的仁义道德，一肚子的男盗女娼。"

豪格开心地大笑起来，又忍不住多瞟了那个冷先生几眼。

这个人，带给他一种凛凛的寒气，让他心里极度不安。

02

命亲随索不丹送走前来报到的诸将，豪格松动了一下甲衣，感觉全身弥漫着活力。

忍不住叫道："索不丹，咱们好好干一场。

"说不定是最后的机会，不可放过。"

索不丹转了回来，"大将军，有个奇怪的人自称故友来见，要不要让他进来？"

豪格："是谁呀？"

那人入帐内，抱住豪格号啕："王爷，你还记得我吗？"

是吉塞？豪格也忍不住哭了起来，“吉塞呀，本王无德，让你们失望了。这段时间削爵沉寂，不敢……再见你们。”

吉塞泪流满面，满脸决绝，“王爷，王爷，只要我们还在，这事就不算完。”

“说得是。”豪格将吉塞扶起来，“当初父皇突然归天，你与兄长扬善为本王苦心谋划，欲让本王得登大宝。按说你的计策是没问题的，可是本王……你知道，嫡福晋突然死掉那件事，你说我怎么就把自己的福晋给杀了呢？这事让我始终难以释然，结果是……唉。”

“失之东隅，收之桑榆。悔恨于事无补，莫如重整旗鼓。”吉塞说，“这次我给王爷带来一个人，必能挽回颓局，尽扫妖氛，再现我大清铁骑雄风。”

豪格：“带来一个什么人？”

那人进来，“孩儿给大将军磕头，王爷不记得孩儿了吗？”

豪格仔细一看，“是我兄弟扬善的儿子罗硕。你打小就聪明过人，三岁时曾辩得汉人鸿儒无词以对。现在长大，更出息了。”

年轻人罗硕笑道：“回王爷的话，孩儿精满汉蒙文字，授国史院学士、噶布什贤章京。还有，刑部这一块，也是孩儿负责。”

“起来，快起来。”豪格满心兴奋，“长这么俊呀，这得叫多少格格郡主夜里睡不着。告诉王叔，看中谁家姑娘了，让王叔给你保媒。”

年轻人罗硕摇头，“不要。”

豪格乐了，“嘿，小东西还抖起来了。瞧不起你王叔是不是？”

罗硕：“孩儿岂敢。”

豪格：“那王叔给你指定的婚事，你敢回绝？”

罗硕：“大将军，孩儿有个心愿。”

豪格：“说来听听。”

罗硕：“孩儿希望我大清国真龙天子把他的嫡亲公主下嫁孩儿。”

“哈哈哈，”豪格笑到喘不上气来，“那你可有得等了！皇上还不到十岁，等他立了皇后，生下公主，再慢慢长大，你说你要等多久？”

罗硕笑道：“谁说孩儿要等了？”

豪格：“那你说什么胡话？”

罗硕沉声道：“孩儿未曾胡说，只是大将军又一次不肯听明白罢了。”

“胡闹，胡闹。”豪格听明白了罗硕弦外之音，意思是要助他夺政成为皇帝。顿时讪讪，尴尬而笑，不敢再碰这个过于敏感的话题，“给本座滚到后面去，别再让本座看到你！”

03

五顶轿子，摇摇摆摆地穿过长街。

停于一幢王府门前。

落轿后，五大福晋中的苔丝娜扭动着纤细的腰肢，笑道：“如果索不丹没有随豪格远征，而是留在京城，看到这一幕，一定会吃惊得眼珠子瞪出来。”

肃亲王府中私逃的五大福晋，在豪格出征后并没有重返肃亲王府。

而是来到了衍禧王爷罗洛浑府邸。

一指大门，苔丝娜对另外四名福晋道：“衍禧王爷好脾性，嗜酒如命，喝多了就一个人呜呜地哭。没喝多时，见谁都笑眯眯，拿谁都当亲爹。所以在府中人缘特好，此番西征，阖府奴丁胳膊腿完整的全都带走了。只剩下老弱病残，外带叽叽喳喳的内府女眷。

“正好几日前，衍禧郡王府中有个家势极弱的福晋上吊了。

“所以咱们今天，就是死掉福晋的娘家人。

“报仇来了！”

衍禧王府，果真是人去府空。

看门的是七十多岁的老囊吉，他只有一条腿，走路需要左右两人扶。

被两个小童搀扶上前，老囊吉看得明白，五顶华贵轿杖之侧，杀气腾腾不少于两百个壮妇，大脚片子大脸盘子，每个壮妇手中各持一根粗得吓死人的木棍。

老囊吉为威势所慑，不由自主地跪下，“五位奶奶请了，老奴活糊涂了，不敢过问五位奶奶是谁家的呀？”

苔丝娜冷声：“娘家的！”

娘家？老囊吉茫然搔头，“奶奶，咱们府中倒是有那么七个八个贵家福晋，可谁家能带出支不少于两百人的壮妇队伍？”

苔丝娜叱道：“你多大点见识？要在这北京城的王公中找出能凑足百名家丁的，多了去。”

老囊吉抗声道：“但要随随便便出门，身后竟能带着两百人以上的大脚丫子大脸盘子，能摆出这阵仗，纵然最显赫的摄政王府恐怕也拿不出。奶奶别让老奴困惑了，到底是谁家的呢？”

苔丝娜冷笑，“甭在这儿眼珠子叽里咕噜地瞎猜了！

“丧事仪堂在哪里？马上带奶奶们过去。”

仪堂……老囊吉道：“奶奶这样说，老奴心里困惑就更大了。没错，王爷出征前的几日，府中有个侧福晋跟几个福晋拌了几句嘴，一时想不开，当夜竟然悬梁自尽了。人命固大，但说到底，还是这个福晋门楣太低，父亲只是个笔帖式，她自己平时又爱钻牛角尖，所以才会出这等事。事发之后，王爷也是懊恼不已，亲自派了人去死掉的福晋家里安慰，送过去一些银两。真没听说对方有多大势力，怎么今天娘家人的阵仗这么大呢？”

苔丝娜怒道：“说来说去，你这狗奴才巴不得我们娘家人死光死绝，由着你们胡作非为，是吧？”

“奶奶你可别……”老囊吉不敢再说，急忙将娘家人带到死去的小福晋的奠堂前。

到了简陋的仪堂，老囊吉尴尬地解释：“几位奶奶，衍禧郡王本来就穷，府邸又小，奠典虽然寒酸，但王爷已经尽力了。”

看到那破烂的小奠堂，五个娘家奶奶登时就炸了，“岂有此理，太不像话，欺人之甚，莫过于此！我家小妹千不好万不好，毕竟与你家王爷是结发之情，小心侍奉王爷多年，何曾有过半点差池？可她在你们府中被欺凌而死，死后竟尔如此敷衍了事。欺负我们娘家没人，不敢惹你们王爷是不是？”

“奶奶们，这是从何说起呀？”老囊吉急得哭了起来。

苔丝娜拔出镶金蒙古刀，“阖府统统拿下，不得走脱一个！

“我妹妹不能就这样冤死，必须要讨一个说法！”

众壮妇齐声大喝：“遵奶奶之命！”

两百多名悍勇壮妇有条不紊地控制了王府，将所有人驱赶到中庭。

04

李化熙的轿子在南池子的摄政王府门前落下。

后面还有两顶轿，翰林高尔俨和刑部左侍郎党崇雅忐忑过来，把李化熙拉开，“老李，你走出得太远了，我怎么感觉脖子后面冷飕飕，分明是要挨刀呀。

“当初弄清楚失材案，就该收手的。”

李化熙也犹豫，“要不……咱们回去？”

党崇雅：“可回去的话，过几天皇帝升殿突然问起，这也没法儿交差是不是？”

李化熙：“那要不……还是进去瞧瞧吧。

“烦请禀报，刑部尚书李化熙、翰林高尔俨、刑部左侍郎党崇雅，有事求见。”

“等着。”

这一等，就是大半天的工夫。

终于门丁招了招手，“你们仨，进去吧。”

三人入内，又在厅间等待了更久时间，才听到从人传唤。

三人进入多尔衮的书房。

案牍之上，满满的都是文书。满屋子拿着账本走动的人，正忙于度支豪格大军西征的粮草军备。多尔衮一边看着地图，传令各辎重后援的行军与调拨情况，一边从几名武将中扭过头来：“听说有进展了？”

李化熙：“回摄政王大人，没有。”

多尔衮好不恼火，“没进展，你跑来添什么乱？”

李化熙：“可如果不来大人府上，案子就永远不会再有进展。”

多尔衮忙成一团，一边签署军令，一边斥骂：“嘿，啥意思。我说你这个李化熙，本王不跟你一般见识，你还蹬鼻子上脸了？”

李化熙好整以暇，“王爷，咱们好好说事，别闹情绪好不好？”

多尔衮急了，口不择言：“你言下之意，无非是额尔格图之死，也是本王干的。实话告诉你李化熙，区区一个额尔格图，算得了什么？本王要想害他，有一万种办法，哪种也比派人沿途劫杀更好！”

李化熙：“下官冤枉，未曾以此责于大人。”

多尔衮："那你到底是啥意思？"

李化熙："回王爷，下官已经向三太后禀报过，刑部承政额尔格图在来京的路上不只带了三十六名弟子。此外还带了两个福晋、两个格格，以及府中大公子。可这些家眷，在案发现场却毫无踪迹。经下官循迹追查，终于在暴发户焦曰白的筵堂上，找到了失踪的额尔格图大格格。可此女已经沦为歌伎，并在获救之后自杀身亡。而额尔格图大人的其余眷属，仍是毫无踪迹可寻。"

多尔衮："额尔格图的女儿，既已获救，何故自杀？"

李化熙："呃，还在查。"

多尔衮："查清楚了再来禀报本王。"

李化熙："呃……"

多尔衮："还有什么事儿？没看本王这里忙着吗？"

李化熙："下官追查额尔格图长女被卖为歌伎的牒文册印，呃，有很可怕的发现。呃，非常非常可怕的发现。"

多尔衮："什么发现？"

李化熙："参与此事的，有朝中官员。"

多尔衮震惊了，"哪个？"

李化熙："国史院学士、噶布什贤章京，兼刑部理事官罗硕。"

多尔衮摔飞度支账目，"詹岱？"

龙精虎猛的詹岱闪身出现，"王爷，小的在。"

就听多尔衮沉声道："传本王令……"

李化熙插进来，"呃，大人，不用麻烦了。"

"啥意思？"多尔衮被打岔，恼怒地看着李化熙。

李化熙："禀王爷，刑部理事官罗硕的府邸，下官已经带人去看过。早已是人去府空，连只老鼠都找不到。"

多尔衮："那就搜其父兄！"

李化熙："都一样。全家都不见了踪影。"

多尔衮的神色痛苦不堪，像是被人在背后狠捅了一刀的模样，"好快的动作，好迅捷的反应。

"那，还有什么线索没有？"

李化熙："有。"

多尔衮："在哪里？"

李化熙："在这里。

"在摄政王大人的府中。"

05

尼堪手拄长刀，战袍铠甲鲜血淋漓，孤立于夕阳之下。

前方是刚刚经过惨烈厮杀的战场，张献忠的西军与清军叠尸如山。

烈风浓烟，残旌漫卷。

副将博布黑走了过来，“将军，你已经在这里立了两个时辰了。”

尼堪：“博布黑，你可知道本座想到了什么？”

博布黑：“将军在想什么？”

尼堪：“本座想起了我的父亲。

“父亲死时，本座才五岁。

“至今本座也不知道在父亲身上究竟发生了什么。

“五岁之前，本座父亲是国朝太祖的长子，立功无数，威名远扬。所以被太祖立为太子，以嗣社稷江山。

“但突然间一夜惊变，父亲的太子位被废，权力被褫夺，旋即幽囚于高墙之内，至死再无声息。

“到底发生了什么？

“从那以后，这残酷冰冷的世界，本座全靠自己。

“人们都说父亲出事那年，本座还小，不记得了。

“但本座记得。

“刻印在心。

“本座记得，生日那天，父亲把我抱在怀里，用钢针似的坚硬胡须狠狠地扎着我的脸，然后听到外边有人招呼父亲，父亲放下我，就出去了。

“本座年幼，不舍离开父亲，就在地上一径爬行，爬到门前，听到门外父亲惊讶的声音：‘你说什么？说本宫在个什么皮家老店，被人卖掉了？’

“有个声音回答：‘是真的，太子殿下。虽然陛下已下严旨，禁止任何人提及皮家老店四个字。但小的亲自赶到了皮家老店去看，发现那里已经被彻底捣毁，周边居民也已经全被下狱，就是为了封锁消息。小的为了了解实情，买通狱吏进入天牢，见到了皮家老店的老板，终从他的口中挖出了实情。’

“父亲的声音在问：‘到底是怎么回事？’

“那个声音回答：‘回太子殿下，据皮家老店的老板说，确有个鸟羽花翎的什么东西于皮家老店传檄，招来许多奇怪的人，连同大明的锦衣卫指挥使也到场了。据说现场那鸟羽花翎的怪物公开售卖了七桩物事，称为七大恨，听说第一恨是陛下至亲兄弟舒尔哈齐，第二恨就是太子殿下。’

“父亲的声音说：‘听这意思，好像是我们的仇家要买我们性命的意思，对吧？’

“那个声音答：‘是的，太子殿下。此时舒尔哈齐已被幽囚，外边纷纷传言下一个就是太子殿下了。’

“父亲的声音道：‘这荒诞无稽之事，岂可信之？我自堂堂正正，无愧于心，与父皇更无嫌隙。纵有奸人挑唆，又如何得手？这种不着边际的事儿，以后不许再说了。’

“博布黑呀，这是本座听到父亲所说的最后一句话。

“然后父亲就出事了。

“可到底发生了什么？

“这么多年过去了，本座夜夜思想，却始终一无所知。

“博布黑，如果这世间有谁能告诉本座答案，本座愿给他所有的一切。

“付出一切，只为了一个答案！”

副将博布黑道：“王爷，那天小将听你二哥国欢说，他找到个奇人相助，那沉积了四十年的旧案，眼看就要有眉目了。”

奇人？尼堪惨笑，“狗屁奇人，不过是那个装神弄鬼的秃尾巴李化熙，本座偷偷观察过他，不过一介混日子的庸官而已。二哥国欢寄希望于他，分明是表错了情。”

博布黑：“算了王爷，不要再沉湎往事了，肃亲王过来了。”

尼堪转身，只见豪格衣甲残破，刀痕累累，甩开几名部属搀扶，大步疾奔而来。

“这仗不能再打了。

“适才本王军帐突然遭到贼子偷袭，本王的亲随府兵，自管家索不丹而下六百人，悉数战死。

“现今本王府中的所有女人，全都是寡妇了。

“全都是！”

06

衍禧王府西边花园的角落，有个观景平台。

五福晋踞坐台上。

苔丝娜居中，手掂冷森的蒙古刀。大小福晋各居两侧。

还有两个福晋坐在后面。

俱各满脸煞气。

持棒壮妇，神色更是狞厉。

阖府中人，全部驱赶了出来，不分老幼男女，被叱令双手抱头，蹲在地上。

苔丝娜喝令：“带过一个来。”

一个在内府侍奉福晋的小婢女满脸恐惧懵懂，被揪着发髻拖过来。

“奶奶饶命，饶过婢子吧。”

苔丝娜：“识得我吗？”

“小婢有眼无珠，不知奶奶姓名。”

苔丝娜：“我妹子，就是近日死在府中的福晋，是谁害死了她？”

小丫鬟：“奶奶，没有这样子的事儿，小福晋待下人宽厚，最得人心，又与王爷相亲相爱，谁人敢碰奶奶一根指头？”

苔丝娜：“害了我妹子的，听说是个男人，对吧？”

侍婢的神情明显一变，随即又不停地磕头、哀求。

苔丝娜把弄着手中的蒙古刀，冷森森的眼神斜睨小丫鬟，“你只有一次机会。

“全家！

“全家只有一次机会！”

侍婢骇极，身体顿僵，连磕头哀求的能力都消失了。

旁边的持刀壮妇叱道："我家奶奶只是替自己妹子出口气罢了，娘家人！你个小婢子，为人家的醋坛子搭上全家的性命，值还不值？"

小丫鬟颤抖不止，"婢子……只是听说……"

苔丝娜："听说也无妨，尽管如实禀来。"

婢女吞吞吐吐，开始叙述："这事婢子也只是听说，衍禧王爷的内府确有几个男人时常出入。听说他们来时，所有婢子不许出来，不得擅自走动，只听得他们和福晋的说笑声……"

早有壮妇一字不差地记下。

苔丝娜："下一个。"

夜深，观景台上，壮妇们燃起熊熊火把。

苔丝娜笑吟吟地，将那厚厚一叠口状展示了一下，"审了一天一夜，得到了府中每人一份口供。"

翻看着那厚厚的供述，苔丝娜叹息道："治家，无外乎治人也。所有的大户人家，都是奴才勾连暗合、串通消息，尽知隐秘，单单把个主子蒙在鼓里。"

所以一旦奸人入府，罗网密布，纵你大罗金仙都难逃生天。

如肃亲王，如衍禧郡王。

07

本王府上？

多尔衮的眼珠吃力地转动着。

"李化熙，你是说本王府中有人涉入额尔格图事案？"

李化熙："据下官查缉，额尔格图的长女是由摄政王府侍卫图多喇以罪奴之女的名义送入宗人府的，为其办理牒册手续的正是刑部理事官罗硕。"

多尔衮怒而拍案，"好大的胆子！

"图多喇在哪里？"

詹岱："禀王爷，图多喇不在府中。"

多尔衮："去了哪里？"

詹岱："是王爷亲自颁令，命其去肃亲王豪格府中随军西征的。"

多尔衮惊疑，"本王颁发的命令？"

詹岱："正是，摄政王政令在此，请王爷验看。"

多尔衮接过政令仔细看了半晌，突然醒悟，"是了，这是图多喇做的手脚，他趁本王忙于军中事务，不停地签署军辎粮备之时，把这张政令混于其中，让本王未加思索验看，就潦草地签字用印……"

懊恼片刻，多尔衮道："詹岱，你与本王西安走一趟，务须在豪格入川之前，把图多喇带回来。

"还有，多带几个人手，本王不希望你是第二个札都合。"

詹岱："谨遵王爷之命。"

08

肃亲王豪格五大福晋，以苔丝娜为首，行色匆匆入宫而来。

烛光通明，三太后娜木钟一身衣甲，居尊而坐。

“如何？”

苔丝娜将那叠供状呈上，“果如太后所断，事态空前严重。衍禧王府实际上已经被攻破掏空，外壳仍是衍禧郡王府，内里实则是妖人作祟的邪恶大本营。”

娜木钟接过供状，略翻一下，交给身边的侍女，低声道：“你我性命可以不在，但这些供状必须要按时递至老四、老五手中。”

那侍女面目狞厉，口衔短刀，接过供状，一言不发去了。

然后娜木钟恢复了温和神态，问苔丝娜：“衍禧郡王府中，可有无辜之人？”

苔丝娜：“人人有罪，个个无辜。”

娜木钟：“怎么说？”

苔丝娜：“奸人手段，极其高明，先从外府控制开始，漏夜鸣锣，惊吓内府。时常诈称有贼入府，对于不从其恶者，或是当贼打残，或是当盗扭送官府。由是控制逐步渗透，大小福晋，身边皆是耳目，一举一动，必奉其令。若有敢违者，发其私隐，累及家人，是以阖府逆来顺受，忍气吞声。”

娜木钟：“主事者都是谁？”

苔丝娜：“内府两个福晋，原本是清白人家，被奸人发其私隐后，就此屈顺。此后衍禧王府一应联络，俱由此二人为主。”

娜木钟：“传哀家懿旨，让这两个福晋为其主家殉葬。”

苔丝娜：“可是太后，衍禧郡王还活着。”

娜木钟：“可还能活多久？”

苔丝娜：“倒也是。然则太后，既让我等假称娘家人大索衍禧王府，为何不让我们用同样的法子对付自己的肃亲王府？”

娜木钟：“太迟了。”

“前方军中邸报，靖远大将军豪格中军于豁牙口遭贼军突然袭击。幸敬谨亲王尼堪及时赶至，与贼军血战三日，肃亲王幸免。然麾下自索不丹以下六百府兵，并摄政王亲派的侍从图多喇，悉数战死。

“陛下已下旨：‘此战诸人，活见人，死见尸。’

“千余口棺木，不日至京。”

09

“你说什么？”

豪格的声音充满震骇，万难想象。

罗硕：“侄儿已经说明白了。”

豪格：“你你你……你说你把刑部承政额尔格图的家眷给卖了？”

吉塞：“王爷，此事再明显不过了，是个惊天大阴谋，必是多尔衮操盘，范文程布局，要夺我侄儿性命。若问因由，就要从太祖努尔哈赤算起，为第一代。你父太宗皇帝为第二代，咱们是第三代。我侄儿是第四代中的佼佼者。只要除掉我侄儿，王爷就算是彻底死定了。”

罗硕道：“侄儿不敢炫夸如此，但对方罗网布设之精诡，实是骇人听闻。大将军可知，虽然各府子弟众多，但如我这样满汉蒙三种文字皆精者，不出三个。另两个人，一个是宫里的苏茉儿，一个是郑亲王济尔哈朗的世子富尔敦。所以我未入仕，就已经被六部争夺。”

罗硕续道：“但多尔衮说，刑部之事最关紧要，尤其是宗人府处置罪官女眷，极引人注目，所有判为歌伎府奴者，均需一式三份的满汉蒙牒册，才可交由置平司公开发售，卖给出价最高的王公。侄儿到任那天，多尔衮派了他的亲信侍从图多喇，拿了一份名单到刑部，对侄儿说，因刑部造牒过缓，积压了大量公文，置平司那边有几百罪奴都是应该转入各府为奴，却仍然关在狱中。让侄儿赶紧按名单上写下来，优先处理。侄儿哪想到堂堂摄政王，竟会设此害人之圈套？不知是计，一一写来。”

豪格惊得呆了，问：“你……写了多少份？”

罗硕：“大概二十多份。”

豪格：“刑部承政额尔格图的家眷，也在这份名单里？”

罗硕：“在，但写时侄儿不知。何况写时图多喇在旁不时催促，有意让侄儿心慌意乱，纵有所疑，也顾不及。”

豪格：“可你初入本王帐时，为什么不说清楚？”

罗硕气道：“彼时多尔衮的亲随图多喇就在您身边随侧，分明是多尔衮派了来监视于您，侄儿哪里敢吭气？本待要看图多喇还有何等可怕的图谋，不想他却死于乱军之中，至此侄才不得不说出来。”

豪格懊恼地道：“现在才说有什么用？图多喇既死，连个对质的人证都找不到。若然到得宗人府，你再也无法说清。”

罗硕道：“但天下之理，未必都在宗人府。若得天子圣心明裁，这世间又会有什么冤屈？”

豪格气急：“你又来了。”

吉塞大声道：“大将军，于今军权在手，又何必畏首畏尾？”

豪格凄声笑道：“你说你们两个，脑子有多简单？天下带兵之将，所在多有。但莫不是左右制衡，受人牵掣。若然手中有几个兵丁，就可以据山为王，那李闯就不会逃了，南明就不会灭了，阿济格和多铎他们最先统师为帅，早就戴上平天冠了。”

吉塞踏前一步，“大将军可知李闯是如何打破北京城的吗？”

豪格：“只知大概，不解详情。”

吉塞道：“那是大明的宁南伯左良玉帮的他。此前李自成本打算渡过黄河，向西行进。但左良玉几次封住黄河渡口，让李自成插翅也飞不过去。李闯无奈，提师北上，竟尔是攻克北京，建国称君。”

豪格茫然地眨眼，“所以……”

吉塞：“所以只要驻军于此，川中张献忠感受到强大压力，就会自两侧逸出。

“向北。

“进军北京。

“重演李闯攻破北京之旧事。

“要逃弥天之罗网，须得惊人之手段。

“请大将军决断。”

10

尼堪焦灼不安，于帐中来回踱步。

鳌拜等诸将端坐成排，一动也不动。

尼堪：“大将军这是怎么了？这都半个多月了，三军迟迟不动。

“军情如火，变化不定。若由西贼张献忠从侧翼突窜出川，必演前明流寇肆虐之故事。

“大将军究竟是怎么考虑的，难道他敢公然抗旨吗？”

鳌拜笑道：“王爷，抗旨什么的，这话可不能乱说。须知将在外，君命有所不受。”

之所以不受，那是因为战场上的变数太大，主战官拥有应机裁断之权。

尼堪大叫：“可现在有什么需要随机应变的？张献忠就在前面，扑而灭之，不世功业为何要东拉西扯，坐失良机呢？”

鳌拜道：“大将军不是说了吗？西贼狡诈，实际上是诱我入川，再派精锐袭扰我后方，切断补给线，陷我三军于不进不退之地。所以死生之计，不得不慎重再三。”

尼堪：“说得挺像真的。可如果这个判断不正确，我看谁担得起这个责任。”

鳌拜：“王爷，若你忧心如此，何不与衍禧郡王商议一下？”

尼堪：“你说罗洛浑？可他就是个浑人……”

鳌拜笑道：“罗洛浑好歹也是军勋世家，爷爷是大贝勒代善，父亲是盖世名将岳托，他早在盛京时就崭露头角，堪称一时之选。只不过，都知道那年宫里死了个海兰珠，太宗皇帝思念过重，就有点神经了。罗洛浑给自家福晋办个生日宴，太宗皇帝竟然带了御前侍卫闯了进来，当场拿鞭子把人抽得鬼哭狼嚎，满地乱爬，还把罗洛浑穿鼻刺耳，削爵罚俸。经过那件事，罗洛浑从此消沉，一蹶不振。”

鳌拜续道：“但名将到底是名将，前者诸军入关，临近北京皆生恐惧，你推我让不敢于先。唯罗洛浑百死不惧，催师向前，这才为大清鼎立天下立下勋功，是以得封衍禧郡王。若王爷你有什么疑惑，何不去找罗洛浑问问？”

11

敬谨亲王尼堪走进罗洛浑的军帐。

罗洛浑酩酊大醉，袒露着白花花的大肚皮横卧于地，发出震天的鼾鸣。

尼堪俯下身，用力摇晃罗洛浑，“喂，怎么烂醉成这个样子？起来。”

罗洛浑：“别理我，烦着呢。”

鳌拜依靠在帐门上，笑道：“王爷，你还是让他睡下去更好些。”

尼堪大吼：“这里是前线！”

鳌拜笑道：“实话告诉王爷，罗洛浑这个衍禧郡王就是喝得烂醉得来的。”

尼堪：“怎么说？”

鳌拜：“前者，诸军入关，自山海关一片石激战李闯，尾随衔追到北京城。遥望城池，诸军皆生出惧心，勒马不前。偏生罗洛浑喝得太多，脑子一团迷乱，还以为到了盛京回了家，想早点回府看福晋，就摇摇晃晃策马向城门走，结果径入北京城，立下首功。

“所以说王爷就是员福将，喝得越多，立功越大，你就让他喝下去好了。”

尼堪双手揪扯头发，“我的天，我尼堪到底是在什么地方？主帅诡异莫端，副帅烂醉不堪。这场仗还怎么打？”

忽然间几个女人掀开帐帘入内，“好巧啊，尼堪和鳌拜，你们两个也在。”

鳌拜：“军营重地，怎么会有女眷……”

尼堪：“是两宫太后，这不可能……太后，这怎么可能？”

劲装长鞭的淑太后，“有什么不可能的？跪安吧。”

尼堪疯了一样团团乱转，“不可能，这不可能……太后，怎么可能来到这里？这杀伐连天的战场，兵匪交错，暗箭镝鸣，纵铁血男儿也没法儿活着穿越抵达……太后是怎么来的？何以未听到军士传报？”

皇太后：“别说得这么吓人，哀家一介妇人，知道的无非是家长里短，所以来此，也为这般。”

皇太后、淑太后居中而坐，苏茉儿随侍，大布吉提刀在侧。

“衍禧郡王罗洛浑，你传书入宫，说有家事要讲清理明。哀家接奏来此，尽可当面禀清。”

原本睡得死猪一样的罗洛浑，突然间坐起来，神志异乎寻常地清醒，“小王冤枉。”

皇太后：“何冤？”

衍禧郡王罗洛浑：“那一日我自家中饮酒，为福晋庆生，太宗皇帝皇太极何以闯入鞭殴福晋，更将我割鼻刺耳，夺职罚俸。请问小王我犯了皇家律法哪一条、哪一款？如此暴戾，专横任性，于法何公？于理何明？”

尼堪大骇，“罗洛浑，你在乱说些什么？”

罗洛浑眼露凶光，“两宫太后，你们只带着苏茉儿、大布吉，竟然以妇人之柔，犯我千军之尊，可是把兵凶战危当作儿戏？谨请两宫三思，你们悄然而至，若然是再也未能走出这顶梵金罗帐，又有谁人可知？”

尼堪呛啷一声拔剑，“罗洛浑，你疯了！竟敢对两宫无礼，威胁太后。”

罗洛浑不为所动，“本王何曾有威胁？天下万事不过理。天子之尊，庙堂之仪，倒也无须事事公平，处处讲理。但天颜震怒，加以责罚，终是小王心中难释的憋屈。既然今日说出此话，那就一抒胸臆。本王终不敢直言犯上，大不了是个冲阵而死。但这番话，必须要说明白。这个理，必须要讲清楚。”

皇太后幽幽叹息，“王爷心里，分明是对哀家有气。”

罗洛浑浑声道：“那是自然。海兰珠是东宫娘娘，是皇太后的妹妹。恩宠之极，患病身死，纵是陛下伤心怀思，令得民间不可再闻丝竹乐语，也在情理。可小王当时并不知道娘娘归天，所以才会在府中宴饮。太宗皇帝盛怒闯入，必是有人向他通报了消息。本王只想知道那人是谁，为何要跟小王过不去。”

皇太后抬起头来，“真的想知道？”

罗洛浑：“只要太后肯告之。”

淑太后插话道：“罗洛浑，就怕你没这个勇气。”

罗洛浑悲声长笑，“哈哈哈，适才太后面前，出言不逊，一再失礼。小王在这世间的日子，就没几天了。知道是谁背后害我，免得做个糊涂鬼，这还需要勇气？”

皇太后：“唉，真拿你没办法。”扭头吩咐苏茉儿，“给人家吧，还藏着掖着干什么？”

苏茉儿把一叠厚厚的供状递了过来。

罗洛浑狐疑地看着供状，“这……这是什么？”

淑太后道：“这是你府中小福晋死后，因祭奠过陋，惹怒了娘家人，因而在你出征后，娘家人占据了你的府邸，对府中仆婢逐一拷问，却不意得到的供状。娘家人知兹事体大，不敢隐瞒，深夜入宫，哀家也才弄明白，何以当年太宗对你的处置如此不公且缺乏底气。”

皇太后接道：“罗洛浑，你不用如此狐疑。是真是假，哀家心里也十分好奇。恰好尼堪贝勒与鳌拜都在这里，不妨让他们两人帮你摆个公堂，把供状上涉及的几个人逐一提审。你只需允许哀家在帐后倾听，在你身上这么多年究竟发生了什么，或许能够弄清端倪。”

12

天亮时辰，鳌拜和尼堪同时收起供状，打了个哈欠，“总算理出个眉目了。

“那就让罗洛浑自己来拘审吧。”

鳌拜和尼堪两人各扯一条腿，把不知真醉还是假醉的罗洛浑拖入内帐。

尼堪和鳌拜扶摇摇晃晃的罗洛浑在案几后坐好，然后按供状上罗列出来的名单，让自己的亲兵将随军而来的衍禧王府家奴一个个拖来拘审。

尼堪是主审，他的问话简捷明了，直奔主旨。被拖进来的罗洛浑家奴，无不是支吾遮掩，但尼堪往往只是三言五语，就迫得对方磕头请罪，供出与奸人合谋架空衍禧郡王、控制王府的实情。

全部审清后，尼堪起立禀报：“奴才已经查证清楚，请太后过目。”

皇太后闻言摆手，“免了免了，还是让罗洛浑自己瞧瞧吧。”

尼堪：“禀太后，罗洛浑在打呼噜，好像睡着了。”

淑太后：“郁结在心里几年的痛楚，眼看就要真相大白，怎么会有人睡得着？”

呜呜，一个可怕的声音响了起来。

淑太后扭头寻找，“什么动静？”

鳌拜气道：“罗洛浑，你好歹是个爷们儿，甭哭了好不好？怪吓人的。”

罗洛浑号啕大哭，跪倒在地，“太后，太后，奴才无能无德，上不能侍君以忠，下不能治家以能。奴才就是个该死的废物。”

皇太后悠然道：“倒也不必太过懊恼。衍禧郡王，你不觉得那奸人的手段，太过于可怕了吗？”

罗洛浑：“奴才怎么想得到，区区几个家奴竟然能够将本王架空，彻底控制王府？原来当年太宗闯入我府，鞭打福晋，把我割鼻刺耳，并非是因为海兰珠之事，而是想要替我驱杀府中妖人，但见奴才如此懵懂，竟不知死，所以才气急惩治的。”

皇太后道：“没错，罗洛浑。那一年，陛下原本率军攻打锦州。突然得报妖人终于在盛京露出形迹，立即马不停蹄，星夜驰返。

“可是妖人机诈，在太宗入城之前便消失遁匿。罗洛浑，你哪里知道，太宗和哀家为了诱出妖人，苦心设计了多年，却仍是功亏一篑。

“当时盛京城中，十几处妖人隐匿之地，都已是人去楼空。只有你罗洛浑的府中，留下几个外围爪牙，嚣狂如故。太宗怒急之下，几欲下令将你处斩，将阖府妖氛扫光。你死不足惜，但若杀了你，就彻底失去妖人踪迹。多年的布置，也会就此付诸东流。

“所以太宗暴怒至极，责罚了你后，随口说你不该在海兰珠死的日子里欢筵。同时假布消息，称太宗陛下是因东宫宸妃海兰珠之死而回。至今人们仍以为太宗与海兰珠情深似海，此情是真，但谁又知晓竟有这层内幕？”

说到这里，皇太后立起，“功败垂成，血咒再起。妖人隐匿之后，再掀腥风血雨。大贝勒代善膝下皆空，儿孙俱死。富察氏系自哈达公主以下，彻底血洗。偌大一个正蓝旗，竟遭妖人连根拔起。太宗难抑恨意，竟致死不瞑目。罗洛浑，这一切，都是因你而起。

“如今你可知罪？”

13

山崩地裂般的鼓金交鸣，把豪格从睡梦中吵醒。

“谁呀这是？”豪格悻悻地爬起来，“大半夜的，还让不让本王消停了。”

部将上前禀报：“禀王爷，适才敬谨亲王尼堪来报，已奉大将军令，全军于卯时启程，走左翼入川。这是尼堪将军的回令，请大将军查验。”

豪格怒了，“谁给他尼堪下的令？”

又一名部将进来，“禀大将军，衍禧郡王罗洛浑适才派人来报，已奉大将军令，走右翼进川。这是罗洛浑将军的回令，请大将军查验。”

豪格急了，“奇了怪了，本王何曾下过行军之令……”

第三名部将入内，“禀大将军，鳌拜将军适才派人来报，已奉大将军令，为所部前驱。此时鳌拜将军已引军前征，现距我军十里之遥。这是鳌拜将军的回令，请查验。”

值此豪格惊呆了，“不是，这，怎么大家说走就全走了，别撇下我一个人呀……”

吉塞和罗硕进来，“大将军，你为何悔弃前约，星夜突然发布军令，改了主意入川呢？”

豪格喊冤：“本王没有呀……”

吉塞与罗硕：“那这是怎么回事？”

豪格：“是有人……有人盗走了虎符，瞒着本座擅自发布了军令。

“是谁干的？

“谁？”

豪格绝望的声音，在军营的夜空上微弱地凄响。

第十四章　巾帼英雄，七大恨事说不尽

01

“本王年纪大了，牙口不好，最喜欢吃的就是这款苏嫂豆腐。尝尝，大家都尝尝。”

礼亲王代善，居于主位，咧着没牙的嘴，拿筷子指着婢女刚刚呈上来的菜肴。

几个客人急忙俯身，“谢过王爷。”

郑亲王济尔哈朗四下看看，阴腔阳调地说：“这可是礼亲王府这么多年来头一次宴客呀。你们算是运气好，尝到了大贝勒府上的名肴佳味。”

客人们：“沾王爷的光了。”

“还有啊，歌舞那都是少年子弟的最爱。”郑亲王济尔哈朗续道，“所以本王今日专门带了府中伎班，曾请花坊名师指点过的，让尔等见识见识。”

礼亲王代善：“如此甚好，那就让她们上来吧。”

郑亲王济尔哈朗摆手，一排来自郑亲王府的歌伎上前扭动起来。大家满脸欣然地赏析，“不愧是王爷亲手调教，此曲只应天上有，人间能得几回闻。我等何幸如之，竟有机缘睹此人间盛事。”

衷心地夸赞过，几个宾客扭头却在下面嘀嘀咕咕：“喂，郑亲王好差的品位，他到底懂不懂歌舞？就没个明白人提点提点他？还有，这些小妮子身体如此僵硬，跳起舞来龇牙咧嘴，可知王府的乐工没少跟王爷打马虎眼。”

勉为其难的歌舞罢后，客人齐齐地鼓掌，欣然道：“果然是王爷亲自调教，下官白活了一辈子，今儿个总算是开了眼。”

郑亲王竟然是一脸飘飘然的样子。

咚咚咚，三声小鼓，一名府中女官宣布：“现在是和硕礼亲王府中的歌伎，给诸位王公大臣助个兴。”

弦乐声中，一个体态婀娜、盈腰细握的歌伎上场，长袖轻扬，歌喉曼妙无双：

“长安女儿踏春阳，无处春阳不断肠。

“舞袖弓腰浑忘却，蛾眉空带九秋霜。”

客人们一片惊呼：“礼亲王好福气，此女的歌舞，一时之选，天下无双。”

礼亲王代善漫不经心地道：“是宗人府的置平司，送到本王府中来的。本王跟郑亲王一样，也是疲怠久矣，根本未曾留意。你们哪个喜欢，尽管带走好了。”

客人吓得赶紧站起来，“岂敢夺王爷之爱，岂敢，岂敢。”

歌伎舞罢，娇滴滴给主客道过万福，退下。

后堂内，郑亲王带来的那十几个小丫鬟，正在更衣易妆。礼亲王代善家的歌伎从她们之中走过，突听轰隆一声，好似天塌地陷，十几个歌伎不知何故叠在一起，十几只手以迅雷不及掩耳之势，将礼亲王代善府中的歌伎牢牢压住。

客人惊愕，“什么动静？”

礼亲王代善：“没啥事，不会有啥事儿，就是下人打个架什么的……”

歌伎被缚在一张十字桩上，两臂双腿伸开，但见她拼命挣扎，目光凶狠，牙齿发出骇人的嘎吱声，择人欲噬，竟似来自阴曹地府的恶鬼。

郑亲王府中的舞伎上前禀报：“王爷，婢子幸不负命，刑部承政额尔格图的小福晋，终于找回来了。”

郑亲王急叫：“赶紧的呀，把她的嘴巴掰开，塞只核桃进去。慢了说不定又出什么幺蛾子。”

一个客人手拿酒杯站起来，“王爷，到底还是……姜是老的辣。”

这个客人是李化熙。

另两个客人是翰林学士高尔俨、刑部左侍郎党崇雅。

郑亲王：“哼哼。”

李化熙：“幸亏听了王爷的提醒，否则的话，这里只怕又多出一具尸体了。”

郑亲王：“哼哼哼。”

李化熙声音突然凌厉起来，“只是王爷，你怎么知道额尔格图大人的女眷，会在获救之时寻死呢？”

礼亲王代善慢吞吞地道：“那是人家郑亲王见多了。早年在盛京时，类似的案子，额尔格图破过不下二十桩。接连死了十几个，才不得不用这么个办法。妥不妥不说，好歹能得到个活人。”

李化熙：“好奇怪，额尔格图大人的小福晋，明明是被贼人掳走的。此时获救，应该是重见天日，欣喜交加呀，为何反而寻死呢？还有额尔格图的长女，下官……就是没想到这一出，所以才功亏一篑。”

郑亲王阴沉沉地道：“寻死，那是因为她们的遭遇太惨，辱及门楣。是以她们宁肯死去，也不敢让人得知。”

李化熙：“那她……也应该告诉我们贼人的行踪啊。”

礼亲王代善冷笑，“你秃尾巴老李若有这本事，人家干吗还要死？”

“说到底还是不相信下官。”李化熙唉声叹气，“贼人好狠毒的手段，竟然将这些人随意操控。想让她们做什么，她们就得乖乖去做，让她们什么时候死，就什么时候死。让她们怎么死，就怎么死。

“太可怕了。

“现在好了，小福晋被绑成粽子模样，想死也难。正好问问额尔格图大人北京之行，究竟遭遇了什么。”

02

刑部承政额尔格图的小福晋被缚于十字桩上，犹自拼命挣扎，极是惨骇。

李化熙官服鲜明，身后跟着郑亲王和礼亲王，踱了过来。

“小福晋西林觉罗氏，你不要怕。

“本官知道，你曾受到了蒙羞家门的奇耻大辱，所以宁肯一死，也不对自己的遭遇多说一个字。

“是以本官不会问。

“本官知道，你的家人仍然在贼人手中，若你说出一个字，家人就会遭恶毒报复。所以你不会对贼踪之事，多说一个字。

“这个本官也不会问。

“本官只问你能答，想答，可以答的。

“本官想问，两年前你夫刑部承政额尔格图接陛下圣旨，率三十六弟子并家眷，从盛京入关，在抵达通州行宫时，阖众遇害。你也随家眷被贼人掳走，至今已两年矣，受尽了人间屈辱。

“额尔格图大人倒还罢了，其所率三十六名弟子俱是满蒙勇士，个个聪明绝顶，人人力大无穷。这两个条件若是少一个，也无缘被额尔格图收为弟子。有这三十六人随行，纵然是一支军队，都撼之不动。如何却于无声无息之间，额尔格图大人被人残杀，又迫得三十六名弟子自刎呢？

“此事下官委实不明，烦请福晋告之。”

半晌，十字桩上的女子开口：“大人所言不错。

“我夫座下三十六名弟子，俱是不凡之属。倘贼人强攻，断讨不了好去。”

突然间她探头过来，嘶吼道：“可如果强攻者，是三十六弟子呢？”

李化熙：“呃，啥意思？本官听不太明白。”

小福晋泣下，追溯旧事：“那日我端坐轿中，掀开轿帘，贪看沿途风景。我看得分明，弟子们正向他们的老师走过去，有说有笑，突然之间，他们已经扑在老师身上，将老师制住。我确信我夫根本未及反应，连痛呼都未来得及，心脏就已经被掏出。”

李化熙：“然后呢？”

小福晋：“大人，你说过这个不问的。”

李化熙：“明白了，那本官接着问可以问的。那三十六名弟子是否全部从贼，参与了弑师之事？”

小福晋："参与此案者，死得幸运。拒绝参与者，死得悲惨。"

李化熙："可贼人既得他们效力，好歹也是支生力军，为何要命他们自杀?"

小福晋："只要他们活着，就有可能被刑司追踪发现。可是他们死了，刑司就失去线索，无从追查得起。"

李化熙："谢过福晋，本官受陛下、两宫太后、摄政王及这两位王爷之命，发誓救出你的家人，再让你们更名换姓，躲藏到任何人也找不到的地方去。请福晋不要再寻短见，免得等家人全都救出，却落得个阴阳两隔。

"来人，把福晋带下去。"

小福晋连人带十字桩，一并被人移下。

03

李化熙转过身来，"两位王爷，下官还有一事，尚请王爷指点。"

俩王爷无可无不可，"说。"

李化熙："贼人弄这么大动静，杀刑部承政，难道只为将其家眷送入勾栏?"

俩王爷脸对脸，相互瞧了瞧，有点拿不太准，"这大概是……是贼人在说服一个人?"

李化熙："说服谁?"

郑亲王："大概是说服一个不喜欢额尔格图的人。"

礼亲王慢吞吞道："据此前分析，大概情形是这样：贼人找到那个人，想要收其为党羽。所以先由对方开出条件，只要是杀人放火伤天害理，贼人都可以做到。应该是那个人说出他希望额尔格图死，希望额尔格图的女眷落入烟花柳巷任人攀折。这是许多挟恨主子之人，心中最阴暗的欲念。当他说出来时，贼人就替他做到，以炫其能，以示其势。那个人看到这场景，当然是心惊胆战，从此慑服，沦为贼人的走卒帮凶，替贼人做更多的坏事。"

李化熙愤怒质问："究竟是谁，如此毒辣阴险?"

济尔哈朗和代善对视了一眼，"你看这是怎么说的，找你来，不就是要弄清楚这个问题的吗?"

李化熙："呃……恕下官激愤……"

郑亲王济尔哈朗道："我们不知道妖贼是谁。

"但我们知道，他已经如蛆附骨，纠缠了皇家四十年。

"无数血案，尸堆如山。

"都与妖贼相关。"

04

礼亲王代善突然失声恸哭，大放号啕："妖贼呀，妖贼，吾与你仇深似海，不共戴天。

"我本太祖膝下，嫡出二子。

“自幼跟随在皇长兄褚英身边，北战南征，数历死生，赢得了不世功名。

“可是有一天，父汗努尔哈赤，被奸人布占泰诱入图们江畔乌褐岩中的一个恶咒之地。

“有人说，父汗在一个上古的幽洞中，遇到个鸿蒙未辟、天地未开之前，凝聚于虚空的混沌恶灵。那东西似人又似鸟，花翎而人形，睹之邪恶满天，触之心生阴寒。是以那物专噬人的性灵，又于虚空中沉寂久矣，急切欲饮鲜美的帝王血系。

“那日父汗还未得返建州，妖物已凌空飞至。传言那可怕的东西，于建州城内的皮家老店设下禁制，传檄天下，公然举办了帝尊王族性灵拍卖会。拍卖之前，还有热身赛事，售出了一对美丽的少年奴隶。

“而后，与会者纷纷开价，买走了帝业七桩物事。

“这就是传说中的‘七大恨’。

“因事出妖异，父汗禁止任何人提起，同时为了混淆视听，父汗修改了七大恨的传说，声称父汗起兵因七大恨，一恨明人戮我祖，二恨明吏事不公，三恨明廷伤人命，四恨处处起战火，五恨绝代佳人不嫁吾，六恨田禾任荒芜，七恨明家天使作威福，令我义愤填膺拔剑顾。

“如此皇家文本之七大恨，八凑七拼，乱语胡言，稍长脑子的就会觉得怪异。但皇家文献，自有天威，载于史，见于册。纵饱学之士，心生狐疑，觉得这七大恨有点怪异离谱，但也只能哑巴吃汤圆，心里有数。

“而实际上的七大恨，却是皇家之辱、帝尊之耻，成为最深的忌讳，无人敢于提起。

“现在把话说开，细细想来，实际上皇家七大恨，至今仍未凑齐：

“太祖折失手足第一恨。

“太子幽囚第二恨。

“莽古尔泰弑母第三恨。

“大贝勒代善嫉子第四恨。

“阿巴亥殉葬第五恨。

“哈达公主灭门第六恨。

“还差一恨。

“还有一桩交易，未履行完结。

“没人知道，这一恨会落到哪个人头上。

“如剑悬头，如锥沥心。可知这些年来，我皇族中人人心惊，个个胆寒，活得全无半点乐味。”

代善说到这里，停了下来，咻咻喘息不止。似乎陈述皇家恐怖往事，耗尽了他全部的力气。

现场死寂，李化熙假装自己是死人。他不敢听皇家私秘，多听一个字都是死罪，可不听还没办法缉查案情。

礼亲王代善与郑亲王济尔哈朗，相对无言，老泪纵横。

静寂良久，郑亲王肩膀微微抽动，语道：“太祖折失手足第一根，说的就是我家呀。我父舒尔哈齐，乃太祖手足兄弟，骨血同胞，并肩天下，百战死还。却忽一日我父遭幽囚，长兄被杀，三兄被杀，二兄阿敏于太宗时代幽囚而死。我满心恐惧，战战兢兢活至今日，可到底家里遭遇了什么事儿，从不敢问，更不敢说，便多问一个字儿，只怕我的骨头早就烂光，是以自始懵懂。”

礼亲王代善续道：“我又何尝不是如此？

“所有的伤，铭刻在心。所有的怨，不敢提起。我只知道建州皮家老店拍卖会后，你济尔哈朗的父亲是妖人大会成交的头桩物事，皇长兄褚英是第二桩物事，我则是成交的第三桩物事。随后奇变倏生，我皇长兄无端遭废黜，幽囚高墙，两年后死。

“事发突然，我浑不明所以，无数次去见父汗，追问详细情由。可是父汗却是躲于宫中，谁也不见，听说唯号啕而已。

“事后，父汗立我为太子。

“身边的人告诉我说，宫中惊变，太子幽死，事情之所以从发生到结果毫无道理，只是因为妖人作祟，惑人心智。太子冤死，我就是太子，我必须要在这个时候振作起来，保护好父汗及族人。而要做到这一点，须得如父汗、如皇长兄那样，苛以律己，宽以待人，广弘德望，帮助父汗聚拢人心。

“怎么听，这个想法好像都没错。

“我就信了。

“我不能不信呀，这么好听的逆耳忠言，如何不信？

“我信了，就错了。”

05

“听信了金玉良言，于是我决定要继皇长兄遗志，助父汗聚拢人心，须得从自己的宫室开始，先治家，再治军。先习武，再学文。先为将，再为臣。

“时我膝下子嗣，长子岳托，武艺精伦。次子硕托，心智过人。三子萨哈廉，处事手段狠辣而柔韧。这三个孩子，是我最疼爱的，也是族人中最优秀的。于是我经常召集他们三人，商讨军务国政之事。

“忽然有一天，二子硕托单独来见我，给我出了个绝妙的主意。

“硕托说：‘父亲，你若是有心栽培我们，那就应该想办法让我们获得贤名。有了贤名，便得人望。有了人望，便得人心。有了人心，就可以在一边协助汗王，兵不血刃，南面称尊。’

“我问：‘要如何做才能让你们获得贤名呢？’

“硕托说：‘父亲，你不是要给我们兄弟三人分家，让我们建衙开府吗？’

“我说：‘是啊。’

“硕托说：‘那请父王把人口最多、采邑最厚的家产全给三弟，却把奴丁稀少、采邑最贫瘠的地分给我和大哥。’

“我急忙摇头：‘岂可如此。那样的话，世人会嘲笑我代善偏心，处事不公。’

“硕托却道：‘就是要处事不公，才能引发众骇。父亲须知，三弟萨哈廉不比我和大哥，我和大哥都是有勇力之人，唯三弟身体虚弱，骑不得马，拈不得弓，但族人之中，他的智慧却是最幽深、最长远的。

“‘所以分家之事，把最好的采邑给三弟，恰是普天之下最疼爱弱小孩子的父母之心。若然父亲如此做了，而我和大哥忍气吞声，就会立即赢得天下贤名。再之后，等我和大哥建功立勋，父亲再将采邑重新划置。值此世人才知父亲所虑之远，以及盼望孩子建功立业的关爱之心。这么个法子也非儿子所能想得出来，民间父子之间所在多有。’

“听了二子硕托的话，当时我心里怦然一动。

“知子莫如父。我比任何人更了解岳托和硕托这两个孩子，他们两个是命中注定建功立业之人。所以我立即答应了硕托所求，在分家之时，故意偏袒三子萨哈廉，却把非常贫瘠的采邑给了岳托和硕托。

“果然，坊间开始有风声流传，说我偏爱三子，却对长子和二儿子无情无义。

“我心中坦然，反而有种沾沾自喜之感。一心想等着二子建立功勋的那一天，再让人们看我太子代善的明识远见。

“可万万没想到，这竟然是个可怕的诡计。可怜我智力不够，心眼太少，竟尔是误堕奸人圈套，从此万劫不复。”

06

烛火跳动，明暗不定。

礼亲王代善的声音，如幽魂般飘忽，带着无尽的酸楚。

“待三子不公，善萨哈廉而苛岳托、硕托，原是二儿子硕托的建议。

“可当我真的这样做了后，硕托却突然失踪了。

“接着我听到消息，二子硕托因为我这个做父亲的存心虐待，忍无可忍，逃到大明那边，说是找大明天子申冤去了。

“临走之前，还给我父汗上了一道秘折，控诉我德寡才疏、心思狭隘。言下之意是我恨岳托和硕托，恨不能让他们去死。

“可这怎么可能？天下哪个为父母者会希望儿子去死？

“这一切，竟尔是二子硕托为我这个做父亲的设下的恶毒圈套。

“这时候三子萨哈廉来找我，说出了一件我不知道的事儿。

“硕托那采邑贫瘠的府中，时常见异光夜现，有人听到从府中深处传来飘忽不定的邪魅歌子，还有人见到一个似人非人、花翎人形的怪物，于半空中盘旋。

“值此我恍然大悟。

“二儿子硕托，中了妖人的邪术。

“他外表还是我的儿子，但皮骨之下、灵心之内，却已经不再是了。

“而是个可怕的怪物！

“当此之机，我立即去面谒父汗，想要详说此事。

“但父汗不允许我多言，只是追问分家的采邑配平之事。

“我知道，终于弄假成真了，我成为恶毒无情的父亲，纵满身是嘴，也说不清楚了。情急之下我六次向父汗跪请，请求杀了外形是我子、灵心是妖魅的硕托。

“但是父汗没有答应。我反而因为此举，形象更为不堪。

“终究，我这个太子代善身败名裂，为天下笑，再无可能继嗣汗位了。

“但是父汗毕竟是洞察如神，他下旨将硕托幽囚于高墙。

“得此消息，我心稍定。

“知道父汗心明我冤，妖人鬼蜮伎俩，终未如愿施展。

“但我太乐观了。

“我这不够用的智力，又如何斗得过妖人的计算？

“是以妖人给我玩了个更刺激、更恶毒的后续！”

07

“二子硕托沦为妖人爪牙，陷害为父。让我悲伤消沉，酗酒度日，不思振起。

“忽一日，宫中来了个面目陌生的太监，对我说：‘咱家奉了汗王的秘密吩咐，假大妃的名义，送只食盒于你，再告之你一件惊心动魄之事。

“‘你儿子硕托叛父，公然陷害于你。老汗王早是心知肚明，只是妖贼详情不明，若仓促行动，只恐打草惊蛇。所以表面厌憎于你，实则派了人手暗中调查，果然找到了妖人行迹。你位居太子之尊，是以汗王嘱你务须漏夜入宫，于西角门外会见到一人，听得妖人详尽秘事。借可从容布置，替汗王尽扫妖氛，方是你爱戴父汗，尽臣子之忠、尽儿子之孝、尽部属之职的大好时机。’

“当时我立即兴奋起来，原来父汗并非是厌憎我，而是另有安排。

“是夜，我遵旨入宫，到得父汗吩咐的西角门外。等了小半个时辰，忽见一盏灯笼自远而近。近前细看来人，让我大吃了一惊。

“来者，竟然是父汗宫中的大妃！

“就是皇后富察氏。

“当时我吃惊地问：‘大妃，你为何会来这里？’

“大妃反问我：‘你为何会来这里？’

“我答：‘我是来此等一个人。’

“大妃答：‘我是来此见一个人。’

“我问：‘你在等谁？’

“大妃问：‘你要见谁？’

“我说了情形，才知道大妃也是接到宫人密令，说是汗王密旨，让她来此密会一个人，即可尽得妖人详情。

“可那个知妖情者，到底在哪儿？

“正当我和大妃懵懂之际，突听远方一声呼喊，但见灯笼火把无数，自四面八方

聚拢而来。还有人依稀在喊：'捉贼呀，宫里头来了贼了。'

"就见两个在宫中没有丝毫地位的低级嫔妃，一个叫阿济根，一个叫德因泽，带着一群侍卫太监来到，气势汹汹地喝道：'太子，如此深夜入宫，你可奉了汗王的诏？'

"我惊慌答：'未曾奉诏。'

"阿济根喝道：'既未奉诏，何以会与大妃在一起？'

"我慌了手脚，'这个……'

"德因泽则喝道：'太子与大妃私通，公然于此情意绵绵，当我们宫里全都是死人吗？'

"完了，这事又说不清楚了。

"此事又是一个圈套，而我蠢至极矣，竟尔无觉无察。

"是夜，父汗震怒，传旨废我之太子位。

"我就这样，被迫远离了权力中心。再也没有机会替自己、替皇长兄查明究竟，洗白冤屈。"

08

惊世阴谋，骇人听闻。

李化熙说："然则那两个后宫嫔妃，什么德因泽、阿济根……大概应该，或是受人指使？"

礼亲王代善："废话！

"父汗何等心智，岂是受骗之人？临死之前他彻底想明白了，传旨命此二人殉葬。"

李化熙："原来这就是太子与太祖大妃富察氏私下往来的由头，太子位也是因此而被废掉的？"

礼亲王代善："那当然。"

李化熙想了想，道："二子硕托的怪异举动确实令人困惑不解，然则硕托幽囚于高墙，这事儿就算过去了。"

代善惨笑，"过去什么啊，没过多久，他又被放出来了。"

李化熙："然则王爷可曾把他找来，仔细地问问？"

代善："我没有去找他，他来找我了。"

李化熙："什么时候？"

代善："太宗归天而后。"

李化熙："那么久？"

代善："是的。太宗突然归天，没有留下嗣位之诏，朝中一片混乱。肃亲王豪格自荐，以其为太宗皇长子，是以可接天下。但多尔衮斥其德薄才寡，认为即使是他自己，也比肃亲王更有资格继任大统。最后王公宗亲寻求了一个妥协方案，以太宗嫡长子六岁的福临继位。

“此议已决，天子正位。再有人对此说三道四者，均属大逆不道。

“那久未露面的硕托，竟然就在这个节骨眼上，以探视我的足疾为名，带了我三子萨哈廉的儿子阿达礼来到我的府上。言称要推翻王公之议，起兵造反，改立多尔衮为帝。

“我岂能理会这等狂言妄语，听听就算了，毕竟是自己的儿子、孙子。

“可此二人却纠缠不休，四处勾连未果，又返回我的府邸，再次撺掇此事。事情走到这一步，已经无法再遮掩。

“由是我不得不去找多尔衮，告发此事。再加上阿达礼旗下的大学士刚林，也恰在这个时候出告。最终事无可挽，经王公部臣决议，以扰乱国政、狂悖叛乱的罪名将二人处死。”

李化熙站起来，惊声道：“天，你亲手处死了自己的儿子和孙子？”

代善痛苦抽搐，强自嘴硬支撑，“多新鲜哪，好像这事儿你没干过似的。”

李化熙：“下官肯定没干过……不不不，王爷别见怪，突然之间挤进来这么大量的信息，下官的脑子全都乱了。下官的意思是说，怎么又多出来一个大学士刚林？这里边有他什么事儿啊？”

代善斥道：“一人生疑，二人无据，三人成虎。一个人的孤证不能成立，两个人各说各的理。非两个证人以上，不能把证据做实。你好歹是个刑部尚书，岂会连这点道理都不懂？”

李化熙跳起来，“可是王爷，这件事的人为痕迹太过于明显，难道王爷自始至终未曾起疑吗？”

代善呆了呆，“何处有疑点？”

李化熙：“试看硕托的行动，宛如网子里的鲜鱼，完全是失去了理性的拼死挣扎。难道王爷就未曾注意到这一点吗？”

代善满脸悲凉，“没注意才怪。

“只是妖人已入他心。

“本王又有什么办法？”

09

夔东。

茅麓山。

九连坪。

岩坡立有一人，长发猎猎，衣甲滴血。

四骑自远联袂翩至，于血衣人面前勒马。

马上四女，一个端庄柔美，一个劲装长靴，一个弯刀凶戾，一个眉眼精怪。

但见那眉眼精怪的女孩纵马上前，抱拳道：“李将军请了。”

血甲骑士：“可是苏姑娘？”

精怪女孩：“然。”

血甲骑士突然转身，戟指身后，“苏姑娘请看，我身后是一望无际的血尸沙场。

“在这里，经历了非止一次血战，由冬而春，由南到北，叠压的尸体有的已经风化成石，有的犹自滴血不止。

“但不知苏姑娘，见此有何感想。”

“李将军，我家夫人既然来此，又何惧哉？”

血衣人的冰冷目光，睨向苏姑娘身后三女，突然间厉喝一声：“哪位是庄夫人？”

端庄柔美妇人微微欠身，“李将军请了。”

血衣骑士：“哪一位是淑夫人？”

劲装长靴美妇欠身微笑。

血衣人瞳光冷缩，“千金之体，犯险来此，不怕我杀了你们吗？”

苏姑娘失笑道：“李将军岂是伤害妇孺之辈？更何况只怕高夫人不依。”

血衣人：“你如何就知道本座不会伤害你们？”

苏姑娘：“昔者侠女卞玉京，为救秦淮姐妹陈圆圆，以一己之力，闯入百万军营。若非高夫人与李将军仗义援手，纵是卞玉京，只怕也早已香消玉殒。而今江湖风起，侠女柔情，是以知李将军与高夫人，铁骨铮烈之下，有一颗柔软仁心。”

血衣骑士沉默良久，“请吧。”

血衣人当先引路，转入谷口。但见士兵麇集，闹闹纷纷。一座又一座彼此相连的军帐，女人正在淘米做饭，孩子们在帐篷间奔跑玩耍。

血衣骑士下马，带四女穿营而行。前方，军中高大的主帐，一名劲装女子当门而立，身后是一排英武女兵。

四女向前抱拳，“高夫人请了。”

这位英武的高夫人，就是大顺皇后，闯王李自成的发妻高桂英。她一生征战，生长军中，慈怀宽广，深得军心。此时她淡淡地打量眼前四女，微微摇头，“便是来自京城的庄夫人与淑夫人？”

苏姑娘代答：“然。”

高夫人莞尔，“那北京城池，皇宫高墙，竟尔是小到了装不下你们，缘何跑到这杀伐连天的战场上来？”

庄夫人道：“高夫人说笑了，说到杀伐战场，夫人自幼生长军中，驰策至今，玉手点兵，万众云集，不也是活得好好的？”

高夫人：“要不，咱们换一换？”

庄夫人：“不是已经换过了吗？”

高夫人抿嘴一笑，“好厉害的嘴，几位请入帐。”

入帐，迎面是大顺帝李自成的灵位。四个人走过去，立于灵位之前，精怪苏姑娘上前，“崛起草莽，盖世英雄，合该有小女子一炷之香。”

高夫人沉静地道：“他死得不算冤，起自驿丞，转战千里。破京入宫，南面登基。只是这曾经的大顺皇帝，又有几人还会记起？”

庄夫人道："夫人多虑了，男儿壮志，本不在此。来过看过，此愿足矣。"

高夫人："北京城里，我终究劝不住他。积掠拷打，众将离心。自毁长城，潼关败绩。一错再错，终至如斯。"

庄夫人："终非闯王之误，夫人无须如此。"

高夫人转过身来，目有讶异之色，"为何如此说？"

庄夫人："夫天下也，以德居之。大德不德，是谓有德。太上无情，是以有情。是以金銮宝殿，比拼的不是帝君本事，而是对人心的凝聚之力。闯王之误，非误在他倒行逆施、政令支离，恰是因为他本事太强、选择过多，纵部属有才不得其用，纵将佐有力也无处使。所以豪杰所在，英雄麋集，却不过是一盘散沙，不堪一击。"

高夫人请四人落座，问道："如今北京城中的那一个，又如何？"

庄夫人："一介孺子，武不能纵马，文不能提笔，唯统御之策了然于心。纵是一介家奴，也能竭尽心智。是此众智所在，众望所归，才有这新朝鼎立、弘天大局。"

高夫人摇头，"夫人这个说法，新鲜离奇，此前从未有人这样说过。"

庄夫人失笑，"正因如此，所以夫人骞滞于此。"

高夫人突然掷盏，"尔来何为？"

庄夫人声色不动，"迎请夫人入京，以天子印信护你全军上下周全。"

血甲李将军大步上前，"若让我家夫人入京，尔等以何礼待之？"

庄夫人："当然是大顺皇后。"

李将军："当真？"

苏姑娘不高兴地道："我家夫人既然来此，焉有假意？"

血甲李将军："若你真能如此，我等情愿放下兵器，自焚以谢天下。"

庄夫人："这倒大可不必。"

高夫人扬眉，"那我需要付出什么？"

庄夫人："前朝锦衣卫都指挥使，骆养性。"

高夫人："此人不在我军中。"

庄夫人："但当初闯王破城，骆养性率锦衣卫投降，献给夫人的东西在。"

高夫人："你是为这点小事，而冒偌大风险而来？"

庄夫人："没错。"

高夫人茫然不解，"可是那东西根本没丝毫价值，不过是四五十年前的锦衣卫旧档陈文罢了。"

庄夫人端起茶盏，慢慢摩挲，"若然没价值，夫人又如何会在北京城的大拷掠中专一保护骆养性呢？"

高夫人："你究竟是谁？好深的心机。"

庄夫人笑吟吟，"彼此彼此，夫人又何须过谦。"

高夫人立起，眼光一眨不眨地看着庄夫人，沉吟道："或可有人知我，不承想也是位弱女子。"

庄夫人站起，余人皆起，"此事显而易见，夫人少时嫁给闯王，对他比任何人更熟悉。到得北京城中，夫人被李闯封为皇后，但夫人已看到了败亡之机，所以保留这些旧档，以为最后转圜之机。只是时局变化太快，让夫人苦待至今。”

高夫人想了片刻，终于下了决心，“那好吧，你可回京，拿了这方玉佩。于京北偏僻之地，有一座荒废的古宅，庭院阴森，鬼影幢幢。派人在鬼宅地下穴道的尽头门上，画一枝桂花，那是我高桂英的独门标记。到时自然会有人出现，把玉佩给他看，就会得到你想要的。”

庄夫人双手接过玉佩，目光中满是真情，“谢过夫人。夫人果然是盖世巾帼，英气纵横。相信终将在北京城中，再续此番姐妹情谊。”

高夫人：“但愿吧，送客!”

10

嘟，嘟，呜嘟嘟。

号角长奏，靖远大将军、肃亲王豪格征灭川西贼匪，得胜归来。

安定门外，搭起长亭。摄政王多尔衮，率文武百官，立于亭外。

豪格率亲随纵马而至，及早下马，禀报道：“靖远大将军、和硕肃亲王豪格，奉君命征讨西贼。幸赖天子洪福，将士得力，于今尽扫妖氛，平灭西贼。”

多尔衮双手将豪格扶起，“大将军，此番征战辛苦，衣不卸甲，马不离鞍，贼子丧胆，生民得安。此功此业，传颂千年。”

豪格：“只是此番征战，贼势凶猛，险象环生，幸衍禧郡王罗洛浑冲阵而死，为我大军赢得战机。”

多尔衮：“衍禧郡王为我朝当世福将，对陛下忠贞不贰，又为此番战事立下殊勋。本王定当面奏天子，嘉奖义烈，抚恤遗孤。”

然后多尔衮抬手相让，“且请将军入帐，容小王亲斟淡酒一杯，为将军贺。”

豪格：“请了。”

多尔衮：“请。”

豪格大踏步入帐，身后几名亲随与豪格节奏同一，寸步不离。

甫入帐中，突听刀风凛厉，伏兵猝起，皆重戟长刀，疾剁而至。

那几名侍卫端的不凡，身手快得精奇。刀刃未至，已皆猱身而上，将豪格围在中心，利刃齐出，迅捷如电，竟要在伏兵杀死自己之前，先行一步将豪格杀掉。

此时突有一人，斜侧扑至，伸臂抱住豪格。几名侍卫的短刃，全部没入此人身上。霎时间只见华光无尽，森森铁寒，几名侍卫已经被剁为肉泥。

豪格骇得半死，将抱住自己的人掰开来看，却是府中一名太监。隐约面善，只是不知叫什么名字。

却听多尔衮沉声道：“这名太监，名字叫王忠。”

豪格长恸，“王忠已死，和那几个假扮侍卫、控制我的奸人，血肉粘连在一起。有请摄政王好生照料，替小王收敛下葬。”

然后豪格转身，厉声道：“传本王令，此后肃亲王府，但有再用太监者，可以驱用，但绝不可打之骂之。

"本王，欠太监一条命。"

多尔衮走过来，"堂堂靖远大将军，是如何落于妖人之手的？所行所至，身边的侍卫居然全都是妖人党羽。"

豪格："本王落于妖人之手，丝毫也不奇怪，但摄政王大人又是何以得之，这是本王百思不得其解之处。"

多尔衮："等到太和殿上，面君见圣之后，本王再跟你好好说道说道。"

豪格："说就说，谁怕谁？"

11

太和殿上，设下宫筵。

顺治皇帝亲临，为靖远大将军得胜归来，接风洗尘。

王公贵臣齐至，对豪格极尽附炎，轮番劝酒。

宴罢，豪格谢恩登轿，摇摇晃晃回他的肃王府。

此时王府门前，挤满了奴丁和看热闹的人。除了始终未曾归家的五个福晋，其余的福晋全都来到了外府，都以期待的心情等待王爷归来。

轿杖落在府门之前，爆竹声大起。豪格微笑，正欲迈入府门，就见一队甲兵，充满肃杀之气疾奔而来。

诸骑齐至，马上将军何洛会面无表情，"奉摄政王大人之命，靖远大将军、和硕肃亲王豪格，在征战川蜀之时，隐瞒部属冒功，更兼起用罪人私属，其意难测，其心可诛，着有司令府，鞠讯肃亲王豪格，详问情由。"

这是怎么说的？豪格呆住了。

芝麻一点点的事儿，居然还不容许本王回府了。

何洛会沉喝："与吾拿下！"

是夜，豪格下狱。

12

豪格突然下狱，引发京师王公贵戚惊恐焦虑。

一顶顶轿子在夜幕下匆匆疾行，许多轻易不挪窝的贵家女眷纷纷走出府门，去东家走西家，到处打探消息。

摄政王府门外，更是人来人往，但门丁传王爷令："无论是谁，一概不见。"

此夜宫中，皇太后、淑太后、顺治，与多尔衮对坐灯前，不发一语。

顺治有些担心，"这样是不是动静太大了？"

淑太后："可豪格若回府，必死无疑。

"听说已有人向妖人下了订单，想要看到他的脑袋。"

顺治惊起，"是谁？"

皇太后："太多的人有可能，毕竟平西得胜，不世之功。无论是谁不信妖人之力，必然会点他这道美味。"

顺治："可妖人事先伏于肃亲王府的那几头蒜，能行吗？"

皇太后：“妖人的手段，从来就不止一种。”

顺治：“真的没办法保住他了吗？说到底他也是朕的长兄。”

淑太后长叹：“除非，一如十五年前的深夜宫变，将他如当年的摄政王及多铎，藏到太后的裙下。

“可他现在这么大了，你额娘的裙下，又如何藏得住他？

“只能寄希望于他自己。

“只能寄希望，他自己保护自己。”

13

身着囚衣，豪格百无聊赖，仰脸看着黑暗的屋顶。

不时地喃喃自语：“本王此时，心里很释然，但又有无尽的憋屈。

“似乎自打本王出生，就被罩在一个恐惧的牢笼里，连自身的生命意志都被剥夺，想做什么，或是想说什么，都由不得自己。

“到底是什么东西，如阴魂一般死死缠定了本王？

“这又是为什么？”

正自一个人嘟囔，牢门口出现了一个小女孩。

苍白的脸，满是伤痕。大大的眼睛，充满了仇恨与怨毒。

豪格：“你是谁？”

女孩：“格儿。”

豪格：“你怎么会在牢里？”

格儿：“我在找我额娘。”

豪格：“你额娘是谁？”

格儿：“我额娘是哈达纳喇氏，她是太祖三公主莽古济的女儿。

“我额娘，死于我父王之手。”

仿佛晴天一个炸雷，豪格踉跄后退，震恐至极。

“你你你……这不可能！”

格儿：“为何不可能？”

豪格：“被我手刃的哈达纳喇氏，她并没有子嗣。”

格儿：“可是她已经怀了身孕。”

豪格：“那又怎么样？”

格儿：“父王，母亲遭你刀劈之后，又被你下令拖到马厩。其时母亲已经不能再算是个活人，但犹有余息。是奴丁偷偷瞒了你，每日里以米汤灌入口中。如此整整三个月，直到生下我来，母亲才彻底死去。

“父王啊，我是你肃亲王府的大格格，在七岁之前，我身上从未着过寸丝寸缕。

“寒冷的冬天里，我瑟缩在冰块和茅草里，时常听到父王你打不远处传来豪爽笑语。

“父王啊，我如一条蛆虫般长大，打三岁时，我就学会了不再哭泣。

“父王啊，我也曾想努力地爬到你面前，让你看到我，看到你龙亲骨血的长女儿。可是奴丁只需一脚，就将我远远地踢飞出去。不是女儿不努力，是我实在无法走进你心里。

“父王啊，当我知道我是谁，我就开始寻找你，寻找我自己。

“一如我的额娘，于无边的暗夜之中，苦苦寻找你。

“会有好多好多的人，在那里与她相聚，仍然是恣意纵马，笑声欢语。一如她还是个姑娘时，第一次在哈达河畔遇到你。

“女儿听人说起，第一次父王与母亲相遇，你十九，她十七。你是八皇子的长子，她是三公主的爱女。原本是哥哥和妹妹，原本是骨肉相连、血脉相系。但是母亲第一眼就喜欢上了你，宁愿随你出走万里，天涯浪迹。

“女儿听人说起，你想娶母亲为妻，还曾跪于三公主的府邸，只为表达诚意，最终是三公主答应了你。那一日阖城狂欢，喜上加喜。

“女儿听人说起，父王与母亲婚后是那样相亲相爱，不舍须臾。听说父王那时，出城狩猎绝不过午，只为能够在晚饭之时让母亲看到你，只为在烛光之下，听到母亲那银铃似的笑语。

“父王啊，现在你高官厚爵，征东平西。可那夫妻相依、案举眉齐的快乐与甜蜜，是否还能记起？

“父王啊，你曾一夜又一夜地拉着母亲的手，对她说：‘生同榻，死同穴。冬雷震震，夏雨雪。此生不舍，再约来世。’这美丽的诺言，是否还在你心里留下丝毫的残痕乱迹？

“父王啊，或许你已经忘记了母亲的生辰，更不知她死于何年何日。

“那就让女儿告诉你，今天此时，就是我生母的忌日！

“我要给父王上一炷香，就在这里。

“我要告诉母亲，此后九泉之下，她将不再孤寂。

“不再一个人于永无止境的黑暗中，无望地等你。

“因为父王你太疼爱她，正如她太疼爱你。”

格儿静默片刻，转身离开。

14

李化熙跑过来，茫然地看着眼前这一幕。

豪格尸身已冷，扭曲成一个怪异的姿势。

多尔衮、郑亲王济尔哈朗面无表情地站在一边。

气喘吁吁的礼亲王代善，被人搀扶进来。

代善进来就说：“不用再商量了，这口黑锅，摄政王你背了吧。”

多尔衮尖叫起来：“小王何辜？”

代善叱道：“要不怎么办？把事情张扬开来？就说太祖一系受命于天，原本就是个骗局？有东西比我们更厉害，四十来年把我们族人玩弄于股掌之上。他想要谁死，谁就得死，还得按他规定的时间和方法死？若有人知我们行四十年而束手无策，那妖人就会立享万家香火，一俟信众大举，就等于我们把万里河山拱手相让了。”

郑亲王叹道：“唉，我们已经做了能够做的，控制住肃亲王府中的奸徒，斩杀了豪格身边的妖人党羽，可挂一漏万，居然让妖人追到天牢中来，最终取了肃亲王的性命。”

多尔衮：“可妖人到底用的是什么法子呢？你们看豪格死之前，双目圆瞪，分明是看到了极可怖的东西，所以他宁可死，也不要再看到那可怕的东西。

“那东西到底是什么？

“李化熙？”

李化熙：“呃？”

多尔衮：“问你呢。”

李化熙：“下官……什么也不知道。”

多尔衮满脸狐疑，“那你怎么这么凑巧，出现在这里？”

李化熙：“是这样，几位王爷，下官在追查额尔格图家眷被掳一事时，在礼亲王府中找回了额尔格图的小福晋，而额尔格图还有一子，被置平司发往肃亲王府为奴。呃，这个孩子以家奴府丁的身份，跟随肃亲王府上了战场……”

多尔衮：“所以你要找到肃亲王，问清楚那孩子的下落？”

李化熙：“是的。”

多尔衮：“这也不对，你明明知道，肃亲王的亲随在遭遇西贼时发生过激战，六百府丁自管家索不丹以下，悉数战死。现今所有尸体已经找回，棺木就停厝在义庄。难道那孩子的尸首，不在其中吗？”

李化熙：“下官亲去义庄验看，那口棺木，确躺一人，但并不是额尔格图之子。”

多尔衮：“那孩子哪儿去了？”

李化熙：“下官再细查，才知那孩子根本未进肃亲王府，在置平司押奴的路上，遇到了巴牙喇纛章京扬善的弟弟吉塞。吉塞一眼就相中了额尔格图的儿子，要求拿自己的一个家奴与置平司交换。当时置平司的官员心想，反正是个不打要紧的奴才，换了既不开罪于肃亲王，又能讨好扬善兄弟，何乐而不为？就让两个奴才连名字一并换过。”

多尔衮：“所以，随肃亲王上了沙场，并死于贼乱的，并非是额尔格图的儿子。那孩子实际上……仍在豪格的军中，对不对？”

李化熙：“此前勉强对，现在完全不对了。”

多尔衮：“又怎么了？”

李化熙：“额尔格图之子，作为一名带刀侍卫，于永定门外，跟随豪格进入摄政王帐中，被摄政王一声令下，伏兵四起，当场剁成肉酱了。”

多尔衮呆了，“竟有这等事儿？”

李化熙：“有！”

多尔衮转了圈子，又转回来，“李化熙。”

李化熙：“下官在。”

多尔衮：“从现在开始，停止追查额尔格图家眷。此外，本王从未曾在永定门外帐中设伏，本王慈心仁怀，断非如此心狠手辣之人，肃亲王豪格可以做证。”

李化熙：“可是肃亲王现在已经死了。”

多尔衮：“不，他还活着。

“本王说他还活着，那他就活着。”

李化熙：“终究瞒不过人，这样做有必要吗？”

多尔衮：“本王是希望那兴风作浪的妖人知道，这世间谁生谁死，他说了不顶用，本王说了才作数。”

李化熙：“王爷高兴就好。下官无所谓。”

15

北京街头，酒馆林立。

酒客们神色诡秘，一边喝酒，一边交头接耳。

“喂，听说了没有？皇上他大哥，就是肃亲王豪格，以靖远大将军出征西川，殄灭张献忠，胜利回京，却被摄政王多尔衮构陷削爵，下狱害死了。”

“你才知道这事呀，知道摄政王为什么要害死豪格吗？”

“为什么呢？”

“那是因为摄政王呀，瞧上豪格的老婆了。”

“真的假的？”

“这事儿还能有假？”

第十五章　暗算无常，罗网密布

01

太仆寺，一排低矮的平房。

一间房子门前，几条野狗蹲在门前，眼巴巴地等待着。时不时地，门帘掀起，倒出一盆还没啃干净的骨头，野狗们一拥而上，立即争咬起来。

房间里，有张极大的圆桌。桌边的几个人，皆蹲于长凳上，其中一个是索不丹，穿着兵勇粗衣，红缨簪帽。

索不丹一边啃着骨头，一边对蹲在对面的两个兄弟说："仙主大人也真是的，居然让咱出将入相，去做什么官。可咱天生就是个奴才，一辈子站惯了，倘若威风赫赫，反倒全身的不自在。

"不过话又说回来，自打本座扶着自己的灵柩回到京城，就对那鼻头尖尖的仙主，唯膜拜而已。

"仙主的布局，太精奇了。

"那一夜咱们数十个亲信奴丁，在与营中那些奉仙主之命的士兵们交换了牒牌衣物后，就躲到了一座小山坳处，遥看贼军突然出现，向肃亲王中军发起狂攻。而后敬谨亲王尼堪闻声赶来，但终究迟了一步。

"于是军中邸报：自咱索不丹以下六百府丁，悉数死国。

"死个屁国？其实咱还好端端地活着。

"更了名，改了姓。奉了靖远大将军之命，亲自扶着自己的灵柩回京。

"别的圈套不说，单只是做到这步，豪格的欺君之罪，就已经坐得瓷实。

"任何时候，只要咱高兴，出门走两步，豪格就死定了。

"但咱们还是低估仙主了。

"仙主的计策之高深，根本不是咱们这类凡人所能看得懂的。

"本座知道的是，豪格甫一回京，就遭摄政王多尔衮嫉恨算计，径然下狱身死。

如此说来，仙主留着咱索不丹这条命，应该是为了更好玩的事情。”

对面的士兵一边啃骨头，一边含糊不清地问：“是什么事情呢？”

索不丹满脸诡笑，“莫心急，马上就揭晓了。”

说完这些话，索不丹顺手在衣襟上抹了下手中的油，吭哧一声，擤了把大鼻涕，出营上马，长街疾驶，沿途踹飞了不知几多摊贩，鞭打了几个不长眼睛的路人，最后来到一座府邸。这里门楣破败，冷冷清清，但打扫得干干净净。

不远处的楼台之上，飘来美妙的丝竹乐声。

索不丹正要入门，里边恰好出来一人，着鲜明官服，刀鞘上缀满了闪亮的鹰眼。见到此人，索不丹呆了一下，急忙退到一边。

那人却踱过来，斜睨着索不丹，“怎么，叫声爷，下个跪，委屈你了不成？”

索不丹急忙跪下，谀笑道：“原来是班格赖爷爷，恕奴才眼拙，一时没敢相认。听说班爷爷在顺天府干得风生水起，人誉为神。北京城中，无人不知班爷显赫之名，就连皇上的中书阁，都时常有人提及班爷，好让奴才心生羡慕。”

“羡慕不死你！”那人照索不丹脑袋随意地踢了一脚，大笑道，“索不丹，哪怕是个奴才，也得需要点真本事不是？同为仙爷效力，爷爷我如今如日中天，你却越混越没出息，你说这要怪谁呢？”

“怪奴才，怪奴才自己。”索不丹磕头点地。

“哈哈哈，你知道就好。”那人大笑着，出门上马，在一众扈从簇拥之下，如飞远去。

索不丹悻悻爬起，再次进门，门前有几个精壮的士兵，见到他无动于衷。

穿越两个庭院，索不丹眼前出现一个高高的台阶。

缓步登阶，仙主那尖到吓人的鼻子，慢慢地进入眼帘。

一座高台，上坐几个客人，两个贝子，一个将军。

索不丹曾在西川沙场上，见到过这几个人。

尤以座中将军，在与豪格说话时，真诚爽朗，推心置腹。

牛录额真，巴牙喇甲喇章京。

何洛会。

但现在何洛会说的话，与前番完全不同，“豪格这等人，最是卑劣。嫁入他府中的福晋，是所有王府中最可怜的。仇深莫过杀父，恨深莫过夺妻。豪格死得太迟了，纵然百死，也赎不得他犯下的恶，消不得我心中对他的刻骨仇恨。”

何洛会继续说：“今日，摄政王在家里设宴，豪格府中那五个逃走的福晋，大福晋摄政王自己要了。一个福晋要求去郑亲王济尔哈朗府，一个去了阿济格府。还有两个要看看情形再说。事后摄政王率众到了校演场，让豪格那几个儿子比赛射箭。当时我忍无可忍，破口骂了起来：‘见此鬼魅，不觉心悸。’只恨这话让尚书谭泰听到了，如果本座日后挨个千刀万剐，祸端必罹于此。”

“有这样子的事儿啊。”仙主漫不经心地说，“那你想要什么呢？”

索不丹乐了，对身边的人低语：“豪格已死，下一个应该是谭泰了吧？”

可万万没想到，何洛会却说道："我不希望代善得以善终。"

索不丹诧异莫名。

就连鼻头尖尖的仙主，都有点小吃惊，"为什么？为什么是代善？

"你何洛会刚才说，只有谭泰才会对你不利，为何不求本仙替你杀了谭泰？"

何洛会脸上浮现出巨大的痛苦，"因为，我是沙场沥血之人，生死算得了什么？

"只是不舍最心爱的女人。

"而她，被代善亲手杀掉。

"此仇不报，誓不为人。"

02

苏茉儿和大布吉易装成民间女子，出现在城北的荒园鬼宅。

苏茉儿满脸害怕的表情，"大布吉，你看远处，宅子上空阴云盘绕，似有无数冤鬼惨厉之嗥在耳边响起。"

大布吉不理她，苏茉儿越发地脸色惨白，"越往前走，越难见到人影，这里真的好可怕。"

突然间，草丛中有只癞蛤蟆跳出。苏茉儿发出一声尖叫，一头扎进大布吉的怀里，双腿踢腾，发出奇怪的吱哇声。

大布吉气恼地把苏茉儿揪开，"快点走，没用的东西。"

苏茉儿噘着嘴，"不理你了，每次带你出来，你就要欺负人家。"

大布吉叱道："是我带你出来的！依我之意，根本就没必要带你。"

苏茉儿岔开话题："哎哟，要说高夫人真有本事，居然挑了这么个地儿。此地看似荒无人烟，实则最易引起有司的注意。"

大布吉："我没你那么多歪心眼，但听太后的话，总是没错的。"

两人进了院子。

苏茉儿评价："荒败，二字足以形容。"

草长到没过人腰，污水横流，垃圾遍地，精瘦的老鼠见人不闪不避。

苏茉儿看向大布吉，"高夫人说这里有个地下穴道。"

大布吉弯刀一指，"在这边，旁边是个墓碑，原来说的是个墓穴。"

两人点燃火把下去，果见一条臭气熏天的甬道。

苏茉儿捂住口鼻，"真脏，里边好多人的粪便。"

大布吉沉声道："有粪便大概就是了。古墓深穴，向来易为人疑心有宝藏。如果甬道上被人堆了恶心的粪便，那就便于遮掩行藏。"

两人踮起脚尖，皱起眉头，在污物中吃力地跳动着。行走了小半个时辰之久，才见前方阴阴森森，真的有一扇石门。

苏茉儿捂着鼻子走到门前，用白矾石子在门上画了枝桂花。

然后侧耳倾听，却毫无响动。

"接头的人何在？"苏茉儿问，"是在门里？还是甬道之外？"

两人面面相觑，最后还是苏茉儿拿拳头敲击了几下石门。

回音沉闷至极。

大布吉沮丧地道：“门后并无空室，而是厚重的大地。”

两人又等良久，火把熄灭了两根，最后长叹一声，才无可奈何地转向甬道之外。

突然间大布吉拔刀，“何物?”

高高瘦瘦的人影，阻在穴道入口之处。

那人声音冰寒冷漠，“信物何在?”

大布吉后退，苏茉儿出示掌中玉佩。

对方点点头，面孔逆光，大布吉睁大了眼睛也无法看清楚对方容貌。

对方：“夫人可安好?”

苏茉儿：“安然无恙。”

对方：“如此最好。”

苏茉儿：“东西呢?”

对方：“我就是。”

苏茉儿：“你是说，你已经将锦衣卫秘档，记在了心里。”

对方：“不需要特别记忆，其实只有一个名字。”

苏茉儿：“说。”

对方：“张忻。”

苏茉儿：“呃……叫这个名字的，好像不止十个八个。”

对方：“可世间只有一个北海先生。”

苏茉儿：“这就好找了……咦，你已完成使命，还要留在这里吗?”

对方：“我是机密，阅过即焚。”

苏茉儿和大布吉变了脸色，匆匆一揖，迅速离开。

两女走远，高瘦之人慢慢转过身来，尖厉如喙的鼻头竟然在夕阳下投射出长长的影子。

如一只可怕的怪鸟。

他慢慢地走开，身后有扇柴门，吱嘎一声开启。

一具尸体跌了出来。

尖喙黑衣人用脚踢踢尸体，发出不类于人的可怕尖笑。

“咯咯咯，你果然忠心，替高夫人于此间守护秘档，直到今日。

“可谓凶险，本仙竟然与宫中之人，同时找来此地。

“但终究是本仙快了一步。

“封了你的口，替换以本仙的声音。

“这个游戏，愈发好玩了。”

03

李朱氏坐在窗前，替李化熙缝制官衣，外边响起格儿欢快的声音。

“夫人，老爷说了，今天他想吃苏嫂豆腐。”

李朱氏关切地道：“还想吃苏嫂豆腐？可是要跑好远的路，怕格儿你累倒。”

“不要紧，我愿意为老爷和夫人跑腿。”格儿蹦跳到李朱氏面前，“给银子。”

“调皮，一块豆腐就想要银子？”李朱氏怜爱地笑了，“这个铜板用来买豆腐，另外三个铜板，给你看到喜欢吃的，自己买来。”

“谢过夫人。”

格儿抓起铜板，欢天喜地地去了。

她边走边蹦跳，分明是个还未长大的孩子，途经一家榨油坊，好奇地探了探头，走了进去。

尖喙黑衣人负袖而立，身后是索不丹。

格儿的声音，不再天真快乐，“奴婢给仙主请安。”

长喙黑衣人转身走出去，边走边吩咐：“时间，今晚。”

04

“圣上有旨。”

太监小扣子出现在张府。

“臣，天津巡抚张忻，接旨。”花白胡子的张忻，忙不迭地跑出来，跪下。

但是小扣子却慢悠悠地说：“张忻之子张端，接旨。”

咦，是给我的圣旨。张忻的儿子张端，满脸茫然地跑出来，跪下。

“奉天承运，皇帝诏曰：天津巡抚张忻之子张端，学究有术，浸墨方良，以其为弘文院检讨，编纂前朝国史。”

什么？让我儿子编纂《明史》？张忻惊呆了，“书寒之所，笔牍之斋，荣耀世代，莫过如此。我张家父子，谢过圣上恩德。”

小扣子：“咋这么多废话呢？赶紧接过圣旨，然后金殿面君吧。”

传旨之后，小扣子又道：“你家夫人呢？太后说要接个脾气好点的家眷进宫斗纸牌，问问你家夫人得不得空。”

张忻：“得空，得空，太后荣召，那必须得有空啊。”

张家父子并妻室，俱坐于轿杖之上，匆匆入宫而来。

先至议政殿上，向顺治皇帝谢过恩后，父子二人来到内阁。

多尔衮正和几位王公议事，“哟，张家父子来了，瞧瞧，什么叫书香门第，这就是了。子以父荣，父以子贵，这可是我们满人的弓马弯刀比不了的。”

张忻：“王爷这样说，吓死下官了。”

多尔衮：“哈哈哈，内阁没外人，说话随意些，不要那么拘泥。”

张忻：“谢王爷。”

多尔衮：“张忻呀，听说你这个天津巡抚是骆养性推荐的，这老骆的一双眼睛，蛮识人的。”

张忻：“虽是骆兄荐举，幸得摄政王大人不弃抬爱。”

多尔衮："哈哈哈，本王也是拿老骆没得法子，毕竟本王自幼在关东，对中原锦绣人物不够熟悉，缺少了解。"

旁边的官员凑趣道："王爷今儿个这么高兴，大有得遇知音之感。莫非张大人出过关，与摄政王大人惺惺相惜，所以才会让王爷油然生出亲切感？"

张忻："呃，还真有这事儿，不过那年月也太久了。"

旁边的官员问张忻："说说看，有多久。"

张忻："那是四十年前的事儿了，当时……"

多尔衮："当时我朝还都城建州，而本王尚未出生。"

说完，多尔衮大笑。

笑罢，多尔衮转向张忻："对呀，说说看张大人，四十年前你也不过是个少年，如何到了关外苦寒之地？"

张忻揪揪耳朵，"这事要是细说起来，连下官自己都记不太清了。只记得当年下官年少，方十四岁。有一伙皮货商经过我们村，要雇用几个少年仆佣。听说去往的方向是塞外苦寒，再穷的人家也不愿意去。只有我当时也不知是被什么迷了心，错就错在读了太多书，总以为还须走万里路。就自作主张，跟着商队出关了。"

多尔衮："想不到张大人也曾有过独闯白山黑水的不凡经历呀。"

张忻："哪里哪里，不过不怕各位王爷笑话，拙荆确是关外女子，是我那次出关邂逅的，从此不舍不弃。"

多尔衮："真的吗？张大人快说一说，一定是很香艳的故事。"

张忻："哪里有什么香艳故事，当年下官及数十名雇用来的孤儿少年跟随皮货商到了建州，住进了皮家老店。忽听两个人耳语：'这次带来的货不错，各府各家爷都愿意出个高价。'下官当时心念一动，知道这是人贩子在谈买卖。下官好奇，就悄悄地跟了过去，见客栈后面有一封闭院落，高墙环绕，门前有带刀的壮汉把守。我翻墙而过，到得屋顶之上，就见下面一个衣衫破烂的女孩在啜泣，而后听到一个凶恶的叱声：'你哭什么哭？与其荒野流浪，喂狗喂狼，莫不如让爷替你找个好人家。说不定主家待你极好，让你做个侍妾或是小福晋，从此不缺吃不缺喝，这么美的事儿爷都想去，你至于哭成这模样吗？'

"我知道这是人贩子拐来的女孩，要卖到大户人家为婢做奴。于是我等那人贩子走开，便向下面扔了一粒石子，那女孩惊讶抬头，看到了我。我向她招手，她很聪明，就不声不响地爬到屋顶上来，跟我逃出了那狼窝虎穴。此后她跟我千里远行，回到山东家乡，就做了我的妻子。"

多尔衮："哈哈哈，原来张大人与夫人是患难夫妻啊，哈哈哈。"

05

坤宁宫，皇太后带着几个官家女眷，正聚精会神地斗纸牌。

淑太后："哎哟，张夫人，你这张牌出得可不好。"

皇太后："咦，张夫人哪，你是中原女子，怎么手大脚大，说话跟我们无拘无束生长于大草原上的姑娘一样，大大咧咧呢？”

张夫人：“嗯哪，不敢欺瞒太后，老身实际上也是关外人，自幼在建州长大。”

皇太后：“建州？那可是我太祖龙兴之地。”

张夫人：“没错呀，老身在建州之时，太祖刚刚登位称王，官家叫汗王，我们习惯叫老狼王。”

淑太后：“可是夫人，你明明是我们建州女儿，怎么会嫁给了张忻这么个书呆？还替他生下了一窝小书呆？”

张夫人：“说起老身嫁入张家，那殊是一桩奇怪的事情。当时老身父母双殁，孤身蜷缩在建州皮家客栈门外，靠客人的施舍残存。忽一日听两个人耳语：‘这次带来的货不错，各府各家爷都愿意出个高价。’老身当时心念一动，知道这是人贩子在谈买卖。老身好奇，就悄悄地跟了过去，见客栈后面有一封闭院落，高墙环绕，门前有带刀的壮汉把守。我翻墙而过，到得屋顶之上，就见下面一个衣衫破烂的少年在啜泣，而后听到一个凶恶的叱声：‘你哭什么哭？与其荒野流浪，喂狗喂狼，莫不如做个小太监，让爷替你找个好人家。说不定主家待你极好，让你侍奉老爷或福晋，从此不缺吃不缺喝，这么美的事儿爷都想去，你至于哭成这模样吗？’

“老身知道这是人贩子假充皮货商，从中原拐来的少年，要卖到大户人家做小太监。于是我等那人贩子走开，便向下面扔了一粒石子，那少年惊讶抬头，看到了我。我向他招手，他很聪明，就不声不响地爬到屋顶上来，跟我逃出了那狼窝虎穴。此后我送他千里远行，回到山东家乡，他就做了我的丈夫。”

06

昏暗的宫室中，皇太后、淑太后、顺治分坐。

多尔衮、大布吉、苏茉儿茫然侍立。

淑太后先开口：“怎么会这样？张忻夫妻，说的话一模一样，却是角色颠倒，到底是哪儿出问题了？”

多尔衮：“大布吉，应该是你们在西郊鬼宅，遇到的人有问题。那人多半不是我们要找的。”

大布吉：“但他显然知道一切，这又怎么解释？”

多尔衮：“可是……他给我们的秘档，根本就不对。我们是要找到四十年前，参加建州皮家老店妖人大会的锦衣卫。当年与会之人，俱各面具覆面，妖异无常，无从查追。只有锦衣卫远道而来，并记录在明家档案中，是我们唯一可以追查的线索。但锦衣卫肯定不是张忻夫妻，年龄也对不上。”

皇太后：“对不上，就对了。”

多尔衮：“什么？”

皇太后：“张忻夫妻，四十年前确在皮家老店，这是他们自己承认了的。”

多尔衮：“但是……”

皇太后：“但他们夫妻当年不是受邀与会出价竞买之人。”

多尔衮："那他们是什么？"

皇太后："他们是货品。

"四十年前建州妖人会，开幕之前先行热身，拍卖了一双年少貌美、聪明绝顶的奴隶。这对少年奴隶，就是朝中的张忻夫妻。"

多尔衮："原来如此。难怪张忻夫妻，说到定情旧日，竟然各唱各的调，只是因为他们二人，谁也不想再提起昔年血泪。毕竟往事过于惨烈，非脆弱的心灵能够承受。"

淑太后："冒千般险，赴万般难，线索还是彻底断了？"

皇太后："怕不止如此。

"豪格之死，大概是完成了建州皮家老店四十年前的所有交易。

"新的布局，新的交易，已经开始了。

"开始很久了。

"你我宫中诸人，此时如四十年前的张忻夫妻，已经被人家扒皮剔骨、明码标价，挂于市面上了。

"谁会买走你？

"谁又会买走我？

"谁又能逃得过这看不见摸不到却无所不在的弥天网罗？"

07

代善老了。

六十六岁。

疲惫地躺在床上。

那金锣齐鸣的烈血战场，那杀伐无休的金殿朝堂。那如花似玉的妙姬福晋，那欢声笑语的儿女满堂。所有的这一切，突然间变得模糊了起来。

只是心累。

管家拄着拐杖走了进来，每走一步，都要停下来喘息半天。

在身边侍奉了他一辈子，管家也不比他更年轻。

老管家剪掉一节灯花，用他熟悉的声音说道："王爷，今儿个在老奴的葬礼上，你真不该哭，情动心则伤，泪下意迷惶。总是不听奴才的话，一辈子改不了这脾气。"

言罢，老管家咻喘着转身，没入黑暗。

"是呀是呀，"代善喘息着说，"老管家你说得对，今儿个本王在你的葬礼之上，确实不应该太过于感伤，虽说你侍奉了我一辈子，名义是主仆，实则比家人还亲。我也确不该……等等！"

代善腾的一声坐起，满脸惊恐，"今儿个晌午，我明明参加了老管家的葬礼，亲眼看到了他的尸体。

"那刚才走进来的，是什么东西？"

霎时间睡意全消，汗落如雨。代善嘶声叫喊道："来人呀！"

"爷爷，是叫我吗？"

一个宫妆女孩突然出现在黑暗之中，是格儿。面色平静，伤痕累累。

代善："你是谁？"

格儿："爷爷不识得我了吗？我是你的孙女儿啊。"

代善："你父亲是哪个？"

格儿："是你最宠爱的二儿子，贝勒硕托。"

代善："胡说，硕托家的孩子我都识得，何曾有你？"

格儿："爷爷，可记得皇曾祖幽囚我父于高墙？那时节皇曾祖命两个宫女每天向高墙内投放食物，我母亲便是两个宫女之一。"

代善懵了，"可这事……怎么从未听人说起过？"

格儿："我父愧羞，无颜再见爷爷，所以爷爷不知。"

代善悻悻，"哼，亏他还有良知，知道世间有愧羞二字。"

格儿："何止是愧羞与良知，格儿生父，立地顶天，是世间至孝至忠至勇之子。"

代善大笑，"哈哈哈，至孝至忠至勇，哈哈哈，知道什么叫脸皮厚吧？"

格儿："孩儿自幼生于高墙，于父怀中坐井观天。每日里只听父亲谆谆告诫，做人要仰不愧天，俯不怍地。纵强敌环伺，刀刃加身，纵身在囹圄，破名败身，亦不改仁人志士之心，不堕青云之志。"

代善："既然知廉知耻，明忠明义，那为何恶意陷父于圈套，说好的分家时他只要贫瘠的采邑，以养贤名。可转过脸来却不认账，竟栽我这个做父亲的苛酷恶薄，偏袒虐待。让我声名大跌，人望受损，这是仁人志士干的事儿吗？"

格儿："爷爷错怪父亲了。"

代善："我哪里有错怪他？"

格儿："向者在父亲怀中，听父亲夜深人静之时悄悄说起，当初父亲劝爷爷分家时把最贫瘠的采邑分给父亲和大伯，看似不公，实是培养父亲与大伯的贤名。这些都是父亲发自内心的真情，并非假意。"

代善："既然是真心，那他为何突然逃走，隐匿行踪，四处散布说我虐待他，迫得他无路可走，只能逃奔大明，因此而激怒你曾祖老狼王，害到我身败名裂？"

格儿："爷爷难道没想过，事情或许有着另一种可能？"

代善："什么可能？"

格儿："如果我父亲不是自己选择了逃逸，而是被人拘禁？"

代善："被人拘禁？是谁拘禁了他？"

格儿："当然是我三叔。"

代善："你三叔？萨哈廉？"

格儿："然也。"

代善："你三叔萨哈廉为何要拘禁你父亲？"

格儿："因为把最好的采邑给三叔，最差的留给大伯和父亲，原本就是三叔的建议。是他与父亲商量，说出以不公家产分配之始，栽培大伯与父亲的贤名。父亲原本就宠信三叔，听了后当然欣然照此办理，所以向爷爷提议。可不承想，此事竟是三叔布下的圈套。当采邑分配完毕，三叔立命人秘密地拘禁了父亲。然后散布消息，说爷爷虐待父亲与大伯，采邑分配不公实是偏心袒护之致。”

代善：“可是老三萨哈廉，他为何要这样做？”

格儿：“因为他不这样做，他的儿子阿达礼就会死。”

代善：“什么？是妖人控制了萨哈廉？”

格儿：“请爷爷细想，萨哈廉活着的时候，一举一动都不合情理。他明明是爷爷你的亲生子，却处处与你为敌。想想吧爷爷，萨哈廉在朝中一次又一次地上书，削弱四大贝勒的力量，单单对八皇子皇太极推崇备至，第一个要求上尊号，称其为天子。难道爷爷就没想过，这一切都是那么可疑吗？”

代善：“还真是这样，早年你曾祖努尔哈赤死，死前废掉我的太子之位，改由四大贝勒执政。但萨哈廉诡异莫名，不断上书为皇太极张目。最终让他这个排行第四的贝勒，竟然成为天子。这一切原来……可是硕托这该死的孩子，他为什么不告诉我？”

格儿：“他说了！”

代善：“什么时候？”

格儿：“就在皇太极死后，王公部臣通过以六岁的福临为帝，我父亲带萨哈廉的儿子阿达礼，以看视足疾为名，来你府中看你。”

代善：“没有呀，你父亲当时是说要推翻王公部臣决议，要起兵改拥多尔衮为帝……”

格儿：“爷爷，你记差了，这话是阿达礼说的，不是我父亲。”

代善：“可他们两个是一起来的，谁说谁不说，又有什么区别？”

格儿：“可爷爷想过没有？父亲带阿达礼来，也许只是想让你知道，到底是谁在说乱政悖妄的话，家里到底是谁才是妖人的党羽！”

代善：“呃，会是这样啊。”

格儿：“父亲把人替你找到，给你带来。

“然后，爷爷你不问情由不分青红皂白，把父亲一块杀掉了。

“我那糊涂了一世的爷爷啊，杀掉亲生儿子的感觉，会让你快乐吗？”

噷——！

礼亲王代善，狂喷出一口鲜血。

08

灯花突颤，格儿那平静而可怕的脸庞消失在黑暗之中。

一如她从未出现过。

“来人，来人呀。”代善凄楚地悲叫着。

咳咳，咳咳咳，老管家吃力地拄着杖走了出来，“老爷，大半夜的您又做噩梦了，吓人地吵个不停。”

代善：“那孩子，硕托的女儿在哪里？”

老管家：“硕托？他女儿来了吗？是哪个？”

代善：“就是那个，他在被父皇幽囚之际与宫人生下来的那个。”

老管家：“老爷说什么胡话？硕托被幽囚高墙期间，确曾让一个送饭宫女怀上身孕。可是很快被人发现，被迫星夜逃亡，逃亡时宫女失足跌入沟壕，当场身死。她腹中的孩子根本就没生出来，老爷怎么可能看到她？”

代善满脸惘然，“可我真的看到了，活眉活眼，站在我面前，详细地说起了我这个做爷爷的是如何糊涂一辈子，冤杀了她的父亲。”

老管家：“老爷是沙场勇士，一生最是胆豪。怎么老都老了，突然间变得胆怯起来，连这些子虚乌有的事儿都相信？”

代善：“不是相信，是本王真的亲眼看到了。”

老管家摇头，“王爷，不可能就是不可能，根本不存在的东西，纵老爷您再是心智涣散，也不可能看到。”

代善：“呃，你说得有几分道理。”

老管家：“老爷安心歇息吧，再有什么搅扰，只管叫老奴便是。”

代善：“你也下去歇息吧，这么大年纪了，干吗还老是亲力亲为，有事儿让孩子们做就是了。”

老管家：“侍奉了老爷一辈子，孩子们毛手毛脚的，老奴终是放心不下。”

替代善掖好被角，老管家仍是咳声不断，缓慢消失。

行将入睡，代善突然间尖叫一声，如一尾落在沙滩上的鱼，弹跃而起。

“来人，来人哪！”

“来了，王爷，奴才们来了。”

几个睡眼惺忪的奴丁，慌里慌张地进来，“王爷可有何事要吩咐奴才？”

代善：“老管家呢？他在哪里？”

奴丁们：“老管家？王爷……您是不是伤心过度了？今儿个白天，您可是亲自去过老管家的葬礼的。”

代善感觉自己要疯掉了，“可是他刚才在这里告诉我说，我看到的孙女儿是幻影。”

奴丁：“孙女儿？王爷您这怎么又弄出孙女儿来了？总之这事不可能，老管家已死得透透的，王爷即使再看到他，看到的也肯定不是活物。”

不是活物？怔怔地想了想，代善感觉自己想明白了，笑吟吟道：“没错，适才本王看到的，原非活物。

“幽冥路，原来是这样子的。”

礼亲王代善说完，阖目而死。

09

“李大人可在家中？”

龚鼎孳手拿一根粗得离谱的笛子，重重地敲击着李化熙的家门。

“谁呀？”格儿从门里探出半张脸。

睡眼惺忪，分明是一夜未得好睡。

龚鼎孳笑道：“不记得我了吗？上次你家夫人带你去铁狮子胡同，我见过你的。”

格儿冷冰冰，“我家老爷不在家。”

龚鼎孳：“那……夫人在吗？”

格儿翻了个白眼，“你这人好不晓事，夫人也不在！”

龚鼎孳：“这倒奇了，难道李大人家中，只有你一个小丫鬟不成？”

格儿：“我关门了。”

龚鼎孳忙道：“别，格儿你怎么不认识我了？不记得上次夫人带你到铁狮子胡同，我还拿糕饼给你吃的吗？”

格儿：“你到底有什么事儿？”

龚鼎孳自感无趣，说道：“这样吧，李大人既然不在，我留封书信在此。等大人回来，一看信就知道了。”

格儿：“把书信留下吧。”

格儿一只手拿书信，一只手拿糖葫芦，蹦蹦跳跳回房。李朱氏正在内室替李化熙缝破破烂烂的官服，见格儿进来，问：“是谁呀？”

“收破旧衣物的，”格儿欢快地答，“我把夫人堆在院角的旧衣服旧鞋子，都给了他。”

李朱氏笑了，“格儿真懂事。自打你来家，家里真的轻松了不少。”

格儿甜甜地笑，“可是格儿更喜欢，因为夫人疼爱格儿。”

欢快地蹦跳着，格儿拿着龚鼎孳的信去了另一个房间。

她打开龚鼎孳的书信，看过后烧掉。

自己拿起笔写了一封封入信口，然后拿起铜镜看着镜子中的自己。

那张冷绝的脸，与她的年纪绝不相称。

10

李化熙匆匆出门，手里拿着龚鼎孳的手书。

后面跟着天真蹦跳的格儿。

李化熙边走边读信：“龚鼎孳约本官去城北？为什么是城北？这么个地方，好像很少有人去过的样子。格儿？”

格儿：“老爷什么事？”

李化熙：“这真的是龚鼎孳的信？”

格儿：“不会有错。”

李化熙：“怎么这字迹……龚鼎孳才智之士，学究天人，怎么可能写出这么歪歪扭扭、狗爬一样的字？”

格儿："他是来访老爷不在，我不允他进门。他便要了笔墨，趴在门板上写的。所以字迹扭扭歪歪。"

李化熙："可是……龚鼎孳还说什么了？"

格儿："没说什么，就是问夫人夜里睡觉时，是不是还像以前那样爱蹬被子。还吩咐格儿，要时常给夫人掖好被角，否则夫人总是把小肚子露在被子外边，会受凉的。"

李化熙气炸，"什么人哪这是，他咋就知道我老婆晚上睡觉爱蹬被子，爱把小肚子露出来呢？"

格儿："是呀，我也觉得好奇怪。"

李化熙怒极，"本官要找这王八蛋，当面问个清楚！"

几名轿夫抬轿过来，李化熙收起书信，匆忙上轿，"去城北，一个没人听说过的荒僻地儿。"

11

李化熙走后不久，李朱氏就在格儿的陪伴下出了门。

"盛日寻芳泗水滨，无边光景一时新。"李朱氏说，"天气真好啊，不冷也不热。

"等闲识得东风面，万紫千红总是春。这么好的天气，是女眷出门的好季节。难怪范门金氏也动了凡心，竟派人来约我到香山亭小坐，饮酒品诗。"

格儿吐吐舌头，"夫人好生令人羡慕，字字句句，都是好听的诗。"

李朱氏："格儿也可以的，你这么聪明，用心多读几本书，也会出口成章的。"

格儿吐吐舌头，"格儿好笨，做不来的。"

李朱氏："别说灰心话，对了，老爷去哪儿了？"

格儿："去醉香楼喝花酒了。刚才老爷走时，格儿听老爷说醉香楼新近来了几个姑娘，软香温柔，老爷说他要尝尝鲜。"

尝鲜……李朱氏惊呆，"咱家老爷，以前不是这样子的人啊。"

格儿："格儿不懂这些，但感觉都是那个探花郎，叫什么高尔俨的，还有个党崇雅，勾着老爷做这些事。"

李朱氏的脸沉下来，"这个没良心的秃尾巴，枉我还听太后的话，替你安排红颜知己暗中保护……以后再也不理他了！"

轿乘过来，李朱氏让格儿搀扶她上去，说道："好孩子，你不肯坐轿子，那就跟在后面跑快点。千万别贪玩，让自己跑丢了。"

格儿满脸纯真，唱歌一样回答："夫人但请放心，格儿才不会跑丢。"

轿杖起行，李朱氏掀起轿帘，心情抑郁地观看路边的人物景致。

轿子穿过东红门。

穿过人烟最稠密各种吃食最多的嫂子街。

穿过卖旧衣物的四方桥。

人迹渐少。

李朱氏打个哈欠，用雪白香腻的手掌拍了拍口，赶紧落下轿帘，怕被路人看到耻笑。

轿子加快。

越来越快。

李朱氏突然警觉起来，猛地掀开轿帘。

两侧是灰暗色的墙壁，黑褐色的瓦片覆顶，漫无涯际地似乎一直延伸到天边。

李朱氏大声问："喂，这里是什么地方？你们要把我抬到哪里去？"

轿夫一声不响，只是再次加快脚步。

"格儿，格儿！"

李朱氏高声叫，但听不到回应。

她的心沉落下去，如坠冰渊。

记得皇太后告诫过她，李化熙在追查极棘手的案件，随时可能会遭遇危险。

但她无论如何也没想到，危险，从她开始。

她岂不正是李化熙的软肋？

12

李化熙于郊北落轿。

惊诧地看着四周，"这里……好生奇怪。"

远远近近，一座又一座的荒丘。细看，全都是废坯碎瓦，断木残梁。

李化熙在荒丘中茫然打转，"原来当年修筑宫室王府时，那些废材残料全都扔到了这里。"

他手脚并用，爬上一座丘峰，震骇地四下环顾，"是了，这是一座人造的大峡谷，由南贯北，沟壑纵横。这究竟是当年工匠们修宫筑府丢弃废料时无意形成的，还是有人刻意为之？"

于那废材弃料、七棱八瓣的板柱间呆立良久，李化熙才注意到由废料堆积的丘峰之下，有一幢阴气森森的宅子。

触目一片荒凉。

败草，颓枝，昏鸦倦怠。若非亲身来到，很难相信这是人群汹涌的京师。

近前处，残破的墙垣，绕着毫无生机的宅院。立于路边，能够看到宅中高树上密结的蛛网。

是了，这里应该就是传说之中的城北鬼宅。

李化熙失声自语道："龚鼎孳何以会约本官来这么个怪地方？有什么事儿在铁狮子胡同不就挺好的吗？为什么约我来这儿呢？

"没道理。"

可是看着那阴气森森的鬼宅，越是不情愿过去，心里就越是好奇。

"来都来了，过去看看吧。"

行至鬼宅门前，李化熙不敢往里边走，他身体微弓，如狸猫状。这是人在恐惧时本能的姿势，优点是遇到危险可以迅速转身逃走，缺点是有点难看。

李化熙就用这种难看的姿势，慢慢向门前走去。

一只手抓住门前的树干，那样子好像害怕门里边突然伸出一只手，强把他拉进去似的。李化熙缓慢探头，向院子里看去。

院子里果然荒败。杂草，污物，积淤在凸凹不平地面上的雨水。但半塌的房间里分明有人，声音传出来，有说有笑的样子。

人的声音，给这幢神秘的宅院，顿时带来了生气。

有人，李化熙就不怕。

长舒一口气，他放心地松开树干，走到门前，喊了一声："喂，屋子里人是谁，给本官出来。"

一个黑衣人走了出来。

又一个。

又一个。

一个接一个，似乎没完没了的样子。

看着几十名黑衣蒙面人从狭小而破败的屋子里走出，李化熙恍然大悟："是喽，这屋子其实只剩对外的一堵墙，你们是从内院走出来的。"

"李大人不愧是智计过人，连这也看得清清楚楚。"带头的黑衣人嘲笑道。

李化熙："这么多人对付本官一个，居然还要蒙面。

"这说明你们害怕的不是本官，而是自己。

"说明你们或是有身份的人，或是跟在有身份的人身边，经常抛头露面。

"对吧?"

"可能吧。"对方冷冷地说，"可大人现在还啰唆这些，会有用吗?"

李化熙："你们到底是谁?"

蒙面人："听说过满洲第一巴图鲁吗?"

李化熙："你说的是摄政王身边的头号铁卫札都合？好久没见到他了。"

蒙面人："他早就死得连骨头都烂了，猜猜是谁杀的他?"

李化熙："是你们?"

蒙面人："还能有谁?"

李化熙："连满洲第一巴图鲁你们都杀得掉，看来今天……本官恐怕是在劫难逃了。"

蒙面人："李大人果然高见。"

13

轿杖加快，如烈马般在甬长的墙道中疾冲。

四名轿夫动作协调，配合默契，脚步快捷而落地无声，就连呼吸也保持着同一节奏，表明其训练有素。

但凡落入到这顶轿子里，休说是个弱女子，纵然是龙精虎猛的壮汉，也无计可施，只能乖乖地被抬到指定地点。

这事轿夫最有经验。

奔行，奔行，疾速奔行……忽然之间，后面的两个轿夫感觉有点怪怪的。

这种怪怪的感觉来自何处，却是说不上来。

等看到从轿子帘缝隙里冒出来的烟，后面两个轿夫才醒过神来。

李朱氏居然在轿子里放火。

一个居家妇人出门会友，怎么会随身携带火种？

只是转念之间，就见轿子燃烧起来，后面的两个轿夫失惊之下失去平衡，一头栽倒在地。

前面两个轿夫不由自主地停下，惊诧回身，万难置信地看着火光熊熊的轿子。

李朱氏手执撕落的燃烧轿帘，纵身跃出，把轿帘向着几个轿夫作势威胁，突然间她丢下轿帘，转身疾扑到墙边，犹如伶俐的猿猴，一下子翻上了墙顶。这时候几个轿夫才醒过神来，有人尖叫一声："快抓住她。"

四名轿夫冲过去，可是李朱氏已经跳到墙壁另一边了。

四名轿夫挤在墙边极力纵跳，却发现根本跳不过去。为首的轿夫气道："如此这事儿就古怪了，那女人不是前朝王公的郡主吗，怎么会比个猴子还灵动？"

一名轿夫猛地想起："没错，她是出身王公富家，看似温柔端庄，实际上都是装出来的。别忘了她是个姑娘家时，就半夜翻墙跟野男人逃了。那王府之墙可比眼前这堵高多了，又何曾难为住她？"

"翻墙夜奔找男人，本是她的拿手好戏。"

"眼前这堵墙，对她来说算得了什么？"

四个轿夫气得骂声不绝，只好搭起人梯，才一个接一个地翻过这堵墙。眼见得墙里是个下坡，下面是条又窄又脏的小河，河边有许多破败的船只停泊在污泥里。船上搭着一件件破烂的衣衫，显系船上还住着人。

李朱氏已经滚下河岸，向着船只方向踉跄奔跑。

她跑不了的。轿夫中最有主意的说道："这里居住的都是破败的船民，最是不爱管闲事。

"就算她跪下来哀告，也不会有人理她。

"所以她，并没有逃走。

"仍然在我们掌握之中。"

四人不疾不徐地追过去。

万万想不到，李朱氏一冲到船上，就抓起什么砸什么，她推开一个在船灶前生火的老妇，抽出灶下燃烧的劈柴，开始四面纵火，一边放火，一边声音清晰地大喊："我是摄政王多尔衮大人的亲妹子，有救我者，衣朱紫，食金玉，耀门楣。"

火势骤起，黑烟滚滚。

船上所有的人，无论男女，不分老少，全都站了起来。

眼中闪烁着渴望的光芒。

转向四名轿夫。

14

黑衣人扑过来，李化熙发出女人般的尖叫，迎面疾冲。

黑衣人们稍一呆怔，李化熙已经掠过他们的衣角，冲入宅中。

为首者呆了半晌，失笑道："叵耐李大人有点道行，他要是转身奔逃，是无论如何也逃不脱的。可是他不转身反而疾冲过来，我们这么多人挤在一起，反倒手忙脚乱，被他乘隙冲入里边。

"有点意思。

"如此好玩的猎物，好久没有见到了。

"今天大家会玩到极开心。

"抓住他呀。"

持刀黑衣人们边包抄，边哈哈大笑。

李化熙如仓皇之鼠，借助墙壁或门楣，来回躲闪逃窜。

官帽掉落。

破烂官服被门上的钩子钩住，嘶啦一声，身上的官服只剩一半。

再从一座假山后钻出来，连那一半官服也没了。

只穿着贴身内衣，好不狼狈。

黑衣人们轻松写意，哈哈笑着，如猫捉老鼠，戏弄着李化熙。

李化熙爬到屋顶，发出怪异的惨叫。

他跳入洞穴，又号啕大哭着爬出来。

那丑陋不堪的模样，让黑衣人刀都拿不稳，一个个笑得肚子疼。

纵有几次机会得手，但只是故意一脚将他踹开。

"太好玩了。"

"莫急莫急，让大家先开心开心。"

大半个时辰过去了，为首者这才挥了挥手，"好了，天都黑了，带秃尾巴老李回去吧。仙主大人已经备好刷子，抓回去后刷干净，标上价码就可以售卖了。"

一众黑衣人从各个方位逼近李化熙藏身的凉亭。

里边堆满杂物。

能看到杂物中露在外边的一只脚。

"出来吧，李大人。"

15

侍从詹岱匆匆进来，"王爷，您亲妹子来了。"

"快请，快请。"多尔衮满脸讶异之色，"本王早就知道，这女人不是盏省油的灯，你看她今天闹出来的动静，烧掉了整条淤河上几十条船，把整个北京城都轰动了。"

这小娘们儿可不是一般的野。

居然有人敢惹上她?

胆儿可真肥!

李朱氏进来，衣衫烧得破烂，露出来的皮肉被烟熏得乌黑，“蒙难女李朱氏，不该冲撞王爷虎威，伏乞恕过难女无知之罪。”

多尔衮：“听说你在自家门口被贼人以轿掳走?”

李朱氏：“蒙王爷过问，难女感激不尽。难女是在家时，有人自称是范文程大人的家丁，叩门说范家夫人约了难女香山小聚，品评诗茶。既是大学士夫人召见，难女如何敢拒？岂料甫一登轿，即落陷阱。”

“本王就知道这事闹得不小，连范文程一家都扯进来了。”多尔衮嘀咕道，“听说你烧轿而逃，莫不成你赴范夫人诗茶之约，身上还要带火种吗?”

李朱氏：“火种非难女随身携带，而是轿中原有之物，难女在轿子里乱摸乱找，无意中摸到的。”

这么一说全圆回来了。多尔衮问：“那四名贼子轿夫呢?”

“哦，这个要问王爷的门丁侍卫。难女被船民救出，七手八脚送到王爷府邸，求封求赏。难女只听见许多人喊打喊杀，四名贼子的详情并不亲见。”

多尔衮目光转向侍卫詹岱，詹岱摊了摊手。

多尔衮：“什么？全逃了？一个也没抓到?”

詹岱又摊了摊，“大人，事发后最先抵达的是五城兵马司，兼以现场数百人喧闹，四名贼子只要钻进人群，就再也无从查缉。”

多尔衮悻悻，转向李朱氏，“夫人于此圈套布罗密合之中，犹自处乱不惊，轻易逃脱。这可不是一般人能够做到的。”

李朱氏叩头，“王爷智慧超伦，更兼慈心弘德，难女世代铭感无尽。”

“好了好了，不要再拿话套本王了。”多尔衮懊恼地说，“今日这伙贼人来头不小，且势在必得。四名轿夫只是负责掳人，外围不知还有贼人多少。对方终非善与之辈，夫人日后还要小心防范才好。

“传本王令，举凡济护李夫人之船民，俱各有赏，精壮者选入府丁，孱弱者可在后府帮忙打杂。此后一应饮食衣服，俱由本王供应。”

16

城北鬼宅，嘻嘻哈哈声中，黑衣人群涌入凉亭，掀开遮在李化熙身上的垃圾。

“走吧李大人，不要太耽误大家时间好吗?”

李化熙一声不吭。

一名黑衣人上前，抓住李化熙的脚，向前拖动几步，“大人何故要此死狗？真不肯给小人一个面子吗?”

突然间为首者一声尖叫：“等等!”

什么？众黑衣人愕然。

“你们看。

“你们快看。

“这个人……他不是李化熙。”

为首者的声音透着万难置信的震骇与惊恐。

不是李化熙是谁，众黑衣人惊诧细看。

果然不是，一张白涔涔的脸，颌下无须。

是名为王府役使的太监。

一人惊呼道：“他是我们的人！

“是李化熙打昏了他，剥了他身上的衣服。

“李化熙，他把自己藏在了我们中间。

“是哪个？赶紧把他找出来。”

黑衣人们惊恐地相互隔开距离，你看我，我看你。

“不对，我们人数少了一个，李化熙已经逃了。”

为首者急指昏迷的同伴，“此地危险，不可久留。

“带上他，走！”

扛上昏迷的同伴，黑衣人们疾奔向鬼宅后院。少顷，蹄声猝起，已经全部逃走。

李化熙喘着粗气从那座凉亭里爬出来，破口大骂起来，“都什么脑子，有个正常的没有，嗯？

“说什么本官换了你们同党的衣服，混入你们中间。问过那衣服尺码合适吗？本官又在你们的追迫之下，来得及穿换吗？

“本官，只是让你们这样想而已。

“真拿老子这三边总督，不当正菜吗？

“其实本官就躲在这凉亭的垃圾堆里，就是尔等眼皮子底下。

“你们想岔了，本官才有生还的机会。”

17

一个眉宇开阔的女孩飞奔出来，“李姐姐，我终于见到你了。”

李朱氏急忙行礼，“可是摄政王爷的独生爱女，东莪格格？”

“当然是我。”那女孩欢欣不已地抱住李朱氏，“我居于深府，时常听人说起姐姐的大名，蕙质兰心，名动公卿。日夜盼着能见姐姐一面，可是姐姐却从不来府中。今儿个你可算来了，快随我进去，里边还有好几个福晋格格都想见姐姐呢。”

两人挽手，相偕入内府。

多尔衮立于月门之侧，静静地看着。

詹岱走过来，“王爷？”

多尔衮：“嗯？”

詹岱：“这可是她自己来的。”

多尔衮：“你是说……”

詹岱："王爷天纵英武，这女人又是姿容绝美。若然是东莪格格舍不得她离去，暂歇府中，猜猜需要几多时日，这女人就会对王爷生出情愫？"

多尔衮想了半晌，幽幽叹息一声："还是罢了。"

詹岱失笑，"王爷一生吃肉，今日怎么说出这种话？难道还怕了杂碎官李化熙不成？"

多尔衮："本官何曾会怕李化熙。

"但本官打心里，怕这个女人。如果强留她在府中，只怕本王的府邸，迟早会被她焚为平地。"

詹岱吃了一惊，"还真别说，这女人干得出来，也能干成。"

18

李化熙离开鬼宅，穿越废材弃料堆积而成的峰壑幽谷。

一路走走停停，东张西望，生恐再遇到那伙黑衣人。

忽然间他伏下身形，紧张地盯视前方。

前方，废材弃料堆砌，自然形成一座隆起的土坡。土坡之上，已经形成一片民居，砖瓦阁房，与北京城相接。

李化熙瞩目之所，是一条土石小径，路边杨柳依依，残花满地。矮墙齐肩，钟磬悠然。两顶八人大轿，数十个黑衣奴丁，正自从泥泞小路穿过，停在门前。

第一顶轿子里，下来的是个美貌女人，她招呼着丫鬟家丁将第二顶轿子中的一个中年男子搀下来。

那男子脸色苍白，看起来十分憔悴的样子。

女人搀扶着男子，脚步极慢，向门里走去。

李化熙感觉这男子好生面熟，忍不住悄悄靠近过来，恰听到那男子以沧桑的语气，低叹道："小福晋哪，这段日子你衣不解带，茶饭不思，为照料本王清减成如此模样。本王心里好生不忍，但本王……唉。"

就听那女子柔声道："王爷切莫自责，岂不闻佛家有言，一饮一啄，皆是前定。万千法门在一心，唯恐失足千古恨。王爷呀，你本是至情至性的人间奇男子。一生征战沙场，行事磊落光明。却无端迷恋上范文程的妻子，甚至为此遭受宗人府的责罚。然妾身最知王爷的心，从无亵渎，从无龌龊，只是搁不下，放不开，是也不是？"

男子激动地抓住女人的手，"福晋啊，还是你知我……可你应该怨我啊，本王终究是你的夫君，却整日沉溺于……如此不堪之中，这让本王羞愧无地。"

李化熙恍然大悟，自语道："是了，这便是豫亲王多铎，自打遭宗人府羞辱责罚之后，就再也没听到他的消息。想不到一个铁骨铮铮的男儿，竟为情所残，消瘦成这般模样。"

搀扶多铎的便是豫亲王府小福晋，只听她柔声笑道："王爷，你可知今世之果，皆是前世之因？你可知今世之孽，皆是前世之缘？你可知今世之伤，皆是前世的悔恨与错过？"

多铎：“此言……何意呀？”

小福晋伸出纤纤玉指，“王爷，你向前看。”

多铎抬头望去，但见一人，白白胖胖，肥肥嫩嫩，背后一只大葫芦，斜插一支星月幡，正向多铎揖首，“小可术士知非子，给王爷请安。”

躲在一边的李化熙看得大吃一惊。

我的天，这个摇唇鼓舌的术士，竟然改行说姻缘了？

此人诡异无常，玄机莫测，多铎落到他手中，多半要玩完。

19

“杀了她！”

涂先生的声音，决绝而冷厉。

“谁……”多尔衮惊讶地看着涂远谋，“先生，你说杀了谁？”

涂远谋：“杀了那个女人！”

多尔衮：“哪个女人？”

涂远谋：“便是声称今日遭人劫持，却安全脱身，业已进入内府的女人。”

多尔衮惊呆了，“先生是在说李化熙的妻子？呃，为何要杀她？”

涂远谋站起来，“王爷，有人正在张网，不见其边，唯见其大。”

多尔衮：“应该是，豪格死了，礼亲王代善也突然死了。如此短的时间里，接连失去两名国勋，这……很难让人相信是巧合。”

涂远谋：“早在王爷入关之年，小可就生出彻骨之寒，分明感觉到有一张网正在收起，另一张更大的网，正自缓慢铺陈开来。刑部承政额尔格图之死，不过是又一轮猎杀的开始。

“王爷，有人在行帝王之算。布天之局，玄深莫测。布地之局，山河易色。布人之局，阴兵四出。布心之局，疑真似幻。岂不闻上古魔歌有云：‘天局最凶险，地局暗又暗。人局无可逃，心局算中算。’

“王爷，小可有九成把握，你就是此次帝局猎杀的目标。

“你！”

多尔衮突然大笑起来，“有人暗中布局猎杀本王，这本是情理之中事耳。谁叫本王为父皇摄政王，上压天子，下欺群臣，若然是无人布局猎杀，倒真是奇怪了。只不过小王不是太明白，先生所言之事，与那李朱氏有何干系？她用尽所有的智计，不过是为了和李化熙厮守罢了。先生何以劝小王除掉她？”

涂先生：“王爷，你已动心，更动情，已入此女心局。

“打那年冬日，你去拜访那李化熙，于他府中宅院，雪白大地，老树之下，那女子回眸一笑，王爷你就踏入一个迷局之中。

“王爷啊，这个奇怪的女人遭到劫持之时，为何声称是王爷之妹？是一种什么样的下意识思维，让她把自己被掳与王爷联系到了一起？何况此女无足轻重，歹人有什么理由非她不掳？”

多尔衮的神情变得冷肃狰狞。

声如铁石，“小王这次，悉听先生之言。”

20

山坡上，墓道旁。

大学士祁允格、贝子西纳库布、屯齐、巩阿岱、锡翰和几个侍卫看着漫长的送葬人群，随意地闲聊着。

贝子锡翰：“大贝勒代善如果活过来，看到今天这阵仗，应该会再欣慰地死回去。”

祁允格：“那一代的老枯骨，善终的没几个，代善也算是异数。”

锡翰：“亲手杀掉儿子、孙子，还杀掉了孙媳妇，这般狠绝，终是善终也不过如此。”

贝子屯齐：“听人说，代善死的那天夜里，礼亲王府上空鬼影幢幢。许多人见一长喙之物，似人而非人，花翎而人身，激翔于夜空之中，唱着支吓死人的歌子。”

锡翰：“还听人说，代善府中的老管家，前儿个死了，连葬礼都办了。不承想过了两日，忽然有人指着棺中尸体说：‘快看快看，他好像在动。’

“那老管家，居然真的又活过来了。”

贝子西纳库布：“听人说，老管家死而复生，实际上是假死。”

锡翰：“怪力乱神，岂可信之？不过确曾听人说，正因为代善杀了孙媳，才活不长的。”

祁允格气了，“什么话都可以说，但不是什么话都可以信。这两件事之间有什么关系？要脑子多糊涂，才会相信这离奇的说法。”

锡翰：“老祁你可别不信，听说代善的孙子阿达礼的妻子美貌无双。有位军中之人对她爱慕不已，虽说并无私情，但对方曾对天发誓，若有人伤害心爱的女子，必以雷霆之怒报之。结果阿达礼逆乱之事，把妻子牵扯进来，终致她死于代善之手。那人盛怒之下，不知是求了仙还是求了佛，总之以意想不到的手段，替自己的女人出了这口气。”

祁允格气急反笑，“哈哈哈，离奇的事儿听得多了，但离奇到这种程度，还是头一次听说。”

锡翰：“如何一个离奇法？”

祁允格笑道：“阿达礼的福晋，我也曾亲眼见过。我家福晋与她曾有过来往，怎么说呢，毕竟是王公福晋，美貌那是必然的。但要说到国色天香，甚至会引来如此痴情的爱慕者，不惜求仙求佛报此仇，终究还差得远。”

锡翰：“说来说去，老祁你还是不肯相信。”

祁允格：“不是不信，这事如果发生在另三个人身上，我还是信的。”

锡翰：“另三个人？都是谁？”

祁允格转过身，面对诸人，掰着手指一一数道：“第一个，是和硕英亲王阿济格的贴身侍妾愉氏。当年她曾于太宗皇帝御前，为报申冤。太宗震撼之下，立应所请，审理了二贝勒阿敏杀良冒功案，终至阿敏幽囚而死。以父母清白之躯，扫皇家铁帽子王，这就叫巾帼奇英。

“第二个，是大学士范文程的妻子金氏。那女子幼年知书，柔慧绝伦。早在闺阁之中，就久闻其名。人皆以为此姝必是哪位王爷府宫秘藏，却不料她答应了范文程的求婚。此二人都是汉人，前在盛京，现在北京。这么多年过去了，她居然给范文程生了六个孩子，仍然是举案齐眉，夫妻和美，竟无人动得他们夫妻分毫。想来身边的护花之人，须是所在多有。

“第三个，也是汉官的妻室，就是前朝所谓的三边总督，现在的刑部尚书李化熙的妻子李朱氏。她虽非前朝宗室之女，却也是堂堂护抚宁侯的胞妹。王卿之女，嫁到穷官家里，布衣荆钗，从无倦色。能让这么好的女人侍奉跟随，可知这个什么李化熙，绝非表面上那么简单。”

说罢，祁允格总结道：“老实说，天下女子虽多，但恐怕只有惹到这三个女子，才会遭到神佛的雷霆报复。如阿达礼的福晋，不是我说嘴，轮也轮不到她。”

锡翰笑道：“那老祁，若是真的有这么一个人，能把你适才提到的三名奇女子全部召至，侍奉于你，你又怎么说?”

祁允格：“根本不可能!”

锡翰：“如何就不可能?”

祁允格笑道：“此三女者，愉氏是和硕英亲王的至爱，阿济格生性凶残，兵权在握，谁人敢惹？金氏是范文程的妻子，范文程心计过人，算无不中，谁人敢碰？那李化熙官职虽微，但从摄政王到陛下再到两宫，都拿他当骨血亲生，谁人敢动?”

锡翰：“可如果真有仙家术业能够做到呢?”

祁允格：“若然如此，我必九叩三拜，任凭驱策。”

众贝子齐声长笑，“哈哈哈，那咱可就说好了。等到事情办成，老祁你不可以耍赖。”

第十六章　秘密攻陷，群魔环伺

01

小福晋搀扶着多铎步入福缘观。

这家道观，占地极宽。一条石径，盘绕上坡。行步间，可见京城烟火缭绕，小民贩卒如蚁虫般大小，无声无息地争斗喧喧。登抵坡顶，但见塔峰林立，飞鸟盘旋。多铎的心里，顿时一片清朗。

只是多铎的心里，隐约有些不安。

总是听到有个女人，在身边哧哧地笑，那声音极像金氏。但转身四顾，附近只有几个匆忙奔行的小道童，未见他人。

知非子引多铎到了间宽敞的雅室，室中窗棂狭小，地铺长毡，排列密集的兽炉，飘出让人说不尽愁绪的幽香。知非子引多铎落座，笑道："大将军，是不是总是听到个女人的笑声，飘忽不定的那种？"

"你如何得知？" 多铎这一惊，非同小可。

小福晋却揉着他的肩膀，失笑起来，"王爷，这次你听到的声音，是真的，不是幻觉。"

噢？多铎凝神，才发现身边确实有个声音，确是女人哧哧的笑声。

只不过，这诡异的笑声，竟尔是从术士知非子背负的那只大葫芦中传出来的。

一只葫芦，里边缘何会发出女人的声音？

多铎仔细地盯着那只葫芦看。为了让他看清楚，知非子很配合地将身上的葫芦摘下，放在多铎面前的木几上，并以一根指尖拈住，让葫芦慢慢转动。

多铎发现葫芦的壁面上有组奇怪的画，似乎是天然形成。随着葫芦的转动，呈全景展示开来。

第一幅画，是一个女人跪在六位贵妇人面前，六位贵妇各拿一锭银子递给女人。

第二幅画，得银的女人于井旁淘米，身后是间茅屋，轩窗中可见一书生正在诵读。

第三幅画，一个细腰女孩正在花树间捉蝴蝶，墙壁上有个男人偷窥。细看那男人，正是轩窗苦读的书生。

第四幅画，细腰女孩与苦读书生四目相望，两手相握。

第五幅画，细腰女孩把书生推入一口井中。

第六幅画，向贵妇讨取银子的女人坐于死去书生的身边，做恸哭状。

这个……画的都是什么啊？

多铎正自懵懂，突听知非子一声沉喝："王爷，还不醒来！"

这喝声突如其来，多铎吓得一愣神，忽见知非子一挥手，堂前帷幕缓慢移开，现出坐于帷幕之后的一排小女孩，俱各涂脂抹粉，彩衣双鬟，手执鼓槌、钲钹、磬缶、手鼓、打棒、腕铃，正自平心静气引以待发的模样。

茫然之际，多铎看到知非子的两手舞起，那两排小女孩鼓乐齐奏，却是声音如梦似幻，迷离飘忽。歌曰：

情缠缘孽是一家，
前世执念放不下，
放不下，放不下，
翻山越岭去找他。
去找他，去找他，
他是前世小冤家，
山盟海誓相牵挂，
然后你就杀了他。
杀了他，杀了他，
前世执念放不下，
放不下，放不下，
情缠缘孽是一家。
是一家，是一家，
朝思暮想放不下，
放不下，放不下，
情缠缘孽是一家。

那奇怪而粗鄙的歌子，最后形成无休止的死循环，让多铎听得脑仁生疼。他心说这乱七八糟的，都是什么跟什么呀。思绪恍惚之际，忽觉得眼前景物漫然扭曲。多铎不无惊讶地发现，自己的视线虚飘于空，看着自己正在小福晋的搀扶之下，与知非子对坐。

突然间他的身体一激冷，睁眼细看，发现自己并不是什么纵横沙场的国朝豫亲王，而是个深宅豪院足不出户的富家千金。

02

世间好像曾有过豫亲王多铎。

又好似不曾存在。

她只知道，自己是个温柔娴静的千金娇女，此时正对着水井看着自己的脸。

美艳无双，玲珑香骨，秀眉不展，幽怨颦生。

她清楚地听到了身后的小丫鬟正在抱怨。

“小姐，要我说你真是迷了心。马上就要出阁嫁人了，那未来的夫君可是门世显赫的贵家公子，文武双全，又对小姐一往情深。

“可小姐你待在屋子里，有什么不好的？非要跑来这后花园捉蝴蝶，结果被外边的那个书生偷扒墙头看到了。

“说起那个书生，小姐你比谁都明白，一贫如洗，全靠了妻子四处告贷养活。满心指望丈夫出人头地，可他的心思根本不在圣贤书上，却想入非非，贪图小姐这豪门千金，一心只想着鲤鱼跃龙门，财色兼收，赘入富家，从此免了读书之苦。

“小姐你真的不该撩拨他，结果怎么样？那厮食髓知味，每日夜晚都要跳墙过来幽会。虽说这人世之间，最易是有心，万难却是绝情。但小姐你若不下狠心结束这段孽缘，必生无穷后患。”

她看着井水中自己的那张脸，异常温静，说道：“闭嘴，他要过来了。”

丫鬟唉声叹气，无声退下。

咕咚一声。

穷书生翻过墙头。每次他跳墙过来，总是这般毛手毛脚。

一双手臂环抱住她，炽热的嘴唇沿着她细嫩的脖子游走。她闭上眼，享受着这惬意的时刻，呻吟道：“檀郎，明日你须得登门向我父亲求亲。我自会向母亲求告，退回夫家婚书，生生世世，妾身只要你一人。”

那书生狂喜，“颦儿，明儿一早小生就去，颦儿可肯到前厅等我？须得让他们知道你我二人的情意。”

她纤丽的指尖戳点着书生的胸口，“骗我，你家有贤妻，根本没勇气登门求婚的，只是说来哄人家高兴罢了。”

书生：“小生字字皆肺腑之言。稍候小生就还家，将那婆娘赶出去，此生唯愿与你厮守。”

她：“又来骗我，你吃的穿的，全是妻子告贷求来的，岂肯舍弃这番情义？”

书生：“颦儿，要我说几次你才肯信？我与那黄脸婆早就情断义绝。之所以还未写下休书，只是黄脸婆死缠不休罢了。”

她：“你总是说爱我，敢对天发誓吗？”

书生：“有何不敢？”

她娇嗔道：“那你现在闭上眼睛，向老天爷发誓。”

书生放下搂抱着她的双手，站在她面前，闭上眼睛，开始发誓。

她清楚地看到，自己那双纤丽秀长的手并排突然推出。

书生身后，就是那口井。

咕咚！

03

咕咚！

井中传来的那声响，似乎震动了整个摄政王府。

府中奴丁惊恐狂奔，有人在喊奶奶，有人在喊管家，一片混乱。

多尔衮带着几个人怒气冲冲地走进来，“慌什么？本王的府邸，何曾有过如此慌乱？”

内府的老妈子颤声道：“王爷，刚才有个女人……投井了。那咕咚一声，好可怕。”

多尔衮：“怎么这么不小心？本王是怎么叮嘱你们的？待下人要宽和，要宽和。虽说是在你府中为奴为婢，但谁个不是爹娘生父母养的？但稍有损伤，父母都会心疼。你们却如此一味地逞凶横蛮，逼得人走投无路。本王断不能再让你们如此胡来，凡涉事者，本王一个也不会放过！”

呵斥之时，多尔衮的脸颊淌下来泪水，看得下人惊愕震骇。

胡乱用衣袖抹了一把脸，多尔衮哽声道：“赶紧地，你们去捞人啊，再叫詹岱入内，彻查此事。”

转身回到一间厅室，多尔衮失态伏案哭了起来。

只觉心灰意冷。

“王爷？”门外传来侍卫詹岱小心翼翼的声音。

多尔衮坐起，揩净脸上的泪水，“进来。”

詹岱过来，“王爷，捞上来了。”

多尔衮抬头，詹岱急答：“尸体冰冷，已经没救了。”

多尔衮的声音软弱无力，“给……李化熙家，多送点银两，再挑选四个可爱美貌的歌姬……不，选六个，一并给李化熙送过去。”

詹岱满脸惊异，“王爷，为啥要这样宠着李化熙？”

多尔衮叱道：“虽说李化熙无足轻重，可那李朱氏在本王的府中遇到这样的事儿……本王如何忍心？”

詹岱：“李朱氏？没听说她遇到什么事啊。适才奴才看到李化熙接走她，两人还不知羞耻地卿卿我我。”

多尔衮腾地站起来，“什么？死的不是……刚才是谁掉井里了？”

詹岱：“王爷，你说今天这事儿奇了。那落井丧命者并非咱王府中人。”

多尔衮：“到底是谁？”

詹岱：“是外府之人，那个时常来府中做针线活的大脚李嫂。”

多尔衮如受雷击，“李嫂？”

詹岱："对，章姨、李嫂，这两个大脚女人结伴，时常来府。奴才已经验过尸体，确是李嫂。只是未曾查询章姨所在。"

04

多铎坐起，不再需要小福晋的搀扶，感觉自己浑身充满力量。

"本王这才弄明白，原来世间一切，一饮一啄，皆是前缘。

"本王的前世竟然是个富家千金，闺名叫颦儿。

"家门豪阔，占地千亩。奴仆成群，米粮满屯。

"而且与一个显赫公子指腹为婚，是以门当户对。那也是前生注定了的好姻缘。

"但是本王闺阁之外有座破败荒庙，庙旁是间茅屋，里边居住着一个落魄书生和他的妻子。

"那书生除了读书，别无生计，与妻子坐困愁城。是以那妻子告贷乡邻，分别从六户人家借来银钱，粗茶涩米，聊以残存。只希望丈夫能够发愤，把那圣贤之书读出个名堂，金榜题名，荣归乡里。岂料那书生好死不死，不说苦读以报妻子恩情，却百无聊赖，翻过墙头，跳入本王闺阁的后花园里，居然与本王有了私情，哈哈哈。"

"王爷，您这么开心，都说了些什么呀？"小福晋满脸懵懂地问。

多铎："本王是说，知道本王何以对金氏念念不忘吗？那是因为上辈子，我是个千金小姐，他是个落魄书生。我们二人生出情愫，书生想要娶我，却被我咕咚一声，推到井里了。书生怨气难消，所以这辈子转世为金氏，让我求之不得，以此来折磨报复我。"

小福晋："真的假的？可王爷刚才不是说，你上世遇到的书生，人家有妻室的吗？"

多铎道："那书生的妻子，就是今世的范文程。上世书生负了她，所以今世痴心回报。"

走出门外，多铎伸展双臂，长声道："金氏呀金氏，上辈子本王推你落井，确是不该。但你这辈子，也把本王折磨得好惨好惨。

"咱们两清了。"

小福晋目光盈盈，"王爷，你全都恢复了，妾身也就安心了。妾身此生，何曾敢有所求，唯愿王爷能够……"语未尽，泣如雨下。

多铎歉疚不尽，急忙搀扶住小福晋，"爱妃，都怪本王不好，本王此后一定弥补爱妃的情意，一定弥补。"

小福晋偎于多铎怀中，低声道："王爷勘破前世，心结尽释，且待妾身到殿前还过此愿，方可心安。"

多铎："是了，这道观跟和尚庙似的，也是要还愿布施的。今日你替本王做主，终究不枉你这番苦心苦情。"

看着小福晋带人去大殿还愿，多铎信步踱下山坡。走过一株歪树，忽听拐角处有人说话，多铎探头看时，却是一堵密排的板壁。板壁内分明有空室，但入门却开在另一侧。但板壁极薄，立于树下，虽不见其人，却可闻其声。

多铎贵为亲王，最是自重，本无意听人私语。正要信步走开，却忽然间听到说话人提及自己的名字，不由得停下脚步。

对谈者，是一男一女。

女人："豫亲王的心结，总算去掉了。"

男人："他不会发现吧？"

女人："怎么可能？多铎初入福缘观，道爷就以腹语之术发出女人的呻吟声，让多铎以为那声音是从葫芦中发出的，既而意乱心迷。而后，那厅堂的迷香用过多次了，闻到就会让人心思恍惚，意识迷乱。莫说让他相信前世是个女子，纵然再不堪，他也不会怀疑的。前者暴发户焦曰白来此，道爷让他相信自己前世是头驴，他丝毫也没怀疑。"

男人："唉，只是苦了金氏。"

女人："那也没有办法。"

男人："前段日子，金氏乘轿私逃，堪堪到了豫亲王府，可是范文程带人追至，又将金氏带回。这女人哪，纵有万种聪明、无尽慧根，一旦沾了这情字，就会乱意迷情。既然要私逃，如何不事先告知豫亲王，反授范文程以话柄？"

女人："你有所不知，这事还真不怪金氏。她身边的侍女金铃，早被范文程买通。上次三观寺，金氏如何不知道豫亲王一片真情？所以匆匆而去，诉说衷肠，却遭金铃密告范文程，摆布了豫亲王那么一道，让他罚俸夺产，断了念想。"

壁板内突然一阵慌乱，"有人来了，不要再说了。"接着是十几个叽叽喳喳女孩子的声音。多铎忽然觉得两腿绵软，竟尔是无力立起，只好只手扶住树干，嗓间忍不住的是腥甜，吐出一口血来。

殷红，刺目。

他听到自己绝望的声音，"原来适才的一切，所谓前世孽缘，不过是术士知非子布下的迷局。

"原来那金氏，早已对我多铎生出情愫。

"我堂堂大将军，爱着金氏，却求之不得。金氏也爱着我，却困于邪恶的范文程府中，插翅难飞。

"人世间，何以会有这般苦痛？"

道理都明白，终究还是割舍不下。

这就是情，是义。

整个世界，在多铎的眼前慢慢消融，淡化散去。

05

"是格儿干的？"李化熙问。

"是格儿。"李朱氏点头，"龚鼎孳送来一封手书，约你到铁狮子胡同晤谈。格儿毁掉了那封手书，自己写了一封，诓你到北郊鬼宅。又伪造了封所谓的范夫人金氏书信，勾连那几个轿夫，欲行把我劫走。”

李化熙：“这小丫头，心眼比牛身上的毛还多。她在我们家这么多天，鬼知道都干了些什么。”

李朱氏：“左不过是个失孤孩子罢了，心眼若然不够，焉能活到今日？现在这孩子做了坏事，逃去无踪，希望夫君快点把她找回来。真担心这孩子一个人飘零在外被人欺负。”

李化熙：“夫人倒是好心，还替那坏丫头着想。可知我们险死生还，对坐于此可全是凭了运气。”

此时夫妻二人正坐于府院树下，一边吃饭一边聊天。院门大敞四开，若有人至，远远地就能看见。

李化熙：“你在多尔衮的府中住了一夜，可看到什么好玩的？”

李朱氏眼波流转，笑道：“夫君莫不是怕那摄政王抢了你的夫人不成？”

李化熙咧开嘴，“我知道夫人留宿摄政王府，都是为了你这笨呆的夫君。”

李朱氏拿纤纤指尖揪住李化熙的鼻子，“煞风景，不理你了。”

两人又调笑几句，李朱氏神色敛静，说道：“我在摄政王府与东莪格格闲聊，确听说了府中一桩奇事。

“摄政王府中，有个马奴，叫俄尔岱。说是马奴，实则是多尔衮最信任的亲信。只因多尔衮马上征战，是以照管马厩，虽非光鲜活计，非心腹之人不可用。若误用匪人，在马上做手脚，坑死家主也不是稀罕事儿。所以这俄尔岱已经在多尔衮府中多年，忠心耿耿。

“但自打搬到北京城中，摄政王府建于南池子，那俄尔岱就发现，王府中的马厩时常会有怪事。那些马儿总是倦怠疲惫，明明关在厩中，却时常大汗淋漓，似乎奔跑了千里之遥一般。

“俄尔岱怀疑府中有人夜晚偷偷牵马出去，或为什么不轨之事。就干脆睡在马厩里，要抓住那个贼。

“可是那一夜，俄尔岱做了个奇怪的梦，梦到一间黑黝黝的石室，室中一人，手脚反缚，正向他大声叫喊：‘放我出去，放我出去。若肯放我出来，保你主家平安。’如是这般，喊个不停。

“此后，只要俄尔岱睡在马厩中，就会做这个怪梦。

“俄尔岱心知有异，就向多尔衮告假，出门去找天下第一神算知非子。不晓得知非子指点了他什么，回府之后，他就擅自纠结府中壮丁在马厩下面挖掘。他一连挖了三天，挖出一条青砖石铺成的道路来。沿着道路向前挖，又挖出一个石翁仲。

“那石翁仲形态极是怪异，挖出当日，惊动了府中所有人。大小福晋全都过去看，连多尔衮也赶至，询问俄尔岱如何得知地下竟有此物。

“俄尔岱诉之详情，满府中人，包括多尔衮在内，难以置信，又无法不信。毕竟那石翁仲，好端端地摆在大家面前。这物何时埋于地下，北京城中最有见识的人都不得而知，俄尔岱却偏偏把它挖出来了，岂非咄咄怪事？”

李化熙沉思半晌，“是了，这事翰林高尔俨应知详情。一年前他曾跟我说起过，说是摄政王府中挖出了秦汉年间的石翁仲，但我没往心里去，想不到还有这样一番内情。”

“那石翁仲是秦汉年间的吗？”李朱氏着实吃了一惊，“那应该是在地下埋了快两千年了，东莪格格也只知道这东西是从地下挖出来的，哪个朝代的并不清楚。”

李化熙站起来，“听高尔俨说，那石翁仲原是秦始皇时代的猛将，姓阮，字南达，替始皇帝镇守边关，匈奴闻风而不敢近。阮南达死后，始皇帝命人铸铜像，坐高二丈，置于咸阳宫。匈奴使者远远见之，以为阮南达未死，骇得魂不附体。”

李朱氏站起来，“这就不对了，若多尔衮府中挖出的石翁仲是秦始皇为阮南达所铸，那么，此尊雕像应该位于咸阳，咸阳距北京是千里之遥。夫君，你没问过高尔俨这个问题吗？”

06

听了妻子的问话，李化熙正要回答，忽然间大门外走进来二人，一人长吟道：

茂陵刘郎秋风客，
夜闻马嘶晓无迹。
画栏桂树悬秋香，
三十六宫土花碧。
魏官牵车指千里，
东关酸风射眸子。
空将汉月出宫门，
忆君清泪如铅水。
衰兰送客咸阳道，
天若有情天亦老。
携盘独出月荒凉，
渭城已远波声小。

李化熙夫妻急忙站起来，“原来是党兄、高兄两位。”

党崇雅笑眯眯地道：“老李呀，你们夫妻谈话也太入神，我们这么两个大活人，自远而近，居然连看也没看到。”

李朱氏是大室之女，毫无忸怩地向两人道福：“小女子冲撞两位大人，失礼之处，还请恕罪。”

高尔俨坐下来，面有惊异地说：“嫂夫人，你可不是什么小女子，刚才你那个问题问的，足足甩老李一千里地。当初我与他说起翁仲阮南达时，他就想不到问一声。”

李朱氏道："高大人回以李贺的《金铜仙人辞汉歌》，可是在说，那阮南达的铜像，曾随着朝代的易替，搬来搬去地千里之行，或是早已浇熔铸成了新的铜像，或是长埋大地，不闻声息了？"

李化熙道："差不多就是这么个情形，历朝历代均铸有铜石之人，万钧之重，千里之遥，于显赫权门，又算得了什么？是以多尔衮将此石翁仲，视为他入主北京的吉兆。事后王府的马厩，依照地面挖出来的石板之路，重新修过。如今多尔衮出行，马队均先行穿过石翁仲林立的那条古道。"

李朱氏目视李化熙，"夫君，你可知道自己适才所说意味着什么？"

李化熙正要回答，高尔俨一举双手，"老李，你的事儿先撂下行不？今日我带着老党来找你，是有件更重要的事儿。"

李化熙："什么事？"

高尔俨："你可曾听闻班捕头其人？"

李化熙："当然知道，班捕头是个旗人，原本是顺天府人手不足，临时征调的差夫，大概的差事就是夜晚时敲个锣，提醒居民小心火烛之类。但这班捕头却显露出极强的侦察天资，大大小小的案子连破了数十桩，是以班差夫最近已经升任捕头。不知老高你为何要问起他？"

高尔俨道："这个班捕头，可能不像你们想的那样。他破案能力的确是强，比如说前些日子，西栅栏有户人家，只有夫妻二人，没有孩子。夜晚入睡前闩门闭窗，可一觉醒来，妻子发现丈夫仍然睡在自己身边，只是丈夫颈上的人头，已然不翼而飞。当时，各司衙捕都认为疑凶必是妻子，丈夫身边只有她，不是她杀掉了丈夫，又能是谁？只有班捕头，他并没有先入为主，而是细细盘问妇人，最终抓获了真凶。"

慢条斯理地呷了口茶，高尔俨续道："真凶，其实就是丈夫。那一夜丈夫给妻子水中掺了麻药，待妻子不省人事时，他从门外拖进来一个早已捆好的人，砍下脑袋，放在妻子身边。然后用根细绳吊住门闩，出门后一拉绳，门闩落下，制造了鬼神莫测的密室杀人案。

"至于丈夫为何如此，那是因为他挟恨妻子太顾及娘家，就想陷死结发妻子，自己隐名埋姓，另行娶妻成家。"

李化熙点头，"这个案子我知道，不是挺好的吗？老高你为何会说异常？"

"因为此事确实异常，"党崇雅插进来道，"老李你知道，我正在搜集案例，撰写大清集案。去询问此事时，无意中听说班捕头与涉案的妻子早有私情。而且我还查到，班捕头破获的数起案子中，涉案的几个不同女人都曾和他有不清不楚的关系。老李你说，世上哪有这么蹊跷的事儿？难不成这班捕头专一给他自己的女人破案吗？"

李化熙站起来，来来回回踱步，"唉，这北京城的刑案啊，主由顺天府打理，再经大理寺与刑部三堂勘验。我是刑部中人，顺天府的事儿不好插手，还是看看再说吧。"

高尔俨："老李，你官腔打得字正腔圆，其实还是想做甩手掌柜，什么事儿都不想管。要不这样好了，听人说密云再往北的古北口，也出土了尊翁仲石像，与摄政王府中的那尊几无区别。老李你既然不想管京城之事，就与我往古北口走一遭，如何?”

“饶了我，求求你饶了我。”李化熙连连作揖，“那额尔格图失踪的家眷，至今仍未全数找回，本官这个头啊，大得不得了。

“还是饶了本官吧。”

07

多尔衮踏入门来，“先生，此地已非安全之所。”

涂先生正手托一只方方正正的小型青铜鼎，细心地描着铜鼎上的兽纹，似乎未听到多尔衮的话。

多尔衮：“先生，听到了没有？本王必须要把先生转到更安全的地方。”

涂先生：“王爷，你来看这鼎纹，黄帝铸鼎于荆山，炼丹砂。丹砂成黄金，骑龙飞上太清家，云愁海思令人嗟。宫中彩女颜如花，飘然挥手凌紫霞，从凤纵体登鸾车。登鸾车，侍轩辕，遨游青天中，其乐不可言。”

把手中小鼎拿得低一些，涂远谋入神地说：“这鼎上花纹，本非人力，乃天地自然而成。”

多尔衮呆呆地望着涂远谋，“先生所言，莫非是今日的局面吗?”

涂远谋：“然。”

多尔衮：“请先生指点。”

涂远谋：“王爷今日之窘，始于前日之因。还记得王爷初入京师，委那三边总督李化熙负责侦破的板材石料飞失案吗？从那时起，王爷就步步走入对手的布局。”

多尔衮半信半疑，“何以见得?”

涂先生：“那一夜五城兵马缉捕不法旗人，获之数千，遂命他们将南宫府库的板料石材，尽数搬入南池子大人的府中。那时小可就劝过王爷，不过区陋宫室而已，何须如此短视？昔者，周公辅成王，一饭三吐哺，尚不能收人心，倘如这般争夺小利，连块板材都要抢过来，傲慢骄纵，让天子居于废宫之中，天下人心又如何看你这摄政王？

“可是王爷当时说，你很难因此责罚下属。王爷虽然大权在握，终不过是个管家而已，满分三部十八落，蒙有四部十七族，汉臣有东林和阉党，又分南党和北帮，这中间最难的是平衡。有些人纵错也不能究，究之就打破权力的平衡。有些人无罪也要责罚，只为维持权力盘面的平衡。这才是王爷的难为之处。那时候小可意识到这是王爷的软肋，心中就有不祥之感，感觉到王爷被人算计了。

“王爷呀，那一夜到底失踪了多少石材？一砖一瓦，都悄无声息地用在了什么地方？

“还有几多我们不知道的事情正在悄然发生，直到布成最后的恐怖死局。”

涂先生扶桌立起，“那无形无影无迹的妖人，正是利用了王爷的这种心理，不断帮王爷拔除那些扰乱权力平衡的人，到得王爷以为万事大吉，就会突然发现，你已成为一个空壳王爷，整个北京城中，找不到一个执行王爷命令的人。”

多尔衮沉默半晌，“全让先生说着了。”

涂远谋静下来，听多尔衮说话。

多尔衮：“先生知道的，早年刑部承政额尔格图，侦查四十年前的皮家老店妖人案，就发现盛京城中有几十家王公府邸彻底被妖人掏空，一如现今的肃亲王豪格府与衍禧郡王罗洛浑府。王爷仍是府中的王爷，福晋仍是府中的福晋，但府中人面目阴森，所奉皆妖人密令。主子形同傀儡，一举一动，实则是被妖人操纵。是以小王久有凛惧之心，苦思保身之法。”

“从此小王再不信任府中任何一个人，包括结发福晋在内。为了掌控消息，本王于府外秘密培植了亲信党羽，是两个大手大脚、出自武学世家的女人，一名章姨，一名李嫂。此二女时常出入内府，成为小王于府中隐秘的耳目。

“先生此前吩咐小王除掉李化熙的妻子，小王应从，将此任务委派给了最善用绞索的李嫂。”

涂远谋：“然而李嫂入府，死的竟不是李化熙之妻，而是李嫂自己。”

多尔衮：“正是这样。

“此时我的王府，已被妖人攻陷。他们可以在本王眼皮子底下随意杀人，而本王竟无计可施。”

顿了顿，他又道：“纵不然，小王再也不敢相信府中的任何一个人！”

涂远谋：“王爷，此时大敌当前，群魔环伺。小可无谋，唯愿与王爷同生共死。”

第十七章　青春叛逆，魑魅魍魉妖人会

01

皇太后坐在花厅，心事重重。

苏茉儿与大布吉知趣，躲得远远的。

顺治抱一只大个的猫头鹰，身后跟着满脸紧张的小扣子，走了过来，“给皇额娘请安。”

皇太后震惊地看着那只猫头鹰，“皇上……你这抱的是什么呀？”

顺治：“皇额娘，这只吉祥的鸟儿，好端端地趴树上睡觉，没招谁没惹谁，却被宫里的闲人以弹弓击伤。朕最是看不惯这种残忍，所以让御医送些外伤药，朕给这东西包扎好。”

皇太后：“快把这东西扔了，传出去可是说什么的都有。”

顺治：“皇额娘，谁在背后不说人，哪个背后无人说？朕不过是照顾一只可怜的禽鸟而已，何惧人言？”

皇太后：“不是皇上你这……皇上你还小，你哪里懂得人心诡诈，哪里知道权力是靠了外在的庄严所维系，哪里懂得……”

强把心中的气忍下去，皇太后慢慢调匀呼吸，小声告诉自己：“不生气不生气，哀家不生气……”随后说，“皇上，你年纪也不小了，你那妹妹博尔济吉特·孟古青，娴良淑德，敬仪端庄，嗯，哀家的意思是说……也该有个皇后帮你料理后宫事宜了。”

顺治打断皇太后的话，“皇额娘体恤之心，皇儿感激于心。只不过……”

皇太后警觉起来，“皇上，你小眼珠子叽里咕噜转不停，又在搞什么花样？”

顺治：“皇额娘，儿子真心没有搞花样。只是今天朝殿之上，范文臣率了四十多名官员递了个折子上来。”

皇太后：“什么折子？”

顺治一摆头，“小扣子！”

小扣子哭丧着脸，一声也不敢吭地呈上托盘。

皇太后紧张地看看托盘中的奏折，更紧张地看看古灵精怪的顺治，“关于什么的奏折?”

顺治满脸坏笑，“皇额娘看了便知。”

皇太后狐疑地拿起奏折，只看了一眼，便发出一声惊呼。

不远处的苏茉儿及大布吉如临大敌，急忙冲过来。只见皇太后满脸羞红，匆匆向远处逃去。

苏茉儿的表情极是惊讶，捡起那奏折一看，顿时大怒，“皇上你又欠揍了!”

顺治谁也不怕，就怕苏茉儿，当下大叫一声：“快跑!”

带着小扣子，一路发出嘎嘎的怪笑声，飞也似的跑走了。

只有大布吉满脸茫然，看看皇太后走逃的方向，再看看顺治逃跑的方向，把两手一摊，彻底不知所措了。

02

“出来，你快给本宫出来吧。”淑太后亢奋到了无以复加的地步，不由分说，把羞赧至极的皇太后强拉出来，“一辈子天不怕地不怕，只让别人头疼自己却无法无天的老五，你也有今天?”

淑太后兴奋得难以自制，飞足踹翻一张高凳，“范文程这老头真是体贴，哈哈哈，也亏他干得出来，竟然纠集群臣上表，要求你下嫁多尔衮。”

“哈哈哈。”淑太后笑得瘫坐在地，四周宫人，一个个想笑不敢笑，强自忍着。

笑了好半晌，淑太后才说出句囫囵话：“这老头是疯了吗?他到底是怎么想的?”

皇太后满脸红晕，“疯倒未必，只是整日里猜测龙心，猜得头大昏掉而已。说到底还是上次册封一品夫人顾横波惹出来的祸。哀家本意是给汉臣妻室的册封留个空隙，连顾横波都可以获得本朝册封，那些大小朝官的妻室当然更有资格。可是朝中那些老冬烘，满脑门算计别人，唯独忘了自己。是以一心以为哀家册封顾横波，是给自己再嫁预做铺垫，所以才有今日这万古离奇之奏折。”

淑太后：“要我说，范文程这般笨，干脆杀了他好了。”

皇太后：“你还有第二个办法吗?”

淑太后：“对了，上次我曾问过，却被你支吾了过去。现在你一定要回答我。”

皇太后：“什么事儿?”

淑太后：“你和多尔衮，到底有没有那个意思?”

皇太后：“与其同床异梦，唯求心有灵犀。”

淑太后：“你又来了，那我换个问法，倘太宗在世，你二人有无此意?”

皇太后：“太宗知我心，许我以自由，我当以自由报之。”

淑太后猜测，“那就是有此心?”

皇太后：“你说呢?”

淑太后：“又或是有此心，无此意。有此意，无此情?现今太宗归天已久，你岂不更是自由？”

皇太后：“太宗归天，情义仍在。青天知我心，许我以自由，必当以自由报之。”

淑太后不得要领，“听这意思，太宗在位时，有心有情有意，还是无妨的。反倒是现在，论心论迹，都应该对得起太宗的在天之灵，反倒没必要了？”

皇太后笑而不语。

一个宫女匆匆而入，对苏茉儿俯耳低语。

皇太后眼尖，问道：“什么事儿？”

苏茉儿：“是豫亲王府的小福晋入宫来了。”

皇太后沉下脸，“谁也没叫她，她来干什么？”

苏茉儿：“小福晋说，豫亲王病重。”

“宣！”

03

多铎的小福晋哭伏于皇太后面前。

“太后，太后，王爷的病原本已见大好。都怪妾身不好，非要带他去知非子的福缘观。当日知非子向王爷说缘法，王爷的精神明显见好，不待人搀扶，就自己走出了门。是妾身不该去大殿上香还愿，还愿回来，王爷也未见有何不妥，只是笑容有些勉强。待回得府中，甫一进门，王爷突然立足不稳，呕血不止，于今卧于床榻，只怕……”

皇太后：“苏茉儿，你去把哀家藏的那支老山参拿出来，再带上御医，亲往豫亲王府一行。”

苏茉儿行礼告退。

皇太后疲倦地以手抚额，“唉，这是怎么说的，原以为多铎的病情好些了，谁料到病成如此样子。”

小福晋继续哭道：“太后，妾身此时全没了主意，佛也礼仙也拜。前者妾身派人去了雍和宫，听喇嘛僧说，王爷这是前世情孽，终归是上辈子欠了人家。跟术士知非子所言，倒无区别。只不过……”

皇太后：“不过什么？”

小福晋突然大放号啕：“妾身斗胆，恳请太后降懿旨。”

皇太后站了起来，满脸冷肃。

“传哀家懿旨，命大学士范文程入宫觐见。”

04

豫亲王病重！

范文程入宫，刚刚趴在地上，皇太后劈面就是这句话：“恐怕他没几天活头了，病榻之上，只一张皮裹着支离憔悴的骨头。”

范文程把头伏于地面，一声也不敢吭。

皇太后：“谁又能料得到，豫亲王多铎对你家金氏，竟然是如此地一往情深。”

此时范文程的脸上，说不出的别扭。

皇太后想了想，又道：“豫亲王的小福晋刚刚进宫来，可怜的人儿终年衣不解带，在榻边伺候，都快瘦成一把骨头了。听她说，雍和宫的喇嘛僧告诉她，豫亲王这种情形叫失魂。就是他的魂迷失在幽冥路口，找不到回来的路。须得三位慧心菩萨，以无上智慧的经音唤转。”

范文程茫然抬头，“三位慧心菩萨？此意何指？”

皇太后：“听不太懂，大概是三个最具佛性梵根的居士吧。这也是哀家猜的。不作数的。”

范文程：“然则太后的旨意是……”

皇太后：“你率群臣，建议哀家下嫁多尔衮的折子，哀家看过了。”

范文程赶紧把脸贴在地上。

皇太后：“事前，你有跟金氏商量过吗？”

范文程：“有商量。”

皇太后：“金氏也建议你上这个折子？”

范文程：“太后，金氏是执意不允的，她说太后不是不可嫁，而是没必要再嫁。正因为她的阻止，所以才迟至今日递上奏折。这是小臣思前想后……太后明鉴，国朝体制，眷室不可过问政事。所以小臣思前想后，此事就不应该与妻子商量，遂自行决定。”

皇太后满脸狐疑地盯着范文程。

好半晌道：“好了，哀家知道你脑子有点浑。

“虽然如此，豫亲王多铎之事，尚请烦劳。”

05

范文程退出，回到内阁，就听轰的一声，一群花白胡子的官员，团团围住了他。

“太后怎么说？”

“嫁还是不嫁？”

“你活着出来，应该是喜事，这就是说要嫁。”

“未必，你看老范的脸，跟块抹脚布似的，多半是砸了。”

“到底嫁还是不嫁？”

范文程苦着脸，“太后，压根就没接这个话茬。”

同为大学士的祁允格笑吟吟地道：“不出声反对，就是同意了。难不成你们还要逼着太后，对你们传道懿旨，你们说是不是？”

另一个大学士刚林凑趣道：“祁大人所言在理，老范你可以去礼部好好商量规礼仪程了。”

范文程：“礼部……说到礼部，本官问你们个事啊。知不知道什么叫拥有无上智慧的慧心菩萨？”

众官员面面相觑，半晌，大学士祁允格道："老范，你怎么突然问起这个？拥有无上智慧的慧心菩萨，说的是王公部臣家的女眷，最雍容、最端庄、最得人望的。"

范文程："王公部臣家的女眷？"

"对，"刚林插进来道，"如果谁家的小贝子、小格格失了魂，卧床不起，叫上几个素来德品端庄、福缘深厚的女眷去，多半会唤回孩子的魂。就算唤不回，也聊胜于无。"

范文程："如此说来，这……果然是礼部的差事？"

"别，可别，"祁允格和刚林同声制止，"老范，你要是稍有脑子，可千万别正儿八经地向礼部提出要求。一旦正式提起，不比封个诰命夫人更省心。上次封了个顾横波为一品夫人，礼部被砸了十几次，一半的官员辞了职，另一半躲到其他部不敢回去。多少王爷大臣，眼巴巴地等着给福晋封个品位，你封谁不封谁，都是惹祸上门的事儿。"

范文程："可这……"

祁允格把范文程拉到一边，压低了声音："老范，如果只是叫魂，最好的法子莫过托付夫人，让她找两个要好的姐妹，低调，低调，低调才能安生不惹事。"

06

"儿大不由娘。"

皇太后的眼泪淌下来。

她穿着一身奇怪至极的衣裳，脸上罩着面纱，与相同打扮的淑太后隔桌对坐。

桌子上，红烛高照，时是夜晚。外边是无垠的星空。

苏茉儿和大布吉打扮得更是怪异，七彩短襟衣，绿色青绸裤。冷眼一看，像是小户人家的少奶奶，或是大户人家上房体面的大丫鬟。

皇太后继续诉苦："吾皇儿是存心的，叛逆了，不听额娘的话了。被那个叫什么董鄂的勾了魂，不想跟他表妹孟古青在一起。所以煽动脑子浑的朝臣上奏本，存心恶心哀家。"

门帘之外，是喧天的锣鼓之声。

淑太后出神地看着自己的指甲，"老五，怪你自己弄这么多的博尔济吉特，结果把儿子弄到逆反了。说到底，皇上也算个大人了。所以这事还是算了吧，一辈子的人，不管两辈子的事儿。还是放宽心思，活在当下，纵情欢玩吧。上次朱国弼家的名花会，咱们在江南左梦庚的军中，没有赶上。这次不知是哪家在主持，希望能比上次更好玩。"

07

隔壁房间，也坐着几个奇怪的人，四仰八叉坐于桌后的，一看就是个贼兮兮的富户败家子。当他百无聊赖，把唇上的小胡子拿下来时，才露出顺治皇帝的真面目。另外几个家丁恶奴模样的，无非是国欢、费雅塔、富尔敦、锡翰及范承烈。

顺治身边，坐着低头捻衣角的董鄂。

顺治对董鄂说："今儿这阵仗，比之上一次白门姐姐卖掉自己那次更热闹。"

董鄂抬头，失笑起来，"还说呢陛下，上次你赖掉了二十万两银子哦。"

顺治："秦淮八艳，都是多智慧黠之人，上次白门姐姐在栖霞山葆光寺说法，一下子收了三十万两银子，这等心智，岂会贪图朕的一点赏赐？"

董鄂："哎哟陛下，说一句就生气了。"

顺治扳过董鄂的身子，看着那张美丽的俏脸，霸气地道："朕以后，会经常生气的。因为朕大了，不能再由人颐指气使了。但朕会努力克制，不让任何人为朕操心。还有，朕对你的所有承诺都会成真，没有谁能够挡住朕的去路。"

董鄂抱住顺治的一条手臂，"陛下，何必说这么多。只要我们两人在一起，妾身心里，再无所求。"

顺治满脸幸福，拍拍董鄂紧紧抱住他的手。

08

再下一个房间，坐着的人更是奇怪，文人不似文人，行商又非行商。其中一个极似脚板上泥巴还未洗净的农夫。

这个农夫，当然就是李化熙。只见他眼睛盯着门外，出神地看着，说："感觉今儿个，北京城有头有脸的王爷福晋全都来了。"

另两个人，一个是翰林高尔俨，还有一个是刑部左侍郎党崇雅。两人中的一个问："莫不成这一次，比朱国弼那次还热闹？"

李化熙："应该说，是不一样的热闹。"

党崇雅："喂，听说了没有？范文程上表，要求皇太后下嫁摄政王多尔衮。朝里为此炸了锅，说什么的都有，你们怎么看？"

李化熙："还能怎么看？我坐着看呗。"

党崇雅："老李，你这还算兄弟吗？那太后到底嫁了没有呢？"

高尔俨："这个，大概只有老李知道点内幕吧。"

李化熙："本官……哪里知道这许多。"

党崇雅急了，"就满足一下咱的好奇心，你会死吗？"

李化熙叹息一声，压低声音："唉，事涉宫事，晦涩难明。但就本官所知，大概意思是皇太后出身于科尔沁草原部落，真正的一匹美丽野马……呃，所以皇太后就有个成见，总感觉天下最好的姑娘全在草原之上，全在她博尔济吉特族人之中。是以皇太后想择自己的侄女儿为皇后。而咱们的陛下呢，早就遇到心中人了，明白了吧？"

原来如此！高尔俨与党崇雅同时击掌，"难怪会有这么个奏折出来，这是陛下在用隐晦的方式告诉太后：'把一个人和自己不喜欢的人强扭在一起，是多么委屈，多么痛苦。'"

李化熙："强扭的瓜，不甜啊。"

09

说话间，一排顺天府的衙捕登楼而上，沿走廊走过皇太后的房间，走过顺治皇帝的房间，走过李化熙三人的房间。

进了最里边的房间。

最里边的房间，坐着个面目冷峻的中年男子，鲜红大氅，长刀帛靴。身边坐着一个身材丰腴的蒙面女子。

中年男子正在对蒙面女子说话："冰雪儿，你且莫急，你焦府中的那么点小破事儿，容易处置，尽管包在爷身上好了。"

蒙面女子掀起脸上的面纱，媚声道："奴家就知道，班爷不会让人失望的。"

这女子，赫赫然竟是天下首富焦曰白的管家，冰雪儿。

说话间，衙捕们进来，向中年男子禀报道："班捕头，有人在花会外围闹事，说什么诲淫诲盗，败坏风气，要勒令解散。今夜的赌局，有几十位王公操盘，连府尹大人都下了重注，所以下令让你去赶走那些不识趣的人。"

班捕头皱起眉头，"屁大点的事儿也来找我。府尹大人既然下令赶走那些人，那把他们赶走就是了，这点小事你们还办不了？"

衙捕们满脸尴尬，"班捕头，那些人……是五城兵马司的士兵。"

"又是高长奎？"班捕头扭头问。

衙捕点头，"就是他。"

班捕头满脸厌恶地站起来，"这老高呀，挨起揍来没个够。不过是个小小的五城兵马司吏目，官职比只蚂蚁还要小。偏他没点自知之明，以为这北京城放不下他了。跟我来，咱们今天教高长奎懂点规矩。"

班捕头率衙捕下了楼，穿越人群，来到一处火把明晃之地。

前面，是一排五城兵马司的巡防士兵，俱各剑拔弩张，正与顺天府的捕役们形成对峙局面。

五城兵马司吏目高长奎站在最前面，他的身材高瘦，神情激动，"这里是什么地方？京畿重地，天子脚下！如许之多的闲人围拢，公开设赌，招娼纳嫖，还明目张胆地搞什么王公贵戚的女眷拍卖，这还有王法没有了？这么黑的夜晚，如此稠密的人群，倘有匪人混入，或是发生踩踏事故，你们谁能担得起这个责任？"

"哎哟，"班捕头走过来，揪住高长奎的衣领，"老高，合着这全北京城，就你一个小小的吏目忧国忧民？今夜花会的防范措施，是由我亲自拟定，交由府尹大人核定的，什么时候轮到你来指手画脚，说三道四？"

高长奎怒道："班捕头，你们顺天府到底在搞些什么？五城兵马司再三知会你们，不管那个焦曰白出多少钱，花会都不可以搞。一来伤风败俗，有违教化。二来诲淫诲盗，无事滋乱。三来匪盗觊觎，祸起萧墙。四来藏污纳垢，败坏人心。五来甘居下流，众恶归焉。六来衣冠蒙垢，辱及天威。七来伤天害理，正道寒心。八来尊卑颠倒，纲常失依。九来生民无益，损及衣食。十来宵小得志，法度无存。班捕头，你顺天府收了焦曰白的重贿，犯此十戒。我高长奎断断不允。”

班捕头摇了摇头，“高长奎，你还真想差了。顺天府许可那焦曰白开设今夜这个花会，还真一枚铜板都没收。”

高长奎失笑，“班捕头，谁不知道那焦曰白是天下首富，你适才所言，问问自己信也不信？”

班捕头：“那焦曰白趁几年前的兵乱之际，低价买下了京师周边的无数地产，确曾富可敌国。但因为他从官府买了个歌伎，遇到个命中霉星秃尾巴老李，从此卷入无休无止的官司中，最终小命保住了，但家财尽失，还欠下几十家钱庄几千万两银子。可以说，这焦曰白，现在已是天下首穷了。”

高长奎摇摇头，“但这并不是可以开办花会的理由。”

班捕头“和蔼”地建议道：“高长奎，要不你去把这句话跟府尹大人当面说说？”

高长奎：“去就去，你们顺天府尹在哪里……哎哟。”他边说话边往前走，不提防被班捕头拿脚一绊，顿时栽倒在地。未待爬起，但见班捕头一挥手，顺天府的衙捕群拥而上，围着高长奎拳打脚踢。

与高长奎同来的五城兵马司士兵见状急忙后退，不敢和权势熏天的顺天府对抗。

高长奎被围殴，怒骂不止，突然间被衙捕一棍击中头部，立时昏迷，不再吭声了。

班捕头走过来，拿脚尖把昏迷不醒的高长奎翻过来仔细瞧瞧，“可能还活着吧？很可能。”他转向五城兵马司的士兵们，“过来把他抬回去，要是死了的话，来顺天府这边备个案。”

士兵们一声不敢吭，过来把高长奎抬走了。

班捕头活动了下筋骨，仰头看看天。

一切正常。

今夜的花会，该开始了吧？

10

在几支巨大的火把照耀之下，焦曰白出现在台上，四周的嗡嗡声渐趋静寂。

先不说话，焦曰白看着台下。

台下坐着一桌桌的客人，每个人的脸上都戴着个面具，面具为京城老字号韩二家的精品，各呈豺狼虎豹熊狮牛马等兽形，遮了宾客面孔，只露出鼻子、嘴巴和眼睛。形形色色的面具之上，侧插一翎标，微微颤动，上写清晰的三位数字编号。

与会之人，俱不知名，悉以标号相称。

焦曰白再看看对面。

对面有无数盏长明灯，照出一排三层的阁楼，一个挨一个的房间，每间里边都坐着有身份的客人。

焦曰白开口了：“诸位官爷，在下的人生，那堪称是大起大落。

“在下原本只是京城近郊的流浪人口，上无片瓦遮身，下无立锥之地，卧无牙床软榻，睡无娇妻美妾。早几年的兵荒马乱，烈火焚城，让无数人颠沛流离，辗死沟壕。但人的命，天注定，有人漏夜赶科场，有人告老回家乡。有人家破人亦亡，有人发财福禄双。

“是以在下低价买下京郊无数地产，国朝开基，万象更新，在下自然就成了头面人物。当初在下岂止是富可敌国？钱多到什么程度呢？就这么说好了，在下当时的居所，从卧房到茅厕要走两个时辰。

“啥？台下那位你说啥？你问在下能憋得住吗？憋得住才怪！是以在下发财之后，每天只能在茅厕附近徘徊。

“但各位官爷知道，你有那个钱，却未必有那个命。在下天生穷骨头，虽然金子银子无数，却染患了奇怪的心病。一旦卧睡于牙床锦帐，就会梦到自己仍是个乞丐，行走在冰天雪地，被恶狗撕咬。非待睡在荆棘丛中的烂席子上，啃着红薯馒，喝着破碗里的冷水，才能睡个囫囵觉。某家这个奇怪的心病啊，足足花了两年的时间，才稍有恢复。

“但正如当初指点某家的一位官爷所说，这人啊，没钱任命，有钱任性。我烧昏了头，不该在官府买了个婢女，结果被有司查缉。最要命的是，那婢女在缉捕到达之时，当着在下的面自刎喽。哎哟我说官爷呀，这让在下可就说不清了。从大理寺、御使台、刑部再到顺天府，在下可是把北京城所有的监牢都坐遍了。总算是官家开恩，在下侥幸生还，但所有的财产却已俱化云烟。而且在下还欠下钱庄一屁股债，八辈子也还不起。

“官爷呀，还不起债，在下可就惨了。幸好在下还有脑子，想起了当初的朱国弼，他曾因坐困愁城，用度日窘，举办过一次盛大的花会，卖掉他家的名姝寇白门，结果一下子脱贫了。在下有样学样，也来这么一出，应该可以吧？

“台下那位福晋奶奶，你问在下人家朱国弼有寇白门国色天香，我焦曰白有什么？

“哈哈哈，这个问题问得好，问对了！

“与吾擂鼓！”

咚咚咚，咚咚咚，一排赤裸脊背、光着脚板的精壮汉子重擂着挂于胸前的小鼓，四列穿着奇怪的号手仰天吹响尖利的号角。两队花衣小女孩摇动着各种奇怪的腕铃，绕桌舞动。又一队少年舞过之后，绝美的歌伎翩翩舞出。

舞姿灵动，烛火摇曳，在座之人无不动容。

训练有素的宫乐精华，若非是出自名门世家，定是豪族公府。

惊讶的宾客纷纷交头接耳：

“这焦曰白，岂是如他自己说的这般不堪？”

“如此阵仗，分明是替别人站台，身后有厉害人物。”

“他到底什么来头？”

就在宾客的震骇之下，舞伎们轻灵旋动，歌曰：

“横塘渡，临水步。郎西来，妾东去。妾非倡家女，红楼大姓妇。吹花误睡郎，感郎千金顾。妾家住虹桥，朱门十字路。认取辛夷花，莫过杨梅树。”

歌罢，众女退下，现出台上的焦曰白，手中持一物。

他说：“没错，我没有寇白门，也不识得秦淮八艳。

“但我有这个。

“纵秦淮八艳，不及也。”

11

当焦曰白亮出手中之物时，宾客皆惊愕。

他亮出来的，竟然是幅空白的绢画。

对面阁楼之上，淑太后茫然地望着白绢，“这是搞什么？”

皇太后脸色变得凝重，“这个焦曰白，好大的胆子。”

淑太后：“他在做什么？”

皇太后：“他在公开叫卖人性！”

焦曰白此人，既然能从一介白丁，变得富可敌国，对人心人性不能不说是洞若观火，了如指掌。

但今天的仪程设计，仍然是超出了他的智力上限。而且那出场的伶人歌伎，绝非是小门小户所能有。

他背后有人。

高人。

或妖人！

12

众人茫然之际，就听台上的焦曰白长声吟道：

妾在舂陵东，君居汉江岛。
一日望花光，往来成白道。
一为云雨别，此地生秋草。
秋草秋蛾飞，相思愁落晖。
何由一相见，灭烛解罗衣？

焦曰白歌未尽，李化熙房中的高尔俨一晃悠脑袋，“此乃太白居士的《寄远》是也。”

为何是这首歌？

李化熙站起来，走到门前。

好像有什么不对。

焦曰白说话时的味道怪怪的。

他到底要卖掉谁？

13

就见焦曰白拿手一扯，扯落白绢外边的一层。

露出里边的一幅图画。

画极美，工尽巧。

画面上却是一道珠帘。

帘内有一女子，身材玲珑，娇羞可人。

焦曰白的脸上露出不怀好意的笑，“有人识得她吗？

“又或，识得这珠帘之内房间里的物设？”

无人吭声，一片寂静。

“还记得刚才的歌子吗？”焦曰白问，同时轻鼓手掌。缓慢的弦竹声中，那首歌如水一样，流淌到每个人的心底。

“横塘渡，临水步。郎西来，妾东去。妾非倡家女，红楼大姓妇。吹花误唾郎，感郎千金顾。妾家住虹桥，朱门十字路。认取辛夷花，莫过杨梅树。”

歌毕，焦曰白猛地一击掌，摆了个姿势，戟指东方城区。

“各位官爷，正如歌子中所唱的，由此出门，东行百步，见有繁花无数，簇拥着水面上的一座虹桥。踏桥而行，至一十字路口，杨梅树前，辛夷花下，可见一扇朱红门楣，兽鼻铜环，微微悬浮。”

焦曰白的声语放缓，踱了几步，“或许你是热血男儿，天性刚鲁，不识人间花卉。然则那杨梅树与辛夷花，却是南方植物，京城风景，独一，无二。

“若然是到得门前，只要手持信物，直可推门而入。

“绕过影壁墙，走过黄泥路，穿行兰花榭，径直入内府。

“就在画上这道珠帘之内，此时正有一位绝美小夫人，正于浸泡了桃花的浴盆里，娇羞无力。此时她那贵为王公部府的夫君，正自外边为家室忙碌。

“各位官爷，值此暖风醉人之际，尔等可愿意与这绝世佳丽春风一度？”

14

当焦曰白说到春风一度四个字时，顺治房中的国欢与费雅塔大怒立起，“陛下……不是，公子爷，这焦曰白，失心疯了不成？他竟如此大胆，公然叫卖良家女眷，败坏世道人心，何不立即拿下他？”

顺治慢慢地抬起头，目光冷肃，“焦曰白，本是个局。

“若你动手拿他，麻烦可就大了。”

国欢：“公子爷此言何意？”

顺治：“你看台上出场之人。”

15

当一个人出现在台上时，皇太后紧紧地闭上了眼睛。

满脸的无奈、怨苦。

苏茉儿急忙岔开话题，“两位夫人有没有发现，这次焦曰白所卖的，与四十年前建州皮家老店一般无二？

“都是挑战人性最深处、最隐秘、最不可告人的原始冲动。

“无论幕后人是谁，他对于人性的解读，都到了可怕的地步。”

16

出现在台上的那人，身材虽然臃肿，但体力强壮，肩宽腰窄，看来年轻时身手非凡。

他的脸上戴着面具，上写十二号。

高尔俨诧异地问：“好像这人大家都认得，他是哪个？”

李化熙压低声音：“北京城中岂会有人不识得他？”

科尔沁草原，卓礼克图亲王。

吴克善。

皇太后的大哥。

其实吴克善也没什么不好，性情中人，待人和善，最是重视家人与亲情，遇到麻烦他第一个拼命，绝对靠得住。

但如果家里没麻烦，他就是最大的麻烦。

17

吴克善立于台上，手中拎一只精致的小铜锣，身后还有两个长衫文士。

全不在意人们是不是认出了他，当的一声，敲了声小锣，说话了：“各位王爷……不是，各位兄弟，各位宾朋，我呢，年纪大把，文不能治国，武不能安邦，就是喜欢个玩儿。受人所托主持这个局面，那咱们今天就赌上一把，看会不会真的有人为这桩没影子的事儿开价！”

当，吴克善又鸣一声锣，“今日各位客宾，桌上各有红、黄、蓝三个牌子。

“首轮开价，举红牌，一万两银子。

“每轮加价，举红牌，加价一万两；举黄牌，加价五千两；举蓝牌，加价一千两。

“诸君岂有意乎？”

死寂，然后议论声起，越来越大。

原来事涉法度，焦曰白不敢把话挑明，说得含混，许多人压根没弄清他到底是什么意思。到得吴克善出场，点明让大家开价，许多人才恍然大悟，“是了，这是暴发户焦曰白在和朱国弼叫板。他没有寇白门，便找了个贵室美眷，竟然让人买下榻间的风流。”

这种荒唐事……会有人买吗？

居然还真的有人举牌买。

先是一个宾客举红牌，然后红黄蓝三色牌子不断举起，竟尔形成争价的情形。

皇太后、顺治帝、李化熙及楼上观客，各于自己房间中居高临下，仔细看那些争相开价之人。摇曳不定的烛火之下，李化熙的声音飘忽不定："这些举牌竞价之人是京师几个素行不良的王府贝子，这些权门子弟平日里就斗鸡走狗、架鹰猎隼，一掷千金眉毛都不眨。如今焦曰白给他们提供了这样的机会，正中他们的下怀，是以不停举牌，要拔得头筹。"

李化熙边说边摇头，"人性，人性。"

所有人苦熬一生，终不过是与人性拼争。

一如此时，此地。

18

看着台下的王公贝子纷纷加价，吴克善好生失望，"咦，居然真的有人愿意买这个？唉，这下输惨了。"

焦曰白踱过来，"大小不限，赌盘现在开局，我赌最后开价者不会低于十万，一赔五，有没有敢跟的？"

"我跟我跟……"台下有赌性的，闻言顿时亢奋无比，纷纷站起。

当的一声，吴克善鸣锣，"愿赌者，不得私离座位，你手边还有只绿牌，只要举起绿牌，自有荷官上前收取赌金，安排事宜。"

诸人果然落座，红牌、黄牌、蓝牌与绿牌，场面热闹非凡。

没多久，贝子们的加价超过了十万，吴克善再次鸣锣，"第一轮赌局结束，请宾朋静待胜家出现。"

一排花枝招展的小女孩，蹦跳着簇拥着一辆花车，请夺得彩标的胜家上花车。

是个身材瘦瘦、脸上标号一百四十七的男子。他登上花车，绕场一周，兴奋地挥手与诸宾客致意。

楼上阁室中，苏茉儿凑到两宫太后前，"夫人，这胜家分明是贝子屯齐，他爹多罗恪僖贝勒图伦才刚刚死了两年，这不孝子就如此挥霍。若然图伦有知，多半会气得从坟墓中爬出来。"

皇太后闷哼一声，"但死了的贝勒图伦，一时半会儿爬不出坟墓。"

是以一百四十七号贝子屯齐兴高采烈地与众人挥手告别，进了一顶小轿，去享受他的风流快活了。

屯齐走了，鼓乐再起，舞伎翩翩，大家一边吃吃喝喝，一边狐疑地等待。这就算完事了？下面还有什么好玩的？

一个青衣奴丁飞跑而至，对吴克善说了句什么。

众人凝神，就见吴克善鸣锣一声，"好教各位得知，一百四十七号胜家此时已经进入辛夷坞，且被迎入榻间。"

众人哄的一声，都感觉这好像不太好玩，幸好吴克善又是一声锣起，"好教各位宾朋得知，就在此时，那辛夷坞的家主正在门前下马。"

什么？众人茫然，这话是什么意思？

焦曰白大步向前，高声道："那户人家的主人回来了，那此时正和小夫人翻云覆雨的一百四十七号……被堵在主家夫人的闺房了！"

当！又是一声锣。之后传来吴克善那充满魅惑与好奇的声音："列位宾朋，一百四十七号犹自在小夫人的闺房软榻，家主却已经入门，正欲踏门而入，那一百四十七号还能活着回来吗？"

焦曰白挥拳狂吼，"第二轮赌局开场，赌一百四十七号之死活。我赌他可能会活着，但胳膊腿未必还会完整，一赔十，押啦！"

"押啦！"现场几乎每个人都疯狂地嘶吼起来。

天哪！主台对面楼上涌出无数有身份的雅客，立于栏杆前凝神细看。

议论纷纷："居然连这个也可以卖。"

19

台上台下的赌局盘口，进入白炽化。

无数人举牌押宝，盘口比例从最初的一赔十，扩至一赔数十。

李化熙叹息，"感觉大家都不希望贝子屯齐活着回来，毕竟这厮玩过了界，买下一夜偷情，这可是极隐秘的愉悦，又是极恐惧的事物。"

正说着，就见一辆花车入内，一百四十七号屯齐衣不蔽体，但脸上仍然戴着面具，竟然毫无损伤，好端端地活着回来了。

轰的一声，所有人都惊呆立起，有人在声嘶力竭地叫喊："怎么回事儿？你是怎么活着出来的，快给大家讲讲！"

就见台上的焦曰白伸出一只手，拉贝子屯齐上台。然后吴克善鸣锣一声，"诸位宾朋少安毋躁，他居然活着回来了，究竟是怎么回事，快让一百四十七号自己来说一说。"

贝子屯齐激动地挥手抬脚，"诸位，本公子今儿个可赚大了。这是本公子爷一生之中，银子花得最值的一次。"

20

"刺激！

"人生的快乐，不过就是刺激。

"不是吗？"

贝子屯齐亢奋之下，于台上来回走动，大声说道。

"老实说，本公子举牌开价，也不过是玩玩而已，对于这次出售的货品带信不信吧。不过是本公子心高气傲，不想被别人比下去，才一而再再而三地举牌加价。

"到得本公子登上花车，心里犹自感觉好像上了焦曰白的当。终究不过是王公贵戚府中，一个水性杨花的小福晋而已，值得本公子走这一遭吗？

"但当如焦曰白所说，本公子行至那座繁花簇拥的虹桥，感觉就有点意思了。诸位，你们以为北京城中，真的有人种植杨梅树与辛夷花吗？

"信，你们就傻了。

"实告诸位，那杨梅树其实是条胡同。

"而辛夷花，则是入朱门偷情的信物。

"有个小婢女候在门后，见本公子持辛夷花至，就上前询问：'可是我家小夫人等待之人？'

"本公子听了，当然不会说不是。

"然后那俏丽的小婢女道：'公子爷随小婢来，小夫人已经香汤沐浴，于榻上等待。'

"此后全如焦曰白所言，绕过影壁墙，走过黄泥路，穿行兰花榭，俏婢带本公子径直入内府。进入画中这卷朱帘，果然见到室中那软香白玉晶莹含羞。单说本公子迷情入意之际，突然听到门外传来脚步声，接着是一个粗豪的男人声音：'哈哈哈，夫人哪，你夫君回府来了。'

"诸位宾朋，可知本公子听到门外男人的声音，吓成了什么样子？

"当时本公子一下子瘫软在榻上，听着门外男人大步而来，身上的佩刀与门前石阶相撞，发出了骇人的呛啷声。那一声声呛啷，直似阎罗勾魂、小鬼催命，让本公子的三魂飞去，七魄不存。"

说到这里，贝子屯齐转向焦曰白，"焦曰白，老子受到若许惊吓，竟然没盏酒来替本公子压压惊吗？"

侍女转出，手托樽盘。

焦曰白替贝子屯齐斟了酒，看着屯齐一饮而尽，急切问道："公子爷，快点说呀，你到底是怎么做的，竟然毫发无伤，全身而退？"

21

贝子屯齐饮尽盏中酒，掷盏于地，再次立起，"这是本公子个人的秘密，不想说给你们听。"

轰的一声，场下之人全都炸了，一起大喊："不行，必须说，不说就扯落他脸上的面具。"

"别别别，"屯齐急忙捂紧脸上的面具，说道，"纵然是打死你们，你们也猜不到，那闺室香帐中的小妮子是何等的慧黠狡智。

"诸位，当那户人家的家主行至门前时，小夫人脸上闪过一丝惊色，旋即恢复正常。俯于我耳边，我听到那樱红朱唇轻声说道：'郎君莫怕，拿好你的衣物，看奴家眼色行事。'

"然后她赤足纵跳向门旁，适此房门大开，那个身穿戎甲、腰佩长刀的家主已然入门。

"理论上来说，他应该是一进来，就看到呆立于榻侧的本公子。

"但是他没有看到。

"猜猜他为什么看不到？

“因为那柔媚的小夫人纵身一跃，在后面捂住了他的眼睛。

“我听到那小夫人用妩媚的声音说：‘夫君，不许睁开眼，人家要给你一个惊喜。’

“然后，小夫人捂住她夫君的眼睛向我示意。

“我明白过来，立即抱着衣服赤脚向门口移动。小夫人配合我的动作，双手捂紧夫君的眼睛，把夫君的身体让开，容我迈出门外。

“出得门来，我听到那小夫人用迷死人的软语嗔道：‘我的夫君啊，你来何迟？让人家空自等待。’

“本公子趁此机会飞奔出得朱门，奔到虹桥之处，上了花车，就回来了。”

座下片刻寂静，突然齐声叹道：“这小妮子，好生聪明！”

“单单只是委屈了她那夫君。”

有人在大喊：“这可人的小妮子，家在哪里？我也要去！”

吴克善鸣锣一声，“晚了。

“你若想去，起初出价之际，为何没有看到你？”

台下站起来一人，看身形，像是朝中某位王公。只听他沉声道：“那焦曰白，这到底是怎么回事？解释一下吧。”

台下许多人在说：“这小妮子的确是敏悟惊人，可她是谁？你们是如何找到她的？又如何想出这个法子的？凭什么卖了她的偷欢夜？目的是什么？”

“给个解释吧。”

22

在众人的嚷叫声中，焦曰白站出来，笑道：“各位官爷，少安毋躁。既然在下今日主持这个盘局，自然应把一应盘口彩注，向大家解释个清楚。

“如诸位所知，今日我们卖出的这位公室内眷，她的美色闻名京城，而她对王爷夫君的一腔情意，更是无人不知。她是那样爱着王爷，不惜为王爷死去。

“但是在下于一个偶然的机会里，获知她府外尚有个情人。每次王爷夫君远征或离府，她就传书致情，召唤情人春风一度。

“是以在下与几个知情者都生出无穷困惑之心。

“这可爱的妙人儿，她爱王爷，真情实意。她爱情人，意切情真。

“可她到底肯为谁而死？

“是为王爷？还是情人？

“诸位，其实这才是我们最初的赌局。

“是以我们立了盘口，先将王爷请出府外，待得小夫人以一纸香笺招情人入室，我们再请王爷回府，把小夫人的情人堵于香艳榻上。

“我们想知道结果如何。

“非常想知道。

“是此尔等可以知道当日的赌局，盘口何等殊悬。赌家之心，又是何等紧张。

"可是那一日，我们等了又等，等到花都谢了，才听得府中传来消息：

"王爷兴冲冲地回府，循例先往小夫人房间。

"少顷，就见小夫人的情人，一脸悠然娴静，光着脚板走出府来。

"那厮竟然平安无事，活着出来了。

"诸位，你们能理解我们当时的欣悦与惊讶吗？

"太奇妙了。

"那美慧狡黠的小夫人，她是怎么做到的？

"她到底用了什么办法？让生性爱妒的王爷夫君，竟然看不到闺阁软榻之上的偷香之人？

"莫非是给她的夫君灌下迷魂药了？

"纵如是，那药性也不会发作得如此之快。

"诸位官爷，我们心中好奇至极，好奇得快要疯掉。

"我们真的想知道，小夫人是如何做到这一点的。

"是以今日，我们打听到王爷夜晚有个宴会。而小夫人早早温了美酒，沐过香汤，派下人传笺书与情人。

"是以在下于此再设赌局，卖出今夜与小夫人共享极欢的快乐。"

焦曰白说罢，台下诸人半晌无语，突然间有人问道："老焦，这好像有点不对，你们把小夫人的此夜情欢给卖掉了，还开了赌局。这事儿……她好像一无所知。可她在等待自己的情人，你们给换了个人，小夫人怎么会接受呢？"

焦曰白笑道："小夫人又有什么理由拒绝？她既然准备万全，情已起，心已迷，纵然来者非是相约之人，但能出得起如此高价的贵家公子，自然是解意风情，香软妙手。小夫人既是明悟生命本相之人，当然知晓发生了什么。又如何会误及自己的欢娱与青春，辜负如此美丽辰光，让自己错失人生机会呢？"

听到焦曰白这番话，阁楼之上，两宫太后、顺治及李化熙等人，无不错愕震惊。皇太后侧转身，对淑太后与苏茉儿低声道："今日这个赌局，主事之人无论他是谁，对人性的参悟，已臻化境。

"此人不仅知道你想要什么。

"还知道你不会拒绝什么。

"后者，才是最可怕的。"

23

李化熙立于栏侧，脸色充满了惊恐。

显然，在场诸人都为今夜赌局的布设震骇惊恐。

这是一个布设于人心中的局。

无处逃，无可逃，甚至不想逃。

谓之心局。

24

长久的寂静之中，突然有人叫了一声："还是不对。"

焦曰白失笑，"又哪里不对了，在下愿闻其详。"

台下一个女人，分明是哪家王府的福晋，只听她娇声喊道："焦曰白，那小夫人既是自有情人，可此时她的情人在哪里？"

"在这里！"就见焦曰白一挥手，早见一辆小车推着一只古色古香的箱子上来。

推车的裸脊力士当场打开箱子。

众人目瞪口呆。

箱子里边是个瘦弱俊俏的男人，手脚反缚，嘴巴被布片堵住，捆成粽子模样，一双惊恐的眼睛看着四周，绝望地挣扎着。

就听焦曰白笑道："此便是那可爱小夫人神秘的情人了。

"诸位官爷，诸位少奶奶，世间多少寂寞，人间多少离情，无外乎我们的身边少了一个人。比如说此人，乃梨园中的一个优伶，唱念做打，无一不精。说学逗唱，尽在心中。更兼闺房榻上，无限风情。若得此人为伴，则花闺静阁，私密幽香，再也不会空旷孤寂。"

当的一声，吴克善不失机宜，敲响了小铜锣，"诸位宾朋，新局已起，盘口再立。现在拍卖小夫人的情人。

"首开价一万两银子，诸君岂有意乎？"

台下，无数只牌子同时举起，竞相叫价。

第十八章　神捕之战，煞星火焚顺天府

01

“就是这个？”皇太后在问。

“是的。”苏茉儿回答。

坤宁宫中，皇太后与淑太后对坐，再加上苏茉儿大布吉，四人八只眼，死死地盯着桌上那东西。

一个形如两尾鲤鱼的函匣。

与一个狗脸面具。

苏茉儿在说：“那日焦曰白的花会而后，与会之人每人都得到了这样一个函匣。当时焦曰白站在台上，半开玩笑半认真地说：‘第二轮花会，会卖出空前绝后刺激的物事。花会的时间地点，就封存于函匣之中。但是，若于七日之前打开，只会看到一张黄表纸。’”

一边说，苏茉儿一边用指尖弹开函匣，果见里边只是张黄表纸。

皇太后凝神，“秃尾巴老李那边怎么说？”

苏茉儿：“陛下派小扣子去问过。据李化熙说，这实际上是花会的幕后主持者在炫耀实力，其实每个函匣内都只有一张黄表纸。但所有与会之人，身边都伏有幕后人的暗桩，一旦打开函匣，就不再允许与会。而服从者，等到了第七日，暗桩就会用另一个相同的函匣将这个替换下来。到时打开，就可以得到妖人会的时间地点。幕后人是以这种方式警告，所有人都在他的掌控之下，不得稍起异心。”

皇太后冷笑一声，砰的一声把函匣合上，手指函匣边上的面具，“这个呢？”

大布吉上前一步，“这是今天早晨我在坤宁宫的湖边看到的。”

皇太后与淑太后腾的一声站起来，“什么？”

大布吉重复了一遍刚才的话。

皇太后与淑太后震愕至极，“这是妖人在告诉我们，他知道那一日我们在花会上。而且，他已经在宫里伏下了暗桩。”

苏茉儿：“全部的情形，一如旧日盛京。妖人的渗透，无孔不入。为今之计，只能从焦曰白身上找突破口，或许可以发现妖人的踪迹。”

皇太后：“说什么蠢话。你以为焦曰白此时还会活着吗？”

苏茉儿不再吭气，面有沮色。皇太后思虑了片刻，转向苏茉儿和大布吉，“你们两个，吩咐身边侍卫，不可稍离皇上身边，妖人于宫中设立暗桩，必是为皇上而来。”

苏茉儿与大布吉同声应诺。

02

“王爷派人看过了？”

涂先生问。

“看过了。”多尔衮回答，“我派了詹岱，带了十几个精干的手下，混入焦曰白的花会中。小王那一夜也亲自在场，目睹了花会整个过程。”

涂先生：“有何感受？”

多尔衮：“小王与两宫太后的想法是一样的。虽然那夜未曾见有妖人踪迹，但观此花会之诡异，与传说中的四十年前建州皮家老店的情形，一般无二。所以此次花会本是妖人会，至少是妖人会的热身。”

涂先生垂下眼皮，“小可想知道，两宫太后为何坐视此事发生？”

多尔衮：“先生不知，两宫太后也和小王一样，受困于人事纠葛。小王面对的是满汉蒙二十四旗整日倾轧，夺利争权。两宫太后面对的，是京城中那些蒙古王公与满洲王爷。那些人打小生活在草原上、马背上，弯弓射大雕、纵骑追白鹿才是他们正常的生活。如今坐拥天下，憋屈在这小小的北京城，说不尽的别扭。”

涂先生：“是以须得给这些满蒙王公找些逗乐的事儿来做，要不然他们就会疯掉，或于北京城中张弓射猎，蹂躏百姓。”

多尔衮：“正如先生所言。实际上这样的事儿，天天都在发生。”

涂先生：“如此局面，纵朝中诸臣，怕也自身难保。”

多尔衮：“没错。前者，那个怪里怪气的秃尾巴老李，连同他的两个同伴党崇雅和高尔俨，就是在光天化日下被掳走，押到房山坡峰岭服苦役。虽然现在看起来，这似乎是秃尾巴老李有意为之，目的是查清楚南宫库府的板材飞失案，但实际上朝中几乎每隔几天，都有几名大臣失踪。但这些失踪的人，家里没有李朱氏那样的贤内助，所以消失之后，就再也不会出现。”

涂先生：“王爷，你是在告诉小可，当今那位坐于金銮殿上的天子，御下威严不足？”

多尔衮：“先生说了不该说的。”

涂先生扶桌立起，“这就是说，有人在挑战顺治帝的威严。他是谁？”

多尔衮：“先生，小王落入局中，很长时间以来，以为挑战天子的人是小王自己。但到了妖人会公然现于京师，才知道挑战者另有其人。”

顿了顿，多尔衮懊恼地道：“先生早就提醒过小王，说有人在帝王算，算天下，小王始终未醒过神来。可如今，小王有一种真切的感触，那暗算之人正悄然浮出水面。纵然是坐于此间密室，小王也能看到于午夜深巷中悄然行进的甲士，听到那裂心刺耳的弓角铿鸣。”

涂先生：“这是不声不响的大交兵，这是含而不露的大布局。这是超乎想象的心智斗，王爷与两宫太后明显居于弱势，看就看两宫太后暗设的伏兵，能否在关键时刻起到作用。”

此后两人不再说话，心事重重，对坐孤灯。

03

数十匹快马簇拥着轿杖至焦府宅门之前。

李化熙落轿，与另几名同时落轿的官员们打招呼：“大理寺的房大人、巡捕营的薛统领、步兵营的韩督抚、顺天府府丞弼尔塔噶尔大人，这焦曰白真是盏不省油的灯，让这么多的大人来侍候他。”

打过招呼，李化熙抬头看看焦府那城堞般的门楼，“不是说焦曰白欠了钱庄几千万两银子吗？怎么不卖掉这门楼还债？”

大理寺卿房可壮笑道：“听说焦曰白是有心这么做，可他这门楼修筑的，都快赶上北京城了，谁会无端触碰这个忌讳。”

李化熙：“这个门楼，才是暴发户焦曰白。”

房可壮笑问：“秃尾巴，这话是何意呀？”

李化熙微微摇头，“本官是说，那日在花会上的焦曰白，太不像他了。”

房可壮：“不像他，那像谁？难道还会像李自成不成？”

李化熙：“或许过会儿就会知道了……是了房大人，你年岁虽高，但身体愈发强健了，丝毫不亚于当年拔剑奋起，诛杀大顺李自成的益都县令之时。”

房可壮闻言大喜，仰天大笑。

他是前明老东林党，今年已经七十多岁了。他生平最得意的是前明被贬至青州时，亲率缙绅斩杀了大顺政权的益都县令。如果朝中年轻的官员几天不提起这事，他就很不开心，就会委婉地提醒一下。

官员们进入焦府，一路上时见执戟甲士一动不动地分列两侧。行至一间极大的厅堂，就见那里蹲伏着近百名白胖之人，个个双手抱头，由持戈军士看守。

焦府的大管家冰雪儿、三门管事初闻道、二门管事何经天、大门管事张大号，四人各自苦着一张脸，被拘押在一个小房间里。

李化熙当先走进去，斜睨着四名管事，“说吧，什么时候的事儿？”

冰雪儿立起来回答：“回官爷的话，就是两个时辰之前。”

李化熙：“嗯。”

冰雪儿苦着脸道：“官爷可能已经听说过，我家老爷焦曰白，就是个事多。先者发了横财，就夜夜开始做怪梦，总是梦到自己在冰天雪地中讨饭，还被恶狗追咬。这个奇怪的病，调整了好几年，才慢慢变得正常。但是在那夜的花会之后，老爷的病症又发作了。”

李化熙：“又开始梦到自己在冰天雪地讨饭？”

冰雪儿：“这次不是，请初老爷子给大人讲讲吧。”

须发如银的初闻道立起，“这次老爷的怪病来得蹊跷又迅猛，小老儿也是在今儿个早晨才意识到的。焦爷不是欠下钱庄几千万两银子吗？今儿一大早，债主们如往日那般，陆续登门。焦爷就于这里亲见那上百号的钱庄债主。

“当时焦爷走出来，所有的债主立即站起来，齐声道：‘焦老爷，你花会上赚了无数的钱，也该偿还欠债了吧？’

“焦爷神色古怪，冷森森地看着债主们，突然间他指着一个债主道：‘你，远鸿钱庄，我焦曰白欠你们家的钱最多，你建议我把花会收入全拿出来按负债数量分家归还，可对？’

“接着焦爷指着第二个债主，道：‘你，福客钱庄，我焦曰白拖欠你们的钱时间最长，你建议按负债时间长短分配花会收入，逐一归还，可对？’

“焦爷再指第三个债主：‘你，远道自陕西而来的开源钱庄，讨债要涉万水千山，最是委屈。所以要求按负债距离分配花会收入，对否？’

“再指第四个债主：‘你，本钱最小的财盛钱庄，负一点点债就会被拖死，所以要求按各家债主的本钱大小分配花会收入，对不对？’

“当时焦爷说过这番话，在场的债主全都震惊了，齐声道：‘焦爷，我们的话还未说出口，你又如何得知？’

“当时就听焦爷惨笑道：‘你们的话虽然未说出来，但老爷我却已经听过千次百次了。早在一年前，老爷我就开始夜夜做同一个梦，梦到今天，梦到此时，梦到就在这里，梦到你们每个人说出自己的要求。’

“还有这种事儿？债主们的惊讶已经到了极点，‘如此说来，焦爷你能梦到未发生的事儿，这岂不成了神仙吗？’

“就听焦爷说：‘成个屁神仙啊。接下来老爷我还会梦到，当我对你们说完这番话，就会行过长廊，走到那边的老槐树下，然后脚下一个打滑，扑通一声斜栽进旁边的大水缸里，头朝下脚朝上，然后老爷我就活活淹死了。’”

初闻道叙道：“当初焦爷说完这番话，包括小老儿在内，甚至包括大管家冰雪儿，我们全当这是个玩笑，跟在场的债主们一起大笑起来。官爷们啊，不是我们没心没肺嘲笑焦爷，可我们如何会想得到，焦爷他……根本不是在开玩笑。”

冰雪儿道：“焦爷是在向我们描述还未发生的事儿。”

李化熙听了，微微点头，带着官员们出了小房间，由初闻道、冰雪儿带路，沿鹅卵石铺成的小径，一直前行。

前面，是棵粗大的老槐树。

树下，有一只大号的水缸。

缸里有一人，头下脚上，一动不动。

李化熙入神地看着露出水面上的两条腿，低声对震惊的官员们道：

“各位，这就是焦曰白。

“前不久他刚刚主持了一场诡异的花会，拍卖了一户王公内眷的偷情欢夜。

“接着他梦到自己淹死在这口水缸里。

“然后他就真的淹死了。”

04

党崇雅、高尔俨两人匆匆来到焦府，“老李，老李，焦曰白离奇梦死，消息已经传遍了京城。现在朝中宫里，议论纷纷。郑亲王济尔哈朗都来了，还来了许多……有钱人家的贵公子。”

贵公子？李化熙抬头，正看到太监小扣子在向他招手。

李化熙急忙走过去，低声问候顺治帝：“公子爷，您又跑出来了，不怕您娘亲担心吗？”

顺治出宫带了太监小扣子、苏茉儿和大布吉，只见他挽着董鄂的小手，“老李呀，听说有这么好玩的事儿，公子爷怎么肯错过呢？今天你要不要再给大家露一手？”

李化熙嘴角尴尬地抽动，“公子爷，这事儿突如其来……暂时还没个头绪。”

正说着，突听蹄声猝起，十数骑自远而近。霎时间在场的官员全都兴奋起来，“是班捕头，顺天府的班捕头来了。”

李化熙猛抬头，就见马上一人，鲜红大氅，长刀皂靴，一张冷肃的脸，翻身下马。见现场有许多官员，遂团团作了个揖，“顺天府捕役班格赖，愿为各位大人效劳。”

顺天府府丞弼尔塔噶尔满脸的兴奋，一指班捕头，对郑亲王济尔哈朗道：“王爷，这就是咱们旗人的神探，出道以来连破数百桩大案怪案。能力不在昔年额尔格图之下，听说就连陛下都知道了他的名字。”

济尔哈朗欣赏地看着班捕头，“班捕头，今儿个焦府怪案搅得京城人心不安，你可不要让本王失望。”

班捕头回声清朗：“王爷栽培，各位抬爱，班格赖敢不用命。”

言讫，班捕头立起，大步前行。

快步向前，班捕头掷出鲜红大氅，后面小捕快及时接住。

班捕头掷出牙牌，小捕快再次接住。

然后班捕头凌空一抓，府丞弼尔塔噶尔早已掷出枚令箭，恰被班捕头抓在手中。

掷衣，丢牌，抓箭，班捕头的动作如行云流水，看得在场诸人，包括郑亲王济尔哈朗，不由得大声喝彩。

踏进长廊，班捕头一指侍立于侧的冰雪儿、初闻道、何经天及张大号，下令道：“与吾即时拿下此四人。

“分别羁押。

“何经天及张大号，与吾用刑。

“搜管家冰雪儿的房间！

“搜初闻道的榻室。”

众衙捕立即行动，将焦府大门管事、二门管事在众目睽睽之下按倒，不由分说开始打板子。顺治帝混在人群中，看得目瞪口呆，问李化熙：“老李，班捕头这是在干什么？”

“这个……”李化熙脸色怪怪的，“公子爷稍后便知。”

几个衙捕拿来一只锦袋，递到班捕头面前，“班捕头，这是从管家冰雪儿房间搜出来的。此外，还从初闻道的榻上搜出了大管家冰雪儿的贴身饰物。”

见到锦袋，初闻道、冰雪儿神色大变。

班捕头问：“那边张大号与何经天的口供出来没有？”

衙捕：“还没有。”

于众官呆立之中，班捕头悠然落座，接过衙捕呈过来的茶，漫不经心地道：“那就再等等。”

大理寺卿房可壮看不下去了，“不像话，太不像话！郑亲王还立于当场，本官这么大年龄犹自站立，他一个小小的捕头，竟然敢大模大样的落座，这还有规矩没有？”

班捕头置若罔闻，只管悠闲地品茶。

顺治帝凑向李化熙，“老李，跟人家学着点，本公子最喜欢这种调调。”

李化熙满脸别扭，假装没听到。

忽然间，门外进来几个衙捕，死死地扭住一人，“班爷，我们奉命埋伏在焦府后门，果见这厮鬼鬼祟祟逃出，按班爷的吩咐，就立即将他捉了。”

班捕头放下手中茶盏，看着被衙捕扭着的那汉子，“原来是你！杀了焦曰白，以为这京畿之地，天子脚下，你能够逃脱吗？”

那人满脸茫然，“各位爷，什么杀了焦曰白，小人听不懂。”

班捕头失笑，“你听不懂，那就叫冰雪儿、初闻道来听好了。”

衙捕将须发如银的初闻道、浑身颤抖的冰雪儿押过来。

班捕头手拿从冰雪儿房间搜出来的锦袋，笑着问：“大管家，是我来，还是你自己来？”

两人一声不吭。

就见班捕头冷笑一声，手拿锦袋，把里边的毛发贴到被衙捕们扭住的汉子脸上。然后他把汉子的脸冲大家扭过来，“诸位看这张脸，是不是有点熟悉？”

众人：“他易容后的模样……怎么跟焦曰白一模一样？”

班捕头仰天长笑，“哈哈哈！”

初闻道与冰雪儿仰天长叹，“唉，想不到如此周密的布局，仍瞒不过班神捕这双眼。也罢也罢，那就告诉你，我们为何要杀掉焦曰白。”

05

走出焦府，顺治帝犹自兴奋不已，说个不停，“神了，真是太神了。这班捕头，是本公子见过的最有智慧的人。焦府四大管家联手，秘密设局害死焦曰白，如此周密的布设，却被班捕头一眼识破。若朝中多几个班捕头这样的能人，本公子又有何忧？”

苏茉儿道：“我倒觉得焦府四大管家的口供，也太惊心。这四个人，此前都曾有不小的势力，因为朝政变动，失其依所，不得已暂伏于焦曰白的羽翼之下，帮焦曰白完成了复杂的花会设计。不想这焦曰白终究是个暴发户，心病不断。四人渐渐对他失去耐心，最终决定除掉他，自行控制焦府。是以先行物色一个形貌与焦曰白相似的人，在水缸中浸杀焦曰白，再把替身易装为焦曰白，让他出来对债主们说出那番梦中死亡之话。如此一来，再也不会有人疑心过问。这四人的机心，当真可怕。”

大布吉却道：“班捕头分明早就料到，对债主们说话的那人不是焦曰白，而是杀手假扮。而大管家冰雪儿原是梨园优伶，最精易容，是以班捕头先搜冰雪儿的卧房，果然搜出了那只易容用的锦袋。这个过程，倒与前者我们在南京栖霞山上，李化熙识出殿君夫人竟是个女人所扮，一般无二。”

顺治帝却道：“别在本公子面前提李化熙了，还嫌他不够丢人？今日如果不是班捕头，单靠他李化熙，咱们就全都被蒙在鼓里了。”

李化熙假装没听见，蹑手蹑脚，想要走开。

顺治帝：“秃尾巴老李，你去哪里？”

李化熙：“回公子爷，本官要和党崇雅、高尔俨去顺天府，有个多年未破的陈年旧案，本官想请神探班捕头指点一二。”

顺治帝大喜，“本公子跟你一起去。”

李化熙不情愿，“公子爷，本官这点小事，用不到这许多人。”

顺治帝上马，“实话告诉你老李，本公子跟你同去，是为了多瞧瞧班捕头。本公子和他特投缘，一看到他就欢喜不尽。所以老李你少自作多情，走你的好了。”

“这个……”李化熙把苏茉儿拉到一边，“苏姑娘，此行顺天府，凶险莫测，本官都未必能活着出来。陛下贪玩心重，不可轻涉险地，你须得阻止陛下才好。”

大布吉在一边道：“李化熙你无须紧张，我自会命国欢及费雅塔带上侍卫营随从。”

李化熙松了口气，“那敢情好，有国欢他们在，本官也许不会遇到麻烦了。”

众人上马入轿，转道顺天府。

06

轿杖停落，大布吉手持弯刀走过来，看着顺天府，“这里的建筑，好生怪异。”

李化熙解释道：“这顺天府，原本是前明年间的一座庙，位于东公街。当时没有衙署，官员与菩萨像并排落座，处理京城刑名钱粮之事。后来就围绕这座庙为中心，建起一堆道观不似道观、寺院不像寺院的房子。”

苏茉儿道：“你的意思是说，这顺天府衙路径怪异，最适宜用来逃跑？”

李化熙：“也适宜用来暗设伏兵。”

这时候侍卫国欢、费雅塔等人策马而至，下马与李化熙打招呼：“李大人安好。”

李化熙点头，“诸位可要打起精神，保护好公子爷。”

“李大人请放心。”众人随在李化熙身后，走入顺天府衙。

一名吏员迎上来，“在下顺天府磨勘罗敬声，可是刑部李大人？”

李化熙：“然。”

罗敬声：“请大人与我来。小的已经收到大人的文执，禀之府尹。少顷班捕头就会过来，与李大人讨论相关案情。”

李化熙：“本官谢过府尹大人。”

后面的党崇雅和高尔俨急行两步，“老李，你叫我们两个来，也不解释一下到底是什么事吗？”

李化熙笑道：“只管落座就好，稍后便知。”

诸人被带入一间屋子，李化熙、党崇雅及高尔俨居中落座。苏茉儿、大布吉与众侍卫保护着顺治帝，坐于房间另一端。

不长时间，忽听班捕头的笑声响起，“哪位是刑部李大人？”

李化熙立起，与班捕头相见。

就听班捕头笑道：“大人，按规矩，小人位卑职低，是不可以落座的。不过如果大人不反对的话……”

李化熙：“不反对，班捕头坐下好了。”

班捕头坐下来，顺天府府丞弼尔塔噶尔与班捕头并排坐在一起，“李大人，到底是哪桩案子，现在可以说了吧？”

“也不是什么大不了的案子。”李化熙一边说，一边取出一叠案牍，“此案发生在本朝元年，陛下自盛京南下，入主天下时的甲申年冬天。”他一边说，一边把几张案宗摊开，“班捕头、弼尔塔噶尔大人，请看这几张口供。”

班捕头与弼尔塔噶尔各拿起一张案牍来看，看了几行，两人俱是一脸茫然，抬头看着李化熙，“李大人，此何意耶？”

李化熙：“两位请看这张案诉，这是陕西知府派了快马送往刑部的。另外三张，一张来自山东青州，一张来自山东历城，还有一张来自河南新密。都是经过当地府衙，再三勘合的案情，应无差讹。”

班捕头与弼尔塔噶尔更加茫然，“李大人，我们看不懂。”

李化熙笑道：“那就由本官给两位详加解说。连续两年，陕西、河南与山东，四家不同的衙府，分别捕获了四个贼人。四贼各自的罪名不一，有的是奸杀，有的是谋财害命，且四人各自服罪。但是，此四人在招供之后，不约而同地供出同一桩事，甲申年冬此四人俱在京师，他们还有一个同伴，五人趁当时兵乱之际，洗劫了一家当铺，杀死了掌柜的并伙计三人，还奸杀了掌柜的妻子，抢得了纹银两千六百两。此四人各得五百两，为首之人则拿了六百两。”

班捕头与弼尔塔噶尔齐声问：“为首的贼子是何人?”

李化熙：“呶，这四张案诉上都供出了为首之人的名姓。”

班捕头把那张诉状拿到眼前细看，突然间狂跳起来，“这是诬陷!

“有人在陷害于我!”

07

李化熙、党崇雅及高尔俨，三人与顺天府府丞弼尔塔噶尔对坐，班捕头气得浑身颤抖，站立于当场。房间的另一端，顺治帝在众侍卫的簇拥保护之下，惊讶地看着这一幕。

李化熙的声音波澜不惊，“班捕头，本官此来，只是例行公事。也打心眼里不相信，你会干出这种伤天害理之举。但陕西督抚，与河南、山东四地的衙司，各自不通音信，关起门来各办各的案，可四桩案子异口同声指向你班捕头，这岂是小事?”

班捕头的表情分明是受了天大的委屈，眼泪都快落下来了，“李大人，天地良心，我班格赖真的没干过这种事。”

李化熙：“本官信你。”

班捕头未说话，府丞弼尔塔噶尔急道：“李大人，你所言是真?”

李化熙：“如何会假？我与班捕头无冤无仇，为何会利用这几起案子非要扳倒他?”

府丞弼尔塔噶尔：“那依李大人之意，这起事件如何解决最好?”

李化熙还未回答，弼尔塔噶尔又疾声说道：“实告李大人，府尹大人欲将其女许配给班捕头，婚日都已经订好。李大人你是汉官，不知道我们旗人的心里多么希望如班捕头这样有能力的人才，早日得以擢升。要知道朝中许多王公，都对班捕头寄予厚望。听说就连天子，都知道班捕头之名。若李大人能帮班捕头洗清冤名，我弼尔塔噶尔愿终生听凭驱策。”

李化熙急忙立起，“言重了，弼尔塔噶尔大人言重了，你对班捕头的维护之心，实令本官感动。”

弼尔塔噶尔：“说吧，李大人，我绝不相信班捕头会干出这种事，要我们怎么做才能解释清楚这桩事儿?”

李化熙笑道：“弼尔塔噶尔大人，你是当局者迷。这事儿其实很好解决。你来看，这四张状纸上面都有同一个日期，共同指证那一日班捕头犯下滔天大案。但只要班捕头把那一日的行踪说清楚，最好能找到证人，证明自己根本不在案发现场，届时本官就可以在刑部为之转圜。”

弼尔塔噶尔充满希望地转向班捕头，“你快过来看，这四贼栽赃你的那一天，你在做什么？有谁可以替你做证?”

“这个……”班捕头几乎要急哭，“大人，你看清楚上面的日期，那是六年前的事了。六年了，谁还能记得那么清楚?”

“没关系，”李化熙笑道，“班捕头你慢慢想，本官可以稍给你提示，此四贼说你犯案的那天，北京城的上空飘着鹅毛大雪，而且那一日，还发生了一起极蹊跷的石材飞失案。”

“大人是说那一天……”班捕头单手撑桌，极力回想，“鹅毛大雪，石材飞失……那一天……”突然间他满脸的狂喜，“大人，想起来了，小人全想起来了，而且小人有证人，他们可以证明小人根本没有抢劫什么当铺。”

“证人是谁?”李化熙立起。

“就是你，李大人!”班捕头一指李化熙，“你，还有你身边这两位大人，你们都要为我做证。”

“我们是你的证人?”党崇雅、高尔俨彻底糊涂了，“这，这，这话从何说起?”

“大人，你们不记得我了?”班捕头把他的脸凑向李化熙三人面前，“你们好好看看我，好好看看，想起来了没有?”

“你……本官……”高尔俨和党崇雅细看班捕头，“咦，你这张脸真的好熟悉，咱们以前似乎在什么地方见过。”

“当然是见过!”班捕头兴奋地道，“三位大人，难道你们忘了那个风雪飘摇的日子?三位大人与摄政王一起，于南宫府库的灰墙之外，勘查用以修建宫府的板材飞失案。而我当时落魄潦倒，正让一个术士替我占卦。”

“你……你……”指着班捕头那张脸，高尔俨和党崇雅齐声喊道，“是你，是你，你就是那一日，让术士知非子替你占算财运的旗人。原来是你。”

“是我，当然是我。”班捕头亢奋地大叫，“三位大人知我，我当时正让术士占卦，怎么可能抢劫什么当铺?”

这时候，李化熙阴沉沉地说了句:“可是你有儿子吗?”

“什么?”班捕头茫然。

李化熙站起来，“本官问你，六年前，你可曾有儿子?”

班捕头茫然不解，“大人此言何意?”

李化熙正待回答，突然间弼尔塔噶尔掣刀在手，向李化熙砍至。李化熙反应何其机敏，嗖的一声，人已经钻入桌底。

弼尔塔噶尔手中长刀，指向另一边惊讶至极的顺治等人，“今日此屋之人，统统杀掉，不得让李化熙之语令一人知闻。”

轰的一声，顺治身后的墙壁突然倒塌，无数军士尽持长枪涌至。森森的长枪，径向顺治等人戳将过来。

08

顺天府外，一队骁骑营的士兵百无聊赖。

两名标统，挎刀相立，正在聊天:“国欢和费雅塔两位大人让我们守在这里，说他们有可能遭遇危险。这昏话说的，青天白日，这里可是顺天府，怎么可能会有危险？”

正说着，突然间一个士兵指向空中，“标统大人快看。”

两名标统同时抬头，震惊地看着自顺天府飞出的烟花，“这这这……这是咱们侍卫营在紧急情况下的求救信号。可这会是真的吗？青天白日朗朗乾坤，而且这里可是顺天府。”

“真的假的，顾不了那么多。”一名标统掣长刀在手，“我是费雅塔的家将，主子遇危，不可不救。”

“杀呀——”骁骑营士兵们在标统的率领下，径冲入顺天府，追得里边文职官员满地乱跑，下跪求饶。

房间里，大布吉奋起神威，弯刀接连削断数十根矛杆，拼死护住身后的李化熙、党崇雅并高尔俨。三人之后，是和董鄂抱成一团、满脸困惑的顺治帝。与国欢、费雅塔同入顺天府的侍卫，已经悉数被戳死，国欢并费雅塔也被戳得满身血洞，半躺于地，犹自凭了本能不停地挥刀抵抗。

“杀呀——”又一队长枪军士冲出，在弼尔塔噶尔的指挥下向顺治帝等人疾戳过来。

大布吉杀红了眼，突兀地发出一声骇人的尖叫。

那一声长叫，不类于人，分明是荒野母狼的尖叫。

这叫声，惊得疾冲而至的士兵们不由得一呆。转瞬之际，大布吉已经如一团雪球，疾滚到弼尔塔噶尔身边。

弯刀长挥，弼尔塔噶尔慢慢坐倒，吃惊地看着透胸而过的刀尖，阖目死去。

趁此机会，李化熙拉起顺治，“公子爷，快走！”

诸人冲出，沿一条长廊跌跌撞撞逃奔，大布吉断后，与穷追不舍的军士们血搏。众人逃入一条水榭，奔入水面上的亭中。此处只有一条道，大布吉严防之下，追杀的士兵徒然呐喊，暂时杀不进来，众人这才得以喘息。

顺治帝犹自满脸震愕，“真是没想到，这个班格赖竟然是妖人的暗桩。”

苏茉儿斥道：“李化熙，你做事也太没个谱了。根本没有把握的事儿，也敢妄为？竟陷陛下于险地，这是何等大罪？你为何不把班格赖诱到安全的所在？”

李化熙颓丧地坐下，“实告苏姑娘，本官也曾想过别的办法，但这班格赖不是一般的狡诈，所到之地身边总少不了几十个人。无论在何处与他摊牌，一场厮杀总是免不了的。”

苏茉儿：“如果我们不随你来，你是不是不打算今日摊牌？”

李化熙：“对。若是国欢等人不跟来，本官今日最多点到为止。慢慢给他们施加压力，直到把他们逼出来为止。但本官还是失算了，原以为有这么多的侍卫在场稳操胜券，岂料这伙人的实力远比本官想象的更强大。”

苏茉儿：“原以为被掏空的只是几家王公府邸。现在看起来，妖人竟然把顺天府都给掏空了，这般谋算实在是可怕。”

大布吉走过来，“陛下，骁骑营的人杀进来了。”

顺治不放心地看看李化熙，“老李，李爱卿，朕现在安全了吗？”

李化熙：“暂时吧，陛下。

“暂时安全了。”

09

“小姓肖，肖老四，模样虽然长得丑，但好歹家里有几个小钱，吃穿总是不愁的。”

城北的福缘观中，一个皮肤粗黑，但衣衫华丽的汉子，坐在知非子面前，正愁眉苦脸地述说：“是以我打小时，就说下门娃娃亲，妻子韩氏，生得倒也美貌，又守妇道。可是村东头的罗胖子，那厮满肚子花花肠子，老是打我妻子的主意，只要我不在家，他就找借口来我家里，或说他的猪跑我家了，或说他的鸡跑我家了，总之就是想办法勾引我妻韩氏，让我们夫妻好生烦恼。”

知非子背着那只发出奇怪异响的葫芦，掐指算道：“肖老四，你有所不知。你妻韩氏，上辈子是个男人，素有勇力，为谋个前程，就从了军，做了将军。有天他出征，经过一座破庙，时逢大雨，就入庙躲雨。恰好有位姑娘，也于庙中避雨。夜黑雨大，孤男寡女，于古庙之中，将军就起了贼心，向那女子求欢。那女子其实也是有心，但又恐将军始乱终弃，是将军对天发誓，才说得那女子答应下来。但当将军离开破庙之后，就把这萍水相逢的女子扔到了脑后。后来将军于沙场上立功，娶了个大户人家的小姐，那就是前世的你。

“而那被抛弃的庙中孤女，这辈子就转世为罗胖子。”

有这事？肖老四听得眼珠子瞪溜圆，“难怪难怪，我说这罗胖子干吗老是纠缠我妻，原来是上辈子的冤孽。”

知非子：“那当然，岂不闻一饮一啄，莫非前定？”

肖老四：“那这样的事情，如何攘解呢？”

知非子：“易尔，带你妻韩氏来此，待小可与她说说缘法，化解这段隔世冤孽，就没事了。”

肖老四：“仙长啊，我妻韩氏最近回娘家了，但罗胖子此时倒是候在门外，我把他叫进来如何？”

知非子：“也行。”

肖老四：“仙长，你可一定要对罗胖子说清楚，韩氏早已对我发过誓的，此生不离，此世不弃，生同榻，死同穴。这话一定要告诉罗胖子。”

“放心放心。”知非子笑眯眯地道。

肖老四退出房间，来到院子里，左右看无人注意，疾步走到一株树后。

树后面，躲着两个秃头和尚，急切地问：“如何？”

肖老四得意地一伸手：“银子。”

两和尚：“银子不会少你一厘一毫，但你须得把事情办成。”

肖老四一摊手，“那老子再等等也无妨。”

两和尚："快看，罗胖子过来了。"

前面来了个白胖子，一身的绫罗绸缎，身边跟着十几个黑衣黑裤的家丁。到了房门前，家丁们候在门口，罗胖子一个人走了进去。

罗胖子进门，脚尖尚未落地，就见知非子猛转身，大喝一声："呔，我等你许久了。"

"等谁?"罗胖子吓了一跳，左右张望。

知非子："当然是等你罗胖子。"

罗胖子大骇，"仙长如何知道我是罗胖子?"

"来来来，"知非子拉着罗胖子到座位前落座，"你是为韩氏那个女人而来，对否?"

罗胖子更加震骇，"果然是未卜先知，连这你也知道。"

知非子笑道："罗胖子，某知你为何而来，且听某家细细为你说端详。可知你为何放不下韩氏吗？此事自有因缘。上一世时，你是个姑娘，有天夜晚于破庙中避雨，遇到了位将军。那将军再三向你求欢，你推诿不过，让其许下不离不弃的诺言，终于答应了对方。但你与他，终非天作之合。将军离开你之后，就在战场上负了伤，得与另一名女子相遇，两人日久生情，终成眷属。到了这一世，破庙里的姑娘转世成为你罗胖子，那将军转世成为韩氏，而当年相救将军的女子就是肖老四。是以韩氏与肖老四二人，命中注定世世代代的姻缘。上辈子两人是夫妻，这辈子两人仍然是夫妻，再到下辈子，他们还是夫妻。"

罗胖子听呆了，"等等，你等等。你刚才说，韩氏与谁世世代代是夫妻?"

知非子："当然是跟肖老四。"

罗胖子："再说一遍，谁跟谁是夫妻?"

知非子怒了，长立而起，"你耳朵塞鸡毛了吗？韩氏跟肖老四，世世代代都是夫妻，你罗胖子，就此罢手吧。"

轰的一声巨响，一只小桌儿被罗胖子顺手抡起，砸在知非子的头上。知非子倒未见如何，但小桌儿已成碎木片。

只听罗胖子怒吼道："砸，砸，给老子把这福缘观拆成平地!"

10

单手支墙，李化熙感觉自己站都站不稳。

苏茉儿走过来，"国欢和费雅塔，连同他们带入顺天府的十几名侍卫，全都死了。骁骑营的人发了疯，此时正在血洗顺天府。"

李化熙："是本官……思虑不周。"

苏茉儿："适才两宫传来懿旨，此事责不在你，两宫不究。但你须得戴罪立功，查明真相，挖出妖人在顺天府的暗桩。"

李化熙："臣，领旨。"

脸色苍白的顺治帝被小扣子搀扶过来，"老李，李爱卿，莫非那所谓的班神探，不过是一个局?"

李化熙:"陛下果然圣明。"

顺治帝:"快点告诉朕,这班格赖,是如何把自己打造成神探的?"

李化熙:"班格赖所破的所有案子,其实都是他自己设计的。就拿焦曰白之死来说,班格赖才是设计杀死焦曰白之人。他先与管家冰雪儿合谋,杀了焦曰白,之后他利落地把这个案子破了,立时收到震慑人心的效果。回过头来,他再于狱中做手脚,把另一名女囚易装为冰雪儿杀掉,而后冰雪儿改头换面,以其他名字出现。如此神鬼不知,达成了瞒天过海的目的。"

顺治帝:"李爱卿,幸亏你尾巴足够秃,否则朕就被那厮活活骗死了。"

李化熙:"臣的尾巴……陛下褒奖,臣岂敢当。其实以陛下的圣聪,纵然一时间被其蒙蔽,但最多不过三五日,就能够识破的。"

顺治帝:"爱卿这个马屁,朕还算爱听……小扣子,扶朕到一边坐下,朕适才只顾逃命,跑得急,腿脚软绵无力。"

11

小扣子搀扶顺治帝在一边坐下。

李化熙返回大堂。

党崇雅和高尔俨坐于上首,两人满身满脸都是血,脸色更是骇得灰白。

堂下一人,手脚都被反缚于十字桩上,困兽似的咻咻喘息。

李化熙走到座位上,拿起惊堂木,拍了一声,"班格赖,咱们继续说正事,你确信六年前的冬天,大雪纷飞的那一日,你没有和人抢劫当铺?"

当铺?班格赖先是诧异,旋即回答:"大人,小人确定绝无此事。"

正在后堂的顺治,听到李化熙如此问话,腾的一声站起来,见苏茉儿向他摇头,马上就明白了,"对,老李这招是对的。若直接追问班格赖妖人之事,只恐这班格赖会立时被灭口。非得这样东拉西扯,才能麻痹暗桩,找出妖人。"

大堂之上,李化熙和颜悦色,"班格赖,那日你既然没有抢劫钱庄,又在何处?"

班格赖:"小人……在南宫府门处,让术士知非子占测财运。"

李化熙:"占测的结果如何?"

班格赖:"占测结果……其实,这事吧,就是个玩笑。"

李化熙:"如何一个玩笑法儿?"

班格赖:"是这么回事,小人与当时肃亲王府的管家索不丹,是知交好友,经常在一起吃吃喝喝的。那一日索不丹命人来找小人,说是有好玩的事儿。小人去了,就听索不丹说:'今天我们要玩个开心的,逗一逗一个叫知非子的术士。'"

李化熙:"如何一个逗法?"

班格赖:"索不丹先让肃亲王府的一个大脚女婢,假称儿子丢了,去找术士知非子占测。那知非子胡言乱语,让大脚女婢爬到石牌坊上,喊一堆疯话。大脚婢子回来，索不丹就让她牵个孩子再回去，就说按知非子的占测，孩子真的找回来了。只不过呢，索不丹又派了位兄弟出去，声称自己是大脚女婢的丈夫，按知非子的占测，发现了他与人偷情之事，以此为借口打了知非子一顿。

“然后，索不丹又命一个老仆，手提锄头，假称是大兴进城的老农，要求知非子占测他丢失的牛。知非子仍是胡言乱语，但索不丹随后派人牵出一头牛，假称按知非子的占测，牛真的找到了。只不过，那头牛偷吃了药铺的人参，所以，大家以此为借口，又狠狠地揍了知非子一顿。

“再之后，是由小人出场，占测财运。知非子信口胡说，小人也没往心里去。但是索不丹教给我一套话，就说按知非子的占卜，小人真的捡到了金子，只不过小人的儿子把金子吞下了肚，是以小人也要狠狠地打知非子。实际上小人当时根本没有儿子，一切不过是逗知非子而已。此事整个过程，当时大人在场看得一清二楚。”

李化熙：“那天你们布这个局，出动了多少人？”

班格赖：“四十多人吧，多数是肃亲王府中索不丹的亲信。”

李化熙：“索不丹如此布局，目的何在？”

班格赖立即闭紧了嘴巴。

李化熙：“不愿回答也罢，本官换个问法。尔等处心积虑，硬是把满口胡言的术士知非子，打造成了随口言破天机的世间第一神算，才让知非子有机会进入郑亲王府，这总没错吧？”

班格赖想了想，答道：“大人非要这么说，小人也不好反对。”

李化熙：“然则，那索不丹其人何在？”

班格赖：“早就死了。前者抚远大将军豪格出征，索不丹带了六百府兵随行，于陕西豁牙口遭遇张献忠的伏击，自索不丹以下六百人尽没。”

李化熙：“乱讲，你不是几日前还见到他的吗？”

班格赖：“大人才是乱讲，小人还活着，岂有见到鬼魂的道理？”

李化熙：“你看，班格赖，你把事情说清楚，表白自己确实没有参与钱庄劫杀案，本官自会与陕西、山东及河南的四家府衙转圜，查一查是不是同名同姓之人。多简单的事儿，刚才你干吗那么凶残，喊打喊杀的？”

班格赖：“小人冤枉，适才喊打喊杀的是府丞弼尔塔噶尔，小人至今也没弄明白是怎么回事。”

李化熙：“本官也是这么猜的，那就暂先委屈你几日，待得本官查明钱庄劫杀案，你就没事了。”

班格赖：“谢过大人。”

12

顺治帝与苏茉儿、大布吉等人，在一队骁骑营的保护下，策马狂奔。

李化熙也弃轿骑马，与之随行。

正行之间，苏茉儿突然叫了一声：“快看前方。”

众人抬眼望去，只见正北方向，浓烟滚滚。

李化熙脸色大变，用力鞭马，当先一骑冲上前去。

顺治帝紧追慢追，犹自追赶不上，不由得咂舌说了句："这秃尾巴老李，骑术如此精湛，平时竟无人看得出来，他到底藏了多少手？"

一直追到山脚下，李化熙停下来，仰头观看山坡上的大火，顺治帝才勉强追上，"老李，是什么地方起火了？"

李化熙："就是知非子的福缘观。"

顺治帝怫然变色，"咱们又慢了一步。"

李化熙道："陛下，请暂和大家候在这里，容本官上去查问一下。"

李化熙单骑上山，众人等在山脚。

可李化熙一去久无消息，顺治帝放心不下，派了五名侍卫上山寻找催促。岂料这五人去后，也失去了消息，顺治帝又派了五人，仍是不见回报。

顺治帝等得团团乱转，还待再派人寻找，才见到此前派出的十名侍卫和李化熙一起下山而来。

"陛下，福缘观失火之事，本官已经查明。"李化熙脸上、鼻头全都是灰，一回来就立时禀报。

顺治帝急忙拍了拍身边，"李爱卿，且坐下来说。"

李化熙坐下，说道："打这术士知非子六年前入京，臣就察觉到情形不对。他每占必验，灵验后必有不测后果，必遭人痛打一顿，这分明是事先排练好的，为的是迅速打出名声。但当时臣也曾在场，亲睹知非子占筮，看到那伙人对他可是真的下死手，一点也不像演戏。

"事实上，知非子还真不是演戏，演戏的是索不丹、班格赖这些人。

"是索不丹、班格赖幕后之人，命令他们这样做的。

"这样做的目的，是为了让知非子之名传到王公贵室府中，而且要让知非子对自己将要说的话深信不疑。

"可是那幕后之人到底想要知非子说出哪句话呢？

"据臣连续追查，那知非子被索不丹、班格赖等人连番戏弄，真的相信自己言破天机，并因此进入郑亲王的王府，还曾和臣照过面。此后听人说，城北有户富人，女儿美貌无双，可是突然间这女孩中了风，一张俏脸变得丑陋不堪，富户四方寻医，人却说只有知非子才能够治好。知非子胆也大，还真去了，去了后依旧是胡说八道，开出的药方是取东舍百年锅灰、西邻屋檐上的十年茅草、南街千年石板上的苔藓、北坊门匾上的旧泥屑，以无根水拌之，饮下。

"陛下你猜怎么着？富户照此方抓药，说是女孩饮下之后，容貌立即恢复如初。

"于是那知非子除了天下第一神算之外，险些又成为天下第一神医。

"接下来富户为了感谢，送给了知非子这座福缘观。

"其实这整个事情就是个局，所谓富户女儿的病是假的。不管知非子怎么说，他们都会说医好了，目的就是为让知非子住进福缘观。

“当知非子住进福缘观后，他又开始说缘法。豫亲王多铎就是听了他的缘法，结果死得不明不白。

“知非子哪来的勇气敢说缘法呢？适才臣进入被烧毁的福缘观，仔仔细细地搜了一番，果然发现这福缘观下有一间密室。密室里有根铁管，直通向知非子的卧房。

“臣又仔细地看过建造这福缘观的材料，发现正是六年前的大雪之夜，于南宫府库失踪的那批石料的一部分。

“这就是妖人的设计。他们在六年前，假称捕捉不法旗人，命数千人一夜间将南宫府库的石板木料统统搬走。大部分搬到了多尔衮的摄政王府，另有一部分藏匿起来，建造了这座福缘观。

“是以臣恍然大悟。妖人之所以想尽办法，把知非子诓入福缘寺，就是要通过事先铺设好的铁管对知非子说话。届时知非子只闻其声，不见其人，就会以为这是天上的神仙在对自己低语。此后知非子的一举一动，尽是按了妖人的指令行事，自己却一无所知。

“到得我们来此之前，知非子已经失去了价值。所以妖人又策划了一次行动，让附近一个寺院的和尚买通一个叫肖老四的人，先欺骗知非子说乡人罗胖子觊觎自己的妻子韩氏。知非子不明就里，就答应对罗胖子说缘法，让罗胖子不要打扰肖老四与韩氏的相爱。而实际上，韩氏是罗胖子的妻子。可想而知，当知非子对罗胖子如此说话之时，罗胖子会是何种反应。

“结果，罗胖子当场就砸了福缘观。值此之时，久候在暗的妖人党羽立即纵火，将福缘观烧成平地。知非子被烧死，就算衙司追查，也认为这是罗胖子一怒之下导致的严重后果，根本想不到这是起杀人灭口的精密布设。”

李化熙讲完了，顺治帝茫然地看着他，半晌问道：“李爱卿，你说了这许多，可妖人在知非子身上下了如此大的力气，目的究竟是什么？”

李化熙：“臣不知。但臣知道，妖人会利用知非子此前的行止，干出极可怕、极危险的事情。”

第十九章　五城兵马，无尽孤独的背影

01

那个羞涩的少年刚走过来，就被上房的几个大丫鬟拦下了。

“你，说的就是你。”领头的，是大福晋身边最受宠的荣儿，她在卓礼克图亲王府名义上是个婢女，实则比格格还要得势，任何人到了她面前，顿时就矮了三分。

荣儿向那羞涩少年招手，“你耳朵聋了吗？本姑娘叫你过来呢。”

那少年低垂着头，老老实实地走过来，“几位姐姐有何吩咐？”

荣儿：“你叫什么名字？”

少年：“小的叫李哲。”

荣儿：“可是李参将的独子？”

少年：“是。”

荣儿：“什么时候来府中的？”

少年：“刚刚两天，自打父亲随豫亲王西征，战死沙场。小的孤苦无依，得王爷收留，就在前府听吩咐。”

荣儿：“见到王爷了没有？”

少年：“初入府那日，见到一次。”

荣儿：“我可要告诉你，这卓礼克图亲王的府上，可不比其他王公。宫里的皇太后，是王爷的亲妹子，王爷是皇上的亲大舅。爹亲娘亲不如舅舅亲，所以王爷虽然脾性宽和，但治家却是极严的。”

少年：“谢姐姐指教，小的记住了。”

荣儿：“听着，以后少和外府的那些婢女们眉来眼去，免得耽误了你的前程。再者，若你不知检点，行为差池，辱及府门，到时候别说我不管你。”

少年：“小的没有和谁眉来眼去，但姐姐的吩咐，小的记在心里了。”

荣儿道：“以后你要是在府里遇到事情，可以径来内府找我。还有，王爷是草原雄鹰，只要让王爷每顿饭吃十斤肉、喝十斤酒，再抡上半个时辰的大刀，然后美美地睡上一觉，王爷就什么事都不跟你计较。侍候王爷唯一一件事，千万不要让王爷饿到，否则王爷会发火的。”

少年：“蒙姐姐指点，小的感激不尽。”

荣儿道：“你要真把我的话放在心上，就不枉我这番苦心了。”说完，她又瞧了瞧少年那英俊的脸，说道，“去吧，现下王爷正在前厅与人闲话，你过去听听也好。”

少年李哲：“谢过姐姐，姐姐慢走。”

02

荣儿回到内府，大福晋正在跺脚跟人生气，见到她就嚷：“荣儿你这死丫头，一有事就找你不到，赶紧收拾几桩像样的礼物。四老爷家的眉儿，婚事已经订下来了，我们一起过去帮帮忙。”

荣儿喜出望外，“真的吗奶奶？是哪家的贝子？”

大福晋：“还能是哪个？就是郑亲王家的大公子富尔敦。不过老实说，我总看富尔敦那孩子是个薄命相，这颗心老是悬在半空，放也放不下。”

荣儿吓了一跳，“奶奶，咱们刚才的话，可不要当着四老爷家人的面说。”

大福晋：“这还用你提醒？对了，你跟四老爷家的眉儿一起玩大，知道不知道眉儿对这桩婚事的看法啊。”

荣儿：“奶奶，你这可问对了人。实说吧，眉儿和富尔敦其实早就是一对，打在盛京时，他们两人就时常一起玩的。可以说是一个有心，一个有意吧。”

大福晋：“那敢情好，这世上最命苦的，莫过于王府的格格了。整日里大门不能出，二门不能迈，生怕被贼人惦记了去。婚嫁更是不能可着自己的心，盖因王室婚配，多不过是利益相合，哪有丝毫柔情在内？你看这北京城一派气象升平，可知有多少同床异梦，多少忍泪泣声？”

荣儿：“大喜的日子，奶奶莫要伤感了。看看这几样东西拿过去，可合奶奶的心？”

大福晋：“那碧玉珠钗是你最心爱的，舍得送给眉儿吗？”

荣儿：“舍得才怪，可奶奶你不知道眉儿有多精。上次在四老爷家行酒令输给了眉儿，她可是指名要这支碧玉珠钗的。”

大福晋惊叫道：“果然是女生外向，这眉儿人还没嫁过去，就开始往夫家划拉东西了。不光是划拉四老爷家的，连咱们家都不放过。”

荣儿抿嘴一笑，替大福晋披上狐皮大氅，“奶奶照照镜子看，像不像未出阁时的闺女模样？”

大福晋脸色羞红，“你这小嘴甜的。收拾好东西，咱们就走吧。”

大福晋带着荣儿出门，和荣儿一起坐在轿子里，一路上说个不停：“荣儿，你小时候，我就和王爷商量过了，一定要等你自己找到可心的人儿，出阁那日才会对外宣布收你做女儿的事情儿。不为别的，就是咱们家门楼太高，你小姑是皇后又是太后，朝中政争又太险恶复杂，一旦你的格格身份确定，鬼知道有多少人会登门求亲，到时候你多半会被那些朝臣视为权力平衡的棋子，纵有心爱之人，也由不得你了。所以荣儿你要记好了，你不比任何人家的格格低，不管喜欢上哪家的贝子，尽管告诉我和王爷，王爷自会亲自登门求亲，容不得他们不允。”

荣儿：“奶奶，人家这辈子也不离开王府，一辈子在你和王爷的眼皮子底下讨你们的嫌。”

大福晋乐不可支，“要真是这样就太好了，但最好将来你嫁人后，和你丈夫一道住到府中来。你知道王爷这辈子最爱热闹，身边少了几个人，他就抓耳搔腮的。”

两人聊着，忽然间荣儿向轿帘外一指，“奶奶，快看那边。”

大福晋顺着荣儿的手指，向轿外望去，“咦，那边的两个孩子……岂不正是眉儿和富尔敦?”

荣儿：“就是他们两个。”

大福晋恍然大悟，“果真如你所说，这两孩子早就有情有义了，你看他们两个手拉手，毫不避嫌的样子，衬显得咱们这些人一味地瞎忙，又是合八字又是看姻缘，其实全都是白折腾。”

荣儿：“奶奶，要不要我过去吓他们一跳?”

大福晋：“怕是你吓不住他们两个……咦，那几个人是干什么的?”

外边的街道上，郑亲王之子富尔敦正和皇太后的四哥满珠习礼府上的眉儿格格，手拉手逛街，一边吃着零食，一边说说笑笑。突然间前面来了顶黑色的轿子，轿前轿后各走着几个汉子。经过两个年轻人时，几条汉子突然间行动起来，猛然挤成一团，将猝不及防的富尔敦并眉儿挤在中间。两人正要喊叫，不提防头部早被人重重一击，两人立时昏倒。随后被塞入轿子里，几名汉子迅速散开，若无其事地继续随轿前行。

事情发生在转目之际，路上的行人虽多，但竟无人察觉异常。如果不是荣儿和大福晋轿中亲睹，万难相信在这青天白日，竟然发生了一起掳人事件。

惊骇之际，荣儿急叫停轿。

她跳出轿子，疾声吩咐几名轿夫，“你们留在这里，守护好奶奶，我去看看是怎么回事。”

荣儿追上去，可是那顶黑色轿子行速极快，只这么会儿工夫，已经不见了踪影。

03

卓礼克图亲王府中，羞涩少年李哲来到前府。

王爷吴克善穿了袭黑色的开襟褂，露出精壮的腹肌，正于校演场上挥舞着重达四十二斤的大刀。

吴克善的刀法走的是大开大合的路子，招数简单，粗暴有力。虽说是上了年纪，但威风不减当年。但见大刀舞过，老槐树的枝叶沙沙作响，飞起满天落叶。

几名文士打扮的清客，齐齐地鼓掌叫好：“好，好！王爷的功夫不减当年，这刀法只怕天下人无出其右。”

吴克善很是自得，“本王素有自知之明，说到吟诗作赋，那玩你们不过。但本王这口刀，确实是生平未逢败绩。这是本王心中，那么一点点的小得意。”

见王爷一轮刀法舞过，羞涩少年李哲急忙上前接下王爷手中的刀，再呈上一盏茶。

吴克善饮茶，抬头道：“不对，不对不对。”

羞涩少年李哲顿时紧张起来，“王爷，这茶是皇太后让宫监送来的，武夷山新进贡的大红袍，何处不对？”

吴克善：“不是说这茶不对，这茶……其实本王是个粗人，茶好茶坏，根本分不出来的。本王刚才说不对，是说本王手中这口刀生平未逢败绩，这句话说得不对。”

有这事？众清客脸上俱是惊容，“难不成这天底下，还有人能在王爷的刀下，走过三招？”

还三招呢？吴克善一屁股坐下，“二十年前，本王生平第一次遭遇到了对手，这口刀当场蒙羞。”

众清客：“真的假的？”

吴克善：“这事能瞎说吗？二十年前，我持这口刀，率两百精兵，护送现今的太后，我当年的小妹妹入宫，穿行浩瀚的科尔沁大草原。行至第十二日，就听前方蹄声烈烈，地平线上涌出五十多名骑士，人皆黑衣，马披黑甲，呈弧状向我们的车驾包抄过来。当时本王自恃艺高人胆大，再者我方人手明显比对方多，遂亲上前，厉声喝问对方是谁，意欲何为。

“不承想对方根本不答话，冲上来就杀。这一动手，才知道对方有备而来，五十多个骑士个个身手不凡，把我们两百多人的精兵，犹如砍瓜切菜一般，砍得满地碎甲。当时我情知不妙，一边命手下人保护妹妹，结阵死斗，一边使出全身的本事，亲手斩杀了对方十几个人。

“但是对方个个都是死士，不死不休。我率众殊死抵抗，杀到快要天黑，当我将对方最后一人斩于马下时，才发现本王这边的人，只剩下了我一个。

“这时候，对方真正的高手才不紧不慢地出现。

“是一个年轻姑娘。

“模样长得不赖，说英气也不夸张，只是满脸的煞气，持一柄弯刀。视我于无物，策马向我妹妹走过去。

“当时我大急，厉吼一声，抡起大刀向那姑娘砍去。不料那姑娘扭头，满脸的厌恶表情，就好像本王是只苍蝇一样厌恶。然后本王就见她于马上凌空跃起，本王眼睁睁地看着那姑娘铁拳倏忽间迅速变大，砰的一声，本王顿时满脸开花，被打得仰飞出去。

“本王摔落于地，痛彻心扉，但心里更担心的是妹妹。我妹子虽说智慧过人，但素不习武。所以我拼命地想要站起来，却有心无力，只吐出几口鲜血。

“本王只能绝望地趴伏在地，眼睁睁地看着那姑娘一步步地，向坐于车上的妹妹走过去。

“当时苏茉儿也不大，随我妹妹入宫。本王看到她勇敢地冲出来，拦在那弯刀女子面前，大叫了一声：‘不许靠近我姐姐。’却被弯刀女子随意地一挥手，苏茉儿犹如一只陀螺，滴溜溜地滚到了车下，爬都爬不出来。

“然后，本王亲见那弯刀女子走到我妹子面前，高高地举起了手中的弯刀。”

讲到这里，羞涩少年李哲见王爷拿起空杯盏，急忙上前替王爷斟茶。吴克善遂抬头，问道：“孩子，你在本王府中，还习惯吧？”

李哲：“蒙王爷关爱，小的很自在。”

吴克善：“自在就好，本王知道，你阖族为国尽忠，悉死沙场。现在你是李家最后的根苗，纵有心从军，须得先行成家，为你李家生个一儿半女，延续子嗣才好。”

少年李哲：“小的谢王爷关爱。”

清客们在一边等不及了，“王爷呀，你倒是往下说呀。你那坐在车上的妹子，岂不正是当今宫里的皇太后，她到底怎么样了？快说呀。”

吴克善哈哈大笑，“就不说，急死你们这帮王八蛋，哈哈哈。”

04

“顺天府的事儿，怎么说呢？那班格赖确是破案的好手，可是他终究年轻气盛，不该我行我素，破了焦曰白被杀案，结果惹祸上身。”

大理寺的房可壮饮了口茶，叹息道。

皇太后四兄长满珠习礼的府上，吴克善的大福晋与满珠习礼的几个福晋挤在一起，相对垂泪。

旁边就是厅堂，荣儿侍立，看着大理寺卿房可壮正在向满珠习礼与郑亲王济尔哈朗禀报。

满珠习礼怒道：“破了焦曰白一案又如何？难道李化熙火烧顺天府，捉拿班格赖，另有其因吗？”

房可壮起身，跪下，呈上一份卷宗，“两位王爷，请勘合。”

济尔哈朗道：“都这节骨眼上了，还慢吞吞勘合个屁，快点说是怎么回事？”

房可壮立起，“据大理寺勘合，李化熙勾连绿营杀入顺天府，顺天府死伤无数，四品以上官员几被杀光。事由是李化熙拿出陕西、山东及河南四家衙司的刑案文牍，指班格赖参与了六年前的一桩钱庄劫财案。但本官已向这四家衙署派出快马，得到的消息是，这四纸文牍根本就不存在。”

郑亲王济尔哈朗：“不存在是什么意思？”

房可壮：“就是说，四家衙署根本没这么个案子。”

满珠习礼惊道：“你是说，李化熙刻意伪造文牍，制造冤假错案，只为栽赃神探班格赖？”

房可壮：“大理寺只是据实表奏，结论尚待三部会审。”

郑亲王济尔哈朗震惊，“可李化熙……他为什么要这样做？”

房可壮：“本官也只是道听途说耳。坊间传言，谋害焦曰白的大管家冰雪儿与李化熙情交甚密，实是李化熙的外室。说起李化熙其人，那可不是一般的霸道，传言纵秦淮八艳，入京时也须到他那里报到，任其予取予求。如若不然，北京城中万难立足。如今班神探破了焦曰白奇死之案，捕获了冰雪儿，那生性霸道的秃尾巴老李，当然要为自己的女人出头。若此说法并非全是捕风捉影，或可解释李化熙怪异之举。”

“反了，反了，”满珠习礼站起来，“难道你们大理寺不曾向刑部发文，要求勘合李化熙栽赃班格赖一案吗？”

房可壮：“行文早至刑部，只是……”

满珠习礼：“只是什么？难道刑部蛇鼠一窝，全都昧了天良，庇护他李化熙不成？”

房可壮苦笑，“好像问题比王爷想象的更为严重。那李化熙，官拜刑部尚书……”

满珠习礼：“嘿。”

房可壮：“这事还没完，秃尾巴老李悍然捣毁顺天府，杀人无数，死者个个都是有品级的官员。可是都察院……”

满珠习礼：“都察院都是死人不成？为何不立时弹劾李化熙？”

房可壮：“实告王爷，虽然秃尾巴老李作恶多端，抢男霸女，杀官戮吏，可都察院根本不敢议论此事。”

满珠习礼：“反了反了……房大人，难道摄政王和宫里对此事就没给出个说法？”

房可壮满脸诡异地看着满珠习礼，却不吭声。

满珠习礼：“你干吗这么张怪嘴脸？快点说呀！”

房可壮：“实告王爷，顺天府死难者无数眷属，无处说理，只能哭诉于大理寺。本官不得不向摄政王大人盘诘，可摄政王向本官出示了两宫太后的懿旨，旨意上说，命秃尾巴老李入宫，由两宫太后亲加……抚慰。”

满珠习礼：“这这，这岂不是……”

房可壮：“王爷，本官还听说，摄政王大人也不同意如此纵容秃尾巴老李，为此入宫和皇太后吵了一架，吵得极是激烈。”

满珠习礼：“哎我说老房你啥意思？莫非你说我妹妹现在宠信那个秃尾巴老李，多尔衮为此吃醋不成？”

房可壮：“老天做证，本官啥也没说，那都是王爷你自己说的。”

郑亲王济尔哈朗插进来：“房大人，你说来说去，无非是顺天府被李化熙捣毁，圣上不问，两宫不究，任由最擅破案的班格赖被李化熙关入自家的私牢。我儿和满珠习礼王爷的格格被绑之事，就没人管了，是不是？”

“怎么会……”房可壮满脸尴尬，“这不大家都在忙着找，都在忙着找。”

05

听明白了详情，荣儿转身向大福晋禀报：“奶奶，事情不好办了，王爷们说顺天府出事了，被个披鳞挂角长尾巴的霸道官，把顺天府的捕探都杀光了，现在没人管眉儿姐姐的事儿了。”

大福晋急了，“这怎么可以。”

荣儿道：“奶奶莫急，我再出去看看，眉儿姐是福相之人，我料不会有危险的。”

说完，荣儿出来，正见几个兵丁扮装的人匆匆而来，到门前行礼，“在下乃五城兵马司吏目高长奎，听说格格遭人绑了，此事可真？”

只听门前一名骁骑营标统骂道：“你们还有脸来见王爷。格格被绑，就是你们五城兵马司的失职，你们是怎么维护京畿治安的？若然是格格掉根汗毛，你们几个脑袋都不够砍的。”

高长奎道：“小将知罪，然可否让小的见一见目睹格格被绑的报事人？好让小的得以着手追查。”

标统骂道：“滚，此事轮不到你个五城兵马司插手，再敢啰唣不休，信不信老子宰了你？”

荣儿走过去，“我便是亲睹眉儿姐姐被绑之人，你姓高是不是？若你能救回眉儿姐姐，我必在王爷面前为你转圜。”

06

卓礼克图亲王府中，王爷吴克善卖够了关子，继续讲述他二十年前的旧事。

“话说当年，我被打得满脸是血，趴伏在地，眼睁睁地看着那弯刀女子，行至我妹妹的车前，举刀欲劈。

“当那女子举起弯刀时，我妹妹脸上未见丝毫惊惧，反而很开心地叫了声：‘姊姊，你的弯刀真漂亮，是我生平见过最美的。’

“听我妹妹这么一叫，弯刀女子明显一怔，这一刀就悬在半空，暂未击下。

“然后我妹妹在车上站起，说：‘姊姊的手，也极美。

“‘漂亮的刀，握在极美的手中。

“‘如漂亮的姊姊，需要漂亮的人生。’

“当我妹妹立于车上之时，恰与弯刀女子平视，我听到她说：‘姊姊想要漂亮的人生吗？不如我们一起来寻找吧。’

“我见那弯刀女子，茫然地望着她：‘什么？’

“我妹妹道：‘我是说，姊姊何不与我们去盛京？听人说，那是一个极怪的地方，有一座皇宫，宫里住着极美的男子，人们称他为皇上。那就是我的夫君吧。虽然我从未见过他，但我知道他的心里，时刻充满了苦恼和忧伤。他是世间的王者，太多的人仰承他的鼻息而生。可我夜夜在想，当我的夫君，那位万人之上的显赫帝尊，他心里有了忧伤、有了疑惑、有了痛楚，又该去找谁呢？’

“说到这里，我妹妹把她的手递给弯刀女子，说道：‘姊姊，跟我走吧。漂亮的手，须拈起美丽的花。漂亮的弯刀，须斫下最美丽的头颅。正如姊姊这一身漂亮的本事，应该用在最漂亮的地方。’

“我听到弯刀女子问：‘什么叫漂亮的地方？’

“我妹妹长声回答：‘弯刀斫天下，玉手饰太平。姊姊有如此好的功夫，若然埋名隐姓，徒负杀手之名，试问心中何甘？何不登高临远，将这纷乱的世界削平，将这迷茫的人心戡正？为宵小驱使，如老鼠般活于阴沟，野死无埋是一生。堂堂正正，只为天下苍生，活出韵味也是一生。姊姊如此聪明，何去何从，当不负了手中这柄弯刀。’

“弯刀女子问道：‘你说的这些，要如何才能做到？’

“我妹妹展颜一笑，‘不惑于心，不迷于情，不乱于意，不废于礼，不失于机，不昏于智，不昧于慧，不惘于生。’

“弯刀女子惊讶地看着我妹妹，问：‘你这么小年纪，怎么会知道这许多？’

“我妹妹失笑起来，‘姊姊呀，我若是知道的少，又何须劳驾你亲来杀我？’

“弯刀女子道：‘若我这弯刀落下，你知道再多，又有何用？’

“我妹妹笑了起来，‘姊姊呀，你花了这许多年寻找我，如何会于今日放弃？’

“弯刀女子：‘你凭什么说我在找你？’

“我妹妹道：‘这世上人，哪个不是在寻找自已？’

“说到这里，我妹妹转向弯刀女子，‘姊姊呀，你一生都在寻找自己，寻找所有问题的答案，寻找你的心，难道不是吗？’

“弯刀女子：‘那又如何？’

“我妹妹道：‘或许有一天，姊姊你会发现，你要寻找的答案，始终和我们在一起。’

“弯刀女子呆怔半晌，问：‘若我真的追随于你，你待如何？’

“我妹妹回答：‘本是姊妹，相遇恨晚，此生不负。’

“‘好，’我看到弯刀女子拜倒，口称，‘布木布泰，我大布吉唯愿此生追随，绝无二心。’”

讲到这里，吴克善拿起羞涩少年李哲斟的茶，饮了一口，“诸位，那就是我的妹妹，她十二岁时降伏了科尔沁草原上奔行最疾的野马，十三岁降伏了草原上令人闻风丧胆的弯刀大布吉。若非是她，这天下仍然是杀戮无端。”

众清客纷纷点头，“王爷所言极是，极是……想不到太后还有这样一段故事，听得我等惊心动魄，不能自已。”

吴克善失笑，“这才哪儿到哪儿呀，我妹妹经历的事儿多着呢，她是最不愿意待在宫里的，无数次出生入死……以后有机会慢慢跟你们说。”

聊到这里，吴克善拿起茶盏，又放下，“哎哟，只顾聊得高兴，忘记了桩事。李哲？”

“小的在。”羞涩少年急忙上前。

就听吴克善道：“大福晋带着荣儿去祥云缎庄给本王四弟府中的眉儿格格挑嫁妆，可这俩货是出名的脑子浑，出门总是不带钱。此刻多半正在绸缎庄眼巴巴地等待本王派人送钱给她们去。你去管家那里支点银子，给送过去好了。”

“小的马上就去。”李哲疾步跑开。

07

五城兵马司高长奎带着十几个士兵，跟着荣儿匆匆来到长街上。

荣儿向前一指，“那儿，就是那儿，当时我看到一顶黑色的轿子、几个汉子。经过眉儿姐姐与富尔敦时，那些人突然袭击，将两人打昏塞入轿子里，迅速地离开了。”

高长奎手里拿着腰刀慢慢走过去，站在轿子经过的地方左顾右看，问荣儿：“你看那些人的衣着，有什么感觉？”

能有什么感觉？荣儿惘然，“感觉他们……都是些很穷的人。”

高长奎：“很穷的人？”

荣儿：“对，就像是逃荒的，只是年轻力壮些。总之跟我们在王府中见到的男人，不太一样。”

“明白了。”高长奎点头，“就是说，他们多半是外地进京的人。”

荣儿：“很像，反正不像当地人。”

高长奎：“如此说来，此案有两种可能：一、这伙人是被仇家雇请来的；二、这伙人谁也没请他们，就是饿红了眼的无业游民。无论是哪种情况，总归他们都是外地人。外地人入京，先要住下吃喝。而且人生地不熟，断无可能居于城南，远至城北掳人，那样变数太多，容易失控。是以我猜测，这伙人很可能就住在附近。”

“真的吗？”荣儿睁大了眼睛，“那要如何找到他们？”

“别急，你别急……”高长奎伸手作势推开荣儿，继续思忖道，“既然这么多的人前来掳人，住店的可能性不大。客栈人多嘴杂，如果绑个贝子爷和格格，很难瞒得过别人的耳目。所以他们必定会挑选附近一幢民居，就是租个四合院。掳到了人把门一关，那是绝对的安全。”

四合院……荣儿左顾右盼，心急如焚，“这里好多的宅院，到底在哪里呢？”

高长奎笑道：“案情分析到这里，差不多就算是有答案了。来呀，替我把这附近的掮客牙郎，全都找来。”

士兵们跑开，稍过一会儿，带着几个面目猥琐的掮客过来。高长奎冷冷地斜睨着他们，拿手一指荣儿，“看到这位姑娘没有？她是王府的格格，来此找个亲戚。找到的话，王爷重重有赏。要找的有十几个人，都是同乡口音，租了幢四合院，没老人没女人没孩子，他们住在哪里？”

几名掮客想也不想，齐声道：“那就是祝家胡同那幢宅子了，住进去三天不到，对不对？”

高长奎：“对对对，快带我们过去。”

掮客们带高长奎、荣儿并五城兵马司的士兵，来到了一个幽深的胡同，一指一扇紧闭的大门，“就是这儿。”

高长奎一挥手，士兵们立即翻墙而过，院子里立即响起厮杀声，惊得荣儿脸色惨白。少顷，大门被士兵打开，高长奎和荣儿进门，一眼就看到院子当地栽伏着几具尸体。富尔敦并眉儿，两人手脚俱被反缚，嘴巴里塞着破布，正瞪大了眼睛巴巴地望着他们，等待解救。

08

羞涩少年李哲，从管家那里拿了银子，快步来到了祥云绸缎庄。

一名伙计迎上来，“可是卓礼克图亲王府上的?”

少年李哲：“然。”

伙计：“过来吧，你家大福晋挑了好些缎料，可是身上居然没带银子，此时已经等得不耐烦了。”

少年李哲羞涩笑笑，跟在伙计身后，一径向前走。

穿过绸缎庄的店堂，伙计带他进入一个空荡荡的院子，少年李哲的脚步有点犹豫，忽然间有人在他的左肩拍了一下。

李哲头扭向左方，想看看是谁，右臂却突然被人扭住。

他本能地向右看，左臂又被人扭住。

但他丝毫不见慌乱，双足连环踢起，不料想地下又钻出两人，一个抄住他的左腿，另一个抄住他的右腿。

少年李哲被高高架起，双臂双腿俱被人牢牢控制。

但是他始终未发出一声惊叫，始终一声不响，任由那几个人将他缚在一根十字桩上。

当他被缚好后，就听一声咳嗽，房门开了，李化熙满脸倦色，李朱氏扶着他的手臂，两人一起走了出来，“格儿，你还好吗?”

少年李哲把脸扭过去，不看李化熙夫妇，也不吭声。

李朱氏走过来，怜爱地替他揩了揩脸上的血迹，“格儿，自打你走了之后，我天天夜里想你。你不知道啊孩子，你在家里时，我们在一起说说笑笑，日子过得有多开心。你这狠心的孩子，说走就掉头走了。是我再三地求老爷，想再见见你……”语未毕，李朱氏竟痛哭失声。

易装为少年的格儿，也忍不住流泪了，哽咽出一声含糊不清的，“夫人情意……视格儿为已出，格儿心领。”

李化熙走过来，“格儿，我知道上次夫人被掳事件是你做的。但我有十成把握，你肯定没有恶意。”

格儿终于说话了，“是的老爷，格儿没有恶意的。”

李化熙：“那为何要这样做呢?”

格儿猛抬头，突然喊叫起来：“老爷，你带夫人离开吧，快点离开吧。”

李化熙：“为何?”

格儿：“老爷呀，我的傻老爷，你保护不了皇上，保护不了太后，保护不了夫人，保护不了任何人!

“你的夫人已经被卖掉，她不再是你的了，不再是了!

“我是亲眼看到的，有人花了三十万两银子买下了夫人。

“所以我才会想到掳走夫人，让夫人逃离这可怕的北京城。

“你也被卖掉了！你，不再自由！你、太后和皇上，都被卖掉了。太后被卖了八百万两银子，皇上比太后少一百万两，你们都被卖掉了。大臣的官位被卖掉了，皇上的龙椅被卖掉了。这世界马上就要翻天覆地，明日出现在禁宫之人，将不再是今日这些人。明日临朝臣属，将不复今日之面目。快逃吧夫人，逃到江南，逃到海上，逃到谁也找不到的地方。

“格儿求你们了，快点逃走吧。”

李朱氏道：“格儿，你如此聪慧，又何须怕成如此模样？妖人的伎俩虽然可怖，却终究见不得光。我和老爷同心连体，决不会怕他们的。”

格儿急哭了，“夫人，你哪里知道妖人的手段是多么阴狠？他们整整花了四十年的时间，布下极险恶局。单这北京城中的布局，就用了六年。值此北京城已经布下四道罗网，布天之局，玄深莫测。布地之局，山河易色。布人之局，阴兵四出。布心之局，疑真似幻。格儿虽然身在卓礼克图亲王府中，却似乎夜夜听到那可怕的魔歌：‘天局最凶险，地局暗又暗。人局无可逃，心局算中算。’

“夫人哪，怪你不该生得国色天香，沦为四大罗网中最美的猎物。若夫人还不见机而走，逃到无人能找到的地方，势必为妖人猎杀，生不如死。”

李朱氏真的被吓到了，不由自主地靠到李化熙身边。

李化熙摇了摇头，“格儿，你还是不太了解本官。本官这个人呢，吃软不吃硬。若然真的有人敢伤夫人一根汗毛，本官上天入地，也要把他扒皮抽筋。”

说罢，李化熙竖起一根手指，“嘘，格儿，今儿你来此之事，无人知晓，听明白了没有?”

格儿：“格儿明白。”

李化熙一挑下颌，那几个人立即将格儿松了绑。

格儿活动了一下手脚，突然跪下，给李朱氏连磕了三个响头，站起来掉头走了。

李化熙和李朱氏呆呆地站在院子里，看着空荡荡的大门。

房门响了一声，皇太后、淑太后、顺治帝、苏茉儿并大布吉走了出来。所有人都呆呆地望着大门，但无一人开口说话。

风起，叶飘零。

现场气氛死寂得让人儿欲疯狂。

09

荣儿搀扶着眉儿下了马车。

高长奎身边的士兵，则把富尔敦扶下车来。

正往满珠习礼的王府大门走，后面突然涌过来十几个骁骑营的人，“高长奎，你身边的人是谁?”

高长奎急忙跪下，“禀标统大人，这就是小的刚刚从绑匪手中解救回来的贝子爷富尔敦，还有眉儿格格。”

“你把人找到，救回来了？”对方的口气充满了惊骇。

“是的。”高长奎躬身回答。

对方：“那你到底……是怎么做成这事儿的？”

高长奎：“幸赖这位荣儿姑娘，是她向小的详述了案由经过，是以小的才知绑匪是外地人，此来京师犯案，必先寻一个安全的落脚所在。且绑匪人生地不熟，多半会在居所附近完成这起绑架。是以小的立即叫来附近的掮客牙郎，查问得出果有一伙精壮的外地人，租了祝家胡同的一幢宅子。小的立即带人赶过去，果然找到了贝子爷并格格，侥天之幸没有大伤，就这样把人救回来了。”

对方满意地点点头，“好了，本座知道了。两位王爷那边，本座自当为你禀报，你可以走了。”

高长奎：“不是大人，小人是想……”

对方：“还想干什么？你不过是奉了本座之命，救回了贝子爷并格格，本是你职责之事。本座不再追究你缉查不力，导致贝子、格格被匪人所绑，你就已经烧高香了，难不成还想借这个机会，攀龙附凤不成？”

高长奎后退了一步，抗声道：“不管怎么说，人终究是小的救回来的，小人须得面见王爷……”

砰！一记重拳，击在高长奎的面门上。

高长奎被打得踉跄后退，居然又挺立回原地，“标统大人如此处置，小的心中不服……”

“让你不服，我让你不服……”骁骑营诸人群拥而上，将高长奎打倒在地，一顿拳打脚踢，那位标统长刀出鞘，雪亮的刀尖儿戳在高长奎流血不止的鼻头上。

“姓高的，别忘了你的身份。你只不过是绿营的一介奴才，随主子上战场，主子死了你却好端端地活着回来，说什么你一个人血拼西贼十数人，伤痕累累背负着主子的尸体回来，可这能免得了你的罪吗？若非是本座怜及你还有点忠勇，未究你之死罪，许你于五城兵马司赎罪，你早就死得连骨头都烂了。不知道感恩的东西，再敢啰唣，一刀杀了你！”

“滚！”标统一脚踢过去，高长奎的身体遥飞起来，扑通一声撞击在满珠习礼府门的石阶上，顿见石阶上一片殷红。

然后，骁骑营的人搀起富尔敦并眉儿，快步入门，大喊道：“赶紧报知王爷，贝子爷及格格救回来了。”

全府轰动，只有荣儿呆呆地立在门外，看着高长奎的身体艰难地蠕动着。

他吃力地爬起，夕阳残照，映在他那满是血污的脸上。荣儿看到他抹了一把脸，似乎是拭去泪水，然后手扶墙壁，艰难地一步步走开。

荣儿追了几步，叫了声：“高大人。”

高长奎的身体悸动了一下，向后挥了挥手，没回头，一瘸一拐地走了。

那孤独的背影，无尽悲凉。

第二十章　深埋大地，隐伏千年的杀机

01

多尔衮策马来到一座酒楼下，下马后将缰绳扔给侍卫詹岱，前行两步，负手问道：“是谁牵的头？”

詹岱：“还能是谁，满珠习礼家的眉儿格格，还有卓礼克图亲王府上的荣儿。荣儿虽然没有格格的封号，但谁都知道那是早晚的事儿，吴克善一家把她宠上了天，皇太后认了她做干女儿。别看她只是个小丫鬟，可说句话，半个北京城都要晃动。”

谁说不是呢，多尔衮叹息，“全都是一等国公的命根子，个个都是母老虎，哪怕是本王都不敢轻易招惹呀。

“在这儿候着，本王上去看看，那些姑奶奶们在搞什么名堂。”

大踏步地走上楼梯，两侧的婢仆纷纷跪倒。多尔衮发现自己来到了一家破败酒楼的平台上，下方的场景极是杂乱，一群群士兵奔来跑去，有些凑在一起喝酒，还有几伙在打群架。

多尔衮说话了：“哎哟，今天这里凑了几家格格啊？”他一边说，一边扇着飘过来的气味，“这里可真是……别有风味。北京城这么大，怎么偏挑了太仆寺这么个脏地方？”

阳台上，立着十几个花枝招展的格格，满珠习礼家的眉儿、吴克善府中的荣儿，全都在里边，见到多尔衮就招手，“王爷过来，你快过来。”

多尔衮无可奈何地走过去，“到底要干什么，每天公务那么多，本王忙得快要疯掉了……这下面不是五城兵马司吗？归属步兵统领管辖，日常无非是巡个夜、救个火、编查下保甲、传布下禁令。格格们金枝玉叶，怎么会对这些粗俗的事情感兴趣？”

眉儿拿手向下一指，“王爷，你看那个人。”

多尔衮站定细看，只见五城兵马司的衙门一角，十几个服色特殊的士兵，正在围殴一个人。那个人被打得头脸皆血，拼命地想护住什么东西，但终被对方抢走。

多尔衮留了心，“那人是谁？格格何故让本王注意此事？”

荣儿跳过来，“摄政王，我来告诉你，那个人叫高长奎，职在五城兵马司的一个小小吏目，皇家官职数过九品再到从九品，都没他的位置。皆因他只是个奴才，跟随主子西征，因主子不听他的劝告，私自行动，陷入重围。主子惧而投降，仍被贼兵砍死，他一个人杀死十几名敌兵，伤痕累累背负主子尸体返还。但终因陷主于死之罪，不记军功，发配在这肮脏的五城兵马司。”

多尔衮噢了一声，用奇怪的眼神上上下下打量荣儿。

荣儿不理他的怪眼神，继续说道：“王爷此时看到的，是南城靖国侯府丢失了一座西洋进贡来的琉璃钟，报案多日，衙司束手。那高长奎得到消息后，私自向靖国侯的家丁详问过案由，断定此物为外府的一名奴丁所盗，并在那奴丁的宅中搜出那座琉璃钟。但当高长奎将案由上报之后，步兵统领手下的人就来抢功，这不刚刚抢走了物证琉璃钟。等过几日王爷看到奏报，奏报上也绝不会出现高长奎的名字。”

有这种事？多尔衮的眼珠快要鼓了出来，“然则荣儿，你深居卓礼克图亲王府中，足不出户，怎么会知道得如此详细？”

眉儿说话了：“因为这高长奎，救过我的命。”

“什么时候的事儿？”多尔衮大吃一惊。

眉儿：“当然是前几日，我和贝子爷富尔敦，被那几个绑匪掳走之时发生的事。就是这高长奎，冒死杀入匪巢，救得我性命。”

“哈哈哈，”多尔衮笑得极尽开怀，“眉儿格格，你久居闺阁，不辨下人营制服饰，救了你的实是骁骑营的一名标统和他的几名手下。此案所有细节，本王那边的奏报上都已核实得明白，不会有错。”

荣儿笑道：“不会错才怪，你这个笨如猪一样的摄政王！”

多尔衮：“大胆荣儿，竟敢当面羞辱本王，卓礼克图亲王一家，真是把你惯得没个人样了。”

众格格簇拥着荣儿，齐齐向前一步，“怎么着摄政王，你莫非要在这里，把我们全抓起来杀掉吗？”

“说什么呢这是……本王……”多尔衮气得想走开，可仍被格格们拦住去路。就听眉儿心平气和地说：“摄政王大人，我之所以获得性命，是荣儿亲自带了人把我救出来的，就劳烦摄政王大人稍有点耐心，听荣儿说说详情，又如何？”

“行，行，你说吧，本王听着呢！”

多尔衮怒气冲冲地道。

02

“老李，停一下。停一下，老李。”

高尔俨东倒西歪地从轿子上下来，作势欲迈步，却一屁股坐在地上。

前面骑马的李化熙停下来，“老高，你又怎么了？”

高尔俨喘着粗气，在刚刚落轿的党崇雅搀扶下，吃力地起来，“走不动了老李，真的走不动了。我们不过是去古北口，看一尊出土的几百年前的翁仲而已，真的有必要这么奔命吗？”

李化熙：“不奔命怎么可以？明日就是焦曰白花会上所赠那只函匣的开启之日。我料定那只匣子打开，定会发生不测之事。是以我们必须在明日之前返回，以防变化突至，束手无策。”

党崇雅问：“到底会有什么变化？为什么我们一定要去古北口看石翁仲？”

李化熙：“我现在要是能够回答你，就好了。”

拿鞭子向前一指，李化熙续道：“本官现在只知道，有人足足花了六年的时间，在这北京城布局。有天局，有地局，有人局，有心局。诸局各自是个什么名堂，本官一无所知。但是对方既然费时六年，定然非同小可。是以古北口这边偏在这时候出土一尊与多尔衮府中一模一样的石翁仲，实为蹊跷。本官疑心此翁仲为妖人布局之一，必须要亲眼看一看，才能放心。”

高尔俨坐在轿杆上，道：“可怜我这把老骨头呀，哪儿经得起这般长途跋涉。再者顺天府那日的遭遇，吓得我至今也没缓过来。如今我只要躺在榻上，睁眼就听到喊杀声，闭眼就看到冷森森的矛尖刺过来。”

党崇雅道：“老李，本官多句嘴。你能不能，呃，跟两宫太后，还有陛下说一声，别让他们再去参加什么花会了。那种地方乱糟糟的，何不待在宫里，以求安全。”

李化熙笑了，“六年前，李自成大顺王朝覆败，前一日李自成离开北京，次日多尔衮就率军到了。紧接着，两宫太后带着才六岁的陛下，星夜兼程，马不停蹄足不沾地地向北京奔行，可知他们为何如此急切？”

高尔俨：“废话是不是？帝位虚悬，如此急切当然是为万里江山。”

李化熙：“实告二位，为万里江山如此急行，只是理由之一。还有一个不可能让人知道的理由。”

党崇雅：“什么理由？”

李化熙：“那时候的盛京皇宫，已经被妖人掏空。太后并陛下，夜夜忧心日日惊惧，仿佛悬垂于刀口之下。是以得知北京这边有座空着的皇宫，想都不想，就立即起程了。”

“我可以说，陛下与两宫太后，是逃到北京城来的吗？”

慢慢转过来，李化熙续道：“事实上，这样说也毫不夸张。两位，我的话说得够清楚了吗？”

党崇雅、高尔俨震骇不已，“老李你是说，陛下与太后，搬入紫禁城才刚刚六年，可这座紫禁城又已被妖人掏空？一如顺天府，表面上仍是皇家衙司，履职行命，实际上却只奉妖人的号令？”

李化熙不回答。

党崇雅与高尔俨相顾震恐，“这就难怪陛下与两宫太后，一而再再而三地找不是借口的借口，想尽办法不回宫里。我要是他们，宁肯去妖人的花会上看个分明，也不敢待在宫里，任由那面目陌生的怪东西，主宰自己的安危性命。”

李化熙打马先行，“走吧。”

03

雍和宫内，磬声回荡。

范文程慢慢退出。

雍和宫门外，等着十数个大臣。大学士祁允格、刚林等人都在场，见范文程出来，齐声问：“如何?”

范文程把一叠纸递过去，“你们自己看。”

祁允格和刚林接过那叠纸，展开来细细地数过，惊呼了一声：“全都退回来了?竟然没有一个合适的?”

范文程叹息道：“这已经是第三次了，差不多有头有脸的王公大臣眷属，只要能搞到生辰八字的，咱们全都试过了，可居然一个也不入人家喇嘛的法眼，你说这可怎么办?”

祁允格道：“老范，距离豫亲王多铎的打醮，不足两日了。宫里也没要求咱们干什么，就是选出三位福慧双全的眷属，到祥云寺给多铎祈福。若然这么点小事都办不来，咱们未免太……不用心了吧?”

刚林道：“老祁，你也别死催活催，没看老范急得眼珠都红了吗?要不老祁你帮帮他，把你家福晋的八字呈上去如何?”

祁允格：“唉唉唉，我家福晋可是第一批就报上去的，也是喇嘛第一个扔出来的。”

刚林道：“还真忘了，就记得我家福晋的八字被扔出来了。”

众人急得搔头，“想想看，还有谁家的眷室一时之间想不到的呢?”

范文程想了半晌，“我倒想到几个人，等我试一试。”

他从怀中摸出一张折叠好的纸。

祁允格及刚林等人愕然，“老范，这是谁家女眷的八字?你为何要私留起来，不交与喇嘛看看?”

范文程不回答，自顾入殿，跪在蒲团上，祈福过后，将那张折叠起来的纸，双手呈给小喇嘛。

小喇嘛接了，不声不响地倒退着，进了内殿。

少顷，突然间仿佛整座雍和宫晃动起来。一排红衣僧人摇动着锡杖列队而出，远远近近只见经筒转动，幡旗飘飘，所有的法器同声大作，磬鸣，铃响，法螺吹起，骨笛呜咽，铙钹铿锵。片刻之后，悦耳的金刚铃声突起，压住了所有声音，随后只能听到金刚铃飘摇飞至。

一个柔和的声音响了起来，“幸蒙列位用心，多铎的三位护法菩萨已经来到。

“范门金氏、李门朱氏，并大将军阿济格府上愉氏。”

雍和宫梵歌大起，无尽庄严肃穆。

范文程脸色灰白，喃喃自语道：“怎么会这么凑巧？怎么会这么凑巧？

“非她们三人而不可？”

04

古北口，高坡上的土路上。

土路急转，形成弯道，修建于山崖一侧。

一尊石翁仲立于路边，上面苔藓遍布。

李化熙满脸狐疑地望着石翁仲，上前摸摸，拿手敲一敲，好半晌问：“老高，你确信这东西，真的与摄政王府中出土的那一尊，一模一样？”

高尔俨：“绝对一模一样，连工匠的刻削刀法，都无丝毫区别。你看这刀功技法，线条呈流水状，大柔大刚，大转大合。这是失传了三百多年的北派杨家刀法。本官前些日子，在河北吴桥找到了杨家的后人，获其三百年前的先祖记录私书，得知这两尊翁仲的来历。元朝明宗晚年，以权臣伯牙吾台·燕铁木儿用事。那燕铁木儿上欺天子，下压群臣，文宗殁后，悍然不立新帝，自代皇帝行使权力。其人生活，荒淫无度，后宫从皇后到嫔妃，须轮流侍寝，王公贵女，侍立于侧。而且他一餐饭要宰杀十三匹马，权势熏天，无人敢言。正是这位燕铁木儿，命了当时的北派杨家，雕铸了这两尊一模一样的石像，说是要用在他的陵墓之中。”

李化熙点头，“明白了，这就是此二尊翁仲出土的目的。有人不知用了什么办法，知道这两尊翁仲深埋之地，之所以要在这个时候挖出来，只为向天下人宣示一件事。”

党崇雅、高尔俨：“什么事儿？”

李化熙：“有人野心勃勃要做燕铁木儿，想要让两宫太后榻前侍奉。”

党崇雅、高尔俨相顾骇然，“这……好大胆的想法。”

李化熙：“那么问题来了，多尔衮王府中地下的翁仲，是马夫俄尔岱私自挖出来的。那么这尊翁仲呢？高尔俨，别告诉我说这翁仲是自已钻出地面的。”

高尔俨：“替你查问过了，这石翁仲，是附近一个叫秦马儿的乡民挖出来的，其经历大致与多尔衮府的马夫俄尔岱相似。秦马儿也是做了个梦，梦到这里埋着一道门，门里有无数的金银财宝，他把这个梦告诉了乡里的几个闲人，承诺如果挖出财宝，大家平分。于是这些人就真的破土动工，最终却只挖出这尊石翁仲。”

“然后呢？”李化熙冷笑，“然后众人气不过，当场用锄锹打死了秦马儿，是也不是？”

高尔俨诧异地看看李化熙，“还真不是这样，但结果应该相差无几。实际上那秦马儿是在挖出石翁仲后，去水塘里清洗，然后他看水塘的水极清澈，就脱光衣服下水。不想水里有条长长的水蛇，秦马儿失惊之下，在水塘里拼命挣扎，最终溺水而亡。”

李化熙：“过段时间吧。

“过段时间，如果本官还有命在，一定回来替秦马儿洗清冤屈，他明明是被人强行按在水里溺死的，事后凶手们用条水蛇完成这个布局。哼，此类伎俩本官见得太多了，还能再新鲜点吗？”

立于悬坡的山路上，党崇雅茫然地看着山下，“现在我们怎么办？”

李化熙：“回城，收摄政王府中的马夫俄尔岱。”

是摊牌的时候了。

05

次日黄昏，李化熙几人匆匆来到摄政王府门前。

正见多尔衮带着詹岱并几名侍卫，牵马出来。

李化熙上前一步，“王爷。”

多尔衮：“李化熙，本王真是小看你了，火焚东公庙，捣毁顺天府，你还能把动静闹得更大点吗？”

李化熙不答，“王爷，请允许本官进入王府。”

多尔衮：“你要做什么？”

李化熙：“收马夫俄尔岱。”

多尔衮吃惊地停住脚步，“俄尔岱不过是个马夫，可曾触犯刑律？”

李化熙：“然。”

多尔衮想了想，道：“李化熙，你不能低调点吗？那俄尔岱三世尊奉本王，是本王最信任的奴才。倘本王允你收他，这让本王日后如何面对府中亲随？”

李化熙：“王爷明鉴，下官也是实在没办法了。事实上下官三次诱捕俄尔岱，悉数失败。那俄尔岱铁了心，躲在王府中不肯出来。下官不断地送消息进去，先是说他孩子病了，俄尔岱置若罔闻。续而说他老婆偷人，跟人跑了，俄尔岱无动于衷。第三次说俄尔岱的亲爹死了，可他连出府奔丧都不肯。这就让下官无计可施，只好出此下策了。”

多尔衮低声道：“李化熙，我许你入府，也授权你于本王的府中自由行动。但除此之外，你不会拿到本王的任何纸面授权，你明白吗？”

李化熙：“下官明白了，无论发生什么事儿，都由下官自行承担，与王爷无关。”

李化熙三人退到墙角，低头商议，多尔衮正要上马，不料低头看了看手中的马鞭，顿时怒了，顺手将马鞭掷到詹岱身上，“詹岱你整天脑子里想些什么？这不是本王用惯了的马鞭，与本王回去取来。”

詹岱单膝点地，“喳。”

慢慢站起来，看着多尔衮绝尘远去，詹岱悻悻立起，迈步回返王府。

06

摄政王府的密室之中，涂先生立于桌前，正在画一幅画。

密室的门悄然滑开，詹岱出现在门口。

涂先生并不回身，说道："詹岱，你来看小可这幅画。"

詹岱出神地望着涂先生面前那张白纸，"先生，你画的是什么呢？"

涂先生展颜一笑，"你如何不知？小可画的，是人心。"

詹岱："人心？"

涂先生："是啊，小可画的，是你詹岱这颗心啊。

"你在摄政王身边，深得器重，摄政王堪可说是以性命相托。但你詹岱却另奉其主，闭塞了摄政王的耳目，迷惑了他的视听。他听到的，似是而非，不能说都是假消息，但却失去研判价值。他看到的，不能说是虚幻的，但却丧失了真实的意义。你知道吗詹岱，虽然你只是个小小的侍从，却是位古往今来罕见的画师。你有时是南朝宋之陆探微，所见皆骨。你有时如南梁之张僧繇，所见皆肉。你有时如东晋之顾恺之，所见如神。但实际上你却是只闻其名、未见其形的曹不兴，纵见神龙之首，终难见其尾。"

詹岱："涂先生好生聪明，奴才真心仰慕已久。奴才隐匿日久，可以说是毫无破绽，先生又如何猜到是我？"

涂先生笑道："说过了的詹岱，知人知面不知心，在你来杀我之前，我也无法断定你是妖人伏于摄政王府的暗桩。"

詹岱笑了，笑得如只狡猾的狐狸，"然则先生已经知道了，要不要告诉奴才，先生喜欢何种死法？"

涂先生："就是说，你们要今夜发动，多尔衮不会再活着回来了，对吧？"

詹岱："实告先生，罗网早已布好，六年苦心孤诣，天局、地局、人局、心局，四大局当于此夜同时合围。摄政王纵然是上天入地，也难逃劫杀。黄口孺子顺治，今夜或会卖出个高价，明艳照人的两宫太后，此后须得学着点侍奉男人了。"

涂先生："据小可所知，两宫太后另有一路伏兵。"

詹岱哈哈大笑，"先生是说李化熙？那个秃尾巴老李？哈哈哈。今夜妖人会，李化熙那绝世美貌的娇妻，当是第一桩售卖品。是夜他将亲睹自己的爱妻，是如何蜷伏于另一个男人怀中，曲意求欢的。"

"哈哈哈！"在詹岱可怖的大笑声中，刀影突现。

涂先生微笑栽倒。

血，无声无息涌淌而出。

07

摄政王府后院墙外的一条胡同里，党崇雅、高尔俨满脸忧虑，看着李化熙换上一身奴丁穿扮的粗布衣裤，"老李，一定要这样吗？"

李化熙："你们没听见多尔衮的话吗？他实际上已经失去对自己王府的控制能力了。也许整座王府之中，妖人的暗桩只有一个，但他无力判断，再也不敢相信任何人。古北口那尊石翁仲，出土的日子如此之巧，恰与妖人会的日期叠合。此中定有极隐秘的杀局，奈何我这肉眼凡胎，看不到妖人的心里。是以本官必须亲入摄政王府，亲眼看看马厩里的那尊石翁仲，才能做出个明晰判断。”

党崇雅道：“适才我看到几家王府的轿杖，都往城北方向去了。”

李化熙：“这是上次参加焦曰白花会的诸人，不约而同地打开了函匣，拿到了妖人会的准确时间地点，你们两人体力不济，必须要快点赶过去。待本官瞧过摄政王府的马厩，立即会去追赶你们。”

高尔俨担心地看着正翻越墙头的李化熙，“老李，你不会有什么危险吧？”

李化熙翻过墙头，又探头回来，“难说。”

高尔俨、党崇雅急忙钻入轿中，吩咐道：“城北方向，一会你们自会知道路径。”

摄政王府之内，李化熙双脚落地，就见一群恶狗汪汪汪地冲过来。

李化熙：“哎哟嗬，有够凶，幸亏本官早有所料。”

伸手向后腰摸出只囊袋，掏出里边油腻腻的肉骨头，就势抛出去。

众狗子眼神一亮，丢了李化熙不顾，群拥争逐骨头。

李化熙蛇伏疾行，沿途经过假山奇石，行至一处门廊处，他贴墙立起，正欲探头向里张望，突然间后背被什么东西击中，李化熙急转身，只见两个婢女坐在石凳上啃食桃子。

再看地下，击中他脊背的，是两个婢女掷过来的桃核。

“喂，”见他转过身来，两个婢女喝问道，“你是哪个灶上的？这般鬼鬼祟祟，怎么从来没见过你？”

李化熙急忙弯腰赔笑，“两位姐姐，我是马厩俄尔岱的表哥，只是在马厩里铡草的。俄尔岱让我去取些喂马的药材，可是小的脑子浑，不记得路……”

两个婢女站起来道：“原来你是俄尔岱那边的人，难怪看起来这么陌生。跟我们来吧，我们告诉你怎么回去。”

“谢过两位姐姐。”李化熙急忙打躬，跟在两个婢女身后，一径穿越了长廊。进了月形门，来到了一个人来人往的庭院。就听两个婢女说：“姐妹们，这里又来了个俄尔岱的人，赶紧拿下他。”

李化熙未待反应过来，双臂已经被几名仆丁反剪，旋被吊在一棵树上。两个小婢女疾奔进屋门，“格格，格格，又捉到个来找俄尔岱的。”

一个眉眼聪慧的女孩儿，出现在门前，满脸厌恶地道：“这些不知死的畜生，以后来一个打死一个……抬起头来！”

李化熙无奈地抬头。

那女孩儿仔细地端详着他，“你们快过来看看，这贼骨头好生面熟。”

李化熙难堪地扭过脸，“东莪格格，那能不熟吗？我夫人可是被你留于府中，叙话一夜的。”

“你夫人？”那女孩儿恍然大悟，“你莫非就是那个秃尾巴老李？怎么模样这么丑？”

李化熙：“东莪格格，你没听说过吗？粗柳簸箕细柳斗，世上谁嫌男儿丑。”

女孩儿：“可你丑成这样，李姐姐相中了你哪样？”

李化熙："哪样也没相中，她是看的时间长了，慢慢就习惯了。"

这眉宇慧聪的女孩儿，就是多尔衮的独生女儿，东莪格格。只听她吩咐道："快点给李大哥……不对，李大叔松绑。"

李化熙："唉，我妻子是姐姐，到我这儿就成大叔了。"

东莪格格："怪我咯？是你自己长得太丑了。对了李大叔，你不好好在朝为官，缘何贼眉鼠眼地溜进我王府？"

李化熙："实告格格，下官此来，是想看看马厩里出土的那尊石翁仲。"

东莪格格一拍手，"这就对了。上次你夫人来府中时，悄悄告诉我那个俄尔岱极是可疑。所谓梦到地下石人夜呼，这种话如何信得？是以我一直派人盯着马厩那边，但凡入府与之联系之人，不问青红皂白，先行羁押起来再说。不想等到今天，却连你也一并抓了。"

李化熙仰天长叹，"格格呀，你这玩笑开大了。难怪本官几次想把俄尔岱诱出王府抓捕，却百般无功。原来我派入府中之人，全被你给抓了。"

东莪格格笑道："这便是大水冲了龙王庙，说到底，大家各自为战，惊心不定，也没个人居中统筹，出这样的事儿，倒也正常。"

李化熙活动了一下手脚，道："烦请格格派几个人，送下官到马厩瞧瞧。下官不亲眼看到那尊石翁仲，这颗心总是放不下。"

"好吧。"东莪格格派了两个拿着书卷的文士，带李化熙前往马厩。多尔衮的王府极大，路上走了好长时间，李化熙看到前面有条笔直而宽广的大道，两名文士向前一指，"李大人，沿此路一直向前，就是王爷的马厩。王爷是个喜欢速度的人，每次纵马出来，都要疾驰一段路程，是以此路修得极长。"

李化熙神情大变，加快速度奔跑起来。

前方，距离马厩栏杆数十米的地方，就见那尊石翁仲，与李化熙在古北口所见一样的造型。夕阳西下，石翁仲静静地立于道边，投射下长长的影子。

突然间李化熙大叫一声："不好，想不到这个杀局，竟是如此工于心计，摄政王大人今夜凶多吉少。"

言未讫，李化熙掉头，向王府之外疾奔。

两名文士诧异地看着他的背影，摇头道："这个秃尾巴老李，好歹也是朝中高官，不承想竟然如此浮躁潦草？难怪许多人都说他根本配不上他老婆，单只说那份温和与静谧，李大人就万万不及。"

李化熙满脸是汗，表情焦虑而急切。

他冲过府中湖边的一条长堤，前方不远就是王府的大门。

李化熙突然止住脚步。

一个女人坐在石头上，正自提刀慢慢立起，"秃尾巴老李，我在这里等你好久了。

"上次你夫人入府之日，府中的井里多出了一具尸体。

"那个死掉的女人，来自外府，大家都叫她李嫂。

“今日你入府来，当然也应该再多一具尸体。

“猜猜这具尸体是谁？”

李化熙呆怔茫然，“姑娘此言……”

“不是你，便是我！”

言未讫，呵斥声中，刀风疾卷，向李化熙当头劈至。

第二十一章　天地迷局，皇帝太后大拍卖

01

多尔衮负手立于山坡之上。

四周乱七八糟，到处都是随意丢弃的板料石材。视线所及，能看到已经烧毁的福缘观，以及阴气森森的城北鬼宅。

一台台轿杖，行至鬼宅门前停落，落轿之人，俱各戴有面具，不辨面目。

鳌拜、谭泰、岳尔布、图赖、拜音图及何洛会六将，俱各衣冠不整，但勉为其难地挟着头盔，以示自己处于战时状态。他们费力地穿过废材石料堆积的小山，小心翼翼地寻找着可以落脚的地方，走到多尔衮身后，站成一排。

“王爷，领侍卫内大臣鳌拜，已严令两翼宿卫，乾清门、内右门、神武门、宁寿门并太和门诸营的侍卫领班、帅豹尾班及散秩大臣、侍卫等星夜戒备，不得令宫中稍有滋扰。”

多尔衮：“外围呢？”

鳌拜等六人禀道：“已奉摄政王令，命步兵统领衙门、丰台大营及西山键锐营的骁骑营、前锋营、护军营、步兵营并各营的火器营、虎枪营、神机营等悉数出动。正黄旗、正白旗及镶黄旗上三旗精选的亲军营，由王爷亲自指挥。下五旗的镶白旗、正红旗、正蓝旗、镶蓝旗及镶红旗等驻防各旗，随时听从王爷的号令。”

多尔衮摆弄着掌心中的一块佩玉，“闲散的日子久了，人心也就懈怠了。”

六人齐声道：“王爷无须多虑，我等已经点过卯，绿营驻军九品十八阶，举凡提督、总兵、副将、参将、游击、都司、守备、千总乃至把总，俱各应卯，无有缺疏。”

无有缺疏？多尔衮摇头，“如此说来，似乎人人都在等着今天，不想错过是吧？”

鳌拜：“奴才不懂王爷说什么，唯知为陛下竭忠效死。”

“是这样啊，”多尔衮冷笑，“今夜可是本王与两宫并陛下的生死之战，你看那对面山头的鬼宅废屋，此时妖氛弥天，各路魑魅魍魉齐至。这是自太祖时代以来，四十年来的首次交锋，别告诉我你们听不懂本王的话。平心而论，尔等期待这一夜，已经很久很久了吧？”

鳌拜犹豫了一下，踏前一步，“实告摄政王，小将只是个奴才，主子让做什么，就做什么。替主子去死，也是心甘情愿的。只是这些年来，主子的行踪颇是怪异，防范甚严，疑心丛生，似乎在与看不见的什么人搏斗一般。奴才也曾与谭泰等人，在私底下议论过，尽管太祖、太宗两朝，均有严旨不得私议此事。但奴才那颗瘙痒的心，如何按捺得住？奴才多次抗旨，请王爷责罚。”

多尔衮：“本王不曾责罚你吗？西征而归，本王曾三次将你推出斩首。”

鳌拜：“那是陛下知道奴才之竭忠，所以三次保下了奴才。说到底，奴才不过是陛下的家将。”

谭泰道：“可是王爷，私下议计归议计，实情到底是怎么回事，如王爷不弃，何不于此告之，让奴才等一会儿杀进去时，心里也好有个谱。”

多尔衮摇了摇头，“已经不需要本王多说了。

“尔等看！”

顺着多尔衮的手指，六将定睛细看，顿时齐齐地惊叫一声：“那是什么东西？”

夕阳西下，城北鬼宅上空，有一个似人而非人、花翎顶盖、鸟羽人身的东西，正自飘落下来。

多尔衮的声音，充满了震骇与恐惧，“诸位，这就是自太祖、太宗及至今日，捕猎了四十余年，始终只闻其声、未见其形的妖物。

“没人知道这东西是什么。

“但知道这邪恶的存在，曾吞噬了无以数计的生灵血食。”

猛转身，多尔衮道：“值此大决战，本王请诸位尽心竭力擒获或是杀死这东西。

“今夜！

“此地。”

02

城北鬼宅，已经被简单地修葺过了。

整体布局，一如上次焦曰白的花会。一个四周为黑色帷幕围绕的台子，下面是几十张方桌，围坐着数百名客人。这些客人从轿子里出来时，脸上就已经戴好了面具，各自手持牒函，找到自己的座位坐下。

再往后，是一排两层阁楼。

皇太后、淑太后、苏茉儿与大布吉，就在其中一间屋子里。

苏茉儿不停地摸着房间的墙壁，说道：“太后，我和大布吉上次来此与高夫人的暗桩接头，这里还没有这些屋子，只是一幢鬼气森森，布满了污物的破宅子。”

皇太后沉吟道：“既然来到这里，事情就应该清楚了。我们为找到四十年前参与妖人会的前明锦衣卫指挥使，不惜身犯险地，出生入死，入夔东十三家，面见高夫人，得知高夫人把她的暗桩伏于此地。但万不料妖人也自盯上了这个地方。所以苏茉儿你和大布吉来时，高夫人的暗桩实已被妖人拔除，你们见到的应该是妖人。”

淑太后笑道：“这是用废旧板材建造的。单只是这儿间屋子，就已经布局很久了。六年前南宫府库的石料不翼而飞，经李化熙查证，果然是绿营的人打着摄政王的旗号干的。可这实际上是个障眼法，妖人就是用这个办法，私藏了一批建材，修了福缘观，又重整了这幢鬼宅。”

苏茉儿笑道：“这里的地势如此之高，怕只是南宫府库那点材料远远不够。”

皇太后道：“据李化熙说，这里原本是从元宫到明宫两朝天然的废料堆砌场。三朝累及今日，快五百年了。也亏妖人有心，替咱们建造了这么个天然大舞台。”

顿了顿，皇太后又道：“皇上那边怎么样？你们两个不在身边，哀家这心里七上八下的。”

苏茉儿道：“太后请放心，宫防宿卫，自有三太后娜木钟调度。昔年她可是马背上的女将军，有她的防护，陛下自然不会有事。”

皇太后：“可是哀家……还是放心不下。”

苏茉儿：“太后，那东西出来了。”

天地之间突然风声大作，那风是异常地腥，熏人作呕。

疾风中，但见一物，花翎顶盖，鸟羽人身，扑动着羽翼般的双袖，扑落于高台之上。然后用它那尖利的长喙，以及冰冷冷的眼神，看着与会诸人。

众人皆骇，目瞪口呆地看着这东西。

高台四角，悄无声息地出现了四条精赤着上身的大汉。只听那鸟羽长喙人用洪亮的声音说道：“诸位，行四十年，本仙与诸位又会面了。

“列位，夫天下者，至尊者莫过于帝王，权势赫赫，杀伐无算。宫禁之欢，莫不称羡。本仙来自鸿蒙之外，最是知道人世之间，至甜美者莫过于帝尊，至甘洌者莫过于君恩。四十年前，本仙在建州的皮家老店，卖出了七样绝美的物事，举凡开价之人，都得到了他们想要的，并认为物有所值。

“那七桩绝美货品，都是什么呢？

“就是俗世间所称皇家七大恨。

“何谓七大恨？

“一恨太祖手足损，二恨太子被幽禁，三恨大妃失位尊，四恨贝勒杀子孙，五恨弦弓仰天恨，六恨公主被灭门，七恨皇权遭伤损。

“先说皇家第一恨，大清开基，太祖努尔哈赤神威凛凛，更得其手足兄弟舒尔哈齐之助。那舒尔哈齐能征惯战，大儿子阿尔通阿骁勇无敌，二儿子阿敏凶残果断，三儿子扎萨克图智计无双，是以那舒尔哈齐成为努尔哈赤的左膀右臂。

“所以四十年前的建州开盘，头桩就是卖出舒尔哈齐，得银八十万两。此后本仙按买家之意，遣使入舒尔哈齐府，说动阿尔通阿并扎萨克图，言语举动处处流露出对努尔哈赤的不敬，不再臣服。终于此兄弟二人反目成仇，最终努尔哈赤杀阿尔通阿并扎萨克图，幽囚手足兄弟舒尔哈齐，了却这第一桩帝业交易。

“再说第二根，努尔哈赤帝基既成，以长子褚英为太子。但既有买家开价，本仙便派了人潜入太子府，往太子饮食里放些迷失心性的药物。于是太子性情转而暴烈，时常口出恶言。再遣人搜集太子的言语状，终致太子失心，被努尔哈赤废黜幽囚。

“第二桩交易完成，合同终止。奈何本仙配制的迷心药物，还有得剩。嗣后多年，本仙把那些迷心药喂给了肃亲王豪格。是以世人皆知豪格狠毒杀妻，且脑子糊涂，又岂知是这药物的作用?

“接下来是第三桩交易，努尔哈赤建后宫，以富察氏为大妃，也就是皇后。诸位可想这皇后之位，价值几何？又有多少人争价？这桩交易最是了无悬念，本仙只要令得两个宫嫔出面首告，称大妃富察氏与人私通，再简单地布一下局，就完美地做成了这桩买卖。

“而太子褚英被废黜，努尔哈赤转以二皇子代善为太子。本仙先是布局，让人疑心代善与皇后有私情，再布伏于代善第三子萨哈廉身边，以其子妻为质，强迫萨哈廉为长兄岳托、次兄硕托下套。是以硕托向代善进言，希望分家时得到采邑贫瘠的土地，以养贤名。代善不知是计，欣而从之，而后本仙命萨哈廉囚禁硕托，放出风声，称代善宠溺三子，处事不公，彻底摧毁了代善的名誉，终致失其太子之位，改封大贝勒。而后，萨哈廉故意上书推崇四贝勒皇太极，与生父代善为难，目的是为了让人看出异常，发出隐秘的呼救声。也不知世人听到没听到，但四贝勒皇太极却就坡下驴顺水推舟，真的以一人取代执政的四大贝勒，成为本朝太宗。

“萨哈廉之举，令得本仙烦不胜烦，遂于皇太极死后，布局迫得代善为求自保，杀死二子硕托并萨哈廉的儿子阿达礼。

“到得代善杀子杀孙，这已经是第四桩交易了。

“而在第二桩交易的皇后富察氏失位之后，本朝摄政王多尔衮的生母阿巴亥成为皇后。是以此女就成了建州仙人会的第五桩交易，按太祖努尔哈赤的想法，想以阿巴亥监国，以其三个儿子阿济格、多尔衮并多铎执掌兵权。本仙只是小小地出手，唆使阿巴亥三旗力推她成为女主，就使得阿巴亥浑身嫌疑，说也说不清，最终自杀以表清白。本仙再放出风声，声称她是被太宗皇太极以弓弦绞杀，让那皇太极气急败坏，却偏无可辩白。

“第五桩交易完成，太祖努尔哈赤的三公主哈达公主开始追查本仙的行踪。本仙将计就计，将哈达公主执掌的正蓝旗彻底掏空，再控制三公主的丈夫琐诺木杜棱，令其出面首告哈达公主谋反。一时间掀起腥风血雨，太宗皇太极按下葫芦浮起瓢，恼羞成怒之下，竟尔将本仙控制的正蓝旗彻底杀光。是时千人赴死，血流成河，哈达公主香消玉殒，为本仙的第六桩交易画出个漂亮的终止符。

“如此六桩交易，让本仙畅饮皇脉鲜血，欢欣不已。

“然则本仙为何要卖出这六桩奇怪的货品呢?

“原因就在第七桩交易。

“帝业之上，犹有天威。

“皇权之上，还有本仙。

“本仙是满怀真诚地希望告诉世间每一个人：皇家威权，生杀予夺，并不可怕。

“可怕的是本仙不开心。

“四十年过去了，本仙现在，又有点小小的不开心。

“是以无数人翘首期盼，期盼着这一次的仙人会，又会给大家带来什么呢？”

说到这里，现场锣鼓齐鸣，号角悠长，一排金甲舞者冲上高台，表演起战场上的杀戮场面。

须臾音止，声息。

鸟羽长喙人再次笑吟吟地出场。

“西海之南，流沙之滨，赤水之后，黑水之前，有大山，名曰昆仑之丘。高一万一千一百一十四步二尺六寸，山叠九层。其上有三株树，长五寻，大五围，九井围之，以玉为槛，另有开明兽守之。

“这三株树，结出来的是最美的白玉，皎洁、晶莹、柔润，散发着迷人的淡香。每隔五百年散落于人间，落地花开，见风香起，是为国色名姝、慧心玲珑的妙女子。

“是以这北京城中，天地所钟，有三个女子，为无数人所念想。

“第一个，是金氏。她是天地慧气所化，若得此女一顾，凡夫可为谋臣，谋臣垂名千古。

“第二个，是愉氏。她是天上灵气所化，若得此女在侧，闺室即是天堂，榻上无尽销魂。

“第三个，是朱氏。她是天上香气所化，若得此女相伴，凡心尽皆消散，人间唯余清香。

“这三名女子，集慧美静于一身，其各有夫，心各有主。纵你有心，卿之无意。

“然这天地之间，万里江山，如花美眷，向以有德者配之。况此三女之夫者，或蠢，或呆，或痴，实是明珠投暗，彩凤伴鸦。

“路不平，有人铲。事不平，有人管。不是本仙久静思动，多管闲事。实在是这天地之间，自有大道因循。夫天之道，损有余而补不足。人之道，损不足而奉有余。是以本仙为循天地人之道，在此仙人会上开出盘口，赌此三女之价，可过百万金。

“是以有欲得三女侍奉者，可举牌标价。本仙行前番花会之故事，与会诸者面前均有四张牌子，红牌为起价十万金、黄牌追价五万金、蓝牌追价万金、绿牌是为下注之用，诸君岂有意乎？”

现场寂静片刻，一张红牌举起。

又一张红牌，一张又一张，顷刻间现场红牌林立，鸟羽长喙之物睹此发出瘆人的骇笑之声。

房间里，皇太后与淑太后面面相觑，“这怎么可能？本宫为保护金氏、愉氏并李朱氏，将她们派到了平谷的祥云寺，让她们躲入寺中替多铎祈福。难不成本宫如此做法，也落入妖人的算计不成？”

03

拦路的女人，模样很普通，分明是个行走于王公府邸，帮忙做针线活的寻常仆佣。

但她舞起刀法，手法极尽娴熟。

一刀斫下，猎猎生风。李化熙不想会有此一遭，失足跌仆于地。

女子凌空跃起，双手握刀，疾劈而下。

一击不中，李化熙已经蛇一样地窜到树后。

隔着树干，李化熙诧异地望着女子，“你是谁？你既然要杀本官，总得让本官死个明白吧。”

女子不答，纵身扑过来，刀舞如烂银，迫得李化熙慌乱逃窜。

又躲到一棵树后，李化熙道：“姑娘，本官猜这里边肯定有误会。你或是以为所奉为摄政王之令，若然如此，本官建议你先行核实一下命令。”

女子满脸狞厉，踏前一步，“李嫂的眼睛在看着你，不再需要了。”

李化熙：“李嫂……又是哪个？”

女子挥刀疾戮，把李化熙钉在树上，“是我那被你妻子杀死，抛尸入井的妹妹。”

“不是……”李化熙的诧异已经到了极点，“我妻子她手软脚软，连只鸡都杀不死，怎么可能杀死你妹妹？肯定是什么地方弄错了。”

那女子的诧异也自到了极点，她惊讶地看看把李化熙钉在树上的刀。

刀仍在，确是钉在了树上。

只不过那柄刀，穿透的不是李化熙，而是李化熙鲜明的官服。

李化熙只着白色的内衣，躲到了另一棵树后，“姑娘，本官不知道发生了什么事，是为追查妖人行踪，救摄政王性命而入府。若姑娘非奉妖人号令，最好先把话说个明白，免得铸成大错，悔之晚矣。”

女子身形疾转，手中多出一柄流星锥，银链晃动，雪亮的锥尖呼啸着击向李化熙面门。

李化熙复从另外一棵树后探头，“姑娘拒不答话，一味死缠不休，那本官只能视你为妖人党羽，不再手下留情了。”

那女子失笑，疾风般卷向李化熙，流星锥化作无数光点，点点不离李化熙的面门。李化熙被打得狼狈不堪，连滚带爬。

女子步步紧逼，眼见李化熙被打得落花流水，堪堪抓住一棵小树，才勉强没有跌摔于地。

女子冷笑一声，瞥准李化熙后心，飞锥击出。

突然间女子眼前一花，却是李化熙毫无形迹的撒手，被他拉得弯倒的树干突然反弹回来。仿佛被无数钢钉刺入，女子被树枝狂抽，痛得大叫一声。

扑通一声，女子仆地，摔到爬都爬不起来。

李化熙悻悻地整理一下内衣，嘟囔道：“老虎不发威，你当是病猫？老子可是统率过千军万马的秃尾巴老李，你当开玩笑呢？”

04

咚咚咚，咚咚咚。

鼓声惊心，长号贯耳。

妖人会现场，皇太后与淑太后紧张地四手相握，看着屋外台下那一张张诡异的赌客面具，那一张张叫价的红牌。

一个打扮成山鬼模样的人跳了出来，头上饰角，赤裸着肌肉走形的双腿。他出场后，重重地击了声锣，“不好意思仙爷，三名绝色女子的拍卖得叫停。”

“为啥呢？”立于舞台四角的力士，齐声问道。

那怪物一抖手，亮出一方长帛，上写三百万的字样。就听他尖声尖气地说道：“有位不肯露面的客人，人在外围，最是看不上这般的小里小气。是以掷金三百万两，买下三名女子。此时客人已然出发，三位名花佳丽，行将身边侍奉。若有人以此不公者，尽管出价，只要你的价格高于三百万金，那么就让那位客人暂回来歇着。”

众宾客正在起兴加价，突听三女已经被人买下，登时皆有怒意。可听到三百万金这个吓人的数目，顿时气沮声息。

下面开始议论纷纷，一个胖嘟嘟的宾客说道：“大上次那次，就是朱国弼办花会那次，寇白门可是秦淮八艳之一，也只是卖了二十万金。”

“是啊，”胖宾客对面的人也抱怨道，“寇白门也不过卖二十万金，这三个都是嫁过人的婆娘，尤其是那金氏，都给范文程生了六个儿子了，哪值这么高的价？”

一个锦服宾客站起，他脸上面具翅翎，插着标号五十九。只听他怒气冲冲地道：“没错呀，如这般明显的恶意竞价，应由太仆寺的府税课司拿官责问。适才大家出价，最高价才出到三十万金，可那个外围客人一下子把价格提到三百万金，谁家里有如此多的金银？叫我们怎么跟啊？”

“你省省吧，”一个黑衣宾客把锦衣人拉着坐下，“还府税课司呢，我说你脑子有多糊涂，当这是在北京胡同买个煎饼果子？这是睡北京城最惹不起的三个男人的老婆，往日里你偷看人家一眼，就算是占了便宜。现在你要买下她们的心，才不过三百万金，告你说胜家占了大便宜！”

“对对对，是是是，”众宾客纷纷点头，“三百万金的确不多，怪只怪咱家里太穷，拿不出比三百万金更多的缠头。否则千金一掷，三女陪侍，那是何等情趣？”

说话间，鼓乐之声大作，一支戴着面具的舞伎队伍扭着腰身走出来。这些歌伎肌白柔美，脸上的鬼怪面具更是神秘而刺激。

萎靡的歌子，醉入人的骨子里，但听那歌曰：“雨打梨花深闭门，孤负青春，虚负青春。赏心乐事共谁论？花下销魂，月下销魂。愁聚眉峰尽日颦，千点啼痕，万点啼痕。晓看天色暮看云，行也思君，坐也思君。”

舞台对面的阁楼上，淑太后明显有点烦躁，“妖人现身这许久，何以那多尔衮还未率绿营兵赶至？”

皇太后神色平静如初，“现在他人还未到，估计就不会再来了。”

淑太后立起，“莫非多尔衮遇到了麻烦？”

皇太后：“只怕他们已经死了。”

顿了顿，皇太后又道：“此前哀家不知道妖人如何布局，但现在知道了。”

对面台上，突兀之间鼓锣钟钹齐作，那一个惊天动地。正在妖艳舞动中的歌伎，霎时间如被定住身形，一动也不动。

只有火光熊熊，传来一个阴森可怕的声音，“天地人心，四局于此刻合拢。”

四面八方，远远近近，无数个声音同声呐喊：“改——朝——换——代！”

05

鳌拜及谭泰等将，各自率了骁骑营、前锋营、护军营、步兵营冲向对面山坡上的鬼宅。多尔衮率了数十名亲随，打马随行。

最前面的士兵，各自一手持刀，一手持火把，已经飞步奔下山坡，忽然间狂风大起，但见暮云四合，黄豆粒大小的雨点劈天盖地地洒落下来。

疾奔的士兵队伍顿时陷入慌乱中，前锋停下东张西望，后面疾奔的士兵不虞有此，一头撞在前面人的背上，顿时乱作一团。

“水，水，”前面的士兵大叫，“山沟里积满了水。”

统兵的佐领怒骂起来：“行军打仗，有点积水怕什么？与吾冲过去。”

低阶将佐挥刀喝迫：“快走，与吾涉水而过。”

前面的士兵被迫踏入水中，眼见得渐行水渐深，水从没腿至没腰，顷刻间没过头顶。前面数十个士兵没入水中，不停挣扎呼救，后面的士兵惊得呆了，站在没腰的水中，不敢再前行。

几名佐领惊骇至极，“这不对呀，刚才我在山坡上看这里时，明明是条黄土路，怎么突然间变成了水域深泽？”

突然间有个士兵大叫：“几位大人快听，这是什么声音？”

几名将佐侧耳，满脸的困惑迷茫，“这是什么声音，如此可怕。似天崩，似地裂，似阴曹地府的牛头马面在吼叫，似九幽阴间的冤魂在惨叫。”

将佐们终于听清楚了声音的来由，转头望去。恰见一物其大无形，其重如山，轰的一声砸击在绿营士兵身上。

霎时间大水铺天盖地。

此时多尔衮刚刚策马下了山坡，洪水顷刻间卷到马腹。战马嘶鸣，踉跄后退。

呆若木鸡的多尔衮茫然地看着眼前无边洪流。

“这，这是哪来的这么大水？”

06

摄政王府中，李化熙大力将一株树拉得伏倒。

那边的女人吃力地抹着脸，爬起去摸自己的流星锥。

李化熙一松手，树枝弹回，打得那女人身上疼不可忍。

女人疼得不停惨叫，四脚着地想要爬开，爬了几步，突然停了下来。

她那柄钉在树上的刀，此时正指着她的咽喉。李化熙那只持刀的手，稳健有力，一双眼睛几欲喷出火来，“你到底是什么人?”

女人吃力地喘息着：“我便是章姨，与李嫂同为摄政王设于王府外围的暗桩。”

李化熙：“摄政王自己的王府，也要布设暗桩吗?”

女人：“只因妖人手段诡异，隐秘而邪恶，无孔不入。是以王爷不敢轻信府中任何人，以我二人为心腹，以为应急之转圜。”

李化熙叱道：“你这个暗桩蠢不如猪，本官再三地询问你，你却死活不肯说话，一味死缠不休，你可知道你误了多大的事儿?”

女子抗声道：“我只知奉命行事，何须多言?”

李化熙：“奉你个大头鬼的令，杀人令即使是多尔衮亲口发布，那也已不再是他的本意。”

女子冷笑道：“只怕你花言巧语，却连自己也骗不过。我来问你，你妻子若非妖人党羽，又如你所说手无缚鸡之力，缘何近身不得？我妹李嫂一身横练功夫，只因奉令入府杀你妻子，却反而被人杀掉，抛尸于井。可知你妻子身边另行有高手暗护，如此确证之事，你还敢说你妻子无辜?”

李化熙气急，“那是因为我妻子娴静貌美，被妖人视为最美的猎物，要在今夜的妖人会上拍卖竞价。妖人不许你杀她，并非是同党，只是为我妻子准备了更可怕的命运。”

女人：“真的假的？怎么我听着这么离谱……”话未说完，李化熙以刀柄突击其头部，女子顿时昏迷。

丢刀站起，李化熙正要再说，突然间咦了一声，身体猛地向前扑倒。

昏暗中箭翎之声大作，力道穿石透铁，多尔衮的府外暗桩章姨，身中数箭，立时毙命。

风起，树摇，豆粒大小的雨点浇落下来。

黑暗的林中，充满杀机。李化熙伏身不动，对方也一动不动。只有当雷电划过之时，照见林中暗处，一双又一双野兽似的眸子。

07

“诸位，今夜是揭开谜底的时候了。”

喧天的锣鼓声中，又一轮精赤上身的少年舞过，花翎顶盖的长喙人再度出场。

立于台上四角的力士，齐声重复，把他的声音传入各个角落。

淑太后忧心忡忡地望着那东西，“这东西或真是生化于冥冥之中的妖物，全身上下笼罩着阴森森的死气。”

皇太后却道：“若然是妖，又何须用得到四名力士传音？可知这东西也不过是个人，只是心思手段异乎寻常地毒辣罢了。”

只听那妖物说道：“本仙知道，诸位心里始终有个疑惑，今夜所卖的三名女子，俱各对其夫君情意绻缱，纵然是有人出得三百万金，三女又有何理由毁弃前诺，舍身随之？

“是以诸位须得扪心自问，此三女者，何以会对她们的夫君生死相随，不离不弃？

“汉皇重色思倾国，御宇多年求不得。杨家有女初长成，养在深闺人未识。天生丽质难自弃，一朝选在君王侧。回眸一笑百媚生，六宫粉黛无颜色。请君试想，那杨贵妃若不是生于大唐，而是生于赵宋，或是生于现今，她还会与唐玄宗生死相随，不惜宛转蛾眉马前死，只落得花钿委地无人收吗？还会吗？

“没错，本仙喜欢你们的回答。那国色天香的杨贵妃，之所以与玄宗皇帝春从春游夜专夜，只是因为他们生逢同一个时代，只是他们的命运自然形成的交合。

“这正是金氏、愉氏与朱氏三女，何以侍奉她们的夫君之缘由。

“金氏侍奉范文程，只是因为她遇到了范文程。倘金氏生于大唐，那么她就是杨贵妃。

“愉氏之所以侍奉阿济格，只是因为她遇到了阿济格。倘愉氏生在三国时代，想她会毫不犹豫地与周瑜或吕布双栖双飞。

“至于朱氏，最是可怜，生于抚宁侯府中，犹如一只关在笼中的金丝雀儿。是以被一个叫李化熙的人乘虚而入，带她离开了牢笼。但那秃尾巴老李，微末伎俩，不过是带朱氏出门者。朱氏真正的归宿，正是仙人会此夜的主题。

“那么问题来了，当金氏、愉氏与朱氏，遇到她们命中注定的男人，她们会在第一时间认出来吗？

“擂鼓！”

咚咚鼓声过后，一个尖厉的声音长声大叫：“值此新局开盘，押一赔三。单赌那如花三女见到胜家之时，愿不愿幡然醒悟，付情相随。赌者下注，疑者旁观。银落无悔，收筹无情。开始吧。”

场下顿时骚动起来，“咦，这一次与焦曰白的花会一般无二，赌的仍然是人性。”

一个宾客摇头，“我赌这次胜家会灰头土脸。焦曰白那次，卖出的是个王公福晋的偷欢夜。那女子虽然玲珑心肠，但情欲炽热，是以不管什么人来到，都可以迎榻入室。可这一次……难道还会是金氏、愉氏和朱氏，聚齐了瞒着丈夫偷情不成？”

立即有人支持他，“没错没错，这一次的交易根本不可能成。试想，金氏的夫君是智计过人的范文程，愉氏的夫君是大将军阿济格，朱氏的夫君是秃尾巴老李，听起来李化熙最没分量，可前些日子，是谁火焚东公庙、捣毁顺天府，事后天子不问、两宫不究，摄政王多尔衮装聋作哑？可知李化熙其人，一贯扮猪吃虎，实则心狠手辣，根本招惹不得。三百万金，不过是买次丢命的机会罢了。”

“哈哈哈，”台上的妖人在大笑，“似乎今夜的嘉宾，都不看好胜家的机会。你看这盘口的赔率飙升，开盘不过一赔三，此时已经拉出一赔十。”

对面的阁楼上，淑太后已经乱了方寸，不时站起再坐下，“你们看外边的夜，漆黑如锅底，风狂雨骤。我们的布置无一生效，唯见这妖人就在我们面前兴风作浪。

“还会发生什么更可怕的事儿？”

08

水面持续高涨，多尔衮人仰马翻，不断有人被洪水卷走。

多尔衮的座下马嘶鸣不断，余众在水中往返奔波，但始终陷于深水中。

一个人全身是水，从泥中爬出来，“摄政王大人，你看这水势似乎是从天而降，就好像是老天开了个口子。瞧这架势，这座小山头很快就会被淹没。请王爷跟随在小人身后行走，小人知道这里的山脊所在，幸运的话，在下一次狂潮袭来之前，就能够安全到达那边的高地。”

多尔衮从士兵手中接过一支火把，“你是哪个？本王似乎在哪里见过你。”

那人道：“禀王爷，小人高长奎，现为太仆寺五城兵马司吏目。半年前小人追查一起失窃案，曾来过此地，依稀还记得道路。”

“想起来了……”多尔衮拍拍脑袋，“你便是那个救了眉儿格格，并郑亲王家贝子富尔敦的人。后来被骁骑营强行抢走了你的功劳，是也不是？”

高长奎苦笑道：“王爷，人的命，天注定。小人生而是个奴才，西征时陷主于死而不能救，王爷赦免小人之罪，小人已经知足了，岂敢再奢望立功之事。”

多尔衮道：“高长奎，本王话不多说，你只需把本王带出险境，本王届时自会公正处理。”

“小人谢过王爷宏恩。”高长奎说着，从一个士兵手中接过火把，当先而行。

行不及远，一名军士忽然惊叫一声，眼见他徒劳伸出手想要抓住什么，可是大水顷刻间没过他的头顶，黑暗的水面上已然不复声息。

跟随在多尔衮身后的佐将统领，见此情形，不由得连连后退，“王爷，这条路对不对呀？此人分明是想把我们诱入深水。”

高长奎转身，“请王爷相信小人，由此前行，还有段路是个山坳，是以水流比较深。只要诸位大人跟在小人身后，小人有把握把大人们带出去。”

佐将统领们纷纷摇头，“王爷，此人之言，断不可听。听说此人西征之时，就是以此手法将其主子诱入险境，害其主子身死。王爷须知，做奴才的，最可怕的就是如高长奎这种，有点小小的本事，因此不安于命，心中时时对主子充满了怨毒。若听此人之言，我等必然是有死无生。”

高长奎：“王爷，小人无可辩驳，恳请王爷相信小人一次，哪怕就一次。若待能够表白小人之心，虽死无怨耳。”

多尔衮看看高长奎，再看看对高长奎充满疑忌的佐将统领，顷刻间做出决定，“跟他走。”

“王爷不可……”佐将统领们大急，想再次阻止。

多尔衮怒吼一声：“本王说跟他走，你们耳朵聋了吗？”

诸将不敢再发声，只好垂头骑于马背，跟在多尔衮身后。一行数十人，由高长奎举火把步行，在水中缓慢行进。

突然间划过一道无声的闪电，天地之间霎时间雪亮。

所有的佐将统领齐声惊叫起来："王爷，王爷，适才你可看得清楚？"

多尔衮："本王看清楚了。"

阴兵来了。

地府之门，正于今夜打开。

阴兵群涌而出，只恐这个世界，再不复青天白日。

惊天的炸雷掠过，又是一道闪电，照见远远近近，一张张骷髅面具，冷漠着面对着这边。

09

多尔衮王府中的树林里，暴雨如狂，风摇树动。

一道闪电划过，映出五名黑衣蒙面人。

又是一道闪电划过，映出四名黑衣蒙面人。

第三道闪电划过，映出三名黑衣人。

第四道闪电划过时，两名黑衣蒙面人惊跳而起，眼睁睁看着同伴的脖子上被扔上一根绞索。而后一株折弯的树猛然弹起，那人被悬挂在树上，两条腿拼命地踢蹬。

然后李化熙的声音响了起来，沉静有力，压住了风声雨声。

"真拿秃尾巴老李不当头蒜吗？须知本官任大明三边总督之时，只因朝廷拖欠士兵多年饷银，导致部众皆叛。然则尔等真以为本官是光着两只脚板，一口气跑回北京城来的？

"错了，本官是被群贼争逐，十步杀一人，千里不留行，杀回至北京城的。

"本官不爱动手，并非是懦弱，而是怜惜你们的父母妻儿。于今你们的妻儿老小，正于孤灯下苦苦地等着你们回去。可你们却在这里杀人越货，净干些没名堂的事儿。若然是你们二人的尸体，今夜也悬挂在这里，这世上可曾会有人，愿为你们的悲哀命运掬一捧泪？

"一个为你们哭的人也没有！

"纵是结发之妻、骨血之子，也不敢当面认你们的尸首。不只为丢不起这个人，还要为你们的蠢行，付出被官府贬斥为奴，官市拍卖的代价。

"你们到底在干些什么？"

在李化熙的疾喝声中，眼见那两名黑衣人突然丢掉手中的刀，瞬间消失在黑暗之中。

李化熙长吁一口气，一屁股坐在烂泥里，"总算……把这些煞星吓走了，本官……也快要被自己吓死了。

"这才是，极尽凶险的夜晚。

"但恐怕，这一切仅仅只是开始……"

他一边自言自语，一边扶着树干站起来，折了根枝条当拐杖，一瘸一拐地向前走去。

前方就是府院之墙，可见几盏黯淡的灯笼。

李化熙走近，就听到有人厉声喝问："什么人？摄政王爷的府中，也敢擅闯？"

李化熙吃力地咳嗽了两声，"本官，刑部尚书李化熙是也，奉王爷之命，入府勘问相关事宜。府中东莪格格尽知此事，请诸位查询。"

几名府兵走过来，将他监押起来，"候着，等我们向格格核实过后，就知你之所言，是真是假。"

少顷，有人奔跑过来，"东莪格格有命，让李化熙离府，不得阻拦。"

10

"尔等且看！"

妖人的尖利声音，如利刃划破黑暗。

与会诸人，全都站立起来，抻长了脖子向远方观看。

然后是一片混乱。

"老天爷，外边发了大洪水。"

"天地之间都是水，可是老天破了口子不成？"

"适才我好像是看到水面上有条船，你们看到了没有？"

"果是有条船，船上三名白衣女子，俱皆貌美如花，体态婀娜，宛如仙子下凡。"

"你们什么眼神啊，那叫什么仙子下凡，是骇得脸色惨白好不好？没见那三女俱皆赤足，打湿了的薄衫贴紧在身上，玲珑浮凸，纤毫毕现，实在是香艳至极，啧啧。"

杂乱的声音变得大起来，有人大喊："主持花会的仙爷，那船上的三名赤足薄衫美女是谁？这滔天的洪水，又是怎么回事？"

"是呀是呀，我们来的时候，这里还是一马平川。怎么眨眼工夫，就水漫金山了呢？"

花翎顶盖的长喙妖人发出骇人的尖笑，凌空飞了起来，竟于宾客头上疾掠而过，又飞回到舞台上落定。

对面的阁楼上，淑太后站起来，"这东西真的会飞。"

皇太后迟钝的声音，"纵然……他会飞，却仍是个人。"

淑太后："人如何会飞？我们的对手，千真万确是个妖物，真的非人类。难怪自打太祖朝开始，再到太宗，再到我们，都始终斗他不过。"

皇太后："哀家还是希望……希望他是个人。

"否则，我们会死得极难看。"

11

多尔衮一行继续在深水中涉行。

前面的高长奎，水面上只露着个脑袋，仍然把一只手伸出水面，高擎着火把。

多尔衮脸色如铁，骑于马上一声不吭。

身后士众，不断有人悄无声息地被大浪卷走。

闪电，惊雷，暴雨，于洪流中艰难行进的队伍。

前面的高长奎，肩膀露出了水面。

胸部露出了水面。

众人继续前行。

高长奎已是蹚水而行。

前面果是一个高坡。

人与马到得坡上，顿时齐齐栽倒。

多尔衮抹了把脸上的泪水与雨水，“总算是暂时安全了，可还能苟喘多久？”

12

李化熙终于出了多尔衮王府，来到街头，正一瘸一拐地吃力行路，前方涌出一片灯笼火把，“九门提督在此，什么人于宵禁之时，犹自于暗夜潜行？

“与吾拿下。”

李化熙急道：“慢动手，且慢动手，本官乃刑部尚书李化熙是也。此时有要事，事关摄政王大人生死，更关乎国家运数，请将军放行。”

对方冷声道：“不是本座不通情理，须知刑律如铁，王法如炉。你既然职在刑部，如何不懂得这般道理？

“拿下此人，待得天亮之后，查实确无罪责，方可放行。”

13

多尔衮到达安全的所在，正在喘息。

领内侍卫大臣鳌拜突然大叫一声：“王爷快看。”

多尔衮扭头一看，顿时呆了。

隔水相望，对面的山峰上，是明火高照的鬼宅。

仿佛近在眼前，却又触不可及。在火光明耀之下，站立于多尔衮这个位置，可清晰地看到鬼宅中所有的人物景观。

锣鼓之声，清晰可闻。对面力士的呐喊声，穿透风雨交加的夜幕，都听得真真切切。

14

“哈哈哈。”

妖人在仰天大笑。

“诸位，你们的心里充满了疑惑与好奇。

“你们想知道，不过是片刻之间，这世界，似乎不再是你们熟悉的那一个。

“是以你们心慌意乱，你们仓皇无措，如无头苍蝇般充满了惊惧。你们这般反应就对了，因为你们亲眼看见的，是天地之局的伏布。

“这个布局，始自六年前的一个术士进京，此人原是长白山的一介樵子，名叫苏不爨。本仙看他好蠢，就同他开了个玩笑，让他择日入京，届时他会成为天下第一神算，随口之言，字字句句，道破天机。

“这当然不是真的。

“但本仙会让假的，成为真的。

“是以本仙给术士的身边派去一群人，陆续找他占筮。无论这术士胡说八道些什么，大家都瞪两眼说是算准了。就因为算得太准，所以要狠揍他一顿，以‘酬谢’他的神算。

“就这样没多日，神算知非子的大名就在北京城中传开了。

“接下来，本仙再次布局，把他诓入福缘观。他在福缘观里，每日临睡之际，都会听到个神秘的声音，告诉他明天将要发生的事儿，还有如何应对的话。那知非子好不惶然，他在门后找，他在床下翻，一心以为说话的人躲藏在房间里。然而说话的人正是本仙，是躲藏在一间密室里，通过一根长长的管道对他说话，他要是能找出本仙来才怪。

“到这时候，时机就成熟了。

“是以本仙伏于礼亲王代善、郑亲王济尔哈朗两府的暗桩开始活动，在两位蠢笨王爷耳边不停渲染术士知非子的神异。两蠢王心生好奇，传知非子觐见。

“知非子临行之际，本仙通过管道告诉他十几个名字，让他见到两蠢王时，就快点说出来，免得忘了。

“知非子如此办了。

“两蠢王急查这些人名，发现他们都是大明时代职以治水的水利工匠。

“两蠢王这才知道，北京城由于连年战事，水利不修，已经隐藏着极大的隐患。是以房山县坡峰岭水坝开始修建，计筑六道水坝，蓄水无数。

“诸位听明白了没有？”

宾客们茫然好久，突然有人大喊起来：“这是坡峰岭水坝泄洪了！”

“错！”妖人厉吼道，“不是泄洪。

“是本仙以宏大的布局，开坝放水，改变了这天地之间的地理面貌。

“这就是你们看到的，天地之局。”

宾客再次议论纷纷：“这个妖怪好狠，坡峰岭在北京之南，我们此时在北京之北。水坝被打开，大水灌到这里，沿途不知几多百姓遭受洪灾。这妖怪为人世间带来如此恐怖的劫难，他到底想干什么？”

于是有人大喊：“兀那妖仙，你为何如此做？”

“哈哈哈，”妖人再一次大笑起来，“且请诸位来宾，莫要怀疑小仙的善意。

“小仙本是鸿蒙未开、天地未辟时，于冥冥中形成的阴煞冷气。来此人世之间，只为了四个字：人间情义！”

15

“是，没错，是人间情义！”李化熙猛地一拍木栏，以加强语气，“你我在此相见，那就是缘，就是荡气回肠的人间情义。佛说修五百世方可同舟。本官缘何来到这里？缘何会在这里见到你？那是因为我们的前世之缘啊。所以本官的意思是说，本官真的不能被你们关在这里，若待天亮，我老婆可就被人家给卖掉了。所以这位蓝翎侍卫兄弟，你帮帮本官。本官好歹在朝中也有点小势力，你若帮了本官，本官定有回报。”

“什么回报呢？”牢笼门外，那位挎刀的蓝翎侍卫，似乎动了心。

李化熙满脸神秘的样子，“本官，可以让你成为皇上的贴身侍卫，那叫一个风光。”

蓝翎侍卫把脸凑近过来，“本座信了你。”

李化熙长松一口气，“那就好。”

蓝翎侍卫续道：“才怪！”

李化熙：“嘿，你这个人，怎么说话大喘气呀。”

“哈哈哈，”蓝翎侍卫开心地大笑起来，“告诉你吧，这里可是崇文门提督衙门的牢房，你待的这个笼子里，曾关过七个违反了宵禁的蒙古王公，就连皇上的亲大舅卓礼克图亲王吴克善，也曾被关在这里。可是他们屁都没敢放一个，俱皆乖乖地待到天亮。你到底是官还是贼，这还两说呢，就好生歇息着吧。”

李化熙急得不停搓手顿足，转过身来，看看和自己关在同一个笼子里的人，一个醉汉正自呼呼大睡，一个老实巴交的男子正蹲在角落里默默流泪。

李化熙走过去，踢了老实男子一脚，“你，为何会违反宵禁，被关在这里？”

那男子委屈地哭道：“小人岂敢。都怪小人那婆娘，大半夜的，她好死不死，非要吃苏嫂豆腐，又吵又闹地逼着小人出去买，这黑咕隆咚的人家早就歇业了。小人豆腐买不到，回家又怕婆娘吵闹，只好在寒冷的街头徘徊。岂料恰好遇到巡夜官爷，不由分说，就把小人抓到这里来了。”

是这样？李化熙疑惑地看着男子，“你老婆莫不是脑子有病？大半夜赶你出来，怎么可能买得到苏嫂豆腐？”

男子抹泪，“谁说不是呢？”

李化熙凑近到对方耳边，“你老婆偷汉子。”

男子：“啥？你说啥？”

李化熙低声道：“你老婆偷男人，那男人叫李二孬。那李二孬呢，今晚多喝了几盏，酒兴上来，就要和你老婆翻云覆雨行苟且之事。你老婆呢，最喜欢跟李二孬翻云覆雨大行苟且，最讨厌你这张恶心的苦瓜脸，所以故意滋事，赶你出来。你前脚出来，后脚李二孬就进去了。”

“你……”那男子一下子急了，“你这人谁呀，凭什么羞辱我……”跳起来，一拳打过来。

李化熙架住他的拳头，道：“我说的是真的，不信你回去看，李二孬正……”砰，砰砰，砰砰砰，他已被男子掀翻在地，对方拳头如雨点，打在他的面门上。

李化熙却不声不响，不呼痛也不反抗，只是晃动着脑袋躲闪。

在激烈的殴斗中，李化熙听到佩刀撞击在铁栏杆上的郎当声，听到蓝翎侍卫不紧不慢走过来的脚步声，遂以急促的声音低道：“你打吧，纵然你打死我，我也不会告诉你那五百两银子藏在哪儿。”

蓝翎侍卫的脸，出现在栏杆后面，“啧啧，五百两银子，早看出你们两个不对劲，这回露馅了吧？”

16

“何谓人间情义？”

水流声越来越大，妖人会上的宾客们，个个惊心不定，面色如土，乱哄哄地问道。

“尔等且看。”

妖人转身，戟指鬼宅外边的滔天洪水。

闪电掠过，照见水面上的一条船，金氏、愉氏并李朱氏俱各薄衣赤足，正吃力地于激流中保持船只不被倾覆。

就听妖人笑道：

“此三女者，原本是奉了两宫太后之命，于平谷的祥云寺中，为死去的多铎祈福。此三女皆是心智过人之辈，甫入祥云寺，就注意到寺门前停放着一艘小船，她们当即询问寺僧。可是寺僧告诉她们，此船乃一位施主还愿之物。那施主妻子病重，于寺中祈福而后恢复健康，是以命人打造了这艘船，以示慈航普度之意。这个说法合情又合理，纵三女心智过人，也想不到这是本仙的布局。

“是以此夜三女已然入睡，身上只着贴身小衣。夜晚洪水突至，唯此三女知道发生了什么事，她们在第一时间就知道，这是房山县坡峰岭的水坝被打开了。于是俱皆赤足小衣奔出，跳到船上，成为全寺逃得性命的仅有的三个人。

“诸位宾朋，世间女子，唯三从，唯四德，授者不亲，受者循礼。但凡被男人看到身体，若非夫婿，唯死而已。然此三女，蕙心兰质，知俗礼终为俗子愚妇所设，断不会受此约束。这就是三女的不凡之处，才得以色迷世间，颠倒人心。

“然则话说回来，倘此之际，若有男子登舟，肌肤相接，危急相救，又会发生什么事呢？”

当妖人说到这里，恰逢天际一道闪电，现出水中一人，筋强体壮，虬肌盘结，好似天界力士下凡，突兀地闯入众人眼中。

宾朋们齐齐地惊吁了一声。

火把于黑暗中亮起，众人但见那男子一手擎火，跳到船上，与三女同处一舟。

长喙妖人纵情长呼：“诸位，这就是今夜花三百万金，只为与三女贴体相拥的胜家！

“大将军！

“阿济格！”

17

“果然是他！

“果然是我那缺心眼的大哥！”

看到阿济格上了三女之舟，高坡上的多尔衮忍不住悲愤长嘶起来。

鳌拜与谭泰俱各打着火把前伸，惊讶地看着水面上这一幕。

半晌，鳌拜突然说道：“是大将军阿济格，这就对了。”

谭泰道：“没错，听说今夜的妖人会，要卖出三名绝色女子，范文程的金氏、阿济格的愉氏，还有奇怪的李化熙的李朱氏。”

鳌拜：“所以如果我是大将军阿济格，肯定会开出最高价。”

何洛会探头过来，加上一句：“家里有多少银子，就出多少银子。纵然把个英亲王府卖了，也是有得赚。”

谭泰：“能不能买到范文程和李化熙的妻子，姑且不论，但自家的愉氏，断然不允被别人买走。”

余人恍然大悟：“必须是他，总不能让人把自家的买走，索性把另两家都收了！”

“武人雄风，霸气！”

“王爷豪阔，爽快！”

多尔衮的脸气得扭歪，但又无话可说。

18

禁宫深重，鸦雀无声。

各宫门前，俱皆燃烧着巨大的火堆。值日太监一个个打着哈欠，侍立门前。

不见一个人走动。

三太后娜木钟软甲束身，端坐椅上。旁边侍女替她捧着长刀，刀刃锋利，明晃骇人。

两个小太监浑身上下水淋淋，犹如落汤鸡般并排而入，一声不吭地跪下。

娜木钟：“情形如何？”

两小太监：“禀太后，奴才不明详情，只看到摄政王爷率绿营各营人马，包围了城北那幢阴气森森的鬼宅。偏逢天降暴雨，好似老天漏了似的，那大水一下子就没过了许多山头，绿营的将佐统领俱皆被冲得不知去向，摄政王爷也不知如何。”

娜木钟：“那鬼宅呢，也被大水淹没了吗？”

小太监：“回太后的话，鬼宅位置在高处，奴才远远地看到那里火把通明，锣鼓喧天，丝毫未受大雨影响。”

娜木钟：“知道了，下去吧。”

两个小太监下去。躲于帷幕之后的小扣子，蹑手蹑脚地离开，穿过两个空旷的庭院，突然发足飞奔起来，他跑到一座假山后，小心翼翼地问了声："万岁爷?"

顺治出现，一身盔甲，脸色决绝，牵着一匹马。身边有两名侍卫，也各自牵着马。

小扣子："万岁爷，奴才再劝你一次，此夜万不可孤身犯险。陛下的安危，可是关乎天下呀……"

"闭上你的臭嘴!"顺治叱道，"四宫额娘，还有叔王多尔衮，此夜正与妖人大战。朕既为天下之主，岂能置身事外？何况此时我叔王死生不知，两额娘困于妖人会上，若朕的额娘稍有闪失，你叫朕以后如何坐得牢这大殿?"

小扣子："可是陛下，今夜之事，委实诡异凶险。这暴雨说来就来，积水如此之深……"

顺治上马，"没出息的东西，怕了你便别来。"

言讫，顺治三人策马出宫。

小扣子咬咬牙，吃力地爬到第四匹马的马背上，紧随而去。

19

崇文门提督衙门，李化熙被吊在一根刑柱上。

蓝翎侍卫满脸坏笑，凑近过来，"说吧老兄，你把偷来的五百两银子，藏在哪儿了？哼，还假称自己是什么刑部李大人，你装，你再装呀!"

李化熙："本官……千真万确，是刑部尚书李化熙。"

"好好好，你是刑部李大人。那我问你，刑部有个老刘，你总识得吧?"

老刘……李化熙想了想，"有，挺精神的一个人，挺有女人缘，本官和他交情还算可以。"

蓝翎侍卫哈哈大笑，"老刘去年就告老还乡了，还跟你交情不错，还女人缘，你还能编得更离谱点吗?"

"不是……"李化熙徒劳辩解，"本官……虽说职在刑部，但一天天在外边奔波，老刘的事，本官记不那么清楚，也是情有可原。"

"可你现在圆不回去了。"蓝翎侍卫说着，拿起了皮鞭。

李化熙变了脸色，"大胆，敢对本官动刑，信不信明日我奏明天子……嗷嗷嗷，官爷别打了，疼得受不了，我招，我告诉你那五百两银子在哪儿还不行吗?"

蓝翎侍卫哈哈大笑，收了皮鞭，"我说你这贼骨头，早说出来岂不没事了？偏生要挨上这几鞭，真是贱至极也。"

"是，是，本官是有点贱……"李化熙龇牙咧嘴。

蓝翎侍卫厉喝道："还本官本官，会不会说人话?"

"是，是，都是小人的错。"李化熙彻底蔫了。

两个士兵上前，从刑柱上解下李化熙，"走吧，起赃去吧你。"

李化熙："几位官爷，这黑咕隆咚的夜，大风大雨的，咱等明个天亮好不好?"

蓝翎侍卫："等天亮也行，那就挂到刑柱上，打到天亮。"

"哎哟，别别别。"李化熙万般无奈，"几位官爷，小人的腿实在是……"

蓝翎侍卫："走你。"

唉声叹气的李化熙，被押着走出提督衙门。

20

妖人会上，宾客们争吵，热议。

"原来是阿济格买下了三美。"

"这叫买二送一，那愉氏本是阿济格自己的禁脔。现在可好，三姐妹以后不分彼此，轮流侍奉吧。"

"真的会吗？不过是同舟共济而已，纵然是你妖仙掀动天地，改变地理，最终让阿济格登上三女之舟，可依小可看来，这最多不过是加深了愉氏与另外两女的情谊。经此惊心之夜，可以确信她们从此成为闺中姐妹，无话不谈。但愉氏的心里，更希望金氏与朱氏仍然与原来的丈夫厮守，最好不要跟自己争宠，是也不是？"

"那阿济格枉花费三百万金，不过是做了冤大头而已。"

"哈哈哈，"妖人的笑声冲天而起，伴随着激烈的锣鼓之声，就听见那尖利声音再起，"新盘开局，押一赔十！

"赌金氏、朱氏两女，惊心之夜，孤悬水面，会不会与大将军阿济格摩擦碰撞出火花，会不会芳心暗许，会不会生出情愫舍弃前夫。"

众宾客相顾骇然，"这个也可以赌？"

"赌啦，上两轮某家输光了底裤，这次一定要捞回来，我赌妖仙这次的布局枉费徒劳，我赌那阿济格掷三百万金也不过是在两女身上揩揩油而已，他什么也得不到。"

"赌啦，赌啦！"

对面楼上阁间，皇太后站了起来，叹息道："这时候犹自把宝押在阿济格身上，这些人要多没脑子？"

淑太后："想不到金氏和朱氏，就这样被卖掉了，而且在我们眼皮子底下。"

苏茉儿也闷声道："这下子咱们可没法跟秃尾巴老李交代了。"

大布吉也添了一句："也没法跟范文程交代。"

对面台上，妖人突然转过来身来，以冷森的语气问道："两宫太后，要不要也凑个趣？下个注？"

两宫太后？霎时间，现场死寂无声，所有宾客的眼光，齐齐向两宫太后的房间看过来。

21

李化熙带着蓝翎侍卫并两名士兵，来到了铁狮子胡同。

在那扇黑漆漆的兽环大门前停下来，他耷拉着脑袋，一声不吭。

蓝翎侍卫猛推了他一下，“怎么了？哑巴了你？到底在什么地方？”

李化熙哭了，“几位爷，小人虽说是个贼，可这世道太难活人了，好不容易弄到手几锭银子，根本就不禁花啊，这最后的五百两，是小人用来养病防老的……求求几位官爷就放过小的吧，小人情愿与几位爷当牛做马。”

蓝翎侍卫：“与我打！”

两名士兵按倒李化熙，开始狂殴。

李化熙：“别打，求求爷别打了，小人把银子交出来，全都交出来。”

蓝翎侍卫：“本座太了解你这种贼骨头了，越打智力越正常。少打一顿，你就不知自己姓什么了。赶紧把银子掏出来，与爷回去记录在案。”

李化熙失声呜咽着，走到大门旁边的墙边，在墙壁上敲击了两下，掏出一块活动的砖来。然后李化熙满脸懊恼地看看三名士兵，蹲下身，伸手入洞，去掏银子。

眼见李化熙的手正要伸入墙洞，蓝翎侍卫突然大喝一声：“慢！”

李化熙：“官爷，又有什么事儿？”

蓝翎侍卫：“与我拖开他，让我来。”

“别别别，还是小人来……”李化熙拼力地想把手伸入洞中，旋即被两名士兵强行拖开。

蓝翎侍卫冷笑道：“鬼蜮伎俩，岂能瞒得过本座的眼睛？”

说罢，蓝翎侍卫伸手入洞，脸色微变，“咦，好像是个暗匣把手。”他用力一拉，突听金铃之声大作，轰隆一声，大门敞开，门里冲出一群人来。俱各提刀拿棍，飞快地将李化熙四人围定。

身着白色睡衣的龚鼎孳踱了出来，“谁呀这大半夜的，来拉人家门前的暗铃，还让不让人睡觉了。”

李化熙：“龚兄，你出来得好快，莫非一直守在门前？”

龚鼎孳抬头看了看天，“这不是今夜妖人会吗？因小可不信邪，提前打开了函匣，所以未能收到本夜妖人会的许可。但知道这一夜定有大事发生，是以全府都处于临战状态，不承想你就拉响了暗铃，可是遇到了麻烦？”

李化熙：“你这不是废话吗，看我身边这几个货，说什么也要拿我当小毛贼，不肯信我是李化熙。”

龚鼎孳：“你还好意思说人家？瞧瞧你那模样吧，干吗每次见到你，都狼狈如斯？”

“你们等等，”蓝翎侍卫急了，问龚鼎孳，“这个贼……我是说这个人，他真的是刑部李大人？”

龚鼎孳：“废话是不是？他不是刑部李大人，难道你是？”

“可是……”蓝翎侍卫艰难地转向李化熙，“可是这位大人，那我问你刑部老刘的事儿，你怎么回答不上来？”

李化熙：“回答不上来，就对了。”

蓝翎侍卫：“怎么说？”

李化熙："你好歹也是掌刑之人，如何不知道这人世间，最不可信的就是真话？唯真心真话，漏洞百出。如果是假话，那必是逻辑严密，环环相扣，让你挑不出半点毛病来。"

蓝翎侍卫："听大人如此说法，好像有点道理。"

龚鼎孳："好了老李，别耳提面命了，你这辈子也改不了好为人师的臭毛病。"

李化熙："你当我愿意这样？赶紧别废话了，摄政王大人今夜可是凶多吉少，针对他的死亡圈套蛛罗密布。两宫太后更是命悬砧板。至于我老婆那就甭说了，她可能已经被妖人卖掉了。赶紧给我一匹马，如果可以的话，再给我几个人手，只希望今夜还能够来得及。"

22

妖人会上，一片死寂。

无数张可怕的面具看过来，那情景极尽可怖。

低微的声音在暗夜中游走："两宫太后也在这里？"

"她们真不该来。"

"离开禁宫，轻犯险地，只恐今夜有大变。"

议论声中，皇太后与淑太后长立而起，走出房间，抚栏而立，朗声道："哀家在此，尔等还不跪拜？"

除妖人并其部众之外，与会宾客，乱纷纷地跪倒，"太后吉祥……太后怎么来这么奇怪的地方？这岂不是……岂有此理，呃？"

"跪安吧。"皇太后淡声道，"台上那妖人，本宫在此，倒是很想和你赌上一赌。"

妖人哈哈笑道："就知道两宫太后会喜欢本仙这个赌局。那么两宫太后，你们要下谁的注？"

皇太后："哀家押十万两银子，赌那金氏和朱氏会在这暗夜水面之上，狂风暴雨之中，与阿济格贴体相拥。毕竟那阿济格可是为此砸下三百万金，若然连这点艳情福遇都得不到，你这掀动天地的苦心布局，岂非枉然？"

"哈哈哈，"妖人仰天长笑，"太后啊太后，世间芸芸苍生，冢间几多枯骨，本仙孤寂地行走于这荒凉人世，就知道你是唯一知晓本仙心事之人。"

转过身，妖人下令："与吾擂鼓。"

鼓声大起，动地惊天。

妖人长呼："阴兵何在，我要看到阿济格得偿所愿，我要看到最美的人间真情，我要看到英雄美人的不灭情缘。"

呼号声中，就见水面上亮出无数光点。火把明耀之下，一条条舟船出现，船上之人俱各戴有骷髅面具。黑暗中看得分明，每条舟船各有三人，一人操长舵，一人撑舟，一人持长刀而立。

三女之舟，被困于中间，数条船围绕着她们团团打转。

一条条舟船交错逼近，船上骷髅面具人挥刀剁向金氏。

金氏茫然无助，眼看长刀劈至，闭目待死。

突听一声狮子般的疯吼，就见阿济格斜冲过来，铁拳挥出，重击在刀面上。

那一刀斫而无功，两舟已经相擦而过。

又一条船靠拢过来，船上骷髅人，疾劈李朱氏。

李朱氏手无缚鸡之力，只能眼看着长刀落下。幸亏阿济格再次吼叫一声，斜刺里一脚飞出，将那柄长刀踢飞。

一条又一条的小船靠拢过来，雪亮的长刀舞动，或劈金氏，或击李朱氏，刀刀凶狠，刃刃锋寒。金氏与李朱氏险象环生，阿济格立于舟船之上，居于激流中心，威风凛凛，状如天神，足立如磐石。

一刀劈至，阿济格飞腿踢刃，腿上血花激飞。

又是凌厉的一刀，阿济格以臂相隔，刀过血飞。

火光熊熊，明照天地，一条条小船走马灯似的在水面上团团打转，阿济格身上挨了一刀又一刀，纵暴雨如注，也能看到那一道道翻开的伤口与雨水同流的殷红烈血。

他的力气已经用尽，仰面栽倒在船上。

金氏与李朱氏哭喊着扑过来，各抱他的一条手臂，衣湿贴体，妙曲玲珑，泪水落在阿济格的脸上，不断呼喊着他的名字。

鬼宅中，妖人双手举天，纵情长呼：

“血烈男儿志，千古佳人情。

“铁骨何铮铮，锦绣笑春风。

“一切都是最好的安排！”

23

李化熙换过干净的衣服，上了马。

龚鼎孳走过来，“老李，这暗黑的夜，极尽诡谲的局，派不明就里的人跟着你，一点用也不会有。不如我让卞玉京与你同去，纵于事无补，她也会把活着的你再带回来。”

李化熙：“那感情好。卞玉京在哪里？”

一袭夜行黑衣的卞玉京策马过来，“李大人，小女子在这里，我们赶紧走吧。”

李化熙策马跟上，“卞姑娘，下官无能，把你拖了进来，实是愧疚无地。”

卞玉京抿嘴一笑，“其实我对摄政王死活并不关心，只是想看看朱家姐姐是如何被卖掉的。”

李化熙：“你这丫头……唉！”

两人飞骑在无人的长街上，前方遥见城门正在轰隆隆地合拢，从门缝里能够看到四骑刚刚出城。

李化熙：“糟糕，前边那四个人，好像是皇上。”

卞玉京："差不多就是他，这小皇上天性喜欢凑热闹，我倒是纳闷了，这么好玩的妖人会，太后怎么会不允许他去？"

李化熙："皇上就是妖人最大的目标呀，所以太后才有意与他分开，就是为了避免妖人得逞，落得个一网打尽。如果陛下不听劝阻，自行赶去，那可是正中妖人下怀。"

说话间，两人已经驰至门前。一名佐领平推手掌，"止步，两位午夜疾行，已然犯了宵禁之令。且请两位下马，交出佩刀利器，待得天明查明两位的身份，提督衙司自会给两位一个处理。"

马上的卞玉京嫣然一笑，"薛将军，不识得小女子了？"

那佐领接过一支火把，照了照卞玉京，笑道："原来是卞姑娘，我家夫人日间还在铁狮子胡同逗留，说你们那里极是好玩，好多有势力的王公福晋来来往往。"

卞玉京道："小女子身边这位，就是刑部的李大人。只需我提到顺天府三个字，你就自然识得他是谁。"

那佐领大惊，"莫非便是传说中的秃尾巴老李？"

卞玉京："正是。"

那名佐领纳头便拜，"小可失敬。听人说只因为顺天府的神捕班格赖，偷看了李夫人一眼，因此激怒李大人，遂火焚东公庙、捣毁顺天府，刀斩四品以上官员二十余人。男儿豪情，冲冠一怒，刀为红颜拔，血为佳人洒，当非李大人莫属。求大人以后带带小人，那这辈子就不白活了。"

卞玉京道："薛将军，此时你有职责在身，不能与我们出城而行。须待天明而后，你急速带人赶到城北鬼宅，到时候李大人带你干的事儿，可就火了。"

"嗯。"李化熙瞧瞧那位佐领企盼的眼神，不情愿地道，"带上你，又何尝不可？只是你须得守口如瓶，免得陛下与太后见责。"

生恐李化熙反悔，薛佐领急道："那李大人，咱们可是说好了，等天亮小人换了班，准保按时赶至。"

转过身，薛佐领呵斥道："行已验过提督大人符令，还不快点开门。"

城门徐徐洞开，李化熙与卞玉京疾驰而出。

24

妖人会上，一片骂声与跺脚声。

"输惨了，本王这次又输惨了。岂料妖仙竟然有阴兵相助，跟咱们来了这一手，倒是两宫太后赢了……可是她们真的赢了吗？"

"只怕下一轮开价卖出的，就是两宫太后了吧？"

"会有人出得起这个价吗？"

议论声中，就听一声凄厉的笳笛，如利刃划破夜空。

妖人仰面朝天，撕扯着胸前的翎羽，大叫："第一轮的胜家，已经得到了他想要的。本仙请问诸位一句，此三百万金的掷出，值还是不值？"

“值!”众宾客齐吼，“若然我等有三百万金，也会轻此一掷。得三女在侧，此生何求?”

“错!”妖人一个转身，“如花美眷，何如万里江山?比之香榻交合更持久的刺激，才是尔等此夜来此的主题。

“擂鼓!”

一排持弓裸脊力士出场，绕场奔行。

一声响锣，裸脊力士皆单膝跪地，做仰天拉弓状。

一个尖厉的声音大叫:“风雷动，射天龙!”

妖人出场，哈哈大笑:“这便是今日要卖出的第二桩物事:射天龙!”

宾客们震恐地望着妖人，不敢想象将要发生的事儿。一个微弱的声音问道:“妖仙，莫非这世上，真的有龙?”

“有!”妖人笑道:“龙能大能小，能升能隐。大则兴云吐雾，小则隐介藏形;升则飞腾于宇宙之间，隐则潜伏于波涛之内。龙乘时变化，犹人得志而纵横四海。龙之为物，可比世之英雄。诸位今夜既然来此，当亲睹人世间万古罕逢之际遇。”

众宾客:“妖仙，你想让我等看什么?”

“看那边!”妖人的手指指向黝黑的天际。

25

“陛下，看清楚了没有?”

小扣子举着支微弱的火把，满头满脸的雨水，问道。

顺治帝:“朕看得清楚分明，那边坡顶火把通明，人头涌动，时有微弱的金鼓之声传来，当是妖人之会。朕的额娘正困于其中，朕断不能视之无睹。”

转身又道:“且看那边，是一座土坡，坡顶露出水面，朕的王叔并多名将佐正自坡顶束手无策。这里既然有条船，那朕就与侍卫等在这里好了，小扣子你且划船过去，先接王叔他们到这边，再行议计擒捉妖人之事。”

小扣子急忙爬到船上，不放心地叮嘱道:“陛下您且藏好行迹，莫被人看到。这黑咕隆咚的……”正说之际，那条船突然摇晃起来，小扣子惊呼一声，“陛下不好。”

一个大浪突然打至，顺治吭也未能吭出一声，连同两名侍卫，一并卷入水中。

小扣子伏于波动不止的船上，惊恐大叫:“万岁爷，万岁爷，您可不要吓奴才，万岁爷您在哪里?”

就听哗啦一声，顺治抓住船舷，头部露出水面。

小扣子急忙把顺治拉上船，“万岁爷，知道您水性好，可这水太大了，千万要善保龙体才是。”

顺治水淋淋地坐下来，忽然道:“小扣子，朕中计了。”

小扣子:“万岁爷说什么?”

顺治:“适才那两个侍卫，虽然手拿叔王多尔衮的信物，实际却是妖人党羽诱朕来此的。”

小扣子吓呆，“万岁爷这样说，肯定不会错。但幸好路上他们未起异心，否则……吓也吓死奴才了。”

顺治惨笑道：“其实这才是真正可怕的。”

小扣子：“万岁爷在说什么？”

顺治：“那妖人就是要将朕诱来此处，当着叔王与额娘的面，将朕猎杀。”

一言未讫，就听四面八方无数个声音在呐喊：“风雷动，猎天龙。”

喊声中，四面火光大起，一支支突然燃起的火把，照亮着一条条小船。

每条船上，各有三名黑衣骷髅人，俱各张弓搭箭，遥指顺治帝。

水声漫天，舟船盘旋。

高坡之上的多尔衮，鬼宅中的赌徒并宾客，俱各看得分明。此时的顺治帝，被数十条船围在当中。

夜，愈黑。

风，愈疾。

26

妖人会舞台对面，皇太后惊恐地立起。

大布吉持弯刀当门而立。

门外，是一排排戴着骷髅面具的妖人党羽。

皇太后和淑太后相互搀扶着，无力坐下，“我们，难道就这样输掉了吗？”

27

妖人在开怀大笑，“新一轮盘局开始。

“赌福临逃不出第二轮射杀，有下注的没有？”

静谧片刻，妖人失笑道：“无人回话，所有人都呆若木鸡。毕竟亲睹天子遭到射杀，是出乎每个人想象的事情。”

突听宾客中一声怒吼，一个宾客猛地撕下脸上面具，就势操起桌子跳到台上，那张桌子堪堪举起，数十条长枪已经抵在了他的喉咙之处。

这名宾客，竟尔是卓礼克图亲王吴克善。

妖人尖笑着走过来，在吴克善的肌肉上摸了一把，“王爷何须急成如此模样？还须再等几轮，才能够轮得到你。所以说一个人最要紧的是识趣，知道自己的分量和位置，哪怕你是王爷，是皇上的亲大舅，也不好抢了皇上的风头是不是？”

“妖人！”吴克善颤抖着发出威胁，“若然陛下与两宫，少了一根汗毛，信不信本王将你碎尸万段！”

妖人叹了口气，“王爷，你这是何必？岂不闻在商言商，无可非议？本仙来到世间，不过就是想和大家快乐地完成几桩交易，试问小仙何错之有？”

说到这里，妖人转向台下吓呆了的宾客，“本仙知道，诸位来时，心里无不是充满了期待，希望今夜的交易货品足够刺激。事到如今，也无须再藏藏掩掩，那咱们就把今夜要卖的物事全部拿出来，让诸位出价之前，心里也自合计合计。”

妖人那生了羽毛的怪手一挥，高台上方，轰的一声降下一幅帷幕。

帷幕之上，斗大的字，让诸人看得清楚。

仙人会拍卖头桩货品：金氏、愉氏、朱氏三女，起价十万金。

仙人会拍卖二桩货品：天子真身，起价五百万金。

仙人会拍卖三桩货品：摄政王多尔衮，起价五百万金。

仙人会拍卖四桩货品：两宫太后，起价五百万金。

仙人会起拍五桩货品：仙人本尊，起价五百万金。

台下宾客，茫然地看着货品拍卖清单。半晌，突然有个人大叫：“那妖仙，你自己也要卖吗？”

妖人笑道：“诸位难道没有读过书吗？昔者子贡问夫子：‘我这里有块美玉，是将它放入匣中，珍藏起来呢，还是找个识货的把它卖掉？’夫子回答：‘卖了吧，卖了吧。只要有人出个合适的价，我这就把自己卖掉。’诸位啊，想那孔夫子淡泊心性，却无日不思货卖识家，本仙又何能免俗？”

咣的一声锣响，妖人疾声长呼：“诸位，此番开价，无须实银实付，本仙如何不知尔等赴会来此，断无可能扛着金山银山走路？是以诸位尽管在心里掂量掂量这万里江山、如花美眷，掂量掂量这无边权势的帝王之尊，究竟价值几何？若你知晓这简单的道理，大胆开价大胆举牌，明日你就是金銮殿上接受百官朝贺的不世帝尊。难道说到那时候的你，还出不起这几个小钱吗？

“现在标价开始，本仙拭目以待。”

妖人说罢，现场仍是一片死寂。

见此情形，妖人笑了，“真的无人敢于出价？若然如此，本仙只好草草收场，且令那阴兵回返地府，从此关闭阴阳两界的往来门户。那福临也就有惊无险，悻悻回到他的禁宫之中，而后是檄令出宫，彻查此夜的买家。届时有人身败名裂，有人抄家籍产，有人千刀万剐，有人灭门铲族。这固然是你们自取死路，然本仙委实是困惑不明，尔等何以会做出如此不明智的抉择？”

这番话说罢，台下的面具赌客，果真有一人举起红牌，“仙爷说得对，横竖是个死，那这个皇帝宝座，老子买下了。”

“且慢，”妖人笑道，“好教诸位买家得知，既买至尊帝位，等同于后几桩货品一并收入囊中。所以买家开价，当是打包捆绑，一并购入，尔等可明白？”

就听那开价之人，颇有威严地道：“无须提醒，本座既然举牌，当然要连同你这位妖仙，一并买入。”

妖人：“好，本仙就是喜欢尊驾这种气吞山河的气势。还有竞价的没有？”

“我也要买。”又一名宾客举牌。

众宾客茫然地看着。出价的，不过是四个人而已，但他们既然已经出价，就不可以让对手比下去，是以价格一路飙升，顺治帝的身价从起价五百万金，直升到七百万金。

当的一声锣响，妖人拿锣槌一指其中一人，“就你了。

“售价七百万金！

“交货！”

随着妖人这一声令，鬼宅内外，所有的党羽齐声呼喊：“仙爷有令，交货时辰到！”

黝黑的水面上，响彻不停的波涛声中，所有的骷髅面具人齐齐向顺治帝射出呼啸的利箭。

28

当水面上的骷髅面具人正欲向面色如土的顺治射出翎箭之时，突然间一条小船从侧面划来。

哐的一声，小船撞击在骷髅面具人的船上。

一条船立即倾覆。

高坡上的多尔衮、鬼宅中的宾客，全都紧张地注视着这边。但看那小船滴溜溜兜了个圈子，竟尔是愉氏、金氏与李朱氏的那艘小船。众人看得清楚，阿济格死人一样躺在船上，金氏和李朱氏守在他的身边。唯有愉氏以双腿夹了船舵，双手执桨，将船荡向另一条骷髅面具船。

几条船同时向愉氏逼了过来。但见愉氏挥起桨，与骷髅面具人斗成一团。

她一连将三个骷髅面具人击落水中，但骷髅船齐齐荡开。

乱箭齐发。

所有人都听到了愉氏凄厉的痛呼声。

所有人看到她身体上插着几支颤动的翎箭，软弱无力地栽入水中。

鬼宅之中，传来阴森可怖的怪笑声：“哈哈哈，哈哈哈！”

妖人说：“没错，你们看到了，愉氏的命，其实才是这单生意的货品。

“有人买下她的命。

“愉氏本是皇太后伏于阿济格府中的暗桩，配合两宫以控制阿济格而已。

“她本是枚棋子，本是布局之人。

“是以本仙以一个更周密的局，终止了她的游戏。

“下一个，是陛下！”

妖人言讫，骷髅面具人手中的长弓，缓缓转向脸色惨白的顺治帝。

再也无人能够阻止他们。

眼见得顺治帝就要毙命箭下，那一条条小船突然于激流中打起转来。

这一变故显系出乎骷髅面具人的意料。顺治帝听到一连串的痛叫声，破空的翎箭尽失准头，多数射入黑暗之中，有几支近一点，咄咄咄地钉入顺治的船上。

紧接着，又有几名掌舵的骷髅面具人突然痛声大叫，或是手捂鲜血长流的面具，或是栽入水中。

一条小船缓慢驶过来，黑暗中看不清楚，但见一人操舵，另有一白衣女子立于船头，手执弹弓，弓弦之声不绝于耳，弹丸狂飞，专打骷髅船上的操舵者。

李化熙紧张的声音响了起来："陛下没事吧？"

没事才怪！顺治这时候突然感到害怕，"老李你赶紧过来。"

就听李化熙的声音道："陛下莫怕，妖人今夜之局，并非针对陛下。"

顺治帝气道："老李你昏了头吗？这么多的妖物围着朕，你还说这种话。"

李化熙失笑，"臣失言，妖人今夜是针对摄政王而来。陷陛下及两宫太后于此，只是妖人布局的一个环节罢了。"

卞玉京独立船头，持续不断地射出弹丸。黑暗中无法视物，那弹丸颗粒又小，骷髅面具人根本无法防御，于不断的痛呼声中，攻势顿时瓦解。

说话间，李化熙的船与李朱氏所在的船飘摇而过。

两船相错，李朱氏的目光似乎在望向李化熙，又似乎一无所见。

黑黝黝的水面，再不闻愉氏之声息。

29

看到李化熙的出现，多尔衮一屁股坐在地上，"天可怜见，秃尾巴老李及时赶到，陛下总算……暂时无虞了。"

五城兵马司吏目高长奎奔了过来，"王爷，可以上船了。"

船？不只是多尔衮，连同一边的鳌拜、谭泰等人也惊呆了，"你找到船了？"

高长奎："几位大人，这里没有船的。是小人一直搜集顺水漂过来的木板，再将衣服撕成长条捻成绳，扎制了一条木筏。"

多尔衮精神大振，"小王的脑子也是乱了，竟然想不到自己扎条木筏出来。幸亏高长奎在这里，若然救出两宫太后，你高长奎当为头功。"

高长奎跪倒，"小人岂敢复望建功。若说今夜之事，让陛下、两宫及摄政王受惊蒙难，纵小人百死，莫能赎也。"

"别说了，赶紧上木筏。"多尔衮跳上去，挥起长刀，"尔等与本王同心协力杀入鬼宅，管教那妖人无路可逃。"

众人登上木筏，连同高长奎在内，计有多尔衮、鳌拜、谭泰、何洛会、岳尔布、拜音图及图赖八人。众人以木板为桨，吃力地划着，向对面的鬼宅靠拢过去。

眼看前方就是高坡，鬼宅中的鼓乐声声在耳。多尔衮当先跳下木筏，跳入齐胸深的水中，向前走去。

鳌拜等人急忙跟上，前方坡路上冲出几个戴着面具的妖人党羽。交手未一回合，尽数被杀掉。

"杀啊——"八人冲到鬼宅的门前，更多的面具人持刃扑过来。

就听一声疯吼，鳌拜杀得性起。他是满洲军中排名第一的大力士，一旦动了杀性，无人可御。只见他大手向前一抓，竟挥舞起两个妖人党羽重力掷出，将门里冲出来的妖党悉数击倒在地。

多尔衮趁势冲入大厅，挥刀长呼道："本王在此，举凡仍戴面具，不与吾奋起杀敌者，皆视为妖人之党，杀无赦。怀忠义之心，起而勤王者，只论勋功，前罪不究。"

此言一出，就听轰的一声响，台下百余名宾客齐齐扯落面具，现出一个个王爷、贝勒、贝子的本尊。这些人操起桌椅板凳，呐喊着冲向妖人群党。

坐在房间里的皇太后听到多尔衮的声音，未见喜色，反而无奈地摇头，"摄政王又犯浑了。

"你让所有人同时摘下面具，又如何追查那个买下帝位之尊的人?"

此时鬼宅之中，四处都是喊杀之声。大布吉立于门前，弯刀疾掠，与不断扑过来的面具人搏杀。隔壁几个房间里，分别掷出桌椅板凳，砸向面具杀手。

妖人立于台上，看得咯咯直乐。

只听妖人道："酒来。"

一名党羽呈上托盘。妖人拿过酒盏，一边慢慢啜饮，一边看着周边的厮杀。

那边卓礼克图亲王吴克善挣脱出来，操起一根粗大的檩条，大吼着向妖人冲过来。

妖人睬也不睬，只是拂了一下衣袖。立时，几个骷髅杀手跳出，其中一个飞起一脚，将吴克善连同沉重的檩条，踢得遥飞出去。

吴克善飞落，砸碎一张桌子，旁边正持凳子打杀的四弟满珠习礼急忙将他扶起。吴克善吐了口血，万难置信地道："这妖人的手下好生厉害，他是从哪儿找来的?"

就听皇太后的声音，不疾不徐地响起："那些人就是昔年刑部承政额尔格图的三十六名弟子。哀家早派李化熙查实，当年与额尔格图同死者都是穿上三十六名弟子服饰的替死鬼。留下这些人，大概就是为了今夜这次行动吧。"

"太后，请治奴才护驾不力之罪。"在场之人跪倒，迎接终于走出房间的皇太后。

"跪安吧。"皇太后和淑太后来到了大厅，她的身后跟随着多尔衮等诸将。诸人齐至，将妖人团团围定。

冷冷地看着妖人，皇太后说："妖物，现出你的原形吧。"

妖人哧哧地笑着，"太后呀，春宵苦短，此情缠绵，咱们要不要这么心急呀。"

淑太后一挥手，"与哀家拿下此妖。"

鳌拜等将发一声喊，跳到台上，就见妖物仍然发出邪魅的怪笑声，不紧不慢地抖动双翅，眼见得他身形飞起，于众目睽睽之下飞入半空。

"咯咯咯。"

夜空中，留下这声怪异的尖笑，旋即陷入死一般的深寂。

30

看着妖人飞天而遁，众人愕然无措。多尔衮怒不可遏，长刀挥起，“与本王追，哪怕是上天入地，本王也要斩下这妖怪的首级。”

多尔衮率鳌拜等人追出。

这时候忽然响起李化熙的声音，“摄政王，快停下来，你不可以追赶，不可以……”他一边大喊，一边狼狈不堪地冲进来。

皇太后踏前一步，“老李，莫非这妖人还有后手？”

李化熙一跺脚，“岂止是后手，妖人在古北口为摄政王设下杀局，此去凶险至极。”

几个王爷瞧瞧李化熙，道：“摄政王吉人天相，神威凛凛，又有鳌拜这等猛将相助，谅那妖人也无计可施。”

李化熙急得不行，“一句两句说不清，总之陛下、太后，必须把摄政王追回来，否则悔之晚矣。”

皇太后一扭头，“大布吉？”

大布吉提刀追出去。

吴克善讪笑道：“多尔衮他这是……他这是整整一夜都处于下风，所有布置尽皆失效，任由妖人摆布，是以有些急了。正常心情，应该理解。”

李化熙急道：“王爷，这不是理解不理解的事儿，事关摄政王……”

吴克善大怒，“本王说可以理解，就是可以理解，你个秃尾巴老李跟本王吵什么？”

“你看这……”李化熙仰天长叹。

大布吉返回来，“太后，水势犹未退去，摄政王等诸将急于捕杀妖人，全都登上小舟追过去了。”

皇太后道：“李化熙，你且莫急，先说说那妖人的布置，容哀家从容应对。”

“这事……唉，”李化熙急得撕扯着自己的头发，“太后，妖人针对摄政王的布置，是个天局。连同今夜所发生的一切，构连并合成天地人心四局。此局已布，断非人力所能应对。太后，容小臣先追上去，若侥天之幸，能够追上摄政王，或许会让妖人的布置落空。”

皇太后道：“既然如此，哀家便与你一同去，若不能擒得妖物，将那淫恶的东西碎尸万段，哀家咽不下这口气。”

李化熙：“太后千金之躯……”

淑太后叱道：“李化熙，这时候还说这种话，有用吗？”

“也好，也好。”李化熙万般无奈，“我们走吧……可是如何离开这里？”

皇太后转身下令，“强壮者速去水边，搜集木板及顺水漂来的树干。余者于此地寻找绳索等物，扎成木排，大家才能够离开。”

吴克善担任起指挥之责，“赶紧地，你，你，还有你，赶紧去水边。你们几个身体弱，留在屋子里搜寻。把那几张桌子板全聚起来，那是造木筏的上好材料。”

皇太后转向李化熙，“李爱卿，这木排一时半会儿扎不起来，你且说说妖人的地局是如何一个布置法儿。”

李化熙：“太后可知，摄政王多尔衮的王府中出土了一尊石翁仲?”

皇太后：“哀家知道，也知道此事诡异，事到如今可断定是妖人的伏局，可这究系为何呢?”

李化熙：“摄政王府出土的翁仲，是对应于古北口路边的那一尊。”

皇太后：“古北口也出土了一尊石翁仲？此二者有何联系？”

李化熙：“摄政王府中的石翁仲被立于马厩出口，从那里出来，就是条通衢大道。”

皇太后：“然而呢?”

李化熙：“古北口山道上的石翁仲，立于驿路的急转弯之处。”

皇太后：“设若……”

李化熙：“于是……”

皇太后疾跳而起，“尔等且在这里扎木排，立即与哀家找来条类似于船的什么东西，随便什么东西，哀家要立即出发，必须追赶上摄政王。”

31

晨曦中，多尔衮等诸将的木排未及靠岸，就见侍卫詹岱率一支骑兵疾驰而至，“王爷，奴才在此。”

多尔衮：“禁城那边怎么样?”

詹岱：“王爷，禁城几条内河，年年都浚通，是以房山坡峰岭水坝泄洪，并未造成太大困扰。除了几处低洼河道大水漫过河沿之外，多数地方的洪水只是没过脚踝，此时大水已穿城而过，京师无虞。”

多尔衮：“谢天谢地……唉，还谢什么谢，这原本就是妖人的设计。”

詹岱：“王爷说到妖人，适才奴才看得分明，那妖人一行向北方去了。奴才本欲追赶，又担心王爷……”

多尔衮：“那妖物，可是……御风而行?”

詹岱：“那倒不是，妖人是骑马狂奔。”

多尔衮精神大振，“既然妖物只是骑马，可知伎俩有限，尔等与本王追。”

众将纷纷上马，蹄声烈烈，向北追击妖人。

32

多尔衮一行追出后不久，皇太后、李化熙的木排也靠了岸。

众人扶皇太后、淑太后上岸，然后一片茫然，“多尔衮他们已经策马行远，我们难道靠了两条腿，就这么穷追猛赶不成?”

李化熙道：“大家莫急，下官已经安排了后手，少顷就会有骑者赶到。”

不多久，果见远方尘土起处，十数骑飞驰而来。

骑者近了，远远地就听到守城门的薛佐领那兴奋不已的呼声，“李大人，本座可是按时赶来了，咱们今儿个去烧哪家衙司?”

“咱们烧……”李化熙表情焦虑又尴尬，瞧瞧目瞪口呆瞧着他的太后等人，“薛将军你赶紧下马，陛下与两宫太后在此，岂容如此放肆!”

薛佐领仔细一看，顿时骇到魂不附体，滚鞍下马，“陛下圣明，太后万福，奴才适才……呃，是与李大人说笑的，并非真要烧衙司。”

顺治、两宫太后、吴克善及满珠习礼等人，早已迫不及待地冲过去，抢了马就走。李化熙随后追上，吩咐了薛佐领一句：“尔等跑步跟上，拱卫陛下与太后。”

“是……”薛佐领等人爬起来，追在李化熙一行的马后，拚命飞跑。

此时太阳微颤，终于跃出地平线。

天地之间，一片祥和。

通往古北口的驿路上，疾奔着四组人马。

最前面的，是花翎鸟羽的妖人，率了十余名党羽匆忙行奔，不时发出诡异骇人的怪笑声。

尾随其后的，是摄政王多尔衮，带领着鳌拜、谭泰等诸将，落后的是骑只跛脚驴子的高长奎，一行人穷追不舍。

再隔一段距离，是顺治帝、两宫太后并李化熙等人。他们的座下马，脚程远不如前面两组人，越追越是落后，一个个急得满脸是汗。

最后是茫然的薛佐领等人，他们穿着笨重的铠甲，奔跑得上气不接下气，却又不敢违旨，只能吃力地奔跑下去。

33

妖人一行，疾奔上了古北口。

在那尊石翁仲之前，他们停了下来，指着尾随追来的多尔衮，发出肆意的嘲笑声，“多尔衮，要是你够聪明，最好还是回去吧，保得你今日小命，待本仙来日好与买家交货。”

妖人与党羽齐声长笑，而后上马，放慢速度缓行。

多尔衮怒不可遏，就要追上。

这时候侍卫詹岱突然牵住他的马，“王爷，咱们还是在这里等等吧，奴才怎么感觉有些不对，那妖人多半会有埋伏。”

多尔衮怒极，“本王岂是害怕埋伏之人?”

詹岱再劝，“王爷千金之躯……若不然王爷守在这里，待奴才和鳌拜将军追上去如何?”

多尔衮挥鞭，抽开詹岱的手，“本王今日，誓与妖人拼个生死。尔等与我追上，休要堕了我满洲勇士的威风。”

众将无奈，只好与多尔衮策马冲上山坡，追赶妖人。

34

顺治帝、两宫太后并李化熙，终于追到了山脚。

仰面望去，但见多尔衮众骑正自蹄声烈烈，疾奔在山道上。再前方，是不慌不忙行路的妖人等众。

李化熙跳下马来，两手拢在唇边做喇叭状，大喊道：“摄政王大人，赶快停下，前方危险！”

喊罢，再抬头看山坡，多尔衮一行疾奔如故。李化熙忧心如焚，转向皇太后，“太后，此时已然不及，只有我们一起呐喊，或许有……几分侥幸！”

皇太后立即下令：“老李，你领喊，所有人与哀家同时呼唤，只希望多尔衮不要有事……”

于是李化熙领喊：“摄政王停下，前方危险！”

众人齐齐呐喊：“摄政王停下，前方危险！”

李化熙：“太后懿旨，多尔衮速返面君！”

众人：“太后懿旨，多尔衮速返面君！”

李化熙：“多尔衮速返护驾！”

众人：“多尔衮速返护驾！”

喊声中，众人眼见得多尔衮明显回过头来张望了一眼。

然后他的座下快马，就冲到了石翁仲的拐弯路段。

所有人眼睁睁地看到，多尔衮的座下马并没有顺利拐弯，而是四蹄凌空跃起。

直跳入山崖之下。

35

事出意外，鳌拜等人尽皆茫然，眼睁睁地看着多尔衮跃下坡崖。

一人一马，在空中划出一道漂亮的弧线。

然后慢慢坠下。

远方地带，隐约传来一声血肉与大地的撞击声。

死一般的寂静。

突然之间，皇太后发出一声凄恻的长恸：“多尔衮！”

顺治帝也发出一声惨叫：“叔王！”

两人同声长恸，疾奔向多尔衮坠悬之地。

众人急忙追上，扶着皇太后与顺治跌跌撞撞地向前奔行。

前方，多尔衮的坐骑倒地，他本人也躺在地上，一动不动。

盔碎甲裂，飞石溅雨。

皇太后发出撕心裂肺的长号，冲过去抱住多尔衮，“多尔衮，多尔衮，你醒来，哀家命你醒来！你难道忘记了你十五岁那年在哀家面前立誓，说要终生保护哀家，不可稍离哀家身边片刻的吗？

“多尔衮哪，你给我醒来！你不要弃我们母子而去！

“多尔衮啊，你无论如何不能放弃！”

在皇太后撕心裂肺的惨叫声中，多尔衮的身体，终于轻微地动了一下。

“多尔衮，多尔衮，哀家命你与我睁开眼，睁开你的眼！

“多尔衮，你胆敢抗旨吗？

“多尔衮，你胆敢抗旨，拒不活转过来，哀家就斩下你的头！”

皇太后用双手抚着他的脸颊，大声地嘶叫着。

多尔衮终于睁开了眼。

他的声音，微弱而无力。

“欲尽除妖人，须找章姨。

“高长奎……可用，以其护卫皇宫，可保……无虞。”

言讫，他闭上眼睛。

死去。

皇太后发出惨烈的长叫，一头昏厥于多尔衮的身上。

36

坡崖之顶，妖人纵马而立。

四周是十几名仍然戴着骷髅面具的党羽。

以及一名同样截着面具的买家。

是这个买家于午夜的妖人会上，买下了多尔衮的性命，买下了顺治的帝座，也买下了两宫太后的身体。

此时，他们静静地看着悬坡之下，看着昏死过去的皇太后被李化熙等人抬走。

妖人说话了。

“今夜一切，皆按计划而行。

“处死多尔衮，这是你我双方交易中的第一步。

“下一步，是福临退位，禅让出帝尊宝座。

“是以昨夜本无意杀福临，杀了他，谁给你禅让君尊？

“福临不过饵也。

“为诱杀多尔衮之用。

“杀掉多尔衮，还要让皇家顺应本仙的安排，不敢说出真相，避免让天下人知道，这世间真正掌握权力者是本仙，而非皇帝或太后。

“所以不可以擅动刀兵。

“这就是本仙要在多尔衮的府中及这山路的拐角处，安排下两尊一模一样的石翁仲的缘由了。

“多尔衮府中的石翁仲侍立于马厩之外，面对的是一条长长的跑道。多尔衮的爱马每次出厩，都要沿跑道长驱一段距离，久而久之，战马就形成了习惯，见到石翁仲，就会加快速度，向前疾奔。

“是以当多尔衮纵马来到这陡然急转的山路之时，他的座下马突然看到石翁仲，就会陷入条件反射，立即发足直线狂奔。

“山路已转，座下马仍然径直狂奔，就会载着大为惊恐的多尔衮，直冲下山崖。

“正如尔等适才所见。

“一个精心布设的地局。

“游戏而已。

“再下一步，本仙希望皇太后能够袒衣解怀，接受本仙对她的命运设计。

“一切都是最好的安排。

“她会喜欢的。”

第二十二章　大扑杀，皇太后的最后挣扎

01

灵幡摇动，哭声震天。

淑太后与顺治帝皆麻衣披孝，坐于车上哭泣而行。

唯皇太后，神色冰冷，一动不动。

一排孩子麻衣孝服，手捧多尔衮的灵位，上书大清懋德修远广业定功安民立政诚敬义皇帝之灵，恸哭而行。

萨满巫师在旷野中翻舞，悲歌如泣，不绝如缕。

02

距离送葬队伍遥远的荒野，是一座新培土的坟墓。

一名白衣秀士，长恸于灵前。

秀士身后，立着一个局促不安的将军。

“城上斜阳画角哀，沈园非复旧池台。伤心桥下春波绿，曾是惊鸿照影来。”白衣秀士长恸道，“愉姑娘啊愉姑娘，昨日之前，你还曾名动天下，万人追奉。孤舟犯险，力战群凶，终落个香消玉殒。然则世上皆逐欢争利，拥挤于为多尔衮送葬的队伍里。你这坟头冷冷清清，连个照看的人都没有。人世炎凉，莫过于此。”

后面的将军踏前一步，“陈名夏，也该差不多了吧？你已经在这里哭了快两个时辰。不是我说你，你陈名夏好歹也是朝中枢机，而这愉氏……人家可是大将军阿济格的妾室。愉氏为救护陛下，为妖人设计杀害，这里边也轮不到你陈名夏来哭她的坟。你如此不顾行迹，就不怕被人看到，以为你和愉氏有什么不清不白的关系？”

“任珍，闭上你的臭嘴！”白衣秀士陈名夏叱道，“你哪里知道，小可这条贱命，实得愉姑娘之恩赐！”

后面的将军：“竟有这事？怎么没听你说起过？”

陈名夏揩了揩眼角的泪，“世间之人，莫不爱惜自己那张薄脸皮，我陈名夏终不能免俗。是以愉姑娘救我性命之事，我从未对任何人提起过，但我心中，却无日不念及愉姑娘的厚恩。”

后面的将军：“老陈，你还好意思说自己脸皮薄？就你那张脸……算了，你快说说愉姑娘是怎样救了你性命，权当愉姑娘泉下有灵，说给她听好了。”

陈名夏：“愉姑娘啊，这话说起来，有十几年了。记得还是大明崇祯在位之时，我分析北方势力崛起，感觉到大明气数已尽，遂单身北上，欲亲睹崛起于辽东的大清情形。那一年我堪堪行至辽东，突然遭遇一伙强横之人，持刀飞箭，纵马而来。我急忙逃入树丛中，却被那伙人以长翎飞箭胁迫，不得不钻出树丛，被那些人俘获。才知道那些人本是盛京的王公贵族，出城捕猎游民为奴，我不幸中伏，沦为奴隶。

“我被带到了盛京的一家王府，驱入马厩为奴。每日里切马草，打扫马粪，主子稍有不快，随手就是一皮鞭。我试图向那些人表白身份，想要证明自己是个读书人，不应该遭此虐待，但那些人根本听不懂，只是满脸狞恶地举起皮鞭，重重地抽在我的身上。

“终于有一天，我在喂马时，一时大意，草料中混进了荆棘，吃得马儿满口是血。主子发现了，大骂我是存心的，当场要活活抽死我。我想辩白，想哀求，跪地乞命，全都是枉然。那狠毒的主子，一鞭又一鞭地抽过来，我全身上下都被鲜血浸透，眼见得气息奄奄，就要丧命。”

说到这里，白衣秀士陈名夏立起来，解开上衣，袒露出依然留在他身体上的累累鞭痕。

后面的将军探头过来，啧啧有声，“哎哟，想不到你陈名夏，还有如此际遇。要我说，你枉读圣贤之书，一肚子的花花肠子，你活在这人世间，就是一等一的祸害。当时那主子就应该活活抽死你，也让这世界清净几分……”说到这里，将军忽抬头，看到陈名夏充满怒火的眸子，急忙后退两步，“算我刚才什么都没说，嗯，算我没说。你接着讲，接着对你的愉姑娘说话。”

狠狠地瞪了武将一眼，陈名夏继续哭道：“犹记那一日，我全身是血，倒于冰冷的地上，眼看就要丧命。忽然之间，仿佛睡梦里看到两瓣莲花，伴随着清冽的香气，飘然而来。我诧异地眨眨眼，才看清那两瓣莲花竟是一双赤裸的脚，雪白香腻，行至我的鼻尖前，停了下来。

“当时我心下认定，我肯定是已经死了。

“试想北方的寒冷时节，雪地冰天，岂会有人赤足行走于室外？

“然后我就听到一个黄鹂般的醉人女声：‘这人是谁，你们为什么要抽打他？’

“就听我那狠毒的主子道：‘禀小夫人，这人是我们打猎时掳来的一个奴隶，心存阴恶，故意以荆棘喂马，是以要活活抽死他，以儆效尤。’

“就听那美丽的女人声音道：‘至于吗，就为这点事，竟要活活抽死一个人？’

“说话间，我眼前忽然出现一张俏丽的脸。

“那张脸，我陈名夏终生不忘。

“愉姑娘的脸。”

03

北京城中，骁骑营、步兵营列队长奔，包围了一家府邸。

府门之上，镇国将军府邸六个大字赫赫然在目。

郑亲王济尔哈朗乘轿，卓礼克图亲王吴克善和满珠习礼各自骑于马上，来到府门之前。

三人巡视了一圈，吴克善下令：“与本王入内，收镇国将军世子。但凡有阻拦者，立杀无赦！”

骁骑军士呐喊着冲向府门。守护在门前的府丁家将机灵的赶紧跪下，忠心护主者上前抵御，旋即遭到毫不留情的格杀。

王府之内，家将们正拼命地用粗杠顶死门。但那扇大门在轰然重击中，碎裂四开。

乱箭如雨，射入王府。守护镇国将军府邸的家将，纷纷栽倒于箭雨之下。

吴克善、济尔哈朗和满珠习礼，在士兵的簇拥之下，大步而入。

“传陛下圣旨，收镇国将军世子并一干眷属。”

片刻寂静，王府中突然间哭声大作。

哭声中，几个女人手足并用，爬出房间，“王爷，求求几位王爷。想我家老爷，原本是太祖的第十一子巴布海，正宗的龙子龙孙。可是老爷及福晋，还有世子阿咯喇，不知何罪尽皆斩于市曹。府中只留下小世子这点骨血，却又是因何缘故，陛下竟欲将我家斩草除根？求王爷告诉我们这些未亡人以因由，也好让我们这家人死个明白。”

吴克善回答道：“本王就实话实说了吧，巴布海及福晋并其子阿咯喇之死，并非是不明不白。你们自己心里也清楚，那巴布海本是太祖第十一子，皇家骨血，理应护崇皇家。可是他却与福晋并儿子，奉从妖人号令，让这座显赫的镇国将军府邸，成为妖人淫乐之地。

“这座镇国将军府邸，早已被妖人掏空。即使是你们几个，又有哪个是清白之人？纵连陛下也知道，你们白天时是显赫的王爷眷属，夜晚却甘愿侍奉妖人。尔等之罪，早就该死。之所以留下尔等不杀，只是陛下和两宫太后实不忍见太祖一脉就此断绝。但尔等竟不念及陛下洪恩，反而让小世子参加妖人会，更曾当场举牌，要买下帝位之尊。这是十恶不赦的谋逆之罪。今日灭门，又有何话可说？”

听着吴克善的话，几个哭泣的女人慢慢抬头，起身。她们的神色变得阴冷，突然间发出了骇人的怪笑声，“哈哈哈，哈哈哈，吴克善你们几个，休要恃仗两宫太后的势力，在此穷凶极恶！实话告诉你们吧，仙爷已经下令，不日之间就要履行交易和约。

到时候，篡位的福临以及窃据两宫的妖后，必将为尔等今日之举，付出血的代价！”

说完这句话，几个女人手腕一翻，露出雪亮的匕首，丝毫也不犹豫地刺入自己的心脏。

眼看着几具尸体栽倒，郑亲王济尔哈朗低语了声：“与本王收阖府男女。

“举凡十四岁以上，不能自证清白者，皆杀。”

命令甫下，就见一名跪伏的府丁跳起，大喊道：“篡位的乱臣贼子福临，竟尔斩尽杀绝，不给我等留一线生路。我等为仙爷，拼了这条命吧。”

“杀啊——”就见数十名府丁，各持刀剑棍棒，向济尔哈朗等人冲过来。

济尔哈朗微抬手掌，骁骑军士乱箭齐发，冲过来的府丁们纷纷栽倒。

士兵们冲入府中的各个房间，进行搜寻排查。

府中的哭喊乞饶，声音越来越微弱，渐渐止息。

一名统领手提血染的长刀，大步行至，“禀几位王爷，阖府已经搜过，全无小世子的行踪。”

济尔哈朗和吴克善面面相觑，“终究是迟了一步，又让妖人占得先机。”

04

冷风卷地，白草倒伏。

旷野之中，一片断断续续的呜咽之声。

愉氏的坟墓之前，陈名夏揩了揩泪，继续说下去。

“当时，俯身察看我的愉姑娘那张俏脸，满是关怀与恻隐。她伸出雪白纤丽的手掌，轻抚了一下我的额头，说了句：‘此人非同一般贩夫走卒，你看他皮肤细腻，分明是个没做过粗活的读书士子，是也不是？’

“我看到她在问我，可我气息奄奄，无力回应，只能眨了眨眼，表示我听到了她的话。

“然后愉姑娘笑了，用她的香润手掌轻抚着我的脸颊，说道：‘这位先生，你不要死，你看这世间还有若许之多的美丽事物！’

“我听到她在耳边低语：‘不要死，活下去，为了有朝一日，尽情地啜饮生命的欢愉。生命的快乐你尚未品尝，如何能轻易死去？’

“你要知道，当时我倒伏于马厩中，衣衫尽碎，皮破肉烂，一条命已经去了大多半。

“我还活着，但我已经无心再活下去。

“那鞭击之辱，那锥心之痛，那于绝境之地冲突而犹自无路可走的绝望！所有的这一切，让我再也坚持不下去，让我选择了屈服，选择了顺从苦难的命运。

“她从我的眼睛里，看到了死亡的意志与气息。

“所以她想唤醒我的生命力量，唤得我重返这冰冷的人世。

“所以她告诉我，人世间不只有苦难，还有美丽。

“美丽的花儿，美丽的女人，美丽的生命狂欢与享受。

“这其间没有丝毫的污浊或不堪。

“只有女人的柔美爱意与智慧的呼唤！

“你听懂了没有，任珍？我决不允许你，再用这种邪恶而下贱的眼神，看着我，看着她，看着这世间美丽的情义，与千丈柔情的仁者之心。”

陈名夏说完了，武将任珍静静地看着他，半晌说道：“老陈，你之此言，莫是说与我听？”

陈名夏：“晨钟暮鼓，难醒执迷之人。说不说得明白，在我之智。听不听得懂，在你之心。”

05

多尔衮的陵墓之前，跪伏着一片麻衣孝服者，呜咽之声，不绝如缕。

唯皇太后、淑太后，背对陵墓而立。

苏茉儿与大布吉，立于两宫太后的身边。

远方一骑，遥遥而来。

近了，骑士落马，却是五城兵马司的吏目高长奎。他奔行到两宫太后面前，跪下行礼，“禀太后，郑亲王与卓礼克图亲王，已经奉旨搜过四家参与妖人会并竞标争夺帝尊的王府。”

皇太后：“情形如何？”

高长奎：“回太后，正如太后所料，此四家王府俱被妖人掏空。几位王爷率兵入府，随即遭到强烈抵抗，悍然谋逆的府丁们喊着奉妖人之令的口号。但这些叛乱都不成气候，旋即碾平。”

皇太后：“这几家王府中的福晋们如何？”

高长奎：“回太后，福晋们俱喊着为妖人而死，悉数当场自尽。”

皇太后：“那参与谋逆的王公、贝勒、贝子与世子们呢？”

高长奎：“俱各不在府中。”

皇太后：“你说什么？逆贼一个也没抓到？”

高长奎：“属下无能，请太后责罚。”

“你们……”皇太后气急攻心，踏出一步，正要说话，突然一头栽倒。幸得苏茉儿与大布吉在侧，急忙一把搀住，“太后，太后。”

皇太后无力地抬起脸，泪水长涌，“多尔衮，多尔衮，你这个该死的，你知道哀家现在是多么孤独，多么无助？

“多尔衮，如此艰难时刻，你如何可以不在哀家身边？

“如何可以？”

皇太后大声痛哭起来。

06

愉氏墓前，武将任珍与白衣陈名夏四目相对。

突然之间武将任珍咆哮起来：“陈名夏，你根本不懂，因为你缺乏男儿血性。你的愉氏，与我的妻子根本不能相比。你遇到的事情，也与我的遭遇不能相提并论！”

陈名夏扭过头，“或许你说得对，可还须问过你的心！”

任珍跳到他面前，“问过我的心，又如何？你知不知道？我任珍，堂堂的大清兴安总兵官，此时已经成为天下人的笑柄！我走在路上，听到路人在讥笑我。我在军中，听到粗野下贱的士兵在嘲笑我。我到朝中，听到朝中的文臣武将、王公贵戚在讥讽我。我妻子，我是那么爱她，那么宠她，可是她，却……而且此事近乎天下人皆知，单单只瞒着我一人，试想我如何能够容忍？”

陈名夏：“老任，不是我说你，你妻子那般完美的女人，纵然是稍有小过失，能算事儿吗？你应该选择原谅她。”

“不！可！能！”任珍一字一句，回答道，“横塘渡，临水步。郎西来，妾东去。妾非倡家女，红楼大姓妇。吹花误唾郎，感郎千金顾。妾家住虹桥，朱门十字路。认取辛夷花，莫过杨梅树。陈名夏啊，你可知道，那十字路口，辛夷花下，杨梅树旁，就是我任珍的府邸。

“推门而入，绕过影壁墙，走过黄泥路，穿行兰花榭，径直入内府，就是我夫人的卧房。

“可是你知道的，天下人都知道的！那死鬼焦曰白还活着的时候，举办了盛大的花会，卖掉我妻子一夕偷欢之夜。

“最最离谱的，是我堂堂总兵官，也成为焦曰白赌局盘口的筹码。

“陈名夏，你知道吗？那一夜我与军中朋友宴欢，可是突然间草草收场。我只是感觉极不尽兴，又怎知一切都是恶毒的诡计与安排？是那焦曰白，或是花会的幕后操纵者，故意迫我回府，将与我妻子偷欢的买家堵于房中。而花会上的盘口，就赌那奸夫能否逃得出我那雪亮的刀锋。

“可你如何又能想得到，那狡黠的坏女人，枉我宠她爱她，竟然于我回房之间，躲于门后，以双手捂住我的眼睛。我也是太喜欢她，太宠爱她，不疑有他，只以为她是在与我开玩笑。我也太爱这调调，又如何想得到，那个花会上的买家，正自悄悄地从我身边溜掉。我我我……我枉为男儿，竟为那女人如此恶毒算计。陈名夏，你告诉我，如果换作是你，是忍气吞声，还是拔刀而起，不枉男人好头颅？”

陈名夏以忧伤的眼神，看着兴安总兵官任珍，忽然间笑了。

任珍：“你……笑什么？”

陈名夏：“我笑你色厉内荏。”

任珍：“难道你至今还认为，我会对那如此伤我心的女人，怀有不忍之心？”

陈名夏拍了拍任珍的肩膀，“不是这个，老任，不是这个。”

任珍："不是这个是哪个？"

陈名夏突然厉吼起来："是你的愚蠢！

"任珍，你也不撒泡尿照照自己，如你这般呆头蠢脑，如何配得上那么美丽狡黠的女子？

"你是如何得到的她？她又是如何曲意承欢，让你爱不释手的？

"这整个过程，就是个局！"

任珍呆了呆，"老陈，你是说妖人于本座府中布局？哈哈哈，你这个说法，未免也太可笑。我任珍多大能耐，值得妖人花费如此之大的心思？"

陈名夏："你如何可以小视自己。于今这大清天下，你终是统兵带将之人。哪怕你的辖区再小，你也是当地不世的君王。试想妖人拿下了你，就意味着打开一扇通向帝尊的大门，意味着妖人又挖空了大清江山的一角。"

任珍："话虽如此说，但如今妖人公开拍卖我夫人的偷欢夜，试想我还会容忍妖人在我的地盘胡作非为吗？"

陈名夏："所以说，老任你危险了。妖人之所以卖出你夫人的偷欢夜，只是因为在妖人眼中，你已经是一个死人。倘你敢轻举妄动，哪怕只是对你夫人瞪一下眼睛，我恐怕你都会死得很难看。"

任珍："大丈夫生亦何欢，死亦何惧？"

陈名夏："任珍，我之所以带你来愉氏之墓，只是想告诉你，那帝王之位何等之尊，那两宫太后何等威严，可是妖人会上，皇帝与太后说卖掉就被卖掉，打包计捆竟不值得仨俩小钱。纵两宫太后及皇上死力反扑，却终究未逃得过妖人谋算。大权在握的摄政王多尔衮，不明不白身死古北口。朝中说多尔衮是旧疾发作，不治身死。可这话你信吗？无非是宫中极力掩盖真相，生恐被世人发现那显赫的帝王权势于妖人面前不堪一击。"

说到这里，陈名夏长立而起，"任珍，皇上和两宫太后尚且如此，你又算得个什么，竟敢挑衅妖人之势？实话告诉你，若你遭妖人之陷，依你我二人之情谊，我必不顾一切地护卫于你。这就意味着你的不智与轻率，葬送的不只是你自己，还有我！"

任珍愤懑地看着陈名夏，"那老陈，我来问你一句，你我这般如行尸走肉一样地活着，又有何趣？"

陈名夏叹息一声，"是无趣。可至少，你得等我替愉氏报了此仇。"

任珍："莫非你想单挑妖人？"

陈名夏："挑不挑妖人，这个撂下再说。但那阿济格，他本是愉氏的夫君，却于妖人会上买下金氏与朱氏，更因为如此轻妄之举，让愉氏丧命水中。是以这阿济格，他须得为自己那愚不可及的背叛，付出点小小的代价。"

第二十三章　巧舌如簧，此言一出天下反

01

校演场上，士兵们在一名标统指挥下练习箭术。

“预备，”标统举起小红旗，“搭箭，张弓，射！”

士兵们循令而行，乱箭射出，但极少有射到标靶之上。围绕着标靶，远远近近，插了一地面的翎箭。

标统气得大骂：“你们这些笨猪，引而不发，射而不中。倘让你们上了沙场，对面的敌军见到你们，就会全部死掉！

“猜猜敌军是怎么死的？

“是被你们拙劣的射术，活活笑死的！”

标统骂过，士兵们哈哈大笑起来。

标统也被气笑了，“你们这些混蛋，笑什么笑？让本座来教教你们，什么叫百步穿杨，什么又叫箭无虚发。”

说罢，标统一伸手，“弓来！”

士兵们急忙递过来一张铁胎弓。

标统再一伸手，“箭来！”

士兵们呈上一支翎箭。

标统搭箭，用力引弓。可是却拉不动那张强弓，再咬牙用力，还是拉不开。

标统急了，“你们这些废物，是怎么保养兵器的，缘何弓弦都锈死了，让本座拉也拉不开？”

士兵们面面相觑，“咦，弓弦怎么会锈死？标统大人不会又在说笑话吧？”

“嘘，小点声，标统大人本身就是个笑话。”

标统悻悻地将强弓丢开，“该死的，有点眼力见儿没有？还不快给本座拿张轻弓来？”

一个士兵急忙呈上一张轻弓。

标统这次长了心眼，试着拉了几下，发现能拉开。这才气嘟嘟地搭上箭，瞄准标靶，一箭射去。

众人的眼睛紧盯着那支箭。就见箭在空中划过一条弧线，咄的一声插在地上。箭落之地，距离标靶至少还有几步。

士兵们强忍着笑，转向标统。

标统大怒，"看什么看？刚才尔等就是这样射的，对不对？"

"对倒是对……"士兵们问道，"标统大人，那正确的射法，应该是什么样子的？"

"正确的射法……"标统大人好不尴尬，鼻尖都淌下汗来。

正不知如何是好，忽然间有个白甲将军走入校演场。标统登时大喜，掷弓于地，大叫道："贝勒爷，贝勒爷，您可来了。"

那年轻的白甲将军停下脚步，"是你呀讷延，你把本座的士兵训练得如何了？"

"这个……"标统尴尬地笑道，"这不是大家正等着贝勒爷，要看贝勒爷的神射之术吗。"

白甲将军摇头道："本座今儿个，心情不大好。"

标统急道："无妨，若是让大家看看贝勒爷如何神射移动标靶，贝勒爷的心情说不定会好起来的。"

"也罢，"白甲将军无可无不可，"那就牵本座的马来，再让标靶移动起来。"

士兵们立即奔跑起来，几个人牵过来一匹白马，另外一些士兵则把标靶固定在轮车上，再让几匹马拉着。然后士兵打马，马拉着标靶，在校演场上转圈奔行起来。

就见白甲将军翻身上马，纵马向着与标靶相反的方向奔去。就在众人惊诧之中，白甲将军忽然后背一弹，看也不看，反手射出一箭。

而后他动作疾如闪电，镫里藏身，马侧伏卧，马背仰面，单足立于马上，连续十几个动作，看得人们眼花缭乱。就听得密集的咄咄咄之声，他那看似胡乱射出的翎箭，竟然齐刷刷地命中正在疾奔的标靶靶心。

如此惊人神术，看得众人目瞪口呆，一个个大张着嘴，抬着作势欲鼓掌的手，全然失去了反应。

就在众人的震骇之中，忽然一个声音说道："射术不错。

"要死的人，还能射出这等箭术，堪可告慰九泉了。"

02

"豆蔻开花三月三，一个虫儿往里钻。钻了半日不得进，爬到花儿上打秋千。肉头儿小心肝，我不开了看你怎么钻？"

歌声轻起，回荡于简陋的屋子之中。

陈旧的纱帐中，伸出条极美的玉腿。秀丽的足趾点地，一个姿容浅素的女人，轻唱着靡软的歌子，探身出来。

她的手无意中触碰到床边几上的骷髅面具，露出受到惊吓的表情。

身后一只手，抚上她白嫩的脊背。

女人扭头，看着床上的男人。

那男人身强体壮，满脸灿烂的笑容。

只听他说道："兰儿，你无须紧张成如此模样。仙爷洞悉天地密机，算无不中。最多十天半个月，就是交货日期。到时候福临禅位，新帝登基，昔年僖嘉王爷为仙爷所做的一切，也会得到公正评价。届时这座王府，又会焕发生机。你这昔年名动盛京的名花福晋，也将终止寂寞时日，尽洗被两宫妖后冷落欺凌之辱。"

女子把男人的怪手放在自己赤裸的胸前，娇声道："妾身倒也不是紧张，只是不太明白仙爷的安排为何还要拖上若许时日？"

男子哈哈大笑道："兰儿，你是担心迟则生变。哈哈哈，实话告诉你吧，实际上仙人会那一夜，仙爷就已经将福临及两宫的性命掌握在手中。之所以引而不发，只是为了在最后收网之际，多欣赏欣赏猎物心中的惊恐。兰儿猜上一猜，自打多尔衮死后，福临并两宫失其羽翼庇护，能否再睡得个安生觉？"

女子："也是，她们现在还能睡得着才怪。"

03

"什么人出此恶毒之语，戏弄本座？"

听到那个嘲弄的声音，白甲将军厉叱道。

"还能是谁，"一个人施施然走了过来，"难道劳亲贝勒，不识得小可吗？"

年轻的白甲将军略显惊讶地看着来人，"原来是陈名夏陈先生。先生说话，向来是肆无忌惮，也罢，本座不好与先生计较。只是先生这一身麻衣素服，可是为摄政王戴孝？"

陈名夏失笑道："小可与那多尔衮非亲非故，岂有给他戴孝之理？"

白甲将军："然则先生是在为何人守孝？"

陈名夏道："当然是给你，劳亲贝勒。"

白甲将军气得手握刀柄，"先生一再出言羞辱，究系何意？"

陈名夏："贝勒爷，你这话可就问错了。"

白甲将军："本座错在哪里？"

陈名夏："请容小可问贝勒爷，尔何人也？"

白甲将军："本座为御封多罗贝勒，宗室封爵第三级，又如何？"

陈名夏："你父亲是谁？"

白甲将军："先生何故明知故问？"

陈名夏："贝勒爷的父亲，便是和硕英亲王阿济格。值此朝中元勋老去，多尔衮死了，多铎死了，豪格也死了，这天地之大，重将元勋只剩下了你父亲一人。

"然而，你父亲千不该万不该，不该私自参加城北鬼宅的妖人会。更不该的是他还于场外举牌竞价，买下了名动京城的三美。此三美者，金氏是谋臣范文程的妻室，朱氏是素为朝臣惕惧的秃尾巴老李李化熙的妻室。而愉氏，却是你父亲自己的妾室。”

白甲将军冷声道：“先生你到底想要说什么？”

陈名夏：“劳亲贝勒，我知你最是听不得愉氏的名字。那愉氏虽是你父亲的妾室，但与你年龄相若，听人说你在府中之时，从不敢与愉氏打照面，那是因为你深深地爱着这个你不该爱的女人。这不伦之恋，只能深埋心底，万不可让任何人得知。”

呛啷啷一声，白甲将军长刀出鞘，架在陈名夏的脖颈上，“陈名夏，你竟如此胡言乱语，难道本座就杀不得你吗？”

陈名夏毫不在意地瞧瞧颈上刀锋，笑道：“劳亲贝勒，小可知你满心怒火，矢志斩杀妖人，为心爱的愉氏复仇。然而一步错，步步错，先者你父统师征李自成，被小可说动，不进不退，欲行反噬京师。你趁机出首密告，以子叛父，企图借摄政王多尔衮之手，除掉亲生父亲。不承想两宫太后突入军营，尽赦你父之罪，只命其用心征剿李自成，让你的谋算落空。此后你隐忍几年，终于等到你父亲于妖人肆虐之夜，不辨无识，沦为妖人布局的棋子，险些导致陛下被杀，而最终摄政王多尔衮之死与你父亲也脱不得干系。现如今卓礼克图亲王正率绿营，于北京城大肆搜杀参与妖人会竞卖的王公之府。当那些无权无势的小王公都被除尽，下一个遭殃的，又该轮到哪位王爷呢？”

白甲将军：“陈名夏，你是说，陛下及两宫会把怒火怨气发泄到我们家的头上？”

陈名夏：“劳亲贝勒，你是英亲王膝下最优秀的儿子，文武双全。何妨用你自己的头脑判断一下，此事有无可能？”

白甲将军：“还……真有可能。但我问心无……”

陈名夏冷声截住对方的话，“但你问心无愧，是否？

“但问心无愧，又有什么用处？

“若你受父亲阿济格连累，或是被杀，或是入狱，谁又来替你为心爱的愉氏复仇？”

04

僖嘉王府，卧室香榻。

女子刚刚离开，门外廊后，闪出几条人影，俱各黑衣蒙面，只露着一双眼睛。

蒙面人蹑手蹑脚，摸入房间，慢慢向床边靠去。

床上的男子，听力极敏锐，漫不经心地翻了个身，说道：“兰儿这么快就回来了……”一言未止，众蒙面人已经群拥而上。两人重力按住男子手臂，两人各自按腿。余下一人以飞快的速度，趁男子张口欲呼之际，将一条裹了核桃的绫带，猛地缠在男子嘴上，再于男子脑后扎一个死结。

此番动作显系精心演练过，只是转目交睫之际，床上男子已然被捆成一团，迅速地塞入一个袋子。

扛着挣扎蠕动的袋子，蒙面人悄无声息，迅速离去。

少顷，女子返回来，见床上空空如也，不觉懊恼，“这该死的小冤家，枉妾身待他无尽情意，每次总是这般心如铁石，说走就走，不见半点留恋。”

05

阿济格坐于帐中，左边是固山额真谭泰，右边坐着大学士刚林、祁允格。

四人眼望门口，看着白甲将军劳亲带着陈名夏走进来。

阿济格率先立起，向着陈名夏拜倒，“先生，你可来了，烦请救小王一命。”

陈名夏：“王爷手握兵权，威行天下，何出此言啊？”

谭泰走过来，道：“先生不要再如此从容了，王爷的处境尽人皆知，不妨落座开诚布公，才见得先生名士之心。”

“也罢。”陈名夏坐下，看着仍然立在他面前的阿济格，“王爷有话，何妨直说。”

阿济格叹息一声，“唉，本王是个有智慧的人，可这个，唉，总之那一夜的妖人会，本王真的应该听从先生之言，不去瞎掺和。可是本王最终还是……唉，你看本王今日处境，斥金三百万，虽然买得了金氏与朱氏的贴体相拥，可是本王的愉氏却……唉，终因为本王之失，丧命水中，连尸身都未找到。”

陈名夏笑道：“更糟糕的是，王爷的轻率，使得自己成为妖人盘口的一枚棋子，让妖人步步得逞。陛下、两宫受尽惊吓，最终陷死摄政王多尔衮。事到如今，若说王爷与妖人毫无瓜葛，莫要说陛下、两宫，纵是王爷自己，也是不肯信的。”

“可不是嘛？”阿济格气恼地一拍大腿，“本王是个有智慧的人，可是现在……本王对自己的智慧，有点拿不准了。”

陈名夏：“然则王爷，打算如何处理眼下的危局？”

祁允格插进来道：“陈先生，依吾之意，就让我和刚林替王爷草拟一份奏折，把事情经过全部说得详细明白。陛下、两宫，终非不晓事理之人，想来不会因此怪罪于王爷的。”

陈名夏：“我看可以。”

诸人诧异地相互对视，齐声问道：“陈先生，这样真的可以？”

陈名夏：“真的可以。诸位请想，陛下、两宫此时陷入乱麻之中。那无影无形的妖人步步紧逼，指不定哪天就真的交货完成交易。再者摄政王突然身死，导致陛下、两宫失去最强大的庇护，不得不直面妖人。原本在陛下、两宫的心里，就没工夫考虑王爷的事儿，卷入妖人会的王公辅臣那么多，杀不胜杀。这时候王爷突然自己跳出来，上书一封，嘿，恰好给陛下、两宫一个明正王爷之罪的机会。那下一个要杀掉的会是谁呢？当然是王爷满门了。”

阿济格气急，“你看先生你，又在说反话。”

陈名夏笑道：“不是小可爱说反话，实是眼前之事，实不堪一提。”

阿济格：“请先生实告，如何个不堪一提法？”

陈名夏："请问王爷，您此时手中所握，是什么？"

阿济格低头看看，"是酒盏。"

"你……"陈名夏气笑了，立起来大声道，"王爷，您手中所握，是大清国的兵权。

"兵权在握，你何惧陛下、两宫？"

阿济格呆呆地望着陈名夏，"难道先生的意思是让本王谋反不成？"

陈名夏："王爷，除了谋反，您还有一条更好的路。"

阿济格："什么路？"

陈名夏："承袭摄政王之位！"

06

李化熙手拿烛火，于黑暗的长廊里缓行。

前面，围着一圈人。

仍然是富家公子扮装的顺治帝和太监小扣子、苏茉儿、大布吉、卓礼克图亲王吴克善、郑亲王济尔哈朗及满珠习礼。

众人站在一个平台上，向下俯视一座死牢。

死牢中，十字桩上绑着一人，白衣染血，眼蒙黑布。

李化熙走过来，问道："莫非此人，就是那夜行刺陛下的骷髅面具人之一？"

卓礼克图亲王吴克善走过来，"这一点，已经证实无误。"

李化熙："是怎么捉到的他？"

吴克善："此前在盛京时，有个多罗僖嘉亲王。其人早年追随太祖，到了太宗时代，僖嘉亲王屡屡抗旨，终被太宗下旨斩首。是以那僖嘉王府中，奴丁纷纷逃散，只留下福晋独守空府。你现在看到的这个人，是那个叫高长奎的从僖嘉王府中掏出来的。捉到他时，此人正卧睡于僖嘉亲王那守寡多年的福晋床上，床边还放着妖人会上的骷髅面具。"

李化熙："这倒奇了，如此隐私之事，那高长奎又是如何侦知的？"

满珠习礼走过来，说道："只能说是凑巧了。你可知本王的女儿眉儿与郑亲王府贝子富尔敦曾被贼人绑票，是那五城兵马司的吏目高长奎救出了他们？事后富尔敦与眉儿亲去向高长奎致谢，恰逢高长奎捕获了一个夜盗百家的梁上君子。那小偷为了减罪，说出他曾于破落的僖嘉王府的梁上，亲眼看到守寡的福晋与奸夫偷情。

"这原本是王公府中常见之事，不知道落个耳根子清净，知道了反而会惹上麻烦，是以那高长奎不敢再问。不想富尔敦多嘴，问与僖嘉王府守寡福晋偷情的奸夫是谁，小偷回答说，那奸夫与守寡福晋行淫时，脸上犹自戴着骷髅面具。这才让我们注意到僖嘉王府。"

李化熙："可如果那奸夫脸上的面具，只是捡来的呢？"

吴克善道："秃尾巴，你果然是天下第一难缠之人，就知道你会问出这么个问题。正因有此疑虑，本王不敢公开行动，而是派亲信将那奸夫掳来。结果证明，此人的确是昔年刑部承政额尔格图座下的三十六名弟子之一，诈死埋名，为妖人所驱使。单凭此罪，就足以灭抄满门了。”

李化熙：“然则王爷叫下官前来……”

郑亲王济尔哈朗过来，“李化熙，此人尚不知他被何人掳来，你鬼主意多，最善盘诘，看能不能从他嘴里挖出点东西。”

李化熙：“王爷既然是这么个要求，想来已经找到个与僖嘉福晋形貌相似的人了？”

郑亲王济尔哈朗：“好你个秃尾巴老李，跟你说话还真省心。”

济尔哈朗拍拍手，一名细骨纤伶的女子，出现在微弱的烛光下。

李化熙瞧瞧那女子，“噢，找来个梨园伶人，这便是那不甘寂寞的淫妇了。

“是以下官，当是争风吃醋的奸夫了？”

众人：“然也。”

07

阿济格帐中。

陈名夏一言说出，众人皆惊。

呆怔片刻，所有人都发声附和：“对对对，陈先生所言极是。多尔衮死了，而你阿济格本是多尔衮的大哥，陛下年幼，两宫束手。这摄政王之位，理应由王爷来承袭。非王爷威重权倾，再也无人配得上摄政王之位。”

“哈哈哈，”阿济格一边笑，一边揪扯自己的头发，“本王原本是个有智慧的人，竟然急昏了头。疏忽了以本王这举足轻重的分量，本应该承袭摄政王位。非如此，不足以诛妖人、保天子、护两宫。”

“只是……”阿济格抬起头来，“我二弟多尔衮长期以来独掌两白旗，此二旗者，皆属桀骜不驯之辈，只恐不从本王之令。”

白甲将军劳亲踏前一步，“父亲，儿子不才，愿为父亲收服两白旗。”

“太好了。”阿济格一拍案几坐下，“我子劳亲，骑射之术天下无双。听好了，危情如火，杀伐当断。两白旗中举凡昧却大义，不明大局抗令者，尽可诛之。”

白甲将军劳亲：“儿子领父王之命。”

陈名夏端起酒盏，道：“这就对了，现在可以烦请两位大学士替王爷草拟承袭摄政王之位的奏折了。”

祁允格与刚林踏前一步，“我等二人，愿为王爷效力。”

08

刑柱上的男子虽然手足被捆、双眼被蒙，但他的表情无动于衷。

就这样静静地等着。

倾听着。

他先是听到杂乱的脚步声，粗鲁的谩骂声。

接着听到一个熟悉的女人声音，呜呜咽咽的痛哭声。

他的耳朵抽动了两下。

啪，啪啪。他听到皮鞭抽打在身体上的痛感声，听到女人的惨叫声。

接着听到一个男子的怒骂：“下贱，淫妇！竟敢背叛老子，跟野男人明铺暗盖，今儿个老子打死你！”

骂声中，皮鞭声再起，女人的痛呼转成惨叫：“老爷饶过妾身吧，饶过妾身吧。妾身好冤枉啊，是被他强迫的。”

“胡说！”男人的声音叱道，“你自好端端地待在僖嘉王府，他这么个下贱的奴才，又如何会强迫于你？”

女子哭道：“妾身所言，句句是实。妾身是待在府中不假，可是阖府上下，冷冷清清，男仆没有，女奴也没有。是以有一日被这贼子溜入，动强用粗，妾身一介女子，柔弱之姿，如何是这孔武男子的对手？”

刑柱上的男子如果不是蒙着眼布的话，就会看到皮鞭声响，不过是李化熙在抽一根桩子。而哭哭啼啼的僖嘉福晋，则是立于李化熙身边的伶人在唱戏。但男子双眼被蒙，目无所视，终于听不下去了，厉骂道：“果真是女人心，蝎尾针。明明是你这淫妇不甘寂寞，屡次三番勾引的我。”

就听僖嘉福晋哭道：“老爷你听这凶徒，还在羞辱妾身，威胁妾身。求老爷杀了他吧，替妾身主持公道。”

“我偏偏就不杀他。

“这下贱的奴才，竟然敢淫乱王府，睡本官的女人。若然是杀死他，未免太便宜了他。

“我要剁掉他的双脚，再剁掉他的双手。

“挖掉他的眼睛，刺聋他的双耳。

“然后把他丢在天桥之上，让他啃食地面的垃圾，生活在黑暗与痛苦之中。”

僖嘉福晋的声音：“求老爷立即动手吧，杀了他剐了他都行。只求别再鞭挞妾身了，呜呜，妾身真的疼得受不了了。何况妾身肤体受损，也没法儿再侍奉老爷了。”

“哼，”男子拖刀行走，“咱们就先行斫下这狗奴才的左脚……”

忽然间远处响起脚步声，有人禀报：“老爷，宫里来人了，说是有要事。”

“有要事？”男人分明迟疑了一下，突然喝道，“下贱的淫妇，你给我滚过来，我要让你亲自操刀斫下这奴才的手脚。”

僖嘉福晋发出惨叫，“老爷，妾身见血就晕，真的不敢。”

男人冷笑道：“敢不敢，是你这贱妇的事儿。稍后我回来，只要见到这里有剁下的双手和双脚。

“不是这奴才的，就是你的。

“好自为之吧。”

说罢，男子脚步声起，走出了门外。

刑柱上的男人听到僖嘉福晋轻微的抽泣声，听到她捡起刀一步步向自己走来。

“贱妇，你真的要砍我？”

僖嘉福晋：“妾身……也是没办法，你不知道他有多凶。此前妾身府中，原非是这般冷冷清清，是有几个家奴随侧的。只因为那些家奴与妾身……过于亲近，所以俱被他斫去手足，扔在天桥乞讨。”

刑柱男子气急败坏，“你真是下贱，全然不挑不拣。我也是瞎了眼，还以为你的柔情蜜意单只对我一个人。”

咄咄，两声刀声响过，刑柱上的男子顿时双手获得自由。他一把撕下蒙眼布，诧异地道：“兰儿，你不杀我？”

僖嘉福晋：“你快点走，千万别再让他捉住，他可是心狠手辣。你逃走后，若还有三分情意，可求仙爷来救我。”

刑柱男子低头去解捆缚在腿上的绳子，“求个屁仙爷呀。你又不是不知道，仙爷正在兴安总兵官任珍的府上，是不见杂人的。除非……”

刚刚说到这里，他猛然醒悟，急抬头。

四面火把大起，眼前那与僖嘉福晋有几分相似的女子正在迅速退开。但见四周的栏杆之外，站着数十个人，济尔哈朗、吴克善、顺治帝、小扣子、苏茉儿、大布吉及李化熙。

诸人的表情，尽皆是如释重负的模样。

终于探知了妖人的行踪！

09

大学士刚林和祁允格走出军营，正要翻身上马，忽然看到了陈名夏。

白衣飘飘，脸色肃冷地立于路口。

两人牵马过去，“先生有话要说？”

陈名夏：“二位打算如何面奏陛下？”

刚林和祁允格对视了一眼，“还能怎么样面奏？当然是按规矩来了。”

陈名夏：“按规矩来，你们就死定了。”

刚林两人：“先生如何这么说？”

陈名夏：“两位以为，陛下何许人也？”

两人：“陛下……圣明天子也，然失之年幼。昔者有摄政王多尔衮护翼，现如今多尔衮死去，身为多尔衮长兄的英亲王责无旁贷，理应承袭摄政王位，负起守护天子的重负……陈先生，这话还是你对我们说的，何故又有如此一问？”

陈名夏：“两位可知近者禁宫之事儿？”

两人：“请先生提醒。”

陈名夏：“陛下马上就要成年，宫中礼部正为皇后的人选伤透脑筋。前些日子，衍圣公后裔礼部仪制司员外郎孔允樾上奏，要求立皇太后的侄女儿、卓礼克图亲王吴克善的女儿博尔济吉特氏为皇后。这事二位听说了吧？”

两人：“有听说，不过……不过听说陛下大怒，没鼻子没脸地斥骂了孔允樾一番。”

陈名夏："然则，陛下一向是个温静的性子，何以此番恼羞成怒，竟不顾孔允樾为衍圣公之后，如此斥骂?"

两人："据说那博尔济吉特氏被吴克善一家惯坏了。那吴克善和他的大福晋，是出了名地宠溺家人，休说亲生女儿，就连府中的一个小丫鬟荣儿，吃用穿戴都比寻常王公家的格格要强。半个月前宗室拜音图出行，和吴克善府中丫鬟荣儿冲撞，吴克善竟因此率众冲入拜音图的府中肆意殴打。陈先生你想想，寻常丫鬟如此跋扈，可知主子又是个什么情形。听说皇上与那博尔济吉特氏的性子，极是合不来。陛下非止一次地公开抱怨，说博尔济吉特氏极尽奢华，但凡所用器品，非黄金铸造不用。又喜吃醋，但凡稍有姿色的宫女，即厌恶之至，总要寻个理由大加挞罚。"

陈名夏失笑，"两位好歹也是国之重枢，这种话也信？那博尔济吉特氏若然是如此不堪，她的丫鬟荣儿又如何深得吴克善夫妻宠溺？又如何跋扈王公，令得京师人人侧目?"

两人："先生所言有理。烦请先生告之，实情究竟如何。"

陈名夏："两位莫非没听说过董鄂其人吗?"

两人："当然听说过……莫非先生之意，是说陛下其实爱着这个董鄂，是以才对博尔济吉特氏看不过眼?"

陈名夏："不然呢?"

两人："可陛下才多大，对男女之事，不过停留在喜恶之间，怎么会……"

陈名夏："两位的问题，正是答案。"

两人沉吟片刻，忽然间恍然大悟，"明白了，陛下心智稚嫩，之所以这么小年纪就闹起了立后之争，非为男女情事，而是在与两宫太后的监护相抗争。"

陈名夏："两位好聪明。"

两人："先生之意是……"

陈名夏："两位，陛下现在连妈都不想要，岂会再多弄来个爹，骑到自己脖子之上?"

两人："这，这这……"

陈名夏："所以为今之计，两位若是想活命，回京后须得换个说法。"

第二十四章　战神无敌，德胜门下的厮杀

01

贝勒劳亲一袭白衣，徒手赤脚，全无寸甲，骑于白马之上，面对着对面十余骑。

劳亲在笑，“诸位都是两白旗的元勋宿将，都是我的叔父辈。说诸位看着侄儿长大的，也不为过，又何以如此？”

对面一人：“劳亲，你还真说对了。打小你就是阿济格家最不让人省心的，你一个人的心眼，比你们全家人加起来都多。”

劳亲尴尬地笑，“几位叔叔伯父，这到底是骂我呢？还是骂我父亲？”

“一起骂。”对方回答，“劳亲，以为我们看不出你那点诡诈心机吗？表面上，你来游说我们两白旗，让我们追奉你父亲为新一任的摄政王。你父亲蠢至极矣，以为真有天上掉馅饼的美事。但你能瞒得过你父亲，又岂能瞒得过我等？”

劳亲无奈地摊摊手，“叔叔伯父们，我劳亲年纪虽小，但终为男儿大丈夫。话有不可对人说，事无不可背人做。我堂堂正正光明磊落，到底有什么短处，让叔叔伯父们看不过眼？”

对方：“劳亲，别再动你的歪心眼了。当世人全是瞎子吗？你对你父亲妾室愉氏的情意，谁个不知？哪个不晓？但发乎情，止乎礼，心有所羡，不及于乱，这也说得过去。但你千不该，万不该，不该把愉氏之死，尽数迁怒于父亲阿济格身上。是以处处给他下套，唆使阿济格要承袭什么摄政王。你爹的智力低到什么程度，别人不清楚，你还不清楚吗？你如此处心积虑，无非是陷生父于死地，以为愉氏复仇，是也不是？”

劳亲眼圈红了，微微低下了头，“须知这为人之道，话不可说死，事儿不可做绝。人情留一线，日后好相见。诸位叔叔伯父都是久历世事之人，不会连这点道理也不知道吧？”

对方大笑起来，“知道又怎么样？难道你一个人，身无寸甲，手无寸铁，面对我们十几个人，还想杀了我们灭口不成？”

劳亲抬起手臂，仔细地端详自己，笑道：“诚如叔叔伯父所言，侄儿何止是身无寸甲，手无寸铁，而且身边也无一个随从。”

诸人大笑，“小兔崽子，你知道就好。”

劳亲忽抬头，笑道：“可我还是想试试。”

对方：“试什么？”

劳亲：“试试侄儿就这个样子，能不能杀得了诸位。”

对方呆怔之际，劳亲已经催马，疾如闪电，掠入对方阵营中。他的动作迅不交睫，抬手握住一个人的腰刀，拔出之际，就势掠过。

激血，长空。

那人吭也未能吭出一声，尸栽马下。

霎时间对方阵营一片大乱。

02

多尔衮王府中。

“哪个是章姨？”

听到皇太后问起章姨，东莪格格抬头，“太后，如何会问起她？”

皇太后：“有问题吗？”

东莪格格：“没有没有。但那章姨，原本是府外的一个大脚帮佣，向来和另一个叫李嫂的，搭伴在各家王府来来去去，帮忙做些针线活。但前段时间，李嫂不明缘由地死在府中，而且被人抛尸入井。而就在妖人之会阴谋发动，父王被害死的雨夜，章姨被人发现死在府中那片林子里。”

章姨死了？皇太后愕然：“怎么回事？”

东莪格格：“呃，回太后的话，我也不明就里，为此派人出府询问此事。那个秃尾巴李大叔说：那章姨原本是父王为防妖人掏空王府，于府外布设的暗桩。但他这番设计，还是落入妖人的算计之中。是以妖人截获了他的指令，命章姨于府中截杀李化熙。那一夜，就在李化熙仓皇逃命之时，妖人杀手突至，乱箭射杀了章姨。”

皇太后：“除此之外呢？”

东莪格格：“除此之外，父王死后，府中发现一个密室。有位伤残一条腿的书生，被发现死于秘室之中。有人看过后，认出这书生姓涂，叫涂远谋，原是父王打锦州时得到的奴隶。据东莪猜测，多半是这涂先生胸怀机蕴，所学非凡，所以被父王奉为谋士。这涂先生当是知晓机密之人，所以妖人才会攻破密室，杀死了他。”

皇太后：“东莪，你父摄政王，虽然权柄赫赫，但膝下只有你这么一个女儿。如今你父已死，这未来的人生，你须得坚强起来，方不枉你父亲对你的苦心栽培。此后余生，难免会有巨大的风波，你须得能抗得过去。”

东莪格格：“太后铭训，东莪字字牢记于心。”

正说着，郑亲王的儿子富尔敦，从门外疾奔进来，“太后……”

皇太后："你如此兴奋，可是捉住了？"

富尔敦喜形于色，"回太后，卓礼克图亲王及郑亲王身边的亲兵突然奔袭兴安总兵官任珍的府邸，在任珍小夫人的榻上发现了妖人。"

皇太后："那妖物没飞走？"

富尔敦："飞什么飞呀，那妖物原本就是个人，只是生得怪异。士兵们突至，把他用一张渔网网住，捆成粽子装入袋中，悄悄地抬出任珍府邸，未曾惊动任何人。"

皇太后如释重负，"诡诈的妖人，终于落网。

"哀家这颗悬在半空的心，总算是落定了。"

东莪格格等人俱兴奋不已，纷纷交头接耳。

皇太后低头，看了看自己手中的一册书，"这本《战国策》，可是多尔衮生前常翻阅的？"

东莪格格："正是……但其实父王也不识得几个字。"

皇太后："哀家拿回去翻翻。"

东莪格格："东莪领旨。"

03

路人闪开，重大军情！

天亮时分，两骑疾奔，冲入京城。

马上两人，一是大学士刚林，一是大学士祁允格。但见两人满头满脸的泥尘，显系已经狂奔了非止一日。

"闪开闪开，重大军情！"两人声嘶力竭地吼着，策马向皇宫方向疾奔，"叛军奔袭京师，不日即可抵达，与我速速报知朝中。"

九卿房中，群臣奔出。

洪承畴、范文程、卓礼克图亲王吴克善与郑亲王济尔哈朗挤到前面，"这可真是新鲜，什么时候奏报军情的不是驿站，而轮到朝中大学士了？"

刚林与祁允格冲过来，未至门前，但听得两声马嘶，两马已经脱力，齐齐栽倒。

看得群臣们哎哟一声，"这摔得狠，看着都疼。"

刚林和祁允格爬不起来，索性就向前爬去，"各位王爷，各位大臣，英亲王阿济格反了。此时正率军奔袭京城。"

众人面面相觑，郑亲王济尔哈朗道："阿济格那个蠢货，他就是没脑子，谋反也不是一次两次的了。前几次都悄无声息地压了下去，这一次他又不甘寂寞了。"

洪承畴皱眉道："刚林、祁允格，瞧瞧你们两个成什么样子。朝野之军，是各自牵制的。原摄政王多尔衮的两白旗，于松陵平原一左一右，起到扼制阿济格的作用。纵是阿济格犯浑，未奉皇命虎符，行军不出十里，就会被两白旗杀光，你们何须急成这般模样？"

刚林与祁允格："诸位王爷，诸位大臣，我二人岂不知道这些道理？可是你们是否知道阿济格的第三个儿子劳亲贝勒？"

“劳亲？”吴克善与济尔哈朗对视了一眼，“那孩子最是不让人省心，文武全才，骑射之术惊人。表面上阳光灿烂，实则一肚子龌龊坏水。若及长大，这孩子必是一等一的祸害。”

刚林和祁允格：“劳亲贝勒已经长大了，他单人独马去替父亲阿济格游说两白旗归附，遭到拒绝，遂徒手赤足，杀两白旗元勋宿将十四人，尽收两旗兵马。”

有这事？吴克善与济尔哈朗万难置信，“这不可能！”

刚林与祁允格：“实告各位王爷大人，这不是可能不可能的问题，而是实实在在发生的事情。此时阿济格仍统本部兵马，劳亲贝勒自统两白旗，两军径犯京师，不日之内将会师于德胜门下。”

04

当的一声，西洋座钟敲响。

大布吉站在十字架前，满脸狐疑地看着上面的耶稣，“苏茉儿，这人为何会被钉在上面？”

苏茉儿：“那是耶稣，他是用自己的血赎世人的罪。”

大布吉：“世人有何罪？”

苏茉儿：“这个……你得去问黄毛鬼汤若望。”

大布吉：“汤若望若是会说人话，我又何须问你？”

正说着，汤若望满脸喜色，带着弟子匆匆奔入，“两位可爱的女士，皇太后她本人，真的来教堂了？”

大布吉：“来过不止一次两次了，你不知道而已。”

汤若望亢奋已极，“两位可爱的女士，皇太后在哪里？”

大布吉用手中的弯刀柄向上一指。

汤若望与弟子匆忙奔上塔楼。

塔楼上，淑太后俯于天文望远镜前，正在观察天象。皇太后就地席坐，读那本从多尔衮王府带来的《战国策》。

汤若望和弟子学着朝臣的模样，跪伏于地，“臣，大清国钦天监约翰·亚当·沙尔·冯·白尔，见过两宫太后，太后万福金安。”

皇太后入神读书，不理会。

淑太后转过来，“老汤，你可知罪？”

汤若望：“臣……不知。”

“你自己看！”淑太后从身边抱起只箱子，哐的一声扔了过去。

箱子落地摔碎，掉落出无数的奏折。

汤若望惊讶地看看奏折，再看看淑太后。就听淑太后冷声道：“你自己看个分明！”

汤若望紧张地拿起一封奏折看了看，又困惑地放下。

淑太后：“你还有何话可说？”

汤若望："臣……中国汉字已经识得足够多，但这奏折的字，却是多半不识。每个字儿都抻胳膊蹬腿，真的看不懂是什么意思。"

"你……"淑太后气得一扭头，继续去看天文望远镜，不再理会汤若望。

汤若望紧张万分，拿起奏折，求助地看向弟子。

弟子以可怜的眼神看着汤若望，半晌，道："我中国字识得还不如老师多，老师你都看不懂，我又有什么办法？"

正自尴尬局促，苏茉儿从后面过来，"老汤，你若看不懂，我来帮你翻译。"

汤若望大喜，"善良可爱的姑娘，上帝会感谢你的。"

苏茉儿："老汤，你想要一个字一个字地慢慢解释呢，还是简单点翻译？"

汤若望偷窥一眼两宫太后，"好心的姑娘，那就简单点翻译吧。"

苏茉儿："简单一点呢，就一句话：这所有的奏折，俱各说你散布妖言邪说，说什么天主上帝开辟乾坤，因而中国人上古时就信奉天主之教，而中国古圣贤之五经四书，不过是天主教的微言法语……举凡这类胡说八道，可是你亲口所说？"

汤若望笑道："可爱美丽的苏女士，这是科学，是上帝的神圣之光。"

苏茉儿大怒，举起手中奏折，砰的一声敲在汤若望的脑壳上，"老汤，可爱又美丽的苏女士问你，你来我中国，此来何为？"

汤若望："当然是奉上帝的旨意，传播主的福音。"

苏茉儿："你之所谓主的福音，应该如何传播？"

汤若望："当然是委婉建言，缓动人心。"

苏茉儿："可你如此这般，是委婉建言吗？是缓动人心吗？

"我看你是找死！"

汤若望："生亦何欢，死亦何惧？"

苏茉儿气炸，"嘿，这老汤，你是听不懂人话，油盐不进啊。"

皇太后慢慢合上书，"老汤，你这般执拗，可是非逼我按照朝臣们的要求，扒了你的皮，抽了你的筋，拆了你的教堂，禁了你的天主教？"

汤若望："善良美丽仁慈广德的皇太后呀，臣知道你爱臣，不会这样做的。"

苏茉儿哭笑不得，"太后的确心善，不忍杀你，更不想拆你的教堂，逐你的洋教，让你多年的心血化为乌有。

"可是老汤，你总得给太后一个保护你的理由吧？"

汤若望眼珠转了转，"臣明白了。只是臣非一般之笨。

"烦请姑娘告之，我能为太后做些什么？"

05

黑暗之中，火把熊熊。

站在高台上，俯瞰下方死牢中那奇怪的东西，皇太后与淑太后并肩而立。

淑太后："好多的事儿，以前怎么也想不通，此时才恍然大悟。"

皇太后："说的是什么事儿？"

淑太后："太祖努尔哈赤，起初与手足兄弟舒尔哈齐相互信任，性命相托。可忽一日翻脸成仇，太祖将亲兄弟捉起，关入一个密封的盒子中，上面只有一个小孔，投入食物。下面也只有一个小孔，排出污物。再后来太祖努尔哈赤对废黜的太子褚英，也是这般处置。想此二人一个是太祖的手足，一个是太祖的骨血亲子，缘何突然如此残酷?"

皇太后："其实这些说法，都是流言蜚语，以讹传讹。那舒尔哈齐与太子褚英，确系幽囚不假，但并未曾关入石盒之内。

"关入石盒的，实际是被太祖捕捉到的妖人。

"之所以密封禁锢，是为防妖人突然间振翅而起，飞天逸走。"

淑太后："若然如此，那妖人应该在太祖时代，就已经伏法受诛。缘何还会在今日肆虐如故，凶残至斯?"

下面的石匣中，响起了哧哧的笑声，"淑太后想知道吗？仙爷我或可替你解开心中疑惑，一如几日之后，仙爷解开你的衣襟，袒露出你那香嫩的身体一般的快慰。"

淑太后气得双颊通红，"这可恶的妖人，此时还敢戏辱本宫，难道本宫杀不得你吗?"

"咯咯咯，"匣中妖人发出阴森的笑声，"两宫太后呀，生或是死，那是你们人类的事儿。本仙原是幽冥阴气所化，无所谓生，无所谓死。之所以托寄于这具皮壳，只是游戏风尘而已。本仙并非刀枪不入，也非水火不浸。只不过，纵是尔等将本仙剁成一万八千块，纵然是将本仙锉骨扬灰，但本仙的灵智仍然会于图们江的乌褐岩中再次醒来，借体复生。这个游戏，本仙跟你们的太祖努尔哈赤玩过，跟你们的太宗皇太极玩过。两宫太后若是寂寞得紧，本仙就陪你们也玩一玩，又何妨?"

淑太后皱皱眉，对皇太后说："此妖之意，是想让我们杀了他，他的灵智好借机逃走。那么我们偏不杀他，而是将他囚在这只匣子里，困死他的灵智，让他逃不出去，再也无法作恶。"

妖人哧哧地怪笑道："淑太后之言，甚合本仙之意。只不过这招，努尔哈赤和皇太极都曾经玩过的。

"但他们全都输了。

"输得好惨好惨。

"不过两宫太后，你们肯定会赢。

"你们会迎来本仙的完美交易，会迎来本仙分配给你们的无数个强壮男人。

"你们会在醉意畅然的呻吟声中，感受到一次又一次隐秘的生命激颤。"

"妖人大胆!"淑太后怒不可遏，猛地夺过一支火把，掷了过去。

火把落下，点燃了死牢地面的积草。

烈焰熊熊，映照出那只由青石板铸成的无缝石匣。

火势愈烈。

06

阿济格骑在马上，正自行军。

前方士兵疾奔而至，“王爷，有个妖怪说是要见你。”

妖怪？阿济格摸摸胡子，“青天白日的，咋就出妖怪了呢？”

士兵：“那妖遍体黄毛，绿眼红发，活脱脱像是从地狱里钻出来的罗刹鬼，却是发出人声，说什么他叫汤若望。”

“你这……少见多怪！”阿济格失笑起来，“命他过来。那是宣武门大教堂的汤若望，非我族类，其形必异，其实并非是食人饮血的妖物。”

少顷，就见前方有四匹驴子，体型矮小，骑在驴上的四名洋人，长腿弄得拖在地上。阿济格大笑下马，“哈哈哈，汤若望，本王就知道是你，怎么样，没说错吧？”

四名传教士急忙下驴，“王爷安好，王爷身体强健，越发威武了。”

“废话，”阿济格笑吟吟地带四人走到路边的石头旁，“本王不威武，还带什么兵，打什么仗？

“荒岭秃山，也无盏茶。四位请坐，来找本王何事啊？”

四人坐在石头上，汤若望打开手中的贡缎包裹，“王爷您看，这是什么？”

阿济格瞳孔倏然瞪大，“摄政王之印……”本能地伸手疾抓。

汤若望猛地把印玺举高，不让阿济格抓到，“王爷猜猜，这摄政王大印缘何会在我这里。”

莫非……阿济格进入思考模式，“本王是个有智慧的人，一猜就中。定是你假装传教，混入我二弟多尔衮的府中，将此印玺盗出。”

汤若望怒了，“王爷，忏悔吧。上帝的仆人，传播福音，何来假装一说？更何况偷盗之事，又岂是我这等清白之人干得出来的？”

阿济格悻悻，“总不会是两宫太后亲自交给你的吧？”

汤若望：“王爷果然是个有智慧的人，猜对了，正是两宫太后交给我的。”

怎么会……阿济格困惑了，“两宫太后与你非亲非故，为何单单要把摄政王之印交付与你？”

“这事儿，说来话长。”汤若望道，“事情发生在昨日，两个蒙面的女子来到了教堂，说要向我忏悔。我便将两女带到了忏悔室，在忏悔室里，两女子露出面孔，竟然是两宫太后。当时太后极为惶恐地说：‘亲爱的汤若望，我知道你的勇敢、你的忠心，你侍奉上帝是如此虔诚，也会以同样的忠诚保护于我，是也不是？’当时我说：‘太后有求，尽管吩咐，哪怕是千难万险，无论是刀山火海，上帝知道，我是不会皱一下眉头的。’就听两宫太后说：‘若得汤爱卿相助，哀家与陛下的性命或可保全矣。实告汤爱卿，自打摄政王死后，宫中陛下尽失翼护。此时朝中暗流汹涌，欲对陛下有所不利。算计时日，最多不过后日，机心叵测者就会发动。当此危难之际，能够救助陛下及两宫者，唯有忠贞不贰的英亲王阿济格。烦请汤爱卿带了这枚摄政王之印，速速找到阿济格，传两宫并陛下圣旨，让阿济格火速秘密入京。哀家并陛下的性命值此一并托付，还望汤爱卿莫失哀家所望，及早找到英亲王阿济格。’”

阿济格闻言，长立而起，“什么人如此大胆，竟敢胁迫陛下、两宫，这是谋逆。”

汤若望画了个十字，“王爷，谁说不是呢？”

阿济格满脸狐疑，“老汤，你刚才讲述时，为何不停地画十字？”

汤若望：“那是……因为我的心情，太过于激动。”

阿济格：“不对，本王是个有智慧的人，听说你以上帝的仆人而自居，生平不说谎言，但也从没一句实话。每当你瞪两眼珠撒谎之时，就会一边撒谎，一边画十字，请求上帝原谅，此说是真是假？”

汤若望站了起来，“王爷，您如此羞辱于我，岂可容忍？我要向您提出决斗。”

决斗？阿济格笑得全身颤抖，“老汤，就你那小身板，也敢说决斗？哈哈哈！”

汤若望取出一个长形包裹，从里边拿出两柄细长的西洋剑，“王爷，按照日耳曼的决斗规则，我是挑战的一方，因此王爷有权选择武器，请王爷选择一把中意的剑。”

阿济格：“你这奇怪的剑，比柳条还细，本王……不是老汤，咱们在这里好端端地说着话，咋弄到了决斗的地步呢？”

“是呀，”汤若望也有些惘然，“王爷，咱们俩为啥要决斗呢？”

阿济格大声道：“咱们俩没任何理由决斗，你是奉陛下及两宫太后之命，秘送摄政王大印于本王。本王得星夜兼程，必须赶在谋逆者发难之前，回返京师。这都火烧眉毛了，哪还有闲情逸致决斗？”

阿济格转身，“来人呀。”

一名侍卫驰马而至，“王爷，标下在此。”

阿济格：“你速到两白旗，火速传本王之命于劳亲贝勒，命他轻师简从，星夜兼程，务须于明日黄昏酉时，与本王会师于德胜门下。失机者，斩！”

侍卫：“得令。”

07

李朱氏坐在桌前，目光呆滞。

李化熙端着只砂锅进来，“爱妻，为夫给你炖了砂锅豆腐。”

李朱氏不吭气。

李化熙慢慢把砂锅放下，不想砂锅沸腾，溅到李化熙的手上，烫得哎哟一声。李朱氏迅速站起来，帮助李化熙端住砂锅，慢慢把砂锅放下。

然后李朱氏的眼神又恢复了空洞的神色，似乎看着什么，又似乎一无所见。

李化熙叹息了一声，“爱妻呀，莫非你的心，真的被妖人卖掉了？”

李朱氏毫无反应。

李化熙推了推她，“哎，对你说话呢。”

“啊，”李朱氏从游离状态中清醒过来，“夫君对我说话吗？尽管说好了。”

李化熙无奈，“你看你，明知这不过是妖人诡计，又何必放在心上？”

李朱氏恍若无闻，仍然是一副魂不守舍的模样。

李化熙还待要说，突然间房门无声自开，大布吉手提弯刀闪入。未待李化熙出言招呼，她已经身形疾如电转，迅速地搜遍了各个房间。

然后大布吉走到门前，“进来吧太后，里边没人。”

皇太后、淑太后，带着苏茉儿进来。

李化熙急忙跪迎，“太后金安，这么晚了，怎么还在……外边奔波?”

两宫太后不理李化熙，歪头看着呆坐着的李朱氏，“她这般样子有多久了?”

李化熙叹息着爬起，“自打中了妖人圈套，洪水中乘舟逃生，从北京南面的平谷直逃到北边的密云，又遭妖人党羽砍杀后，就一直是这个样子。”

淑太后：“知道吗？那范文程的妻子金氏，回府后也一直是这个样子。”

李化熙满脸阴郁，“刺激过度，而且在濒死状态时与阿济格贴体相拥，妖人精心设计的这个记忆太过于深刻，让她们的思维一直陷在里边，再也拔不出来。”

皇太后：“可曾想过解决的办法?”

“这办法嘛，”李化熙苦笑，“必须要有与那一夜刺激等同的意外，才能让她们从中脱离出来，否则……她们到死都会保持这个样子。”

皇太后：“哦。”

李化熙：“两宫太后深夜前来，必是有比此更重要的事儿。”

皇太后：“未必比你妻子的事态严重，但哀家确为多尔衮临死前的遗言而来。”

李化熙：“欲尽除妖人，须找章姨。”

皇太后：“没错，就是这一句。”

李化熙：“可是那章姨……”

皇太后：“已经被你雨夜格杀于多尔衮府中。”

李化熙：“虽然不是臣之所杀，但结果……终是一样的。”

皇太后：“难道你于事后未曾查过章姨的住处?”

李化熙：“臣妻失去心智，臣心乱如麻……疏略了这事。”

皇太后与淑太后面面相觑。

08

济尔哈朗、吴克善，尽皆衣甲，立于城头。

城下，两队雄健的人马各自疾奔，渐而融成一支队伍。

济尔哈朗：“阿济格和他的宝贝儿子劳亲，同时抵达。”

吴克善：“幸得太后忽悠没心眼的汤若望惑其心智，让他们星夜兼程只带了三百骑。”

济尔哈朗：“你是小看这三百精锐吗？这可是大清国最骁勇的士兵。相信我，哪怕你出动三万人，也会被这三百精锐撕成碎片。”

吴克善：“唉，拿这些人怎么办呢？真是伤脑筋。”

济尔哈朗：“那边来的是谁?”

李化熙夫妻、范文程夫妻，偕同大布吉、苏茉儿，登上城堞，“太后懿旨。”

济尔哈朗与吴克善慌忙跪下，“老臣接旨。”

苏茉儿打开懿旨，“太后懿旨，以李化熙、范文程、李朱氏、范金氏四人为宣抚使，即刻出城，慰劳阿济格兵马。”

“胡闹，”济尔哈朗和吴克善腾地跳起来，“如此凶险之夜，会死很多人的！这几人若然不想活了，哪棵树上吊不死，偏来这里凑热闹？”

苏茉儿摊摊手，“两位王爷，茉儿只是传旨之人，别冲我嚷嚷好吗？”

吴克善：“太后在哪里？本王去找她说。”

苏茉儿：“王爷，太后为捕获妖人多日奔波操劳，早已是体力透支，这个辰光已经歇息了。虽然王爷是太后的兄长，但最好……”

吴克善的目光，落在李化熙身上，“李化熙，又是你在搞鬼，你到底想干什么？”

李化熙摊摊手，“王爷错怪下官了。下官和范大人一样，此时唯有满头雾水。”

济尔哈朗：“那就让他们去好了。死生由天，各安己命。”

诸人无言，相揖而别。

少顷，济尔哈朗与吴克善于城堞上见李化熙四人分乘两顶轿子，苏茉儿、大布吉策马随侧，出城而去。

09

阿济格手拄长刀，立于马前，看着两轿两骑行近。

白衣飘飘的劳亲贝勒脸带笑意，立于父亲身后。

两轿近前，李化熙先行下轿，“王爷安好。”

阿济格傲慢摇头，“你是哪个？本王见过你吗？”

李化熙：“王爷这样问，真是太伤人了。

“或可王爷真的不认识下官，但下官的妻子，王爷你却是熟得不能再熟。”

说着话，他从轿中搀扶出妻子。

看到李朱氏，阿济格神色不尽别扭尴尬。

李朱氏看到阿济格，却是眼睛顿时一亮，与金氏同时举步，奔至阿济格身边，一左一右挽住阿济格的手臂，也不说话，两双脉脉含情的眼睛痴痴地看着他。

阿济格局促到了极点。

李化熙无动于衷地看着这一幕，“王爷，你志已得，愿已遂，请回城入宫，面圣禀报吧。”

“本王……”阿济格的声音微弱，只说了两个字，就谁也听不清了。

在两女的搀扶下，阿济格耷拉着脑袋，跟在李化熙、范文程身后，向大敞四开的城门走去。

劳亲贝勒率三百精锐随后，一边走，一边扫视着四周。

一切正常。四野空旷，德胜门前只有几个循例值常的士兵侍立在两边。

从洞开的城门望去，看到郑亲王济尔哈朗与卓礼克图亲王吴克善正自有说有笑。

劳亲的唇边掠过一抹冷笑。

阿济格走入门洞。

劳亲紧随其后，亦步亦趋。

看着一行人渐行渐近，济尔哈朗笑道："德胜门，实际是座军事要塞，大将出征时，要从这扇门走出去，回来时要走安定门。取其得胜而归，安定四方之意。"

吴克善笑道："所以，从未有出征者从这扇门回来。阿济格，他是头一个。"

济尔哈朗："除了内城禁军，也没人知道此门的布设。"

当济尔哈朗说完这句话，李化熙、范文程、大布吉及苏茉儿已经走出门洞。

阿济格在两女搀扶下，也正要步出门洞。

机关，在此刻发动。

10

皇太后穿着单薄的睡衣，对着烛火一页页地翻书。

多尔衮府中的那本《战国策》。

淑太后抱膝坐在一边，她的手中把玩着那柄时刻不离身的蒙古刀。

"还是找不出来答案?"淑太后问道。

皇太后："感觉那答案呼之欲出，就在嘴边，可就是说不出来。"

淑太后站起来开窗，看着无星无月的夜，"应该开始了吧?

"你听那德胜门方向传来的喊杀之声。"

11

劳亲贝勒紧随在父亲身后，堪堪就要走出门洞。

突然间，他听到细微之声。

他想也不想就大叫一声，"有埋伏!"

犹如猿猴一样，他猛地伏腰窜出，只手抱住父亲阿济格向前疾冲。

"杀呀!"此时伏兵从城里及城外疾向城门口扑至。

阿济格被两女纠缠，已是意乱情迷。听到喊杀声，再被儿子劳亲用力推送，他第一反应是迅速地搂紧两女，生怕两女受伤。

再转身，阿济格惊讶地看到儿子劳亲正单手托起从塔楼顶部放下的千斤闸，三百精锐骑兵势如洪水一般从闸下激泄而出，对冲过来的伏兵展开屠杀。

是真的屠杀，这三百骑兵都是劳亲一手训练出来的，个个以一当十。他们冲破闸门就立即结阵，或两人，或三人，或五人，结阵后有人专职防御，有人专职进攻，配合有度，进退有据。而冲过来的伏兵人数虽多，但在阵势面前，却形同于单兵作战，被阵势轻易瓦解。

只是瞬息之间，三百精锐就悉数破闸而出。劳亲放手，任千斤闸落下，把城外的伏兵尽数隔在外边。而后他疾向父亲阿济格冲过去。

济尔哈朗大叫："劳亲弑父，快拦下他。"

卓礼克图亲王吴克善抡起大刀，大喝一声拦下劳亲。

劳亲一拳，风声猎猎，击中吴克善的刀柄。

顿觉一股大力涌至，吴克善大叫一声，身体倒跌出去。

劳亲去势未减，继续扑向阿济格并两女。

突然间一个人拦在面前，“劳亲你敢！”竟是济尔哈朗的长子富尔敦。

就听劳亲轻笑了一声，动作疾如闪电，已经捉住富尔敦握刀的手，就势一抹。富尔敦一声惨叫也未发出，就被手中利刃切开脖子。劳亲手轻轻地一挥，富尔敦的尸身就无声地飞出。

在济尔哈朗的惨叫声中，劳亲继续冲向阿济格。

又一人拦在面前。

李化熙。

劳亲笑容不减，疾风一般扑至。

李化熙一扬手。

一片白色粉尘溅出，劳亲大骇，疾退两步，“秃尾巴老李，你还能再无耻点吗？竟然敢撒石灰……咦，不是石灰。”

“没错，”李化熙笑道，“劳亲贝勒，这脂粉的气味，你不陌生吧？”

劳亲：“怎么会……你怎么会有……”

李化熙：“本官怎么会有愉氏独用的脂粉，你是不是要问这个问题？”

劳亲怔怔地望着李化熙，不吭一声。

“不要误会，”李化熙笑道，“本官与愉氏，毫无关系。只是故意用愉氏的专用脂粉，与这个貌似暧昧的问题，转移你的注意力，拖延时间而已。”

劳亲踏前一步，“你撒谎。”

李化熙呆了呆，“你看看，本官早就说过的，你越是说实话，人家越是疑心重重，不肯相信你。”

劳亲：“你是如何得到愉氏专用脂粉的？”

李化熙：“本官哪懂得脂粉之事？是我妻子，她喜欢搜集各府的各种脂粉，这样解释，劳亲贝勒满意吗？”

劳亲再踏前一步，“给你最后的机会解释，再敢撒谎，死！”

12

深宫中，红烛摇动。

皇太后突然停止了翻书。

淑太后持刀立起，“哪个？”

“是我。”三太后带着两个持刀侍女出现在门口。

淑太后：“三姐过来，可是出了什么事儿？”

三太后不说话，只是以指尖挑起一张骷髅面具。

皇太后：“何处发现的？”

三太后：“就在你们两人的寝宫门口。”

淑太后：“可是那妖人，已经被我亲手烧成了灰。”

皇太后：“可是妖人临死前也曾说过，他会很快回来的。

“而且他真的回来了。

“比我们预期的更快。”

13

德胜门前，箭矢激飞。

第一批伏兵已悉数被劳亲的三百精锐杀光。

第二批伏兵不再近距离攻击，而是翎箭激射，劳亲的三百精锐立即死伤累累。

吴克善埋怨道：“这是怎么布置的？应该一开始就射箭的，看看枉死了这许多人。”

济尔哈朗抱着儿子的尸体，哭道：“本意是欲将那三百人用千斤闸困于门洞中，再行解除其武装。谁料得到劳亲那该死的，竟然只手托起千斤闸，才导致所有的布置失效。”

箭雨之中，劳亲眼睛也不眨，直视李化熙，“就算如你所说，你妻子有搜集各府女眷脂粉的癖好，你又如何偏生单记得愉氏的，而且还带在身上？”

李化熙：“解释过了，这不是为了迷惑你嘛。”

劳亲：“不说实话，你该死！”

劳亲冲过来，李化熙绕着根石柱狂奔。劳亲穷追不舍，两人一追一逃，李化熙的脚程竟不在劳亲之下，但见两条人影疾速奔过，看得人眼花缭乱。

吴克善捂着胸口，呆呆地看着这一幕，恍然大悟，“是了，这秃尾巴老李，别的本事没有，逃起命来原是天下第一。听说大明覆亡时，他从榆林一口气逃回北京城，百万大军竟追他不上。”

劳亲追不上李化熙，忽然间眼珠一转，猛地一转身，反过来兜抄。

转身过后，劳亲疾奔了两圈，却仍然只见到李化熙的后背。失惊之下，不由得呀了一声，脚步慢下来。

李化熙的速度也慢下来，回头笑道：“本官没别的本事，就是反应稍微快一点。不信咱俩再来，你怎么也兜不住本官。”

劳亲失笑，“我还真不信。”作势要追李化熙，待得李化熙拔足，他却猛地一个转身，再次向阿济格冲过去。

然后他突然止住脚步。

李化熙竟然拦在他面前。

就听李化熙说道：“劳亲贝勒，本官知道你因愉氏之死，迁怒父亲与我妻子并金氏，要杀死诸人，为愉氏报仇。但此事确与我妻与金氏无关，她们二人也是妖人的受害者。”

劳亲脚尖一挑，将地上的一柄刀挑在手中，低声道：“那就先杀你，再杀她们。”

14

德胜门城堞的暗影中，立有两人，观看着城下的厮杀。

一个大袖飘飘陈名夏。

另一个是兴安总兵官任珍。

陈名夏："这几日，宫里传出极诡秘的消息。"

任珍："什么消息？"

陈名夏："有人说，那可怕的妖人已被秘密擒获。"

任珍："在什么地方擒获的？"

陈名夏："听说是个总兵官的内眷房中。"

任珍："你这么说我就放心了，谁家都有可能，但肯定不是在我家。"

陈名夏："哦？"

任珍："我妻子她……呃，因为本座说了她几句，她生了气，已经回娘家多日了。"

陈名夏："你如此说，事情反倒古怪了。"

任珍："什么意思？"

陈名夏："据小可得到的消息，那妖人正是从你府中小夫人的榻上捉到的。"

任珍："小夫人？"

陈名夏："怎么了？"

任珍："我的天，我的天。"

陈名夏："到底怎么了？"

任珍："焦曰白活着时举办花会，卖掉的所谓我夫人的偷欢夜，那其实不是我夫人。"

陈名夏："那是谁？"

任珍："是我府中的一个婢女。那婢女心智极诡，盘踞于我府中控制了所有人。我夫人就是担心被害，才借口与我争吵，然后逃走的。我竟然……"

陈名夏："惨了，你真糊涂。搞不好，我们都会死于这个女人之手。

"你必须立即回府，杀掉她！"

15

城下，四处伏尸，鲜血长流。

劳亲向李化熙冲过去。

李化熙无法躲闪，他身后就是满脸迷茫的阿济格，以及李朱氏与金氏。

众人惊骇之下，劳亲与李化熙交手，只一刀就将李化熙洞穿。

而后劳亲长刀一挑，将李化熙挑到半空。

咦，这厮怎么这么轻？

劳亲凝神细看，差点没气死。

他挑起来的，是李化熙的官服。此时李化熙只穿白色内衣，正心有余悸地不停摩挲胸口，“好险好险，真真吓死本官了。”

“你还能再不要脸点吗？”劳亲气极反笑，踏前一步，一刀砍来。

李化熙疾闪，正将李朱氏暴露在劳亲面前。劳亲趁机向李朱氏冲过去，一刀斫下。

劳亲举起的刀，停在半空。

李化熙抱住了他的腰。

就听李化熙大喊一声，“敢碰我老婆，你他娘的死定了。”用力将劳亲抱起，就势一摔。

劳亲是何等身手，倒下时右肘重撞，李化熙吐了口血，和劳亲跌在一起。

两个人在地面上滚动厮打起来，终究是劳亲占得上风，一拳又一拳，打得李化熙满脸是血，惨叫连连。

猛一翻身，将李化熙骑在下面。劳亲冷笑一声，瞥准李化熙的喉部，一拳击下。

李化熙眼角被打得绽开，眼见得只拳头由小变大，转瞬间已经被击中。

却软弱无力。

劳亲咦了一声，扭头看了下右肩。

一柄刀洞穿了他的右肩。

刀柄握在李朱氏手中。

劳亲挥掌为刀，掠向李朱氏咽喉。

只听哗啦一声，一条铁链飞来，缠住劳亲手腕。他的掌刀堪堪贴到李朱氏的咽喉，却再也近前不得。

又是几条铁链同时飞至，将劳亲双手双足缠起。但听得士兵们齐声呐喊，劳亲已被铁链缠成死团，抬了起来。

李朱氏哭着扑过去，搀扶起李化熙，“夫君呀，这恐怖的夜，竟是如此漫长，那妖人还没捉住吗？”

李化熙：“夫人哪，你总算恢复神志了。

“不过夫人说得没错。

“那恐怖的夜晚，始终也未过去。”

第二十五章　恐怖夜，妖人再至

01

议政会议，十几名王公走了出来。

郑亲王济尔哈朗与卓礼克图亲王吴克善居中，余者洪承畴、范文程、宁完我等王公大臣各据其位。

吴克善："有请英亲王。"

阿济格戴着重铐重镣，满脸怒气地被押上来。

吴克善："在下位者，可是英亲王阿济格？"

阿济格："你眼瞎啊？"

吴克善："阿济格，这里可是王公大臣议政会议。"

阿济格："王公大臣算什么？老子是个有智慧的人，怕了你们才怪。"

济尔哈朗眼圈红红，站了起来，"阿济格，你嫌自己死得不够快吗？我的儿子富尔敦，就是为了保护你，在你眼前被你儿子劳亲杀死，你还有什么颜面在本王面前咆哮？"

阿济格气沮，垂头。

济尔哈朗："阿济格，你子劳亲杀两白旗十四名元勋老将，可是奉了你的命令？"

阿济格："这真的不能怪本王，他们那边可是十四个人，本王原本以为要白发人送黑发人的。岂料那般废柴，徒有虚名，竟是如此不堪一击。"

济尔哈朗："你命劳亲血屠两白旗，目的是什么？"

阿济格："这不是明知故问吗？当然是收其兵马，清君侧。"

济尔哈朗："你要清哪个？"

阿济格："陛下及两宫让本王清哪个，就清哪个。没二话。"

济尔哈朗："然而你可有内阁加印的陛下圣旨？可有天子调动大军的虎符？"

阿济格："口谕算不算？"

济尔哈朗：“口谕当然也算，但有何凭据证明陛下曾对你传口谕？”

阿济格：“你叫宣武门大教堂的黄毛鬼汤若望来，他会告诉你。”

吴克善：“阿济格，你谎话还能说得再拙劣点吗？”

阿济格：“本王从不说谎。”

吴克善：“北京人都知道，河南出现了天花，黄毛鬼汤若望带着弟子去河南那边散发天花水，传教去了。”

阿济格：“这就对上了，老汤应该是在去传教的路上，向本王传达陛下及两宫口谕的。”

济尔哈朗：“阿济格，宫中有制度，朝中有规程，陛下的圣谕、两宫的懿旨，什么时候轮到一个黄毛鬼替陛下传达了？”

阿济格：“你这……嘿，本王这暴脾气，明明都是真事，怎么被你这么一搅，连本王都听着像假话。”

诸王公大臣开始交头接耳。吴克善立起来，“诸位，陛下及两宫对阿济格是有旨意的。旨称英亲王及行间将士，劳苦功高，虽然其举止叵测，行为悖谬，更有其子劳亲血屠两白旗元勋宿将，杀害郑亲王之子富尔敦贝勒之事，现将劳亲降为贝子，与阿济格各自监禁。举凡从乱之人，各置其罪，勿株连。”

阿济格冷笑，“谅尔等也不敢伤及本王。”

02

畅春园内，雪花纷纷。

皇太后与淑太后围桌而坐，四周堆满了书。

李化熙带着妻子进来，跪地磕头，“臣李化熙，偕妻李朱氏……”

皇太后：“老李，你的脸怎么那么难看？”

李化熙：“太后，以后别再让臣入宫了。”

淑太后：“秃尾巴老李，也怕别人的闲话吗？”

李化熙：“唉，太后呀，你不知道大臣们的那一张张嘴，说出话来有多难听。臣是外臣，按规定不应该入宫的。”

皇太后：“李朱氏，你怎么看？”

李朱氏：“回太后，我夫君是为臣妾着想，怕臣妾听到那些人的讥笑。但臣妾心里，并不以那夜船上的事儿为然。问心无愧，何惧人言？”

皇太后：“哈哈哈，李朱氏，这才是一个女人该有的样子，也是哀家最喜欢的样子。北宋年时，王安石变法，苏东坡是反对变法的人士。但此二人只是治政理念不同，精神上是相通的，都是光明磊落心怀天下的名臣，都是正气堂堂的忠正之士。是以两人同遭贬黜之时，相遇于江湖，说起世俗礼法，王安石有句名言：‘礼法岂是为我辈所设？’李化熙，你也算是豁达之人了，但在这方面还差得远，要多跟你夫人学着点。”

李化熙：“小臣谢太后指点。这次所来，是不是还是摄政王的遗言之事儿？”

皇太后：“没错，哀家这心里，答案似乎呼之欲出，却又说不分明。所以才叫金氏、朱氏入宫，这都是读书多的人，说不定你们说出什么来，恰好让哀家灵光一闪。”

李化熙：“这个……太后，这些日子以来，卓礼克图亲王率绿营一直打着清剿追随阿济格谋逆余党的旗号，大肆捕杀妖人党羽。但在本官看来，妖人既死，断无复生之理。不过是百足之虫，死而不僵。其伏于宫中的余党不甘就范，时常弄出点动静，惊吓两宫而已。”

皇太后放下手中的书，“你说到借机捕杀妖人党羽……唉，这个事，哀家实话告诉你，妖人党羽的脸上又没写着字，所以搞到最后指不定是谁捕杀谁呢。”

李化熙：“太后所说，可是兴安总兵官任珍一案？”

皇太后：“除此之外，还有什么能让哀家如此忧心？”

李化熙：“任珍之案，就让陛下自己处理好了，何况那陈名夏又是陛下的老师。陛下心里，对陈名夏推崇备至。而且陈先生的修为，早已到了不动心的境界。相信此事的处理，会让陛下获得成长机会。”

皇太后：“唉，但愿吧。”

03

顺治帝坐于御座，下面分列两排，是数十名官员。

顺治帝：“朕今日主持九卿科道之会，是为了兴安总兵官任珍一案。

“前者，暴发户焦曰白在一次花会之上，卖出了任珍内眷的偷欢之夜。但查证后知，那个在花会上闹得沸沸扬扬的女眷，并非任珍的夫人，而是一名婢女。半个月前，任珍回府斥责婢女。是以有婢女夜奔出府，径奔九卿科道投案之事。按说这个事儿，婢女到得九卿科道之时，朝中官员应该都回府了。但那一夜却是除了秃尾巴老李……朕是说，那一夜除了李化熙奉旨去了德胜门迎接英亲王阿济格，刑部其余的官员居然全都在，而且立即审议了任珍之案，对否？”

汉臣宁完我出列，“陛下所言极是。”

顺治帝：“然则婢女告任珍何罪？”

宁完我：“陛下，任珍府中的婢女告他三大罪：一是睡觉之时，于榻上不穿衣，不正冠；二是如厕之时，咬牙切齿，面目狰狞；三是洗澡时裸露身体，丑态百出。是以经刑部立拘任珍，诘询此案。

“陛下，任珍到案，与婢女对质，对其指控统统否认。任珍称自己睡觉时着官服，持笏板。如厕时面祥和，气庄严。洗澡时祭天地，极神圣。两厢里争执不下，就在刑部吵了一夜。”

顺治帝：“现在朕想知道，刑部议计的结果如何？”

宁完我：“刑部议计的结果是治洪承畴、范文程并陈名夏之死罪。”

顺治帝：“此议甚妥，朕也以为然……不是，宁完我，你刚才说治谁的死罪？”

宁完我：“群议结果是将洪承畴、范文程并陈名夏斩立决。”

顺治帝：“此案……不是兴安总兵官为其婢女所告吗？为何要治这三人死罪？”

陈名夏笑道：“你们这群人想让我死的心久矣，却是净找些不是由头的由头，实在是可笑之极。”

宁完我委屈地道：“陛下，你看他呀，老是这样阴阳怪气的，一点也不配合。”

顺治帝：“陈先生，你是朕的老师，烦请先生指教于朕，任珍此案当如何勘合?”

陈名夏：“陛下，婢女所告任珍之事，全都是些鸡毛蒜皮之事，什么睡觉不正冠、如厕面狰狞，再有就是洗澡竟然露身体。刑部官员围着这些枝节严肃讨论，意义何在?”

顺治帝：“朕不是想听到先生的牢骚，是想听到先生的评判。”

陈名夏：“很简单，婢女所告，与任珍所争，都是私密枝节。除了当事人自己，谁也说不出个子丑寅卯。讨论刑案就不应该在这些事儿上花费时间，而应该看任珍是否有其他罪行。有之，当诛则诛。无之，该释就释。”

顺治帝：“宁爱卿，对陈先生之言，你是如何一个看法?”

宁完我：“臣……有些疑惑不定。”

顺治帝：“宁卿何处疑惑?”

宁完我：“陛下，这陈名夏，刚才一进九卿科道会议的门，就说什么前明衣冠比本朝的好；还说咱们大清官服上净是些豺狼猫狗，说咱们都是衣冠禽兽。”

陈名夏：“行，行行，这类话我是经常说，但我的原话是，只要留头发，复衣冠，则天下太平矣……总之都差不多。是杀是剐，你们看着办吧。”

顺治帝：“陈先生这是说的什么话，莫非你是在斥责朕是昏君吗?”

陈名夏：“陛下圣明，臣绝无此意。”

顺治帝：“朕有些乏了，传旨，拘陈先生于宫中，与先生入朝同来的两个班役、两个仆人，还有他的弟子柳生，一并拘禁。

“各部官员，回自家衙门再行议计，明日百官集于午门，朕要再问此案。”

04

宫里，小太监川流不息，给陈名夏面前的桌子上端来丰盛的菜肴。

小扣子：“陈先生，陛下吩咐过了，无论先生想要吃什么，只要这宫里有，一定要让先生满意。”

陈名夏：“小扣子公公，替我谢过陛下。”

“请先生慢慢用膳。”小扣子退下。

陈名夏开始吃菜，他吃得很快，毫无忌惮的样子。

吃罢，他撂下筷子，正抹着嘴巴，李朱氏与金氏并排出现，向他行礼，“先生好。”

陈名夏：“猜到会在这儿遇到你们。”

李朱氏：“先生明察卓识，我二人替愉氏谢过先生。”

陈名夏：“你们怎么知道小可是为了愉氏?”

李朱氏：“人间之情，世人之心。先生所行所为，世人看得分明。何况我二人与愉氏夜居平谷祥云寺，情同姊妹，无话不谈，是以更为了解先生之心。”

陈名夏：“只叹小可才智浅拙，无力救助愉氏于危难，眼看她中了妖人诡计，香消玉殒。小可事后所为，徒然只为出心中这口恶气，然与愉氏何益?”

李朱氏：“但先生之心之情之意，相信愉氏在天之灵，会有所慰藉。”

陈名夏：“但我两次说反阿济格，虽然陛下与两宫不以为意，但朝中亲贵却是人人自危，务治小可于死而后快。陛下庇护小可若许之久，如今也该放手了。”

李朱氏：“于朝中王公亲贵眼中，先生或是忌惮之人。但于我们这等小女子心中，先生却是顶天立地的好男儿。”

两女上前：“请允许妾身为先生斟一杯酒，再替愉氏姐妹谢过先生。”

陈名夏放声大笑，“那阿济格掷三百万金，只为得双美回眸一笑。而我陈名夏分文未花，却获得了比之阿济格更高的荣誉。哈哈哈，小可死而无憾。”

05

宁完我立于顺治面前。

顺治帝身披棉氅，泪流满面，“一定要这样做吗?”

宁完我：“陛下，臣打心里对陈先生的才学尊崇有加。但这已经过去大半个月了，文武百官都是这么个看法。”

顺治帝：“明明是兴安总兵官任珍和他的婢女厮闹，怎么搞到最后，反要了陈先生性命?”

宁完我：“陛下已经在刑部论死的名单上勾去了洪承畴和范文程，但如果连陈名夏一并赦免，刑部官员日后就没法儿做事了。”

顺治帝：“纵然是朕亲审，难道也无法挽回先生的性命吗?”

宁完我：“陛下。”

顺治帝：“先生真实的罪状，无非是屡次三番入阿济格军中游说阿济格叛乱。而那阿济格又因行为悖谬而遭幽囚，是以有人疑忌先生，找些不是理由的理由，欲置先生于死地。朕好歹也是天子，难不成还不能为老师说句话吗?”

宁完我跪下，“陛下，臣本明末辽阳边民，太祖时代攻克辽阳，臣被掳为奴隶。幸得太祖恩宠，以臣是读书之人，召入文馆。但臣生性嗜赌，这只手一旦碰到骰子，性命都是不要的。是以又被贬为奴隶，屈沉十载。此番陛下召臣，希望能够保住陈先生性命。但微臣实告，先生之罪，罪在大才，罪在先生本为性情中人。妖人会那夜，愉氏身死，先生矢志为愉氏复仇，追杀庇护愉氏不利之人。可是朝中王公亲贵，有几人不曾卷入妖人之案？一旦被陈先生盯上，以陈先生之才，就是又一起阿济格悖逆之案。是以只要留得陈先生在，这朝中断无一日安稳。不是先生游说哪家王公滋事，就是王公们联手再陷先生。如此缠杀无休，恐非社稷之福啊。”

顺治帝：“宁完我啊，朝中权贵滋事无休，剑指先生，实则另有深意啊。”

宁完我：“臣愚钝，请陛下指点。”

顺治帝：“不需要了，朕能做的，就是保先生之全尸。是以这斩刑，朕断不允。”

宁完我：“臣，奉陛下之旨。”

顺治帝：“改绞刑吧。替朕置办孝服，朕当为先生执弟子之礼。”

06

吏部中，朝臣们来来往往，议论纷纷。

陈名夏端坐凳子上，神色冰冷。

宁完我带几名官员走了过来。

陈名夏笑着立起，“这就收小可吗？拿铁链来。”

宁完我：“不需要了。”

陈名夏：“明白了。”

陈名夏的弟子柳生，冲过来大哭，“恩师，恩师，这帮天杀的官员，这是起连掩饰都顾不上的冤案，这些王八蛋在冤杀恩师呀。”

陈名夏哈哈大笑，“柳生，莫忘了老师教你背诵的《留侯论》：古之所谓豪杰之士者，必有过人之节，人情有所不能忍者。匹夫见辱，拔剑而起，挺身而斗，此不足为勇也。天下有大勇者，卒然临之而不惊，无故加之而不怒，此其所挟持者大，而其志甚远也。”

陈名夏被带出，行过九卿庭院，前方忽然来了名官员。陈名夏哈哈大笑，“秃尾巴老李，近日可曾见到你的主人？”

李化熙：“我的主人？陈先生此言何意？”

陈名夏：“老李，当初你被王公掳走，押往房山坡峰岭服苦役，是汤若望以寻找自己仆人的理由，带回了你。难道你忘了汤若望的相救之恩吗？”

李化熙神情尴尬，“非先生提醒，本官几忘了此事。先生果如明镜，窥照到本官那颗忘恩负义之心。”

陈名夏：“纵如此，我们以后无缘再见了。小可知你夫人有个情同姐妹的交好，若逢她的忌日，容夫人替小可上炷香，可好？”

李化熙长揖，“先生之命，何敢不遵。”

陈名夏笑笑，“就此别过。”

07

长长的监牢甬道，一名仆役提着餐盒，低头而行。

走到一间监室，“王爷，用膳的时候到了。”

一张长满毛发的大脸，突然间出现在监室的铁窗口，“本王的大刀何在？”

仆役回头看看，见甬道空无一人，便撩起长衣，解下捆在身上的大刀。

大毛脸接过刀，返回藏于茅草之中，再急速地回来，“引火之物呢？莫非你这该死的奴才给忘了？”

仆役：“王爷之命，奴才何敢有忘？只是这监牢防范森严，若王爷你于牢中放火……”

大毛脸：“本王是个有智慧的人，用你这狗奴才说这番废话，赶紧给本王拿过来。”

仆役无奈，只好把火镰递进来。

大毛脸接过火镰，“近日朝中有何动静?”

仆役：“还是照常，一起又一起连个名堂也没有的冤案。”

大毛脸：“哪个倒霉蛋又冤死了?”

仆役：“还能有谁？皇上的老师，大学士陈名夏呗。”

大毛脸闻言震惊，“什么？陈先生死了？这怎么可能？福临对他可是尊崇备至，视之如父的……先生是怎么冤死的?”

仆役：“听说是有个叫任珍的，是个小小的兴安总兵官，被他府中的婢女给告了。大概是先生替任珍转圜说项，遭到朝臣王公群起而攻。听人说朝臣王公对陈名夏忌惮已久，全然失去理性，竟然连同洪承畴、范文程一并要杀掉。皇上庇护，也只是保下了洪承畴和范文程的性命。而陈名夏只落得个全尸，终被缢杀于灵官庙。”

大毛脸怒极，“又在胡来，灵官庙在宣武门，那里岂是杀人之地?”

仆役：“谁说不是呢？王爷消消气，不要听到什么，就气成这模样，赶紧吃饭吧。”

“还吃个屁饭呀!”大毛脸掷食盒于地，“本王是个有智慧的人，王公贵戚冤杀陈先生，无非不过是剪除本王的羽翼。先生既死，本王性命也危险了，你赶紧给本王弄点柴火，堆在牢门之外。”

仆役：“王爷要做什么?”

大毛脸：“你哪来那么多废话！本王让你做，你就赶紧做!”

仆役不敢再说，转身跑进一间空置的牢房，将房中的柴草抱出来堆在大毛脸的牢门外。

大毛脸：“现在本王要放火了，你赶紧给本王滚，滚得越远越好。”

仆役：“王爷要越狱，奴才岂能置身事外?”

大毛脸：“自打本王幽囚，心腹亲信只剩下你这么一个，你若是被人杀了，世子与福晋又由何人照料？你赶紧给本王滚，别再让本王看到你那张脸。”

仆役大哭，“王爷，你千万保重，不要死。奴才……去了。”

哭罢，仆役连磕了三个响头，起身奔了出去。

仆役走后，大毛脸立即打着火镰，引燃了堆在牢门外的柴火。

浓烟滚滚，顺着甬道涌出。守在牢门的几名牢子，赶紧跑过来，“不得了，阿济格的牢房着火了，赶紧灭火呀。”

几个牢子咳声不止，跑过来用脚踩踏茅草，想要把火灭掉。不承想大毛脸从铁窗口伸出长刀，一刀一个，竟将几名牢子搠倒在地。而后大毛脸猛的一脚，将那扇被烈火烧得松动的牢门踹开。

熊熊火光中，大毛脸杀出甬道，与闻声赶来的士兵们杀成一团。

08

济尔哈朗、吴克善、洪承畴、范文程、宁完我等王公大臣，走上前入座。

济尔哈朗："诸位，近日这个王公大臣议政会议，开得频繁了点。

"可是不开还真不行。

"就在前儿个，那不省心的阿济格，居然在牢中闹起来了。

"他让心腹买通狱卒，送进了大刀火镰，而后烧开牢门，几乎要杀出牢外。

"但天牢防范森严，岂是那么容易冲出去的？

"是以阿济格杀了一番，又逃返回牢中。

"然后他就消失了。

"士兵们于牢中搜寻好久，最后在监禁阿济格的那间牢房的柴草之下，发现了一个极深的洞窟。向洞窟里喊话，不见回应，就有士兵想要钻进去看看。可没钻多深，里边就有一柄长刀搠来，当场将士兵搠死。

"士兵们遂向洞窟中堆入柴草，以烟熏之，最终熏得阿济格自己爬出来了。

"阿济格这货，一辈子就是不让人省心，打小他就喜欢干这种没心眼的事儿。偌大年纪，越发愚蠢。他以为只要自己躲在洞中，别人就找他不到，就会以为他已经换上杀掉的士兵衣服逃走了，就会放弃搜寻，然后他再找机会逃掉。

"实在是让人替他犯愁。

"众位王公大臣，咱们来议一议，到底如何处置阿济格呢？"

洪承畴第一个说话："本官还能坐在这里听到英亲王的逃狱奇事，实属侥幸。前者婢女告发兴安总兵官任珍一案，本官认认真真地就事说事、就案说案，却遭朝中群臣议审了个与陈名夏同罪，议斩首。当时本官总感觉什么地方不对，现在听了阿济格的情形，总算知道这不对之处在哪里了。"

宁完我看了一眼洪承畴，"洪大人，圣上亲用御笔，将你从死罪中划掉，难道大人还不知谢恩，兀自要再闹下去吗？"

范文程急忙岔开话题，"洪大人，你适才说，已经知道哪里不对了，然则到底哪里不对呢？"

洪承畴："哪里都不对，这大清国，这王公大臣议政会议，就是个疯人院，没一个正常的。"

吴克善站起来，"洪承畴你，口谤新政，腹诽圣上，你想打架吗？"

济尔哈朗急忙劝架，"诸位，这里可是王公大臣议政会议，不是市井街头，不是杀猪场，不是烟花妓院！"

洪承畴："我看都差不多。"

济尔哈朗大怒，"老洪，你有完没完？枉为朝中重臣，这点委屈还受不了？你瞧瞧本王，本王的父亲舒尔哈齐早年被太祖杀掉，大哥阿尔通阿被太祖杀掉，二哥阿敏被太宗囚死，三哥扎萨克图被太祖所杀，四哥、五哥的王府卷入妖人案，本王说什么了？连儿子富尔敦都被劳亲杀掉，要说委屈，本王的委屈你比得了吗？老洪，人这一生，哪有不受委屈的？你也明知陈名夏之死罪非其名，刑部如此胡闹，实属无可奈何，你还闹什么闹？"

洪承畴闷声道："谢过王爷指教。"

济尔哈朗："那好，咱们现在正经说事吧。这阿济格倒行逆施，恐怕是不能再留他了。诸位还活着的，好自为之吧。"

09

窗前，李朱氏半闭眼睛，让李化熙给她画眉毛。

李朱氏："你满脸神思不属，是不是瞧上哪家的格格了？"

李化熙："爱妻，你也不瞧瞧你夫君这德行，我还真看上人家了，可人家得看上我啊。"

李朱氏："那为什么今儿个画的眉，还不如从前呢？"

李化熙："那不是什么……唉。"

李朱氏："还在为摄政王多尔衮的遗言困惑？"

"是啊，"李化熙回答，"这事本来跟咱们没关系，谁料想多尔衮临死之时，说是让太后去找章姨。可是那章姨……又死在妖人会的雨夜之中。虽说不是我杀的，可这事，总之全都算到了我头上。"

李朱氏："太后是怎么想的？"

李化熙："我又不是太后肚子里的蛔虫。"

李朱氏："你确定多尔衮说的章姨，就是雨夜死的那个？"

李化熙的手激烈一震。

眉笔在李朱氏的脸上画出一条粗大的线，贯穿整张脸。

李朱氏气恼地转过头，"夫君，你想到了什么？"

李化熙："我……夫人我在想，六年前，叶初春、高尔俨、党崇雅来咱们家时，多尔衮随之前来。那时节的多尔衮刚刚入关，人话都说不利索……我的意思是说，当时多尔衮的汉话都说不利索。但这个人绝顶聪明，又肯读书，到得他被妖人害死之时，非但汉话说得嘎巴溜脆，子曰诗云也有几手。只不过……"

"只不过多尔衮胸中的才学，终不过是半吊子功夫，还差得远。"李朱氏接道，"否则的话，他也不会被妖人掏空摄政王府，中计身亡了，对吧？"

李化熙："夫人好聪明，我就是这个意思。"

"所以他说的章姨，很可能真的不是你在雨夜时杀掉的那个，对吧？"李朱氏问。

李化熙："没错，而且多尔衮留给两宫太后一本《战国策》……"

李朱氏："所以，多尔衮说的章姨不是章姨，很有可能是……战国时首创连横外交策略，与苏秦分庭抗礼，以唇舌蛊惑秦惠王，封侯拜相的策士张仪，对否？"

李化熙："真的有可能。只不过，秦惠王死后，张仪失去继任者秦武王之欢心，被迫逃往魏国，封魏相，至此消沉……"

李朱氏："多尔衮想出来的剪除妖人党羽的法子，多半就藏在张仪的经历里……只不过夫君，你现在的担忧是那多尔衮对于《战国策》一书的理解在多大程度上贴边靠谱，对吧？"

李化熙："然。"

第二十六章　清算余党，屠刀所指另有其人

01

“奉旨缉查，抗旨者斩!”

“杀呀——”一名佐领长刀挥指。

持戟士兵呐喊着冲入一幢门楼高耸的王府。立时，王府中响起一片凄恻的女人惨嘶声。

更多的士兵浩浩荡荡涌入，宛如一支军队占领一座城池。

翎箭漫天狂舞，显系府中抵抗激烈。

小半个时辰过后，府中喊杀声渐渐低沉，抵抗已然碾平。

几名绿营佐领提着淌血的钢刀，抓住一个女子的发髻，强行将她拖出府门。

女子薄衫赤脚，白衣上溅满血污。

被佐领重重一推，女子栽倒在泥尘中。她勉强抬起头，微弱地嘶喊了几声：“苍天，苍天你睁睁眼……”女子雪白的脖子上，被只皮靴重重踩踏，那张俏丽的脸庞被按入污泥中。

再无声息。

“上帝呀，我的上帝……”一只黑驴背上，匆忙跳下德国传教士汤若望，他的眼睛瞪得比拳头还要大，“上帝，别告诉我眼前这一切是真的，不要告诉我这是真的。”

“老师……”年轻的弟子一手牵着黑驴，小心翼翼地凑近过来，“那女子究系何人?”

汤若望仍然是震恐的声音：“她就是摄政王多尔衮唯一的女儿呀!

“东莪格格!

“格格中的格格!”

“不是……那这……”弟子搔搔耳朵，“老师，我感觉很难理解，不是吗？如果这东莪格格，是已逝摄政王多尔衮唯一的亲血骨肉，那么她应该……不是说，摄政王多尔衮患有严重疾病，前段时间外出游猎，于古北口附近不幸病发，医治无效而亡吗？死后第十七日，顺治皇帝尊奉其为懋德修远广业定功安民立政诚敬义皇帝，还有庙号，谥成宗，就连摄政王的葬礼，都完全是依照帝王规格办理的吗？

“老师，眼前这一出，到底是怎么回事儿？”

汤若望：“这不明摆着吗？那多尔衮，虽然入关时立下不世奇功，可他的权力终究是太大了……这不，多尔衮一死，皇帝和太后先行剪除了多尔衮的党羽，随后对多尔衮展开了复仇。”

02

东莪格格的妆容被洗去，脸上带着几记明显的鞭痕，跪在门外树下。

“贱婢东莪，于今日起侍奉主子，此生伏惟主子之命，不敢有违。”

“谁呀？”房门嘎吱一声，李化熙蓬头垢面地走了出来，看到跪在门前的东莪格格，吓得尖叫一声，嗖地逃了回去，飞快地关上了门。

少顷，李化熙又把门打开一点，探头出来，见四周无人，才惊恐地问道：“东莪格格，你不是……那啥，不是陛下有旨，把你赐给多罗信郡王为奴了吗？你……你怎么会跪在这里？”

东莪格格满脸尴尬，“主子，多罗信郡王说……”

李化熙：“可别叫我主子，你想吓死我吗？……郡王他说什么？”

东莪格格：“郡王说他懂陛下的意思，然后就叫贱婢来……这里了。”

李化熙壮着胆把门打开，“这是哪儿跟哪儿呀，怎么这些话我一句也听不明白呢……”突然之间他急叫一声，“你赶紧进来，那边有人来了。”

“贱婢奉主子之命。”东莪格格爬起来，匆忙冲入院内，李化熙迅速关门。

03

“洪……洪大人，不知大人驾到，下官迎接来迟，还请大人恕罪。”

卫辉府尹祖太和疾奔而来，至洪承畴身后，扑通一声，跪得把脸杵进泥里。

洪承畴背对祖太和而立，一动也不动。

面向一片荒野。

这是一片奇怪的荒野，苍凉无际，不间断的小旋风时而刮起，尘土拂开，现出浮土下交叠支离的一具具白骨。遥远之处，仿佛有阴魄冤鬼声声如诉，那声音如一根线，生生地揪扯着人心，给人一种肝肠寸断的凄恻感。

洪承畴：“祖太和，就在这片荒野，死了多少人？”

卫辉府尹祖太和：“无计其数，大人，无计其数呀。前朝时，这里是官兵与流寇的厮杀之地，大小战役不下数百次，战力规模人数超过十万人的就有七次。后来李自成坐断天下，却又逢当朝小皇帝……呃，总之大人，这里又沦为李自成的大顺兵与明军及清兵必争之地，鏖战无休，血流成河。”

洪承畴：“你父亲，就是死在这里？”

祖太和：“是的，大人。前朝时，我父亲就是卫辉府总兵，到得天子入关，一切官员念及生民不易，都官守原职。然而一夜之间流寇再至，不少于五十万人，如滔天的洪水，将小小的卫辉裹胁于其中，可怜我父亲年迈，亲率衙役登城守护，竟遭流矢而身亡。当年那一战，同时战死者尚有怀庆总兵金玉和、副将常鼎、副将陈国才等。小人父亲战死，幸得洪大人念及当年师生之谊，在吏部为下官说项，以抚恤先父之名，由下官承袭了卫辉府尹一职。”

洪承畴终于转过身来，“祖太和，为你说项的，非止本官一人。而且，你我之间，前朝虽有一面之缘，但并无师生之谊。”

祖太和叩首，“大人所言不虚，然则当年洪大人来卫辉府时，下官年方九岁，随父亲面谒大人，并亲聆大人点评文章。一日为师，终身为父，下官岂敢忘怀？”

洪承畴：“还有谁来了？”

祖太和：“什么？……”

洪承畴：“是不愿意告诉本官，还是不想说？”

“大人千万不要误会……”祖太和磕头如捣蒜，“在老师面前，学生岂敢有半点隐瞒？事实上，学生正想恳求老师给陛下上个奏折，免除小府时下的苦役。经历了这么多的战乱，老百姓生存本就不易，还要干些没名堂的事儿，老百姓真的吃不消啊。”

洪承畴：“到底来了几个？”

祖太和：“十一个，至少七个有头有脸的王爷，其他的不是大将军，就是大学士，下官是一个也惹不起呀。”

洪承畴：“他们来干什么？”

祖太和：“这也是本官的困惑，那些王爷将军来到之后，立即喝令下官发动民夫斫竹，而后支起大锅，说是要煎什么竹沥……大人呀，下官才疏学浅，可竹沥入药这事儿……怎么会突然闹这么大动静呢？”

洪承畴脸上挂着轻笑。

不再说话，只是入神地看着荒野上不时卷起的旋风。

04

“夫人，就是这里了。”

范文程掀开轿帘，扶金氏落轿。

丫鬟金铃奔过来，在另一边扶住金氏。

金氏环顾四周，“承烈？”

“来了来了，”范文程与金氏的第五个儿子范承烈，疾步奔过来，“母亲大人请吩咐。”

金氏：“承烈，你乔装打扮一下，去县衙附近看看这里有没有朝中的贵人或高官来到。”

范文程茫然四顾，“夫人，你打去了李化熙府上，回来就神思不属，有什么心思也不肯说与为夫……这里是淇县，一个很偏僻的小地方，怎么会有朝中贵人高官来此？咱们到了这里，就算是官职最大的了。”

金氏瞪了范文程一眼，“夫君，你难道没有感觉？多尔衮才死了两个月，朝中就突然掀起巨澜公然清算他。那说出的理由振振有词，可是夫君呀，你我是知道妖人会内情的人，这突如其来的事情，难道不够蹊跷吗？”

范文程：“夫人的意思是？”

金氏：“我疑心东莪格格就在李化熙的府中。”

范文程吓了一跳：“不可能，皇上有旨，东莪格格赐予多罗信郡王为婢，那秃尾巴老李虽然深得太后宠幸，可公然霸占东莪格格，这绝无可……难道夫人亲眼见到了？”

金氏：“我没有见到，但那一日李朱氏说话吞吞吐吐，与她往日性情绝不相同。而且她的府中……她那根本就不能叫府，不过是个平常居家。可我当时有种感觉，感觉东莪格格就躲在内室，不肯让我见到。”

范文程摇头，“那也许……李朱氏念及她和多尔衮的旧情，从多罗信郡王那里把东莪买了过去，也未可知。”

正说着，范承烈跑过来。范文程没好气地斥道：“孽子，你娘不是吩咐了你的吗，还在这里盘桓何故？”

范承烈喘着粗气，“母亲大人，果然不出所料，淇县来了至少四个王爷，还有几个朝中高官。”

范文程震惊，金氏却追问：“他们可是都在煎竹沥？”

范承烈：“然。”

煎竹沥……范文程脸上怫然变色，“难道说，他们根本不相信朝廷发布的邸报，不相信多尔衮患有旧疾，所以亲来验校，看看所谓的竹沥是否真的能入药？”

“你以为呢？”金氏白了范文程一眼，“我和李朱氏，可都是妖人会上的出售品。那一夜多尔衮的绿营皆被洪水冲没，幸得最后一刻攻破妖人会，随后多尔衮等人追出，事后的情形就再也无人知晓。随后朝中的邸报真真假假，说什么多尔衮是游猎时死于喀喇城，这些不着边际的谎言，你信吗？”

范文程：“夫人，朝中的邸报从来都是真假参半的。这里有个缘由，真实的事情往往是千头万绪，三天三夜也说不清楚，三天三夜也听不明白。所以朝中例则向来是顺应普通老百姓的简单想法，把事情尽量简单化。唉，说到底还是怪这世界不正常，假的事情听起来千真万确，真的经历却往往难以服人。”

金氏：“然则，多尔衮毕竟公忠体国，何以陛下突然翻脸，对其彻底清算，竟然破墓斩首，这种怨毒憎恨，难道就没个理由吗？”

范文程：“夫人，这朝中之事……唉，怎么跟你解释呢？就这么说吧，朝中王公贵戚实则都是一家，所以大家并无仇隙，反倒是相互扶持。但下御之人，却俱怀怨毒。多尔衮生前还可以压着这一切，到得他不明不白身死，邸报称他死时只有贝子锡翰在侧，他还对锡翰抱怨，责怪陛下不去探望他的病情……总之吧，他死后，陛下赐封他为义皇帝，其亲信侍卫詹岱、苏克萨哈，这两个都被擢升为内务大臣。之所以擢升他们两个，一来是他们知书达礼，二来他们素无劣迹。那些能力不如詹岱、苏克萨哈，品行却恶劣得多的，多尔衮在时他们作威作福，失去多尔衮的庇护，朝中当然要对他们进行清算。”

金氏冷冰冰地道：“可是那在东直门外，被破开陵墓鞭尸枭首的，却是多尔衮本人。”

范文程：“唉，夫人哪，朝中这些事儿……多尔衮何曾是第一个遭遇这事的人？巴布海，夫人不陌生吧？那可是努尔哈赤第十一子，亲生的，满门抄斩啊……还有你夫君我，不惹人不招人。可前段日子，就因为兴安总兵官任珍，被个小小的婢女告发洗澡时不穿衣服，我听着这状由实在不贴谱，和洪承畴忍不住多了句嘴，后来结果怎么样？我、洪承畴、陈名夏同时议斩呀。夫人，你夫君就因为说了句正常话，差点被砍头呀，最后陛下御笔赦了我和洪承畴，陈名夏就这样被杀掉了……”

金氏：“夫君，你昏了头吗？朝臣群杀陈名夏构设的因由全然不合逻辑，只是因为妖人会上与我同舟的愉氏被妖人算死，愉氏是陈先生的红颜知己，陈先生当然要为她血仇。陈先生将这笔血债算在了参加妖人会的王公大臣们身上，大凡与会之人，有一个陈先生杀一个，有两个陈先生杀一双，杀戒既开，绝不回头。英亲王阿济格是第一个，余者还有多少？当时的政局或是满朝文武皆死，或是冤杀陈先生以安群臣之心。陈先生慨然赴死之前，我和李朱氏曾于宫中亲身道谢。这其中的道理，我们女人家都明白，何以夫君喋喋不休。”

范文程沉默，半晌道：“夫人的意思是，清算多尔衮只是个借口，陛下与两宫的屠刀另有所指？”

金氏：“然。”

05

少年一袭黑衣，华贵非凡。

穿过长长的甬道，走进密室，“仙尊帝王算，果然非凡。”

黑暗之中，有个哧哧的笑声，似人而非人，似鸟亦非鸟。

少年续道：“一切皆如仙尊所算，最巧妙的是故意留在多尔衮房间里的那本《战国策》，兼以多尔衮临死之前的留言，终于让他们走到了这一步，自行完成了仙尊的布置。”

黑暗中，一个低沉的声音道：“昔者洛阳布衣苏秦，舌辩天下，创合纵之策略，合六国之力，建立同盟，迫使秦国十五年不敢出函谷关。一身佩六国相印，何其荣耀？然齐大夫田无间布天地人心之四局，终以无双谋算，夺得苏秦性命。临死之前，苏秦献计于国君，嘱他死后，曝尸示罪，昭告天下，引诱凶手自行出来邀赏，结果凶手果然中计，反为齐王所杀。是以算士虽死，其计仍行。本仙知道两宫太后及多尔衮生平最以计算为傲，是以布此迷局，让他们步步入彀，死犹不悟。”

少年道："一切果如仙尊所算。仙人会上，天地人心四大局合拢，多尔衮死于古北口。两宫不敢张扬此事，宣称多尔衮是游猎中病发身死。对此解释，朝官与王公大臣惊心不定，纷纷潜入卫辉府淇县等地验校多尔衮的药方，令得当地民力不堪其重。然而更惊恐的，莫过于两宫，仙尊嘱人时常在宫中闹出点动静，暗夜鸣锣，造成皇宫已然被掏空的假象。是以两宫疑惧不定，更急切地想要把暗算之人找出来。于今仙尊布《战国策》迷局，果然让他们从多尔衮的暗桩章姨联想到张仪，进而联想到张仪的同门苏秦死后仍以谋算为自己复仇的故事。于是他们有样学样，假称多尔衮多罪并发，发棺戮尸，借此大兴冤狱，表面上是清算多尔衮，实际是想彻底铲除仙尊。"

黑暗中的声音失笑道："于今宣布的多尔衮之罪，不过有六，一是排挤郑亲王济尔哈朗，二是尽夺军功为己有，三是收黄旗之臣为白旗，四是口出欺君之妄语，五是逼死豪格、夺其妻子，六是拉拢不臣之臣。这六大罪，他们是随便说说，咱们是随便听听，只是借这个由头，清算了不少多尔衮的党羽。可说到底，到底是谁在清算谁呢？"

少年："仙尊所言极是。只是有桩事十分蹊跷，不敢不告仙尊。"

黑暗中的声音："可是东莪格格？"

少年："正是。那东莪格格原是被小顺治赐给多罗信郡王为奴的，但我们伏于多罗信郡王府中的暗桩传来消息，府中根本未曾见到东莪格格，不知哪里出了纰漏。"

黑暗中的声音："有没有派人去李化熙那里看看？"

少年惊愕道："李化熙？那个秃尾巴老李？"

黑暗中的声音："对，就是他。"

少年："仙尊曾说过，李化熙是两宫找来对付我们的帮手。可朕看这个人……"

黑暗中的声音："你笑什么？"

少年："仙尊，是朕失态。那么朕就……"

黑暗中的声音："有什么难处？"

少年："仙尊，那李化熙……唉，仙尊应该知道，李化熙居住之地极其芜杂，贩夫走卒彼此之间相互熟识。外人一旦进入，就会立即被察觉。当初连多尔衮都拿李化熙没有办法。"

黑暗中的声音："如此精致的布局，你还说李化熙不足为虑？"

少年呆了呆，"仙尊管这也叫布局？"

黑暗中的声音："否则呢？"

少年："世间无数落魄失意者，都是这种生活状态的。"

黑暗中的声音："入秋了。"

少年："嗯？"

黑暗中的声音："风干物燥，最忌走水。"

少年面有笑意，"明白了，仙尊。"

06

入夜，北京城中。

死寂非常，只有打更者单调的击梆声和有气无力的提醒：“风干物燥，小心烛火。”

暗沉沉的天际渐显出一线苍白。

更夫停下迟钝的脚步，诧异道：“那是什么？”

黑暗中突听一声噗响，一团火焰如烟花般突兀地于死寂中炸开。

更夫吓得一哆嗦，立即拼命地敲击梆子，“不得了了，失火了，快来救火呀……”

更夫的惊呼声传开，变成巨大的回音反弹回来，无数个声音在嘶喊：“着火了，快点救火呀……”

黑暗之中一群人，单手提桶，向着失火的方向奔去，把桶中液体泼向火光。

火油味迅速弥漫开来，远处有人在惊呼：“是什么人？怎么可以向火中泼油？”

拎桶的黑色人影迅速散开，消失在黑暗中。

烈焰峰起，现出一株老树。

如一支巨大的火炬，仿佛明照整座北京城。

那是李化熙院落里的那株老树。

明丽四射的火树之下，立着一个美艳的女子。

寂静之中，仿佛有个轻微而美丽的歌声。

歌曰：“芳菲尽，歌止歇。英雄剑，佳人血。烟花如梦，江山明灭。梦萦蝶花残，无定河边月，终究是铁骑长铗梦断绝。太行三尺雪，怀中三尺铁，古北口外，喀喇城下，剑断镜裂。”

歌止，静寂。

火焰突然大作，而后拢入无尽的黑暗。

第二十七章　枉算人心，终究算不过老天

01

“就这样吧。”

十五岁的顺治帝，已然成年。

虽仍显稚嫩，但眉宇间已透露出人君杀伐的果敢。

只是此时，他的声音略显疲倦，随手把奏折放在一边，“郑亲王建议擢升正红旗和镶红旗的满达海、瓦克达的事项，可以缓一缓，不急。

“至于首告逆贼多尔衮有功的谭泰，还有忽傻忽精的拜音图，原本就是纵横沙场、立下赫赫战功的名臣宿将。只是此前遭逆贼多尔衮压制，强行夺走他们的军功，也是朕当时年幼，心智昏涩，为其蒙蔽，这才铸下他们的德才不得其用，贻误家国之大错。

“对于他们的任命，越快越好。

“至于皇宫的护卫，外有内大臣詹岱统领绿营，内有高长奎督统内城侍卫，可保无虞。

“朕乏了。”

两位新近得宠的内阁大臣，西讷布库和巩阿岱，急忙跪下，“陛下不眠不休办理国事，已经十几个时辰，该回宫歇息了，两宫太后也多次派苏茉儿来催问过了。”

顺治帝站起来，“今天晚上，内阁由谁来值守？”

西讷布库和巩阿岱：“回陛下，今夜值守的还是我们两个。”

“你们两……”顺治帝低语了一声，“果然是一朝天子一朝臣。朕未亲政时，这里来来往往的始终是洪承畴、范文程那些人。朕才亲政不几天，那些熟悉的人脸，居然全都不见了。”

顺治帝起身，提高声音，“小扣子，先去给额娘问安，再回寝宫休息。”

“喳。”小扣子搀着顺治帝的手臂走出内阁。

门外，瘦长身材，一张耿介面孔的高长奎跪倒，“陛下慢行。”

顺治帝停下来，“高长奎，你在这里，朕心里踏实多了。最近你追查宫中妖人党羽之事，颇有成效。已经好多日子了，朕再也没听闻过那些不想听到的脏东西。”

高长奎叩首，“微臣不过是尽职尽力，岂敢当得圣上褒奖。”

顺治帝满意地点了点头，“这么说来，今夜朕的寝宫门外，仍然由你亲自把守?”

高长奎：“回陛下，此乃臣之无上荣耀，此生唯一职责。”

“那就好，”顺治帝明显松了口气，“小扣子，咱们走吧。”

走出十几步，顺治帝停下来，“小扣子，朕突然间有点怀想当初私逃出宫的日子了。”

小扣子急忙后退几步，不敢吭声。

顺治帝：“只是斯人已逝，于烈焰中化为尘烟。

“朕纵然出宫，又去找谁玩呢?

“天下之大，朕，终究是个孤家寡人。”

02

夜色渐深，顺治帝带着小扣子来到皇太后的坤宁宫。

皇太后与淑太后两人对坐下围棋，大布吉与苏茉儿侍奉在侧。

顺治帝：“给皇额娘请安。”

皇太后：“皇上来了，你四额娘的棋艺越来越好了，你瞧瞧这一局我好像要输掉。”

顺治帝走过去，“额娘，你这一局贪大了，给了四额娘乘虚而入的机会。”

淑太后咯咯乐了，“不怪你额娘贪大，自打那秃尾巴老李夫妇，双双丧生于火灾之后，你额娘就总是惊心不定，认准了李化熙夫妇是被妖人攻杀，生怕妖人死灰复燃，大举来袭。幸好陛下你得到个高长奎，这人果然有本事，隐伏于宫中的妖人党羽几近悉数挖出。足足两个多月再也未闻妖人风声，可以确信宫中妖人暗桩已被彻底铲除。至少是不成气候了。也可以确信李化熙夫妇之死，更大可能是偶发事故，而非妖人作祟。所以你额娘那颗紧绷的心一放下，居然下棋时都不是那么专心了。”

听淑太后提到李化熙的名字，顺治帝面有凄然之色，“朕这段日子以来，也时常想起那个秃尾巴。”

皇太后揩了揩眼角的泪，“皇上，你这段日子消瘦了，而且好长日子以来，也没听到你的笑声了。”

顺治帝：“那或是朕，长大了吧?”

皇太后：“自从李化熙死后，我们所能仰仗的人，恐怕只有高长奎了吧。”

苏茉儿在一旁插嘴道：“高长奎确实能干，宫里十三处妖人党羽盘踞的暗桩，悉数被他窥破拔除。若不是他，这段日子也不会这般的安静。”

皇太后正要再说什么，突听大布吉厉叱一声：“那边是什么?”

众人惊抬头，只见极远之处的宫墙一角走出一个宫人。

长发覆面，白衣赤足。那般诡异的样子，与这座修葺得富丽堂皇的皇宫，极不协调。

接着是第二个。

一样的打扮，长发覆额，净素白衣，赤裸着双脚。

第三个，却是个太监，垂手站立，望着这边，远远地就能感受到那个人身上浓烈的死气。

接着是第四个，第五个。

越来越多，悄然浮现于黑暗之中的宫人太监越来越多。

渐有几百人。

数量仍然在增多。

阴气森森，将这座小小的宫殿，团团包围了起来。

03

突然间看到这么多诡异的宫人太监，小扣子第一个急了，“大胆，谁让你们穿得这么怪里怪气，大半夜出来吓人的？都给咱家散开！”

宫人太监无声息，只是低垂着头，以同一的节奏向着这边缓慢逼近。

小扣子：“反了反了，大半夜的这是闹什么！管事的呢？明儿个咱一个个地撤你们的职！

十几名女官及管事太监出现。

但他们也是同样的诡异打扮，女官白衣赤足，管事太监一脸阴森森的死气。

足步不停，向着这边逼近。

小扣子：“哎哟喃，还真反了你们！高长奎，你赶紧过来呀，快点把这些东西驱散。”

“来了来了。”负责皇宫安全的高长奎抱剑而出，身后是一排侍卫。

他来是来了，可是并不动手驱散那些诡异的宫人，而是静静地站于一株树下，默不作声地看着。

小扣子：“高长奎，你待在那里干什么？没看到这些东西就要冲过来了吗？快点把他们赶走呀。”

高长奎笑道：“我这不正等待陛下的圣旨吗？”

“嘿，你看他这个不紧不慢的臭脾气。”小扣子无奈，看了看顺治的脸色，振声道，“传陛下圣旨，命内大臣高长奎，速速驱走是夜为乱的妖人，不得有误。钦此。”

小扣子宣旨过后，却见高长奎恍若未闻。

小扣子：“高长奎，你快点接旨谢恩呀。”

高长奎笑了，“高某身负国恩，护卫六宫危安。但从未曾听闻逆乱贼酋也可以僭越皇家威严，擅传什么圣旨的。对此贼命，高某如何肯奉？”

哐的一声，皇太后拍案而起，“是你，原来是你！

“高长奎，那夜妖人会上，一切险象环生的隐密布局，不过是为了把你这枚钉子钉入皇城内宫！

“你究竟是谁?”

04

踏前一步，高长奎失笑道：“贱婢妖后，乱权贼子，你们当真不识得我吗?

“我祖父，便是建州苏克素浒部图伦城的城主尼堪外兰。

“当年你祖努尔哈赤与我祖尼堪外兰各奉其主，努尔哈赤有心争夺天下，而我祖父尼堪外兰却是追随明将的属官，在一场围城之战中，为争功而误害了努尔哈赤的父亲。

“努尔哈赤以此为由，誓杀我祖父尼堪外兰，实则是借此攻城略地，壮大实力，获得与明廷相抗衡的资本。

“努尔哈赤先攻图伦城，再下萨尔浒，夜取兆佳城，再战玛尔墩，长驱千百里，大小千余战，终于成就不世威名。彼时明军见努尔哈赤势力坐大，非但不图压制，反而屈膝求好，斩我祖父尼堪外兰首级进献。

“我祖父尼堪外兰死后，努尔哈赤攻破图伦城，城中所有人沦为奴隶，包括当时年方七岁的图伦公主瑚莲。图伦公主被赐予努尔哈赤部将为奴，几经辗转，落在了努尔哈赤孙子豪格的府中。如尔等所知，屈沉于各府的婢女，哪个不是凄惨之至，任人蹂躏?最终图伦公主于马厩中生下了我。

“而我，生下来就是奴隶。

“我在肮脏的地面爬行，但我的血管里，终究是流淌着图伦族人高贵的血液。

“所以我长大而后，得蒙仙缘，开启灵智，架空了豪格，盘踞于肃亲王府。”

苏茉儿突然尖叫一声，“你哪里是什么高长奎?

“原来你是肃亲王豪格府上的管家，索不丹!”

索不丹放声长笑，“哈哈哈，这世上哪来的什么高长奎，原是我索不丹奉仙人之命攻破北京城，掏空亲王府。

“不想王府中的几名福晋俱是有见识之人，尤其是小福晋苔丝娜，原本是蒙古部落的军中之人，是早年林丹汗的八大福晋之一。妖后将其安插在肃亲王府，原是宫中暗桩，用以控制豪格。豪格败亡，想必她们都已隐匿宫中。这些人心智过人，是以我终究被她们追查到。万般无奈，只好借军前之战假死脱身，化为高长奎。正如妖后所说，此前一切，只是为了今日这一刻。”

顺治帝彻底惊呆，“高长奎，又或你是什么索不丹，虽然你处心积虑，可你所说终是往事风云，而朕待你确曾是一片真心啊。”

索不丹失笑，“逆贼福临，你窃居皇位久矣，今日天子御前，还不知悔改吗?”

言讫，索不丹跪下，“奴才索不丹，恭迎圣驾。”

两排金甲侍卫簇拥着一个身着蟠龙黄袍的年轻男子，于暗夜中翩然而至。

05

失惊之下，皇太后、淑太后及顺治帝腾的一声立起，震骇地看着那一行人。

蟠龙黄袍男子信步踱来，足步不疾不徐。

所有白衣宫人、司礼太监齐齐跪倒，“奴才恭请陛下圣安。”

蟠龙黄袍男子拂了一下衣袖，转向这边，“妖孽庄氏、逆贼福临，朕已亲临，尔等还不自裁谢罪，更待何时？”

苏茉儿再次惊叫起来，“锡翰，你是贝子锡翰！”

锡翰身后纵出一人，身材雄伟，铠甲夺目，手执长刀，“大胆苏茉儿，陛下面前擅敢不跪，还敢直呼陛下名讳，敢是想被诛族吗？”

看到这人，顺治帝再次被气绝，“詹岱，你是詹岱。朕何曾有亏于你？你本是多尔衮身边的一个小小侍从，朕将你擢升为内务大臣，兼议政大臣。可是詹岱，你就这样回报朕对你的信任吗？”

淑太后却失笑道：“陛下你醒醒吧，还看不出来吗？这个詹岱与索不丹一般无二，都是妖人的暗桩。索不丹负责攻破肃亲王府，而詹岱则攻破了摄政王府。前番我们对詹岱信任有加，命他放手于摄政王府中诛杀妖人党羽，当时老五就说杀到最后还不知道是谁在追杀谁呢，现在看起来果不其然。”

皇太后终于站了起来，“锡翰，原来你就是那夜于妖人会上买下帝业之人。锡翰啊锡翰，说起来你也是太祖努尔哈赤最小的弟弟巴雅喇的儿子，同出皇家血脉，你如何依附妖人，惑乱宫闱？这岂不是令亲者痛，而仇者快吗？”

锡翰笑了，“尔等说什么昏话？这帝业之基，莫非不是朕的？这普天之下，莫非不是朕之所属？”

皇太后气得全身颤抖，“锡翰呀锡翰，你勾连妖人，就不怕上天一个雷劈死你吗？”

锡翰：“妖后你够了，你窃居帝位，秽乱后宫，生灵涂炭，德政不修，于今是拨乱反正、规复朝纲的时候了。”

顺治帝开口了，“额娘莫要担忧，纵锡翰谋局日久，由詹岱与索不丹分别掌控了内外军权，但内阁尚有值员留守，不消一时三刻就会听到动静，起来救驾。”

小扣子尖叫一声，“陛下，值守的内阁大臣来了。”

一扇宫门打开，内阁大臣巩阿岱、西讷布库带着人冲进来，“陛下，陛下，突闻宫中惊变，奴才救驾来迟，请恕臣之死罪！”

06

听到内阁大臣的声音，顺治帝心下稍安，“两位爱卿，朕在这里，速速与朕驱逐贼党，朕自当论功行赏。”

那边的锡翰也笑道：“两位爱卿，朕在这里，速速与朕驱逐贼党，朕自当论功行赏。”

两名内阁大臣仔细瞧瞧顺治帝，再瞧瞧锡翰，突然间齐齐指向顺治帝："大胆福临，竟然身着龙袍，私入禁中，更兼与妖孽庄氏勾连祸政，如此冒渎皇家天威，莫非是小视我天朝律法不成?"

"你们……"顺治帝惊得唇齿青白，"你们……原来你们也是妖人党羽?"

锡翰叹息了一声，"福临呀福临，你小时候，朕也是亲自指点过你读书的。书中的万千慧智，你若然是读懂了一字半句，又何至于落到今天这个地步，公然谋逆，为天下人所不齿?"

锡翰的声音未落，詹岱、索不丹、巩阿岱并西讷布库，齐声厉叱道："陛下何等慈恩，万语千言，无非是怜尔愚昧，不欲赶尽杀绝。妖孽庄氏，逆贼福临，于今还不服罪授首，更待何时?"

说到最后一句，千余宫人、太监随之厉吼，"妖孽庄氏，逆贼福临，于今还不服罪授首，更待何时?"

千人厉呼，动地惊天，仿佛整座紫禁城，为之摇动。

这声音，这阵势，令得顺治帝与皇太后等几人，莫不是怫然变色。

妖人们最后一声厉吼，分明是演练过多次，语气节奏拿捏得恰到火候。

他们是什么时候演练的? 这么大的阵仗，断非三五日之功，更不可能一点消息不会走漏。可偌大的紫禁城中，顺治与皇太后等人，竟然连丝毫音讯也未得闻。可知这座皇城，事实上早已易主。

皇太后面沉如铁，低语道："退入室内。"

吓到腿软的小扣子慌里慌张地搀了顺治帝当先而行，俟后是皇太后。淑太后手执两柄小巧的蒙古刀，护在皇太后身前。最后是大布吉，长刀高举，厉嘶道："六宫诸人听令，逆贼入宫，欲篡皇家基业。望诸位莫负国恩，与我仗剑而起，逐杀逆贼，护卫天子!"

大布吉长呼未止，就听四面八方，无数人同声应和："杀逆贼，卫天子!"

震耳欲聋的喊杀声中，宫人太监披发跣足，各执器械，疯狂地扑杀过来。

07

五人退入宫室。

大布吉当门而立，淑太后守在窗前。

鬼魅般的宫人太监逼至门前，忽然止步。

议政大臣西讷库布上前一步，"陛下，为何如此仁德，任由这几个妖孽肆虐，却不将其绳之以法呢?"

锡翰笑了，"几位爱卿，朕知道这是你们心中的疑惑。妖后庄氏及逆贼福临，乱政久矣，蒙蔽了天下人之视听。如今我奉天之命，荡涤污垢，理应除恶务尽，却因何不急不躁呢?"

"是啊陛下，"索不丹在一边道，"陛下圣聪，果是非凡，奴才们心里想什么，丝毫也瞒不过陛下的眼睛。"

“哈哈哈，”锡翰仰天长笑，“诸位爱卿啊，你们可知庄氏一党，盘踞于宫中几多时日？这禁城上下，又有多少福临一党伺机为恶？朕之所以不疾不徐，确是朕心存不忍，给了逆贼以充足的悔过机会。但更主要的是，朕更想借这个机会，让逆党们自行跳出来，也省得朕再一个个去寻找。此之谓除恶务尽，不留后患。”

“哈哈哈，”詹岱、索不丹、西讷库布及巩阿岱等人，齐齐放声大笑，“陛下圣算，果非奴才们所能想象。哈哈哈。”

笑声中，漆黑的夜空忽然有微弱的红光闪现。

众人转向红光绽现的方向，就听锡翰说道：“看那边，那应该是三妖后所在的宫殿。我听闻宫中诸妖，属这个娜木钟最是凶悍，其人原来是蒙古林丹汗后宫的八大福晋之一，久历沙场的马上女将军。后林丹汗与我朝争竞天下失败，八大福晋入盛京，以示臣服之意，实际是林丹汗部布伏下的暗桩，随时准备倾覆我朝。然而这诸多暗桩却逐一被妖后布木布泰所收服，沦为逆贼福临的爪牙。于今这些男女蛇鼠一窝，犹自不知悔悟，困兽犹斗，与事何补？”

索不丹沉吟道：“果如陛下所言，那冲天的火光，当是娜木钟临危死斗，纵火焚宫。奴才此前图谋宫中之事，唯那里最难撼动。娜木钟身边的宫女个个都是习武之人，悍不畏死。但恐今夜，这些为非作歹的妖孽，再无机会看到明天的太阳了。”

说到这里，詹岱持刀在手，纵身上前，冲着房间里大喝道：“房内诸人听了，陛下有旨，虽庄氏一党盘踞宫中日久，但陛下圣心仁厚，只究主谋，不问从者。只要尔等交出逆首福临、其母布木布泰及逆党淑氏，陛下即可赦免尔等死罪。”

锡翰也笑道：“布木布泰，你也算是见过世面的女人了，不会不懂得困兽之斗，终是无益。尔等倒行逆施，秽乱宫闱，悍然篡夺大宝已然是个败局，再无回天之力，真的要死不回头吗？”

风起，四面火把高燃，无数双眼睛紧张地盯着那扇脆弱的门。

门内，悄无声息。

锡翰下颌微挑，索不丹及詹岱二人各持长刀发声喊，哐的一声砸门而入。

宫人甲士，随之涌入。

少顷，索不丹及詹岱两人满脸茫然地提刀出来，“人呢？

“屋子里边是空的。

“妖后及福临逆党，消失不见了。”

08

长长的甬道中，两侧凿有龛洞，里边是一盏盏的长明灯。

苏茉儿当先，皇太后随之，顺治帝由小扣子搀扶，满脸迷惘之色，再后是淑太后与大布吉。

在急匆匆地奔行中，顺治帝嘀咕了一句，“额娘，想不到你……还有这一手。”

皇太后冷笑道：“皇帝，你真以为八年前我们自盛京入北京，我亲拟图纸要求于紫禁城重设崇德五宫之旧制，只是因为怀旧吗？

“你真以为我都做了皇太后，却仍然恋栈于这坤宁宫，只是习惯了吗？

“那只是我知道，或迟或早，我们会遇到这一天。

“所以早在修葺紫禁皇宫之初，我就秘密设下这条甬道，为的就是妖人大举侵袭之时，也好有个逃生的后路。

“我何尝希望这条暗道真的能够用上？

“可人算不如天算。

“我们谋算日久，却步步落在人家的算计之中。

“我们重用詹岱，重用索不丹，重用西讷库布，重用巩阿岱。但举凡我们重用之人，无一不是妖人之党。

“我们用这些人大肆捕杀。

“可最终捕杀的，应该恰是那些最支持我们的人。

“从你祖努尔哈赤的建州时代开始，从你父皇太极的盛京时代开始，直到今天，我们每一步的算计，都是由妖人操纵，步步落入圈套。

“四十年了，他们终于完成了全部的布置，开始收网。

“我们用尽了心智，却始终是步步失机，直到此时的满盘皆输。

“因为我们遭遇的是天下无双的帝王算。

“算尽人心，直落天下。”

淑太后幽幽地说了句：“纵是帝王算，也终究算了四十年。哀家倒是希望他们能把时间算得更短些。”

话音未落，忽然间诸人腿脚酥软，不约而同地身体下蹲，咦了一声。

大布吉最先反应过来，“娘娘，好像是地震了。”

仿佛地动山摇，脚下的地面如一条船，激烈地晃动着。顺治帝、皇太后与太监小扣子跌成一团，大布吉用身体挡住头顶上轰然洒落的泥尘。

少顷，地面的晃动渐缓，但大家都感觉到奇怪，地面似乎正在上升。

头上轰的一声巨响，泥尘飞溅之处，诸人看得清清楚楚，暗道两侧的洞壁，仿佛被一股神秘的力量抽离。遥远高空的星辰，伴随着漫洒的泥尘，突兀地出现在眼前。

脚下的地面仍然在上升。

暗道破土而出，顺治帝满目惊悚地看到自己正位于太和殿前广场的位置，广场四周排列着整整齐齐的白衣宫人与太监。

人皆火把，披发跣足，神色呆滞。

锡翰、詹岱、索不丹、巩阿岱及西讷布库等人，神色漠然地看着他们，就仿佛他们的暗道突然从土中钻出来是再正常不过的事情了。

地面仍然在上升。

这条深伏于地下的暗道，此时竟然变成了一座高悬的平台，缓缓升入空中。

一个凄恻的声音在黑暗的高空中响起：“是时候了。”

09

听到那可怕的声音，顺治帝与皇太后齐齐仰头，“妖人，你真的没死?”

“嘎嘎嘎——”怪笑声中，一个似鸟而非鸟、似人而非人的怪物浮现出来。他扑动着羽翼，缓慢地围绕着高台打转。他的声音，此时更是阴森森，毫无半点烟火气。

“死亡，那大概是你们人类最为恐惧的事情吧？本仙自虚空而来，何曾有过生？又怎会有死？

“非生非死，非死非生，这才是生命真实存在的意义。岂是尔等愚蠢的人类，所能企及?”

淑太后于高台上跳起来，厉声道：“妖物，你纵不死，也曾于那地牢之中，被我一支火把烧成灰烬，还敢死缠不休，肆意张狂吗?”

“嘎嘎嘎，”妖物惨笑着，“美丽的人儿啊，何必如此之重的杀气？囚本仙于死笼，纵火焚之的，又岂止是你？四十年前努尔哈赤曾经干过，二十年前皇太极也曾干过。可是本仙已经再三提醒过尔等，生或死，那不过是你们低劣的人类的存在方式，尔等的杀戮手段，岂会伤及本仙之汗毛?”

皇太后颤声道：“妖物，你四十年苦心孤诣，今日终于得手。终是我布木布泰智算不足，为你所乘，又何必说此无益之言?”

嘎嘎嘎，妖物笑道：“美丽的皇太后呀，于虚尘之间，本无时日，所谓四十年的苦心孤诣，又算得了什么?”

顺治帝叱声道：“妖物，你自虚界而来，为祸世间，这倒罢了。难道你之所行，毫无天理不成？于今这大清基业，是自我祖努尔哈赤以来，历三代人，无数鲜血与牺牲堆垒而成。朕何辜？自登基以来又有何错？尔竟如此这般死缠不休？那边的锡翰，他又有何德何能？你意欲将这万里江山付诸他?”

妖物失笑道：“福临呀，你这个问题问得极好。

“你的问题，恰好回答了你那美丽迷人的母亲的困惑。

“布木布泰呀，你适才说，你是因智算不足才落入下风，终为我算。

“你这话错了。

“错之极矣！

“实不相瞒，你是天地之间罕有的奇女子，智算之术，世间无双。纵横千万里，上下千万年，能够与你的智算策术相匹敌者，几稀。

“无论是此前的不世英雄，抑或后来的盖世豪杰，论及帝王策算，恐无人能与你相敌。

“美丽的布木布泰呀，你十二岁时，自行悟得开栏策术，懂得了篱笆不可扎牢，渔网须得有洞的道理，并以此策术获得了草原上奔行最疾的马中之王。此后入宫，我派遣杀手榜上第一名的大布吉前去劫杀，又遭你人心之算，令得大布吉当场弃械，终生追随。嗣后你入盛京，辅佐皇太极，连拔我布伏的数十暗桩。可以说你的策算，儿与我的仙术比肩，多次令本仙无可奈何。最终迫得我伏奇兵于刑部承政额尔格图府中，准备对你雷霆一击。岂料你另开天地，弃盛京皇宫而走，终是驭人策术无双，能得多尔衮这种不世英才为己用。而后你于北京城中，施展拳脚手段，百万军中玉手点兵，一入阿济格军，二入多铎军帐，三入左良玉军营，视江左八十万明军为无物，嗣后更有胆气径闯夔东十三家，与李自成大顺朝皇后高桂英会面。布木布泰呀，一介女流安天下，几个男儿是丈夫？若非是你惊天策术，怎么会有这大清江山的固若金汤？”

皇太后冷笑道：“说这些有什么用？本宫费尽心思，还不是终为你所算？”

“差矣，美丽的布木布泰你差矣。”妖物失笑道，“你不是为本仙所算，是为天道所算。”

皇太后：“此言何意？”

妖物：“答案正是你子福临提出来的问题，他面南称尊，位居人君，素无差池，虽说没什么恩德于万民，可也没做什么伤天害理的孽，何以会失算失位呢？

“原因很简单，你们的错误早在努尔哈赤时代就开始了。

“你们之错，错在权力！”

10

黑暗中，冷风瘁起。

妖物扑展着羽翼，于夜空翱翔，凄声长叫道：“布木布泰，你非为本仙所算，是为天道所算。

“这一算，始自努尔哈赤二十三岁那年忽然生出狂妄之心。

“遂以不凡智慧，踏上帝王之路。

“这一脚迈出，从此永无救赎之日。

“从此每一步，必然是踏着无数人的血，无数孤儿寡女的泪前行。

“权力原本就是建立于苦难之上，建立于不公正之上，建立于残忍与恶毒之上。努尔哈赤必须要以残忍冷酷之心，用杀戮开出一条血路。从此连战不休，每一战，莫不是尸堆如山，血流成河。每一战，莫不是怨毒无尽，恨意弥天。当努尔哈赤基业初成，他已获罪天下，罪无可赦。

“那些仇敌，就是被努尔哈赤掳为奴隶的失败者，他们其中大多数是柔弱的女人，从此为奴为婢，任人蹂躏，从此屈辱积沉，瘐死于沟渎泥粪之中。那入骨的怨直凛九霄，那撕心的毒世代承传。

“一如你今日所见。”

于半空中盘旋个圈子，妖物长声道：“布木布泰啊，你睁开眼睛看看这四方，看看这天下，这里无尽的宫人，被你葬送了青春。这里无数的男子，被你阉为废人。这里有无尽的孤儿寡母，因你骨肉分离。这里有无尽的恩爱夫妻，因你沦为无定河边交叠堆积的森森白骨！

“纵然是骨子里的奴性，让他们接受这一切，匍匐于你那美丽的足趾之下，任你践踏。

“但他们心里的怨毒，如戾火直入虚空。

“所以我轻易地攻破肃亲王豪格府，攻破多尔衮的摄政王府。一如我此前，轻易地攻破太子褚英府，攻破大贝勒代善府，攻破努尔哈赤的弟弟舒尔哈齐府，攻破大贝勒代善的二儿子硕托府，攻破代善的三儿子萨哈廉府，攻破代善的孙子阿达礼府，攻破努尔哈赤的亲生女儿哈达公主府，攻破努尔哈赤的第十一子巴布海府，攻破衙司顺天府。

“我废掉褚英的太子位，我废掉代善的大贝勒，我血屠郑亲王济尔哈朗的父亲、长兄及三兄。我让代善的儿子、孙子背叛他，我让努尔哈赤的女儿叛父，我让哈达公主的丈夫叛妻，我让刑部承政额尔格图的徒弟叛师，我让努尔哈赤的儿媳妇忍辱侍奉奴隶。我让你们亲人互仇，手足相残。我想做什么就做什么，而你们，却只能伏地乞命，垂首待死。

“本仙游走于这凡尘之界，如在虚空。

“因为我游走于人心之中。

“游走于每个人那永世不灭的、对你的怨毒与仇恨之中。

“布木布泰呀，宫中府中，俱为一体。你们身边的任何人，只要本仙走近他，只要本仙挑开他心中无尽的怨毒，他就从此是本仙的人，从此是你不死不休的死对头！

“此为天算。

“犹在人心之上！”

说到这里，妖物突兀一声暴喝：“布木布泰、福临，你们的帝王基业，是坐于无尽的怨毒与血泪之上。尔兀自问我有何失德之处，却不知你之所谓的功德，莫不是生民的血、无辜者的泪，试问今朝报应来临，尔还有何话可说？”

厉叱之下，皇太后与顺治帝双双跌坐倒地。

显系妖物最后那句话，对他们的心理造成了强势的冲击。

至高无上的帝王基业，岂不正如妖物所说，是由人世间无数的不公平、无尽的血与泪、无尽的哭声与绝望、无尽的分离与死亡构成的？

11

风声拂动火把，猎猎作响。

所有人一动不动，连呼吸声都听不到。

只有妖物那可怕的羽翼，兀自在空中展动，御风而行，缓慢地绕着平台之上的皇太后等人兜着圈子。

好长时间，皇太后才说了声：“妖物，虽然你的行为可憎，但适才那番话却是本宫无可辩驳的。”

妖物笑了，“布木布泰，你还以宫位自居吗？

“还不以婢奴之姿伏地，接受胜利者对你的恩赐。”

皇太后：“你想让本宫跪下？任由尔等鼠辈蹂躏作践？”

妖物："布木布泰，你会习惯的，而且也会发自内心喜欢的。毕竟你是本仙于这尘世捕获的最美丽猎物，本仙有权随心所欲地摆布你。"

皇太后："休想，我布木布泰决计不会受鼠辈之辱。"

妖物失笑道："布木布泰，你既落入本仙之局，如何还敢如此倔强？须知你的任何不理性行为，都将化为毒罹之火，十倍乃至百倍地落在你儿子福临身上。"

皇太后："你敢！"

妖物："给我个不敢的理由？"

值此再无转圜，皇太后犹如笼中困兽，绝望地把双手举向高天，"天，天，我布木布泰一世不甘居于人下，难道今日竟要遭此羞辱吗？天，老天，你睁睁眼，睁开眼看看！"

高天之上，响起一个清晰的声音："未必。"

12

高天之上突然响起一个声音，现场的锡翰、詹岱、索不丹、西讷布库及巩阿岱无动于衷。

因为他们认为这是妖物的仙法。

妖物面前，出什么怪事他们都会认为理所应当。

反倒是盘旋于空中的妖物，身形突然震颤了一下。

夜空中，突然响起了轻灵的仙乐。

伴随着那绝美的乐声，是一片明灭的天花漫洒，两个绝美的仙子各执箫管于夜空中浮现出来，看得那些半死不活的宫人太监不由得睁大了眼睛。

淑太后眼尖，"咦，那边的仙子好似死去的愉氏。"

苏茉儿大哭，"是愉姐姐死后英魂不灭，成仙后救我们来了。"

皇太后却有些拿捏不准，"有些不对，一个仙子的确是愉氏，另一个好似是秦淮八艳的侠女卞玉京，可她不是还活在世上吗？"

顺治帝揩揩眼睛，也跟着大哭起来，"卞姐姐，卞玉京，你曾于洪水激流、妖人围困中救过朕。是谁害死了你？告诉朕，朕若是还有来生，定为你报此血仇。"

"不需要陛下费心了。"随着这熟悉的声音，一个男子浮现于空中。

所有人都大声地叫起来："老李，秃尾巴老李，你死后也成仙了？"

"不成仙行吗？"李化熙抱怨道，"你看这个冷僧机，他闹得这么凶。本官若是不成仙，又如何带他回返虚无之界？"

冷僧机？诸人的目光转向那鸟羽花翎的妖物，"你叫冷僧机？你不是锡翰府中的一介家奴吗？"

"李化熙？"妖物的声音带着极度的震撼与惊恐，"你缘何活着？又如何识破本仙的机关？"

李化熙失笑道："冷僧机你这雕虫小技，也敢班门弄斧，你真的当我秃尾巴老李是吃素的不成？"

“不是……”妖物惊恐地在半空中挣扎，“李化熙，算是本仙小瞥了你。你开出条件吧，但属人间所有，予取予求。”

李化熙笑道：“这时候才想起收买本官，未免太晚了吧？”

妖物：“你要如何？”

李化熙：“还能如何？当然是报你三次挑衅我之大仇。

“第一次，你派人将我掳往房山县坡峰岭水库，整日里搬石和泥，差点没累惨本官。第二次，你派杀手于城北鬼宅劫杀本官，害得本官丢人现眼，狼狈不堪。第三次，你派人纵火焚烧我的家，欲将我夫妻并东莪格格尽化飞烟。对了，还有多尔衮府中章姨劫杀我的旧账，这岂止是三次？”

妖物：“你若然今夜放手，我必以无限江山、绝世美姝相献。”

李化熙：“本官府中什么时候缺过绝世美姝？连你这妖物卖货时都抢了本官的妻子来卖。”

妖物：“就算你不缺绝世美姝，那熏天的权势你总是要的。总之你只要今夜放手，此后但有所想，本仙定然超值满足于你。”

李化熙：“诱惑真的好强，然则本官若是不放手呢？”

“不放手……”妖物于半空中突然打了个旋子，竟然是头下脚上，呈悬吊模样。就见李化熙在两名绝美仙子的陪随下，虚空踏步，御风而行，说道：“容臣为两宫太后及陛下，引荐一个祸害。

“这个倒悬于虚空、吱哇乱叫的东西，确系不凡之属。

“他的祖父乃四十年前纵横建州的乌拉部国主布占泰。

“四十年前，布占泰与太祖努尔哈赤因为争夺天下第一美人叶赫那拉氏结怨。最终第一美人被努尔哈赤夺得，她便是我朝皇祖母，生下太宗皇太极，乃有今日。

“乌拉部为太祖攻灭，布占泰逃走，后挟愤而死。临死前对有孕在身的女儿和伦公主说：‘我乌拉部纵然只余一名女子，也要倾覆努尔哈赤的基业，也要蹂躏努尔哈赤的子女，也要让爱新觉罗家族世世代代匍匐于我族人的脚下。’

“发过这个血誓，布占泰就死了。和伦公主被乱兵掳走，发配到太祖努尔哈赤最小的弟弟巴雅喇府中为奴。

“嗣后不久，和伦公主生下孩子。

“就是大家现在看到的这东西，冷僧机。”

13

听到那飞翔于空中的妖物竟然也是肉体凡胎，诸人心思稍定。

淑太后第一个提出疑问：“此妖既然也是人间女子所生，何以杀之不尽？”

李化熙：“是这样，据推断，当年和伦公主于巴雅喇府中生下的孩子极其瘦小干瘪，尚不及正常婴儿一半大小。而且长成之后怪里怪气，圆头尖喙，肋生肉膜，更像只可怖的夜枭，怎么看都不像是个人。”

淑太后茫然地看了看皇太后，见对方也是满脸懵懂，只好摇头。

李化熙振开双袖，在两个仙子陪伴之下，于空中划过一条炫丽的弧线，说道："烦请陛下及两宫太后细想，若然是事情完全脱离于常理，必是我们疏漏了最常见的事物。比如说……"

皇太后突然间一声高叫："比如说双胞胎！"

李化熙："或是四胞胎，也未可知。"

"没错没错，就是四胎胞。"皇太后恍然大悟，兴奋地大叫起来，"原来冷僧机生下来时，是一母四胎，一模一样的四个怪东西。却被其母和伦公主藏起来三个，世人以为冷僧机只有一个。而后和伦公主为报其父布占泰之仇，于公府婢奴之间暗结同盟，勾连算计，更曾于建州的皮家老店公然啸聚，拍卖皇家尊严。太祖努尔哈赤雄才大略，很快识破宵小，捕捉到冷僧机，置其于狭小的龛匣之中，将其处死。由于此事涉及权力隐秘，是以秘而不宣。所以世间以讹传讹，以为太祖努尔哈赤以这种残酷手法幽囚太子及兄弟。

"然而，太祖却不知，这个冷僧机是故意让他捕杀，目的就是为了放出第二个冷僧机，让太祖的心智陷入昏乱，以为自己是和不死的冥神为敌。

"太祖努尔哈赤果然中计，以为妖物系来自图们江畔乌褐岩中沉睡的万古魔神，出于恐惧心理，下旨禁传此类谣言。然而这正落入和伦公主的布局。此后冷僧机开始实施母亲的布局，以此传言蛊惑婢奴之心，立收奇效。

"嗣后，本宫辅佐太宗皇太极于盛京又曾捕杀了第二个冷僧机。但第三个冷僧机再次现身，令得盛京五宫魂飞天外，惊心不定，不得不出逃来到了这北京紫禁城。

"然而冷僧机仍然是追来了，并成功地举办了妖人会，殂杀了本宫与陛下依赖的多尔衮。此后我们在兴安总兵官任珍的府上捕获了第三个冷僧机，淑太后在我们眼前举火将其焚化。

"然而第四个冷僧机又来了。

"就这样杀不死，斩不尽。试想本宫也不过是个人，如何不怕这诡异无算的奸诈手段？

"所以心慌意乱，竟被妖物乘虚而入，攻入禁宫。"

李化熙于空中用脚尖踢了一下如死狗般倒悬的冷僧机，"本官这人生平最是胸无大志，才懒得管闲事。可你一而再，再而三地撩拨本官，如今又有何话可说？"

冷僧机发出一声微弱的呻吟，"李化熙，何须这般执拗？难道你真不渴望万世荣耀、绝代美姝吗？"

李化熙怒气冲冲，"屁话，本官不是说过的吗？这些本官早就有了，还差点被你卖掉！"

李化熙于空中兜旋一圈，忽然道："两宫、陛下，想不想随臣赴天界一游？"

天界一游……顺治帝亢奋地尖叫起来："秃爱卿……不是，总之老李，真的可以带朕游览天界吗？"

李化熙失笑道："本仙生前得蒙两宫信任，陛下恩宠，才获有这得仙之机缘。为今当然是投桃报李，开个小小的后门，带陛下及两宫天界一游了。"

言未讫，忽听几声惊叫，现场诸人眼看着两宫并顺治帝、苏茉儿、大布吉、太监小扣子六人俱各手舞足蹈，笨拙不堪地飞上了天。

侍立于太和殿广场的宫人太监惊骇之下，纷纷跪倒。

14

当两名绝美仙子与李化熙突然于天空现身时，蟠龙黄袍的锡翰与詹岱、索不丹、西讷布库、巩阿岱就这么呆呆地站在地面，仰脸看着。

空中所发生的一切，远超过他们的智力承受极限。

花翎鸟羽的冷僧机在空中飞翔，这是他们能接受的。

在他们心目中，冷僧机是冥界仙妖，法力无边，飞翔在半空什么的，实是再也正常不过的。

但是李化熙居然也成了仙。

而且还带着两个绝美仙子现于虚空之中。

这实在是匪夷所思，让他们的大脑陷入彻底麻木僵硬的状态中。

完全不会思考了。

他们就这样呆呆地仰脸看着，听着李化熙揭破冷僧机肉身不灭的秘密，知道所谓的妖仙并非是杀不死，而是一母四胎的孪生兄弟。

他们就这样呆呆地仰脸看着，看到冷僧机几次说服李化熙失败，竟然全无还手之力。

他们就这样呆呆地仰脸看着，看着两宫及顺治帝六人，在李化熙的承诺之下，突然之间翩入空中，如飞仙般游弋飘浮。

看着李化熙等人的身影于暗夜虚空彻底消失。

但他们还是仰着脖子，就这么呆呆地看着。

他们已经失去思维，浑然不知自己是谁，不知道这是什么地方，不知道这里正在发生什么。

就这样呆呆地仰望，就这样一片死寂。

远处响起了士兵疾奔的足步声，伴随着将佐急促的呵斥。

骁骑营的一排士兵冲了进来，迅速散开，将锡翰等人圈在中间。

一声咆哮似的咳嗽声，鳌拜满脸酒气地走进来，“锡翰、西讷布库、巩阿岱、詹岱、高长奎，果然是你们这些人。

“锡翰，你知道自己在干些什么吗？

“身着蟠龙黄袍，夤夜入宫，这叫什么？你这叫僭越皇家体制！

“是不是真的以为没人管得了你了，嗯？”

锡翰猛地打了个寒战，震惊地看着自己身上的蟠龙黄袍。那眼神，仿佛他这辈子头一次看到这东西，“鳌拜，这是怎么回事儿？是谁给我身上穿上这个？”

鳌拜无奈地摇头，“锡翰呀锡翰，你可真是越活越没出息。一闯出娄子就假装自己一无所知。你说你这打小惯出来的坏毛病，什么时候能治好呀？

“全部拿下。

“先押入天牢。

“嗣后是由天子亲自发落，还是交由宗人府，看你们的运气好了。”

15

飞翔在半空中，顺治帝气恼地看着胸前那条黑色的绳子，满脸的悲伤失意。

唉，朕还以为秃尾巴真的成仙了呢。

想不到又是一次大忽悠。

原来妖物夜风飞翔，并非什么冥界妖术。

就是黑夜之时，身上缚了根肉眼看不到的黑色绳子。

再由上面的人牵动着，造成一种妖人遨游于虚空的幻象。

原来……

一只大手抓住顺治帝的肩膀，“陛下，龙体无恙吧。”

无恙才怪！仰脸看到卓礼克图亲王吴克善的脸，见舅如见娘，顺治帝委屈地大放号啕，“舅舅，朕被李化熙那泼皮戏弄惨了。叵耐朕都到了九幽冥府的门口了，李化熙还不紧不慢……呜呜。”

“不是……这个……”吴克善为难地搔头，“陛下，不是舅舅托大替李化熙求情，实是那个，唉，你看他现在这个样子，怕是熬不过今晚了。”

顺着吴克善的手指，顺治帝定睛看时，只见李化熙四脚朝天，被淑太后暴打，“该死的秃尾巴，你气死哀家了，枉哀家对你托付性命，你竟然坐视妖贼入宫，几乎要了我们几人的性命。李化熙你枉负国恩，杀你千刀犹自难解哀家心头之恨！”

大布吉和苏茉儿在一边助威，“打，打死他这个祸害，他简直比妖物冷僧机还可恨！”

“不是，陛下你替微臣说句话呀……”李化熙不敢反抗，只是绝望地向顺治帝伸出求救的手。

顺治帝举目四看，发现自己站于一条悬空的栈道之上，栈道两端架于太和殿前的两幢堞塔之上。对面的堞塔上，吴克善的四弟满珠习礼正向他做出个绝对安全的手势。

皇太后由大布吉搀扶着站起来，走到被淑太后暴打的李化熙身边，“你这个祸害竟然还活着，那你妻子和东莪格格也应该没事吧？”

未待李化熙回话，皇太后的眼神掠过侠女卞玉京，“秦淮人物在此，她们两个应该都藏在铁狮子胡同吧？”

卞玉京执礼，“太后聪慧，果是如此。”

皇太后长松了一口气，“有你卞玉京在，难怪李化熙能够逃得一劫。还有，愉氏你也还活着，侥天之幸，让本宫心里好生宽慰。”

愉氏回道：“谢过太后挂念，那一夜奴婢中箭落水，是龚鼎孳带了秦淮中人沿水路一径寻找，最终将婢子从中捞出。”

皇太后听了道："早在盛京之时，你奉了哀家之命，先行揭发二贝勒阿敏杀良冒功的残暴之举，再行潜入阿济格府防范妖人入侵，嗣后又在那一夜的妖人会上舍身救主，力敌阴兵，已经把一条命给了皇家。现在你这条命系秦淮中人所赐，此后你不再是我皇家婢奴暗桩，天高地远，任尔自由。只是你须记得，时常传递点好消息入宫，也好让本宫寂寞之余解解乏闷，替你高兴高兴。"

愉氏伏首，"婢子谢过主子隆恩，此生此世，不敢忘怀。"

皇太后向李化熙走过去，"四姐不要再打了，你出手太重，怕他消受不起。"

淑太后哼了一声，起身揪住李化熙的衣领，"秃尾巴，你既然假死匿藏，而且探知妖人今夜发动，为何不提前透露点风声给我们，让本宫担惊受怕？你知不知道李化熙，你再稍晚露面，我等诸人定然是自尽当场，宁死不辱，你……"

李化熙委屈地大叫："太后，不要再打了，臣并不知道妖人今夜发动，臣又不是真神仙，哪里会知道得这么详尽？"

吴克善在一边证实道："他应该是确实不知道，好像是为了计算八年前修葺皇宫的土方容积，所以今夜来我府中核实。他露面时把我也吓了一跳，以为他真是从冥府归来。后来我听了他的推断，感觉事情不妙，立即与他一起勘合，勘合的结果竟发现皇宫之中另有妖人的诡秘布局。而且这布局已经完成，若非今夜，必是明天，妖人必然大举入宫。是以我惊慌之下，急忙叫上你四哥察看京畿动静，却发现此夜的皇宫已被谭泰、何洛会、拜音图及巴哈纳四人各统兵将于四面围定。我等方知宫中必有大变，所以才……"

皇太后："大哥，叫李化熙自己来说。"

16

"具体的情况是这个样子的……"

李化熙叙述时，偷偷抬眼，瞥了瞥怒气冲冲瞪着他的顺治帝、两宫太后等人，意识到这些人火气大极，索性闭上眼睛，自顾说下去，"臣这段日子，实际上仍然在追查八年前的南宫库府板材失飞案。这桩案子已经过去好久了，实际上已经无人记得了。但臣这个人吧，比较爱钻牛角尖，总觉得那桩案子实在是蹊跷非常。

"蹊跷在哪里呢？

"蹊跷就蹊跷在，失踪的板材数量对不上。

"据臣查证，那一夜失飞的板材，三成去了多尔衮的摄政王府，三成用来秘密修建知非子的福缘观及城北的鬼宅，后来用在了妖人会上。可还有四成去了哪里？又做什么用了？

"那么多的建筑材料如悉数掌握在妖人之手，那可以布多少局？改变世间多少结构？

"臣断定，这些久查不获的建筑材料势必为妖人最后一击，必然会陷陛下、两宫于苦绝之境。"

说到这里，李化熙环顾四周，见诸人脸上都带着不以为然之色，于是他加重了语气，“请陛下深思、两宫详查，妖人只用了三分之一的建材，就改变了房山坡峰岭地理，造成北京城洪水滔天，化多尔衮的绿营攻势为无物，就现出妖影满天，阴兵肆意扑杀陛下。只是不足三分之一的材料，就让房山地区多出一个水库，于今他们手中掌握着更多的材料，那又是何等可怕的布局？纵然是妖人将整个北京城翻转，也不足为奇！”

话说到这里，诸人唯有点头不迭，深以为然。

李化熙长松一口气，语气变得轻松起来，“由是臣思之，那么多的建筑材料，使用起来断不会悄无声息。如臣此前所言，能于北京城中动用如此之多建材的，唯有皇家与焦曰白府。但那暴发户焦曰白府中的查缉结果，可断定他只是妖人设置的备选方案，失踪的建筑材料并没有用在焦府。

“那么就只剩最后一种可能：

“这些建材，用在了皇宫修葺上。

“由是臣先行去找当时修葺皇宫的工部左侍郎叶初春，可是陛下、两宫知道，他不仅账目上一塌糊涂，材料度支更是乱到极点。可以两宫之睿智，放着那么多的精明人不用，何以非要用这个糊涂蛋呢？

“臣意识到，两宫在皇宫修葺上有可能动了手脚。

“之所以要用糊涂虫叶初春，就是为了掩盖这一点。

“可这样问题就来了，倘如两宫的算计瞒过了天下人，却偏偏没有瞒过唯一要瞒的妖人怎么办？

“臣怀着巨大的惊恐之心，寻求证实这个可怕想法的路数。

“糊涂的叶初春指望不上了，臣只剩下最后一条路：

“计算皇宫修葺时输出的土方总量，以此来推断当时皇宫施工的具体工程。

“于是臣在妖人纵火焚家之后，趁机将妻子及东莪格格藏于铁狮子胡同。如果说于今北京城中，唯有一个地方妖人无法攻破的话，那就是铁狮子胡同了。

“总之吧，根据臣之测算，算出这皇宫之内，应该有条隐秘的暗道。

“这当然是根据当时土方输出量，计算出来的。

“但如果配上那失踪的四成建材，这条暗道的工程应该更为可观，完全可以再现城北鬼宅妖人飞天之旧景。

“也就是说，两宫太后有可能落入妖人算计了。

“算明白这一切，臣吓出一身冷汗，急忙去找卓礼克图亲王。值此今夜，北京城中已是诸营出动，三步一岗，五步一哨，把个皇宫团团围定。是以臣断知妖人必于今夜举事，事先掏空诸营，外控京畿，内控宫禁，待完成禅位篡权，明日百官临朝，见得龙椅之上已是他人，却又有何计可施？

“所以我和卓礼克图亲王商议，夜张王爷旗号，冲破禁军封锁，看看北京城中诸公府将军哪家枕戈待旦，哪家仍如往常。

“枕戈待旦者，纵非妖人同党，也是知变之人。

“唯行止如常者，可断其人与妖人无涉，或可依赖。

“卓礼可图亲王和弟弟满珠习礼在北京城中搜了一圈，却发现几乎每家王府将军都明显知情。而何洛会、谭泰、拜音图及巴哈纳，实际上已经扯旗造反，他们公然从四面将皇宫团团围定，禁止任何人出入。若非改奉妖人号令，他们岂会如此？

“最后，卓礼克图亲王找到鳌拜府上，发现只有这个憨人一如既往，府门前高挂灯笼火把，正和数十个壮健的奴丁摔跤。是以卓礼克图亲王矫天子令，命鳌拜立起府兵，杀入皇宫护驾。

“是夜我们合三府之兵，强行突破谭泰的防线，冲了进来。看到这里妖党群列，静然等待，再看这四周的格设陈列，本官终于明白了，妖人已经将陛下、太宫逼入暗道，而当陛下、太宫自暗道逃到这里时，机关就会发动，届时暗道将破土而出，升上地面。而妖人由同党在这里系上黑色绳索，悬空而下，势做飞天。如此算计，终将击破陛下及两宫的心理防线，以为人算之力终不及天。就会让陛下、两宫放弃抵抗，垂手将万里江山相让。

“是以我等急忙登上堞塔，悄然斩杀拉着绳索的妖党，然后臣又听了卓礼克图亲王的建议，与愉氏并卞玉京一起悬下，于空中喝止妖人，震慑同党，这才有机会从死生险地将陛下、两宫救出。

“臣并非是有意排遣陛下、两宫。

“实在是妖人的算计太过于周密，臣的脑子又有些不够用，勉强做到这一步，终究是惊吓了陛下、两宫，尚请降罪于臣。

“臣，在此叩谢皇恩。”

17

李化熙说完，静伏于地。

顺治帝及两宫，却始终不发声息。

他们都被妖人的算计惊到了。

原来八年前那看似普通无奇的板材飞失案，却隐藏着这么大的后手。

好半晌，顺治帝终于开口了：“李化熙?”

“臣在。”

顺治帝：“你是如何察知妖人的真实身份，得知他是锡翰的家奴冷僧机的?”

李化熙：“回陛下，这个一点也不难。臣在计算皇宫修葺的土方容积时，走访当时的工匠，得知皇宫修葺之时，贝子锡翰最是热衷，他的家奴冷僧机至少有两次进入工程现场。当臣注意到这个人，再在脑子里替他易易容，装扮装扮，一只活生生的夜飞妖物，就差不多全都卯上了。”

顺治帝：“是这样，李化熙?”

“臣在。”

顺治帝：“明日起，你不需要上朝了。”

“嗯?”

“带着你的妻子，回你的老家吧。”

李化熙如释重负，“臣，谨遵圣旨。”

“还有，”顺治帝续道，“朕也要和你一起走。”

什么……李化熙惊呆了，“陛下，你废黜臣倒也罢了，反正臣也不想再干了。可是陛下你废黜自己……这怎么可以？”

皇太后急了，“皇上，你这是干什么？”

顺治帝转向皇太后，“额娘，还记得妖贼冷僧机适才所说的话吗？爱新觉罗皇族的万世江山是建立在生民涂炭之上的，是以朕想去一趟五台山，为本朝这偌大基业积年来屈沉冤死的无数生灵做一场法事。”

“可是皇上……”皇太后急切相劝，“你身为一国之君，岂可擅离京城？”

顺治帝：“额娘这是说的什么话。朕出宫远行，非止一次两次了。难道额娘是信不过秃尾巴老李，怕他把朕也卖了吗？”

“卖了你倒是未必！”皇太后气道，“但秃尾巴这货，做事总是慢上一拍。”

顺治帝转过身来，“要不额娘，咱们一道去？”

皇太后：“可是这国政……又该如何处理？”

淑太后急道：“哪里有什么狗屁国政？就让鳌拜跟范文程他们处理就好了。自古百姓的苦难，九成九是官府造成的。所以这治理天下，只要朝廷少出点乱子，就是天下百姓之福了，难道不是吗？”

也有道理。

18

夕阳西下，龚鼎孳携顾横波泛舟西湖上，词曲唱和……

第二十八章　妖风再起，后患无穷

北京城中，锣鼓喧天。

一顶花轿摇摇摆摆，到得鳌拜的一等公府邸。

鞭炮震天，鼓乐齐奏，身披大红袍、胸戴大红花的新郎官鳌拜被宾客们簇拥着迎出门来。

司礼高声道：“有请新郎搀扶新人落轿。”

鳌拜喜形于色，咧着大嘴，上前替新娘子撩起轿帘，搀扶着新人迈过门槛。

宾客们凑趣高喊：“鳌拜大人，您今儿个可真是三喜临门。陛下亲旨，擢您为议政大臣，算是和苏克萨哈平起平坐，权势之重不亚于当初的庄亲王济尔哈朗。这是第一喜。大人检举谭泰出言不逊，恶谤主上，大理寺掬查得实，谭泰伏法，其奴丁家产尽数赐予了大人。这是第二喜。还有第三喜，大人今日迎娶北京城中最美貌的小福晋，英雄美人，从此闺阁情趣，有甚画眉，实在是羡煞天下人，哈哈哈。”

“哈哈哈，”鳌拜兴奋得不能自已，“各位各位，咱们今儿个高兴归高兴，可别捡着戳心窝子话往胸口上捅。谭泰那事其实……唉，说到底都是死生与共、一起打天下的老兄弟呀，只因为各奉其主……呃，那个，总之我鳌拜并非是出面首告卖友求荣的小人，纵有护驾之功，也是咱做奴才的本分。可陛下发布的这邸报，有的没的乱说一气，唉，咱们做奴才的原本不该议论主子的对错，只不过擢功加封原本是好事儿，却非要……这个未免……未免让本座心理压力剧增。”

众宾客听出了不对，“鳌拜大人，您是说有关谭泰，还有近日处死的何洛会、詹岱、高长奎等人一系列事变，另有内情？”

“这个……”鳌拜眨眨眼，“本座可没说过这种话，你们要是瞎说，可知被那个秃尾巴老李捣毁的顺天府近日重新开张了，你们难道想成为第一批进门的客人吗？”

“别，可别。”众宾客慌了神，“鳌拜大人，今日是您三喜临门之日，咱们不说煞风景的话，只管高兴起来就是。”

众宾客簇拥着鳌拜拦腰抱起刚娶进门的小福晋，一行人穿堂入室，到得新婚洞房。

看着鳌拜把小福晋放在炕上，掀起盖头。众人一拥而上，抄胳膊架腿，强行把鳌拜从小福晋身边拖开，“小福晋你已经娶回了门，又飞不了，你又何必如此猴馋模样？赶紧过来喝你的吧！”

鳌拜被宾客们强行拖走，婚房内只有几个姑婆丫鬟，唠叨着收拾着小福晋带来的嫁妆。

小福晋一动不动，静静地坐在床上。

外边的喧哗声越来越大，婚房里的丫鬟姑婆按捺不住凑热闹的心态，不停地探头向外边张望。

少顷，有个姑婆找了个理由出去了。

接着又一个，又一个。

所有人全都走光了，跑出去看热闹。

只有小福晋仍是静静地坐在床上。

帷幕之后，响起了轻微的足音。

那足音若有似无，来到了小福晋的面前。一个声音哧哧地笑着，似人而非人，似鸟而非鸟，“你在想什么？”

小福晋撩起盖头，露出格儿的一张俏脸，“仙尊，你真的没死？”

站在格儿面前的，仍然是那鸟羽花翎的怪人，“你已亲眼看到，还有什么疑问吗？”

格儿：“我听说那一日陛下亲旨，刑部李化熙监刑，将贝子锡翰并家奴冷僧机斩首于菜市口。”

花翎人厌倦地叹息一声，“杀头这种事儿，本仙已经习惯了，毕竟这已是第四次了。”

格儿：“那么仙尊此来，有何话要对婢子讲？”

花翎人：“第一件事，希望李化熙和他的妻子，最好不要再回来。

“倘如他们还敢回来，那就不能怪本仙收网了。”

格儿：“仙尊的第二件事？”

花翎人：“第二件事是，那一夜于禁宫之中，福临已经中了我的心算之术，开始怀疑他的帝王基业是不是太过于残忍。

“所以福临于这龙椅上的时日，最多也不过是十年八年。

“而且福临身体原本孱弱，就算是他留下子嗣，也会让帝王权力的传承陷入青黄不接。

“而鳌拜其人，素来妄自尊大，是以这日后帝国的权力必落入此人之手。

“所以本仙布伏你在这里掌控鳌拜的一举一动，让事态的发展顺应本仙事先的设计，让帝国的行进方向走上我们预定的轨道，让这千秋帝业仍然是本仙恣意纵为之所。

“听明白了没有？”

格儿：“婢子明白了。”

“明白了就好。”花翎人发出阴恻恻的冷笑，大模大样地走到门前，掀开门帘出去了。

妖人已走，小福晋格儿却脸色惨白，两眼一眨不眨地盯着那扇门。

好久，才听到她低声道：“李夫人啊李夫人，不是格儿小瞧你这夫君。

“他既然已经料定冷僧机是一母多胎。

“凭什么就敢说他们是一母四胎？而不是五胎，不是六胎，不是七胎八胎十几胎？

“你们杀了四个冷僧机，就以为后患尽扫，却不想想前面这四个冷僧机都是人家故意让你们杀的。

“为的就是让你们放松警觉，步步踏入事先设置好的圈套。

“于今布局终成，诸网合围。

“你们这些知今日而不知明日的人，还有机会看到明天的太阳吗？”

（全书完）